Horst Biernath
Fröhliche Wiederkehr

Horst Biernath

Fröhliche Wiederkehr

Eine Jugend in Ostpreußen
Zwei Romane in einem Band

Ehrenwirth

Die Deutsche Bibliothek – CIP-Einheitsaufnahme

Biernath, Horst:
Fröhliche Wiederkehr : zwei Romane in einem Band / Horst Biernath. –
München : Ehrenwirth, 1991
ISBN 3-431-02546-3

Umschlag: Bernd und Christel Kaselow, München, unter Verwendung
eines Aquarells von Ursel Dörr

ISBN 3-431-02546-3

Gesamtherstellung: Wiener Verlag, Himberg bei Wien
Printed in Austria 1991

Teil I
Fröhliche Wiederkehr
oder
Kein Garten Eden

Die Ich-Form der Erzählung bedeutet nicht, daß es sich um Memoiren handelt. Aus Erinnerungen an Erlebtes und Erfahrenes wurde der Roman einer Reise zu einem anderen Planeten, zu keinem Paradies, zu keinem Garten Eden, zu einem anderen Stern.

Die Frage, in welchem Zeitalter der Vergangenheit man gern gelebt hätte, ist zwar müßig, aber mindestens ebenso unterhaltsam wie andere Gesellschaftsspiele. Doch es sind nur ausgesprochen romantische Naturen – und auch sie nur zögernd und mit einem Katalog von Vorbehalten –, die es vorzögen, Zeitgenossen des jungen Goethe oder des Sonnenkönigs zu sein. Es ist zum Teil wohl auch eine Kostümfrage, aber ob man sich nun für den Wertherfrack oder für die Allongeperücke entscheidet, einiges aus der Gegenwart möchte man doch in die Vergangenheit mitnehmen, etwa das komplette Badezimmer, die chirurgische Abteilung des Kreiskrankenhauses und vielleicht auch noch den Zahnarzt. Zuweilen aber taucht auch eine andere Spielart der Frage auf, und manchmal stellt man sie sich selber: ob man noch einmal jung sein und sein Leben noch einmal von vorne beginnen möchte. Die Antwort, zumeist ein spontanes Nein, mag oft der Torheit der Frage an sich gelten, denn was soll's, die Wasser des Flusses, die den Schwimmer heute tragen, sind eben andere als jene, in die er sich einst zu den ersten zappelnden Schwimmversuchen hineinwagte. Und doch, mit merkwürdiger Zähigkeit klopft die Frage immer wieder einmal an; und vielleicht verzögert man dieses Mal die rasche Antwort und stellt die Gegenfrage: wie jung? Den schmerzhaften Prozeß des Reifens möchte kaum jemand noch einmal durchstehen, auch nicht die Niederlagen und nicht die Zeit dumpfer Lebensangst, die manchen bis an die Pforte des dunklen Tores führte und einige Jugendfreunde die Schwelle überschreiten ließ. Gewiß war auch damals, als wir bald nach der Jahrhundertwende auf die Welt kamen und unsere Eltern fest davon überzeugt waren, daß wir eine herrliche und glänzende Zukunft vor uns hätten, diese Welt durchaus nicht in Ordnung. Doch sie war auch noch nicht aus den Fugen gegangen. Aber dann gerieten wir in den Orlog des Ersten Weltkrieges und in die Hungerjahre und in die Papierfluten der Inflation. Dann kam das Desaster der Wirtschaftskrise am Ende der zwanziger Jahre, die große Arbeitslosigkeit, die verzweifelte Suche nach einer Existenz und schließlich jener schreckliche Strudel, der uns eine kurze Zeit nach oben zu wirbeln schien, um uns am Ende in Tiefen zu reißen, aus denen wir, wenn wir Glück hatten, gerade das nackte Leben retteten. Um Gottes willen, das alles nicht noch einmal! Wenn es mir aber vergönnt würde, das Rad der Zeit sechzig oder siebzig Jahre zurückzudrehen, ich glaube, zu den ersten zehn oder zwölf Jahren meines Lebens würde ich gern zurückkehren und sie gern noch einmal erleben. Und ich meine, die Reise in die Vergangenheit auf der wunderbarsten aller Zeitmaschinen, der Erinnerung, wird eine recht fröhliche Wiederkehr werden.

Geburtstage zu feiern war, besonders in späteren Jahren, nie meine Sache. Ich habe sie aber auch nie ganz übersehen können, denn meine Mutter brachte mich zur Welt, als sie ihren dreißigsten Geburtstag mit den Damen ihres Kaffeekränzchens festlich begehen wollte. Die Kaffeetafel mit dem schweren Sandkuchen, einem noch schwereren Mohnstollen und Mutters Spezialität, einer mit Arrak getränkten Biskuittorte, fiel also aus; mir aber brachte es Vorteile, die Feier durch mein etwas vorzeitiges und eiliges Erscheinen gestört zu haben, denn die Damen des Kränzchens fühlten sich fortan verpflichtet, auch mir ein kleines Präsent mitzubringen, Karamellen, Katzenzungen, Lakritzenstangen oder später, als mir ein dunkler Flaum unter der Nase zu sprießen begann, eine Schachtel Zigaretten. Besonders verwöhnte mich die ältere der beiden Schwestern Jüterbock, die in Königsberg eine bekannte Leihbibliothek besaßen und die Güter und den Landadel der ganzen Provinz mit literarischen Neuigkeiten versorgten. Die Bücher wurden in eigener Werkstätte mit braunen Lederrücken versehen und in dunkelgrüne, dauerhafte Kalikoumschläge gebunden. Wenn meine Mutter den verruchten »Prinz Kuckuck« von Otto Julius Bierbaum oder Spielhagens »Problematische Naturen« bekam, sahen die Bände zumeist schon ziemlich fettig aus, denn auch die Damen vom hohen Adel waren bei der Schweineschlachtung dabei und bereiteten das Brat ihrer Blut- und Leberwürste höchst eigenhändig. Der Grund für die besondere Verwöhnung durch die ältere der Schwestern Jüterbock lag daran, daß sie als junge Lehrerin eine Poliomyelitis durchgemacht und davon eine Lähmung beider Beine zurückbehalten hatte. Wir wohnten damals, mit dem Blick auf eine Gärtnerei, im zweiten Stockwerk eines Hauses in der Bachstraße, und zu meinen Pflichten gehörte es, Mutters Freundin aus dem Rollstuhl zu heben und zu unserer Wohnung emporzutragen. Das federleichte alte Mädchen, das mir als ein heiteres, immer gut gelauntes Wesen in Erinnerung steht, unterließ es nie, tief aufzuseufzen und den Damen des Kränzchens zu versichern, wie sehr es sie durchwärme und wie wohl es ihr tue, einmal in den Armen eines jungen Mannes zu liegen. Ich hörte das immer mit einiger Verlegenheit. –

Das liegt nun fünfzig und noch einige Jahre mehr zurück, und ich habe es auch nur erwähnt, um zu erklären, weshalb ich auch in späteren Jahren, solange Mutter lebte, durch ihren an meinen Geburtstag erinnert wurde, recht lange sogar, denn sie wurde zweiundneunzig Jahre alt. In diesem Jahr nun fiel mein Geburtstag auf einen Sonntag, und wie immer in die großen Ferien. Töchter, Schwiegersöhne und Enkel aalten sich irgendwo an der italienischen oder jugoslawischen Adriaküste und schickten von dort prächtige bunte Ansichtskarten mit herzlichen Grüßen und Wünschen. Ich steckte gerade im Anfang einer neuen Arbeit und hatte nicht die geringste Lust, mich darin stören zu lassen. Aber dann erschien unsere Jüngste, deren Geologenmann seit dem Beginn des Jahres mitten im brasialianischen Urwald Öl oder Uran zu entdecken hoffte, mit unserem achtjährigen Enkel Wolfgang und mit zwei sündhaft teuren Flaschen Denis Mounié, auf deren Etikett zu lesen stand, daß er der Lieblings-Cognac der englischen Königin sei. Ich muß bestätigen, daß die Königin einen ausgezeichneten Geschmack besitzt.

Es war ein schöner, etwas föhniger Sommertag. Die Alz, die sich unterhalb unseres kleinen Hauses vor einem Betondamm auf die Breite von mehr als hundert Metern staut, hatte die angenehme Wassertemperatur von 21 Grad, was nicht immer der Fall ist, denn die Traun, die sich unterhalb des Altenmarkter Wehrs in unseren Badefluß ergießt, bringt oft sehr kaltes Wasser heran. Vom Kaffeetisch aus, den die Frauen auf der Terrasse deckten, sah man, in zarten Blautönen gegen den Horizont getuscht, die großen Landschaftswächter des Chiemgaues, den Hochfelln und den Hochgern.

Wir waren am Vormittag zweimal im Wasser gewesen. Die Alz hat eine kräftige Strömung, mit ihrem starken Gefälle ist sie der schnellste von den oberbayerischen Flüssen. Wenn man fünf Minuten lang gegen den Strom schwimmt und sich dabei auf der Stelle hält, hat man das tägliche Trimm-dich-Pensum geschafft. Natürlich hatte Wolfgang die Badehose mitgebracht, vielmehr, er war schon daheim nur mit der Badehose bekleidet in den Wagen geklettert und zerrte mich, kaum, daß er sein Geburtstagssprüchlein heruntergeleiert hatte, zum Wasser und zum dritten Bad an diesem Tage. Und selbstverständlich war unsere geradezu wassernärrische Boxerhündin Bobbi mit von der Partie, die einzige von uns, die mühelos gegen den Strom schwamm und dabei noch nach Steinen und treibendem Holz tauchte. Nach einer Viertelstunde wurden wir zum Kaffee gerufen, zur Feier des Tages gab es Apfelkuchen mit Schlagrahm, und dann streckten wir uns im Halbschatten eines hochgewachsenen Goldregenstrauches in die Liegestühle. Und dann kam, während der Hund im Schatten meiner Liege hechelte und nach Fliegen schnappte, wie immer in dieser Stunde des Dösens, von unten herauf Wolfgangs Bitte, denn er hatte es sich neben dem Hund auf dem Rasen bequem gemacht: »Erzähl was, Opa. Die Geschichte vom Wundergroschen – oder wie der Russe deinem Großvater die Uhr klaute – oder die Geschichte von den Seifenblasen – oder ganz was Neues ...«

Wie oft habe ich ihm und den anderen Enkeln diese Geschichten erzählen müssen. Wie die Märchen vom Rotkäppchen oder vom Schneewittchen konnten sie sie nicht oft genug hören, und als wären es Bibeltexte, achteten sie streng darauf, daß nicht das geringste

Detail ausgelassen oder daß irgend etwas daran geändert wurde. Es war, als verbürge der genaue Text die Glaubwürdigkeit meiner manchmal mit ein wenig Phantasie ausgeschmückten Geschichten, denn die Wahrheit, die reine Wahrheit und nichts als die Wahrheit geht zumeist auf Plattfüßen.

Man sagt, es sei ein Alterszeichen, wenn man oft in die Vergangenheit blicke. Das mag wahr sein. Aber ich habe diese von den Eltern und Großeltern gehörten, übernommenen oder in ihrer Gegenwart erlebten Geschichten immer als einen Teil meiner selbst empfunden, wie die von den Vorfahren ererbte Schädelform und Gesichtsbildung, wie die Statur und die breiten Schusterdaumen, die sicherlich nicht daher stammen, daß der Großvater väterlicherseits tatsächlich zu Arys Schuhmachermeister war. Denn so oft kann er sich auch als Lehrling dieses ehrsamen Handwerks nicht auf den Daumen gehauen haben, daß das zu einem Erbstück führte. Diese Geschichten sind ein Stück von mir, ein merkwürdiges Stück allerdings, denn wenn meine Enkel oder auch Freunde mich drängen, sie zu erzählen oder mich an Dinge aus jenen vergangenen Tagen zu erinnern, die noch in mir ruhen und keine Form gefunden haben, dann beschleicht mich immer wieder das Gefühl, Ereignisse von einem anderen Planeten zu berichten. Von Obstgärten, in denen die großen Alexander-Äpfel so riesig wie Kinderköpfe an den Zweigen hingen, von Tagen, da der Lyck-Fluß von Fischen wimmelte, und die laichenden Hechte zu Dutzenden bleifarben, dick und unbewegt in den Altwassern standen. Vom Kaufladen um die Ecke, wo Zucker, Salz und Mehl aus braunen Schubladen in spitze Tüten geschaufelt wurden, die der blau beschürzte Gehilfe blitzschnell über den

Daumen drehte. Von holzgepflasterten Straßen, die von einem Ende bis zum anderen ein riesiger Spielplatz waren, auf dem uns nur selten eine Pferdedroschke störte. Der von dicken, gelben Rössern gezogene Bierwagen bot herrliche Gelegenheit, auf dem in Ketten schwankenden Hebebaum ein Stück mitzufahren, solange, bis irgend ein Neidhammel »Hau über!« rief, worauf der Kutscher, wenn er schlecht gelaunt war, die lange Peitsche über unsere Köpfe zischen ließ. Einmal verlor ein Junge durch solch einen Peitschenschlag ein Auge, ein Betriebsunfall, der dem Kutscher vor Gericht eine Menge Scherereien einbrachte. Wir verdankten unserem fortan einäugigen Spielgefährten, daß die Kutscher lange Zeit, bis wir aus dem Aufspring- und Mitfahr-Alter herauswaren, mit ihren Peitschen sehr behutsam umgingen. Wahrhaftig, es war ein anderer Planet. Kein paradiesischer Planet, kein Garten Eden, das will ich damit nicht sagen. Es war ein anderer Planet, der Erde ähnlich, aber ohne Autos, ohne Flugzeuge, ohne Lärm und ohne Gestank, zwar schon mit Straßenbahnen, die aber auch nur in den Großstädten und dort fernab von unseren Spielstraßen über die Schienen ratterten. Der ärgste Umweltschmutz bestand aus Pferdeäpfeln und Hundeköteln. Aber auch das war gar nicht schlimm, denn wer einen Garten hinter dem Haus hatte – und wer hatte den nicht? – sorgte mit Schaufel und Besen dafür, daß die Pferdeäpfel den Walnußbaum oder die Karotten und Küchenkräuter düngten. Und dieses Geschäft besorgten Dienstmädchen, die jung und ungeschliffen als Rohdiamanten vom Lande kamen und das Haus nach einem Schleifprozeß, der sechs bis acht Jahre dauerte, als Brillanten verließen. Für gewöhnlich heirateten sie, wenn sie Rühreier, Erbsensuppe und Schweinebraten zuzubereiten verstanden, einen Maurer aus Rothfliess.

Eine wahre Perle unter unseren Mädchen war Anna, Anna Ballnies. Ihr Vater war Flößer. Sie kam aus dem Litauischen, und ich verdanke ihr, daß ich heute noch auf litauisch zählen kann: wäns – do – tris – tettares – pente ... Sie trat den Dienst bei uns 1906 als fünfzehnjähriges Mädchen an und schlief auf einem Bett, das abends aus dem unteren Fach eines Geschirrschrankes herausgezogen wurde, in der Küche. Wie hoch ihr Lohn war, weiß ich nicht, aber ich möchte annehmen, daß er einen Taler im Monat nicht überstieg. Dafür bekam sie die abgelegten Kleider von der Gnädigen. Über diese sozialen Zustände habe ich mir allerdings erst sehr viel später Gedanken gemacht. Aber Anna scheint sich bei uns wohl gefühlt zu haben, denn sie übersiedelte mit uns, als sich mein Vater 1910 nach Königsberg versetzen ließ. Dort bezog sie eine, wenn auch unheizbare Mädchenkammer, drei Meter lang und anderthalb breit. Die Petroleumlampe durfte sie aus der Küche mitnehmen und bis zehn Uhr brennen lassen. Denn sie las leidenschaftlich gern, die Marlitt und eine in unendlichen Fortsetzungen und mit knallbunten Titelseiten erscheinende Heftserie »Prinzeß Übermut«, deren Abenteuer sie mir vorlas und mir damit die erste Begegnung mit der Literatur vermittelte. Anna blieb zehn Jahre bei uns. Sie heiratete 1916 einen Maurermeister, der es durch Fleiß, Verstand, Geschick und günstige Grundstücksspekulationen zu Ansehen und Vermögen brachte, zu mehr Vermögen jedenfalls, als es mein Vater jemals hätte erlangen können.

Aber immer, wenn bei uns später die Rede auf Anna kam, und da sie mit Mutter über lange Jahre in

Verbindung blieb, wurde oft von ihr gesprochen, sagte Mutter, nachdem sie versichert hatte, wie sehr sie Anna ihr Glück gönne: so eine wie Anna bekommen wir nie wieder. Und damit behielt sie recht.

Ich verdanke Anna mehr als ein paar litauische Sprachbrocken. Sie war eine Fundgrube zumeist schrecklicher Geschichten, die mir als Kind Kellerangst und Furcht vor der Dunkelheit einjagten, und die ich dennoch allen Erkenntnissen moderner Kindererziehung zum Trotz nicht missen möchte. Ich bedaure noch oft, sie nicht genug ausgequetscht zu haben.

Da war die Geschichte von dem kleinen Mädchen, das bei bitterer Kälte an dem vereisten Geländer der Tilsiter Memelbrücke geleckt hatte, mit der Zunge am Eisen kleben geblieben war und eines jämmerlichen Todes sterben mußte. Eine Geschichte von hohem pädagogischem Wert, denn ich habe nie an eisernen Brückengeländern an Frosttagen geleckt. Da war die Geschichte von dem jungen Forsteleven, den Wilderer in den litauischen Wäldern gefangen, entwaffnet, gefesselt und lebendig in einen Ameisenhaufen gesetzt hatten; sein blankes Gerippe wurde erst nach Monaten entdeckt. Da war die Geschichte von dem Säufer, der in einer eisigen Winternacht vom Wege abgekommen, in den Straßengraben getorkelt, dort liegen geblieben und so steif gefroren war, daß er, als man ihn fand und wegschaffen wollte, wie Glas in lauter kleine Splitter zerbrach. Und da war die Geschichte von dem anderen Säufer – der Alkohol und die Hoffmannstropfen spielten in ihren Geschichten eine bedeutende Rolle –, der so gänzlich von Schnaps durchtränkt war, daß er eines Tages beim Anzünden einer Zigarre von innen heraus verbrannte, so daß

von ihm nicht mehr als ein Aschenhäufchen, soviel wie in einen Hut geht, zurückblieb.
Wenn mein Vater nach einem besonders fetten und reichhaltigen Essen zwei oder drei Kornschnäpse hinter die Binde kippte und sich dann seine Brasil anbrannte, beobachtete ich ihn mit ängstlicher Spannung, ob ihm wohl das gleiche Schicksal widerfahren würde. Nun, so gänzlich alkoholdurchtränkt war er denn doch wohl nicht, um gleich von innen heraus zu einem Aschenhäufchen verzehrt zu werden, das gerade in einen Hut hineinging. Aber den nachhaltigsten Eindruck machte doch Annas Geschichte von dem armen Dienstmädchen auf mich, das von seinem Brotherrn in den Keller geschickt, um eine Flasche Bier zu holen, das Herannahen eines Unholdes hörte, der, auf einem Stelzbein heranstapfend, mit dumpfer Stimme immer wieder fragte: »Wer hat mein Bein? Wer hat mein Bein?« bis er das unglückliche Mädchen urplötzlich packte und mit grausiger Stimme schrie: »Du hast mein Bein!« Anna spielte dieses gespenstische Spielchen mit mir in der dunklen Küche, und wenn sie tapp tapp tapp tapp auf mich zustelzte, mit dumpfer Stimme nach dem verlorenen Bein fragte, mich plötzlich packte und mir »Du hast mein Bein!« ins Ohr schrie, dann standen mir die Haare zu Berge. Ich fürchtete mich dabei halb zu Tode, aber ich quälte sie immer wieder und im Verlaufe der Jahre gewiß hundertmal nach Wiederholungen der gruseligen Kellerszene. Kein Wunder, daß ich eines Tages, es war noch in Lyck und ich war noch keine sechs Jahre alt, von der Mutter in den Keller geschickt, um ein paar Äpfel heraufzuholen, das Schlürfen und Tappen vieler Füße zu hören glaubte und beim Griff in die Apfelstellage in Ohnmacht fiel

und mir dabei den Schädel aufschlug. Aber es war nicht der Mann mit dem Holzbein, der meinen Daumen gepackt hatte, es waren die scharfen Zähne einer Ratte.

Ratten Schaben Mäuse – Flöhe Wanzen Läuse – minkel pinkel Hühnerdreck – eins zwei drei und du mußt weg. Ein schöner und beliebter Abzählreim, aus heutiger Sicht will es mir aber doch scheinen, daß es in dem blanken Spiegelbild jener Tage einige recht trübe Stellen gegeben hat. Die unheimlichste Rattengeschichte aber wußte meine Großmutter zu erzählen, eine Geschichte aus der Familientruhe sozusagen, denn Großmutter hat sie als Kind selbst erlebt, und ich ließ sie nicht müde werden, diese makabre Geschichte dutzendfach zu wiederholen. Großmutter hat mit achtzehn Jahren im Jahre 1874 geheiratet. Ein Jahr später kam meine Mutter zur Welt. Als die Geschichte passierte, war sie ein Mädel von zehn Jahren. Es muß also im Jahre 1865 geschehen sein. Ich erinnere mich nicht, von ihr die Jahreszahl gehört zu haben, um so besser erinnere ich mich ihrer Worte:

Es war damals ein Sommer, in dem die Sonne vom Mai an über die Memelniederung zu scheinen aufhörte. Kein Lichtstrahl kam vom Himmel, und aus grauen Wolken, durch die kein Schnupftüchelchen Blau schimmerte, fiel ein sickernder, suppender, trommelnder Regen zur Erde nieder. Der Roggen verfaulte auf dem Halm, die Felder und Wiesen wurden zu Sümpfen, und dann kam das Schlimmste, auch die Kartoffeln erstickten und verfaulten im Naß. In den letzten Julitagen erkrankte mein jüngster Bruder Felix, ein Junge von sechs Jahren. Er fieberte, bekam Halsschmerzen und Atemnot, und es dauerte eine Weile, bis die Eltern erkannten, daß es die Bräune war. So nannte man damals die Diphtheritis. Der Reitknecht, den mein Vater zum Doktor nach Heydekrug schickte, kam nach schwierigem Ritt auf ersoffenen Wegen mit dem Bescheid zurück, der Arzt würde erst zur Nacht daheim erwartet, da zu allem Unglück in der Jugnater Gegend auch noch das Brunnenfieber – der Typhus – ausgebrochen sei. Der kleine Felix phantasierte bereits, und seine Atemnot wurde immer qualvoller anzusehen. Die Nacht brach herein. Mein Vater starrte durchs Fenster in den rinnenden Himmel. Und plötzlich drehte er sich um, legte mir die Hand auf die Schulter: Lauf, Kind, der Jurgaitis soll den Jagdwagen anspannen!

Du kommst mit dem Wagen nie im Leben durch, sagte meine Mutter mutlos. Aber Vater ließ sich nicht beirren. Es muß gehen! sagte er entschlossen; ich nehme die Schecken an die Deichsel und die Rappstute gesattelt als Handpferd, und wenn der Wagen stecken bleibt, nun gut, dann lege ich mir das Jungchen für den Rest des Weges in den Arm und reite. Und zu mir sagte er: Nun lauf schon, Marjellchen! Und zur Mutter: Pack mir den Jungen warm ein! Und damit war es gesagt und getan. Meine Mutter bettete das keuchende Kind in die Mulde des Kutschbockes dem Vater zu Füßen, er spannte die schwarze Lederdecke schützend über ihn, griff nach der Peitsche und fuhr bald darauf nach kurzem Abschied durch das Hoftor auf die sumpfige Landstraße hinaus, in den Nebel und in die fahle Nacht hinein, denn ganz dunkel wurde es dort oben im Sommer nie. Es war ein Weg von fünf Meilen bis zum Arzt. Die Doktoren waren damals dünn über das Land verstreut. Der Vater schonte die Pferde nicht, der erstickte Atem des kleinen Felix trieb ihn voran.

So mochten sie die Hälfte des Weges zurückgelegt haben, als mein Vater merkte, daß die Pferde verhaltener liefen, nicht etwa erlahmten oder müde wurden, sondern abstemmend vom Wege drängten und den leichten Wagen bald nach links und bald nach rechts herüberrissen, als suchten sie nach einem Fluchtweg quer über die ersoffenen Äcker, in denen der Wagen rettungslos stecken geblieben wäre. Auch das Sattelpferd, ein frommes Tier sonst, gebärdete sich ängstlich, schnob und legte die Ohren flach an, warf den Hals zurück und querte, kurzum, es sah gerade danach aus, als ob die Pferde im nächsten Augenblick aus unersichtlichen Gründen durchgehen wollten.
Wie ich deinen Urgroßvater kenne, Jungchen, fuhr Großmutter dann fort, nachdem sie zwanzig wohlabgezählte Hoffmannstropfen auf ein Stückchen Würfelzucker geträufelt und als Stärkung der Lebensgeister zu sich genommen hatte, wird er mit Flüchen über die unvernünftige Kreatur nicht gerade gespart haben. Er war ein kleingewachsener Mann, aber mächtig breit in den Schultern und ungeheuer stark. Wenn er einen Doppelzentnersack Gerstenschrot auf den Wagen warf, so sah es aus, als spiele er damit. Aber hier, ob Güte oder Zorn, die Pferde brachen mit dem Wagen hinüber und herüber, und nur seine Riesenkraft verhinderte sie am Durchgehen querfeldein. Und dann standen sie plötzlich. Sie verhielten zitternd und schnaubend mitten auf der Straße, drängten zurück, wurden mit der Peitsche hart vorangetrieben und zogen auch wieder an, aber für wenige Schritte nur, und mit jener entsetzlichen Angst in den weißrollenden Augäpfeln, die der kennt, der einmal hinter durchgehenden Pferden auf dem Kutschbock saß. Und dann war auch für meinen Vater der Augenblick

gekommen, von einem ungeheuren Entsetzen gepackt und für Sekunden gelähmt zu werden. Die Straße nämlich unter ihm lebte plötzlich. Sie schwamm unter ihm dahin wie ein grauer Strom. So weit das Auge durch die milchige Dunkelheit der nördlichen Sommernacht reichte, quoll es heran, ein raschelndes, quiekendes Gewimmel, ein Millionenheer von hungrigen Wanderratten. Und das schloß einen Ring um das Gefährt, einen gierigen angriffslustigen Ring. Und da war es zu spät zur Umkehr und zu spät zur Flucht. Die scheußliche Flut brandete um die Hufe und Fesseln der Pferde, die in sinnloser Angst das zuschnappende Gebrodel zerstampften und sich wehrten in Grauen und Todesfurcht. Und schon sprangen die grauen Wellen auch am Wagen empor, mit kleinen hellen Hungerschreien, und spritzten über das Knieleder hoch und meinen Vater an, sie schnappten nach seinen Händen, von denen er die ersten Angreifer wild um sich schlagend abschüttelte, während sie vorn schon festverbissen wie graue Trauben an den Bäuchen der furchterstarrten Pferde hingen.

Und da riß er die Lederdecke zurück, packte das keuchende, kleine Menschenbündel, das darunter lag, mit einer Hand und sprang, sein blankes Taschenmesser in der Hand, über den Knieschlag des Kutschbockes hinaus auf die Kruppe des rechten Zugpferdes und von dort weiter in den Sattel der Rappstute und zerfetzte mit raschen Schnitten das Lederzeug, überließ die beiden Zugpferde ihrem Schicksal und drückte dem Reittier die Absätze in die Flanken – fest entschlossen, mit dem Messer, falls der Durchbruch mißlingen sollte, eher seinem und des kleinen Felix Leben ein rasches Ende zu bereiten, als lebendigen Leibes diesem ekelhaften Tod zu verfallen.

Er kam durch und erreichte mit dem Kind im Arm die Stadt und den Arzt, rechtzeitig genug, um meinem Bruder durch einen Luftröhrenschnitt das Leben retten zu lassen. Die Gerippe der Schecken wurden am nächsten Tage neben der Straße gefunden, ihre Gerippe, zernagte Lederdecken und angefressenes Zaumzeug. Die Leute brachten es uns auf den Hof. Ja, so ist es damals gewesen. Die Ratten hatten die Memelniederung verlassen wie ein sinkendes Schiff. Für uns alle kam der Hunger, und als im nächsten Frühjahr die Kurenkähne durch das offene Haff endlich Brotgetreide und Kartoffeln bringen konnten, war es für viele Menschen zu spät.
Erlkönig im Memelland – das war Großmutters Geschichte, der ich immer wieder mit heißem Gesicht und einem Gefühl der rieselnden Kälte im Rücken lauschte. Mein Großvater Heinrich Schenk saß dabei auf dem Sofa, langte sich aus dem Ständer eine neue lange Pfeife, von denen er immer sechs gestopft auf Vorrat hielt und murmelte: »Jawoll, Clärchen, es gibt nichts Schöneres auf der Welt als die Erinnerung an solche Hungerjahre, und dann ein Frühstück mit Leberwurst und einem pikanten Tilsiter auf dem Tisch.«
1874, bald nach dem siebziger Krieg, haben die beiden geheiratet. Die Eltern meines Vaters habe ich nicht mehr kennengelernt, sie starben lange vor meiner Geburt in den neunziger Jahren des vorigen Jahrhunderts. Der Vater meiner Mutter war ein ungeschlachter Riese von zwei Metern und sechs Zentimetern. Großmutter dagegen ein Filigranpüppchen, das ihm gerade bis zur Schulter reichte, wenn er saß und sie neben ihm stand. Ich besitze noch das Hochzeitsbild von den beiden alten, damals, als es aufgenom-

men wurde, sehr jungen Leuten. Dabei war Großvater von seinen Geschwistern der kleinste. Seine Brüder Otto und Eduard überragten ihn weit, und leider auch seine Schwester Mathilde, denn einen Mann, der zu ihrer Größe paßte, konnten ihre Brüder trotz angestrengter Bemühungen in der ganzen Provinz nicht auftreiben. Dazu war sie im Gegensatz zu ihren fülligen Brüdern noch überschlank, was sie noch größer erscheinen ließ als sie ohnehin war. Sie waren alle in Insterburg aufgewachsen, und dort kannte sie jedermann. In Darkehmen, wo Tante Mathilde eines Tages eine verheiratete Schulfreundin besuchen wollte, erkundigte sie sich bei einem Gärtner, der gerade Radieschen zog, nach dem Weg zu dem Haus ihrer Freundin. Sie stand dabei hinter einem hohen, dichten Bretterzaun. Der Gärtner blickte kurz auf und rief ihr zu: »Da reiten Sie noch hundert Schritt weiter, Fräulein, und dann ein Stück links ab!« – Immerhin hatte sie Humor genug, von diesem Erlebnis zu berichten, und das spricht dafür, daß sie mit ihrem Schicksal recht gut fertig geworden ist.
Natürlich leistete Großvater seinen Militärdienst, bei seiner Länge fast zwangsläufig, in Berlin beim Ersten Garde-Grenadierregiment-zu-Fuß ab und war dort, was ihn noch im Alter wurmte, nicht einmal Flügelmann. Da standen zwei noch längere Kerle vor ihm. Den siebziger Krieg machte er als Aktiver mit, rettete bei Mars-la-Tour seinen verwundeten Hauptmann aus dem Feuer, wurde dabei selber durchs Bein geschossen und später mit dem Eisernen Kreuz ausgezeichnet, was damals bei Gefreiten gewiß nicht allzu häufig geschah. Bald darauf wurde er zum Unteroffizier befördert und nach seiner Entlassung, was eigentlich nur langdienenden Soldaten vorbehalten war, als

Militäranwärter für eine Beamtenlaufbahn im mittleren Dienst empfohlen. Er brachte es darin bis zum Rechnungsrat und zum roten Adlerorden vierter Güte. Als er heiratete, war er Supernumerar beim Amtsgericht zu Tilsit, und da Supernumerar meiner Kenntnis nach einen Überzähligen bedeutet, möchte ich annehmen, daß sein Gehalt, wenn er überhaupt eins bekam, nicht zum Leben und nicht zum Sterben langte. Die lebensnotwendigen Einkünfte bezog er aus dem Kopieren von Akten, einer Tätigkeit, für die er einen Pfennig pro Zeile bezog. Davon blieb ihm wohl eine Eigentümlichkeit bis an sein Lebensende. Im Schlaf oder wenn er sich unbeobachtet glaubte, zitterte seine Hand in Schreibbewegungen über imaginäre Oktavbögen.

Was nun die Geschichte oder vielmehr Vorgeschichte ihrer Hochzeit betrifft, so weist sie fraglos pikante Züge auf. Großmutter hatte mit ihren Geschwistern einen Schulweg von etwa einer Meile zurückzulegen, im Sommer zu Fuß, im Winter bei hohem Schnee fuhr ein Knecht die Kinder mit dem Schlitten zur Schule und holte sie mittags von dort ab. Mit von der Partie waren die Kinder eines Nachbarn, des Viehhändlers Supplieth, der nebenbei eine kleine Gastwirtschaft betrieb. Großmutter und Eva Supplieth standen im gleichen Alter und waren und blieben bis in ihre Witwenschaft innig befreundet. Sie hatten, als sie im gleichen Jahr 1917 ihre Männer verloren, sogar die Absicht, eine gemeinsame Wohnung zu beziehen, aber aus dem Plan wurde nichts, weil die geborene Supplieth ihrem Mann nach wenigen Monaten in den Tod nachfolgte. Eva Supplieth heiratete mit siebzehn Jahren einen Ziegeleibesitzer namens Kallweit, der seine Ziegelei in der Piktupöner Gegend betrieb. Sie machte das, was man damals ›eine gute Partie‹ nannte. Er war zehn Jahre älter als sie, Reserveoffizier und Vorstand memelländischer Krieger- und Veteranenvereine. Großmutter machte die Hochzeit als Brautjungfer mit, und Großvater, noch im ziemlich frischen Glanz seiner Heldentaten und des Eisernen Kreuzes im Vorstand seines Kriegervereins tätig, wurde vom Bräutigam zur Hochzeit geladen. Zur Überraschung aller ihrer Freunde und Bekannten heirateten sie vier Monate nach der Kallweitschen Hochzeit, und am meisten überrascht waren sie wohl selber, denn als sie nach der kirchlichen Trauung von Eva Supplieth mit Herrn Kallweit in ihren Kaleschen vor dem stattlichen, eigentlich schon herrschaftlichen Hause des Ziegeleibesitzers Kallweit vorfuhren, wo die Hochzeitsfeier stattfand – denn das Elternhaus von Eva Supplieth war zu klein, als daß man dort eine Feier für weit mehr als hundert Gäste hätte ausrichten können – da hatten sie noch keine Ahnung davon, daß ihr eigenes Aufgebot sozusagen schon vor dem Kirchenportal hing. Natürlich kannten sie einander, denn wen kannte man in jener ländlichen Gegend nicht, aber genauso wie Großmutter es bis zu diesem Tage und bis zu einer gewissen, äußerst peinlichen Situation entrüstet abgelehnt hätte, würde jemand den Gedanken ausgesprochen haben, sie könne sich mit diesem ›ungeschlachten Goliath‹ ehelich verbinden, so hätte auch Großvater bis zu eben jener gewissen Minute nicht im Traum daran gedacht, sich ausgerechnet solch ein Filigranfigürchen als Frau auszusuchen. Denn so wie sein Geschmack beim Essen auf das Kompakte ausgerichtet war, hatte er sich auch unter seiner zukünftigen Frau immer etwas Üppigeres vorgestellt, was auch in der Größe besser zu ihm paßte. Aber wie es eben geht,

Ehen werden nicht nur im Himmel und nach eigenen Vorstellungen geschlossen, sondern auch anderenorts, und manchmal sogar an sehr seltsamen und höchst unpassenden Orten …

Im Kallweitschen Hause jedenfalls, einem weiträumigen, ehemaligen Herrenhaus eines Gutshofes, den der Vater des Hochzeiters bei einer Subhastation vor langen Jahren ersteigert hatte, wurde eine fröhliche und sehr feuchte Hochzeit gefeiert, bei der es zuerst die bei solchen Gelegenheiten üblichen Schleie in Dill, und dann in einer langen Speisenfolge gebratenes Geflügel aller Sorten, Spanferkel, Wild, Schweinebraten und gespickten Kalbsrücken in einer dicken Rahmsoße gab. Und es gab Erdbeeren mit Schlagsahne und es gab sogar eine riesige Eisbombe, deren Zubereitung in jenen Jahren gewiß schwieriger war als heutzutage, wo Eisschrank und Tiefkühltruhe sozusagen zur Standardausrüstung jeder Küche gehören. Sie aßen also und tranken auch, was nur in sie hineingehen wollte. Die Begriffe Kalorien und Herzinfarkt existierten noch nicht. Um zwölf Uhr wurden die Schleie aufgetragen, und um drei war man beim Rehrücken angelangt, aber dann folgten noch immer einige Gänge. Kurz vor dem Rehrücken gab es einen kleinen, vielbelachten und glückverheißenden Zwischenfall mit einer Menge Scherben. Des Bräutigams Onkel Bernhard, ein Brennereibesitzer und Schnapsfabrikant, dessen Bärenfang bis nach Königsberg und Allenstein geliefert wurde, klopfte an sein Glas, um auf das junge Paar einen Trinkspruch auszubringen. Zum Glück bemerkte Tante Ottilie, seine Gattin, rechtzeitig, daß an seiner Kleidung etwas nicht ganz in Ordnung war. Sie ersuchte ihn flüsternd, den Hosenschlitz um Himmels willen zuzuknöpfen, und er tat es unterm Tisch, bevor er sich erhob, um das Brautpaar hochleben zu lassen. Aber als er dann zum Anstoßen zu den jungen Leuten hinüberging, riß er das Tischtuch mit allen Gläsern, Tellern und Schüsseln mit sich. Er hatte sich nämlich eine der langen Fransen des Tafeltuches mit eingeknöpft. Es gab eine Menge Scherben.

Wenn man heute solch eine Dinerkarte aus jenen vergangenen Tagen liest, dann erstaunt einen nichts mehr als die Tatsache, daß die Menschen diese Freßorgien heil überstanden haben, von den genossenen Flüssigkeiten ganz zu schweigen. Um so unverständlicher aber ist es, daß gewisse Örtlichkeiten, die heute im schlichtesten Einfamilienhaus strahlend appetitlich und so komfortabel ausgestattet sind, daß man oft den Eindruck gewinnt, das übrige Haus sei nur aus purem Zufall um Klo und Bad herumgebaut worden, sich zu jener Zeit, zumal auf dem Lande, oft genug außerhalb des Hauses befanden oder, wenn es sie innerhalb der Mauern gab, nicht nur jeden Komfort, sondern zumeist auch Luft und Licht in höchst bedauerlicher Weise vermissen ließen. Im Kallweitschen Hause zum Beispiel, in dem es einen richtigen Festsaal und wenigstens ein Dutzend geräumiger Zimmer gab, befand sich die einzige Örtlichkeit dieser Art im Erdgeschoß. Sie bestand aus einem dunklen, schlauchartig gestreckten Gemach, das genauso breit oder so schmal wie die dazu führende Tür war, und die bewußte Gelegenheit, ein grobes Brett mit einem eiförmigen Loch, befand sich unterhalb eines winzigen, schießschartenähnlichen Fensterchens am äußersten Ende. Zumeist verhüllte zudem dichter Tabaksqualm aus den Zigarren oder Pfeifen der Herren jegliche Sicht. Aus gewissen Gründen mußten, wenn sich fremde

Damen im Hause aufhielten, zwei tuchbespannte Rahmen vor die Tür gestellt werden. Denn da die Damen zu jener Zeit Krinolinen trugen, war es ihnen nicht möglich, die einzig zweckmäßigen Manipulationen zur Erleichterung ihrer Körpernöte in dem schmalen Gelaß hinter der Tür vorzunehmen. Sie mußten vielmehr die Tür öffnen, die Krinoline schon draußen zwischen den Paravents über den Kopf schlagen und sich, die Fischbeinreifen ihrer weiten Röcke hoch über der kunstvollen Frisur mit den vielen Löckchen zusammenpressend, dem Ziel ihrer Wünsche rückwärts trippelnd nähern.

So auch Großmutter...

Kein Mensch hat damals einen entsetzten Aufschrei gehört. Was in Rauch und Dämmerung geschah, ist völlig lautlos vor sich gegangen. Großvater, der die Stellung besetzt hielt, verschlug es vor Erstaunen Atem und Sprache, und Großmutter verstummte fraglos vor Entsetzen, als sie so gänzlich unerwartet auf dem Schoß eines fremden Herrn Platz nahm. In Ohnmacht ist sie sicherlich nicht gefallen, denn das lag nicht in ihrer resoluten Art. Und um es auch aus Großvaters Perspektive zu berichten: im Augenblick dieser wahrhaft merkwürdigen und schicksalsschwangeren Begegnung wußte Großvater natürlich nicht, wer sich ihm näherte, denn er genoß ja nur den gewiß reizvollen Anblick eines rückwärtigen Teilstückes der sich ihm nähernden Dame, während sie genauso wenig wußte, auf wessen warmen Knien sie sich niederließ.

Wenn diese Geschichte daheim zu vorgerückter Stunde und bei vorgerückter Stimmung im engen Familienkreis immer wieder einmal aufgetischt wurde, dann geschah es hauptsächlich, um zu der Lösung der brennenden Frage zu kommen: Was tut ein feiner Mann in solch einem gewiß ungewöhnlichen Fall? – Was also hat Großvater, der sicherlich ein wohlerzogener junger Mann war, in dieser für ihn doch recht peinlichen Situation getan? Hat er sich höflich vorgestellt? Atem- und sprachlos wie er war? – Mein Vater behauptete immer, er hätte nur seinen Stiefel vorgestreckt, und an seiner Schuhnummer – 52! – hätte Großmutter sofort erkannt, mit wem sie es zu tun hatte. Aber das ist eine Hypothese, und nicht einmal eine besonders gute. Was hätte ich an seiner Stelle getan? Ich weiß es wirklich nicht. Und wie die Geschichte überhaupt herausgekommen ist, das weiß bis zum heutigen Tage kein Mensch. Großmutter selber hätte sich eher die Zunge abgebissen, als daß sie selbst ihrer intimsten Freundin gegenüber auch nur eine Andeutung gemacht hätte. Und daß Großvater etwa unter dem Einfluß einer Flasche Rum geplaudert hätte, ist ebenso undenkbar. Erstens einmal vertrug er bedeutend mehr als eine lumpige Flasche, und zweitens wurde er um so schweigsamer und in sich gekehrter, je mehr er einnahm. Es liegt wohl im Wesen solcher Geschichten, daß sie von einem Vöglein im Kamin ausgeplaudert werden.

Aber sei es, wie es wolle, Tatsache bleibt, daß die beiden vier Monate nach der Kallweitschen Hochzeit heirateten, ohne lange Verlobungs- und Brautzeit, daß meine Mutter ein Jahr nach der Hochzeit zur Welt kam, und daß ihrer langen und glücklichen Ehe ein Dutzend Kinder entsprossen. Zweimal waren es Zwillinge und einmal sogar Drillinge. Und Großvater sagte jedesmal, wenn er im Nebenzimmer hinter dem Grogglas bangend auf die Nachrichten der Hebamme wartete: »Erbarmen Sie sich, Frau Schiborr, und machen Sie es nicht so spannend! Wie viele sind es denn diesmal?«

Ich habe die beiden alten Leute noch gut gekannt und innig geliebt und habe vor dem Ersten Weltkrieg fast alle Sommerferien bei ihnen verbracht. Und ich habe mich als Junge fürchterlich für sie geschämt, weil sie – in meinen Augen uralte Leute – noch immer zärtlich wie die Turteltauben zueinander waren. Sie nannte ihn Bärchen, und er sagte Krümelchen zu ihr, in aller Öffentlichkeit und vor allen Leuten. Aber bei aller Liebe füreinander sind sie, was sie gewiß immer gern getan hätten, nur ein einziges Mal im Leben Arm in Arm gegangen, als er sie durch die Kirche zum Altar führte – und das muß ziemlich komisch ausgesehen haben, als ob er über der Hüfte im rechten Winkel abgeknickt worden sei.

Erst sehr viel später erfuhr ich, weshalb Großmutter ihren Heinrich in so jungen Jahren nahm, denn direkt ehezwingend kann man ja ihre erste Begegnung nicht nennen. Als Supernumerar war er weiß Gott alles andere als eine gute Partie oder jemand, von dessen Zukunft sie Großes hätte erwarten können. Als sie zwölf Jahre alt war, verlor sie ihre Mutter. In den Kirchenbüchern stand, daß sie an ›innerer Hitze‹ gestorben sei. Den Symptomen nach zu urteilen wird es ein durchgebrochener Blinddarm gewesen sein, der ihr in jungen Jahren den Tod brachte. Mein Urgroßvater, eben jener mit dem Ratten-Abenteuer, nahm sich, schon seiner sechs unmündigen Kinder wegen, eine Haushälterin, die ein ziemlich strenges Regiment führte und den Kindern wenig Liebe entgegenbrachte. Eines Tages nun kam der Urgroßvater von der Entenjagd total durchnäßt nach Hause, bekam am nächsten Tag hohes Fieber mit allen Anzeichen einer heftigen

Lungenentzündung, die der herbeigerufene Arzt als ›galoppierende Schwindsucht‹ diagnostizierte. Er lag also auf dem Sterbebett, und in dieser Situation muß es der geborenen Kissuth gelungen sein, ihn zu einer Not- und Schnell-Trauung zu überreden, damit sie nicht gänzlich unversorgt zurückbliebe. Ob er es nun ihrer Pflege oder seiner kernigen Natur zu verdanken hatte, drei Wochen nach der Trauung erhob er sich von seinem Sterbelager und überlebte die zweite Frau noch um zehn Jahre. Ich besitze ein Foto von ihnen, das bald nach seiner Gesundung aufgenommen worden ist. Er sitzt auf einem Rohrsessel, stützt sich auf einen Stock mit einer langen Hornkrücke und sieht noch ziemlich spitz aus. Von der unbändigen Kraft seiner früheren Jahre ist nicht viel zu spüren. Die geborene Kissuth steht neben ihm, eine grobknochige, hochgewachsene Frau mit scharfen Gesichtszügen. Sie trägt ein Kapotthütchen und ein schwarzes, weitgebauschtes Atlaskleid und als Zeichen ihrer neuen Macht und Würde einen großen Schlüsselbund am Gürtel. Man kann es verstehen, daß Großmutter ihren Heinrich dem Zusammenleben mit dieser kalten und herrschsüchtigen Frau vorzog – bei der auch der Urgroßvater keine guten Tage erlebte –, auch wenn sie damit von einem harten Lager zu einem Dornenbett kam, denn lange Jahre war bei ihnen, wohl auch deshalb, weil die Kinder in rascher Folge kamen, Frau Sorge ständiger Gast im Haus. Meine Mutter als Älteste wußte sich gut daran zu erinnern und behauptete bis ins Alter, daß sie ihre Hühneraugen und empfindlichen Füße dem Umstand zu verdanken habe, daß sie die groben Rindlederschuhe, von denen der Schuhmacher ihr höchstens im Abstand von drei Jahren ein Paar verpaßte, solange tragen mußte, bis ihre Füße die Form jener verkrüppelten Lilien angenommen hatten, die man in China seinerzeit als Merkmal besonderer Frauenschönheit schätzte. Und dann wurden die Schuhe von den jüngeren Geschwistern noch weitergetragen.

Nein, es ging ihnen gar nicht gut. Erst, als Großvater zum Gerichtsvollzieher eingesetzt wurde, glaubten sie, aus dem Ärgsten heraus zu sein. Aber es kam noch schlimmer. Großvater, der Goliath an Gestalt, war inwendig weich wie Butter. Orgelklänge oder der Männergesangverein mit »Wer hat dich, du schöner Wald« rührten ihn zu Tränen. Mutter begleitete ihn eines Tages zur Bestattung eines Kollegenkindes, das drei Tage nach der Geburt gestorben war, auf den Friedhof. Die Kindsmutter lag noch im Wochenbett, und es waren keine sechs Leute, die dem kleinen Sarg als Trauergäste folgten. Und niemand vergoß eine Träne. Nur Großvater schluchzte wie ein Schloßhund, bis meine Mutter ihm den Ellenbogen in die Rippen stieß und ihm ins Ohr zischte: »Nun reiß dich schon zusammen, Heinrich! Oder ist es am Ende dein Kind, das hier beerdigt wird?!«

Und nicht weniger als der Tod rührte ihn das Elend der Menschen. Als Gerichtsvollzieher war er völlig fehl am Platze. Und so kam es, daß er eines Tages von einem gerissenen Halunken, dem er das Mobiliar pfänden sollte, mit einer rührseligen Geschichte dazu überredet wurde, statt der Pfändung eine Bürgschaft zu übernehmen. Er, der sich inzwischen für seinen Beruf, der ihn oft über Land führte, Pferd und Wagen angeschafft hatte, mußte beides verkaufen und hatte an der Bürgschaft noch lange Jahre zu knacken.

Als ich zur Welt kam, lebten meine Eltern in Lyck. An das Haus, in dem ich die ersten Lebensjahre verbrachte, habe ich nur undeutliche Erinnerungen. An den Hofplatz schlossen sich Gärten mit Obstbäumen und Gemüsebeeten an, und es gab große Sandkästen, in denen ich mit meinen Altersgenossen spielte. Eines Tages bekamen meine Spielgefährten allesamt den Keuchhusten und spuckten den Sand voll, in dem wir mit Blechformen Kuchen backten und unsere Backerzeugnisse natürlich auch probierten. Der Sand ist mir ausgezeichnet bekommen, denn ich blieb als einziger vom Keuchhusten verschont. Später übersiedelten wir in die Bahnhofstraße, und an diesen Umzug und an die neue Wohnung erinnere ich mich mit größter Deutlichkeit. Die Bahnhofstraße lief schnurgerade zu dem großen Lycker Marktplatz. Sie war auf einer Seite mit Linden bepflanzt. Mit ihrem Namen teilte sie das Schicksal vieler Straßen, denn nach der Schlacht von Tannenberg wurde sie in Hindenburgstraße umbenannt, später hieß sie Göring-Allee, und heute trägt sie als Folge dieser letzten Umbenennung einen polnischen Namen – wenn sie als Straße überhaupt noch existiert.

Das Bild der Stadt, in der ich die frühen Kinderjahre verbrachte, setzt sich in meinem Gedächtnis wohl mehr aus Erinnerungen an spätere Besuche zusammen; die frühen beschränken sich auf das Stück der Straße, das man vom Fenster aus überblickte, und auf den Hofplatz hinter dem Haus, auf dem wir spielten. Der Große Meyer von 1900 berichtet in dürren Worten: Lyck, Kreisstadt am gleichnamigen See und Fluß, Bahnknotenpunkt, Hauptstadt des Masurenlandes, hat eine gotische evangelische und eine katholische Kirche, eine Synagoge, ein altes Ordensschloß (auf einer Insel im See 1273 erbaut) Denkmal des Generals v. Günther, Gymnasium, Lehrerseminar, Landge-

richt, versch. Fabriken und mit der Garnison (ein Infanterieregiment Nr. 147 und ein Dragonerregiment Nr. 11) 11 386 Einwohner, davon 534 Katholiken und 189 Juden. Lyck wurde 1435 gegründet.
Über die interessantesten Dinge verliert das Lexikon kein Wort: daß in der Stadt ein Invalide lebte, der beim Sturm auf die Düppeler Schanzen beide Beine verloren hatte und sich in einem niedrigen Wägelchen eigener Konstruktion von einem Bernhardiner durch die Straßen ziehen ließ, während ein riesiger, zahmer Kranich neben dem Wagen gravitätisch einherstolzierte und für seinen Herrn Zigarrenstummel sammelte. Vor allen dreien hatte ich einen mächtigen Respekt, und die Drohung, die drei herbeizuholen, machte mich im größten Gebrüll augenblicks stumm und folgsam. Und das Lexikon schweigt auch darüber, daß in einer halbverfallenen Kate am Stadtrand zum Fluß hin ein Mörder hauste, der seine Frau mit einem glühenden Feuerhaken erschlagen hatte und vom Kaiser nach dreißigjähriger Haft begnadigt worden war. Nach Einbruch der Dunkelheit schlichen Dienstmädchen und ältere Gymnasiasten zu ihm in seine düstere Behausung und ließen sich gegen ein Honorar von Zigarren und Schnaps den Hergang der schrecklichen Bluttat genau schildern. Und jedesmal geriet der Mörder zum Schluß in solch eine Erregung, daß er nach dem im Herd glühenden Mordinstrument griff und auf seine Zuhörer losging, so daß sie schreiend davonstoben. Am nächsten Tag lauschte ich dann mit gesträubtem Haar dem detaillierten Bericht, den mir Anna von solch einem nächtlichen Besuch bei unserem Mörder gab.
Aber auch mit den im Großen Meyer erwähnten Dragonern hatte es eine besondere Bewandtnis. Bald nach

unserm Einzug in die neue Wohnung kamen an Stelle der elften Dragoner vier Escadrons Ulanen vom zwölften Regiment aus Insterburg nach Lyck. Sie verdankten ihre Verlegung einem Skandal, der in der Kaiserzeit ungeheuren Staub aufwirbelte. Ein adliger Rittmeister dieser zwölften Ulanen war, während er mit seiner Schwadron auf dem Kasernengelände exerzierte, von einem Dachbodenfenster der Kaserne aus mit einem Karabinerschuß getötet worden. Ob aus Rache von einem Untergebenen oder aus Eifersucht von einem seiner Offizierskameraden ist nie geklärt worden, denn der Schütze blieb unentdeckt; nur der Name ›Mordulanen‹ blieb an der Escadron hängen, und wenn meine Schwestern zu einem Offiziersball in das Kasino geladen wurden, zog mein Vater ein Gesicht, als wittere er neues Unheil. Aber weder den Damen noch den Offizieren geschah fürderhin das Mißgeschick, aus dem Hinterhalt ermordet zu werden. Die Offiziere und den Leutnant v. Maue, den flotten Tänzer meiner Schwester Else, erwartete der Soldatentod erst einige Jahre später bei Tannenberg, in der Masurenschlacht und in den Rokitnowsümpfen.

Welchen Glückstreffer ich mit dem Umzug in die neue Wohnung landete, konnte ich beim Einzug nicht ahnen. Wir zogen in ein Haus, das dem Konditor Strauß gehörte. Seine Konditorei mit einem glasgedeckten Vorplatz zur Straße hin lag unter unserer Wohnung, und da die Eheleute Strauß kinderlos waren und sich nichts sehnlicher wünschten als einen Sohn und Nachfolger, verwöhnten sie mich nach Strich und Faden. Sie machten meinen Eltern allen Ernstes den Vorschlag, mich zu adoptieren. Ich durfte in jede Bonbonbüchse langen, sie fütterten mich mit

Petits fours und Sahne-Baisers, sie stopften mich mit Nougat und Schokolade voll, und da ich meine arme Mutter mit meinem Geburtsgewicht von fast zwölf Pfund beinahe ums Leben gebracht hätte, ist nicht schwer zu erraten, daß ich bald die Formen eines barocken Posaunenengels annahm. Mutter mußte mit den Straußens ernsthafte Worte reden, mich nicht wie eine Gans zu mästen, und meinem Vater Zornesausbrüche und mir Tränen zu ersparen, denn Vater bestand darauf, daß das, was bei Tisch auf den Teller kam, auch bis zum letzten Bröckchen aufgegessen wurde, und natürlich stocherte ich, von Süßigkeiten gesättigt, im Teller herum, daß ihm die rote Zornader auf der Stirn bedrohlich anschwoll. Er war ein geduldiger Mann, viel geduldiger, als ich es je gewesen bin; er hatte eine eigene Art, einen über den Brillenrand hinweg anzusehen und zu murmeln: Der Krug geht solange zum Brunnen, bis er bricht. Gewöhnlich brach er dann bei nichtigen Anlässen und es gab eine Menge Scherben.

Vater hatte in erster Ehe die Tochter eines wohlhabenden Kaufmanns und Realitätenbesitzers aus Alt-Ukta geheiratet, der früh starb und seinen Töchtern ein ansehnliches Vermögen hinterließ. Der ersten Ehe meines Vaters entsprossen drei Kinder. Als ich zur Welt kam, waren meine Halbschwestern den Kinderschuhen bereits entwachsen, und mein Bruder Ernst stand kurz vor dem Abitur. Ich habe Vater über seine erste Ehe nie ein Wort verlieren hören. Er scheint es mit der sehr jungen und eigenwilligen Frau nicht ganz leicht gehabt zu haben. Sie starb jung, und er blieb fünf Jahre lang Witwer, ehe er sich zu einer neuen Ehe entschloß. Aber wenn seine erste Frau ihrer Schwester Marie ähnelte, die manchmal von Alt-Ukta herüberkam, um die Kinder ihrer Schwester zu beschenken, dann kann ich mir die Schwierigkeiten vorstellen, die Vater mit ihr gehabt hat. Diese Tante Marie war eine übernervöse, ständig zwinkernde Frau mit fahrigen Gebärden, einer schrillen Stimme und von einer ewigen Unrast erfüllt. Vater meinte, sie habe Ameisen im Hintern, eine Vorstellung, die meine Phantasie lebhaft bewegte. Sie war ständig unterwegs, und eines Tages erschien sie bei uns, verkündete, daß sie nach Italien fahren und meine Schwester Lotte in das Land der Orangen und Zitronen als Reisebegleiterin mitnehmen wolle. Es war einer ihrer spontanen Beschlüsse, mit denen sie sich und ihre Umgebung überraschte. Ein Koffer wurde also in Windeseile gepackt, und noch am gleichen Abend reisten die beiden gen Süden ab. Es war eine sehr kurze Reise, denn noch bevor Lottes bunte Karte aus Lugano eintraf, daß sie die Reise gut überstanden und am Lago Maggiore in einem schönen Hotel abgestiegen seien, kamen sie schon wieder zurück. Was man aus dem sprudelnden Mund von Tante Marie erfuhr, waren empörte Aufschreie: »Nein! dieses schreckliche Olivenöl! Nie wieder Italien!« und: »Keine Butter! Nichts als Spaghetti! Bin ich eine Mastgans?!« und das Allerschlimmste: »Diese Schlaflosigkeit! Nacht für Nacht und bis in den frühen Morgen hinein – die Nachtigallen brüllten förmlich!!« – Die brüllenden Nachtigallen wurden in der Familie zum geflügelten Wort. Aber wie es so geht, einige Jahre später sollte ich selber die Bekanntschaft der brüllenden Nachtigallen machen.

Ich studierte im zweiten Semester Germanistik und Geschichte und hatte Vater in mühevoller Geduldarbeit weich gekocht, mich ein oder zwei Semester an der Wiener Rudolphina die Vorlesungen von Dopsch und Jellinek hören zu lassen. Um ehrlich zu sein, zogen mich weniger die Namen der berühmten Professoren als vielmehr der Ruf der süßen Wiener Mädchen an die Donau, von denen man in Wort und Lied bis nach Ostpreußen hinauf so viel Gutes vernahm. Vater gab mir hundertfünfzig Mark auf die Reise mit und schickte mir später monatlich hundertzwanzig Emmchen, die für die Zimmermiete bei Fräulein Jöröschy in der Lerchenfelderstraße Nr. 7, fürs Brot und für die Butter und auch für die Schoppen in Grinzing und Hernals langen sollten. Sie langten vorn und hinten nicht, und am wenigsten für meine Theaterbesessenheit; wenn auch der Galerieplatz in der Burg nur eineinhalb Schilling, nach deutschem Geld fünfundsiebzig Pfennige kostete, so war ich mit meinen Moneten jedesmal zur Monatsmitte am Ende. Deshalb schrieb ich für den liebenswürdigen Dr. Goldstein, der die Feuilleton-Redaktion der Hartungschen Zeitung leitete, ›Wiener Briefe‹ und Kurzgeschichten, die er nicht nur annahm, sondern sogar honorierte, und ich gab, was weit lukrativer war, zwei amerikanischen Studentinnen, die sich mit der deutschen Sprache herumplagten, deutschen Sprachunterricht. Und sie zahlten dafür einen Dollar pro Stunde. Ein fürstlicher Lohn! Dafür lernten sie von mir ein prima Ostpreußisch mit ganz weiiichen Eiiis und hart rollenden Rrrrrs, die ich nie im Leben abgelegt habe. Und eine von ihnen, Mabel, lernte diese schönen gedehnten Vokale und harten Konsonanten besonders gut, denn wir entbrannten in heißer Liebe zueinander. Von da an nahm ich den Dollar natürlich nur noch von ihrer bedeutend weniger hübschen Kollegin Violet. Mabel studierte zum reinen Spaßvergnügen. Sie entstammte einem gutbetuchten Haus, der Vater besaß in Cleve-

land eine Fabrik für landwirtschaftliche Maschinen. Als wir den Plan faßten, unsere Liebe an einem Ort, der für Liebespaare sozusagen heiliger Boden ist, zum Gipfel zu führen, war ich ihr nicht böse, daß sie statt der von mir vorgeschlagenen Reise per Fahrrad sich doch lieber für die weitaus bequemere Eisenbahnfahrt nach Verona entschied, zumal sie sich freudig bereit fand, für den Hauptteil der Reisekosten aufzukommen. Es sollte zugleich unser Abschied für immer sein, denn das Semester war zu Ende, und Mabel wurde daheim in Cleveland zurück erwartet. Sie hatte ihre Schiffspassage von Genua bereits gebucht.
Wir verließen also Wien, wohin ich im Wintersemester zurückzukehren hoffte, und fuhren nach Verona, und die Stadt an der Etsch schlug uns sogleich in ihren Zauberbann. In der Nähe des Arco dei Leoni fanden wir ein kleines Hotel, in dem wir ein Zimmer nahmen und unsere Koffer abstellten. Die italienische Polizei hatte auch damals schon die angenehme Gewohnheit, Reisende nicht durch nächtliche Kontrollen zu belästigen, wenn sich dem Paß der Dame entnehmen ließ, daß sie das einundzwanzigste Lebensjahr überschritten hatte. Und Mabel war zum Glück seit drei Monaten im Besitz der Volljährigkeit. Der erste Gang führte uns zu den Stätten, an denen Romeo und Julia zueinanderfanden und dann so tragisch endeten, und von ihren Grabstätten ging es munter weiter zur Arena des Diokletian, zu der Kirche Santa Maria und zum Baptisterium San Giovanni in Fonte, zu den Mantegnas in San Zeno und zu den Veroneses in San Giorgio in Braida, es war ein volles Bildungsprogramm, das wir absolvierten, denn wir waren ja nicht nur zum reinen Vergnügen nach Verona gewallfahrt. Endlich aber führte uns der Hunger doch in unser

kleines Hotel zurück, zu delikaten Brathähnchen und zu einem spritzigen Lambrusco. Und dann stiegen wir in der beschwingtesten Stimmung und mit Barcarolenmelodien im Herzen zu unserem Zimmer hinauf. Auf einem Tischchen neben dem riesigen Doppelbett in Renaissance-Schnitzarbeit – allerdings in Blech nachgeformt – stand eine große venetianische Glasschale, in der sich Äpfel, Birnen und Orangen türmten. Und, seligster aller Eindrücke, in den Büschen vor dem Fenster flöteten die Nachtigallen. Mabel vergaß alles Deutsch und stammelte amerikanische Verzükkungslaute, und ich hätte auch allen Grund dazu gehabt, Töne der Verzückung von mir zu geben, für eine allzu rasch entschwindende Stunde zum mindesten... Aber irgendwann einmal muß der Mensch ja auch schlafen, besonders nach einem so anstrengenden Tag. Wir flöteten nicht mehr, aber die Nachtigallen flöteten weiter. Sie flöteten um zwei Uhr morgens und um drei, um vier schienen sie Verstärkung aus den Nachbargärten zu erhalten, und gegen halb fünf standen wir beide am Rande eines Nervenzusammenbruchs und feuerten, leider völlig vergeblich, die Äpfel, Birnen und Orangen aus der venetianischen Schale in die Gegend, um die brüllenden Bestien zur Ruhe zu bringen. Ich besaß nicht einmal mehr Humor genug, die schluchzende Mabel mit der Geschichte von den Nachtigallen Luganos zu erheitern und zu trösten, die die Italienreise meiner Schwester Lotte so jäh beendet hatten.

Ich bin das, was man in der Geburtenfolge einer Familie einen Nachzügler nennt, und solch ein Nachzügler war auch mein Vater. So ist es nicht allzu erstaunlich, daß zwischen dem Geburtsjahr meines Großvaters und dem heutigen Tag eine Zeitspanne von mehr als 150 Jahren liegt; er wurde nämlich im Jahre 1818 geboren. Die Befreiungskriege waren durch den zweiten Pariser Frieden gerade beendet worden. Napoleon hatte auf St. Helena noch drei Lebensjahre vor sich, und erst dreizehn Jahre später vollendete Goethe den zweiten Teil des Faust. Eine erheiternde Vorstellung, mein Großvater hätte, wenn er nicht als Sohn eines Schumachers zur Arys, sondern eines Meisters dieser Zunft zu Weimar zur Welt gekommen wäre, dem Geheimrat v. Goethe ein Paar frisch besohlter Stiefel ins Haus tragen und von ihm einen halben Groschen als Botenlohn bekommen können. Leider war mein Vater im Gegensatz zur Mutter ein wenig gesprächiger Mann. So weiß ich nur, daß auch sein Vater ein großer Mensch war und wegen seiner Körperlänge genauso wie mein Großvater Schenk zu einem Berliner Regiment einberufen wurde. Eisenbahnen gab es zu jener Zeit nicht. Die Rekruten wurden in Sammelstellen zusammengefaßt und von Königsberg, Allenstein oder Elbing nach Berlin in Marsch gesetzt. Der Mann bekam pro Tag ein Kommißbrot, ein Stück Speck und ein Nösel Branntwein. Dieses Hohlmaß faßte mit kleinen Landesunterschieden 0,4 Liter. Und Brot, Speck und ein ›Nösel‹ Schnaps blieben bis zu seinem Lebensende die wichtigsten Nahrungsmittel, die der Großvater zu sich nahm. Daß er dabei siebenundsiebzig Jahre alt wurde, ist ein wahres Wunder. Allerdings litt er in seinen letzten Lebensjahren an einer Gicht, die ihn so zusammenkrümmte, daß er, wie mein Vater erzählte, nach seinem Tode in einem Kindersarg Platz gefunden hätte. Daheim führte er ein strenges Regiment. Den Kindern gestattete er bis zum sechsten Lebensjahr das vertrauliche Du, dann mußten sie Herr Vater und Sie zu ihm sagen, auf masurisch, denn deutsch wurde nur in der Schule gesprochen.

Was jene Tage, in denen mein Vater seine Kindheit verlebte, so unendlich fern erscheinen läßt, als läge nicht ein Jahrhundert, sondern ein ganzes Zeitalter dazwischen, sind die äußeren Lebensumstände. Vielleicht gab es damals in Hamburg oder Berlin schon in den vornehmen Bürgerhäusern Petroleumlampen. Die erste brauchbare wurde von dem Amerikaner Silliman 1855 konstruiert. Im Hause meines Großvaters brannte man Unschlittkerzen, und man ging mit ihnen sehr sparsam um. Die Herstellung dieser Kerzen aus Hammel- oder Rindertalg oblag den Frauen. Und aus dem gleichen Material kochten sie ihre Waschseife. Das Verlöschen des Herdfeuers bedeutete eine kleine Katastrophe, denn das Entfachen des Feuers mit Stein, Stahl und Zunder erforderte Geschick und wurde harte Arbeit, wenn der Feuerschwamm feucht geworden war. Das Wasser für den täglichen Bedarf holte man vom Marktbrunnen oder aus dem See, und zum Lokus lief man bei Sonne, Regen, Wind, Kälte und Schneesturm zu einer entfernten Ecke des Hofes. Bei Tag und bei Nacht...

Solange sich die Geschichte meiner Familie zurückverfolgen läßt – und Vater brachte, als man einen Ahnennachweis vorweisen mußte, die Stammtafel bis auf das Jahr 1635 lückenlos zusammen – saßen alle Vorfahren als Schuhmacher oder Gerber in Arys, und sie heirateten die Töchter von Schuhmachern oder Gerbern aus der nächsten Nachbarschaft. Sie müssen ungeheuer ehrsame Leute gewesen sein, denn die Zunftbräuche waren unvorstellbar streng; das uneheliche Kind einer Tochter, ein winziger Verstoß gegen die Zunftordnung oder der Trunk aus dem Bierkrug eines unehrlichen Menschen konnten zum Verlust der Meisterwürde und damit zum Ruin führen. – Es ist wenig bekannt, daß die Söhne der preußischen Könige ein Handwerk erlernen mußten, bevor sie auf ihre eigentlichen Aufgaben vorbereitet wurden. So erlernten Wilhelm I. und auch Wilhelm II. das Buchbinderhandwerk. Daß mein Großvater von dieser lobenswerten Sitte im preußischen Königshaus gewußt hat, ist möglich, jedenfalls zwang er seine Söhne, bevor er ihnen die Wahl eines Berufes nach ihrer Neigung gestattete, das Schuhmacherhandwerk zu erlernen. Das ist uns im Ersten Weltkrieg sehr zustatten gekommen, als Vater sich auf seine alten Handwerksfertigkeiten besann, einen eisernen Dreifuß kaufte und darauf unsere Absätze richtete und die Schuhe besohlte.

Aber so weit wollte ich ja gar nicht in die Vergangenheit zurückgreifen und so weit auch nicht in die Zukunft vorausblicken. Das alte, 1273 erbaute Ordensschloß zu Lyck, das später als Gefängnis diente, lag auf einer Insel des Lyck-Sees, der von den kalten Ostwinden freigefegt, manchmal schon in den letzten Novembertagen und oft genug bis tief in den März hinein eine spiegelblanke Eisbahn abgab. Diese Eisbahn war es, auf der Vater den eleganten Bögen von Mutter bewundernd folgte, und auf sie wiederum durch seine edle Haltung im Laufen und Bogenschneiden solch einen starken Eindruck machte, daß sie ihm schließlich das Jawort in den Bart hauchte. Den wallenden, braunen Bart trug er seit seinem fünfundzwanzigsten Lebensjahr, sozusagen aus Berufsgründen, denn da sich der höchste Beamte des Reiches, der Fürst v. Bismarck, strikt weigerte, mit jungen Leuten unter sechzig zu arbeiten, machte man sich, wenn man das sechzigste Lebensjahr noch nicht erreicht hatte, eben durch Bart und Bauch künstlich älter. Mutter war, als sie Vaters Antrag annahm, ein reichlich spätes Mädchen von neunundzwanzig Jahren. Sie hatte eine längere Verlobungszeit hinter sich, aber der Bräutigam, Sohn und Erbe eines vermögenden Grundstückmaklers, war während der Verlobungszeit an der Wassersucht gestorben. Ein Mensch von heiterer Gemütsart, der, wenn ihm das Wasser aus den Beinen gezapft wurde, mit hübscher Tenorstimme »Es murmelt ein geschwätziger Quell« oder »Zwischen Berg und Tal rauscht ein Wasserfall« zu singen pflegte. Das scheint Mutter sehr gestört zu haben, aber sie konnte sich aus Pietätsgründen nicht dazu entschließen, die Verlobung vorzeitig zu lösen und wartete geduldig auf das natürliche Ende dieser Verbindung. Sie hatte ihr Examen als Lehrerin abgelegt und war als Hauslehrerin in entlegenen Oberförstereien, Gutshäusern und Schlössern des Landadels weit herumgekommen. Oft beendete sie diese Stellungen abrupt, weil die Gutsherren vergaßen, daß sie die junge Lehrerin nicht für sich, sondern für ihre Kinder engagiert hatten. Und aus einer Oberförsterei in der Kaporner Heide floh sie, nachdem auf die zum Abendessen versammelte Familie ein halbes dutzend mal durchs Fenster geschossen worden war. Bei dem letzten Abenteuer dieser Art war die über dem Tisch hängende Petroleumlampe zu Bruch gegangen, wobei Mutters Kleid Feuer fing. Das war nun wirklich zuviel des Guten.

In Lyck führte eine alte Dame, Fräulein Perner, eine Vorschule, in der Kinder in drei Klassen für den

Besuch des Gymnasiums oder Lyzeums vorbereitet wurden. Hier fand Mutter eine neue Wirkungsstätte und erwarb sich die Sympathie von Fräulein Perner in so hohem Maße, daß die alte Dame, die sich nach Ruhe sehnte, ihr die Übernahme der Privatschule mit den gar nicht unbeträchtlichen Einnahmen antrug. Hier die Schule, dort Vater mit seinen drei Kindern und dem Dackel Dittchen, es war keine leichte Entscheidung für sie, aber dann siegte doch Vaters brauner Bart. Und ich möchte sagen, daß sie diesen Entschluß nie bereut hat. Als nun Vater den Großeltern in Gehrock und Zylinder seine Aufwartung machte, um Großvater um die Hand seiner ältesten Tochter zu bitten, sah Großvater ihn mehr mitleidig als überrascht an: »So so«, brummte er, »die wollen Sie also heiraten ... Nun ja, wenn Sie durchaus wollen ... Es ist schließlich Ihre Sache. Aber eins sage ich Ihnen gleich, die hat Haare auf den Zähnen.«

Mutter, die im Nebenzimmer hinter der Tür gelauscht hatte, stürzte mit roten Flecken im Gesicht herein: »Heinrich!« schrie sie empört, »ist das alles, was du zu sagen hast?!«

»Da haben Sie es«, murmelte Großvater mit einer hilflosen Handbewegung, als verzichte er darauf, das Unglück aufzuhalten, »so ist die nun mal.« – Und dann lud Großmutter den Freier zum Kaffee und zu frischen Waffeln ein, und nach dem Kaffee tranken die Herren einen Grog, und noch einen, und noch mehrere. Großvater stellte zartfühlend fest, allzu knusprig wären sie beide nicht mehr und allzuviel Zeit hätten sie nicht zu verlieren, und so wurde der Hochzeitstermin auf das Ende des kommenden Monats festgesetzt. Es war einer der letzten Septembertage. Natürlich erschien Vater püntlich zur Trauung, aber Mutter erkannte ihn nicht, und als ein fremder Herr auf sie zutrat, bekam sie das Zittern, weil sie sich nichts anderes denken konnte, als daß der Fremde als Bote mit der Nachricht komme, Vater sei nach Samarkand geritten, um dort Kamele zu kaufen. Nun, um den Altersunterschied von fünfzehn Jahren zu seiner jungen Frau ein wenig zu kaschieren, hatte Vater sich den Bart abnehmen lassen und erschien glatt rasiert und sicherlich gut gelaunt vor einer Braut, die zu seiner größten Bestürzung hemmungslos zu schluchzen begann. Man mußte sie lange beruhigen und ihr gut zusprechen, bis sie Vaters Arm nahm und sich von ihm vor den Altar führen ließ.

»Ach, weißt du, Jungchen«, sagte sie später, wenn sie auf ihren Hochzeitstag zu sprechen kam, »er hatte so ein kleines, kahles Gesicht, nichts als Brille und Nase – und sah einfach nach gar nichts aus . . .«

Die Hochzeit wurde im allerengsten Familienkreise gefeiert. Tante Emilie, eine Schwester meines Vaters, die ihm während seiner Witwerschaft das Haus geführt hatte, war dabei. Und aus Königsberg erschien Onkel Benjamin, Vaters um zwanzig Jahre älterer Bruder. Er war Oberzahlmeister des Kürassierregimentes Nr. 3 und brachte ein fürstliches Geschenk mit, ein zwölfteiliges Service der Berliner Manufaktur, von dem eine Kaffeekanne zwei Weltkriege und den langen Fluchtweg der Eltern heil überstanden hat und noch in meinem Besitz ist. – Die geheime Sorge meiner Mutter, die drei Kinder, die Vater in die Ehe mitbrachte, könnten ihr reserviert oder gar feindlich begegnen, war unbegründet. Die beiden Mädchen akzeptierten die neue Mutter ohne Widerstände, und zwischen meinem Bruder Ernst und ihr entwickelte sich im Laufe der Jahre ein besonders herzliches Verhältnis. Vater und Sohn standen weniger gut zueinander. Das hatte seinen Grund. In den kleinen Städten gab es außer gelegentlichen Tanzveranstaltungen oder Kegelpartien wenig Unterhaltungsmöglichkeiten. Man machte ein wenig Hausmusik – Ernst war ein ausgezeichneter Klavierspieler und gehörte dem Sängerkränzchen an, einer nach Art einer Studentenverbindung aufgezogenen Vereinigung der Sekundaner und Primaner des Gymnasiums, die mit Liedern und auch anspruchsvolleren Werken, etwa Bachschen Kantaten und Motetten an die Öffentlichkeit trat. Hinterher fand man sich – und das war wohl der Hauptzweck aller Vereine, wie sie auch immer heißen mochten – in fröhlicher Runde zusammen, um ein Fäßchen Bier anzustechen und, da man das Bier doch nicht so trocken herunterwürgen konnte, die Gurgel kräftig mit Schnaps zu ölen. Kurzum, es wurde schwer gesoffen, von Kindesbeinen an, denn schon die Tertianer und Sekundaner, Bürschchen von dreizehn bis sechzehn Jahren, hatten ihre Zirkel, in denen man nach studentischem Comment zu trinken begann und in einer jammervollen Besäufnis endete. Wenn es daheim zum Krach kam, dann waren diese Zusammenstöße zwischen Vater und Sohn zumeist auf eine Sauferei zurückzuführen, von der mein Bruder schwankend oder überhaupt nicht heimfand. Vater brüllte dann, aus ihm würde nie etwas werden, und er sehe es schon kommen, daß er als Kaffeehausmusiker im Rinnstein enden werde, und sein Abitur könne er in den Rauchfang hängen ...

Aber allen Unkenrufen zum Trotz bestand Ernst sein Abiturientenexamen, und es steht so deutlich in meiner Erinnerung, als wäre ich gestern dabeigewesen. Ich stand, vierjährig, zwischen meinen Schwestern auf einem Schemel am Fenster und sah vom Gymnasium her den johlenden Zug in der Bahnhofstraße herankommen. Mein Bruder, goldene Alberten als Abzeichen des akademischen Bürgers der Königsberger Albertina in den Rockaufschlägen und mit dem roten Stürmer zum Zeichen des bestandenen Examens auf dem Kopf, schwankte, auf den Schultern von Primanern des folgenden Abiturjahrgangs getragen und von den Gymnasiasten bis zur Sexta herunter gefolgt, uns zuwinkend heran. In dem großen Wohnzimmer waren vier Reihen langer Tische aufgestellt, die Stühle stammten aus der Konditorei Strauß, und Herr Strauß lieferte auch das Bier, von dem ein Fünfzig-Liter-Faß zum Anstich bereitstand. Ein Korbschläger lag vor dem Stuhl des Präsidenten griffbereit auf dem Tisch, und ein ehemaliger Abiturient, jetzt Mediziner im dritten Semester, der meinen Bruder für seine Verbindung keilen wollte, übernahm die Leitung des Festkommerses. Was sich über die Treppe buntbemützt vom Grün der Tertia bis zum Schwarz der Prima herandrängte, war eingeladen. Die ›Senioren‹ besetzten die Stühle, und die ›Junioren‹ übernahmen die Rolle der Füchse und schleppten volle Bierkrüge heran. Unterwegs sorgten sie dafür, daß sie nicht zu kurz kamen. Schon am frühen Nachmittag gab es die ersten Bierleichen, die das Treppenhaus vollkotzten und weggeschafft wurden. Nach vier oder fünf Stunden Kommersgesang und Becherklang begann dem Präsiden das Regiment zu entgleiten, aber da machte sich die ganze Corona auch schon zu neuen Feiern auf den Weg, denn da sechs Mitschüler meines Bruders das Abitur bestanden hatten, fanden auch sechs andere Festkommerse statt, und so zogen sie die ganze Nacht hindurch von einem Gelage zum andern. In dieser Nacht wurden ein halbes Dutzend Laternen zertrümmert, das Denkmal des Generals v. Günther übel beschmiert, die Fenster des kleinen Puffs in der Ackerstraße mit Steinen zerschmissen und die Bänke in den Grünanlagen vor dem Landgericht in den Goldfischteich geworfen. Ich selber hatte den ersten Vollrausch, denn ich hatte mich heimlich über die Neigen in den Bier- und Schnapsgläsern hergemacht. Für Vater muß es ein schwerer Schock gewesen sein, der ihn nun auch für meine Zukunft das Schlimmste befürchten ließ. Mutter holte den alten Sanitätsrat Wollschläger herbei; was er mir einflößte, weiß ich nicht, aber ich stand am nächsten Tag wieder fest auf meinen dicken Beinen. Meinen Bruder haben ein paar mitleidige Seelen am frühen Morgen heimgebracht und ihn, da sie ihn wohl für tot hielten, einfach vor die Tür gelegt. Er trug schon als Primaner einen starken »Es-ist-erreicht-Schnurrbart«. Witzbolde hatten ihm die eine Hälfte davon abrasiert, und so entdeckte ihn Mutter. Mit Annas Hilfe schleppte sie ihn ins Bett, stellte einen Eimer daneben und schnitt ihm, um ihn nicht zum Gespött seiner selbst zu machen, mit ihrer Stickschere auch noch die andere Schnurrbarthälfte weg. Damit er sich beim Erwachen zurechtfinden konnte, ließ sie die Petroleumlampe brennen. Und das war ein großer Fehler. Denn die Lampe begann zu blaken und bedeckte den Schläfer, das Bett und das ganze Mobiliar seiner Schülerbude mit einer fingerdicken, öligen Rußschicht, weichen Flocken, die ihn beinahe erstickt hätten. Unsere Anna, die Mutter gegen Mittag mit Essiggurken und Rollmöpsen zu ihm schickte, kam schreiend zurückgelaufen, als wäre sie einem Gespenst begegnet, einem Gespenst von schwarzer Couleur. Die Säuberung des Zimmers nahm Tage in Anspruch, und der Petroleumgestank verlor sich nie ganz, auch nicht, nachdem das Zimmer neu tapeziert worden war.

Aber damit ist die Geschichte von dieser Abiturfeier noch nicht ganz zu Ende. Sie hatte noch ein unangenehmes Nachspiel. Denn auch vor der Entlassungsfeier der Abiturienten, einem Festgottesdienst in der Aula des Gymnasiums, an den sich die Rede des Direktors zur Entlassung der Schüler in das freie akademische Leben anschloß, gab es einen Kommers, den die Schüler ihren Lehrern ausrichteten. Und dabei wurde nicht weniger getrunken als auf den Kommersen zur Feier des soeben bestandenen Examens. Kurz vor Anbruch des Tages zogen die Herren Lehrer und ihre Abiturienten, vom Herrn Direktor persönlich angeführt, im Gänsemarsch durch die Stadt, um zum Abschluß der Feier im Schulhof des Gymnasiums den vom Direktor vor langen Jahren eingeführten und zur Tradition gewordenen ›Sockentanz‹ zu zelebrieren. Man zog die Schuhe aus, warf sie in der Mitte des Hofes auf einen Haufen zusammen, faßte sich an den Händen, hüpfte im Ringelreihen um die Schuhe herum und sang dabei: Was sollen uns Geigen und Flöhöhöten? Wir wollen noch einen verlöhöhöten! Und das viele Male hintereinander. Und da es zu mühselig war oder in der Dunkelheit sogar unmöglich gewesen wäre, die Schuhe auseinander zu klauben und im Haufen das eigene Paar zu finden, ließ man sie liegen und wankte auf Socken heimwärts. Die Schuhe kamen nicht abhanden, denn der Pedell stand, dieses Abschlusses der Feier gewärtig, bereits unter dem Portal und sammelte die Schuhe ein, die man bei ihm anderen Tages gegen ein Trinkgeld wieder einlösen konnte.

Mutter gelang es mit vieler Mühe, Ernst am Morgen zu wecken, denn die Abschlußfeier und Entlassung sollte pünktlich wie an jedem anderen Schultag um acht Uhr beginnen. Sein Zustand war nicht der allerbeste, und auch der starke Kaffee, den Mutter ihm einflößte, vermochte daran nicht viel zu ändern. Aber es beruhigte sie, daß er dann doch aufrecht und ohne allzu starken Zickzackkurs dem Gymnasium entgegensteuerte. Er hatte seit seinen Sekundanerjahren bei den täglichen Morgenandachten die Lieder mit seinem Harmoniumspiel eingeleitet, begleitet und ausklingen lassen.Also reihte er sich nicht zu seinen Mitabiturienten, die vor dem Pult Aufstellung genommen hatten, von dem aus der Direktor seine Schlußansprache halten wollte, sondern ging zu dem auf einem Podest stehenden Harmonium, warf seinen Nachfolger von der Orgelbank und intonierte, während der Direktor das Gesangbuch aufschlug und zur ersten Strophe des Liedes ›Nun danket alle Gott‹ aufrief, vor versammelter Schulgemeinde den Schlager der Saison: ›Puppchen, du bist mein Augenstern ... ‹– Man mußte ihn mit Gewalt von der Orgelbank und aus der Aula entfernen, die Abschlußfeier fand ohne ihn statt, der Direktor entrüstete sich über seine sittliche Unreife, wollte ihm das Abgangszeugnis verweigern und ihn von der Schule relegieren. Vater mußte grobes Geschütz auffahren, er drohte, die Sockentänze vor das Provinzialschulkollegium zu bringen und erreichte es schließlich, daß Ernst sein Abgangszeugnis ohne Änderung in der Betragen-Note ausgehändigt bekam.

Daß er viele Jahre später bei meinem eigenen Abitur auch intervenieren mußte, war allerdings keine Folge von alkoholisch beschwingten Sockentänzen, sondern hatte ganz andere Gründe. Paul Wegener, der dämonische Darsteller des Golem und des Studenten von Prag, beging wenige Wochen vor meinem Abitur seinen fünfzigsten Geburtstag. Dreißig Jahre zuvor hatte er an der gleichen Penne sein Abitur gemacht und war zur Feier dieses dreißigjährigen Jubliäums zu einer besonderen Ehrung eingeladen worden. Man hatte nämlich seinen Abiturientenaufsatz in den verstaubten Archiven des Gymnasiums auf dem Speicher entdeckt. Schüler der Untertertia, die im Zeichenunterricht gerade mit der Rohrfeder umzugehen lernten, hatten seinen Aufsatz in schöner Schrift auf festem Bütten zu Papier gebracht und hübsch eingebunden, und dieser Aufsatz wurde Paul Wegener vom Sprecher der Schule, meinem Konabiturienten Arthur Krewald, mit einer schwungvollen Ansprache überreicht. Paul Wegener bedankte sich herzlich. Hinterher aber trat unser Direktor aufs Katheder und setzte zu einer denkwürdigen Ansprache an: Der Deutschlehrer und das Kollegium des Jahres 1894 hätten die Qualität seines Aufsatzes über das Thema ›Hat Schiller mit seiner Behauptung recht, wenn er sagt, daß in Goethes Iphigenie das Sittliche, das im Herzen wohnt, zum Mittelpunkt der Handlung gemacht sei‹ doch nicht so recht erkannt und gebührend gewürdigt und daher den Aufsatz nur mit einer ›Drei bis Vier‹ benotet. Nach reiflicher Überlegung seien er und seine Herren Kollegen zu der Auffassung gelangt, daß dieser Aufsatz sicherlich eine ›Zwei bis‹, wenn nicht gar eine glatte ›Zwei‹ verdient hätte, und so habe man sich erlaubt, den Aufsatz mit der Note ›Gut‹ nachzuzensieren. – Uns lief der Schweiß in den Hals und wir schluckten trockene Klöße hinunter, als Wegener erwiderte, diese ›Drei bis Vier‹ habe ihm dreißig Jahre lang schlaf-

lose Nächte bereitet, und er hoffe nun, die restlichen Nächte seines Lebens ohne Alpdrücken und Nachtschweiß ruhig schlafen zu können.
Mir juckte es in den Fingern, ich konnte nicht anders, ich setzte mich noch am gleichen Abend hin, schrieb die Geschichte nieder und schickte sie an den ›Simplicissimus‹. Peter Scher veröffentlichte sie sofort, übersandte mir ein Honorar von zwanzig Mark und forderte mich zu weiterer Mitarbeit auf. Kaum war sie gedruckt, da ließ mich der ›Chef‹ auch schon zu sich kommen, schielte durch seine starken Brillengläser über meinen Kopf hinweg und eröffnete mir, daß ich zum mündlichen Examen nicht mehr anzutreten brauche und das Examen möglichst an einer anderen Anstalt im nächsten Jahr wiederholen könne. Vater war der rettende Engel. Er erklärte dem Direktor kühl, daß neunzehn- oder zwanzigjährige junge Menschen genug kritischen Verstand besäßen, um sich über diese hanebüchene Zensurenänderung ihre eigenen Gedanken zu machen. Und im übrigen könne er sich nur wundern, daß das Provinzialschulkollegium noch nichts unternommen habe, um ähnliche peinliche Vorkommnisse in Zukunft zu unterbinden. Und da zur gleichen Zeit auch Paul Wegener, dem ich den Simplicissimus mit meinem Beitrag zugeschickt und meine Nöte kurz geschildert hatte, für mich intervenierte, durfte ich ins Mündliche, und der Oberschulrat, der die Prüfung leitete, behandelte mich besonders liebenswürdig. Er galt als strenger Examinator. Mir stellte er, nachdem er sich laut in ein großes Taschentuch geschneuzt hatte, eine einzige Frage: Ob mir eine besonders treffende Definition für den Begriff des Humors bekannt sei, und als ich stramm und lautstark – denn er liebte eine forsche Haltung –

antwortete: Humor ist, wenn man trotzdem lacht! murmelte er: Ausgezeichnet, ganz ausgezeichnet! und entließ mich mit einer gnädigen Handbewegung aus der Prüfung. Der Chef saß mit steinernem Gesicht daneben. –

Meinem Vater waren solche Gänge verhaßt, denn Schulmeister – er nannte sie nie anders – waren ihm, vielleicht aus eigener Erfahrung, in der Seele zuwider. Lauter arrogante Kerle und Besserwisser, pflegte er zu sagen; na ja, unter Blinden ist der Einäugige König, und vor Analphabeten kann, wer ein bißchen lesen und schreiben kann, leicht den lieben Gott spielen und Zensuren verteilen. Und wenn man recht hinsieht, dann haben die Brüder das ganze Jahr Ferien, und dafür werden sie auch noch bezahlt . . .

In den Gerichtsferien trafen bei uns manchmal Ansichtskarten von der Schneekoppe oder vom Brokken mit Grüßen von Kollegen ein. Bei uns ging es wohl zu knapp zu, als daß sich die Eltern weite Urlaubsreisen hätten leisten können, zumal, nachdem Ernst die Universität bezogen hatte, um Jura zu studieren. Vaters Ferien sahen wir Kinder mit dem gleichen Bangen entgegen wie seinen freien Nachmittagen und den Sonn- und Feiertagen überhaupt, denn Vater war ein gewaltiger Marschierer und schleifte uns meilenweit durch die Wälder und Felder mit. Die Schönheit der Landschaft ließ ihn ziemlich unberührt, er wäre auch durch die Sahara gelaufen, die Hauptsache für ihn war, ein Minimalpensum von zwanzig Kilometern hinter sich zu bringen. Er brauchte einfach Bewegung. Seine obligatorischen Revisionsbesuche der zum Landgerichtsbezirk gehörenden Amtsgerichte legte er, obwohl es zu den meisten Orten Eisenbahnverbindungen gab, prinzipiell zu Fuß zurück, und es waren nach Bialla, Rhein oder Marggrabowa gewaltige Entfernungen. Er marschierte, in den Dörfern vom Hundegebell verfolgt und manchmal von streunenden Hunden angegriffen, mit dem Regenschirm in der linken und einem dicken Knüppel in der rechten Hand ganze Nächte hindurch und erschien zuweilen erst zum Frühstück daheim in der Wohnung, ohne die geringste Spur von Ermüdung zu zeigen. Der einzige, der sich strikt weigerte, mitzumarschieren, und dem Vater die Weigerung durchgehen ließ, war Dittchen, unser Dackel. Wenn er sah, daß Vater die Stiefel mit den Doppelsohlen anzog, verkroch er sich und blieb für den Rest des Tages verschwunden.

In Ostpreußen wurde das Zehnpfennigstück allgemein nur Dittchen genannt. Und weil der Dackelwelpe, den mein Bruder eines Tages von einem Schulausflug mit heimbrachte, so winzig wie ein Dittchen war, bekam er diesen Namen. Er war ein Rauhhaardackel und stammte aus einer guten Zucht, die ein Förster betrieb, dessen Sohn mit Ernst die gleiche Klasse besuchte. Vater war eigentlich kein Hundefreund, aber da seine Kinder ein Jahr zuvor die Mutter verloren hatten und ein Wesen brauchten, an das sie ihr Herz hängen konnten, gab er ihren Bitten nach, und der Dittchen durfte im Haus bleiben. Als ich auf die Welt kam, war der Dittchen etwa vier Jahre alt. Aus lauter Besorgnis, der Hund könnte mir Flöhe, Würmer oder sonstwas anhängen, wollte Vater ihn wieder abschaffen, aber da traf er nicht nur auf den Widerstand seiner Kinder, auch Mutter, die daheim mit Hunden großgeworden war, setzte sich energisch dafür ein, daß der Dittchen bleiben durfte. Der Hund vergalt es ihr mit rührender Anhänglichkeit, und mich schloß er ganz eng in sein Dackelherz. Er schlief vom ersten Tag an unter meinem Bett, knurrte jeden an, der sich mir zu nähern wagte, folgte mir von den ersten Gehversuchen an auf Schritt und Tritt und leckte mich sauber, wenn ich mir die Hosen vollgemacht hatte. Und obwohl es ihm und mir streng verboten wurde, fand er immer einen Weg, zu mir ins Bett zu schlüpfen und morgens zu verschwinden, ehe er bei mir entdeckt wurde. Die tragische Geschichte, wie der Dittchen uns beinahe eingegangen wäre, ereignete sich zu einem späteren Zeitpunkt.

An den Familienausflügen nahm unser Dittchen, wie gesagt, nicht teil. Auch ich hätte mich gern davor gedrückt, aber da biß ich ebenso wie meine Schwestern bei Vater auf Granit. Bald nach meinem fünften Geburtstag hatte Vater wie alljährlich seinen Sommerurlaub genommen. Es begann die Zeit der großen Wanderungen. Gerade in diesen Tagen hatten die Eltern Konditor Strauß und seine Frau beschworen, mich nicht mehr mit Süßigkeiten zu mästen. Sie hatten es versprochen und hielten sich leider auch an ihr Versprechen. Das beeinträchtigte meine Laune natürlich ganz beträchtlich. Statt des Milchbreies zum Frühstück wollte ich Bonbon haben, und Mutter sagte, was ich nun schon seit einigen Tagen zu hören bekam: iß zuerst deinen Brei, mein Jungchen, dann kriegst du auch ein Bonbon. Aber ich aß den guten Brei nicht und bekam infolgedessen auch kein Bonbon. Das war logisch. Auch statt des Apfels, den ich alltäglich am Vormittag bekam und den ich sonst ohne Widerstände verzehrte, wünschte ich mir ein Bonbon. Und wieder war es klar, daß ich, da ich das eine nicht wollte, das andere, das ich mir wünschte, nicht bekam. Als ich beim Mittagessen darauf bestand, die Suppe und das Rindfleisch mit Meerrettichsoße gegen Bonbons einzutauschen, wurde Mutter nervös. Vater, die Ruhe in Person, da er die Geschehnisse des Vormittags nur vom Hören kannte – und Gehörtes ist zumeist unterhaltsamer als Erlebtes –, sagte nur: Festbleiben, Lina! Und meine Mutter blieb fest und ich fastete weiter. Aber bald nach dem Mittagessen brachen wir auf, nicht zu einem Gewaltmarsch, dieses Mal war nur ein Ausflug nach Sybba geplant, ein Spaziergang von knapp zwei Stunden. Es war eine kleine Bahnstation mitten im Wald auf der Strecke nach Prostken. Früher hatte Vater manchmal gestattet, daß Mutter die Bahn benutzte und uns in Sybba erwartete. Aber seit ihr einmal beim Zuschlagen der Abteiltür der Rock eingeklemmt worden war, so daß die Tür sich auch mit Gewalt nicht öffnen ließ und Mutter bis Prostken durchfahren mußte, wo sie ein Eisenbahner befreite, bestand Vater darauf, daß sie mitmarschierte. Er hatte, als sie damals erst nach Stunden erschien, wahre Höllenängste ausgestanden, ihr könne etwas Schlimmes zugestoßen sein. Meine Schwestern mußten bei den Ausflügen stets voranlaufen, und sie trabten mit Leichenbittermienen dahin, denn Vater nörgelte unausgesetzt an ihnen herum. Alle Augenblicke hieß es: Lotte, geh gerade! Else, die Füße nach auswärts! Lotte, linke Schulter hoch! Else, Brust raus, Kopf hoch! Und wenn es ganz schlimm kam, dann steckte er einem der bedauernswerten Geschöpfe seinen Spazierstock rückwärts durch die angewinkelten Arme, sodaß sie bolzengerade und steif wie Zinnsoldaten voranmarschierten. An meiner Haltung hatte er nichts auszusetzen, ich durfte laufen, wie ich wollte. Aber bei diesem Ausflug wollte ich Bonbons, es ist sogar möglich, daß ich anstatt des Spaziergangs Bonbons haben wollte. Als Mutter mir eine Handvoll Erdbeeren pflückte – und das Erdbeerpflücken muß im Fischbeinkorsett eine ziemlich mühevolle Angelegenheit gewesen sein –, verzichtete ich auf die Erdbeeren und wollte durchaus Bonbons haben. Das war der Moment, in dem Vater mich ernst ansah und etwas von dem zum Brunnen gehenden Krug in seinen Bart murmelte, denn er trug wieder Bart, einen Vollbart, in den meine Schwestern Zöpfe flechten durften, damit er lockig über die Brust fiel. Es war etwas in seinem Blick und in seiner Stimme, was mich hätte stutzig machen müssen, aber ich kannte ihn ja noch nicht so lange.

Das Ziel des Ausflugs war eine kühle, schattige Wirtschaft, die Waldschenke, ein beliebtes Ausflugslokal. Hier packte Mutter die mitgebrachten Wurstbrote und kalten Klopse aus – es waren immer gewaltige Pakete – und Vater labte sich daran und trank dazu ein Bier. Ich bewunderte ihn maßlos, wenn er den Schaum mit einem zischenden Geräusch aus seinem dicken Schnurrbart sog. Daheim benutzte er leider eine sogenannte Barttasse, deren Prozellansteg die Durchtränkung seines Schnurrbartes mit dem Kaffee oder Tee verhinderte. Als nun die Brote verteilt wurden, wiederholte ich mein Tauschangebot. Und endlich schien es zu klappen. Vater stand auf und sagte mit seiner mildesten Stimme: So, mein Jungchen, jetzt sollst du endlich deine Bonbons kriegen!

Der Wirt der Waldschenke hatte auf der Theke zwei große Glasbehälter stehen, der eine davon enthielt rote Riesenhimbeeren zu einem Pfennig das Stück, und der andere rotweißgedrehte Pfefferminzstangen, die allerdings fünf Pfennige kosteten, aber heute sah Vater so aus, als ob er seine Spendierhosen anhätte und mir eine Pfefferminzstange bewilligen würde. Er nahm meine Hand und führte mich vom Tisch fort, aber nicht an die Theke, sondern geradewegs zu dem Bretterverschlag, hinter dem sich das Pissoir befand. Und ehe ich mich versah, lag ich über seinem Knie und verspürte ein schmerzliches Brennen am Hintern.

»Na, wie ist's, Jungchen, willst du noch immer Bonbons haben?«

»Nein!« brüllte ich, »keine Bonbons mehr!«

»Doch«, sagte Vater ganz ruhig, »ich sehe es dir doch deutlich an, daß du noch Bonbons haben möchtest«, und er fuhr fort, mir noch zwei oder drei volle Portionen auszuteilen. – Es war mein erster Zusammenstoß mit jener Geisteshaltung, die man Ironie nennt, und ich gestehe, daß ich ironische Leute bis auf den heutigen Tag nicht leiden kann.

Ein- oder zweimal im Jahr leistete Vater sich einen besonderen Genuß. Dann fuhr er mit zwei befreundeten Kollegen, den Herren Gleich und Sczymanski, nach Prostken. Die Damen waren mit von der Partie, sie spielten dabei sogar eine wichtige Rolle. Prostken war die letzte Bahnstation vor der russischen Grenze. Drüben lag Grajewo, ein kleines Nest mit polnischer Bevölkerung. Zum Grenzübertritt brauchte man weder Paß noch Visum. Während die Herren sich auf der großen Glasveranda der Bahnhofswirtschaft in Prostken niederließen und den Durst mit einem Bierchen löschten, machten die Damen einen kleinen Ausflug in das große russische Reich und kehrten nach einer knappen Stunde wohlbehalten und von keinem russischen oder deutschen Zöllner belästigt nach Prostken zurück. In geheimen Frauenverstecken, nach denen kein Grenzer bei Damen zu forschen gewagt hätte, brachte jede von ihnen ein kleines Fäßchen mit großkörnigem, köstlichem Malossol-Kaviar mit, der bald darauf, auf Eis serviert, von der kleinen Gesellschaft nach russischer Art mit schwarzem Brot und Wodka löffelweise verzehrt wurde. Mir schob Vater ab und zu ein Löffelchen in den Mund und weckte in mir damit eine Leidenschaft, die mich in meinem späteren Leben eine Menge Geld gekostet hat. Man blieb bis in die einbrechende Nacht zusammen, denn dann wurden auf der Veranda bunte Laternen angezündet, die diesem Ausflug eine festliche Note gaben. Die Herren tranken noch einige Biere und Schnäpse, die Damen nippten an einem Gläschen Portwein, und ich bekam eine rote oder grüne Brauselimonade. Die Herren waren nach dem Festmahl in heiterster Stimmung und machten auf der Toilette witzige Bemerkungen, deren Sinn mir rätselhaft blieb und nach deren Bedeutung ich auch nicht zu forschen wagte. Erst, als ich in den nächsten Tagen von den Großeltern zu Kakao und frischen Waffeln eingeladen, den Großvater fragte, weshalb denn nun eigentlich Kaviar dem Vater wieder auf die Mutter helfe, verschluckte er sich so sehr, daß er fast erstickt wäre. Eine Antwort auf meine Frage bekam ich leider von ihm auch nicht.

Ich kann mir nicht denken, daß diese seltenen Fahrten nach Prostken sehr kostspielig waren. Gewiß, Kaviar war immer schon eine Delikatesse und nicht gerade billig, aber da die Damen den Zoll umgingen, kamen sie sicherlich recht preiswert dazu. Richtige Extravaganzen hätten sich die Eltern nie geleistet, weil sie sie sich gar nicht leisten konnten. Sein Gehalt brachte Vater an den Quartalsenden heim. Er erhielt es in Gold ausbezahlt und schüttete es aus einem grauen Leinenbeutel vor Mutter auf den Eßtisch aus. Sie besaß einen kleinen, sehr hübschen Nähtisch, den sie in die Ehe mitgebracht hatte. Er enthielt unzählige Fächer und kleine Schubladen, die sie ihrem eigentlichen Zweck entfremdete und als Tresor benutzte. Ein Goldstück steckte Vater für seine persönlichen Ausgaben ins Portemonnaie, den Rest verteilte Mutter auf die Fächer und Schubladen, die alle kleine Etiketten mit Aufschriften trugen: Schuster, Fleischer, Bäcker, Schulgeld, Kohlen, Bücher – Hefte, Wäsche, Schneiderin und so weiter und so weiter. Vater schaute zu, wenn sie die Goldstücke verteilte und brummte dazu eine Strophe des Rückert-Liedes ›Aus der Jugendzeit‹: wenn ich wiederkomm, wenn ich wiederkomm, sind Kisten und Kasten leer . . .

Und sie waren leer, bis auf eine kleine schäbige Reserve aus Silber und Trompetengold ratzeputze leer, meistens schon eine lange Woche vor Beginn des neuen Quartals. Dann half Großmutter aus ihrer Wirtschaftskasse aus, oder es gab acht Tage lang abwechselnd Kartoffelsuppe, Lungenhaschee oder Rinderfleck, auch Kartoffelpuffer und Stinte in sauersüßer Soße. Vater war es völlig gleichgültig, was auf den Tisch kam, es mußte nur schmackhaft zubereitet und viel sein, denn er war ein gigantischer Fresser und wog, ohne daß man ihn dick nennen konnte oder daß er einen Bauch hatte, über zweieinhalb Zentner. Mit zwanzig bis dreißig Eiern zum Frühstück, mit einer zehnpfündigen Gans oder mit vierzig Kartoffelpuffern, von denen drei auf Mutters größte Pfanne gingen, wurde er spielend fertig. (Meine zweite Frau, die mir meine Erzählungen über Vaters enormen Appetit nie so recht abnehmen wollte und ihn erst an seinem neunzigsten Geburtstag kennenlernte, sah mit immer größer werdenden Augen mit an, wie er zwei Teller

einer bouillabaisse-ähnlichen Fischsuppe, Mutters Spezialität, einen großen Karpfen mit Bergen von buttergetränkten Kartoffeln und zum Nachtisch ein halbes Dutzend Birnen von der Sorte Gute Luise verputzte.) Auch sein Konsum an Zigarren war gewaltig. Er bevorzugte schwarze Brasil und beneidete den Fürsten Bismarck, den er verehrte, glühend um jene Zigarrenspitze, aus der man zwei Zigarren gleichzeitig rauchen konnte; aber diese Spitze hätte wohl seine finanziellen Möglichkeiten überstiegen.
Vielleicht lag es auch an Vaters ungeheurem Appetit, daß wir uns Urlaubsreisen zu fernen Zielen nicht erlauben konnten oder nicht unternahmen, weil es keine Gasthausküche der Welt gab, die ihm die Portionen vorsetzte, die er zur Erhaltung seiner Körperkräfte für nötig hielt. Meine Schwestern lieferte Vater in den Schulferien bei ihrer Tante Marie in Alt-Uckta ab, wo sie unter guter Aufsicht standen. Darauf legte er großen Wert, besonders bei Else, bei der er auch irgendwo Ameisen zu entdecken fürchtete. Sie war ein bildhübsches, schwarzhaariges Mädchen mit märchenhaft blauen Augen, hinter der nicht nur die Primaner, sondern auch die Leutnants der Garnison herwaren. Ich glaube nicht, daß sie mich besonders liebte, denn Mutter, um ihre Tugend genauso besorgt wie Vater, bestand darauf, daß sie mich zu allen Besorgungen, die sie in der Stadt zu machen hatte, stets mitnehmen mußte. Meiner Rolle als Garde de vertu war ich mir gewiß nicht bewußt, aber daß ich ein äußerst lästiges Anhängsel war, ist sicher, denn ich liebte sie eifersüchtig und ließ keinen Verehrer in ihre Nähe. Lotte war noch zu jung, um ernsthaft gefährdet zu sein. Ernst durfte zu Onkel Benjamin nach Königsberg fahren, wo er in einem Hause von weit üppi-

gerem Zuschnitt als unserm verwöhnt wurde, oder Vater schickte ihn nach Nikolaiken, wo einer seiner Vettern die Fischereirechte an mehreren Seen gepachtet hatte und eine Maränenräucherei betrieb. Seine Maränen gingen sogar an den kaiserlichen Hof nach Berlin, und er durfte sich Hoflieferant nennen, worauf er sehr stolz war. Wenn Ernst von den Ferien heimkam, brachte er stets eine fett-triefende Kiste mit Nikolaiker Maränen mit, auf die Vater schon mit Sehnsucht wartete.

Einmal nahmen mich die Schwestern nach Alt-Ukta mit, aber ich hielt es dort keine acht Tage aus. Die älteren Bauernjungen verprügelten mich, weil ich ihnen zu städtisch war, und mit den gleichaltrigen gab es kein Spiel und keine Unterhaltung, weil sie unsere Spiele nicht kannten und außerdem nur masurisch sprachen, wovon ich nur ein paar Brocken verstand. Und schließlich behandelte mich diese Tante Marie miserabel. Sie konnte es meinem Vater nicht verzeihen, daß er, wenn er schon noch einmal heiraten mußte, nicht sie genommen hatte. Meiner Mutter sagte sie einmal wörtlich, sie könne es nicht begreifen, daß Vater ›einen nackten Hintern‹ geheiratet habe, worunter sie die Vermögenslosigkeit von Mutter verstand; sie hätte Vater doch Häuser, Grundbesitz und ein beträchtliches Barvermögen in die Ehe mitgebracht. Daß Mutter seitdem nervöse Zustände bekam, wenn Tante Marie ihren Besuch ankündigte, ist verständlich. –

Daheim hatte ich, was ich in Alt-Ukta so sehr vermißte, Raum, Freiheit und Spielgefährten in jeder Menge. Das Straußsche Haus war mit dem Nachbarhaus durch einen Torbogen aus Mauerwerk verbunden, der auf einen Hof von der Größe eines Markt-

platzes führte. Im Nachbarhaus befand sich nämlich die Gastwirtschaft von Herrn Paul Bouvain, einem Hugenottenabkömmling, deren es in Lyck viele gab. Unser Schuhmacher hieß Dubois, und der Fleischer Toussaint. Sie hielten auf Tradition, sprachen ihre Namen französisch aus und manche heirateten, wenn es irgendwie zu machen war, zu Königsberg in der Französischen Kirche. Dieser Bouvain war ein Original; wenn er voll war, und das war er häufig, beschimpfte er seine Gäste, prügelte auf sie ein und schmiß sie hinaus. Ein Unteroffizier der Ulanen hatte bei solch einer Gelegenheit blankgezogen und ihm mit seiner Plempe die Nase abgehauen. Seitdem trug er die Nasenlöcher in Augenhöhe und sah furchterregend aus. Den Ulanen wurde das Lokal verboten, aber die anderen Gäste gewöhnten sich an seinen Anblick, nahmen ihm seine Eskapaden nicht übel und verkehrten weiter bei ihm, vor allem die Bauern aus der Umgebung, die an Markttagen in die Stadt strömten und ihre Pferde und Fuhrwerke bei ihm unterstellten. Im Hof befanden sich große Stallungen, die sich herrlich zum Versteckspielen eigneten.
Im zweiten Stockwerk des Bouvainschen Hauses wohnten meine liebsten Freunde, Hannchen und Fritzchen Grigat; Johanna zwei Tage jünger als ich, Fritz um ein Jahr älter. Ihre Mutter war eine junge, schöne Frau, die das Haar wie die Kronprinzessin Cecilie von den Schläfen und vom Nacken aufgekämmt in einem kunstvollen Knoten trug. Kinder aus der Nachbarschaft fanden sich in Scharen ein, und wir spielten auf dem Hof und in den Bouvainschen Stallungen Räuber und Gendarm, Indianer und Trapper, Wer fürchtet sich vorm schwarzen Mann, Verstecken und Dridri-Greifchen mit Popo-Anschlag, wobei der

Anschlag bei diesem kombinierten Spiel aus Greifen und Verstecken durchaus nicht auf den Popo, sondern auf Rücken oder Schulter gegeben wurde. Aber ich spielte mit Hannchen und ihren Puppen auch ›Vater-Mutter-Kind‹ und in den dunklen Winkeln der Ställe und auf ihren Heuböden ›Dokterchen‹, und mich müssen die kleinen Unterschiede, die es zwischen Buben und Mädchen gibt, ganz ungeheuer interessiert haben. Denn eines Tages blieb Hannchen den Spielen fern, und ihre Mutter zog mich, als ich sie arglos und ganz ohne schlechtes Gewissen abholen wollte, zu sich in die Küche und sagte sehr ernst: ›Hör einmal, Jungchen, wenn du noch einmal dem Hannchen an ihrem Dingchen spielst, dann schneide ich dir die Finger ab. Wie der Schneider mit der Scher! Hannchens Dingchen ist nämlich ganz rot und entzunden!‹ – Sie muß eine für jene Tage ungewöhnlich vernünftige Frau gewesen sein, denn in Dingen des Dingchens verstand man damals keinen Spaß. Sie ließ uns sogar, was andere Mütter gewiß nicht getan hätten, weiter miteinander spielen, nur schaute sie öfters aus dem Küchenfenster in den Hof hinunter und rief ihr Hannchen ins Freie, wenn wir uns allzulange in den Ställen und Scheunen versteckten ...

Ein halbes Jahr später brauchte sie sich um ihr Hannchen keine Sorgen mehr zu machen, jedenfalls nicht meinetwegen, denn Vater ließ sich nach Königsberg versetzen, weil er Ernst, der einer schlagenden Verbindung beigetreten und mehr in der Kneipe als im Hörsaal zu finden war, im Hause unter Aufsicht haben wollte. Else, die inzwischen das Lyzeum abgeschlossen hatte, wollte in Königsberg die Gewerbeschule besuchen. Vater hatte nichts dagegen einzuwenden, daß seine Töchter sich auf einen Beruf vorbereiteten. Es war zwar anzunehmen, daß sie eines Tages heiraten würden, aber er hielt die Ehe für ein Lotteriespiel, bei dem man mehr Nieten als Gewinne zog. Und außerdem gab es noch eine Menge anderer Möglichkeiten, die eine junge Frau zwingen konnten, für sich selber zu sorgen.

In dieser Zeit des nahenden Abschieds von den Freunden und von dem riesigen Spielplatz hinter dem Haus mit seinen vielfältigen Gelegenheiten für Unterhaltung und anatomisch-biologische Studien begann unser Dittchen uns große Sorgen zu machen. Er war gerade acht Jahre alt geworden und stand damit, nach Hundejahren gerechnet, eigentlich im besten Mannesalter. Es war traurig, aber wir mußten uns mit dem Gedanken vertraut machen, daß es mit dem Dittchen zu Ende ging. Zuerst befürchteten wir wahrhaftig, er hätte sich an der Tollwut angesteckt, denn tollwütige Dachse und Füchse kamen oft genug über die Grenze, und Hundesperren, bei denen der Dittchen nur mit Maulkorb und an der Leine ausgeführt werden mußte, gehörten nicht gerade zu den Seltenheiten. Früher war er der Familie mit seiner Munterkeit am Morgen zuweilen fast auf die Nerven gegangen, aber seit einem guten halben Jahr wachte er, wenn er überhaupt aus seinem Korb aufzustehen geruhte, so ausgesprochen schlecht gelaunt auf, daß man ihn kaum anzusprechen wagte. Unserer Anna, mit der er seit eh und je in einem etwas gespannten Verhältnis lebte, weil sie ihn aus der Küche jagte, wenn er ihr die Besen und Scheuertücher verschleppte, schnappte er eines Morgens bei solch einer Gelegenheit giftig nach der Wade und biß sie, als sie ihm eine aufs Maul geben wollte, bis aufs Blut in die Hand. Aber er soff, er soff mehrmals am Tag seine Wasserschüssel leer, und das

sprach ja nun entschieden gegen den Tollwutverdacht. Gegen Mittag wurde er dann etwas lebhafter. Aber es war eine unruhige, sozusagen nervöse Lebhaftigkeit, und er fraß auch ohne rechten Appetit. Wenn ich nach dem Essen zum Spielen auf den Hof lief, folgte er mir zwar, verzog sich aber bald zu einem Mittagsschlaf in die Bouvainschen Ställe und trottete später zum Hause zurück, um Herrn Bouvain einen Besuch abzustatten. Das eigentliche Leiden begann später. Für zwei oder drei Stunden zog er die Hinterläufe nach, als ob er im Rückgrat gelähmt sei, die kurzen krummen Vorderläufe knickten ein, er heulte in langgezogenen Tönen, starrte aus glasigen Augen in die Welt und schnappte nach Gegnern, die nur in seiner Einbildung existierten.
Natürlich brachte Mutter ihn zum Tierarzt. Herr Kleinschroth legte den Dittchen auf den Blechtisch, untersuchte ihn vorn und hinten, drückte an ihm herum und beklopfte und behorchte ihn, und der Dittchen ließ es sich ruhig gefallen, denn vor dem Doktor hatte er den gleichen heiligen Respekt wie ich vor dem Düppeler Invaliden mit seinem Kranich. Und schließlich meinte Herr Kleinschroth, der Dittchen habe wohl eine von uns nicht bemerkte Staupe durchgemacht, und davon könne etwas im Gehirn zurückgeblieben sein. Aber es wäre gewiß kein Schaden, der uns veranlassen könne, dem Dittchen den Gnadentod geben zu lassen. Und mit einer Anspielung, die Mutter ziemlich unfein fand – aber was konnte man von einem Viehdoktor auch schon mehr an Lebensart erwarten? – gab er ihr den Dittchen zurück und sagte: Tscha, gnädige Frau, jünger werden wir leider alle miteinander nicht ...
Immerhin, es war eine beruhigende Diagnose, mit der

Mutter von dem Arztbesuch heimkam. Der Dittchen bekam einen besonders saftigen Knochen, weil er sich beim Doktor so brav verhalten hatte, und mit dem zog er sich irgendwohin zurück. Und genau drei Stunden später ging es mit ihm endgültig dahin. Wir standen mit Tränen in den Augen um den sterbenden Dittchen herum, er zuckte mit den Pfoten wie ein Epileptiker in einem schweren Anfall, und dazu heulte er, daß das ganze Haus zusammenlief, sogar die Gesellen von Konditor Strauß kamen aus der Backstube heraufgerannt und meinten, es ginge mit einem von uns auf eine schreckliche Art zu Ende. Und Mutter packte den Dittchen zum zweiten Mal an diesem Tage und sauste mit ihm wie die Feuerwehr zu Dr. Kleinschroth in die Praxis. Die Leute, die mit ihren kranken Hunden, Katzen und Kanarienvögeln im Wartezimmer saßen, ließen ihr bei der Schwere des Falles – denn der Dittchen verdrehte bereits die Augen – gern den Vortritt. Der Doktor nahm den Dittchen auch sofort heran, schaute ihm in die Pupillen, riß ihm die Zähne auseinander und roch ihm tief in den Rachen hinein. Und dann gab er dem Dittchen einen kräftigen Schlag auf den Hintern und sagte, ehe Mutter gegen diese rohe Behandlung des lieben Tierchens protestieren konnte: Wissen Sie, verehrte Dame, was mit dem Dittchen los ist? Dieser elende Saudackel ist besoffen wie ein Fürst! Seine ganze Krankheit ist ein richtiges Delirium tremens, und ich möchte wetten, daß er ganze Heerscharen weißer Mäuse sieht. – Er packte den Dittchen beim Genick, ging zur Wasserleitung und hielt den zappelnden Dackel minutenlang unter den kalten Wasserstrahl. Und als er ihn Mutter zurückreichte, grinste er recht hämisch: So, und jetzt versuchen Sie herauszubekommen, wo er sich besäuft, und dann

gewöhnen Sie ihm das Saufen ab. Das wird eine schöne Lebensaufgabe werden, gnädige Frau. Und jetzt bekomme ich noch drei Mark. –
Am nächsten Tag lagen wir zu fünft auf der Lauer, Mutter und Anna waren mit dabei und beobachteten, wie der Dittchen nach kurzem Schlaf im Stall hinter den leeren Fässern verschwand, die neben dem Hintereingang zur Bouvainschen Kneipe aufgestapelt standen. Aber nicht, um in ihrem Schatten weiterzudösen. Er schlüpfte hinter ihnen hervor und verschwand im Hause. Und im Lokal vom Bouvain fanden wir ihn unter der Theke an der vollen Schüssel mit Tropfbier, das er selig in sich hineinschlabberte. Herr Bouvain aber, den meine Mutter empört zur Rede stellte, grinste sie aus seinen schrecklichen Nasenlöchern an: Respekt vor so'nem Durst, verehrte Dame, da könnte sich mancher Gast ein Beispiel nehmen! – Und er erzählte feixend, daß unser Dittchen seit einem guten Jahr bei ihm täglicher Stammgast sei und zur Erheiterung der Gäste viel beitrage, denn er benehme sich mit einem Zacken in der Krone akkurat genauso wie ein Mensch. Und akkurat wie einem Menschen haben wir dem Dittchen das Saufen abgewöhnen müssen. Die harte Entziehungskur dauerte über ein Vierteljahr. Eine hohe, große Kiste mit zollstarken Brettern wurde zur Trinkerheilanstalt umfunktioniert, und die Kur war wirklich alles andere als lustig. Zweimal gelang es unserem kleinen Trunkenbold beinahe, die dicken Bretter durchzunagen. Acht Tage lang heulte er wie ein Derwisch und schnappte nach jedem, der sich ihm näherte. Der Doktor kam öfters vorbei und gab dem Dittchen Beruhigungsmittel, die Anna ihm ins Futter mischen mußte. Es war eine harte und lange Kur, aber sie hatte

schließlich Erfolg, der Dittchen soff fortan nur Wasser und zeigte sogar deutlichen Ekel, wenn Anna zum Abendessen gelegentlich einen Krug Bier vom Bouvain holte und auf den Tisch stellte. Nur Ernst hörte es nicht allzu gern, wenn ihm der Dittchen zu passenden und unpassenden Gelegenheiten von Vater als leuchtendes Beispiel dafür, daß man sich das Trinken mit einiger Energie abgewöhnen könne, vorgehalten wurde.

Die Vorbereitungen für den Umzug in die große Stadt, der für den Januar geplant war, hielten vor allem Mutter lange vorher in Bewegung. Sie fuhr mit Vater für einige Tage nach Königsberg, um dort eine passende Wohnung zu suchen und deren genaue Maße aufzuzeichnen, damit man sich mit Möbeln und Gardinen auf das neue Heim rechtzeitig vorbereiten konnte. Aber daneben liefen die Vorbereitungen für das letzte Weihnachtsfest im alten Haus. Sie stellten Mutters Gedanken und vor allem ihre Wirtschaftskasse vor Probleme, deren Lösung sie oft genug verzagen ließ. Irgendwie schaffte sie es dann doch immer wieder, sogar in jenem Jahr, als ihr drei Wochen vor dem Fest die Geldbörse mit mehr als hundert Mark aus der Handtasche gestohlen wurde. Vater begann mit den Vorbereitungen für das Fest schon Anfang September, wenn er von der neuen Honigernte den Bärenfang ansetzte. Auf drei Kilo Honig kamen drei Liter Sprit, das gab einen Gesundheitstrank, der mild durch die Kehle floß und die Beine wegzog, als würde dem, der zuviel davon einnahm, der Teppich unter den Füßen weggerissen. Vater nahm ab und zu eine kleine Probe von seinem Erzeugnis und beurteilte den Stoff mit der gleichen prüfenden Kennerschaft, mit der Winzer am Rhein ihre Fässer überwachen.

Mitte November holte Anna die großen runden Blechbüchsen vom Speicher, und in der Küche begann ein geheimnisvolles, äußerst wohlriechendes Treiben. Gleichzeitig wurde die Doppeltür zum ›Salon‹ zugesperrt. Für vier Wochen entzog sich die prächtige rote Plüschgarnitur aus den achtziger Jahren meinem Blick, und wo ich auch sein mochte, war ich unerwünscht und irgend jemandem im Wege. Die Schwestern durften das Prunkzimmer halbstundenlang betreten, um am Klavier zu üben, Paradestücke aus Salonalben, mit denen sie sich am Heiligen Abend den ergriffenen Eltern und den über soviel Fingerfertigkeit staunenden Großeltern präsentierten. Mir trichterten sie ellenlange Gedichte ein, während sie selber neben ihren Klavierübungen Dinge produzierten, die viel Bewunderung erregten. Lotte verfertigte für Vater und auch für Großvater Heinrich Serviettenhalter, ein grünes Filzband mit zwei Nickelklammern, auf das sie den völlig überflüssigen Wunsch ›GUTEN APPETIT‹ stickte, denn über Mangel an Appetit hatte sich auch Großvater nie zu beklagen gehabt. Else aber hatte zwei Gemälde auf der Staffelei, ein sogenanntes Pendant, einmal eine Frühlingslandschaft mit rosigen Wölkchen, rosig überschäumten Kirschbäumen und klingelnden Enten auf einem perlmuttfarbenen Teich – und ein Winterbild mit tief verschneiten Tannen, einem traulichen Häuschen mit erleuchteten Fenstern und einem rauchenden Kamin.

Und Mutter fand zwischen dem Backen von Pfefferkuchen, Ausstechern, Spekulatius, Mandelplätzchen und Konfekt aller Art, die nach und nach die Blechdosen füllten – Mutter fand zwischen dem Zerwirken eines Schweineviertels, dem Schlachten der Gänse, dem Einkochen von Sülzen, dem Marinieren von Heringen und Rollmöpsen, dem Gelieren von Aalen und Schleien, dem Wurstmachen, dem Pökeln des Schweineschinkens und dem schwierigen Geschäft des Backens von Randmarzipan noch Zeit, um für Vater mit Schnitzmesser, Brenngebläse und Ölpinsel einen kunstvollen Zigarren- und Likörschrank anzufertigen, ein wahres Prachtstück, das in den folgenden Jahren von den Damen ihres Kränzchens oft nachgemacht, aber in dieser hochkünstlerischen Vollendung nie erreicht wurde. Ja, Mutter hatte Phantasie und überraschte Vater jedes Jahr aufs neue, während er ihr alljährlich mit einem feierlichen Gesicht, als entschleiere er das verhüllte Bild zu Sais, einen Topf mit Alpenveilchen, eine neue Handtasche, ein Paar Glacéhandschuhe und eine Flasche Kölnisch Wasser überreichte.

Wie war man aufgeregt, bis endlich im Salon die kleine Stielglocke ihr Geläut ertönen ließ, sich die Doppeltür endlich öffnete und den Blick auf den zimmerhohen Tannenbaum mit seinem strahlenden Kerzenschmuck freigab. Noch waren die Geschenke unter dem Baum mit weißen Tüchern verhüllt. Ernst improvisierte leise am Klavier, es roch so gut nach Wachs und Tannenharz, blaue und rote Glanzpapiere warfen geheimnisvolle Lichter auf die Krippe. Die Großeltern saßen hinter dem Mahagonitisch auf dem roten Sofa, Großvater schnuffelte vor Rührung, und dann verlas Vater von dem Paradepult, auf dem sonst der goldgeschnittene Prachtband ›Preußen und sein Königshaus‹ lag, aus der großen Bilderbibel das Weihnachtsevangelium. Dann setzte Ernst am Klavier mit einem Vorspiel ein, und Vaters orgelnder Baß dröhnte über Mutters Diskant hinweg, zum Glück, denn ihr

gerieten die Tonarten immer ein bißchen durcheinander. Oh du fröhliche, oh du selige – und dann ging es endlich ans Verteilen der Geschenke.
Das war 1910, im letzten Jahr völliger Kinderfreiheit, denn zu Ostern sollte ich auf die Schule kommen. Dieser Heilige Abend hätte für mich fast recht unheilig geendet. Ich bekam meine ersten Schlittschuhe, Wunderwerke der Technik, mit Absatz- und Sohlenverschraubungen, und ich probierte sie sogleich auf dem spiegelblank gebohnerten Boden des Salons aus, während die anderen im Eßzimmer tafelten. Vielleicht rettete mich die Husarenuniform, die mir die Großeltern geschenkt hatten, vor Vaters Zorn über den total zerkratzten Fußboden; denn einem preußischen Husarenoffizier vom Leibregiment des Kronprinzen konnte er als königlich preußischer Beamter nicht ohne weiteres eine Maulschelle verpassen. –
Kurz vor der Abreise nach Königsberg bekam ich meinen ersten Hosenanzug. Bis dahin war ich in den gleichen Kitteln herumgelaufen, die auch die Mädchen trugen. Dort, wo die Bahnhofstraße in den Marktplatz mündete, stand rechterhand das Bekleidungshaus der Herren Becker & Jacoby, ein stattlicher, weiträumiger Bau, der es mit jedem großstädtischen Unternehmen der gleichen Branche aufnehmen konnte. Das Haus führte Robes und Modes für Damen, Herrenkonfektion und Kinderkleidung. Der Becker war Christ, der Jacoby war Jude, aber es hieß allgemein: der größere Jude ist der Becker. Herr Jacoby war nämlich der mehr im Hintergrund wirkende Geldmann und Einkäufer, während Herr Becker das Ladengeschäft und den Verkauf leitete. Es war ein Haus, wie es in seiner Art nur in der Nähe der russischen Grenze bestehen konnte. Man erzählte sich, daß

stets, wenn die auf die Festung Grodno und die Städte Augustowo und Lhomza verteilten Kavallerie- und Artillerie-Regimenter neue Remonten aus den russischen Heeresgestüten bekämen, diese neu angekommenen Remonten über die Grenze getrieben und verkauft würden. Für einen geringen Teil des Erlöses erstände man uralte Kraggen, um in den Regimentsställen die Sollzahl an Pferden vorweisen zu können, während der größere Teil des Geldes bei Becker & Jacoby bliebe. Vater hielt diese hartnäckig auftauchenden Gerüchte nicht für unwahrscheinlich. Bei einem Mordprozeß – der Fall hatte sich an der Grenze zugetragen und ein russischer Waldarbeiter wurde des Notzuchtverbrechens und Mordes an einer Pilzsammlerin beschuldigt – wurde ein russischer Richter aus Bialystok als Sachverständiger und Dolmetscher hinzugezogen. Nach der Verhandlung, die mit einem Todesurteil endete, war der Russe bis zur Abfahrt seines Zuges Gast in unserm Haus. Dabei kamen die Herren auch auf deutsche und russische Beamtengehälter zu sprechen, und der Russe zog respektvoll die Brauen hoch, als er hörte, was Vater an Gehalt zustand. »Bei mir ist es bedeutend wänniger,« sagte er in seinem harten Deutsch, doch dann blinzelte er Vater an, »abberr wir chabben gewisse Näbeneinnammen Sie verstähen . . .!« Vater wagte nach diesen Näbeneinnammen nicht zu fragen, aber er war davon überzeugt, daß drüben nach dem Grundsatz »wer gut schmeert, der gut fährt‹ gerichtet und geurteilt wurde. –

Zu Becker & Jacoby mitgenommen zu werden, war jedesmal ein besonderes Ereignis. Denn dort stand in einem mit Tischen und Polsterstühlen möblierten Nebenraum stets ein Kessel mit heißen Würstchen für die Kunden bereit, heißen Würstchen mit knackender Haut, die es daheim nur zu ganz seltenen Gelegenheiten gab, denn Vater hätte einige Dutzend davon vertilgt. Er war mehr für einen richtigen soliden Ring Knoblauchwurst. Die Damen durften sich während ihrer Einkäufe und Anproben an Kaffee und Torten delektieren. Und hinter diesem Zimmer gab es – oder soll es einen mit den behaglichsten Möbeln ausgestatteten Raum gegeben haben, in dem die russischen Offiziere mit eigenen und fremden Damen bei nächtlichen Einkäufen rauschende Orgien feierten. Tatsächlich waren russische Offiziere mit ihren breitrandigen grünen Mützen und den großen Schulterstücken kein seltener Anblick. Es bestanden freundschaftliche Beziehungen zwischen den benachbarten Garnisonen. Und Damen, die bereit waren, den fremden Kavalieren den Aufenthalt in Deutschland angenehm zu machen und ihnen die Langeweile zu vertreiben, gab es auch. Zwei von ihnen wohnten in unserer unmittelbaren Nähe in der Bahnhofstraße. Ich habe sie allerdings nie zu Gesicht bekommen, denn sie verließen ihre Wohnung nie vor Anbruch der Nacht. Es wurde viel über sie getuschelt. Einmal schnappte ich auf, daß es sich bei ihnen um ›Feuchte Weiber‹ handle, was meine Phantasie anregte, ihnen eine nixenhafte Gestalt und triefende Rocksäume anzudichten. Von Mutter erfuhr ich später, daß sie bildhübsch, hochelegant und so eng geschnürt gewesen wären, daß sie richtige Wespentaillen besessen hätten. In der Hysterie der ersten Kriegstage wurden sie als Spioninnen verhaftet und verschwanden von der Bildfläche.

Königsberg brachte zwar das Erlebnis einer bis dahin unbekannten Sensation, sonst aber bot es mir nichts als Enttäuschungen. Auch die erste lange Eisenbahnfahrt war wenig befriedigend, denn ich mußte stillsitzen und durfte mich nie der Tür nähern; alle taten genauso, als wäre die hohe Quote der Kindersterblichkeit einzig und allein auf das Herausstürzen von Kindern aus fahrenden Zügen zurückzuführen. Dafür durfte ich, endlich am Ziel der Reise angekommen, mit Anna, die einiges Handgepäck und in einem geschlossenen Korb unsern Dittchen trug, auf der vorderen Plattform der elektrischen Straßenbahn direkt neben dem Führer stehen. Das einzige, was mich an ihm störte, war seine graue Straßenbahneruniform mit den dicken Filzstiefeln. Wenn es nach mir gegangen wäre, hätte er einen goldenen Adlerhelm und einen silbernen Küraß tragen müssen. Ich bewunderte ihn hingerissen, wie er Motorwagen und Anhänger mit seiner Kurbel kühn durch die Kurven steuerte und dabei mit der Fußglocke laute Warnsignale abgab, die Fußgänger und Fuhrwerke von den Schienen scheuchten. Die Eltern, die die neue Wohnung wenigstens soweit einrichten wollten, daß sie zum Schlafen bezogen werden konnte, gaben mich bei Tante Minchen, der Witwe von Onkel Benjamin ab, und es gelang mir, die alte Dame zu beschwatzen, mit mir ›Elektrische‹ zu fahren. Sie opferte viele, viele Groschen und den ganzen langen Nachmittag des trüben und naßkalten Januartages dafür. Am nächsten Tag begann sie zu husten, dann bekam sie hohes Fieber und entging nur mit knapper Not einer Lungenentzündung. Das Bett durfte sie erst vier Wochen später verlassen. Sie war eine kleine, korpulente, ungewöhnlich sanftmütige Frau, und sie lebte noch einige Jahre. Mir begegnete sie seit unserer ersten Begegnung mit reservierter Kühle und ließ mich in ihrem Testament, in dem

meine Geschwister reich bedacht wurden, leer ausgehen.
Die neue Wohnung in der Ziegelstraße besaß in den beiden großen Vorderzimmern und im sogenannten Kabinett, einem fensterlosen Raum zwischen Vorder- und Rückfront des Hauses, den sich die Eltern als Schlafzimmer einrichteten, Gasbeleuchtung. Das war eine große Sensation und eine sehr erfreuliche Sache für Anna, die fortan einige Zylinder von Petroleumlampen weniger zu putzen hatte. Ich bekam wieder einmal eindringlich zu hören, daß ich nie und nimmer an den Hähnen drehen dürfe, denn die zweite Ursache für das Hinsterben von Kindern und ganzen Familien schien mit der Gasbeleuchtung zusammenzuhängen. So blieb die Begegnung mit der Straßenbahn für lange Zeit das einzige, was mich mit dem Umzug in die große Stadt versöhnte. Daran änderte auch der Besuch des Tiergartens nichts, denn dort war im Winter nicht viel los; Löwen, Tiger, Affen, Schlangen und Krokodile hatte man in die heizbaren Unterkünfte verlegt, und dort stank es fürchterlich.
Wir bewohnten das Hochparterre eines dreistöckigen Mietshauses. Die Wohnung über uns gehörte Herrn Kliewer, dem Hausbesitzer, der nebenbei eine Versicherungsagentur betrieb. Sein Sohn Alfred, drei Jahre älter als ich und nicht viel größer, dafür aber doppelt so breit, zeigte mir gleich bei der ersten Begegnung, wer hier der Herr im Hause war. Das gab mir Veranlassung, eifrig mit den Hanteln von Ernst zu trainieren, aber trotz allem Body-building gelang es mir in den vier Jahren, die wir in der Ziegelstraße wohnten, nicht, ihn auf die Schultern zu legen. Das ließ eine Wunde in meiner Seele zurück. Im dritten Stockwerk wies ein schlichtes Emailschild Herrn v. Schwarz als

Wohnungsinhaber aus, aber er ließ sich sehr selten in der Wohnung blicken. Ihm gehörte das Rittergut Grünau in der fruchtbaren Pregelniederung, dreitausend Morgen besten Weidelandes, dessen Bewirtschaftung ihn voll in Anspruch nahm. Und außerdem war er Reichstagsabgeordneter. Vater zog vor ihm sehr tief den Hut. In der Wohnung lebten fünf seiner Kinder, vier Söhne und eine Tochter, die von einer würdevollen und strengblickenden Hausdame, Frau John, betreut wurden. Der älteste Sohn trug den weißen Stürmer des Corps Baltia, und der jüngste v. Schwarz war Tertianer auf dem Löbenicht und hielt zu mir trotz meiner Bewunderung für ihn kühle Distanz. Denn einmal erlöste er mich, als ich halberstickt bei Alfred Kliewer im Schwitzkasten hing, und prügelte den starken Alfred windelweich und drohte ihm eine noch fürchterlichere Abreibung an, wenn er ihn noch einmal dabei erwische, daß er einen kleineren und schwächeren Jungen peinige.

Mit den oberen Stockwerken verbanden mich also keine angenehmen oder freundlichen Beziehungen. Um so besser wurden diese im Laufe der Zeit mit Hinterhaus und Keller. In den Keller führte von der Straße eine steile Treppe in die Bierniederlage von Frau Puschke, einer alten zahnlosen Witwe, die nebenbei einen kleinen Handel mit Obst und Gemüse betrieb. Weshalb die Kinder aus der Nachbarschaft sie nur die ›Donnerbuchs‹ nannten, wurde mir bereits bei der ersten Bekanntschaft mir ihr klar. Sie litt unter fürchterlichen Blähungen und tat sich, um sich von den quälenden Winden zu befreien, nicht den geringsten Zwang an. Die dicken, selbstgeschneiderten Röcke aus alten Wolldecken, von denen sie im kalten Keller im Sommer drei und im Winter fünf trug, vermochten den Donnerschall der Entladungen nicht zu dämpfen. Und jedesmal seufzte sie tiefbefriedigt: »All wedder 'ne Doktorrechnung jespart« oder: »Immer raus, was keine Miete zahlt!« – Das Braunbier, ein dünnes Malzgesöff, füllte sie selber ab, indem sie den Gummischlauch, der aus dem Spundloch des Fasses hing, ansaugte und das Bier in die Flaschen oder Kannen rinnen ließ. Es dauerte nicht lange, bis ich ihr Vertrauen in so hohem Maße gewann, daß sie mich dieses wohlschmeckende Geschäft besorgen ließ, ja, sie vertraute mir nicht nur den Bierverkauf, sondern auch den Handel mit Obst und Gemüse an. Zumeist war Meta Dalgahn aus dem Hinterhaus dabei, die mich nach anfänglicher Eifersucht bei Frau Puschke eingeführt hatte, denn bis dahin durfte sie das Abfüllen des Braunbiers allein besorgen. Metas Vater war Lokheizer und kam nur zum Schlafen heim. Mutter Dalgahn betrieb im Hinterhaus eine Wäschemangel, einen riesigen Apparat mit zentnerschweren Walzen, die durch eine Kurbel in Bewegung gesetzt wurden. Es kribbelte im Magen, wenn man sich an die Kurbel hängte und von ihrem Schwung hoch und herum reißen ließ, aber die größte Anziehungskraft, die mich immer wieder in die feuchtwarme Mangelstube lockte, besaßen die dick mit Zucker bestreuten kalten Kartoffelpuffer, die sich zu jeder Tageszeit in einem Teller auf dem Fensterbrett stapelten. Wenn sie zur Neige gingen, überließ Frau Dalgahn die Mangel einem der Dienstmädchen, die neue Bügelwäsche brachten oder fertige abholten, stellte sich an den Herd und backte einen neuen Vorrat.

Dem Dittchen ging es nicht anders als mir. Er schlich auf seinen krummen Beinen kummervoll dahin und verzehrte sich in Heimweh und Sehnsucht nach dem

Bouvainschen Hof und nach den Stallungen mit dem herrlichen Geruch nach Pferdemist und nach den Katzen, die er kläffend ins Gebälk hochgejagt hatte. Was bot sich ihm hier schon an Abwechslungen? Das war doch kein Hofplatz, das war ein von grauen Häusern und einer Mauer umpferchtes enges Kiesquadrat, in dessen Mitte ein Walnußbaum verkümmerte und an dessen Mauer stinkende Müllkästen aus Beton standen, die alle vierzehn Tage geleert wurden. Nie verirrte sich ein anderer Hund auf diesen Hof, und auf die Straße durfte Dittchen nicht hinaus, weil er dort womöglich von einem Radler oder von einem Fuhrwerk überfahren werden konnte. Unser Dittchen kümmerte dahin, er fraß lustlos wie in seinen schlimmsten Säufertagen, und eines Tages, nicht lange nach Pfingsten, fand Anna den Dittchen tot und steif in seinem Korb. Ich weinte ihm tagelang nach, und Anna sagte zu Mutter: »Der Dittchen, gnä' Frau, is an nuscht anderm als am Heimweh jestorben, und wenn Sie nich bald was tun, dann jeht uns unser Jungchen auch noch ein – und wo er sich doch so auf die Schule jefreut hat ...«

Mit der Schule war nämlich etwas schiefgegangen. Vater hatte gehofft, mich zu Ostern in der Vorschule des Friedrichskollegiums, eines Gymnasiums, das in der Nähe unserer Wohnung lag, unterbringen zu können. Aber ich war für die Aufnahme in die Nona drei Monate zu jung, und man hatte Vater geraten, mich für den Michaelis-Cœtus anzumelden, denn im Fridericianum gab es Parallelklassen, von denen eine den Schulbeginn zu Ostern und die andere im Herbst aufnahm. Mutter war zwar davon überzeugt, daß der Dittchen an einem der Köder gestorben war, die unser Hauswirt für die Ratten auslegte, denn im Nachbarhaus befand sich eine Bäckerei, deren Mehlvorräte Ratten und Mäuse anlockten. Aber sie setzte sich hin und schrieb den Großeltern einen Brief, in dem sie auch Annas Befürchtungen für meine Gesundheit erwähnte und nicht mitzuteilen vergaß, daß sich der Schulbeginn für mich bis zum Herbst verschoben habe. Die Antwort aus Lyck ließ nicht lange auf sich warten, und tags darauf packte Mutter einen kleinen Koffer mit meinen Habseligkeiten und brachte mich zu den Großeltern. Großvater erwartete uns auf dem Bahnsteig, und ich stürzte heulend vor Glück in seine Arme.

»Na, nun hör schon auf zu weinen, Jungchen«, sagte er, »sonst schmeckt dir womöglich vor lauter Salz das Zuckerei nicht, mit dem Oma auf dich wartet.« Sie erwartete mich tatsächlich mit der großen Goldrandtasse in der Hand, die bis zum Rand mit einem so steif geschlagenen Zuckerei gefüllt war, daß der Löffel darin stand. Kein Mensch auf der Welt machte das Großmutter nach, und kein Mensch brachte solch einen köstlichen Geschmack zuwege. Sie schlug und klopfte das Ei in der Tasse aber auch eine gute halbe Stunde lang und fügte zum Schluß noch einen Teelöffel Vanillezucker und einen Fingerhut voll Rum dazu. Das gab dem schaumigen Genuß erst die pikante Würze.

Mutter verließ uns nach wenigen Stunden und fuhr mit dem letzten Zug nach Königsberg zurück, nicht, ohne mich eindringlich ermahnt zu haben, mich manierlich zu betragen. Auch die Großeltern hatten inzwischen eine neue Wohnung bezogen. In der alten hatten sie im zweiten Stockwerk gewohnt, aber so viele Stufen zu steigen war Großvater zu mühsam geworden, und so waren sie ins erste Stockwerk eines

Hauses übersiedelt, das in einer ruhigen Nebenstraße der Bahnhofstraße hinter der Post lag. Großvater hatte es weder zu seiner Stammkneipe bei Bienkowski, wo er seinen Frühschoppen nahm, noch zur Konditorei von Cabalzar, wo er abends sein Schlummertulpchen schlürfte, allzu weit. Er nahm mich zum Frühschoppen und zum Abendtrunk mit; bei Bienkowski bekam ich eine Limonade, und bei Cabalzar durfte ich zwischen Florentinern, Napoleonschnitten oder Liebesknochen wählen. Zu unserer alten Wohnung und zum Bouvainschen Hof, wo ich die alten Freunde wiederfand, war es ein Katzensprung. Nur Herr Bouvain selbst erschreckte mich beim ersten Wiedersehen, denn so grauslich hatte ich seine Nasenlöcher nicht in Erinnerung; aber ich gewöhnte mich rasch wieder an seinen Anblick.

Leider unterbrach ein Zwischenfall, der für Großmutter sehr unangenehme Folgen hatte, schon nach wenigen Wochen die glücklichen Tage. Wie Großvater mich in seine Stammlokale mitnahm, so durfte ich Großmutter bei ihren Einkäufen und Besorgungen begleiten, und auch dabei fiel oft etwas für mich ab. Auf dem riesigen Marktplatz fand an jedem Mittwoch der Wochenmarkt statt. Hunderte von Bauern aus der Umgebung verkauften hier von ihren Wagen herab Butter, Eier, Geflügel, Käse, Kartoffeln, Obst, Gemüse und Fische. Großmutter ging von Stand zu Stand, nahm mit dem Daumennagel Butterproben, fand eine zu sauer und die andere zu stark gesalzen und ließ sich Zeit, ehe sie sich zum Kauf entschloß. Ich probte eifrig mit, besonders, wenn es um den Einkauf von Käse ging, wobei man Probeschnitten von einer Größe zugereicht bekam, die die Tagesration an Käse eines kalorienbewußten und infarktängstlichen Zeitgenossen unserer Tage weit übersteigen würde. Zum Schluß kaufte Großmutter einen großen Hecht, den sie uns, mit Speck gespickt, Kräutern gefüllt und Sahne übergossen, backen und zum Mittagessen vorsetzen wollte. Als sie ihn daheim auf dem Küchentisch ausnahm und schuppte war der Hecht leider nicht so tot, wie er es hätte sein sollen. Er schnappte zu und biß Großmutter mit seinen dolchartigen nadelspitzen Zähnen tief in den Daumen. Großmutter wusch die blutende Wunde mit essigsaurer Tonerde aus und wikkelte einen Lappen darüber. Der Hecht geriet ihr ausgezeichnet, wir verspeisten ihn mit Appetit, und Großvater holte aus dem Kopf des Hechtes die ganzen Marterwerkzeuge heraus, die in der Passionsgeschichte eine Rolle spielen, die Dornenkrone, das Kreuz, die Nägel, den Hammer und die Lanze, mit der der Kriegsknecht dem Gekreuzigten die Seite geöffnet hatte. Am Abend aber begann Großmutters Daumen zu schmerzen, und nach einer schlaflosen Nacht entdeckte sie am nächsten Morgen rote Streifen auf ihrem Arm, die sich bis zum Ellenbogen hinaufzogen. Es wurde eine schlimme Blutvergiftung daraus, so schlimm, daß der Sanitätsrat Wollschläger Großvater darauf vorbereitete, Großmutters Arm müsse womöglich bis zum Ellenbogen abgenommen werden. Der Arm wurde ihr nicht abgenommen, aber sie lag vierzehn Tage im Krankenhaus und mußte den Arm, als sie herauskam, noch lange in der Schlinge tragen, denn der Sanitätsrat hatte am Daumen erheblich herumgeschnippelt.

Großvater war völlig durcheinander. Daß so etwas seinem Krümelchen passieren mußte! Er sprach es nicht aus, aber man sah ihm an, was er dachte: daß sie ihm so was antat! Er schlich grämlich herum und bedauerte sich selbst am meisten. Und was sollte er nun mit mir anfangen? Es gab eigentlich nur zwei Möglichkeiten, entweder mich zu den Eltern zurückexpedieren oder – ein guter Einfall – mich nach Kallinowen zu schicken. Von den vielen Kindern, die Großmutter ihrem Bärchen geschenkt hatte, waren fünf am Leben geblieben: meine Mutter, ihre Schwestern Elma und Grete und zwei Brüder Walter und Eduard. Von Eduard, der nicht gut getan hatte und nach Amerika ausgewandert oder abgeschoben worden war, wurde nie gesprochen. Er blieb verschollen.

»Weißt du was, Jungchen«, sagte Großvater, »ehe wir hier alle beide verhungern, gehst du für ein Weilchen zu deiner Tante Elma nach Kallinowen. Na, was sagst du dazu?« Vor die Wahl gestellt, nach Kallinowen zu fahren oder an Großvaters Seite eines schrecklichen Hungertodes zu sterben, zog ich den Besuch bei Tante Elma vor. Aber Großvaters Vorschlag war leichter ausgesprochen als ausgeführt, denn nach Kallinowen bestand keine Bahnverbindung, und Großvater mußte seine Beziehungen ausspielen, um mich zu verfrachten. Schließlich stellte ihm einer seiner Freunde, der Sägewerksbesitzer Caspary, Pferd und Wagen zur Verfügung, mein Köfferchen wurde wieder gepackt, und frühzeitig am nächsten Morgen setzte Großvater mich neben sich auf den Bock und kutschierte den leichten Einspännerwagen zur Stadt hinaus. Am Südufer des Großen Sellmentsees entlang ließ Großvater den Braunen dahintraben. In Borzymmen brachte Großvater den Wagen vor dem Dorfkrug zum Stehen, das Pferd wurde getränkt, und Großvater spülte ein gewaltiges Bauernfrühstück, Eier und Speck auf Bratkartoffeln, mit einigen Flaschen Bier hinunter. So kamen wir gerade rechtzeitig zum Mittagessen in Kallinowen an, wo Großvater seiner Tochter Elma von Großmutters Mißgeschick mit dem Hecht und von seinen eigenen Nöten erzählte und es unter diesen Umständen wohl für selbstverständlich hielt, daß ich Tante Elma hochwillkommen sei. Ich war dessen nicht so sicher wie er. Sie erwartete nämlich, was Großvater total vergessen hatte oder vergessen wollte, ihr erstes Kind, nicht gerade in den nächsten Tagen, aber doch schon deutlich vorhanden.

Auf das Mittagessen mußte Großvater verzichten, denn Tante Elma hatte nichts gekocht, da ihr Mann mit dem Tierarzt Bolutus in Geschäften unterwegs war. Das Angebot, ihm mit einem Bauernfrühstück aufzuwarten, schlug er dankend aus, denn solch eins hatte er gerade hinter sich. So fuhr er, wenn auch nicht gerade mit knurrendem Magen, aber doch leicht verstimmt nach Lyck zurück, um das Fuhrwerk wie verabredet am späten Nachmittag bei Herrn Caspary abzuliefern. Tante Elma hatte, zwei Jahre, bevor Mutter in den Ehestand getreten war, Herrn Aurel Stark geheiratet, dem sie in der Lycker Apotheke begegnet war, wo er als Provisor wirkte. Bald nach der Hochzeit hatte er sich selbständig gemacht und eine Apotheke in Kallinowen eröffnet. Ob es heute noch auf Apotheker zutrifft, wage ich nicht zu entscheiden, aber früher sagte man ihnen nach, daß die meisten von ihnen ein lockeres Schräubchen im Kopf hätten. Bei Onkel Aurel waren mehrere nicht fest angezogen.

Er war ein großer schlanker Mann mit einem scharf gezogenen Mittelscheitel, einem hochgezwirbelten Schnurrbart, einer gewaltigen Nase und einem von Schmissen zerhackten Gesicht. Die Apotheke hatte er in einem Haus an der Dorfstraße eingerichtet, das vordem ein Gasthaus gewesen war. Der Inhaber hatte sich zu Tode getrunken, was dem Besitzer des zweiten Kallinower Gasthofs, Herrn Leitner, der nebenher auch noch einen Kolonial- und Eisenwarenhandel betrieb, nicht unlieb gewesen sein konnte, denn seine Monopolstellung hatte ihn zu einem wohlhabenden Mann gemacht. Auf dem Hause von Onkel Aurel ruhten noch die alten Schankgerechtsame, und sie erloschen nicht, wenn er nachweisen konnte, daß er irgendwann im Jahr irgendwelchen Leuten einen Schnaps gegen Bezahlung ausgeschenkt hatte. Da die Apotheke im Anfang gar nicht gut ging, spielte Onkel Aurel mit dem Gedanken, Gasthof und Kneipe wieder zu eröffnen und kredenzte einigen Bekannten alljährlich am Neujahrstag einen Schnaps, den er sich mit einem Pfennig vergüten ließ, dessen Bezahlung ihm aber die Gäste unterschriftlich quittieren mußten. Er hielt an diesem Brauch auch noch fest, als es ihm besser und schließlich sogar gut ging, denn inzwischen fabrizierte er in einem der sonst ungenutzten Ställe ein Mittel gegen Kälberdurchfall, das sein Freund, der Tierarzt Bolutus, den Bauern im ganzen Landkreis und über dessen Grenzen hinaus empfahl, so daß es ihm einen Haufen Geld einbrachte. Tante Elma war über diese Freundschaft zu dem Tierarzt, die beide Herren weit im Lande herumführte, nicht sehr glücklich, denn der Tierarzt soff, wie man bei uns zu sagen pflegte, ›Steine aus der Erde‹.

Ich hielt Onkel Aurel für einen unermeßlich reichen Mann, denn Tante Elma beschäftigte nicht nur ein Dienstmädchen, sondern gleich zwei, dralle, junge Marjellen, von denen eine Vera und die andere Julenka hieß. In jenen Kallinower Tagen rissen mich zuweilen seltsame Geräusche aus dem Schlaf, denen ich mehr interessiert als ängstlich nachlauschte, polternde Tritte, Gekreisch aus der Mädchenkammer, lautes Türenschlagen, das Klirren von Scherben, und einmal ein Schuß aus Onkel Aurels Jagdgewehr, den irgend jemand wahrscheinlich zur Kundgebung seiner Freude abgefeuert hatte. Am nächsten Morgen fragte mich Tante Elma mit verquollener Stimme, ob ich etwas gehört hätte, und als ich ihre Frage bejahte, da schärfte sie mir ein, daß ich um Himmels willen kein Wort davon den Großeltern oder den Eltern in Königsberg erzählen solle. Daheim nannten sie den Onkel Aurel, so oft auf ihn die Rede kam, nur den Aurelius Piepus, was in meinen Ohren recht scherzhaft klang, und so war ich davon überzeugt, daß es nur scherzhafte Dinge sein könnten, die er mit seinem Freund Bolutus nächtlicherweile in der Mädchenkammer anstellte.

Allzu häufig bekam ich ihn in Kallinowen nicht zu sehen, denn er war zu Werbekampagnen für sein Kälber-Durchfall-Mittel oft unterwegs. Diese Fahrten führten ihn bis nach Drygallen und sogar bis nach Marggrabowa hinauf, und dort kehrte er mit seinem Freund Bolutus an einem Markttag – der Ort besaß den größten Marktplatz von ganz Deutschland – im Hotel Piontek ein, um zu Mittag zu essen. Vor dem Essen trank man ein Schnäpschen, und eins während des Essens, und eins darnach, und weil man schon dabei war und am frühen Nachmittag ohnehin nichts Rechtes zu tun hatte, blieb man in der Gaststube sitzen. Schon zur Mahlzeit hatte sich der verwitwete und pensionierte Volksschulrektor Perkun zu ihnen gesellt, ein großer Tierfreund und Züchter von Vorstehhunden, der außer seinen Hunden einen sprechenden Papagei und einen Esel besaß. Und wie es sich so ergab, kamen die Herren auf Fütterungsprobleme, Kälberdurchfall, Welpenaufzucht und schließlich auch auf den Esel zu sprechen, über dessen Risthöhe es zwischen dem alten Rektor und dem Tierarzt zu Meinungsverschiedenheiten kam. Der Rektor Perkun, dem der Esel schließlich seit fünf Jahren gehörte und der ihn auf Grund dieser langen Bekanntschaft genau zu kennen behauptete, schwor darauf, daß der Esel im Rist handbreit höher als der Tisch sei, an dem die Herren saßen. Der Tierarzt Bolutus hingegen, der es ja von Berufs wegen wissen mußte, ließ es sich nicht nehmen, daß der Esel höchstens so hoch wie der Tisch, wenn nicht sogar fingerbreit kleiner sei. Onkel Aurel, der endlich zu einem Skat kommen wollte, beschloß, dem Streit ein Ende zu machen, er winkte den Hausknecht heran und befahl ihm kurzerhand, das Objekt des Streites herbeizuholen. Während der Hausknecht unterwegs war, wetteten Rektor und Tierarzt in eigensinniger Verbissenheit um drei Lagen Grog auf tischhoch oder darüber. Bald darauf traf der Hausknecht mit dem Esel ein, und da die Gaststube zu ebener Erde lag, der Esel fromm und die Herren die einzigen Gäste im Raum waren, bestanden keine Bedenken, die Probe aufs Exempel im Lokal vorzunehmen. Der Esel wurde also an den Tisch geführt und – gelernt ist eben gelernt! – der Doktor gewann die Wette, denn der Esel reichte nicht einmal an die Tischplatte heran. Die erste Lage des verwetteten Grogs rollte an, und während die Herren sich zuprosteten, stand der Esel brav und stumm zwischen ihnen und wurde von Herrn Bolutus zum Lohn dafür, daß er ein Esel von Normalmaß war, mit Würfelzucker gefüttert. Den Grog tranken die Herren ohnehin ungezuckert.

Indem ging die Tür der Gaststube auf, und der Bezirksbauinspektor Kapust trat ein. Da er allen drei Herren wohlbekannt war und mit ihnen schon manchen Skat gedroschen hatte, nahmen sie an, daß er sich zu ihnen setzen werde. Er trat auch einen Schritt näher, dann aber stutzte er, fuhr sich über die Augen, wurde blaß, murmelte einen flüchtigen Gruß, machte kehrt und verschwand aus dem Lokal. Die Herren fanden dieses Benehmen ausgesprochen ungehörig und fragten einander, ob einer von ihnen etwa in letzter Zeit mit dem Kreisbauinspektor einen unangenehmen Auftritt gehabt habe. Aber keiner war sich einer Schuld bewußt.

Etwa eine Woche später begegneten Onkel Aurel und der Tierarzt Herrn Kapust in Neuendorf wieder, fingen ihn ab und wollten ihn wegen seines merkwürdigen Verhaltens zur Rede stellen. Am besten, man bereinigte die Geschichte bei einem Bierchen, aber der Inspektor sträubte sich heftig gegen den Kneipenbesuch, was wiederum Onkel Aurel und Tierarzt Bolutus so seltsam, wenn nicht gar beleidigend fanden, daß sie den Bauinspektor hart bedrängten, jetzt müsse er mit der Sprache heraus, was er gegen ihre Gesellschaft einzuwenden habe.

»Doch nichts gegen Sie persönlich, meine Herren!« murmelte Herr Kapust unglücklich und verstört, »es ist eine ganz andere Geschichte – und schön, wenn Sie mich so bedrängen, dann muß ich Ihnen wohl sagen, worum es geht, aber nur unter der Bedingung, daß die Sache unter uns bleibt! Ehrenwort?«

»Ehrenwort!«

»Also hören Sie, Sie wissen ja, wie das in meinem Beruf zugeht. Da ist hier ein Neubau zu besichtigen, und dort ein anderer, und hier soll man einen Bauplan prüfen, und dort einen baufälligen Stall untersuchen, und dazu kommen die Richtfeste, und überall wird man eingeladen, na schön, und so kippt man hier einen Schnaps, und dort einen, und beim dritten und vierten sagt man leider auch nicht nein, und so geht die Leier jahraus und jahrein ... Also, meine Herren, um es kurz zu machen: als ich neulich beim Piontek in Marggrabowa in die Gaststube komme und Sie beide und den alten Rektor Perkun vor mir sitzen sehe und gerade zu Ihnen gehen und Sie begrüßen will, was glauben Sie, was ich da zwischen Ihnen stehen sehe? Nein, Sie können es nie im Leben erraten – einen Esel! Grau vom Kopf bis zum Schwanz! Einen zuckerfressenden Esel!! Verstehen Sie nun, was ich mir feierlich geschworen und bis zum heutigen Tag gehalten habe? Von dem verfluchten Schnaps kommt mir kein Tropfen mehr über die Lippen!«

Kallinowen war ein großes Dorf mit einer wehrhaften, von dicken Mauern umgebenen Kirche, in deren Schutz und zu deren Verteidigung sich die Dorfbewohner und Bauern der nahen Umgebung bei früheren Polen- und Tatareneinfällen geflüchtet hatten. In dieser Wehrkirche wirkte in der zweiten Hälfte des achtzehnten Jahrhunderts der Pfarrer Michael Pogorcelski; er war hier auch gestorben, und sein Grabstein mit den Daten seines Lebens 1740–1798 stand über seinem von seinen Nachfolgern im Amt liebevoll gepflegten Grabhügel. Ein Original, das mit Anekdoten aus seinem Leben und mit seinen Predigten und Gedichten weit über das Dorf hinaus in der ganzen Provinz in lebendigem Gedächtnis geblieben war. Ein Zeitgenosse des schwäbischen Pfarrers Michael von Jung, der seine verstorbenen Gemeindemitglieder mit todernst gemeinten, aber hinreißend komischen Balladen zu Gitarrenbegleitung im 6/8-Takt unter die Erde brachte. Wenn es auf Prioritätsrechte ankäme, dann ständen sie sogar dem Pfarrer aus Kallinowen zu, denn immerhin dichtete er seine nachdenklichen Strophen dreißig oder vierzig Jahre vor seinem schwäbischen Amtsbruder.

Ich saß in Dunkelheiten
und dacht an Ewigkeiten.
Da kam ein Wanzker bunter
ganz keck an Wand herunter,
kam nah mir vors Gesicht,
da macht ich dies Gedicht.

Wir Menschen sind wie Wanzker,
oft keck, oft ohn Courage,
sind rechte dumme Hansker
und doch von hoch Etage
die gern sich mögen zeigen
als wärn sie Wunder was –
und ist doch still zu schweigen
von solchem Hoheitsspaß.

Heißt mancher groß und edel
der stolz herumspaziert
und hat doch nichts im Schädel
von Tugend nix passiert.
Denn wenn man recht drauf achtet
ist's kein Johannswurm nicht,
vielmehr, nahbei betrachtet
kommt Wanzker vors Gesicht.

Drum Mensch, laß dir nicht blenden
von solcher Gloria,
merk, wie sich bald wird wenden
die ganz Historia.

In kurzem gehts bergunter
denn Menschenleben rennt,
oft ist man fix und munter –
und wie siehts aus am End?

Einst kommen Ewigkeiten!
Wohl dem, der wenn Tod winkt
hat Wohlgeruch bei Leuten
und nicht wie Wanzker stinkt!

Am berühmtesten aber waren doch Pfarrer Pogorcelskis Predigten gegen die Trunksucht. Großvater, ein Gesellschaftsmensch, hatte es mit ihrem Vortrag zur Meisterschaft gebracht und erzielte seine größte Wirkung dadurch, daß er in sein breites Ostpreußisch masurische Sprachbrocken mischte. Zum besseren Verständnis werde ich die Predigt ohne Großvaters masurische Extrawürze vortragen:

Liebe Gemeinde! Aus gegebenem Anlaß muß ich an diesem heiligen Sonntag Okuli wieder einmal über das elfte Gebot reden, das der Herrgott seinem Diener Moses auf dem Berg Sinai auf die Gesetzestafeln geschrieben hätte, wenn er euch Halunken gekannt hätte – das Gebot, das da lautet: Du sollst nicht saufen! Gewißlich hat unser Herrgott nichts dagegen, daß der Mensch, ob Mann oder Weib, nach dem Erwachen zur Stärkung des Leibes und der Seele einen Schnaps trinkt. Und wenn er den Morgenimbiß mit einem oder zwei Schnäpschen anfeuchtet, so wird unser Herrgott beide Augen zudrücken. Und ER wird es seinen Geschöpfen auch nicht mißgönnen, wenn sie bei der schweren Feldarbeit ab und zu einen Schluck aus der Flasche nehmen. Der liebe Gott und Vater weiß auch, daß zu einem fetten Mittagsmahl einige Gläschen gehören, denn sie fördern die Verdauung.

Und so kann der Schnaps, in vernünftigen Mengen genossen, dem Menschen auch bei der Schweinevesper am Nachmittag nur nützlich sein. Gleichermaßen gehört die Flasche zur Anregung des Appetits und zur Kräftigung der Körpersäfte auf den Abendbrottisch. Und nicht einmal der Herrgott wird es einem Christenmenschen verwehren, vor der Nachtruhe einen kräftigen Schlummertrunk zu nehmen, der den Magen besänftigt und die bösen Triebe dämpft. Aber zum Donnerwetter, ihr Hundsfötter, muß das denn gleich zum Saufen ausarten?! Und nun geht im Namen des Herrn in Euch, wie ich vor *dem* Herren in mich gegangen bin – Amen.

Man erzählte nämlich, Pfarrer Pogorcelski habe diese bemerkenswerte Predigt in Anwesenheit eines höheren Synodalen gehalten, den ihm das Konsistorium zur Visitation und Berichterstattung geschickt hatte, nachdem er einige Male während voraufgegangener Predigten betrunken von der Kanzel gefallen war. –

Was Tante Elma veranlaßte, mich nach wenigen Tagen aus der Apotheke aus- und bei Leitners einzuquartieren, ist mir erst in späteren Jahren klar geworden. Ich hatte gegen die Verlegung nichts einzuwenden, denn es grauste mir ein wenig vor Tante Elmas Küche, nachdem ich in der Vanillesoße zu einem Himbeerpudding mehr tote Fliegen als Vanillestückchen entdeckt hatte. Außerdem aber waren inzwischen die Sommerferien angebrochen, und eine Schwester von Herrn Leitner war mit ihren beiden Kindern aus Angerburg zu Besuch gekommen. Der Martin und die Selma waren ein wenig älter als ich und gingen schon zur Schule, aber sie nahmen mich in Gnaden auf, weil sie ein Kasperle-Theater aus Angerburg mitgebracht hatten und in mir einen dankbaren

Zuschauer fanden. Ich zahlte das Theaterabonement mit Lakritzenstangen und Laxinkonfekt, das ich aus Onkel Aurels Apotheke klaute; es waren kleine, in Blechschachteln verpackte Geleehütchen mit einem angenehmen Fruchtgeschmack. Daß es sich bei diesem Konfekt um ein höchst wirksames Abführmittel handelte, haben wir zwar zu spüren bekommen, aber nie auf die schmackhaften Geleehütchen zurückgeführt. Ich fühlte mich bei Leitners bald wie zu Hause und wurde von ihnen behandelt, als gehörte ich zur Familie. Herr Leitner war nicht nur Gastwirt, Kolonial- und Eisenwarenhändler, er unterhielt auch einen Fuhrbetrieb, besaß im Dorf die größte Landwirtschaft und war in einem Wald, der sich bis zur russischen Grenze hinzog, Jagdherr. Er nahm uns Kinder in seinem leichten Wagen mit, wenn er zur Vorbereitung der Herbstjagd vom Hochsitz aus den Rehbestand inspizierte, er zeigte uns, wie man mit einem gegabelten Stock Kreuzottern fing, und wir durften auf den Leiterwagen klettern, wenn Grummet und Roggen eingefahren wurden.

An einem heißen Julitag veranstaltete er eine Waldpartie, an der auch Tante Elma trotz ihres vorgerückten Zustandes teilnahm. Frau Leitner konnte nicht mitmachen, da einer von der Familie schließlich daheim die vielfältigen Geschäfte weiterführen mußte. Dafür war die Mutter von meinen Freunden Martin und Selma dabei, und der Kallinower Pfarrer mit seiner Frau und seinen drei Kindern. Quer über den Leiterwagen waren Bretter geschlagen, der Wagen mit Tannengrün und Birkenzweigen geschmückt, die Pferde hatten Glöckchen am Kopfgeschirr, und unter dem breiten Kutschbrett standen Körbe mit Flaschen, Schüsseln voll Heringssalat und Pakete mit belegten

Broten. Wir Kinder hatten leere Milchkannen dabei, in die wir Erdbeeren sammeln sollten, denn als Krönung des Waldfestes wollte Herr Leitner eine Erdbeerbowle ansetzen. Die Sonne stach schon beim Aufbruch so heiß vom Himmel hernieder und die Luft war so drückend schwül, daß Herr Leitner das Heraufkommen eines Gewitters befürchtete und statt des vorgesehenen Zieles, einer Waldwiese, es vorzog, bei einem Schuppen zu halten, in dem seine Waldarbeiter bei schlechter Witterung Unterschlupf fanden. Es lagen auch Holzvorräte darin, und ein roher Dachboden, zu dem eine Leiter hinaufführte, war mit Heu vollgestopft, das für die Winterfütterung des Rotwildes gelagert wurde. Herr Leitner schirrte die Pferde aus und ließ sie grasen, denn zwischen dem Blaubeerkraut gab es einige fette Grasinseln. Wir Kinder machten uns auf die Erdbeersuche, und die Frauen breiteten unweit des Schuppens weiße Tücher auf dem Waldboden aus und holten die Vorräte vom Wagen.

Herr Leitner merkte als erster, daß irgend etwas nicht stimmte. Das Verhalten der Pferde machte ihn stutzig. »Ich weiß nicht, was die Gäule haben,« sagte er, »sie drehen die Ohren, als ob ihnen etwas nicht ganz geheuer ist – und das Licht ist auf einmal auch so komisch ... Ich weiß nicht, aber ich glaub', ich spanne die Pferde lieber ein, ehe sie mir womöglich noch durchgehen,« und er ging, um die Pferde wieder einzufangen und vor den Wagen ins Geschirr zu hängen. Die langen Zügel verknotete er an einem Baum. Das Licht hatte sich wirklich seltsam verändert. Sogar wir Kinder merkten es, obwohl die Helligkeit kaum abnahm, aber die Bäume warfen keinen Schatten mehr. Es war eine beklemmende Stimmung, und wir gingen mit den wenigen Erdbeeren, die wir bis dahin gepflückt hatten, zum Schuppen zurück. Der Pfarrer rätselte, ob es sich um eine Sonnenfinsternis handeln könne, aber Herr Leitner schüttelte den Kopf und meinte, so was stände im Kalender oder man hätte das sonst irgendwie erfahren. Und während die Pferde immer unruhiger wurden und sich aneinander drängten, vernahmen auch wir, was sie wohl schon seit längerer Zeit hörten, ein unerklärliches Geräusch, das sich wie das Rumpeln eines schwer beladenen Wagens anhörte, der in weiter, sehr weiter Entfernung über eine Bohlenbrücke fuhr. Und dann begann die Sonne sich zu verfinstern. Es war, als sinke die Dämmerung schon in dieser frühen Nachmittagsstunde auf die Erde herab. Und während der Himmel sich grauschweflig verfärbte, begannen die Wipfel der hohen Tannen zu zittern, als würden sie von leichten Windstößen geschüttelt, von denen unten noch nichts zu merken war. Nur das Rumpeln näherte sich und wurde lauter. Es kam aus fernen Höhen heran, klirrend und polternd, als schöben sich in eisigen Winternächten vom Ostwind gepreßt die Eisschollen des Spirdingsees übereinander. Und plötzlich war es Nacht, stockfinstere Nacht, die nur gelegentlich von einem fernen Wetterleuchten aufgehellt wurde. Wir hatten uns unter das Vordach des Schuppens geflüchtet. Herr Leitner war zu den Pferden gelaufen und versuchte sie zu beruhigen, aber sie zerrten am Geschirr und gebärdeten sich so wild, daß er sie losmachte, denn er befürchtete, sie könnten den Wagen zerschlagen und sich bei ihren Ausbruchversuchen verletzen. Sie stoben davon und verschwanden im Dickicht des Waldes. Das Poltern am Himmel war inzwischen zum ohrenbetäubenden Getöse angeschwollen. Ich klammerte mich an Tante Elmas Rock und sah im Licht der niederzuckenden Blitze, daß sie die Hände gefaltet hatte und betete. Was blieb mir in meiner Angst anders übrig als auch zu beten, wie der Pfarrer, wie seine Frau und wie seine Kinder, nur fiel mir nichts anders ein als: Komm, Herr Jesus, sei unser Gast... Mitten im Weltuntergang, in einem eisigen Weltuntergang, denn es hagelte nicht etwa, sondern als ob das Himmelsgewölbe geborsten sei, stürzte Eis auf die Erde herab, Eisbrocken, die die Kronen der Tannen zerfetzten, niederbrechen ließen und die Stämme bis zum Bast schälten. Das Niederkrachen entwurzelter Bäume hörte man in dem Toben nicht, aber Herr Leitner zerrte uns in den Schuppen hinein, wohl in der Hoffnung, daß das Preßheu über unseren Köpfen den Aufschlag eines niederbrechenden Baumes mildern könne.

Ich weiß nicht mehr, wie lange das Unwetter andauerte und wie hoch das Eis, von Tannennadeln grünlich verfärbt und mit Astwerk zusammengebacken, sich um die Holzhütte türmte. Ich weiß auch nicht mehr, wie wir nach Kallinowen zurückgekommen sind. Keinesfalls mit dem Wagen, mit dem wir in den Wald gefahren waren, denn die Pferde waren vom Eis und von stürzenden Stämmen erschlagen worden, erschlagen wie das Vieh, das auf den Wiesen geweidet hatte. Ich weiß nur, daß in Kallinowen selber kein einziges Hagelkörnchen gefallen war und daß wir Kinder, noch immer am ganzen Leibe zitternd, Tee mit Rum eingeflößt bekamen und in die Betten gesteckt wurden.

In den zwanziger Jahren erregte ein Buch Aufsehen, dessen Titel ›Glazialkosmogonie‹ hieß und als Verfasser einen Ingenieur namens Hörbiger hatte; er war Vater von zwei Söhnen, die einmal als Schauspieler berühmt werden sollten. Hörbigers Buch wurde viel diskutiert und ernsthafter, als es heute etwa mit Dänekens Phantasmagorien geschieht. Hörbiger hatte als Ingenieur mit Hochöfen zu tun und dabei die Entdekkung gemacht, daß Eis von hohen Kältegraden, in die Glutflüssigkeit eines Hochofens geworfen, so lange in der Glut ruhte, bis es durch eine äußere Einwirkung sozusagen herausexplodierte. Auf Feuer und Eis begründete er seine Kosmogonie, in der er behauptete, daß im Kosmos herumirrende Eiskörper von Fixsterngröße von einem glühenden Zentralgestirn eingefangen worden seien und, von dieser Zentralsonne durch ein kosmisches Ereignis ausgestoßen, zur Bildung unseres Planetensystems geführt hätten. Seine Theorie wurde von den Fachgelehrten verworfen. Was aber mich persönlich an seinem Buch faszinierte, waren ein Bericht und eine Karte, die sich auf das Ereignis bezogen, das sich an jenem Julitag im Kosmos abgespielt hatte, als ich in der Waldhütte des Herrn Leitner glaubte, den Untergang der Welt zu erleben. Hörbiger behauptete nämlich, an jenem Tage habe die Erde einen Eiskörper etwa von der Größe unseres Mondes eingefangen und zum Absturz gebracht. Die beigefügte Karte zeigte den Weg, den die auf die Erde stürzenden Eismassen genommen hatten; er zog sich in einer Breite von etwa zwanzig Kilometern von Spanien quer durch Europa bis nach Finnland hin und hatte die ostpreußische Grenze nach Rußland dort gestreift, wo Kallinowen lag. Das Kindheitserlebnis hat mich lange zum Anhänger und Verfechter von Hörbigers Kosmogonie gemacht, bis mich bessere Belehrungen an seiner Theorie zweifeln ließen ...

Nicht lange nach dem Weltuntergang traf bei Tante Elma ein Brief von Großvater ein, daß Großmutter wieder wohlauf sei und daß sie mich, sobald sich eine Fahrgelegenheit ergebe, nach Lyck zurückschicken könne. Auf einige Tage mehr oder weniger komme es dabei nicht an. Tante Elma aber hatte es sehr eilig, machte noch am gleichen Tage einen Bauern ausfindig, der etwas in Lyck zu besorgen hatte, und setzte mich am nächsten Morgen in seinen Kastenwagen, nicht, ohne mir nochmals dringend einzuschärfen, daß ich von ›jenen Dingen‹ den Großeltern kein Sterbenswörtchen erzählen solle. Ich konnte es ihr leichten Herzens versprechen, denn ich hatte jene Dinge längst vergessen und hätte sie wohl, auch wenn ich sie nicht vergessen hätte, kaum für wichtig und erwähnenswert gehalten. Da gab es ganz andere Dinge zu erzählen, vom Kasperletheater, von Leitners toten Pferden und von den Kühen, die das Eis auf der Weide erschlagen hatte.

Es mögen zwei oder drei Wochen gewesen sein, die ich in Kallinowen zugebracht hatte. Daß ich noch einen ganzen Monat bei den Großeltern bleiben durfte, rückte den Termin des Abschieds in nebelhafte Fernen. Großmutter hatte die Blutvergiftung gut überstanden, nur der schwarze Fingerling eines alten Handschuhes, den sie über den Daumen gestülpt trug, erinnerte an das Abenteuer mit dem toten Hecht, er hinderte sie aber nicht daran, die große Tasse mit dem Goldrand zu halten und mir wie früher ein Zuckerei so lange zu schlagen, bis es die Tasse bis zum Rand füllte. Während sie das Eiweiß zu Schnee schlug, las sie mir aus ›Max und Moritz‹ oder aus dem ›Rübezahl‹ vor, erzählte mir zum hundertsten Male die Rattengeschichte, und dazwischen ließ sie sich von mir berichten, was ich in Kallinowen erlebt hatte. Sie wollte es sehr genau wissen, wo ich im Hause geschlafen hatte,

was Tante Elma gekocht hatte, und warum ich zu Leitners umquartiert worden war. Ich scheine ihr doch mehr erzählt zu haben, als es Tante Elma lieb gewesen sein kann, denn manchmal schüttelte sie den Kopf, ließ zwischen den wenigen Zähnen, die sie noch besaß, ein tz tz tz hören und murmelte: Arme Elma, arme Elma ... Und es beruhigte sie auch nicht, als ich meinte, so arm wie sie es darstelle, wäre Tante Elma auf gar keinen Fall, denn immerhin könne sie sich zwei Dienstmädchen, die Vera und die Julenka, halten. Da warf sie Großvater, der auf dem Sofa saß und seine lange Pfeife rauchte, einen zum Himmel gerichteten Blick zu, die Pfeife schmurgelte lauter und Großvater gab unter Hüsteln und Räuspern Töne von sich, als hätte er mit dem Rauch einen kleinen Schuß Tabakssaft durch das Mundstück gesogen.
Großvater nahm mich wieder zum Frühschoppen zum Bienkowski und zum Dämmerschoppen zu Cabalzar mit, und Großmutter begleitete mich, wenn ich am Nachmittag mit Hannchen und Fritz Grigat in die Badeanstalt am Lyckfluß ging. Sie konnte zwar nicht schwimmen –, ich hatte es auch erst bis zum Hundeschwumm gebracht – aber sie wäre mir fraglos nachgesprungen, wenn ich ins tiefe Wasser geraten wäre. Die Sommerferien waren vorbei, Fritzchen ging wieder in die Schule und erzählte mir ziemlich schauerliche Dinge von Lehrern, die einen an den Schläfenhaaren hochzogen und mit ungebrannter Rohrasche einrieben, aber er konnte mich damit nicht sehr beeindrucken. Ich beneidete ihn glühend darum, daß er mir und Hannchen, wenn auch noch stockend und holperig, aus seinem Lesebuch die Verse vom Bübchen, das zum Weiher ging, und die Fabel vom Wolf und vom Lämmchen vorlesen konnte.

In der letzten Woche, als Großmutter mir, schon um mir den Abschied zu versüßen, nur noch meine Lieblingsspeisen vorsetzte, Rote Grütze, Schaumomeletts mit eingemachtem Kirschkompott, Hasenöhrchen und Schokoladenpudding, passierte die Geschichte mit den Seifenblasen. Es war ein Mittwoch, der Tag, an dem sich Großmutter allwöchentlich mit einigen Damen reihum zum Kaffeekränzchen traf. Dieses Mal war Frau Giersberg an der Reihe, die bei meiner Taufe Pate gestanden hatte und mir seitdem, was mich richtig erbitterte, zu jedem Geburtstag drei Paar braune und drei Paar schwarze selbstgestrickte Wollstrümpfe schenkte. Sie scheint dazu die billigste Wolle genommen zu haben, denn die Biester kratzten unerträglich. Großmutter verließ das Haus, während Großvater noch seinen Nachmittagsschlaf hielt, von dem er sich selten vor vier Uhr zu erheben pflegte. Damit ich ihn in seiner Ruhe nicht störe, rührte Großmutter mit einem Stückchen Kernseife einen Literkrug mit Seifenwasser an und gab mir einige Strohhalme und ging in der Hoffnung davon, ich würde mir die Zeit bis zu Großvaters Erwachen damit vertreiben, schillernde Seifenblasen durchs offene Fenster auf die Straße fliegen zu lassen. Das tat ich auch eine Zeitlang und brachte richtige Prachtexemplare von Seifenblasen zustande, die weit davonflogen, ehe sie auf die Straße fielen und dort zerplatzten.
Aber schließlich verlor das Spiel seinen Reiz. Durch einen reinen Zufall kam ich auf eine neue Idee, mir die Zeit kurzweiliger zu vertreiben. Als ich nämlich den Rest des Seifenwassers aus dem Fenster schüttete, ging unten ein Mann vorbei und bekam einiges von der Flüssigkeit ab. Das meiste platschte neben ihm aufs Pflaster. Natürlich war ich recht erschrocken,

und den Schrecken muß er mir wohl auch angesehen haben, denn er drohte nur kurz herauf und rief, ich solle ein anderes Mal gefälligst besser aufpassen! Aber ich lief in die Küche, ließ den Putzeimer voll Wasser laufen, schleppte ihn ans Fenster und schöpfte den Topf, in dem das Seifenwasser gewesen war, randvoll. Sehr viele Menschen waren um diese Stunde nicht unterwegs. Aber schließlich kam doch ein Dienstmädchen, das am Arm einen Henkelkorb mit Glasäpfeln trug. Leider traf mein Wasserguß nur den Korb, trotzdem schimpfte sie unflätig. Dann schnüffelte sich ein großer, schwarzer Hund heran, hob direkt unterhalb des Fensters ein Bein und erschrak furchtbar und stob davon, als er den kalten Guß aufs Kreuz bekam. Und dann nahte sich Settegasts Lieschen vom Nachbarhaus, eine blöde Ziege, die ich sowieso nicht riechen konnte, weil sie behauptet hatte, ich sei eine Sau. Das kam daher, daß ich sie verlockt hatte, das Spiel ›Summ summ summ, Bienchen summ herum‹ mitzumachen. Dazu mußte man allerdings einen Dummen finden. Vier mußten dabei mitmachen, jeder bekam einen Zipfel von einem Taschentuch in den Mund gesteckt, so daß der Blick nach unten versperrt blieb, und während man im Kreise ging und mit dem Taschentuchzipfel im Mund das Bienchenlied summte, bepinkelten drei, die das Spiel kannten, den vierten, der es zum ersten Mal mitspielte, von oben bis unten. Mich deshalb gleich eine Sau zu nennen, war ein starkes Stück. Jedenfalls traf ich das Lieschen mit einer vollen Ladung, und sie rannte schreiend nach Hause.

Aber das richtige Jagdfieber packte mich erst, als eine Dame mit einem großen, über und über mit roten Rosen garnierten Strohhut auf dem Kopf heranwakkelte. Es tat einen lauten Platscher, weil das Wasser wie ein Klumpen aus einem Stück auf ihren Hut fiel, und dann kam ein Schrei, und dann hatte sie mich auch schon entdeckt, denn ich hing, um diesen Erfolg zu genießen, weit aus dem Fenster, und dann rauschte sie auch schon triefend die Treppe hinauf und läutete an der Flurglocke Sturm. Das Gebimmel riß Großvater aus dem Schlaf, er öffnete die Tür in der Meinung, so laut und anhaltend könne nur der Telegrammbote läuten, und es dauerte lange, bis er begriff, worum es sich handelte. Noch länger dauerte es, bis er die Dame beruhigt hatte, der inzwischen eine rote Brühe über ihre weiße Bluse lief. »Aber Jungchen«, sagte er ganz entsetzt, als er die Dame endlich losgeworden war und zu mir ins Zimmer kam, »was machst du bloß für Sachen? Die Leute mit Wasser begießen! Hat man so was schon gehört!«

In diesem Augenblick, in dem ich reuevoll den Rest des Wassers aus dem Eimer in den Ausguß schütten wollte, sah ich einen Herrn in Gehrock und Zylinder über die Straße und gerade auf unser Haus zukommen. Wahrscheinlich ging er zu einer Beerdigung. »Großvater«, bettelte ich, »ich tu es bestimmt nie wieder! Nur dieses eine Mal noch – darf ich?« – Großvater spähte vorsichtig durchs Fenster: »Um Himmels willen, Jungchen, es ist der Katasterdirektor Riebsahm!« – »Opa, noch diesen einen!« flehte ich und sah ihn an, daß es ihm das Herz zerriß. »Also los! Und mach fix! Diesen einen noch – aber dann ist Schluß mit dem Blödsinn!« – So war es bei den Großeltern, wenn ich sie in den Sommerferien für sechs Wochen besuchen durfte. Zu Hause brauchte dann Vater immer die doppelte Zeit, bis ich so spurte, wie er es wollte.

»Ich verstehe es nicht, Lina«, sagte er jedesmal nach

den Ferien zu Mutter, »nein, ich weiß wirklich nicht, was mit dem Lümmel los ist. Der ist ja völlig außer Rand und Band. Ich glaube, deine Alten verziehen ihn furchtbar...«
Aber Mutter schüttelte entschieden den Kopf: »Nein, das kann ich mir nicht denken, daß der Alte sich so geändert haben sollte. Wenn wir als Kinder nur zu mucken wagten, dann hatten wir schon eine Tracht Prügel weg.«

Der Direktor des Friedrichskollegiums überwachte die Aufnahme der Schüler in die dreiklassige Vorschule seines Gymnasiums persönlich. Vielleicht wollte er ungeeignete Elemente von seiner Schule fernhalten, zu deren Schülern kein geringerer als Immanuel Kant gehört hatte. Als einziger der Königsberger Direktoren trug er den Titel Geheimrat, und wenn es je einen Geheimrat gab, der auch wirklich wie ein Geheimrat aussah, dann war er es. Nie trat er anders als im Gehrock mit seidenen Aufschlägen vor seine Primaner. Sie nannten ihn respektvoll Zeus, ein Name, der mir nichts sagte, da ich von humanistischem Gedankengut noch völlig unbelastet war. Mich ließ er gnädig passieren, vielleicht, weil Mutters neuer Hut mit einer Garnitur von roten und blauen Papageienfedern ihn beeindruckte. Hinter mir zog der Friseur Luschnat aus der Sackheimer Kirchenstraße seinen Sprößling vor den Tisch, hinter dem der Gestrenge thronte. »Nun, mein Sohn«, fragte er leutselig, »was ist denn dein liebstes Spielzeug?«
Der Vater gab seinem Filius einen kleinen Rippentriller: »Los, los, sag's schon, Wilhelm!«

»Mnnnn Schschfffff«, antwortete der Knabe Wilhelm endlich schnaufend.

»Er meint sein Schiff ...«, stotterte Herr Luschnat.

Der Geheimrat schneuzte sich vernehmlich in ein blütenweißes Taschentuch und ließ es im Ärmel des Gehrockes verschwinden: »Hm, verehrter Meister, es gibt auch andere, recht empfehlenswerte Anstalten, aber wenn Sie Ihren Knaben durchaus bei mir unterbringen wollen, so kommen Sie mit ihm im nächsten Jahr wieder, wenn der Junge seine Polypen losgeworden ist.«

Es waren rund fünfzig Nonaner, die im Schmuck ihrer nagelneuen grünen Tellermützen von ihren Müttern oder Vätern zum Empfang des Stundenplans für das erste Schuljahr ihres Lebens zum Teil sehr widerstrebend in das Klassenzimmer der Nona und später zum Fotografen geführt wurden, der diesen bedeutsamen und einschneidenden Schritt im Bilde verewigte. Der hochgewachsene Mann, der die Schulanfänger und Eltern an der Tür des Klassenzimmers empfing, stellte sich, nachdem er die Neulinge auf den Klappsitzen hinter den arg zerkratzten Schulbänken verteilt hatte, mit dem Namen Hoffmann vor und ersuchte uns, ihn nicht als ›Herr Lehrer‹, sondern mit seinem Namen anzusprechen. Es war ein saalartiges Klassenzimmer mit drei langen Bankreihen zu je zwei Sitzen.

Mein Nachbar hieß Hilmar Neumann, hatte Schlitzaugen und wurde vom ersten Schultag an nur noch ›Japs‹ genannt. Meine Mutter kannte seine Mutter, denn Neumanns besaßen das große Wäschegeschäft am Münzplatz, wo Mutter Kundin war. Herr Hoffmann trug unsere Namen, wobei ihm Väter und Mütter zur richtigen Schreibweise verhalfen, nach unserer Sitzordnung in sein Notizbuch ein. Dann verteilte er

die Stundenpläne an die Eltern, und damit waren wir fürs erste entlassen. Das war ziemlich enttäuschend, denn ich hatte mir in meinem Wissensdurst vom ersten Schultag etwas mehr erwartet. Auf dem Stundenplan war auch verzeichnet, was wir für die Zukunft an Lernmaterial, Büchern und Heften, benötigten. Und damit begann für Mutter die Sorge, in ihrem Nähtischchen ein neues Tresorfach mit meinem Namen anzulegen. Am meisten störte sie, daß wir unsere ersten Schriftübungen nicht auf der üblichen Schiefertafel, sondern dem Rang des Friedrichskollegiums entsprechend sofort mit Tinte und Feder in den Schreibheften zu absolvieren hatten. Den Schulranzen aus echtem Rindleder hatten mir die Großeltern schon zum Geburtstag geschenkt. Nun durfte ich ihn, als ich mit Mutter am Nachmittag die erforderlichen Bücher und Hefte einkaufen ging, zum erstenmal tragen. Es war ein großer Augenblick, als ich das Wissen in seiner ganzen Gewichtigkeit zum erstenmal auf dem Rücken spürte. Daß sich das dünne Rechenbüchlein mit den Ziffern von eins bis hundert und dem Kleinen Einmaleins über abstrakte lateinische und griechische Buchstaben bis zu den Weltraumnebeln der Infinetesimalrechnung ausweiten würde, ahnte ich an jenem glücklichen Tage nicht, mir wären sonst wohl Herz und Beine schwer geworden.
Der Weg von der Wohnung in der Ziegelstraße in die Jägerhofstraße, in der meine Schule lag, war kurz. Nach vielen Ermahnungen, beim Überqueren der Königstraße mit ihrem Droschken- und Straßenbahnverkehr ja recht vorsichtig zu sein, durfte ich den Schulweg schon nach wenigen Tagen ohne Begleitung zurücklegen. Auch der Japs durfte bald allein kommen, wir schlossen rasch Freundschaft und verachte-

ten und verhöhnten die Transusen, die noch immer von ihren Müttern zur Schule geführt wurden. Einen nahmen wir besonders aufs Korn, denn er wurde noch nach einem halben Jahr vom Dienstmädchen zur Schule begleitet. Während wir kahl geschoren oder mit kurzen Scheiteln herumliefen – Vater besaß eine Haarschneidemaschine der Marke Kohinoor, mit der er mich alle vierzehn Tage bis auf die Kopfhaut kahl schor – trug er noch blonde Locken, die ihm bis auf die Schultern fielen. Und außerdem trug er nicht wie wir alle den Matrosenanzug mit blauer oder blauweiß gestreifter Bluse, sondern schwarze Samtanzüge mit Krägen und Manschetten aus gelber Spitze. Wir bespritzten ihm den Kragen und die Manschetten mit Tinte, beschmierten den schwarzen Samt mit allem möglichen Unrat und zwiebelten ihn auf jede erdenkliche Weise, bis wir entdeckten, daß er in seiner Frühstückstasche mit dem goldenen Aufdruck ›Mein Frühstück‹ von daheim Köstlichkeiten mitbekam, die wir nicht einmal dem Namen nach kannten. Mohnbrötchen, die statt mit Blutwurst mit feinen Schokoladenplättchen belegt waren, oder Semmeln mit Räucherlachs, Gänsebrust, Roastbeef mit Mayonnaise oder mit einer Leberpastete von einem geradezu himmlischen Wohlgeschmack. Er hieß Siegfried Silberstain und war der Sohn eines Pelzhändlers, an dessen Schaufenstern Mutter immer ganz schnell vorüberging, um ›nicht vor Neid gelb zu werden‹. Der Japs, ich und noch ein paar Rabauken, die sich uns angeschlossen hatten, ließen ihn fortan mit seinen Locken und Samtanzügen ungeschoren, aber wir erpreßten ihn schamlos und zwangen ihm unsere Schmalzbrote auf, während wir ihm wegfraßen, was er in die Schule mitbrachte. Sie müssen sich bei ihm daheim maßlos

darüber gewundert haben, welche Mengen an Mohnbrötchen mit Schokolade und Gänseleberpastete er täglich zum Frühstück verputzte. Was wir ihm, der nur koscher aß, mit dem Schweineschmalz und der Blutwurst antaten, ist mir erst sehr viel später aufgegangen. –
In der Schule lernten wir inzwischen unter der Anleitung von Herrn Hoffmann mit spitzer Feder haardünne Aufwärtsstriche und mit größerem Andruck stärkere Abwärtsbalken auf die linierten Seiten unserer Hefte zu malen, das I, das N und das M, und drangen schließlich bis zu den komplizierten Zeichen für das gotische F und H vor. Der Joachim Nissel, dem seine älteren Brüder einige Buchstaben schon vor Schulbeginn beigebracht hatten, stritt sich zwar manchmal mit Herrn Hoffmann, daß er vom F ganz andere Vorstellungen habe, aber es gelang Herrn Hoffmann letzten Endes doch, ihn davon zu überzeugen, daß das F so aussehen müßte, wie er es an die Tafel gemalt hatte. Ich begann für Herrn Hoffmann, der uns mit unendlicher Geduld zum Lesen und Schreiben hinführte, eine schwärmerische Zuneigung zu empfinden. Er war ein gutaussehender Mann mit kastanienbraunem vollem Haar, das er an der Seite gescheitelt trug. Er leitete neben der Volksschule auch den Turnunterricht in den mittleren Gymnasialklassen und unterließ es nie, wenn er uns zu Freiübungen auf den Schulhof führte, auf den Spruch hinzuweisen, der in goldenen Lettern an der Stirnseite der Turnhalle stand: MENS SANA IN CORPORE SANO – eiin jesunder Jeiist in eiinem jesunden Leiib, und er vergaß auch nie, hinzuzufügen, daß unser deutsches Vaterland auf einen gesunden Leib ganz besonderen Wert lege. Er lehrte uns auch eine Menge munterer

Lieder: Wer will unter die Soldaten – der muß haben ein Gewehr – das muß er mit Pulver laden – und mit einer Kugel schwer. – Er sang uns die Strophen mit seinem volltönenden Bariton vor und begleitete uns auf seiner Geige, wenn wir den Text beherrschten. Vom Turnen hatte er einen federnden Gang und setzte die Füße stark nach außen, während er die Arme frei schwingen ließ, Daumen und Zeigefinger zierlich rundete und den kleinen Finger wegspreizte, als hielte er rechts und links die Henkel von Teetassen in den Händen. Ich versuchte seinen wippenden Gang und die edle Haltung seiner Hände solange nachzuahmen, bis Vater mich fragte, ob ich nicht ganz gesund sei und mir zur Erzielung einer Haltung, die er für wünschenswert hielt, seinen Spazierstock zwischen den Rücken und die angewinkelten Arme schob.

Meinem Bruder Ernst muß der Name Hoffmann den Nerv getötet haben. Er stand kurz vor seinem Referendarexamen, saß daheim über seinen Büchern und gab Vater nicht mehr soviel Anlaß zu Klagen über alkoholische Eskapaden, dafür um so mehr über die Raufhändel, in die er andauernd verwickelt war. Die vorletzte Säbelpartie hatte ihm eine Terz auf den Kopf eingetragen, bei der ihm mit einem Teil der Schwarte ein Stück des Schädelknochens über der Stirn abgeplatzt war. Und bei der letzten Partie hatte ihm sein Gegner einen Streicher über die Brust verpaßt, an dem er noch laborierte, als er mich abfing und in seiner streng nach Jodoform riechenden Bude beiläufig fragte, ob ich wüßte, ob Herr Hoffmann verheiratet sei. Da er keinen Ehering trug, war ich davon überzeugt, daß er ledig sei. Wenn das so sei, meinte Ernst und zog ein Foto meiner Schwester Else aus der Brusttasche, dann müßte ich doch von dem Gedanken

begeistert sein, Herrn Hoffmann näher an unsere Familie zu binden. Ich fand, daß das ein guter Gedanke wäre. Ernst war sichtlich erfreut, daß ich das nicht nur so rasch begriff, sondern auch lebhaft billigte, und er meinte, nun hätte ich nichts weiter zu tun, als Herrn Hoffmann Elses Bild zu überreichen und ihn vor der Klasse, wo er mir nicht mit billigen Ausflüchten kommen könne, zu fragen, ob er Else heiraten wolle. Er schärfte mir noch ein, den Eltern und vor allem Else nichts von unseren Plänen zu erzählen, damit es für sie eine richtige Überraschung würde, wenn sie durch mich zu so einem fabelhaften Mann käme, wie es Herr Hoffmann nun einmal sei.
Herr Hoffmann war wirklich ein fabelhafter Mann. Denn als ich ihm am nächsten Tag Elses Foto überreichte und ihn um seine Hand für meine Schwester bat, zeigte er sich nicht sonderlich überrascht – meine Klassenkameraden merkwürdigerweise auch nicht – sondern sagte, mein Angebot ehre ihn und er würde es mit Freuden annehmen, wenn er nicht schon verheiratet wäre und zwei Söhne hätte, die bereits in der Quinta und Tertia säßen. Es interessiere ihn aber sehr, ob der Vorschlag von meiner Schwester stamme. Darauf antwortete ich wahrheitsgetreu, daß ich eigentlich im Auftrag meines Bruders Ernst spreche. Da nickte er freundlich und fragte mich, was denn mein Bruder sei. Ich wußte von ihm nicht mehr zu berichten, als daß er Cimber sei, denn die Zugehörigkeit zu der Studentenverbindung Cimbria füllte das Leben meines Bruders so vollständig aus, als wäre Cimber zu sein ein Beruf wie Pastor oder Zahnarzt, wenn nicht gar wie der noch weit schwerere Beruf eines Bäckers, der nicht nur Tages- sondern auch schwere Nachtarbeit erforderte.

»So so, Cimber«, sagte Herr Hoffmann, »das sind doch die mit den olivgrünen Mützen, nicht wahr?« Und dann fügte er noch hinzu, ich möge meinem Bruder einen schönen Gruß bestellen und ihm sagen, daß es ihm leid täte, daß er aber vielleicht gut daran täte, etwas Passendes für die Schwester Else unter seinen Bundesbrüdern zu suchen. – Prophetische Worte, denn einige Jahre später fiel Elses Wahl – wenn auch ohne Nachhilfe von Ernst – auf einen Herrn aus seiner Corporation.

In diesen Tagen versetzte uns ein Telegramm in Aufregung, das in Bremen aufgegeben, den Besuch von Onkel Walter und Tante Miekchen ankündigte. Onkel Walter war ein jüngerer Bruder meiner Mutter und ein Zwillingsbruder von Tante Elma. Er hatte den Eisenhandel von der Pike auf erlernt, später eine Handelsschule besucht und als junger Mann eine Erfindung gemacht, die ihm ein kleines Vermögen einbrachte. Vor seiner Erfindung war es üblich, daß sich die Herren in Vergnügungsetablissements zur Entlohnung der Kapelle ein Tanzabzeichen einlösten, das je nach Qualität des Lokals und der Damen einen oder mehrere Groschen kostete. Solange man sich dabei mit Anstecknadeln begnügte, hatten es die Tänzer leicht, den Obulus nur einmal zu entrichten und sich Tänze zu erschmuggeln, indem sie sich das Abzeichen von einem Freund ausliehen. Onkel Walter erfand ein Abzeichen, das jeden Schwindel unmöglich machte; er konstruierte einen Papierstreifen, der durch ein Knopfloch der Jacke oder des Revers gefädelt und durch einen Druckknopf fest und unlösbar zusammengeschlossen wurde. Bald nach dieser Erfindung heiratete er die einzige Tochter eines gut betuchten Bremer Importeurs, der vor allem englische

Fahrräder auf den deutschen Markt warf. Mit dem kleineren Eigenkapital und der beachtlichen Mitgift seiner Frau ging Onkel Walter Ende der neunziger Jahre nach Deutsch-Ostafrika und übernahm in Daressalam ein Geschäft für Schiffsausrüstungen, dessen Besitzer den Biß einer schwarzen Mamba nicht überlebt hatte. Onkel Walter brachte das billig erworbene und unter seinem Vorgänger nicht gerade florierende Geschäft bald in Schwung, beteiligte sich außerdem an einigen Sisalplantagen und erwarb durch seine Tüchtigkeit im Verlaufe weniger Jahre ein Millionenvermögen. Er war und blieb der einzige Millionär in unserer Familie – wenn man davon absieht, daß wir in Großmutters Nachlaß eine Schublade voll Milliarden- und Billionenscheinen fanden.

Onkel Walter machte in einem Turnus von zwei Jahren Europa-Urlaub, zumeist im Winter, denn er liebte Schlittenfahrten durch verschneite Wälder, die es in Ostafrika nicht einmal für einen Millionär gab. Er ähnelte Großvater, als sei er ihm aus Gesicht und Figur geschnitten, nur daß das, was sich bei Großvater im Laufe der Jahre in Speck verwandelt hatte, bei ihm noch aus strotzender Muskelsubstanz bestand. Das Kunststück Augusts des Starken, Hufeisen zu verbiegen, brachte er spielend fertig, und als sich Tante Miekchen einige Jahre später von ihm scheiden ließ, erfuhr man, daß er August dem Starken auch in anderer Beziehung nachgeeifert hatte.

Dieses Mal kam er nicht im Winter, sondern im Herbst, am sehnsüchtigsten von Ernst erwartet, dem die Schulden wie so oft bis zum Halse standen. Er hatte das von seiner Mutter ererbte Vermögen längst verbraucht und war gänzlich auf Vaters Zuwendungen angewiesen – und Vater war in puncto des

Nervus rerum sehr zugeknöpft. Onkel Walter war es, der Ernst schon einige Male aus peinlichen Verlegenheiten herausgeholfen hatte. Dafür und für die Spende von manchem Fäßchen Bier war Onkel Walter ein gern gesehener Ehrengast auf der Cimbernkneipe. – Mutter brauchte sich wegen des angekündigten Besuchs weder Umstände noch Sorgen zu machen, wie stets hatte sich Onkel Walter auch dieses Mal zwei Zimmer mit Bad im Hotel ›Deutsches Haus‹ reservieren lassen, wobei mir das Bad in der Pracht der weißen Fliesen und blitzenden Armaturen am meisten imponierte, denn ein Badezimmer hatte es bisher noch in keiner unserer Wohnungen gegeben. Zur Säuberung des Gesichtes und der Hände genügte die Waschkommode im Schlafzimmer, und wer seine Intimitäten zu reinigen wünschte, konnte das im großen Holzzuber der Waschküche besorgen.

Wer sich von unserer Aufregung überhaupt nicht anstecken ließ, war Vater. Nicht, daß er etwas gegen Onkel Walter persönlich gehabt hätte, keineswegs! Es störte ihn höchstens, daß Onkel Walter Kaufmann war, und wie alle Kaufleute, Geld damit verdiente – was Vater irgendwie suspekt zu finden schien –, Ware möglichst billig einzukaufen und möglichst teuer zu verkaufen. Auf wessen Kosten, zum Teufel, auf wessen Kosten?!

An einem Sonntag in der ersten Oktoberhälfte war es dann so weit. Leider lag Vaters Laune trotz des strahlenden Spätherbstwetters unter dem Gefrierpunkt. Gleich in der ersten von den sechs Semmeln, die er sich, um die Sonntagsausgabe der ›Allgemeinen‹ ohne lästige Unterbrechungen lesen zu können, mit Butter und Honig bestrich, hatte er einen mit schwärzlich verkrusteter Verbandgaze gefüllten Finger eines

Handschuhes entdeckt, den der Bäcker oder einer seiner Gesellen beim Kneten im Teig verloren hatte. Vater wurde ganz grau im Gesicht. »Was sagt ihr zu der Schweinerei?!« ächzte er abgewürgt und schüttelte sich vor Ekel. Wir sagten nichts, und es erbitterte ihn zusätzlich, daß uns sein Zorn auf den säuischen Bäcker wenig zu berühren schien, denn wir hingen in den Fenstern, als würde im nächsten Augenblick der Kaiser mit seinen sieben Söhnen durch die Ziegelstraße marschieren. Wir nahmen an, daß Onkel Walter und Tante Miekchen in einer Pferdedroschke vorfahren würden, aber um zehn Uhr bog von der Königstraße her ein viersitziger Phaeton in die Ziegelstraße ein, näherte sich mit Tatütata unserem Haus und hielt mit einem letzten dröhnenden Signal der Hupe vor der Toreinfahrt. Onkel Walter hatte sich für seinen Aufenthalt in Deutschland ein Auto mit Chauffeur gemietet!

Ganz gewiß liefen in Königsberg zu jener Zeit schon einige Automobile, aber sie waren ein seltener Anblick und erregten merkwürdigerweise nicht einmal uns Kinder sonderlich. Wir nannten sie verächtlich Stinkekutschen und schmissen ihnen höchstens Steine nach, wenn sie uns in unseren Spielen auf der Straße störten. Nach der amtlichen Statistik von 1909 gab es in Ostpreußen insgesamt 385 Motorwagen, 4 davon dienten der Beförderung von Lasten. Mochte unsere Einstellung zu den neumodischen Vehikeln, auf deren Zukunft niemand auch nur einen Pfifferling gesetzt hätte, sein wie sie wollte, daß Onkel Walter mit solch einem Automobil und mit eigenem Chauffeur dazu vor unserm Hause vorfuhr, erfüllte uns doch mit mächtigem Stolz, und mit noch angenehmeren Gefühlen, als sich eine ziemlich große Menschenmen-

ge, denn die Leute kamen gerade aus der Kirche, um Onkel Walters Wagen scharte.
Der Chauffeur, Herr Janson aus Hamburg, sprang aus dem Phaeton, um Tante Miekchen den Schlag zu öffnen, und sie stieg graziös heraus, zeigte ein winziges Knöpfelstiefelchen und eine Andeutung von florbestrumpftem Damenbein. Sie trug ein grau kariertes Sportkostüm und einen sportlichen kleinen Hut, dessen schmale Krempe ein grauer Schleier an ihre Wangen preßte. Mutters Hüte hatten die Größe von Wagenrädern. Auch Onkel Walter kletterte in einem sportlich geschnittenen englischen Noppen-Anzug aus dem Wagen. Auf dem Kopf trug er eine blaue Prinz-Heinrich-Mütze, über deren schwarzem Lackschirm die Gläser einer riesigen Autobrille blinkten. Herr Janson schließlich war ganz in braunes Leder gekleidet und trug an den Waden Ledergamaschen, wie sie später zur Standardausrüstung des alten Feldmarschalls von Hindenburg gehörten. Wir stürzten dem Besuch entgegen und schielten zwischen langen Umarmungen und feuchten Küssen nach den Paketen und Päckchen, die sich auf dem Vordersitz des Wagens stapelten. Seid ihr mit dem Auto von Bremen...? Nein, sie waren nach einem kurzen Zwischenaufenthalt in Berlin gestern abend mit dem D-Zug gekommen, nur Herr Janson hatte die weite Strecke von Hamburg nach Königsberg mit dem Phaeton zurückgelegt und war schon vor zwei Tagen im ›Deutschen Haus‹ eingetroffen. Herr Janson nickte ernst und sagte, daß er bis Schneidemühl fast ohne Panne gefahren sei, während ihm in der Polakei – Vater räusperte sich vernehmlich, aber Herr Janson überhörte das drohende Räuspern – eine Unmenge von Hühnern, Gänsen und Enten unter die Räder

gekommen sei. Dabei machte er ein Gesicht, als sei er zufrieden, weder Wölfen noch Bären begegnet zu sein, die er bei uns auf den Straßen erwartet zu haben schien.
Mutter hatte für die Gäste einen kleinen Imbiß vorbereitet, nur eine Schüssel Rührei und eine Platte mit Schinken, Räucheraal und Kaiserjagdwurst. Sie griffen auch zu, obwohl sie sicherlich schon ein reichhaltiges Hotel-Frühstück hinter sich hatten. Vater hielt sich ans Schwarzbrot und half ihnen tüchtig, und seine Laune besserte sich zusehends. Währenddessen schleppte Herr Janson mit Annas Unterstützung die Päckchen und Pakete ins Haus, deren Inhalt Onkel Walter zumeist schon aus Afrika mitgebracht hatte. Es war wie Weihnachten, ach was, viel üppiger als Weihnachten, denn Vater war ja leider alles andere als ein Millionär. Mutter bekam eine weiße Federboa, eine in Gold gefaßte und mit kleinen Brillanten und Rubinen besetzte Löwenkralle, dazu einen Karton, in dem sich zwei Dutzend Prachtexemplare von weißen und schwarzen Straußenfedern befanden. Ihre Hüte konnten in den nächsten Jahren mit jenen der Kaiserin Auguste Victoria konkurrieren. Für Vater hatte Onkel Walter einen schweren Elefanten aus Ebenholz mit mächtigen Stoßzähnen aus Elfenbein mitgebracht, dazu einen Satz kostbarer Zigarrenspitzen aus Meerschaum mit Mundstücken aus Elfenbein und Bernstein. Für Lotte und Else hatte Tante Miekchen bei Wertheim in Berlin Kleider- und Kostümstoffe ausgesucht, die ihnen helle Schreie des Entzückens entlockten. Meinem Bruder überreichte Onkel Walter nichts als einen Briefumschlag, aber Ernst preßte ihn, nachdem er einen Blick hineingeworfen hatte, an die Brust, als enthielte er Aladins Wunderlampe. Mir hatte

Onkel Walter einen Haufen Bücher mitgebracht, wohl in der Meinung, daß ich in der Schule schon weiter sei, die Schatzinsel, den Lederstrumpf, den Till Eulenspiegel und zwei Bücher mit den unaussprechbaren Namen Huckleberry Finn und Tom Sawyer. Ich hatte mir etwas anderes erwartet, einen Indianerkopfschmuck aus Adlerfedern oder einen Indianerbogen mit einem Köcher voller vergifteter Pfeile. Er muß mir meine herbe Enttäuschung angesehen haben, denn er griff in die Westentasche und drückte mir als Zugabe ein goldenes Zwanzigmarkstück in die Hand. Vater wollte es sofort beschlagnahmen, aber Onkel Walter sagte, das Goldstück gehöre mir und ich dürfe mir dafür kaufen, wozu ich Lust hätte.

Sie blieben nur drei Tage bei uns, denn sie hatten sich für die Mitte der Woche bei den Großeltern angemeldet, und von Lyck aus wollte Onkel Walter einen Abstecher nach Kallinowen machen, um seine Zwillingsschwester Elma und den Aurelius Piepus zu besuchen. Aber in den drei Tagen des Besuchs delektierte Onkel Walter sich an Mutters Küche, Königsberger Klopsen, Aal grün und Kasseler Rippspeer mit Sauerkohl, und er lobte Mutters Kochkünste so überschwenglich, daß Tante Miekchen ganz nervös wurde und spitz bemerkte, sie sei nun einmal als Bremerin mit der Bremer Küche aufgewachsen, und wenn es ihm hier besser schmecke, dann solle er sich doch aus Deutschland einen Koch mitnehmen – oder besser noch eine Köchin! Nein, so gut wie Mutter konnte sie nicht kochen, dafür besaß sie eine schöne Altstimme und begleitete sich bei Balladen von Loewe höchst effektvoll am Klavier. Nie habe ich die Glöckchen bei ›Tom der Reimer‹ zarter und lieblicher klingen hören. Und wenn sie ihr Lieblingslied vortrug – Hier hab ich so manches liebe Mal mit meiner Laute gesessen – dann lauschte ihr sogar Vater in sichtlicher Ergriffenheit.

Auch Herrn Janson schien es bei uns bestens zu schmecken. Vielleicht hatte es ihm auch Anna mit ihrer strammen Figur und mit ihrem vollen braunen Haar angetan, aber er hatte bei ihr keine Chancen, denn sie ging zur Zeit mit einem Unteroffizier vom Grenadierregiment Nr. 1, der mit mir immer merkwürdige Wetten abschloß, bei denen ich jedesmal gewann. So stülpte er mir zum Beispiel seine Grenadiermütze über den Kopf, legte ein Zweipfennigstück auf den Küchentisch und behauptete, ich könnte es keine fünf Minuten unter der Mütze aushalten. Und ob ich konnte! Mehr als zehn Minuten hielt ich oft durch, blind und auch stark gehörbehindert, und wenn ich die Mütze dann abnehmen durfte, saßen die beiden friedlich am Tisch, nur Anna sah ein bißchen erhitzt aus.

Natürlich hatte Mutter Herrn Janson, der in ihren Augen im Rang doch so etwas wie einen Lokomotivführer darstellte, angeboten, mit uns am Tisch zu speisen, aber Herr Janson zog es vor, bei Anna in der Küche zu essen, und dagegen hatte Mutter auch nichts einzuwenden. Es traf sich ungeschickt, daß Mutter für den Dienstag die Waschfrau bestellt hatte, und der Termin ließ sich nicht verlegen, weil Frau Borowski nach einem streng eingeteilten Drei-Wochen-Turnus zum Waschen zu uns kam. Ihre Mann arbeitete in der Brauerei Ponarth, und das Bierdeputat schien ihn nicht müde, sondern sehr munter zu machen, denn sie hatte einen Haufen Kinder, und eins war immer unterwegs. Einmal erschien sie schlanker als sonst zum Waschtag.

»Nun, Frau Borowski«, fragte Mutter und überlegte dabei, was sie ihr an alten Bettüchern für Windeln mitgeben könnte, »ist es ein Junge oder ein Mädchen? Und wann haben Sie es zur Welt gebracht?«
»Es is man bloß ein Mädchen, gnä' Frau«, antwortete Frau Borowski und stemmte den schweren Waschzuber hoch, um das Spülwasser ins Gully laufen zu lassen, »und gekommen is es jestern abend jejen elf Uhr.«
Mutter wurde blaß und wollte sie auf der Stelle nach Hause schicken, aber Frau Borowski erwiderte resolut, Mutter solle bloß nicht solch ein Getue machen, und überhaupt wären bei ihr alle Kinder bis aufs erste nur so herausgefallen und sie hätte nicht mal eine Hebamme gebraucht. Ihre kleineren Kinder wurden daheim von der Großmutter versorgt, nur das älteste von den noch nicht schulpflichtigen Kindern, den Arthur, ein Jahr jünger als ich, brachte sie gewöhnlich mit. Mutter überließ ihm einige von meinen Spielsachen, und der Junge gab damit den ganzen Tag Ruhe. Natürlich bekam Arthur bei uns auch zu essen, reichlich zu essen, aber das schien ihm nicht zu genügen, denn sozusagen zum zweiten Frühstück und zu einer Zwischenmahlzeit am Nachmittag lief er in die Waschküche hinunter und sagte zu seiner Mutter fünf kurze Worte: »Mudder, jew mi de Titt!« Darauf ließ Frau Borowski sich auf einem Schemel nieder, knöpfte die Bluse auf und ließ ihren Sohn, der dabei still und aufrecht zwischen ihren Beinen stand, nach Herzenslust trinken. Herr Janson, der sich Anna nützlich machte und ihr die Körbe mit der nassen Wäsche zum Aufhängen aus der Waschküche in den Hof herauftrug, muß der Anblick der gewaltigen Apparate, die aus Frau Borowskis Bluse quollen, genauso Atem und

Sprache verschlagen haben wie der Anblick des eifrig zutzelnden Knaben Arthur. Dieses Ostpreußen – Wölfe und Bären liefen zwar nicht frei herum, aber sonst...! Seine weiß herausquellenden Augäpfel wiederum schienen Frau Borowskis Mißfallen erregt zu haben oder von ihr falsch gedeutet worden zu sein. Während ihr Arthur an der linken Milchquelle weiter trank, packte sie die rechte Brust mit beiden Händen und spritzte Herrn Janson auf eine Entfernung von zwei Metern mit einer melkenden Bewegung einen Milchstrahl entgegen, der ihn mitten ins Gesicht traf und auch seine Weste bekleckerte. Dabei funkelte sie ihn an und zischte aus verächtlich herabgezogenen Mundwinkeln: »Jetz aber raus mit dir, du Hamburger Schweiiniijel!«

Mutter ließ sich von Onkel Walter und Tante Miekchen überreden, Vaters wegen zwar äußerlich widerstrebend und zögernd, innerlich aber Feuer und Flamme, die Autoreise zu den Großeltern mitzumachen. Sie versprach Vater, falls Onkel Walter sich länger in Lyck aufhalten sollte, spätestens nach drei Tagen mit der Bahn zurückzukommen. Wir beneideten sie um diese Fahrt im offenen Phaeton glühend, aber wir mußten leider in die Schule. Das schöne warme Herbstwetter hielt an, und im Notfall konnte der Wagen durch eine wasserdichte Verdeckplane wetterfest gemacht werden. Am Mittwochmorgen kletterte Mutter ins Auto und zwängte sich auf den Vordersitz neben Herrn Janson, nicht allzu bequem, denn Vater hatte darauf bestanden, daß sie sich in seinen schweren Pelz hüllte, den er im Winter bei Schlittenfahrten zu Lokalterminen trug. Es war ein Wolfspelz von ungeheurem Gewicht, der sogar Vater Schulterschmerzen verursachte, wenn er ihn länger als eine

Stunde trug. Er winkte Mutter nach und machte sich auf drei lange Tage des Strohwitwertums bei Annas Küche gefaßt.

Aber das Unerwartete geschah. Mutter kam schon am nächsten Tage zurück, gebrochen an Leib und Seele und mit dem Schwur auf den Lippen, daß keine zehn Pferde sie je wieder im Leben in solch eine mörderische Benzinkutsche bringen würden. Sie war so durchgerüttelt worden, daß ihr jeder Knochen weh tat. Aber das war nicht das Schlimmste. Das Schlimmste war auch nicht, daß zwischen Lötzen und Widminnen eine Kuh den Wagen auf die Hörner zu nehmen versucht hatte. Das hatte nur einigen Blechschaden verursacht. Aber bei dem Zusammenstoß hatte der außen angebrachte Getriebe-Schalthebel Schaden genommen, war Herrn Janson in der Hand abgebrochen und dann, als es gerade bergab ging, war ihm auch noch der Bremshebel in den Fingern geblieben; er konnte den Wagen nicht zum Halten bringen, und so war ihm nichts anderes übriggeblieben, als den Phaeton zwischen zwei Chausseebäumen hindurch auf eine sumpfige Wiese zu lenken, wo er dann endlich im Morast stecken geblieben war, sich auf die Seite geneigt und sie alle vier herausgeschleudert hatte. Herr Janson brach sich dabei die rechte Hand, Tante Miekchen verstauchte sich den linken Fuß, und dann mußten sie naß und dreckig noch kilometerweit laufen, bis sie auf einen Bauern trafen, der sich nach langem Zureden gegen hohen Lohn bereit fand, sie nach Lyck zu kutschieren. Es war ein Philippone von der ganzen strengen Observanz, der Automobile als Teufelswerk verdammte und in dem Unfall die gerechte Strafe Gottes für ihr lästerliches Tun und Treiben sah.

Vater hörte geduldig zu und machte dabei ein Gesicht, als könne er dem Philipponen nicht ganz unrecht geben. Diese Philipponen waren eine merkwürdige Sekte religiöser Fanatiker. Sie wurden im 18. Jahrhundert aus Rußland vertrieben, weil sie den Militärdienst verweigerten und sich, mit Gewalt unter die Fahne gepreßt, selber verbrannten oder verstümmelten. Unter den toleranten preußischen Königen hatten sie wie Salzburger, Hugenotten und Wyclifianer in Ostpreußen Aufnahme gefunden und lebten in einigen Dörfern Masurens in strenger Absonderung mit ihren alten Bräuchen.

Mutter hat ihren Schwur, nie wieder ein Automobil zu benutzen, fünfundzwanzig Jahre lang gehalten. Dann gelang es mir, sie zu einer Fahrt nach Garmisch zu überreden, in meinem ersten Wagen, einem DKW-Cabrio, das ich seit einem Jahr besaß. Und ausgerechnet mir mußte mit Mutter im offenen Wagen an einem strahlend schönen Sommertag der erste Unfall passieren. Ein Motorradfahrer auf einer nagelneuen schweren BMW kam am Ortsausgang von Garmisch aus einer Seitenstraße herangebraust, bremste zwar mit aller Kraft, aber zu spät, fuhr mir in die Flanke, schoß aus dem Sattel und landete mit dem Kopf in Mutters Schoß.

»Und das war endgültig das letzte Mal!« sagte sie, stieg aus und fuhr mit dem Zug nach München zurück. Und um sie nicht wortbrüchig werden zu lassen, gelang es mir unter einigen Schwierigkeiten, daß sie nicht im Auto, sondern von Pferden zu ihrer letzten Ruhestätte gefahren wurde.

Ob Tante Miekchen und Onkel Walter noch einmal zu uns gekommen sind oder ob sie von Lyck aus gleich nach Bremen zurückfuhren, ist mir nicht mehr in

Erinnerung. Wenn sie uns noch einmal besuchten, so waren Herr Janson und der Phaeton auf keinen Fall dabei. Aber eines weiß ich genau, daß ich Besitzer eines goldenen Zwanzigmarkstücks war und daß mir das Gold in den Fingern brannte. Ich hätte mir dafür in den Spielwarengeschäften von Hannemann in der Junkerstraße oder bei Weiß in der Vorstädtischen Langgasse eine Eisenbahn oder eine Dampfmaschine kaufen können, aber größere Verlockungen strahlten die Schaufenster von Jarzymbowski aus, einer Bonbon-, Konfitüren- und Schokoladen-Fabrik, die in der Königstraße ein Ladengeschäft unterhielt. Auch meine Schwestern waren dort noch Stammkunden und holten sich von Zeit zu Zeit für zehn Pfennige aus dem Fabrikabfall eine riesige Tüte Bruchbonbons, von denen ich immer einen redlichen Teil abbekam. Es gab dort auch Schokoladenbruch, wovon das Pfund allerdings zwanzig Pfennige kostete. Für zwanzig Mark hätte ich mir fünfzig oder sechzig Tafeln der feinsten Schokoladenmarken kaufen können, aber ich war doch kein Verschwender. Also trat ich eines Tages in den Laden, warf mein Goldstück auf den Zahlteller und bestellte einen Zentner Bruchschokolade. Einige Pfunde davon nahm ich mit, den Rest ließ ich per Rollfuhrwerk an meine Adresse in der Ziegelstraße fahren.

Das Mißtrauen der Verkäuferin fand ich ziemlich unverschämt und beleidigend. Sie wollte genau wissen, woher ich das Goldstück hätte, und gab sich erst zufrieden, nachdem ich ihr lang und breit von meinem Onkel aus Afrika erzählt hatte, der zu uns im Automobil und mit eigenem Chauffeur gekommen war. Das schien sie zu beeindrucken und sie stellte keine weiteren Fragen mehr. Am nächsten Tag saßen wir ganz friedlich beim Mittagessen. Es gab eins von Vaters Leibgerichten, das ich auf den Tod nicht ausstehen konnte, grüne Klöße mit ausgelassenem Räucherspeck und abgebräunten Zwiebeln; das Fett schöpfte Vater mit dem großen Suppenlöffel über die Klöße. Später, im Krieg, seufzte Mutter manchmal, sie wäre heilsfroh, wenn sie das Fett hätte, das Vater früher beim Klöße-Essen aus dem Schnurrbart getropft war. – Vater war mit dem ersten Teller noch nicht ganz fertig, als Anna ins Eßzimmer kam und meldete, vor der Tür stehe der Rollkutscher von Jarzymbowski, habe ihr einen Sack voll Schokolade vor die Wohnungstür gestellt und verlange eine Empfangsbestätigung. Bevor Mutter sagen konnte, es müsse sich um einen Irrtum handeln, erklärte ich frank und frei, das sei meine Schokolade, die ich von Onkel Walters Geschenk gekauft habe. Es entstand eine große Stille am Tisch. Vater legte den Löffel weg und fragte:

»Was hast du gekauft?«

»Einen Zentner Bruchschokolade ...«

Eine von meinen Schwestern begann zu kichern. Vater verfärbte sich, er lief rot an und schlug mit der Faust auf den Tisch, daß die Teller klirrten. Das Kichern verstummte und ich hatte das Gefühl, das Strohgeflecht meines Stuhles verwandle sich in einen Rost aus glühendem Eisen.

»Wo ist der Kerl?« schrie Vater.

»Er steht vor der Tür«, antwortete Anna.

Vater riß sich die Serviette vom Hals und stürzte hinaus.

»Mein Gott, was hast du bloß wieder angestellt!« seufzte Mutter und horchte ängstlich nach draußen, wo Vater den armen, unschuldigen Kutscher anbrüllte, er solle mit Sack und Pack verschwinden und sich nicht wieder blicken lassen. Und dann krachte die Haustür ins Schloß und Vater stürmte ohne Hut und mit seinem fett-triefenden Schnurrbart davon. Das Fräulein bei Jarzymbowski, das mir die Schokolade verkauft hat, wird diesen Tag in unguter Erinnerung behalten haben. Ich kann mir denken, daß Vater mit allen Paragraphen des Strafgesetzbuches gedroht hat, die irgend etwas mit dem Umgang und mit Geschäften mit Minderjährigen zu tun haben. Als er zurückkam, war ihm der Appetit vergangen, aber das Goldstück lag wohlverwahrt in seinem Portemonnaie.

»Ich hab's deinem Bruder Walter gesagt, daß es ein unverantwortlicher Blödsinn ist, einem Kind zwanzig Mark in die Hand zu drücken – aber er wollte ja nicht hören!« knurrte er Mutter an. Mir warf er einen düsteren Blick zu und fuhr nach einer kurzen Kopfrechnung fort, er werde mir jeden zweiten Tag einen Dittchen aushändigen.

»Damit langt dir das Geld bis Weihnachten im nächsten Jahr! Hast du verstanden?«

Nicht ganz, dazu dachte Vater in zu langen Zeiträumen, aber ich war schon froh, daß er mein Goldstück nicht ganz beschlagnahmt hatte, und schnuffelte Tränen und sonstige Feuchtigkeiten in der Nase hoch. Tatsächlich holte ich mir jeden zweiten Tag meinen Dittchen ab, und Vater gab ihn mir anstandslos. Ich lief damit nicht mehr zu Jarzymbowski, denn das Fräulein scheuchte mich beim ersten Besuch mit drohenden Gebärden aus der Tür, ich wechselte als Kunde zum Kaufmann Korn über, bei dem man Bonbons auch sehr preiswert einkaufen konnte. Es gab damals, hauptsächlich vor Drogerien und Bäckerläden, eine Sorte von Automaten, wo auf einem rot lackierten Sockel eine buntgefiederte eiserne Henne saß. Warf man ein Zehnpfennigstück in den Schlitz auf ihrem Rücken, dann bewegte die Henne den Kopf, als ob sie gackern wolle, und legte ein blechernes Ei, das mit schäbigen Bonbons gefüllt war. Aus irgendeinem Grund hatten diese Blecheier unter uns Kindern einen fabelhaften Tauschwert. Für ein Ei bekam man zehn große Glasmurmeln oder drei feuervergoldete Marineknöpfe, mit denen wir ›Nipperchen‹ spielten. Bei diesem Spiel wurde solch ein Knopf in einiger Entfernung von einer Wand auf die Erde gelegt und die Spieler mußten versuchten, ihren Knopf so geschickt an die Wand zu schnellen, daß er beim Rückprall den Knopf auf der Erde traf. Traf man ihn, so hatte man den anderen Knopf gewonnen. Da ich meinen letzten Marineknopf gerade an den Alfred verloren hatte, beschloß ich eines Tages, meinen Dittchen nicht bei Kaufmann Korn, sondern in eine Henne zu investieren. Ich ließ das Zehnpfennigstück in den Schlitz der eisernen Henne klingeln, die vor dem Laden von unserm Bäcker Bartning stand. Die Henne wackelte brav mit dem Kopf und legte ihr Ei – aber zugleich mit dem Ei gab sie mir meinen Dittchen mit heraus. Er fiel in die kleine Auffangschale unter ihrem Schwanz, wo das Geld zurückkam, wenn die Henne leer war oder wenn man versuchte, sie mit einem Kupferstück zu betrügen. Und was sie da auswarf, war nicht irgendein Dittchen, der sich zufällig im Mechanismus verklemmt hatte, sondern es war meiner. Ich erkannte ihn sofort an einer Kerbung des Randes wieder, die so aussah, als hätte jemand mit einem Messer einen winzigen Nickelkeil herausgeschnitten. Na, wunderbar! So etwas nannte man

Glück. Ich konnte also aus der Henne noch ein Ei herauskitzeln.
Ich war kein besonders frommes Kind. Gewiß, die Eltern gingen hin und wieder zur Kirche, das gehörte sich so, aber im täglichen Leben brutzelten religiöse Gefühle daheim auf der Sparflamme. Vielleicht hatte Mutter in früheren Jahren eine stärkere Bindung an die Kirche gehabt, denn sie hielt darauf, daß ich ein kurzes Tischgebet und ein längeres vor dem Zubettgehen aufsagte. Wenn ich beim Tischgebet den Herrn Jesus zu Gast lud, schaute Vater, wenn es Kartoffelsuppe oder Lungenhaschee gab, mit gerunzelter Stirn starr in die Suppenterrine. – Als mir nun das Nickelstück auch nach dem zweiten Einwurf zugleich mit dem Ei aus dem Automaten fiel, da hatte ich das sichere Gefühl, daß der liebe Gott es mit mir gut meinte und mir mit dieser Münze einen Wunderdittchen beschert hatte. Und er ließ nicht aus! Ich leerte mit meinem Wunderdittchen im Verlauf einer Stunde sämtliche Automaten in der näheren Umgebung. Nicht nur die braven Hennen, der Wunderdittchen bewährte sich auch an anderen Automaten, die für einen Nickel kleine Schokoladenstangen, Pfefferminzbonbons oder Krokantriegel herausgaben. Als ich mich endlich daheim einfand, quollen mir die Süßigkeiten aus allen Taschen und, als ich den Gummizug meiner Kieler Bluse streckte, auch aus ihr heraus.
»Wo hast du all das Zeug her?« fragte Vater verblüfft, als ihm die Blecheier und Automatenpäckchen vor die Füße rollten.
»Ich habe einen Wunderdittchen!« stammelte ich atemlos, »ich kann ziehen und ziehen, wo ich will, er kommt immer wieder mit heraus!«
Mutter wechselte mit Vater, der ganz ruhig blieb,

einen langen Blick. Ihre Kehle bewegte sich dabei, als schlucke sie trockene Haferflocken.

»Gib den Dittchen mal her«, sagte Vater freundlich interessiert. Ich streckte ihm das Zehnpfennigstück zögernd hin, denn ich sah ihm deutlich an, daß er sich absolut weigerte, an ein Wunder zu glauben. Er betrachtete es lange, und als er es schließlich in der linken oberen Westentasche verschwinden ließ, da wußte ich, daß ich meinen Wunderdittchen für alle Zeiten verloren hatte. An den Vortrag, den er mir hielt, daß man auch an Automaten zum Dieb und Betrüger werden könne, erinnere ich mich nur undeutlich. Um so deutlicher an die Ohrfeige, die er mir gab, als ich ihn schreiend beschuldigte, mir meinen Wunderdittchen fortgenommen zu haben, um ihn fortan für sich selber zu verwenden. Lotte mußte die Eier und Päckchen aufheben und zählen. Es waren im ganzen noch dreiundsechzig Stück und mit jenen, die ich bereits im Magen trug, rund fünfundsiebzig.

»Sieben Mark fünfzig...« sagte Vater schwer atmend und sah mich eindringlich prüfend an. »Nein«, fuhr er kopfschüttelnd fort und seufzte auf, »du bist kein Dieb und Betrüger – du bist einfach ein Trottel.« – Und dann wandte er sich an meine Mutter: »Verwahr das Zeug und gib es ihm in Gottes Namen nach und nach. Ich werde morgen die Geschichte mit der Automatengesellschaft in Ordnung bringen. Geb's der Himmel, daß dieses hier der einzige Wundergroschen in der Stadt ist – sonst sind wir morgen ruiniert.«

Es ist anzunehmen, daß Onkel Walter bei seinem Europa-Urlaub auch Tante Grete in Stallupönen besucht und dort tief in die Tasche gegriffen hat. Er

unterstützte sie seit Jahren, und sie hatte diese brüderliche Hilfe und Unterstützung auch wahrhaftig nötig. Sie war die jüngste Schwester meiner Mutter, und auch Mutter und Tante Elma halfen ihr nach Kräften und schickten ihr, was sie irgend entbehren konnten, Kleider, Wäsche, kleine Geldbeträge und Kindersachen, denn auch bei ihr waren die Kinder wie bei Großmutter in rascher Reihenfolge und zweimal als Zwillinge gekommen, aber von den acht Kindern, die sie geboren hatte, waren nur drei am Leben geblieben. Die Schuld am frühen Tod der meisten ihrer Kinder schrieb man ihrem Mann zu. Dieser Onkel Karl Morawski war kurz vor der Jahrhundertwende als junger Postbeamter zu einem Fortbildungskurs im Telegrafenwesen nach Berlin geschickt worden und hatte dort die rauschende Sylvesternacht zum Eintritt in das neue Jahrhundert erlebt, in dem uns der Kaiser herrlichen Zeiten entgegenzuführen versprochen hatte. In Berlin muß es in dieser Nacht hoch und noch höher hergegangen sein. In zahlreichen Lokalen schenkten die Wirte das Bier und den Schnaps unentgeltlich aus, und auch die Damen des horizontalen Gewerbes sollen ihre Gunstbeweise umsonst erteilt haben. Ob das der Wahrheit entsprach, und ob sich der arme Teufel sein Leiden bei dieser Centenarfeier geholt hat, will ich dahingestellt sein lassen; es gehörte wohl mehr zur Familienlegende.
Tante Grete jedenfalls trat ein Jahr vor Mutters Hochzeit in den Ehestand. Großvater führte seine Tochter, und Mutter den Bräutigam in die Kirche. Beim Durchschreiten eines dunklen Sakristeiganges spürte die Mutter plötzlich, daß der Bräutigam weiche Knie bekam und sich an ihren Arm klammerte. Sie fuhr ihn böse an, ob er sich nicht schäme, betrunken vor

den Traualtar zu treten, aber er versicherte ihr hoch und heilig, daß nicht ein einziger Tropfen Alkohol über seine Lippen gekommen sei, und er wisse selber nicht, weshalb ihm in letzter Zeit, vor allem in der Dunkelheit, die Beine zuweilen den Dienst versagten. Wenige Jahre später verschlimmerten sich die Lähmungserscheinungen, er schleppte sich von Arzt zu Arzt und wurde den grausamsten Marterkuren unterzogen, aber die Tabes schritt unaufhaltsam voran und lähmte bald nicht nur seine Beine gänzlich, auch Arme und Hände gehorchten ihm nur noch unter großen Anstrengungen. Was der Staat ihm mit seinen zehn oder zwölf Dienstjahren schließlich auf dem Gnadenwege an Pension gewährte, war ein Bruchteil von dem, was die Familie zum Leben benötigte. Nach vielen Gesuchen, zumeist von Vater geschrieben und weitergeleitet, wurde Tante Grete mit der Führung einer Postagentur auf einem Dorf in der Nähe von Stallupönen betraut. Mit seiner winzigen Rente und ihren geringen Einkünften lebten sie dort seit Jahren in den bescheidensten Verhältnissen. Mutter kam jedesmal, wenn sie Tante Grete besuchte, ganz krank von dem Elend, das sie dort erlebt hatte, nach Hause zurück. Und auch voller Bewunderung für ihre Schwester, die nie ihre gute Laune verlor, sich durch nichts unterkriegen ließ und von der Hoffnung lebte, daß ihr Karl eines Tages gesund würde und daß es dann mit ihnen wieder aufwärtsgehen werde. Es ging nie aufwärts. Der gelähmte Mann wurde mehr als siebzig Jahre alt. Er überstand die Flucht vor den Russen im Ersten Weltkrieg und öffnete sich am Ende des Zweiten Weltkrieges, während Tante Grete im Dorf die zweite Flucht vor den eindringenden Russen zu organisieren versuchte, in ihrer Abwesenheit die

Pulsadern. Ihr blieb nicht mehr die Zeit, ihn unter die Erde zu bringen.

In jenen Tagen, von denen ich hier erzähle, scheint die Kunde von einer neuen Wunderkur, mit der ein Neurologe an der Universitätsklinik Lahme gehend machte, bis nach Stallupönen gedrungen zu sein. Tante Grete schöpfte wieder einmal neue Hoffnung, steckte den ansehnlichen Geldbetrag, den ihr Onkel Walter zugesteckt hatte, in ihre Handtasche, nahm ihre drei Kinder, setzte Onkel Karl in seinen Rollstuhl, schob ihn zur Bahn, fand hilfsbereite Leute, die ihn in ein Abteil vierter Klasse (Für Reisende mit Traglasten) hoben, und lieferte ihn in der neurologischen Abteilung in Königsberg ab. Bei uns wurde im Salon die rote Plüschgarnitur beiseite gerückt, Anna holte ein ausrangiertes Bettgestell vom Speicher, für Tante Grete wurden Betten bezogen, und die Kinder bekamen ein Matratzenlager auf dem Fußboden. Ich schloß mit dem neuen Cousin Hans und mit der Cousine Trudchen rasch Freundschaft. Wir waren etwa gleichaltrig. Das jüngste der Kinder, ein Junge, war vier Jahre alt, hieß Walter und fraß Portionen, die sogar meinem Vater Respekt abnötigten. Gleich bei der ersten gemeinsamen Mahlzeit hatten wir Gelegenheit, seinen enormen Appetit zu bewundern. Dabei kratzte er sich, während er die dicke Gemüsesuppe mit der rechten Hand in sich hineinschaufelte, mit der linken unaufhörlich den Kopf.

»Was hat der Junge eigentlich?« fragte Mutter.

»Der hat dauernd so dumme Angewohnheiten, mal dies, mal das,« sagte Tante Grete und ließ sich Mutters Gemüsesuppe mit dem fetten Hammelfleisch ebenfalls gut schmecken. Aber Mutter gab sich mit der Antwort nicht zufrieden, sie stand auf, unterzog den

Kopf des Knaben Walter einer genauen Untersuchung und schrie entsetzt: »Grete! Bei dem Jungen wimmelt es ja vor Läusen!«
»Was verlangst du von der vierten Klasse Besseres?« fragte Tante Grete achselzuckend und wenig berührt, »mit was für einem Gesocks man da zusammensitzt! Er wird sich die Läuse ganz bestimmt in der Bahn geholt haben.«
Mutter nickte höflich, obwohl sie daran zweifelte, daß sich eine Laus oder auch zwei Läuse bei aller Fruchtbarkeit dieser Tierchen in so kurzer Zeit zu einem Lausegewimmel vermehren könnten. Sie untersuchte auch die Köpfe von Hans und Trudchen, konnte bei ihnen aber nichts Lebendiges entdecken. »Ich werde dem Walter nachher den Kopf mit Petroleum waschen und ihm eine Lauskappe aufsetzen, dann ist er die Bescherung morgen früh los.«
»Damit die ganze Wohnung nach Petroleum stinkt!« knurrte Vater. »Nichts da! Wozu habe ich meinen Kohinoor? Ich werde den Bengel kahl scheren und damit hat sich's ausgelaust.«
In der Küche mußte Anna alte Zeitungen auf den Boden legen, in die Mitte wurde ein Stuhl gestellt, und das Walterchen wurde auf den Stuhl gesetzt. Er hatte eine Haarbürste wie aus Draht, und Vater ölte seine Haarschneidemaschine zur Vorsicht mit einem Tropfen von Mutters Nähmaschinenöl ein, damit die Schermesser den Jungen nicht allzu sehr ziepten. Vom Hinterkopf und von den Schläfen bis zum Wirbel ging auch alles glatt, aber im Wirbel selber blieb Vaters Kohinoor kläglich stecken, er war weder vorwärts noch rückwärts zu bewegen, der Junge brüllte wie am Spieß, und die Schraube, an der sich der Apparat auseinandernehmen ließ, befand sich an der Boden-

platte, so daß an sie nicht heranzukommen war. Vater begann zu schwitzen.

»Du wirst den Jungen zum Luschnat bringen müssen, Ernst,« sagte er zu meinem Bruder, der die Prozedur bis dahin als Zuschauer mit Interesse verfolgt hatte.

»Ich? Wie komme ich dazu? Da mußt du dir schon einen anderen suchen,« sagte Ernst und verdrückte sich aus der Küche. Und bei wem blieb es schließlich hängen? Bei mir natürlich. Vater drückte mir fünfzig Pfennige in die Hand, mir half kein Sträuben, dem brüllenden Walterchen wurde einer von Vaters breitrandigen Bismarckhüten über den Kopf gestülpt, der den im Wirbel hängenden Kohinoor verdeckte, und so führte ich meinen Vetter Walter zum Friseur Luschnat, jenem, dessen Sohn so gern mit Schiffen spielte und seiner Polypen wegen die Schulbank nicht mit mir zusammen drücken durfte. Der Laden war nicht gerade überfüllt, aber als ich meinem Vetter den Hut abnahm, ließ mich auch das wiehernde Gelächter der wenigen Kunden wünschen, im Boden verschwinden zu können.

»Aha, Hausmacherarbeit!« stellte Herr Luschnat grinsend fest. Doch er machte sich sofort ans Werk, den Kohinoor vermittels einer Rasierklinge von der Kopfhaut zu lösen. »Und Läuse auch noch!« sagte er, »und was für Prachtexemplare!« Es war furchtbar peinlich; das einzig versöhnliche an der Sache war, daß ich das Fünfzigpfennigstück behalten durfte.

Tante Grete blieb mit ihren Kindern vier Wochen lang bei uns zu Gast. Mutter bemühte sich, es sich nicht anmerken zu lassen, daß die vielen Menschen in einer Wohnung, die auf so viele Besucher nicht zugeschnitten war, sie mit der Zeit doch ziemlich nervös machten. Aber selbst, wenn sie einmal aus der Haut geplatzt wäre, hätte Tante Grete das mit ihrem heiteren Gemüt kaum bemerkt und nie auf ihre Anwesenheit zurückgeführt. Sie besuchte ihren Karl täglich, redete sich und uns ein, daß es ihm schon bedeutend besser gehe, aber als sie ihn dann endlich wieder abholen und heimnehmen durfte, war er genauso gelähmt und hilflos wie zuvor, nur, daß die Leiden der langen Behandlung sein blasses Gesicht noch bleicher gefärbt und die Furchen, die sich von den Nasenflügeln zum Mund zogen, noch tiefer gekerbt hatten. Vaters Stimmung lag tagelang hinterher tief unter dem Gefrierpunkt, und ich verdrückte mich nach Möglichkeit aus seiner Nähe, aber was ich für schlechte Laune hielt, war die tiefe Erschütterung über ein Schicksal, das ihn an Gott und an Gottes Güte und Barmherzigkeit zweifeln ließ.

»Ich an seiner Stelle würde Schluß machen,« sagte er.

»Grete hätte mehr Grund dazu,« meinte Mutter.

»Sie muß abgrundtief dumm sein,« murmelte er kopfschüttelnd, »daß sie bei allem, was sie durchmacht, immer bei Humor und guter Laune ist.«

»Und ich meine, daß sie fromm ist – nicht auf die Kirchenart fromm, weißt du, sondern irgendwie innerlich . . .«

»Irgendwie!« brummte Vater, dem alles Unpräzise ein Greuel war, »aber frumm und dumm, da sehe ich nicht viel Unterschied.«

Ich hatte in kurzer Zeit die Sache mit dem Wunderdittchen und mit der Bruchschokolade angestellt, und daß ich das für Herrn Luschnat bestimmte silberne Fünfzigpfennigstück heimlich kassiert hatte, war Vater auch nicht verborgen geblieben, denn Walterchen hatte mich verraten. Die Blicke, mit denen er mich betrachtete, wurden immer düsterer, und auch den Spruch von dem Krug, der solange zum Brunnen geht, bis er bricht, bekam ich immer öfter zu hören. Er brach dann wie gewöhnlich bei einem Anlaß, der mich an der väterlichen Gerechtigkeit zweifeln ließ. In jedem unserer Schulhefte trugen die Vorsatzblätter in einer ovalen Umrahmung Brustbilder unseres Kaiserpaares, Wilhelm rechts, Auguste Viktoria links, beide en face und doch einander hold zulächelnd, genau wie die Fotos von Vater und Mutter auf der ersten Seite des silberbeschlagenen Familienalbums. Ob es ein alter Trick oder der Genieblitz im Hirn eines meiner Klassenkameraden war: wenn man dem Kaiser und seiner erlauchten Gemahlin mit Mutters Stickschere die Augen fein säuberlich ausschnitt, ein weißes Blatt hinter die Vorsatzseite legte und in die leeren Augenhöhlen blaue oder schwarze Punkte malte, dann konnte man Wilhelm II. und Auguste Victoria je nach Lust und Laune schielen oder die Augen rollen lassen. Und wenn man den beiden dazu noch die Lippen vorsichtig aufschlitzte, die Zahnreihen säuberlich entfernte und auf dem hinteren Blatt zwei kleine Schnitzel aus rotem Papier anklebte, dann konnten Kaiser und Kaiserin bei einiger Fingerfertigkeit sogar die Zungen herausstrecken und wieder einziehen. Und dieses mit größeren technischen Schwierigkeiten verbundene Zungenkunststück war meine ureigene Erfindung, die mich für Tage zum unbestrittenen Helden und Führer in der Klasse machte. Keine innere Stimme raunte mir zu, die Spielereien mit Kaiser und Kaiserin nur heimlich zu treiben, aber ich konnte ja auch nicht ahnen, mit welcher Liebe und Verehrung Vater am Hause Hohenzollern hing. Als ich ins Zimmer stürzte, um ihm meine geniale Erfindung glühend vor Eifer vorzuführen, wurde er blaß und starrte sekundenlang stumm auf mein Kunstwerk. Ich hielt es so lange für die tiefe Ergriffenheit eines Vaters, der dem Sohn das größere Talent nicht neidet, bis ich plötzlich auf seinem Knie lag und meinen Hintern unter der fürchterlichsten Abreibung brennen spürte, die er mir je verabfolgt hatte. Mutter wollte dazwischen gehen, aber er scheuchte sie zurück: »Das ist nicht einfache Majestätsbeleidigung,« brüllte er, »das ist Schändung der Majestäten, brutale und gemeine Schändung!!« Und während ich heulend ins Bett schlich, untersuchte er meinen Schulranzen, riß aus sämtlichen Heften die geschändeten Majestäten heraus und warf die Blätter auf die Glut des Kachelofens. Der einzige, der sich für meine ersten künstlerischen Versuche interessierte, war mein Bruder Ernst. Der Trick, den Bildern des Kaiserpaares durch künstliche Augäpfel mehr Leben zu verleihen, schien ihm nicht neu zu sein, aber wie man die hohen Herrschaften auch noch dazu bringen konnte, dem Betrachter die Zunge zu zeigen, das ließ er sich genau erklären.

Bei Vater hatte ich das Kraut für lange Zeit ausgeschüttet. Er betrachtete mich, wenn er mich überhaupt eines Blickes würdigte, als frage er sich, was er da für ein Monstrum in die Welt gesetzt habe. Meine Schwestern nutzten den Umstand, daß ich in Ungnade gefallen war, in der gemeinsten Weise aus, indem sie mir unter Drohungen und Zwang gute Tischmanieren beizubringen versuchten. Wenn ich beim Essen schmatzte oder die Suppe schlürfte, machten sie gequälte Gesichter und behaupteten dreist, wenn sie mich essen hörten, dann würde ihnen schlecht und es vergehe ihnen aller Appetit. Und um mir ›das Essen mit den Ellenbogen‹ abzugewöhnen, steckten sie mir wahrhaftig die kleinen Teller von Mutters Frühstücksgeschirr unter die Achseln und zwangen mich so, aufrecht wie ein Stock zu sitzen und die Oberarme an die Rippen zu pressen, wenn ich Messer und Gabel benutzte. Es war eine richtige Tortur. Alles in allem, so gut das Jahr auch begonnen hatte, so schlecht endete es für mich. Zudem bekam ich kurz vor Weihnachten noch die Masern, mein Bett wurde in das fensterlose Dunkelkabinett gestellt, in dem die Eltern schliefen, und da man allgemein glaubte, ein Blick in helles Licht führe bei Masern sofort zu totaler Erblindung, durfte ich am Heiligen Abend den Tannenbaum mit seinem Kerzenschmuck nur für einen flüchtigen Augenblick sehen. Als Geschenke bekam ich einen Druckkasten mit Gummilettern und eine Schachtel, auf der »DER KLEINE GIPSFORMER« zu lesen stand. Der Inhalt bestand aus einem Säckchen Alabastergips und einigen blanken Blechformen, in die man den Gipsbrei hineingoß; nach dem Erstarren der Gipsmasse ließen sich kleine Medaillons mit den Köpfen der preußischen Könige von Friedrich dem Großen bis zu Wilhelm II. in flachen Reliefs aus den Formen lösen. Der hatte mir gerade noch gefehlt! Und was man mit den Gipsmedaillons anfangen sollte, stand in der Gebrauchsanweisung auch nicht zu lesen. Aber so oder so, in der Finsternis des Kabinetts konnte ich mit beiden Geschenken ohnehin nicht viel anfangen.

Ja, die Schändung der kaiserlichen Majestäten hat Vater mir lange nicht vergessen und nicht vergeben. Erst, als ich ihm eine Fotografie des Kaisers mit dessen eigenhändiger Unterschrift heimbrachte, die der Kaiser mir persönlich durch seinen Adjudanten überreichen ließ, begannen seine Zweifel an meiner Hohenzollerntreue zu schwinden. Es war nämlich inzwischen das Jahr angebrochen, in dem das fünfundzwanzigjährige Regierungsjubiläum des Monarchen in ganz Deutschland festlich begangen wurde. Ich hatte die Vorschule bei Herrn Hoffmann hinter mich gebracht und war in der Rangordnung als drittbester der Septima in die Sexta des Gymnasiums versetzt worden. Die Deklination von mensa eröffnete neue geistige Perspektiven, und am Horizont zogen die dunklen Wolken des Bruchrechnens auf. Natürlich beehrte Se. Majestät auch die Krönungsstadt der preußischen Könige mit seinem Besuch und schlug eine ehrfurchtsvolle Einladung unseres Geheimrats nicht aus, einer Gründung seines erlauchten Ahnherrn, Friedrichs des Großen, eine kurze Visite abzustatten. Die Schulräume wurden geschrubbt und auf Hochglanz gebracht, wie eine Kaserne, die eine Inspektion des Kommandierenden Generals erwartet. Man tat, als ob sich der Kaiser höchstpersönlich mit weißem Handschuh wie ein Stabsfeldwebel davon überzeugen werde, daß nicht einmal über dem Türrahmen ein Stäubchen seine Spur auf dem prüfenden Handschuhfinger hinterlassen werde. Der Geheimrat bereitete sich auf die Rede vor, die er im Angesicht Sr. Majestät halten wollte, und zwei Schüler, ein Primaner und ein Sextaner, sollten den Kaiser durch den Vortrag eines Festgedichtes erfreuen. Unser Klassenleiter war Herr Dr. Latte mit dem Spitznamen Bakulus. Er kannte uns noch nicht lange genug, und so zog er Herrn Hoffmann hinzu, um sich von ihm beraten zu lassen, wer von uns begabt genug und auch würdig sei, vor Se. Majestät zu treten. Herr Hoffmann nannte ihm zwei Namen, den von Helmut Schleckat und meinen.

Wenn es nur nach der Würdigkeit gegangen wäre, hätte Herr Dr. Latte wahrscheinlich unserem Primus Schleckat den Vorrang gegeben. Auch seine Aussprache bei Lese- und Vortragsproben war besser als meine, nur hatte er eine Art, Vokale und Konsonanten so überdeutlich zu artikulieren und diese Artikulation durch Mundbewegungen zu unterstützen, als wünsche er, sich einem Taubstummen verständlich zu machen. Und taubstumm war unser Kaiser nun wahrhaftig nicht. Herrn Dr. Latte gefiel mein lebhafterer, wenn auch nicht so deutlich artikulierter Vortrag besser, und so wurde ich dazu bestimmt, vor Sr. Majestät zu erscheinen.

Es war bekannt, daß der Kaiser, wie schon sein Ahnherr Wilhelm I., die Kornblume liebte. Und so begann das Gedicht mit dem ich ihm huldigen sollte, mit der Strophe: Unser Kaiser liebt die Blumen – denn er hat ein schlicht Gemüt – doch vor allem liebt er eine – die auf Preußens Fluren blüht. – Es hatte noch eine ganze Menge von Strophen ähnlich poetischen Inhaltes. Während des Vortrags sollte ich einen Kornblumenstrauß in der Hand halten und diesen Blumenstrauß dem Kaiser nach Beendigung des Gedichts mit einer tiefen Verbeugung überreichen. Bei den zahllosen Proben hielt ich statt der Kornblumen einen Kastanienzweig in der Hand, den Herr Dr. Latte von einem der Bäume abriß, die den Schulhof einsäumten. Am Vortrag hatte er bald nichts mehr auszusetzen, dafür um so mehr an der Verbeugung, die einmal zu eckig, ein andermal zu hastig, dann nicht ehrfurchtsvoll genug und dann zu byzantinisch ausfiel. Ich hatte es nicht leicht, es Herrn Dr. Latte recht zu machen.

Der Besuch der Majestäten – denn natürlich begleitete Kaiserin Auguste Victoria ihren Gemahl, wenn auch nicht zu unserer schlichten Schulfeier – fand an einem Septembertag statt. Es herrschte strahlendes Kaiserwetter. Der Himmel wölbte sich in makellosem Blau über der Stadt. Die Regimenter, die auf Herzogsacker zur Kaiserparade aufmarschiert waren, konnten sich keinen besseren Tag wünschen. Alles war auf das trefflichste vorbereitet, ich hatte in einem neuen weißen Matrosenanzug mit langen weiten Marinehosen die Generalprobe glänzend bestanden, man hatte an alles gedacht, nur nicht daran, daß die Äcker abgeerntet waren und daß um diese Jahreszeit auf den Fluren und Feldern der ganzen Provinz keine Kornblume zu finden war. Auch nicht in den Gärtnereien, denn dort züchtete man Rosen und Nelken, aber kein Unkraut. Man erwog schon, aus den verdammten Kornblumen sanfte Veilchen zu machen, aber da stimmten die zweisilbigen Veilchen mit den oftmals erwähnten dreisilbigen Kornblumen nicht mehr im Rhythmus und dadurch holperte auch das Versmaß. Und ob der Kaiser auch die Veilchen liebte, wußte man vielleicht in Berlin, aber nicht hier. In dieser Notstandssituation hatte Mutter eine geniale Idee. Sie besann sich, daß in einem Korb auf dem Speicher einer ihrer alten Hüte vergammelte, der eine üppige Garnitur blauer Kornblumen trug. Sie fackelte nicht lange, der Hut wurde vom Speicher geholt und seines Blumenschmuckes beraubt. Sie waren schon ein wenig staubig und verdrückt und auch von der Sonne gebleicht, aber meine Schwester Else besuchte ja die Gewerbeschule mit den Kursen für Haushalt und Handarbeiten nicht umsonst, mit der seidigen Bürste für Vaters Zylinderhüte, mit dem Bügeleisen und ein wenig Farbe aus dem Malkasten brachte sie die Kornblumen auf Hochglanz. Etwas frisches Farnkraut wurde dazu gebunden, unten bekam der Strauß eine weiße Manschette, das Problem war gelöst und ich konnte vor meinen Kaiser treten. Der Herr Dr. Latte besah sich das Gebinde zwar mit einiger Besorgnis, aber etwas Besseres konnte er auch nicht herbeischaffen.

Die Feier fand am frühen Vormittag statt. Der Kaiser erschien mit kleinem Gefolge, aber in großer Uniform. Ein prächtiger Anblick! Die Schule war in der Aula versammelt, und wir hörten die berühmte Autofanfare, als die kleine Kolonne in den Schulhof einfuhr und vor dem Hauptportal hielt. Der Geheimrat empfing Se. Majestät, ein Adjutant flüsterte ihm etwas ins Ohr, und darauf fiel die lange Rede, die er in den letzten Tagen ständig memoriert hatte, sehr kurz aus. Der Kaiser hörte sich die Ansprache stehend an, er nickte dem Geheimrat huldvoll zu und nahm dann unterhalb des Katheders in einem blumengeschmückten Sessel Platz, der aus des Geheimrats Privatmobilar für ihn aufgestellt worden war. Zuerst trug der Primaner seine Festhymne lautstark und mit edlen Gesten vor, und dann kam ich an die Reihe. Herrn Dr. Latte lief der Schweiß von der Stirn, aber er hätte nicht zu schwitzen brauchen, denn es ging alles tadellos. Zum Schluß trat ich vor den Kaiser hin und überreichte ihm mit der lang geprobten tiefen Verneigung die Kornblumen aus Mutters Hut. Er nahm sie in Empfang, warf einen flüchtigen Blick darauf – und machte ein Gesicht, als ob er ein angebrütetes Ei aufgeschlagen habe. Dann reichte er die Blumen seinem schneidig eleganten Adjutanten weiter. Dieser wiederum griff hinter sich, ließ sich die Kornblumen von einem dritten Offizier abnehmen und sich von einem vierten zwei Kaiserbilder mit des Kaisers

Unterschrift geben, um sie dem Primaner und mir zum Andenken an unsere Begegnung mit Sr. Majestät zu überreichen. Außerdem bekamen wir beide eine Ehrenkarte, die uns berechtigte, die Kaiserparade von einer Tribüne aus zu beobachten, die für einige Damen und Herren des Adels und für die Honoratioren der Stadt errichtet worden war.

Die Parade fand im Anschluß an die Schulfeier statt. Ich rannte neben dem Primaner hinter der kaiserlichen Autokolonne her, die, von den jubelnden Menschenmassen zu beiden Seiten der Straße aufgehalten, nicht allzu rasch vorankam. »Daß man sich mit so was behängen muß!« sagte er und trieb mich vorwärts, »los, los, du trübe Tasse, geht's noch?«

Es ging, und es machte mich mächtig stolz, von ihm überhaupt beachtet und sogar leutselig angesprochen zu werden. Ich bewunderte ihn, denn er war der beste Turner der Schule und dazu das As unserer Schlagballmannschaft, die in den letzten Wettspielen alle bis auf die Kneiphöfer besiegt hatte und von denen auch nur unglücklich geschlagen worden war. Ein bildhübscher, drahtiger und eleganter Mensch, in dessen Adern blaues Blut floß, während ich, wenn ich mich in den Finger schnitt, nur ganz gewöhnliches rotes hergab. Wir versäumten nichts, denn ohne den Kaiser konnte die Parade nicht beginnen, und wir trafen nur wenige Minuten nach ihm auf Herzogsacker ein.

Zuerst war es ja auch wirklich ein prächtiger Anblick, wie unsere Kürassiere in ihren weißen Uniformen mit den silbernen Brustharnischen und blitzenden Nakkenhelmen in breiter Front anritten, gefolgt von schwarz uniformierter bespannter Artillerie, von klingenden Spielmannszügen und dem Stechschritt der Infanteristen. Und dann zog als Höhepunkt der Kaiserparade, hoch droben in der goldenen Septemberluft, von den Menschenmassen, die den Rand des Exerzierplatzes säumten, bestaunt und bejubelt, eine Rumpler-Taube ihre knatternden Schleifen. Der junge Mann, an dessen Seite ich das erste Flugzeug durch die Luft kurven sah, jubelte nicht. Atemlos und mit großen Augen verfolgte er die Manöver des kleinen Aeroplans mit einer Verzückung, als erblicke er eine überirdische Erscheinung.

»Eine Rumpler-Taube!« stieß er mit keuchendem Atem hervor, und seine Finger schlossen sich wie eine Eisenklammer um meinen Arm, »sieh sie dir genau an, du Gartenzwerg! Der Mensch kann fliegen! Ich hab's nicht glauben wollen. Er kann wahrhaftig fliegen! Wie ein Vogel fliegen!« Und er starrte der am Horizont entschwindenden Maschine mit ausgebreiteten Armen nach, als ob er ihr nachflattern wolle.

Wenige Jahre später erschien er, vom Geheimrat fast so feierlich empfangen wie der Kaiser am heutigen Tag, noch drahtiger und noch eleganter, als ich ihn von dem Erlebnis der ersten Rumpler-Taube über Herzogsacker in Erinnerung hatte, im Schmuck des frisch erworbenen Pour le mérite und mit einer unsäglich flott gekniffter Leutnantsmütze auf dem Kopf in unserer Schule und ließ sich von dem Geheimrat als Held feiern. Aber der Bericht, den er uns von dem hohen Pult der Aula über seine Heldentaten auf Wunsch des Geheimrats geben sollte, fiel sehr zurückhaltend aus. Und es dauerte auch nicht lange, daß der Geheimrat nach dem griechischen Vortrag der berühmten Trauerrede, die Perikles einst für die Gefallenen des Peloponnesischen Krieges gehalten hatte, mit bewegter Stimme und feuchten Augen inmitten der vielen Namen von ehemaligen Schülern

seiner Anstalt, die für Kaiser und Reich den Heldentod erlitten hatten, auch seinen Namen nannte.
Aber noch ritten sie und noch marschierten sie, von denen so viele sterben sollten, vor den Augen ihres allerhöchsten Kriegsherrn im Parademarsch dahin. Doch bald nebelten dicke gelbe Staubwolken das bunte Bild ein. Mein Interesse begann dahinzuschwinden, und mit der abnehmenden Aufmerksamkeit stellte sich eine innere Not ein, die mich schrecklich zu quälen begann. Der Primaner bemerkte es schließlich, wie ich immer schneller von einem Bein und von einem Fuß auf den anderen trat; er blickte sich ratlos um und zischte mir zu: »Um Gottes willen, du kleines Rindvieh, hier kannst du doch nicht pinkeln! Mach bloß, daß du wegkommst!«
Und ich machte, daß ich wegkam. Ach, wenn es nur um das bißchen Pinkeln gegangen wäre! Aber es war die große innere Not. Und wohin ich auch blickte, auf diesem riesigen Exerzierplatz gab es nirgendwo einen Busch oder ein verstecktes Plätzchen, das mir aus meiner Not hätte helfen können. Und so schlich ich, des Kaisers Bild mit seiner eigenhändigen Unterschrift unterm Arm, im weißen Matrosenanzug, aber mit vollen Hosen heimwärts.

Die Vorschule lag also hinter mir. Herr Hoffmann hatte uns das Lesen und Schreiben gründlich beigebracht und mir damit eine neue Welt erschlossen. Als Wildtöter durchstreifte ich an der Seite meines roten Freundes Chingachgook und mit Unkas, dem letzten der Mohikaner, die Urwälder Nordamerikas und die weiten Prärien mit den dahinstampfenden Büffelherden. Das Packeis trug mich mit Frithjof Nansen durch

Nacht und Eis. Mit Livingstone folgte ich der blutigen Spur der Sklavenkarawanen quer durch den schwarzen Kontinent. Als Robinson Crusoe rettete ich mich schiffbrüchig an den Strand von Juan San Fernandez, schlüpfte alsbald in die schwarze Haut von Freitag und ließ mich aus den Händen blutgieriger Kannibalen befreien. Als Jim Hawkins verbarg ich mich mit wild klopfendem Herzen an Bord der Hispaniola in der Apfeltonne. Ich verschlang jedes Buch, das mir in die Hände kam, und ein ausgeprägtes visuelles Gedächtnis ermöglichte es mir, gegen ein kleines Vortragshonorar vor staunenden Zuhörern ganze Seiten aus dem Lederstrumpf oder aus den Tiergeschichten von Ernest Seton Thompson auswendig zu zitieren. Lesen, Bücher, ich hatte eine Leidenschaft entdeckt, die mich ein ganzes Leben lang nie mehr loslassen sollte.

Zur Belohnung für das gute Versetzungszeugnis nach Sexta durfte ich in den Sommerferien zu den Großeltern nach Lyck fahren, zum erstenmal allein, ohne Aufsicht und ohne Begleitung. Die Eltern brachten mich zum Bahnhof, und Vater überließ mir die Entscheidung, dritter oder vierter Klasse zu fahren; als ich hörte, daß ich den Differenzbetrag behalten dürfte, wählte ich selbstverständlich die vierte Klasse für Reisende mit Traglasten. Vater löste das Billett und drückte mir zu der Mark, die ich erspart hatte, noch ein Fünfzigpfennigstück in die Hand. Dann setzten sie mich in eines der Abteile mit dem großen freien Mittelraum und den rings um das Abteil angebrachten harten Holzbänken. Mutter, in einem neuen Sommerkostüm sehr elegant, legte ein Päckchen mit belegten Broten und eine Rolle mit sauren Fruchtbonbons auf mein Köfferchen, und dann standen sie vor der offenen Abteiltür, warteten auf den Abgang des Zuges und gaben mir die letzten guten Ratschläge mit auf den Weg: »Nach zwei Stunden kommt Korschen«, sagte Vater, »dort hält der Zug eine halbe Stunde, weil es der größte Eisenbahnknotenpunkt ist. Wenn du Durst bekommst, dann kannst du am Bahnhofsbüfett etwas trinken, aber kein Bier sondern Limonade, verstanden?!« Die Mitreisenden versprachen Vater, streng darauf zu achten, daß ich in Korschen kein Bier, sondern Limonade trinken würde.

»Und in Lyck holt dich Großvater von der Bahn ab«, sagte Mutter.

»Und lauf nicht auf dem Perron herum, sondern bleib stehen und warte ab, bis du ihn siehst!« sagte Vater.

»Und sitz im Zug ruhig und benimm dich manierlich!« sagten beide. Und dann setzte sich der Zug endlich in Bewegung, und sie winkten mir nach, und ich winkte zurück. Wie Vater es vorausgesagt hatte, hielt der Zug in Korschen eine halbe Stunde lang, aber ich konnte mein Geld sparen, denn eine Frau gab mir von ihrem Tee, von dem sie zwei Literflaschen auf die lange Reise mitgenommen hatte, einen Becher ab. In Lyck angekommen, entdeckte ich Großvater sofort, denn mit seiner Größe war er wirklich nicht zu übersehen. Die Freude des Wiedersehens nach so langer Zeit war beiderseits riesengroß, und Großvater war mächtig stolz auf mich, als ich ihm erzählte, daß ich nach Sexta versetzt worden sei.

»Das wird auch Großmutter freuen«, sagte er, »nur schade, daß sie das Zuckerei umsonst geklopft hat – oder essen auch Sextaner noch solch ein süßes Geschlabber?«

Er konnte bald feststellen, daß auch Sextaner es nicht für unter ihrer Würde hielten, ein Zuckerei zu essen.

Ich machte eine überraschende Entdeckung, nämlich daß die beiden geliebten Menschen alte Leute geworden waren. Großmutter hatte die letzten Zähne verloren und kam beim Essen mit ihrem Kinn fast bis zur Nasenspitze, und Großvater war noch dicker und so bequem geworden, daß er den kurzen Weg zum Frühschoppen beim Bienkowski nur noch mit dem Einlegen von Verschnaufpausen schaffte. Seine Stammtischrunde tagte noch vollzählig, aber auch seine Freunde hatten sich verändert. So schlimm hatten die Hände von Herrn Caspary früher nicht gezittert, und so weiß hatte ich den Bart von Herrn Schlüter auch nicht in der Erinnerung. Auch Herr Bienkowski bekam die Füße nicht mehr vom Boden, wenn er zwischen Theke und Stammtisch hin- und herschlurfte.

»Der Jung ist nach Sexta versetzt worden!« verkündete Großvater seinen Freunden, »was sagt ihr dazu?«

Es schien ihnen sehr zu imponieren, am meisten wohl Herrn Bienkowski, denn er sagte zu Großvater: »Ja, Heinrich, da wird dir nun nichts anderes übrig bleiben, als deinem Sextaner einen Grog zu spendieren.«

»Aber nicht bis zu den Kirchenfenstern, Gustav!«

Die Groggläser waren bis zur Hälfte geschliffen, und der Schliff endete in Spitzbögen, die den gotischen Fensterbögen der Lycker Kirche ähnelten. Ich bekam meinen Grog, sehr dünn und wässerig, aber immerhin, es war ein Anfang. Bei den Herren wurde der Rum genau bis zur Höhe der Schliffbögen in die Gläser gefüllt, und das ergab ein ziemlich kräftiges Gebräu. Es ist durchaus möglich, daß Großvater an diesem Vormittag etwas zuviel davon erwischt hat. Sein

Appetit beim Kalbsbraten, den Großmutter uns zum Mittagessen vorsetzte, litt darunter nicht. Aber nach der Mahlzeit legte er sich gleich zu Bett. Leider war er wirklich allzu bequem und unbeweglich geworden, denn sogar bei jenen Verrichtungen, zu denen, wie man sagte, sogar der Kaiser zu Fuß gehen mußte, vermied es Großvater, sich zu erheben; er hatte eine Spezialtechnik entwickelt, die Sache liegend zu erledigen. Dabei geschah es nun gleich an meinem ersten Ferientag, daß er trotz aller Technik und langen Übung das Gleichgewicht verlor, so lang und so schwer wie er war, aus dem Bett fiel, genau auf den seinen Körpermaßen entsprechend überdimensionierten Topf aus Steingut, der dem Gewicht nicht standhielt und ihm drei Rippen eindrückte. Damit nicht genug, drangen ihm auch noch einige Splitter tief durch die Haut, und um das Unglück voll zu machen, brach er sich bei dem Versuch, sich zu erheben, den rechten Arm. Großmutter schickte mich zum Sanitätsrat Wollschläger, der inzwischen auch recht klapprig geworden war. Er zog Großvater die Splitter aus dem Bauch, verpflasterte ihm die angebrochenen Rippen, legte ihm den Arm in Gips und empfahl ihm für die Zukunft dringend, Flüssigkeiten so von sich zu geben, wie er sie zu sich nahm, also nicht in horizontaler, sondern möglichst vertikaler Haltung.

Der gebrochenen Rippen wegen mußte Großvater vierzehn Tage lang im Bett bleiben. Großmutter pflegte ihn mit leichter Krankenkost, Karpfen in polnischer Soße, kräftiger Hühnerbrühe, Hirn mit Ei und gebratenen Täubchen. Obwohl er nur flach atmen konnte, wollte er das Rauchen nicht lassen; so stopfte ich ihm seine langen Pfeifen, und die Zeit wurde ihm nicht lang, denn seine Freunde ließen ihn nicht im

Stich und erschienen, als er sich wieder halbwegs auf dem Damm fühlte, Tag für Tag pünktlich um drei Uhr zum Skat. Weil er den rechten Arm aber in Gips trug und die Finger nur unter Schmerzen bewegen konnte, mußte ich ihm die Karten halten, und er spielte das Blatt mit der linken Hand aus. Dafür bekam ich pro Stunde zehn Pfennige. Etwa nach zwei Wochen, als sie schon eine Weile gespielt hatten, Herr Caspary, Herr Schlüter und Großvater – Herr Bienkowski kam selten, denn er mußte ja sein Lokal besorgen –, sagte Großvater, nachdem er bis achtundvierzig gereizt hatte, ein Kreuzspiel ohne drei an. Herr Schlüter, ein pensionierter Forstmann, überlegte nicht lange, sondern knallte den Handrücken gegen seinen Kartenfächer und sagte: »Nur mit einer Spritze, Heinrich!« – Großvater starrte in seine Karten und stand vor einer schweren Entscheidung. Er hatte mit dem Karo-Buben sieben Trümpfe in der Hand und wußte nach dem Contra, daß sein Freund Schlüter drei Buben und den Kreuz-König im Blatt hielt. »Na, los, Opa«, sagte ich, »gib ihm Re!«

»Der Bengel ist verrückt«, brummte er, aber dann, sich ermannend, schrie er laut: »Re, ihr Brüder!« und begann, mit den kleinen Kreuzen die dicken Trümpfe des Gegners abzuziehen. Bis zum achten Stich ging alles nach Wunsch, aber dann wurde die Geschichte etwas brenzlig. In dem Augenblick aber, als er die Karo-Dame ziehen wollte, fiel ich ihm in den Arm und rief: »Die Zehn, Opa, die Zehn!«, denn das As hatte Herr Caspary gleich zu Anfang auf den Kreuz-Buben von Herrn Schlüter geschmiert. Er überlegte eine Weile und dann sagte er wie betäubt: »Gottsdonner, der Lorbaß hat recht und ich gewinne das Spiel!« Herr Schlüter stach die Dame zwar noch mit seinem

König, aber Großvater hatte zweiundsechzig Augen nach Hause gebracht. Und Herr Schlüter legte mir die Hand auf den Kopf und sagte ganz feierlich: »Heinrich, der Jung ist ein Wunderkind!« Und Herr Caspary nickte mit dem Kopf und erklärte mit seiner tiefen Baßstimme: »Heinrich, der Jung ist wahrhaftig ein Genie!« – Und schon am nächsten Tag erzählten sie es beim Frühschoppen dem Bienkowski und den anderen Stammgästen, daß ich mit neun Jahren ein Kreuzspiel ohne drei mit Contra und Re gewonnen hätte, und Großvater teilte in den letzten Ferientagen mit mir jedesmal seinen Gewinn, und ich fuhr mit fünf Mark vierzig in der Tasche nach Hause!

Dort erwartete mich eine Überraschung. Schon lange hatte Mutter dem Vater in den Ohren gelegen, daß die Wohnung in der Ziegelstraße zu eng sei und daß sie krank würde, wenn sie noch länger in dem fürchterlichen Kabinett ohne Luft und ohne Licht schlafen müsse. Es störte sie auch, daß Frau Dalgahn im Hinterhaus ein Zimmer an einen Setzer von der Hartungschen Zeitung vermietet hatte, der jede Nacht sternhagelvoll über den Hof torkelte und schon dreimal versucht hatte, bei meinen Schwestern ins Zimmer einzusteigen. Aus Besorgnis um Mutters Gesundheit und um die Ehre seiner Töchter bangend sah Vater sich veranlaßt, sich nach einer neuen Wohnung umzusehen, und er hatte schließlich eine gefunden, deren Mietpreis seine finanziellen Verhältnisse allerdings ein wenig überstieg. Sie lag in der Tiergartenstraße, enthielt sechs große Zimmer und einen Wintergarten im ersten Stockwerk, und dazu gehörte noch ein Turmzimmer, das mein Bruder sofort für sich in Beschlag nahm. Ja, das Haus besaß einen mit blauem Schiefer gedeckten Eckturm, dessen Pendant an der

anderen Seite des Hauses stand. Das Ganze machte einen hochherrschaftlichen Eindruck, vor allem durch eine parkähnliche Anlage auf der anderen Straßenseite, und auch durch die Worte, die über der Eingangstür in einem schildähnlichen Gebilde aus Gips standen: MEIN HEIM IST MEINE BURG. Und die Wohnung besaß nicht nur ein Badezimmer und ein richtiges Spülklosett, sie hatte auch in allen Räumen elektrisches Licht. Wir alle waren hell begeistert.
Über uns wohnte ein Kriminalkommissar, den ich mit Bewunderung und Ehrfurcht betrachtete, denn ich begann mich nach der Lektüre einer Heftserie mit dem Titel ›Nat Pinkerton, der König der Detektive‹ brennend für Kriminalgeschichten zu interessieren. Die Wohnung im Parterre gehörte einem alten Musikprofessor vom Konservatorium, dem weiße Haare bis auf die Schultern fielen und der mit einer großen Warze auf der Wange nach Meinung meiner musikverständigen Schwestern genau wie Franz Liszt aussah. Rechts unten auf der anderen Seite des Treppenhauses lebten Onkel Fritz und Tante Emilie, ein Bruder und eine Schwester von Großmutter. Und das war das einzige, was den Eltern an der neuen Wohnung nicht ganz zu behagen schien, denn sie standen zu dieser Verwandtschaft in einem kühlen Verhältnis. Es muß da einmal vor Jahren für Vater eine prekäre Situation gegeben haben, in der er sich an Onkel Fritz, der für wohlhabend galt, gewendet hatte und abschlägig beschieden worden war.
Dieser Onkel Fritz – eigentlich mein Großonkel – war Major a. D. und hatte unter dem Feldmarschall Waldersee den Chinafeldzug mitgemacht, aber dort scheint ihm etwas Strategisches mißlungen zu sein, so daß er an der Majorsecke scheiterte und in Pension

ging. Im allerengsten Familienkreise munkelte man auch, daß er ganz China ausgeraubt habe und aus diesem Grunde verabschiedet worden sei. Aber das rührte wohl daher, daß er seine Wohnung wie ein Museum für chinesische Kunst eingerichtet hatte, mit kostbaren Teppichen, riesigen Porzellanvasen, gobelinartigen Wandbehängen aus gelber Seide mit Blumen, Vögeln, Affen und sonstigem Getier bestickt, und Glasvitrinen, die altertümliches Porzellan und allerlei zierliches Schnitzwerk aus Jade und Elfenbein enthielten. Wie er es geschafft hatte, alle diese Dinge von beträchtlichem Wert während des Boxeraufstandes nach Deutschland transportieren zu lassen, blieb sein Geheimnis. Tante Emilie, die ihm die Wirtschaft führte, erinnerte in nichts an Großmutter; sie war eine säuerliche alte Jungfer, der zudem eine Facialis die linke Gesichtshälfte gelähmt hatte, so daß Auge und Mundwinkel tief herabhingen. Eine Schönheit war sie wirklich nicht. Um so besser sah er aus. Zwar war er ein Mann von kleiner Statur, aber dennoch eine beeindruckende Erscheinung, immer wie aus dem Ei gepellt, mit einem scharf geschnittenen Gesicht, schneeweißem, vollem Haar, energischem Gang und straffer, militärischer Haltung. Man sah ihn oft am Südfenster sitzen, wo er sich von der Sonne bräunen ließ; sommers und winters hatte er eine Hautfarbe, als käme er gerade von einer Safari zurück. Er war ein leidenschaftlicher Jäger und hatte unter den Gutsbesitzern der Provinz viele Freunde, die ihn oft zur Jagd einluden. –

In dem neuen Haus in der Tiergartenstraße wohnten nur ältere Leute, und die Ehe des Kriminalkommissars war auch kinderlos geblieben. So mußte ich mir neue Freunde in der Nachbarschaft suchen, und fand sie auch bald. Es waren zwei Brüder, Rudi und Helmut Gutbrod, die bei ihren Großeltern, dem Opa und der Oma Gutbrod, lebten. Sie kamen aus Berlin, wo ihr Vater ein Möbelgeschäft besaß. Ihre Mutter war gestorben, als der jüngere Helmut gerade ins schulpflichtige Alter kam, und da ihr Vater sein Geschäft nicht aufgeben konnte und für die Betreuung seiner Söhne nicht genug Zeit fand, überließ er ihre Erziehung seinen Eltern. Es war die gleiche Erziehung, die ich bei meinen Großeltern in Lyck gefunden hätte: die beiden Jungen durften tun, was sie wollten. Opa Gutbrod, ein kleiner Mann, den man nie ohne ein schwarzes, besticktes Samtkäppchen auf dem kahlen Schädel sah, lebte in guten Verhältnissen. Ihm gehörten drei stattliche Mietshäuser in der Hermannallee und ein geräumiges Gartenhaus, das er mit Oma Gutbrod und den beiden Enkeln bewohnte. Hinter den Mietshäusern aber lag, mehr als hundertfünfzig Meter lang und etwa fünfzig Meter breit, ein Obstgarten, und das war nun wirklich die erfreulichste Seite an der neuen Freundschaft.

Opa Gutbrod war von Beruf Gärtner und hatte die Häuser erst gebaut, als ihm die Gartenarbeit zu mühsam wurde. Die Pflege der Obstbäume aber war sein Steckenpferd geworden, und davon verstand er schon von Berufs wegen eine Menge. Er pfropfte und okulierte unermüdlich neue Apfel- und Birnensorten auf die alten Stämme, zuweilen drei verschiedene Sorten auf einen Baum, und heimste mit seinen Erzeugnissen auf den Ausstellungen des Gartenbauvereins Hufen alljährlich als Preise Pokale, Diplome und Medaillen ein. Das Fallobst überließ er uns, und auch zwei Spillenbäume mit kleinen, gelben, pflaumenähnlichen zuckersüßen Früchten; diese durften wir schütteln, solange noch eine Spille am Baum hing. Anderes Obst zu pflücken war uns streng verboten, und ich habe den Opa Gutbrod nur einmal richtig wütend gesehen, als wir ihm eine Birne stahlen, die er gegen Vogel- und Insektenfraß mit einem Schleier aus grüner Gaze geschützt hatte. Es war eine neue Züchtung und ein Einzelstück dazu, denn die anderen Fruchtansätze hatte er zeitig entfernt, um alle Kraft und Süße in dieses Unikum strömen zu lassen; sie war prächtig gediehen, auf der Sonnenseite purpurrot und auf der Schattenseite goldgelb, eine Birne von der Größe eines Kinderkopfes. Er hätte mit ihr auf der Ausstellung ganz gewiß den ersten Preis gewonnen. Als er den Frevel entdeckte, stieß er ein richtiges Wutgeheul aus, griff nach einem dicken Knüppel und jagte uns nach, aber wir hatten längere und schnellere Beine als er. Wir bezweifelten auch sehr, ob er den Silberpokal bekommen hätte, auf den er sich Hoffnung gemacht hatte, denn im Geschmack hielt die Riesenbirne keinen Vergleich mit seinen Honigbirnen oder mit der Guten Grauen aus.

»So kenn ick den Ollen jarnich«, sagte der Rudi, als wir uns vor Opa Gutbrods Knüppel über den Zaun hinweg in Sicherheit gebracht hatten, »der waa ja richtich jiftich.« Die Brüder Gutbrod hatten aus Berlin nicht nur die hurtige Sprache, sondern auch ein neues Spiel mitgebracht, das besonders der Rudi, drei Jahre älter als ich, mit Hingabe betrieb. Er versuchte es auch mir beizubringen, aber vorläufig ohne den geringsten Erfolg.

»Ick kann det nich vastehn«, sagte er kopfschüttelnd, »wenn ick an mei'm Zippel reibe, det jibt richtich herrliche Jefühle.«

Das Weihnachtsfest in der neuen Wohnung fiel ziemlich mager aus. Sogar in der Speisekammer herrschte nicht die überquellende Fülle früherer Jahre. Nur Pfefferkuchen und Pfeffernüsse gab es in reichlicher Menge. Nun, Mutter hatte für die neue Wohnung kostspielige Anschaffungen machen müssen, Vorhänge für die großen Fenster, einen neuen Teppich für den Salon, und für jedes Zimmer eine elektrische Lampe. Jetzt war es nicht mehr mein Bruder Ernst, sondern die neue Wohnung, von der Vater unter Seufzen und Stöhnen behauptete, sie fräße ihm die letzten Haare vom Kopf. Er trug zwar noch seinen braunen Mittelscheitel, aber die Kopfhaut schimmerte sehr hell durch die spärlich gewordenen Haare. Die letzte lautstarke Auseinandersetzung zwischen Vater und Ernst hatte es vor einem halben Jahr gegeben, als Ernst durch das Referendarexamen gefallen war – unschuldig, wie er behauptete, als Opfer eines üblen Kneipenscherzes. Um seine Examensnervosität zu dämpfen, hatte er einen Pharmaziestudenten aus seiner Verbindung um ein Beruhigungsmittel gebeten. Ob der ihn nun falsch verstanden oder nicht gewußt hatte, daß es tatsächlich nur ein Nervenberuhigungsmittel sein sollte, oder ob er im Studium der Pharmazie noch nicht weit genug vorangeschritten war und sich im Medikament vergriffen hatte – auf jeden Fall war mein Bruder Ernst nach der Einnahme von zwei oder drei Tabletten mitten in der großen schriftlichen Arbeit fest eingeschlafen und trotz aller Bemühungen seiner Kommilitonen und des Aufsicht führenden Professors nicht aus seinem Tiefschlaf erwacht. Er mußte, was Vater tief erbitterte, ein Semester drangeben, und bestand dann den Referendar allerdings mit Auszeichnung.

Zu Weihnachten und bis Neujahr brachte der Ost-

wind aus den weiten Ebenen des Zarenreiches eine grimmige Kälte mit. In Mutters neuem Wintergarten, einer großen Glasveranda, erfroren Alpenveilchen und Stechpalmen. An Schlittschuhlaufen war nicht zu denken, und als ich allen Warnungen zum Trotz mit dem Rudi und dem Helmut Gutbrod zum Schlittenfahren nach Luisenwahl ging, kamen wir alle drei mit angefrorenen Nasen und Füßen nach Hause. Oma Gutbrod, der drei Hühner auf der Stange erfroren waren, brachte einen Eimer voll Hühnermist zu uns herüber, ein todsicheres Mittel, um dem Aufbrechen der Frostbeulen vorzubeugen. Sie hatte ihren Enkeln mit dem Hühnermist sogar die Nasen eingeschmiert. Und es war wohl dem bewährten Hausmittel zu verdanken, daß auch ich ohne Schaden davonkam.
Für die Silvesterfeier waren wir zu Tante Minchen eingeladen. Es hatte sich so eingebürgert, daß wir ein Jahr bei ihr und das nächste Mal bei uns daheim feierten. Wir alle, vor allem aber Vater, folgten ihrer Einladung gern, denn sie war eine ausgezeichnete Köchin und besaß noch von Onkel Benjamins Lebzeiten her im Keller ein reichhaltiges Lager von Rot- und Weißweinen guter Jahrgänge. Die Kälte war so grimmig, daß Vater auf die Fahrt mit der Straßenbahn verzichtete und für uns eine Schlittendroschke bestellte – ein höchst ungewöhnlicher Anfall von Verschwendungssucht. Und er trug dem Kutscher auf, uns pünktlich um ein Uhr wieder im Königseck, wo Tante Minchen wohnte, abzuholen. Er hatte seinen schweren Fahrpelz angelegt, und Mutter schleppte einen Haufen von Wolldecken zum Schlitten hinunter, obwohl der Schlitten gegen die Kälte von unten herauf dick mit Stroh gepolstert war und auch zwei große Schaffelldecken mitführte. Aber schon wäh-

rend der Fahrt zum Königseck merkten wir, daß sich der scharfe Ostwind gelegt hatte und auf West zu drehen begann. Und während wir bei Tante Minchen tafelten und hinterher ›Gottes Segen bei der Familie Kohn‹ spielten, begann es kräftiger zu wehen, und als sie gegen elf Uhr die Feuerzangenbowle ansetzte, mit der wir auf Glück und Gesundheit im Jahre 1914 anstoßen wollten, begann draußen ein richtiger Frühjahrssturm zu toben. Die Eiszapfen prasselten von den Dachrinnen aufs Pflaster herunter, und in den Abzugsrohren gluckste das Schmelzwasser in die Kanäle. Unser Kutscher holte uns pünktlich um ein Uhr ab und brachte uns durch die stürmische Nacht, in der es viele Verletzte gab, glücklich nach Hause. In den meisten Fenstern war das Licht schon erloschen, um so mehr wunderten wir uns, daß es in unserem Hause noch recht munter herzugehen schien, was bei dem hohen Alter unserer Nachbarn einigermaßen erstaunlich war. Der alte Musikprofessor mit seinen Damen, Frau und Schwägerin, und auch Onkel Fritz und Tante Emilie standen sogar vor dem Haus auf der Straße und schienen unser Kommen ungeduldig zu erwarten.

»Da muß doch etwas passiert sein . . .«, sagte Mutter ahnungsvoll. Was geschehen war, hörten wir, ehe wir aus dem Schlitten stiegen.

»Um Himmels willen!« rief uns der Professor entgegen, »kommen Sie schnell, bei Ihnen in der Wohnung ist ein Wasserrohr geplatzt! Bei uns kommt das Wasser in allen Zimmern durch die Decke!«

Vater und Ernst stürmten die Treppe empor. Im Treppenhaus rieselte ihnen ein munterer Bach entgegen, dessen Quelle tatsächlich hinter unserer Wohnungstür zu liegen schien. Sie hatten Mühe, die Tür gegen die andrängende Wasserflut zu öffnen, und als sie endlich offen stand, da kamen ihnen aus dem Salon die hübschen, nie benutzten Fußbänkchen der roten Plüschgarnitur entgegengeschwommen und schossen wie kleine Schiffe in den Strudeln eines Kataraktes die Treppe hinab. Es war fürchterlich. Der ganze, zur Straße gelegene Trakt der Wohnung, vor allem unser prächtiger Salon, das Eßzimmer und das Zimmer meiner Schwestern, stand knöchelhoch unter Wasser. Die eigentliche Quelle aber schien sich im Bad oder in der Küche zu befinden, denn von dort strömte das Wasser uns in einem dicken Schwall entgegen. Es gab keinen Zweifel, irgendwo hatte es bei dem plötzlichen Temperaturumschwung einen Rohrbruch gegeben. Aber wo? Während Ernst nach der Ursache des Schadens suchte, Mutter mit den Tränen kämpfte und die beiden Mädchen durch die Fluten wateten, um in ihrem Zimmer zu retten, was es noch zu retten gab, rannte Vater zum Feuermelder, schlug das Glas ein und hielt den Daumen solange auf dem Alarmknopf, bis er in der Ferne das Glockengeläut der heranbrausenden Feuerwehr hörte. Sie kam gleich mit zwei Löschzügen, vierspännig und mit je sechs Mann besetzt, die schon absprangen, bevor die schweren Fahrzeuge noch ausgerollt waren. Und da weder Flammen noch Rauch zu entdecken waren, fragte der Hauptmann ziemlich ungnädig, wo es nun – zum Teufel noch einmal – bei uns denn brenne. Inzwischen hatte sich auch Vater wieder vor dem Hause eingefunden und war gerade dabei, dem Hauptmann zu erklären, daß es sich bei uns nicht um eine Feuersnot, sondern um eine Wassernot handle, aber da stürzte Ernst aus dem Hause und schrie uns zu, das Wasser käme nicht aus unserer Wohnung, sondern es rinne aus Pankows –

des von mir so sehr bewunderten Kriminalkommissars – Wohnung durch die Decken zu uns herab.
Kriminalkommissar Pankow war mit seiner jungen Frau zu deren Eltern auf Weihnachtsurlaub gefahren, aber niemand wußte zu sagen, wohin. Der Feuerwehrhauptmann jedoch fragte Vater sehr unfreundlich, ob denn in diesem ganzen verdammten Haus kein Mensch auf den naheliegenden Einfall gekommen wäre, den Wasser-Haupthahn abzudrehen, und überhaupt sei für solche Rohrbrüche nicht die Feuerwehr, sondern das städtische Wasserwerk zuständig – und Vater könne sich auf eine Anzeige wegen unbefugten Gebrauchs des Feuermelders und auf eine gesalzene Rechnung gefaßt machen. Aber da sie nun schon einmal da waren, ging einer von den Feuerwehrmännern in diesem Haus, das nur von Schwachsinnigen bewohnt zu sein schien, in den Keller und legte die Leitung trocken. Und nachdem jemand einen Schutzmann herbeigerufen hatte, dem das Unheil, das seinen Vorgesetzten betroffen hatte, sehr zu Herzen ging, drangen sie sogar in die Wohnung des Kommissars ein, in der das Wasser halberstarrt kniehoch stand. Es war ein Wunder, daß unter der ungeheuren Last keine Decke eingestürzt war. Herr Pankow wurde vom Polizeipräsidium aus noch in der Neujahrsnacht telegrafisch verständigt, er kam gegen Mittag von Danzig angereist und versicherte allen Betroffenen, daß er für die entstandenen Schäden aufkommen werde.
Am nächsten Tag kehrte auch Anna von einem kurzen Weihnachtsurlaub bei ihren Eltern aus Kaukehmen zurück. Es dauerte wochenlang, bis die Möbel und Teppiche trocken waren, dann kamen die Maler ins Haus, um die Decken neu zu weißen, und zum Schluß

fand sich auch der Tapezierer ein, um neue Tapeten aufzuziehen. Und alles ging auf Herrn Pankows Rechnung. Für die irrtümlich herbeigerufene Feuerwehr bekam Vater zwar keine Strafanzeige, aber er hatte für das Abdrehen des Haupthahns im Keller achtzig Mark zu berappen, eine Summe, die Mutter für einen ganzen Monat als Wirtschaftsgeld zur Verfügung stand. Ja, das Jahr begann unheilvoll, wenn auch die nasse Neujahrsnacht noch einen versöhnlichen Ausgang genommen hatte, denn Onkel Fritz und Tante Emilie zeigten sich hilfsbereit und nahmen meine Schwestern, deren Betten unbenutzbar waren, für einige Nächte als Schlafgäste bei sich auf. Auch Vater überwand Groll und Abneigung und ließ sich von Onkel Fritz, als bei uns die Maler und Tapezierer am Werk waren, zu einem Glas Rotwein einladen.
Ich war von dem alten Großonkel recht angetan, mir imponierte sein Majorsrang, und mir imponierten die vergilbten Fotografien aus dem Chinafeldzug, auf denen er klein und drahtig vor seinen Männern stand, und ich war davon überzeugt, daß er an dem Tage, als es hieß: ›The Germans to the front!‹ an der Spitze seines Bataillons gegen die aufständischen Boxer gestürmt war und das meiste zur siegreichen Beendigung des Krieges beigetragen hatte. Und ich bewunderte natürlich auch die vielen Andenken an diesen glorreichen Feldzug, die er aus dem fernen China mitgebracht hatte. Aber er konnte auch – das schien in Großmutters Familie zu liegen – eine Menge interessanter Geschichten erzählen. Es waren wohl auch diese seine gesellschaftlichen Talente, die ihn zu einem gern gesehenen Jagdgast machten. Da hatte er zum Beispiel mit einem Freund vor einigen Jahren eine Wanderung durchs Riesengebirge gemacht. Zur

Nacht kehrten sie müde und hungrig in Schreiberhau in einem Hotel ein, das ihnen wegen seiner guten Küche und des ausgezeichneten Kellers empfohlen worden war. Anstelle der bescheidenen Zimmer, die sie nehmen wollten, waren sie in einem geradezu fürstlichen Appartement untergebracht worden, und als sie nach kurzer Erfrischung zum Essen im Speisesaal erschienen, war es der Inhaber des Hauses persönlich, der ihre schlichte Bestellung entgegennahm, sie nun aber nicht mit dem auf der Speisekarte ausgesuchten Rehragout, sondern mit ausgesuchten Delikatessen und den edelsten Kreszenzen bewirtete und Onkel Fritz dabei so verklärt ansah, daß er befürchtete, von dem Hotelier für einen inkognito reisenden Prinzen des kaiserlichen Hauses gehalten zu werden. Und als er darauf drang, daß der Mann ihm endlich erklären solle, was ihn zu seiner ungewöhnlichen Behandlung solch einfacher Gäste, wie sie es nun einmal seien, veranlasse, da sagte er mit seltsam bewegter Stimme: »Herr Major, erkennen Sie mich nicht?«

Nein, Onkel Fritz konnte sich bei bestem Willen und bei angestrengtestem Kramen in den Schubladen seines Gedächtnisses nicht daran erinnern, diesem Herrn je begegnet zu sein.

»Erkennen Sie mich wirklich nicht, Herr Major?«

»Nein, wirklich nicht, obwohl ich mir alle Mühe gebe.«

»Nun, so will ich es Ihnen sagen. Ich bin jener Piccolo aus dem Hotel Excelsior in Berlin, der vor zwanzig Jahren das Unglück hatte, Ihnen eine volle Sauciere über Ihren neuen Uniformrock zu gießen. Der Rayonchef wollte mich dafür ohrfeigen, aber Sie, Herr Major, damals ein junger Leutnant, traten dazwischen und schenkten mir, dem weinenden kleinen Piccolo, zur Tröstung ein goldenes Zehnmarkstück, das ich seitdem als Berloque an meiner Uhrkette trage!« Und damit schlug er seinen Gehrock auseinander und zeigte Onkel Fritz das heilige Erinnerungsstück. Daß die Herren nicht für einen Abend, sondern für eine Woche seine Gäste bleiben mußten, versteht sich von selbst.

Ein goldenes Zehnmarkstück, weil ein Piccolo ein paar Tränen vergossen hatte! Ich überlegte lange, was ich ihm über den Anzug gießen könnte, um auch zu solch einem fürstlichen Geschenk zu kommen, aber Onkel Fritz schien über seine großzügigen Leutnantszeiten hinausgewachsen zu sein, und so unterließ ich es lieber. – Vater hörte sich solche Geschichten von Onkel Fritz mit starrem Gesicht und verkniffenem Mund an, aber wenn wir dann wieder oben in unserer Wohnung waren, ging er eine halbe Stunde lang im Eßzimmer wie ein Löwe im Käfig hin und her, stieß die Luft in kurzen Stößen durch die Nase und knurrte: Der und ein goldenes Zehnmarkstück – ausgerechnet er! – nein, das mach ich nicht mehr mit! Ich bin ein friedfertiger Mensch, aber da geht mir mal der Gaul durch!

Mochten die andern im Beginn des neuen Jahres ein böses Vorzeichen sehen, ich konnte nichts Unheilvolles entdecken, im Gegenteil, ich fand den turbulenten Beginn sehr aufregend und freute mich darauf, am ersten Schultag nach dem Dreikönigsfest mit meiner Geschichte von der großen Wassernot bei den Klassenkameraden Eindruck zu machen, aber ich geriet ein wenig ins Hintertreffen, denn auch bei Berdings war die Feuerwehr vorgefahren, aber nicht wegen eines lumpigen Rohrbruchs, sondern weil der Weihnachtsbaum in Flammen aufgegangen war und Gardinen und Möbel lichterloh gebrannt hatten. Obwohl wir nun am anderen Ende der Stadt wohnten, ging ich weiter aufs Fridericianum zur Schule. Da ich zu Fuß länger als eine Stunde hätte laufen müssen, bekam ich eine Monatskarte für die Straßenbahn, die für den ganzen Tag und für alle Linien Geltung besaß. Meine Leidenschaft fürs Straßenbahnfahren hatte sich noch nicht verloren, ich teilte sie mit vielen Jungen aus verschiedenen Schulen, die gleich mir lange Wege zurückzulegen hatten und deshalb ebenfalls Monatskarten besaßen. Wenn wir die Hausaufgaben hinter uns gebracht hatten, fuhren wir auf allen Linien kreuz und quer durch die Stadt, bis nach Ponarth hinaus und von dort nach Maraunenhof und vom Königstor bis zu den Hammerteichen. Wir halfen den Schaffnern beim Umstecken der Zielschilder und beim Umlegen der gefederten Stange, die dem Motor den Strom zuführte. Es gab gutmütige Fahrer, die es uns erlaubten, die Warnsignale abzugeben oder auf den freien, unkontrollierten Strecken sogar ein bißchen an der Kurbel zu drehen, die das Tempo beschleunigte oder drosselte. Und als ich entdeckte, daß manche Schaffner gegen eine kleine Bestechung in Form von Zigarren oder Tabak nichts einzuwenden hatten, machte ich es wie die anderen Jungen und ließ aus Vaters Zigarrenkisten hin und wieder einige Zigarren verschwinden.

Natürlich in der Hoffnung, daß er es nicht merken werde. Es war eine törichte Hoffnung, genauso töricht wie die Hoffnung eines früheren Dienstmädchens, das aus Vaters Schnapsflaschen mitgesüffelt und sich eingebildet hatte, besonders schlau zu sein, wenn es die fehlende Menge durch Wasser ersetzte. Selbstverständlich entdeckte er den Schwindel sofort, und seinen guten Schnaps zu taufen, war in seinen Augen fast ein ebenso strafwürdiges Verbrechen wie Majestätsbeleidigung. Um Strafe und erzieherische Maßnahmen zu verbinden, träufelte er in eine Flasche, die er recht verführerisch auf die Anrichte stellte, einige Tropfen Krotonöl, dessen abführende Wirkung rasch und verheerend ist. Natürlich merkte Vater auch in meinem Falle bald, wer die diebische Elster war, die es auf seine Zigarren abgesehen hatte. Als ich nach dem Mittagessen aus der Wohnung verschwinden wollte, winkte er mich zu sich heran, filzte mich wie ein gelernter Zöllner und fand in meiner Bluse zwei Zigarren, die für einen meiner Schaffnerfreunde bestimmt waren. Vater aber zog aus dem Diebstahl ganz andere Schlußfolgerungen.

»Was sagst du dazu, Lina?« fragte er meine fassungslose Mutter, »der Lümmel raucht! Mit neun Jahren! Der ist ja noch schlimmer als Ernst! Der fing wenigstens erst mit vierzehn an, mir meine Zigarren zu klauen . . .«

Wenn ich ihm gestanden hätte, für wen seine Zigarren bestimmt waren, wäre ich nicht nur meine Monatskarte losgeworden. Wie ich Vater in seinem strengen Rechtsempfinden kannte, hätte er womöglich noch gegen meine Gönner bei der Straßenbahnoberverwaltung Anzeige wegen unverantwortlichen Leichtsinns, Transport- und Personengefährdung und eines halben Dutzends anderer Delikte erstattet. Er prüfte die beiden Zigarren, die er bei mir gefunden hatte, sorgfältig, ob ihre Deckblätter in meiner Bluse keinen Schaden genommen hatten und fand an ihnen nichts auszusetzen. Er schnitt die Spitzen mit seinem Federmesser ab, holte Zündhölzer aus der Tasche und sagte ganz freundlich und ruhig: »Du rauchst also, Jung-

chen . . . Na schön, dann wollen wir beide uns einmal eine gute Zigarre ins Gesicht stecken.«
In meiner Erinnerung stieg ein Bild auf, wie er mir vor Jahren mit der gleichen freundlichen Stimme in der Waldschenke zu Sybba in aller Ruhe mehrere Portionen Bonbons auf den Hintern ausgeteilt hatte, und ich spürte, wie sich mein rückwärtiger Körperteil zu spannen begann. Es war ein Irrtum, er schien einer anderen Erinnerung nachzusinnen, der Erinnerung an ein Dienstmädchen, das er durch ein probates Mittel zu Ehrlichkeit und Nüchternheit bekehrt hatte. Er ließ ein Zündholz aufflammen, setzte seine Zigarre in Brand, schob mir die andere zwischen die Lippen und sagte: »Nun zieh schon, Jungchen – oder rauchst du Zigarren lieber in der Spitze? Die kannst du auch haben, wenn du willst.«
Ein mit getrockneten Buchen- oder Steinkleeblättern gestopftes Calumet hatten wir schon oft in der Runde von Indianern und Trappern zur Besiegelung der Blutsbrüderschaft beim Lagerfeuer kreisen lassen. Gelegentlich auch eine Zigarette. So stellte ich mich gar nicht ungeschickt an und hoffte, mit der Zigarre schon fertig zu werden. Aber wie das im Leben mit Hoffnungen so geht, sie schweben wie Seifenblasen ein Weilchen in buntem Farbenspiel dahin und zerplatzen bald, ach zu bald, kläglich. Der Aschenstreifen meiner blonden Zigarre war noch nicht so lang wie das letzte Glied meines kleinen Fingers, da spürte ich schon eine merkwürdige, ziehende Trockenheit im Munde.
»Nun, schmeckt das Zigärrchen?« fragte Vater freundlich, »oder möchtest du lieber eine Brasil? Sie sind ein wenig kräftiger und voller im Aroma . . .«
Ich wollte keine Brasil, mir genügte die Zigarre, an

der ich verzweifelt sog, deren Rauch meine Augen tränen ließ, die meinen Schlund immer enger machte, und die zu Ende zu rauchen ich dennoch wild entschlossen war. Aber nein, ich brachte nicht einmal ein Viertel der Zigarre hinter mich. Plötzlich brach mir kalter Schweiß aus, das Hemd klebte am Körper, die Gesichtsfarbe bekam einen Stich ins Grüne, ich stürzte hinaus und hatte in der nächsten Stunde nur noch einen inbrünstigen Wunsch, wenigstens meine unsterbliche Seele im Leib zu behalten. Und leider blieb mir in Zukunft nichts anderes übrig, wenn ich schon an Vaters Zigarren nicht mehr heranzugehen wagte, als mir die Groschen, mit denen ich mir das Wohlwollen meiner Freunde am Führerstand der Straßenbahn erhalten mußte, aus Mutters Portemonnaie zu besorgen.

Eigentlich hätte Mutter wissen müssen, was sie sich und uns antat, als sie Vater zum Geburtstag einen Passometer schenkte. Dieser Schrittzähler hatte nichts mit den kleinen, eleganten Instrumenten gemein, die heute im Gebrauch sind. Es war ein Apparat vom Format einer mittleren Weckuhr, den Vater mit einem Haken in das oberste Knopfloch seiner Weste hängte. Dann band er eine mit dem Passometer verbundene Schnur nicht zu locker und nicht zu straff unterhalb des rechten Kniegelenks um seine Wade. Diese Schnur setzte bei jedem Schritt ein kompliziertes Räderwerk in Bewegung, das einen Zeiger um ein Zifferblatt kreisen ließ. Bei einer Schrittlänge von achtzig Zentimetern konnte Vater dann am Abend genau ausrechnen, wieviel Kilometer wir geschafft hatten. Mir kauften sie einen kleinen Rucksack aus grünem Schilfleinen, den Mutter mit belegten Broten, harten Eiern und kalten Klopsen füllte. Und dann fuhren wir mit der Bahn nach Cranz, aber nicht, um wie andere Leute in der See zu baden, am Strand zu faulenzen, Burgen zu bauen und sich von der Sonne braten zu lassen, sondern von Cranz ging's in Gewaltmärschen über die Nehrung nach Sarkau und Rossitten, oder am Strand entlang über Neukuhren nach Rauschen, Vater mit dem Passometer auf dem Bauch voran und wir hinterdrein, bis uns die Zungen aus dem Hals heraushingen. Oder er schleppte uns durch Felder und Wälder am Landgraben entlang nach Juditten, Gottscheds Geburtsort, wo in dem hübschen Gartenlokal ein Schild verkündete: Der alte Brauch wird nicht gebrochen, hier können Familien Kaffee kochen! Aber wenn der Kaffee getrunken und der Streuselkuchen verzehrt war, ging's weiter über Metgethen und durch den Hochwald nach Vierbrüderkrug, wo zu der Zeit, da Meinhard von Querfurt Landmeister war, vier Ordensbrüder von den bösen Pruzzen aus einem Hinterhalt überfallen und ums Leben gebracht worden waren. Der verfluchte Passometer ließ jeden Sonn- und Feiertag zum Alptraum werden, und als das Biest eines Tages nicht mehr funktionierte, da hatte Vater mich im Verdacht, das Räderwerk überdreht zu haben, aber ich möchte schwören, daß Mutter selbst es war, die Vaters Lieblingsspielzeug zerstört hat. Leider vermochte der Verlust des Passometers Vaters Bewegungsdrang nicht zu bremsen. Das hätte nur ein Beinbruch geschafft, den ich inbrünstig herbeisehnte, ohne daß meine Bitten je erhört wurden.

Schon vor der verunglückten und ominösen Neujahrsnacht des Jahres 1914 hatte sich ein Herr, der Else zu den Bällen der Cimbern ausführte, zuweilen bei uns eingefunden, um Mutters ausgezeichneten Sand- und Mohnkuchen zu probieren. Gelegentlich erschien er auch zu den Familienausflügen, allerdings nicht beim Abmarsch, sondern erst am verabredeten Ziel, an dem er auch nicht etwa zu Fuß, sondern mit der Straßenbahn oder Eisenbahn zu uns stieß, denn seine Neigung für Gewaltmärsche war unterentwickelt. Auf dem Heimweg bummelte er, was weder Vater – der sonst darauf achtete, daß wir in geschlossener Formation dahintrabten – noch Mutter zu bemerken schien, mit Else in weitem Abstand hinterdrein; und wenn ich zurücklaufen wollte, um die beiden Nachzügler zu einer beschleunigten Gangart zu ermuntern, dann scheuchte Mutter mich wieder an die Spitze des Zuges. Das war sehr ungewöhnlich, denn früher hatte besonders Vater meinen Schwestern den Umgang mit Personen männlichen Geschlechts strikt verboten und streng darauf geachtet, daß die Mädchen im Winter bei Anbruch der Dunkelheit und im Sommer pünktlich um sechs Uhr daheim waren, und er war sehr ungemütlich geworden, wenn sie sich nur um Minuten verspäteten. Bald erschien der fremde Herr auch an Sonntagen zum Mittagessen, brachte Blümchen mit und fand für Mutters Rindsrouladen und Schweinerücken Worte des Lobes und Dankes. Und nach Neujahr trug meine Schwester Else einen breiten goldenen Ring am Finger, der – einem mittelalterlichen Ring nachgebildet – umlaufend in erhabenen frühgotischen Lettern die Inschrift »myt willen dyn« trug. Vater schüttelte zwar den Kopf und brummte, ein normaler glatter Ring hätte es auch getan, aber Mutter meinte, Else hätte von jeher Sinn und Geschmack für etwas Besonderes gehabt. Die Hochzeit fand in den letzten Tagen des Juni statt, nicht nach jedermanns Art in der

Kirche, sondern Else setzte auch für dieses wichtige Ereignis in ihrem Leben durch, was sie für besonders stilvoll hielt, sie bestand auf einer Haustrauung. Der Küchentisch wurde zum Altar umfunktioniert, mit einem von Mutters großen Tischtüchern drapiert, mit roten Moosröschen geschmückt und von zwei Kübeloleandern flankiert. Ein Bundesbruder meines Schwagers vollzog die Trauung. Es war sehr feierlich, und Else hauchte ihr Jawort unter Tränen. Bis auf Tante Grete und den gelähmten Onkel Karl hatte sich die ganze Verwandtschaft eingefunden. Auch Onkel Aurel und Tante Elma, die Kallinowen im letzten Jahr verlassen hatten und nun eine Apotheke in einem Vorort von Königsberg besaßen. Onkel Aurel war der einzige, der sich bei der Hochzeit betrank, schlimme Verse zitierte, die Braut mit anzüglichen Redensarten fast in Tränen ausbrechen ließ und schließlich blutend und mit einigen Splittern im Gesicht heimgefahren werden mußte, denn er war bei einem Toast auf das Brautpaar vornüber gekippt und mit der Nase auf ein Weinglas gefallen.

Der neue Schwager hieß Richard und war Oberingenieur, ein gutaussehender und sehr gepflegter Mann, der seine Taschentücher mit einem Tropfen Juchten zu parfümieren pflegte. Daß ich ihn mit seinem Vornamen anredete, wie es unter Schwägern üblich ist, schien Else, die mich in respektvollem Abstand zu halten wünschte, nicht passend. Sie empfahl mir, ihn ›Onkel Richard‹ zu nennen. Onkel Richard also wollte meiner Schwester auf einer stilvollen Hochzeitsreise über das Adlon in Berlin und den Weißen Hirsch in Dresden die Sehenswürdigkeiten Venedigs zeigen, aber sie kamen nur bis nach München, denn gleich in den ersten Stunden des für drei Tage geplanten Zwischenaufenthaltes im Hotel Continental fielen in Sarajewo die Schüsse, denen der österreichische Thronfolger Erzherzog Franz Ferdinand und seine Gemahlin zum Opfer fielen.

Zwei Jahre vorher hatte der Untergang der ›Titanic‹ die Welt und auch uns daheim in Schrecken versetzt. Mehr als tausendsechshundert Menschen waren mit einem Schiff, das ein Wunderwerk der Technik war und als unsinkbar galt, in den eisigen Fluten des Atlantik bei einem Zusammenstoß der ›Titanic‹ mit einem Eisberg umgekommen. Ich verstand nicht ganz, warum der Tod von zwei Menschen weit mehr Aufregung und Schrecken zu verbreiten schien als jene Katastrophe, die so vielen Menschen den Tod gebracht hatte. Vater lief mit umwölkter Stirn umher und ließ düstere Prophezeiungen hören, daß es nun bald zum Krieg kommen werde. Auch mein Bruder Ernst war der Meinung, daß ein Krieg fast unvermeidbar sei, aber merkwürdigerweise schien ihn der Gedanke, als Soldat dabei sein zu dürfen, nicht im mindesten zu begeistern. Neben der Familienbibel und dem Prachtband über das Haus Hohenzollern besaßen wir ein drittes reich illustriertes Werk im Großformat; es trug den Titel ›Gloria Viktoria‹ und behandelte die Geschichte des Krieges 1870–1871. Seine Lektüre war mir bei aller Lust am Lesen zu anstrengend, und außerdem kam ich mit den vielen französischen Namen nicht zurecht, Mars la Tour und Vionville, St. Quentin und Pontarlier, um so mehr aber hatten es mir die Illustrationen angetan, auf denen preußische Kürassiere mit ihren schweren Plempen Franzosenköpfe rollen ließen und bayerische Reiter mit äußerst dekorativen Raupenhelmen den Feind mit weiß-blau bewimpelten Lanzen vom Pferd stachen. Ich wünschte mir nichts sehnlicher als einen Krieg herbei, genau wie meine Freunde Rudi und Helmut Gutbrod und alle meine Klassenkameraden, und wir bedauerten nur, daß wir noch zu jung waren, um zu den Fahnen eilen zu können. Aber vielleicht hatte der liebe Gott ein Einsehen, den Krieg, wenn er schon unvermeidlich war, wenigstens so lange dauern zu lassen, daß wir noch mitmachen durften.

Inzwischen waren die Sommerferien angebrochen, und ich war froh, aus der bedrückten und gespannten Atmosphäre herauszukommen, die daheim herrschte, denn ich durfte für die zweite Hälfte der Ferien zu den Großeltern fahren. Allerdings erst nach einem längeren Briefwechsel, denn die Großeltern schienen sich wegen der Nähe der russischen Grenze Sorgen um mich zu machen, aber Mutter meinte, die Alten wären überängstlich, denn unser Kaiser würde es nicht zulassen, daß auch nur ein einziger Russe seinen Fuß auf deutschen Boden setzen werde. Else war dabei, sich in unserer Nähe eine Wohnung einzurichten, und Mutter half ihr dabei, deshalb brachte Lotte mich zur Bahn und entließ mich mit den Ermahnungen, die ihr Mutter für mich aufgetragen hatte. Ich empfahl ihr, das Maul zu halten und sich dünnzumachen, denn erstens käme ich bald nach Quinta und zweitens wäre ich nicht das erste Mal zu den Großeltern unterwegs. Da haute sie mir noch schnell eine herunter und machte, daß sie wegkam, denn ich war so groß wie sie und ließ mir von ihr nichts mehr gefallen.

In dem großen Abteil vierter Klasse, in dem mir eine ältere Frau großzügig ihren Fensterplatz überließ, herrschte die gleiche gedrückte und gespannte Stimmung wie daheim. Ja, wenn es gegen die Franzosen gegangen wäre! Aber gegen die Russen ... Die kannte man doch, das waren doch sozusagen Nachbarn. Und wenn sie auch im Krieg gegen Japan Prügel bezogen hatten, so war ihr Zar doch ein mächtiger Herrscher und konnte furchtbar viele Soldaten ins Feld schicken, und überhaupt, ein Krieg gegen die Russen, das war doch genauso, als wenn man gegen eine Dampfwalze mit nackichten Händen anrennen wollte. Das meinte jedenfalls die Frau, die mir ihren Fensterplatz abgetreten hatte, dies allerdings auch nicht aus Gutmütigkeit und Kinderliebe, sondern weil sie keinen Zug vertragen konnte. Während der ganzen Fahrt hielt sie eine kleine Holzkiste auf dem Schoß, etwa doppelt so groß wie die Kistchen aus Zedernholz, in denen Vater seine Zigarren in Großpackungen zu zweihundert Stück aus Bremen bekam. Manchmal raschelte es in der Kiste, und manchmal glaubte ich ein leises Pfeifen oder Piepsen zu hören. Ich wurde aus der Frau nicht recht klug, sie war zwar wie eine Bauersfrau gekleidet, hatte aber gepflegte Hände und sprach auch nicht wie eine Bäuerin. Die meisten Mitreisenden verließen den Zug schon in Preußisch Eylau und Bartenstein, und hinter Korschen hatten wir beide das Abteil ganz für uns.

Sie erkundigte sich nach meinem Woher und Wohin, und ich erzählte ihr, daß ich auf dem Wege zu den Großeltern sei. Sie sagte, daß sie schon in Stürlack aussteigen werde. Und da wagte ich die Frage, ob sie vielleicht Tauben oder Küken in der Kiste habe, die sie so vorsichtig und behutsam auf ihrem Schoß hielt. Aber sie schüttelte den Kopf, nein, es wären weder Küken noch Tauben ...

»Aber es piept doch manchmal in der Kiste ...«

»Gut, daß du der einzige bist, der es gehört hat«, sagte sie geheimnisvoll, »denn ich habe deswegen schon manchmal mit Leuten, die das Piepsen erkannt haben, Unannehmlichkeiten gehabt.«

Unannehmlichkeiten – das war auch wieder so ein Wort, das gar nicht zu ihrer einfachen Kleidung paßte: »Was ist denn nun in der Kiste drin?« fragte ich neugierig und wollte es endlich wissen.

»Mein Ernährer«, antwortete sie nach kurzem Zögern mit einer Ernsthaftigkeit in der Stimme und im Ausdruck, die mich veranlassten, jedes Kichern zu unterdrücken. Sie stellte die Kiste für eine Minute neben sich auf die Bank, öffnete ihre große lederne Handtasche und zog aus einem Seitenfach ein winziges Halsband hervor, das mit lauter kleinen, goldenen Glöckchen besetzt war. Es gab keinen Hund und keine Katze auf der Welt, die so klein waren, daß sie dieses Halsband hätten tragen können. Sie steckte es in ihre Tasche zurück und nahm die Kiste wieder auf ihren Schoß.

»Mein kleiner Liebling heißt Roland«, sagte sie dann, und mir wurde ein wenig unheimlich zumute, weil ich mir nichts anderes denken konnte, als daß bei ihr im Oberstübchen eine Schraube locker sei. Aber dann klopfte sie mit dem Fingernagel ganz leicht auf den Kistendeckel und ließ aus gespitzten Lippen ein paar lockende Pfiffe in gleicher Tonhöhe hören. Die Pfiffe kamen aus der Kiste um eine Oktave höher, aber im gleichen Intervall zurück.

»Jetzt hast du meinen kleinen Liebling ganz deutlich gehört«, sagte sie zärtlich. »Ach, die meisten Leute fürchten sich vor ihm. Und manche ekeln sich sogar. Dabei sind es die saubersten und klügsten Tierchen, die es auf der Welt gibt ...« Sie sah mich prüfend an: »Wie ist das bei dir? Fürchtest du dich etwa auch vor Ratten?«

»Nicht gerade daß ich mich fürchte«, antwortete ich mit einem kleinen Frösteln im Rücken; »aber es hat mich mal eine in den Finger gebissen, als ich ein Glas Eingemachtes aus dem Keller holte.«
»Ach, jedes Tier wehrt sich, wenn es erschreckt wird. Der Hund beißt zu, und die Katze schlägt dir die Krallen ins Gesicht. Das ist nun einmal so. Aber du kannst ganz beruhigt sein, mein Roland beißt nicht und kratzt nicht. Willst du ihn mal sehen?«
Eine Ratte, die Roland hieß und die sie ihren Ernährer genannt hatte, das war nun wirklich eine Sehenswürdigkeit, die ich mir nicht entgehen lassen wollte, auch wenn ich Ratten für alles andere als sympathisch hielt. Die Frau öffnete den Kistendeckel, und in der mit einem hübschen bunten Stoff austapezierten Kiste setzte sich eine große graue Ratte auf die Hinterbeine und putzte sich mit den Vorderpfoten die Nase und den Schnurrbart. Die Frau nahm ein Keksbröckchen zwischen die Lippen, strich der Ratte mit der Spitze des Mittelfingers sanft über die dunklen Rückenhaare und lockte sie mit leisen Schnalzlauten zu dem Leckerbissen empor. Der Roland kletterte auf ihre Schulter und holte sich das Keksbröckchen mit seinen kräftigen Nagezähnen aus ihren Lippen. Dabei sah er mich aus klugen, schwarzen Knopfaugen aufmerksam an. Er sah richtig nett und manierlich aus, sogar der kahle Schwanz wirkte gar nicht abstoßend.
»Du hast doch nichts dagegen, daß Roland ein wenig umherläuft und sich seine kleinen Füße vertritt?«
Ich hatte nichts dagegen einzuwenden, und sie sagte ihrem Roland, daß er sich ein wenig im Abteil umsehen dürfe; und Roland schien jedes Wort zu verstehen, machte auf ihrem langen Rock eine Rutsch-

fahrt und landete zwischen ihren Füßen auf dem Boden, um eine kleine Inspektionsreise durch das Abteil zu unternehmen. Ich zog unwillkürlich die Beine hoch, aber Roland zeigte nicht die geringste Absicht, an mir hochzuklettern, und so stellte ich die Füße wieder auf den Boden.

»Jetzt möchte ich aber doch wissen, weshalb Sie den Roland Ihren Ernährer genannt haben, und warum Sie das Halsband mit den kleinen Glöckchen bei sich tragen? Sie können ihn doch nicht wie einen Hund auf der Straße spazieren führen ...«

»Ach, weißt du, Jungchen«, sagte sie, »eigentlich bin ich ja Klavierlehrerin, und ich übe meinen Beruf auch noch immer aus, aber manchmal geht mir das ewige Geklimpere von den Anfängern – und ich habe es leider nur mit Anfängern zu tun – doch furchtbar auf die Nerven. Und was mir die Klavierstunden einbringen, das langt nicht zum Leben und nicht zum Sterben. Aber was ich durch meinen Roland verdiene, das ist das eigentliche, denn das sind Gänse und Enten und Eier und Speckseiten und Butter und Käse und manchmal, wenn auch selten, Geld, zehn Mark und gelegentlich auch zwanzig ... Ja, ich habe viele Kunden auf dem Lande, zwölf Bauern sind es allein in der Stürlacker Gegend, und dort erwartet mich sogar ein Gutsbesitzer, der Herr von Masslow auf Gross-Juchen ...«

»Ja, und?« fragte ich höchst gespannt, denn ich konnte mir um alles in der Welt nicht denken, was sie und ihr Roland in Stürlack bei zwölf Bauern und bei dem Herrn von Masslow auf Gross-Juchen zu tun hatten.

»Das ist doch ganz einfach«, antwortete sie und lockte den Roland mit einem neuen Keksbrocken zu sich heran, »wir vertreiben den Bauern aus ihren Häusern und Ställen und Scheunen die Ratten. Ich fahre mit meinem Roland in der ganzen Provinz herum, von Tilsit bis nach Ortelsburg und von Frauenburg bis nach Eydtkuhnen. Ich hänge meinem Roland das Band mit den Glöckchen um den Hals, und damit schlüpft er in ihre Löcher und läuft durch ihre unterirdischen Gänge und jagt sie mit seinem Geläut davon. Ratten sind sehr scheue Tiere und besitzen ein gutes Gedächtnis. Es dauert sehr lange, bis sie in ihre alten Schlupfwinkel zurückkehren.«

Der Zug näherte sich Stürlack, ihrem Ziel.

»Komm, Roland, mein Herzblättchen, komm schon, wir müssen bald an die Arbeit.« Sie stellte die kleine Kiste auf den Boden, und Roland kletterte folgsam in sein warm gepolstertes Gefängnis.

»Wie haben Sie ihn bloß so gut dressiert?« fragte ich wißbegierig, denn mir schienen sich Perspektiven auf einen neuen und allem Anschein nach sehr nahrhaften Beruf zu eröffnen.

»Ach«, sagte sie und erhob sich, denn der Zug bremste seine Fahrt ab, »mit Liebe und Geduld und Tilsiter Käse, den frißt mein Roland nämlich für sein Leben gern.«

Großvater, dem ich die aufregende Geschichte meiner Zugbekanntschaft eine halbe Stunde später brühwarm erzählte, brummte, das sei wohl das Hirnrissigste, was er in seinem Leben gehört habe. Und überhaupt müsse man dem Frauenzimmer das Handwerk legen. Das sei ja der reine Betrug. Denn was täte sie schon anderes, als die Ratten von einem Bauernhof zum anderen zu jagen. Aber so sei das nun einmal auf der Welt, jeden Morgen ständen ein Dutzend Dumme auf, und ein einziger gerissener Gauner habe nicht mehr zu tun, als die Dummen zu finden. Mir erschien es sehr unwahrscheinlich, daß sich unter den zwölf Dummköpfen auch der Herr von Masslow befinden könne, aber Großvater sagte, den Herrn von Masslow auf Gross-Juchen kenne er gut, und mit der Erfindung des Schießpulvers habe der ganz bestimmt nichts zu tun gehabt.

»Na, da bist du ja, Jungchen!« sagte Großmutter, als sie mich in die Arme schloß, aber ich merkte wohl, daß ihre Stimme nicht ganz so froh klang wie bei früheren Begrüßungen. Sie war ein bißchen schwerhörig geworden, aber der Knall der Schüsse von Sarajewo schien auch an ihr nicht unbemerkt vorübergegangen zu sein.

»Was muß das bloß für ein Mensch sein, der sich hinstellt und zwei unschuldige Menschen abknallt...«

»Gabriel Princip heißt er«, sagte Großvater, »und ist noch keine zwanzig Jahre alt!«

Das wollte ich Else schreiben, damit sie den Namen von dem Menschen kannte, der ihr die Hochzeitsreise nach Venedig verpatzt hatte...

»So so, nach Venedig wollten sie also fahren...« sagte Großvater respektvoll. Und dann mußte ich ihnen lang und breit von Elses Hochzeit berichten, und was für ein Mensch der neue Schwager sei, und als ich ihnen erzählte, daß Onkel Aurel eine Rede halten wollte und dabei vor lauter Rausch auf den Tisch gefallen war und sich an einem Weinglas die Nase zerschnitten hatte, da machte Großmutter wieder einmal tz tz tz und warf ihrem Heinrich einen langen Blick zu. – Aber nicht nur die Großeltern waren nicht so herzlich und heiter wie früher, ganz Lyck schien sich verändert zu haben. Die Frühschoppen bei Bienkowski fielen aus, denn das Lokal war geschlossen, weil Herr Bienkowski einen Schlaganfall erlitten hatte und rechtsseitig gelähmt war. Überall herrschte Unruhe und Nervosität, und als ich meine alten Freunde Hannchen und Fritz Grigat besuchte, da war Frau Grigat dabei, einen großen Reisekorb mit Betten und Kleidern zu füllen, und fragte mich, ob denn meine Eltern von allen guten Geistern verlassen seien, daß sie mich zu den Großeltern geschickt hätten. Auch die Herren Becker und Jacoby, bei denen Großmutter mir zwei Nachthemden kaufte, weil Mutter meine Nachthemden einzupacken vergessen hatte, machten bedenkliche Gesichter, denn seit Sarajewo hatte sich kein russischer Offizier mehr in ihrem Geschäft blicken lassen, und ein betrunkener Infanteriehauptmann, den Herr Becker bei einem kurzen Besuch in Grodnow getroffen hatte, hatte dunkle Andeutungen gemacht, er solle den Sekt nur kalt stellen und sich darauf verlassen, daß er bald getrunken würde. Es tröstete mich, daß sich wenigstens Herr Cabalzar von der allgemeinen Unruhe nicht anstekken ließ, die Liebesknochen und Napoleonschnitten aus seiner Backstube schmeckten genauso süß wie in früheren Tagen. Aber auf dem Heimweg erzählte Großvater seinem Krümelchen, nun würde auch der Cabalzar verrückt, denn er hätte einen Teil seines Kellers zugemauert und den größten Teil seiner Vorräte an Spirituosen versteckt. Und dazu hätte er gesagt, nüchterne Russen wären schon schlimm genug, besoffen aber wären sie direkt lebensgefährlich. Großmutter meinte dazu, daß Frauen in ihrem Alter wohl auch besoffene Russen nicht gefährlich werden würden, aber sie sagte es mit sehr nachdenklichem Gesicht, und einige Tage darauf mußte ich ihr helfen, einen großen Überseekoffer, den Onkel Walter bei ihnen zurückgelassen hatte, vom Boden zu holen. Großvater brummte zwar, daß er sie für gescheiter gehalten hätte, aber sie verstaute weiter einiges Geschirr und Wäschestücke und Kleider in dem Koffer und sagte, sie täte es ja nur für den Fall eines Falles, viel mehr jedoch beunruhige es sie, daß ich noch immer in Lyck sei, und ob es nicht am gescheitesten wäre, einen Brief nach Königsberg zu schreiben, daß man mich dort vom Bahnhof abholen solle. Aber Großvater gebrauchte die gleichen Worte, die ich aus Mutters Mund schon zu Hause gehört hatte, ob sie damit etwa sagen wolle, daß der Kaiser es zulassen werde, daß auch nur ein einziger Russe über die Grenze kommen werde! Nein, nein das wollte sie damit natürlich nicht sagen! Und so dämpfte Großvater mit seinem Vertrauen auf den Kaiser in Berlin Großmutters Sorgen um meine Gegenwart.

Aber als dann Großvater eines Morgens – es muß wohl der Tag der Mobilmachung gewesen sein – mit mir in einer Eile, die ich ihm nie zugetraut hätte, zum Bahnhof lief, um mich auch ohne briefliche Ankündigung von meinem Kommen zu den Eltern zurückzuschicken, da war der Verkehr für alle Zivilpersonen gesperrt, und was noch an Zügen den Bahnhof verließ, war dem Abtransport der in Lyck stationierten Regimenter vorbehalten, die sich in der Festung Lötzen/Boyen oder dahinter formieren sollten, um den ersten Ansturm des Feindes aufzuhalten. Durch die Straßen rumpelten Gespanne, bis zum Zusammenbrechen aufgepackt, und eins von den Fuhrwerken, das von vier Pferden gezogen wurde, gehörte Leitners aus Kallinowen. Aber als Großvater Herrn Leitner fast flehentlich bat, mich mitzunehmen, da sagte Herr

Leitner, er habe mit seinen vier Bälgern genug zu tun und er könne die Verantwortung für mich nicht auch noch übernehmen. Er schien es so eilig zu haben, als wären die Kosaken schon dicht hinter ihm her. Die Flüchtlinge, die aus den grenznahen Dörfern kamen, erzählten, drüben wimmle es von Soldaten, und russische Patrouillen wären in Prostken eingedrungen und hätten einen Zollbeamten erschossen, der sich ihnen entgegenstellte.
Als ich am Nachmittag zu Grigats lief, um zu erfahren, was Hannchen und Fritz an Neuigkeiten zu melden hatten, da war die Wohnung leer. Grigats hatten die Stadt mit dem letzten Zug, der in der Nacht abgegangen war, verlassen. Überall standen die Wohnungstüren offen, kein Mensch war im Hause, nur unten in seiner Kneipe hielt der alte Bouvain die Stellung. Er war so betrunken, daß er mich nicht erkannte, er fuchtelte mit einem langen Schlachtermesser herum und schwor, jetzt würde er dem Schweinehund, der ihm die Nase abgehackt hatte, die Nase und noch einiges dazu abschneiden. Das Messer und die wild rollenden Augen in dem schrecklichen Gesicht jagten mir solche Furcht ein, daß ich mich schleunigst auf die Straße rettete. Als ich heimkam, waren Großvaters Nerven so strapaziert, daß er sie mit einem Grog besänftigen mußte, und auch Großmutter hatten sich die Aufregungen auf den Magen geschlagen, so daß sie eine kleine Stärkung brauchte. Wir gingen zum Cabalzar und setzten uns in den kleinen Vorgarten, den eine Reihe von Blumenkästen, aus denen Kletterpflanzen sich an Spalieren hochrankten, gegen die Straße abschirmten. Großvater rührte seinen Grog noch um und Großmutter nippte gerade an ihrem Pfefferminzlikör, als sich irgendwo in

der Bahnhofstraße ein lautes Geschrei erhob und Menschen in wilder Flucht an dem Rankenspalier vorbeistoben. Und aus der Ferne hörte man Warnrufe: »Rettet euch! Von der Straße weg! Menschen, rettet euch!«

Großmutter wurde totenblaß und stammelte: »Jetzt sind sie da, die Russen!« An allen Tischen sprangen die Leute empor und drängten sich in das Lokal hinein, nur Großvater nicht, er blieb wie gelähmt sitzen und klammerte sich an sein Grogglas. Ich schlüpfte aus dem Vorgärtchen hinaus und spähte um die Ecke. Die Straße war wie leergefegt, rechts und links drückten sich die Menschen in die Portale und Toreinfahrten hinein. Und jetzt hörte ich es ganz deutlich und nah: »Menschen rettet euch, der Bull' ist los! Von der Straße weg! Der Bull' ist los! Rettet euch!« – Und was für ein Bulle das war! Mitten auf der Straße stürmte er mit gesenkten Hörnern mächtig wie eine Lokomotive heran. Fünfzehn Zentner geballte Kraft und Wut. Hinter ihm drein galoppierte ein Reiter, und hinter dem Reiter, weit hinter ihm, schrien sich ein Dutzend Männer die Kehlen heiser, denen der Bulle – ein prämiierter Zuchtstier, den man den Russen keinesfalls in die Hände fallen lassen wollte – beim Verladen ausgebrochen war. Seinen Wärter, der ihn am Nasenring in den Transportwagen zerren wollte, hatte er gegen die Wand gedrückt und ihm dabei einige Rippen gebrochen, und einen anderen Mann, der sich ihm entgegenstellte, auf die Hörner genommen und durch die Luft geschleudert. Selbstverständlich schloß ich mich, als Stier und Reiter an der Cabalzarschen Konditorei vorbeigedonnert waren, der wilden Jagd an. Sie dauerte nicht lange, denn in den Anlagen raste der Bulle gegen einen

Baum und entwurzelte ihn halb, aber der Anprall war selbst für einen Stierschädel so stark, daß der Bulle halbbetäubt in die Knie ging und gefesselt werden konnte. Inzwischen aber hatte sich das Gerücht verbreitet, er habe einen Jungen aufgespießt, und die Großeltern standen, fest davon überzeugt, daß dieser aufgespießte Junge niemand anders als ich sein könne, Höllenängste aus. Und anstatt sich zu freuen, daß ich heil und gesund zu ihnen zurückkehrte, haute mir Großvater rechts und links zwei gewaltige Ohrfeigen herunter, und Großmutter sah genauso aus, als ob sie die größte Lust hätte, mir auch noch zwei von der gleichen Sorte zu verpassen. Aber sie beherrschte sich und sagte mit zitternder Stimme nur, daß sie mit mir dieses Mal nichts als Ängste auszustehen habe. Hinterher spendierte mir Großvater zwei Negerküsse, für jede Backpfeife einen.

Als die Russen dann kamen, geschah das fast ohne Lärm und ohne viel Geschrei. Am Vorabend hörte man Schüsse und manchmal auch aus weiter Ferne das Grollen von Geschützen. In der Nacht rötete sich der Himmel von Bränden, einige Bauernhöfe und Scheunen mit den Erntevorräten gingen in Flammen auf, und in den Morgenstunden, noch vor Tagesanbruch, rumpelten Geschütze und schwere Munitionstransporte durch die Straßen, und über das Pflaster dröhnten Pferdehufe und der Marschtritt von endlosen Infanteriekolonnen. Großvater, der einzige Mann im Hause, der Erfahrungen aus dem siebziger Krieg besaß, hatte alle Bewohner in den Keller beordert. Es waren etwa ein Dutzend Menschen, alles ältere Männer und Frauen, die im Schein einer Kerze auf Kisten und Kasten hockend, zitternd und um ihre Schicksal bangend auf den Morgen warteten. Großvaters Schatten stand groß und schwer vor der Kellertür, ein grimmiger Posten, dem man ansah, daß der Weg zu seinem Krümelchen nur über seine Leiche führen würde. Allmählich erstarben draußen die Marschgeräusche, auch das Geklapper von Hufen wurde seltener, und dann, inzwischen war es längst Tag geworden, hörten wir, kurz nachdem es vom Kirchturm sechs Uhr geschlagen hatte, in kurzen Zeitabständen immer das gleiche Trompetensignal. Großvater spitzte die Ohren ...

»Das kann doch nicht wahr sein«, murmelte er, »da bläst doch ein Kerl wahrhaftig unser deutsches Achtung-Signal! Da soll sich ein Mensch auskennen, was das zu bedeuten hat.«

»Soll ich mal nachsehen?« fragte ich tatendurstig.

»Untersteh dich, Bürschchen!« sagte er drohend. Und zu Großmutter gewandt: »Halt bloß den Lorbaß fest! Ich werde selber nachsehen, was draußen los ist.«

Er schlich zur Haustür und spähte durch einen schmalen Spalt auf die Straße hinaus. Jetzt hörten wir das Trompetensignal lauter, als würde es ganz in der Nähe unseres Hauses geblasen, und wir sahen, daß Großvater die Tür weiter öffnete und die Hand muschelförmig hinter das Ohr legte, um sich nichts von dem entgehen zu lassen, was draußen auf der Straße ein Russe, der den Trompeter begleitete, mit lauter Stimme von einem Zettel ablas. Nach einer kleinen Weile drückte Großvater die Haustür ins Schloß und bedeutete uns, zu ihm heraufzukommen. Die Nachbarn stiegen steifbeinig und mit übernächtigen, grauen Gesichtern die Kellerstiege empor und scharten sich in dem engen Hausflur um Großvater.

»Nun red schon, Heinrich! Was ist los?« fragte Großmutter angstvoll.

Er schnupfte und fuhr sich über die Augen: »Die russische Narewarmee unter dem General Samsanow hat die Stadt ohne Kampf eingenommen und befindet sich auf dem Vormarsch nach Westen. Niemand braucht sich um sein Leben und um sein Eigentum Sorgen zu machen. Bis zur Durchgabe neuer Befehle hat jedermann im Hause zu bleiben. Die Haustüren und Wohnungstüren dürfen nicht verschlossen werden ...« Er schnupfte noch einmal auf und sagte mit seltsam heiserer und gebrochener Stimme: »Das ist alles, Leute, das ist alles ...«

Die Frauen schluchzten und die Männer ließen die Köpfe hängen. Niemand konnte verstehen, daß die Stadt dem Feind in die Hände gefallen war, ohne daß es auch nur den geringsten Widerstand gegeben hatte. Auch Großmutter regte sich furchtbar auf und sagte, das hätte sie nun doch nie im Leben geglaubt, daß der Kaiser die Stadt den Russen so ganz ohne Schuß und Schwertstreich überlassen würde, aber Großvater meinte, das wäre eben höhere Strategie, und davon verstehe sie nichts und tue gut daran, den Schnabel zu halten. Das schien Großmutter gar nicht gern zu hören, sie mahlte die zahnlosen Kiefer ein Weilchen gegeneinander, aber dann preßte sie die Lippen so fest zusammen, daß ihr Kinn fast die Nasenspitze berührte. Und sie machte den Mund bis zum Abend nicht mehr auf, und da auch nur zum Essen.

Das Ausgangsverbot wurde schon in den frühen Vormittagsstunden des nächsten Tages aufgehoben. Der Stadtkommandant im Range eines Obersten ließ seine Anordnungen durch Maueranschläge in russischer und deutscher Sprache bekannt machen. Die Bürger durften sich innerhalb des Stadtgebietes am Tage frei bewegen, nur von sechs Uhr abends bis sechs Uhr morgens hatte sich jeder im Hause aufzuhalten. Über-

griffe russischer Soldaten und etwaige Plünderungen waren dem Stadtkommandanten sofort zu melden und wurden, ob von Zivilisten oder Militärpersonen begangen, nach Kriegsrecht bestraft.
Die Abteilung der Narew-Armee unter dem General Samsanow, die Lyck besetzt hatte und, wie bekanntgegeben wurde, nun schon vor Allenstein stand, während die Njemen-Armee unter dem General Rennenkampf Insterburg eingenommen hatte und gegen Königsberg marschierte, schien aus lauter Elitetruppen zu bestehen, denn es gab in der Stadt weder Plünderungen noch Vergewaltigungen. Ich konnte mir darunter nichts Rechtes vorstellen, aber Vergewaltigungen schienen etwas zu sein, was den Männern fast noch unangenehmer war als den Frauen. Nein, die Russen plünderten und vergewaltigten nicht. Die einzigen, die die Nachtstunden vor dem Einmarsch der Russen zu Raubzügen in den verlassenen Wohnungen benutzt hatten, waren Leute vom Töpferende, dem Armenviertel der Stadt. Wer später ein Möbelstück vermißte, fand es zumeist in den kleinen, geduckten Katen am Seeufer wieder. Auch an Lebensmitteln herrschte vorerst kein Mangel. Großmutter schleppte ganze Schweineschinken heim, denn die Russen trieben von den verlassenen Bauernhöfen und Gütern Herden von Rindern und Schweinen in die Stadt, um sie für den eigenen Bedarf abzustechen oder von den beiden Fleischern, die in der Stadt geblieben waren, zur Versorgung der Zivilbevölkerung notschlachten zu lassen. Das einzige, was Großvater erbitterte, war, daß er seinen Nachmittagsgrog nicht mehr beim Cabalzar schlürfen durfte, denn nicht nur bei ihm, sondern in allen Gaststätten und Kneipen der Stadt feierten russische Offiziere den siegreichen Vor-

marsch ihrer Armeen und ließen den Zaren unentwegt hochleben.
Wenn Großvaters Rumvorrat zur Neige ging, dann füllte Großmutter ihren großen Henkelkorb mit Äpfeln und schickte mich mit einem schönen Gruß und der Bestellung, ich brächte die Äpfel für den Apfelkuchen, zum Cabalzar in die Backstube. Dort verstaute Herr Cabalzar eine neue Flasche Jamaica-Rum unter den Äpfeln und schickte mich mit einem schönen Gruß an den Großvater und mit der Bestellung, daß er heute keine Äpfel brauchen könne, zu den Großeltern zurück. Es fiel keinem Russen ein, mich zu kontrollieren, im Gegenteil, manchmal spendierten mir die Offiziere ein Stück Torte, und einer, ein großer bärtiger Mensch mit einer orgelnden Baßstimme zeigte mir ein Bild von einem Jungen, der genauso eine gestreifte Kieler Bluse mit einem schwarzen Marineknoten trug wie ich, drückte mich an seine Brust und sagte, während ihm dicke Tränen über die Wangen liefen, wenn es so siegreich weiterginge, dann würden sie zu Weihnachten in Berlin einziehen und er werde seinen Sohn vielleicht noch vor dem Osterfest wiedersehen. Wenn ich das dem Großvater erzählte, konnte er sich richtig giften: »In Berlin einziehen«, knurrte er böse, »daß ich nicht lache! Denen wird der Hund was scheißen!«
In der Stadt wimmelte es von Soldaten. Die Muschkoten trugen nur einfache bräunliche Feldblusen, während viele Offiziere noch in ihren prächtigen Friedensuniformen einherstolzierten. Sie benahmen sich allesamt freundlich und konnten es sich in der Hochstimmung des Sieges wohl auch leisten, großmütig und freundlich zu sein. Um so bedrückter war die Stimmung bei den Großeltern und bei den Nachbarn

und bei den Leuten, die wir bei Großvaters kurzen Spaziergängen auf der Straße trafen. Es wurde viel über einen General von Prittwitz-Gaffron gesprochen, dem das ganze Unglück zu verdanken sei, denn er hatte alle Stellungen geräumt und sich vor den Russen hinter die Weichsel zurückgezogen. Großvater verlor seinen Appetit und behauptete, auch der Grog schmecke ihm überhaupt nicht mehr, denn so was hätte es im ganzen siebziger Krieg nicht gegeben, daß ein deutscher General einen Rückzug befohlen hätte. So einer gehöre an die Wand gestellt und erschossen. Und obwohl ihm der Grog nicht mehr schmeckte, trank er dann doch noch einige Gläser, weil er sonst vor Gram und Scham über solch einen deutschen Offizier die ganze Nacht hindurch kein Auge zugemacht hätte. Sagte er.

An einem Nachmittag nahm Großvater mich zu einem Besuch bei Herrn Bienkowski mit, der infolge der Aufregungen kurz nach dem Einmarsch der Russen einen zweiten Schlaganfall erlitten hatte und nun im Krankenhaus lag. Aber die alte Oberschwester Christine, die mit zwei älteren Schwestern zur Versorgung der bettlägerigen Patienten im Krankenhaus zurückgeblieben war, sagte Großvater, daß Herr Bienkowski seit zwei Tagen ohne Bewußtsein sei und daß es mit ihm wohl bald zu Ende gehen werde. Großvater meinte, in diesen Zeiten sei es sicherlich das Gescheiteste, sich davon zu machen, denn von der Zukunft hätten wir alle nichts Gutes zu erwarten, aber damit kam er bei Schwester Christine schlecht an. So etwas dürfe er nicht einmal denken, geschweige denn aussprechen, denn der alte Gott lebe noch und werde seine Preußen gewiß nie im Stich lassen.

Es war ein glühend heißer Augusttag, und wir wären

auf dem Heimweg gern durch die schattigen Anlagen vor dem Landgericht gegangen, wenn man dort hätte gehen können. Aber entweder waren es zu viele Russen, die sich in den von ihnen besetzten Kasernen auf die Latrinen drängten, oder sie kannten diese segensreichen sanitären Einrichtungen nicht, oder sie waren Freiluftmenschen, die zur Erledigung ihrer natürlichen Bedürfnisse eine natürliche Umgebung bevorzugten. Mit einem Wort, die schönen gepflegten Rasenflächen, Blumenrabatten und Kieswege der Anlagen waren, wo man auch gehen oder stehen wollte, knöchelhoch vollgeschissen. So hielten wir beide uns, flach atmend, nach Prüfung der Windrichtung am äußersten Straßenrand, als ein russischer Soldat, noch mit dem Zuknöpfen seiner Hose beschäftigt, hinter einem Gebüsch vortrat, quer über die Straße auf uns zukam und Großvater fragte, wie spät es sei. Jedenfalls verstand Großvater die Frage so, denn der Russe sagte nur: »Urri Urri?« Großvater zog seine große goldene Sprungdeckeluhr aus der Westentasche, ließ den Deckel aufspringen und wollte gerade »Halb vier« sagen, als der Kerl blitzschnell zugriff und die Uhr mitsamt der goldenen Kette so heftig an sich riß, daß ein Fetzen von Großvaters grauer Sommerweste mitging. Großvater brachte vor Verblüffung über diese Frechheit oder vor Schrecken kein Wort heraus, der Uhrendieb machte lange Beine, und ich rannte schreiend hinter ihm her. Quer durch die menschenleeren stinkenden Anlagen und ein Stück der Feldstraße hinauf, an deren Ende die alte Ulanenkaserne lag. Es waren eine Menge Soldaten unterwegs, die mein Geschrei nicht verstanden oder nicht verstehen wollten und dem Uhrenräuber, aber auch mir, den Weg frei gaben. Er war mit seinen schweren, hohen

Reiterstiefeln kein guter Läufer, und ich blieb ihm dicht auf den Fersen, aber er wäre mir hinter dem Kasernentor sicher entkommen, wenn nicht Rettung genaht wäre. Ein Offizier in dunkelgrüner Uniform mit breiten, goldbetreßten Schulterstücken trabte, von seinem Burschen gefolgt, auf einem Apfelschimmel gerade aus dem Tor heraus, sah den Dieb und mich und brüllte dem Kerl, dem Großvaters Uhrkette aus der Hand herausbaumelte, ein scharfes »Stoj!« entgegen, das den Mann so plötzlich zum Halten brachte, daß ich Mühe hatte, nicht auf ihn aufzurennen. Der Offizier sprang von seinem Pferd herab und gab seinem Burschen die Zügel.

»Was gibt es, Junge?« fragte er in gutem Deutsch.

»Der Soldat hat meinem Großvater die Uhr gestohlen!« antwortete ich keuchend und sah mich nach Großvater um, der weit hinten gerade um die Ecke bog. Der Offizier, ein Stabsmajor, winkte den Uhrendieb mit einer Fingerbewegung zu sich heran. Der Muschik baute sich vor ihm in strammer Haltung auf und antwortete auf eine Frage des Majors mit einer Lautstärke, daß man meinen konnte, er halte den Major für taub, aber das war, wie Großvater mir nachher erzählte, der russische Drill, daß ein gemeiner Soldat die Fragen eines Vorgesetzten mit aller Stimmkraft zu beantworten hatte. Der Major nahm ihm die gestohlene Uhr ab und befahl zwei herumstehenden Soldaten, den Uhrendieb in die Mitte zu nehmen und mit ihm zur Kaserne abzumarschieren. Inzwischen war auch Großvater herangekommen. Der Schweiß lief ihm in hellen Bächen über das Gesicht, sein Kragen war völlig aufgeweicht, er atmete schwer und preßte die Hand gegen sein Herz.

»Nun beruhigen Sie sich schon, alter Herr«, sagte der Major und gab ihm seine Uhr zurück, »und entschuldigen Sie, daß diese Schweinerei passiert ist. Es gibt eben bei jeder Truppe ein paar Halunken.«

»Ich weiß, Herr Major«, sagte Großvater, »ich war selber Soldat. So etwas kommt vor ...«

»Leider!« sagte der Major mit verkniffenem Gesicht, denn Großvaters Worte hatten gerade so geklungen, als ob er nur aus Höflichkeit zugegeben hätte, daß so etwas auch bei den Preußen möglich gewesen sei. »Aber Sie sollen sehen, alter Herr, und Ihr Enkel soll es auch wissen, daß in der kaiserlich russischen Armee Zucht und Ordnung herrschen. Folgen Sie mir nach!«

Er gab seinem Burschen einen kurzen Befehl, die Pferde in den Kasernenhof zurückzuführen, drehte sich um und ging sporenklirrend voraus.

»Lassen Sie den Kerl laufen, Herr Major«, sagte Großvater, der Schlimmes zu ahnen schien.

»Wäre der Lump bei den Preußen ungeschoren davongekommen?« fragte der Major streng.

Darauf gab Großvater keine Antwort.

»Na also!« sagte der Major, »bringen wir die Sache rasch hinter uns!«

Der Dieb stand zwischen den beiden Soldaten, die ihn abgeführt hatten, in der Wachstube der Kaserne. Die Wache, ein Unteroffizier und zehn oder zwölf Mann, die das Kommen des Majors schon erwarteten, standen ausgerichtet vor dem Schilderhaus Gewehr bei Fuß und präsentierten stramm, als der Major mit uns beiden durchs Tor schritt. Er gab dem Wachhabenden einen kurzen Befehl, den dieser laut an den rechten Flügelmann weitergab, und dieser wiederum trabte sofort im Laufschritt davon.

»Um Himmels willen«, flüsterte Großvater mir zu,

»sie werden den armen Hund doch nicht gleich füsilieren!«
»Was ist das, Opa?«
Aber Großvater wischte sich mit seinem Taschentuch, das zum Auswringen naß war, neue Schweißbäche von der Stirn und vom Hals und gab mir keine Antwort. Es dauerte nicht lange, dann hallten Trompetensignale über den Kasernenhof, Soldaten quollen aus den Unterkünften und formierten sich, vier Kompanien stark, zu einem großen Karree. Es erschienen auch einige Offiziere. Zu einem von ihnen, der wohl der ranghöchste, aber nicht der Regimentskommandeur selber war, trat unser Stabsmajor hin, salutierte und erstattete über den Vorfall eine kurze Meldung. Danach kehrte er zu uns zurück und richtete Großvater aus, während der hohe Offizier mit seinen Herrn in die Mitte des Karrees trat und von dort mit lauter Stimme eine kurze Ansprache an die versammelten Mannschaften richtete, daß der Herr Oberstleutnant sein Bedauern ausdrücken lasse und Großvater ersuche, bei der Bestrafung des Übeltäters als Zeuge zugegen zu sein. Großvater schluckte trocken und murmelte, daß er dem Kerl seine Uhr gern überlassen hätte, wenn er geahnt hätte, was das für Folgen haben würde. Aber der Major antwortete scharf, als alter Soldat müsse Großvater doch wissen, daß Disziplin das oberste Gebot in jeder Armee sei und daß man sie mit Gewalt herstellen müsse, wenn sie anders nicht zu erreichen sei. Darauf wußte Großvater keine Antwort zu geben.
Indessen war ein Tisch in der Mitte des Karrees aufgestellt worden, und von der Wache her kamen, von einem baumlangen, bärenstarken Unteroffizier, dem Regimentsprofos angeführt, sechs Mann anmar-

schiert, in deren Mitte unser Uhrendieb im gleichen Marschtritt mitmarschierte. Er machte gar keinen bedrückten oder ängstlichen Eindruck und grinste, als der kleine Zug an uns vorüberkam, Großvater recht breitmäulig an. Vor dem Tisch machte der Profos mit seiner Gruppe halt, erstattete dem Oberstleutnant lautstark Meldung und nahm dessen Kommando in strammer Haltung entgegen. Eine knappe Sekunde später rissen zwei seiner Leute dem Dieb die braune Uniformbluse von den Schultern, so daß man seinen nackten, schweißigen Rücken in der Sonne glänzen sah. Die vier anderen wollten zupacken und ihn auf den Tisch zerren, aber er wehrte sie ab und legte sich mit ausgebreiteten Armen freiwillig darauf.

»Sieh nicht hin, Jungchen!« sagte Großvater und blickte selber starr zu Boden, »das ist kein Anblick für dich!«

Und dann ließ der Profos die Knute fünfundzwanzig Mal auf den Rücken des Delinquenten sausen. Man hörte das Klatschen der schweren, ledergeflochtenen Peitsche, aber der Mann auf dem Tisch, auf dessen Rücken sie niederpfiff, gab keinen Laut des Schmerzes von sich. Wie ein Indianer am Marterpfahl. Er hat mir mächtig imponiert, und wenn es mich auch ein bißchen im Hals würgte, so nötigte er mir noch mehr Respekt ab, als ich sah, wie er sich von dem Tisch herunterschob, zu stehen kam, nach seiner Bluse griff und mit seinem blutig verstriemten Rücken über den Kasernenhof stramm zu seinem Quartier abmarschierte.

Großvater war ganz grau im Gesicht, als der Major uns zum Kasernentor brachte und dort entließ. Er fühlte sich noch Tage hinterher ganz elend und sagte zu Großmutter, solch eine Exekution mit der Knute sei fast noch schlimmer als eine Hinrichtung. Das gehe Ruckzuck und dann sei alles vorbei. Aber fünfundzwanzig Knutenhiebe, das gehe einfach gegen alle Menschenwürde. Er stellte seine Nachmittagsspaziergänge ein, und er ging nicht einmal zur Beerdigung seines alten Freundes Bienkowski, der bald nach unserem Besuch im Krankenhaus gestorben war. Er sagte, für Beerdigungen habe er einfach nicht mehr die Nerven. Und damit man ihm nicht nachsagen konnte, er wäre am Tage der Beisetzung doch gesund und munter gewesen, blieb er die ganze Woche über im Bett und legte Patiencen.

Nicht lange danach liefen neue Gerüchte durch die Stadt. Kein Mensch wußte zu sagen, woher sie kamen, denn es gab keine Verbindung zur Außenwelt. Es hieß, der General von Prittwitz und Gaffron habe sein Kommando abtreten müssen und einem General namens Hindenburg übergeben. Niemand kannte dessen Namen, aber man erzählte sich, daß Hindenburg eine große Armee diesseits der Weichsel zusammengezogen habe und im Anmarsch auf die russischen Frontstellungen sei. Mochten die Gerüchte wahr oder falsch sein, sie bewirkten, daß Großvater von der Fleischbrühe, die Großmutter ihm als Krankenkost ans Bett brachte, wieder zu fester Nahrung zurückkehrte und bedeutend munterer aus den Augen blickte. Er wagte sich sogar wieder auf die Straße, aber er kam gar nicht ermutigt, sondern eher beunruhigt zurück und meinte, daß an den Gerüchten etwas Wahres dran sein müsse, merke man vor allem an der Haltung der Russen; sie seien recht nervös und lange nicht mehr so freundlich wie früher, und die Regimenter, die in der Stadt gelegen hätten, seien abgezogen und durch Kerle ersetzt worden, denen er bei Nacht nicht gern begegnen möchte. Mir trug er auf, die Hausbewohner zu verständigen, sich bei ihm zu einer kleinen Besprechung einzufinden, und als sie sich alle im Wohnzimmer versammelt hatten, da erzählte er ihnen von seinen Beobachtungen und sagte, daß er das Gerede vom Anmarsch deutscher Truppen jetzt nicht mehr für ein bloßes Latrinengerücht halte. Aber es solle ja niemand glauben, daß es bei der Befreiung der Stadt, wenn es dazu kommen sollte, so leise und heimlich zugehen werde wie es bei ihrer Besetzung durch die Russen geschehen war. Das werde ohne Kampf und Artilleriebeschuß kaum abgehen und könne stunden- und womöglich tagelang dauern. Und er empfahl den Frauen, Vorräte an Lebensmitteln bereitzustellen und die Kellerräume ein bißchen wohnlich zu machen, damit man es im Notfall eine Zeitlang aushalten könne. Er sagte das in aller Ruhe und Gelassenheit, so daß niemand in Panik geriet. Nicht nur die Frauen im Haus, auch die Männer schleppten Bettzeug und alle möglichen Sitzgelegenheiten in den Keller hinab. Die Beschaffung von Eßvorräten bereitete Großmutter eine Menge Sorgen, denn vorzukochen hatte wenig Zweck, da Gesottenes oder Gebratenes in der Hitze der Hundstage schnell verdarb. Ich machte mich im Haus nützlich und half den alten Leuten, wo ich konnte, aber es waren doch furchtbar langweilige Tage, denn die Großeltern ließen mich nicht für einen Augenblick auf die Straße hinaus. So blieb mir nichts anderes übrig, als das Eintreffen unserer Soldaten inbrünstig herbeizuwünschen, auch wenn es dabei zu solch blutigen Kämpfen kommen sollte wie an der Friedhofsmauer von Vionville im siebziger Krieg, wo der Zeichner der Szene mit richtig vaterländischer Begeisterung dargestellt

hatte, wie unsere tapferen Soldaten die Franzosen mit ihren Bajonetten durchbohrten.
Wenige Tage später traf genau das ein, was Großvater vorausgesagt hatte. Bei Tannenberg war es zu einer großen Schlacht gekommen, Tausende von Russen waren gefallen und mehr als hunderttausend in Gefangenschaft geraten, aber hier merkte man wenig davon, im Gegenteil, sie wälzten sich in endlosen Kolonnen durch die Stadt, und von Zucht und Ordnung war überhaupt nichts mehr drin. Sie drangen in die Häuser ein und stahlen, was sie erwischen konnten, und hatten einen besonderen Spaß daran, Polstermöbel und Betten aufzuschlitzen. Wir hörten sie auch in unserem Haus über uns rumoren, hörten das Rükken von Möbeln und das Klirren von Glas und Porzellan, und zwei Kerle drangen in den Keller ein. Der eine von ihnen, ein Kosak mit roten Biesen an den Pluderhosen, fuchtelte mit einem großen Revolver herum und wollte Schnaps haben, und als Großmutter sagte: »Nix Wuttki Wuttki«, da wurde der Kerl richtig wütend und schrie: »Wenn nix Wuttki, dann Urri Urri!« Und dieses Mal wurde Großvater seine schöne goldene Sprungdeckeluhr zum zweitenmal und endgültig los. Auch die drei anderen Männer rückten ihre Taschenuhren heraus, und der Kosak mit dem Revolver feuerte zum Abschied einen Schuß in die Kellerdecke. Die Frauen schrien auf und Großmutter zitterte am ganzen Leibe und bejammerte den Verlust der kostbaren Schweizer Uhr, die Onkel Walter dem Großvater zum fünfzigsten Geburtstag geschenkt hatte. Aber Großvater tröstete sie liebreich und sagte: »Scheiß auf die goldene Uhr, Krümelchen, ich habe ja noch meine alte Nickelzwiebel. Die Hauptsache ist, daß wir heil durchkommen. Und jetzt wollen wir auf

den Schreck alle einen verlöten!« Und Großmutter griff unter ihren weiten Rock und holte eine von den drei Flaschen Jamaica-Rum, die sie zur Erhaltung von Großvaters Lebensgeistern verwahrt hatte, aus ihrem Geheimversteck und ließ sie reihum gehen. Als sie zu Großmutter zurückkam, war sie bis auf einen kleinen Rest leer, denn alle, auch die Frauen, hatten einen richtigen Tröstungsschluck nötig gehabt.

Noch am gleichen Abend hörte man in der Ferne den Donner von Geschützen. Einige Granaten schlugen in der Nähe unseres Hauses ein, und eine zerstörte den Kirchturm, auf dem die Russen einen Artillerie-Beobachter postiert hatten. In der Nacht war die Stadt von Bränden hell erleuchtet, in manchen Häusern hatten die Russen Feuer gelegt, andere waren von unserer Artillerie in Brand geschossen worden. Die Russen setzten sich in wilder Flucht nach Osten ab, sie ließen ihre Toten und die Schwerverwundeten zurück, und einen toten russischen Hauptmann, der sich noch mit letzter Kraft ins Haus geschleppt hatte und dort verblutet war, fanden Strademanns, denen die Wohnung links im Parterre gehörte, in ihrer Küche. Ich durfte ihn nicht sehen. Die Männer schafften ihn aus dem Hause, und dort lag er, mit einem von Großmutters Bettlaken zugedeckt, bis zum nächsten Tage. Es wurde noch eine Zeitlang hin und hergeschossen, aber dann rückten unsere deutschen Soldaten ein, und alle Menschen weinten und jubelten, daß sie nun endlich von den Russen befreit worden waren. Nur Großmutter jubelte nicht, denn sie hatte alle Hände voll zu tun, um die verwüstete Wohnung in Ordnung zu bringen. Immer wieder sagte sie, die Russen hätten wie die Vandalen gehaust, aber am meisten empörte sie, daß ihr die Russen nicht nur die Schranktüren eingetreten, alle Schubladen herausgerissen, die Matratzen zerschlitzt und eine Menge Glas und Porzellan zerschlagen hatten, einer von den Schweinekerlen hatte ihr mitten auf den runden Mahagonitisch im Eßzimmer einen riesigen Haufen hingesetzt. Großvater konnte nur den Kopf schütteln und meinte, ganz abgesehen davon daß es in der ganzen deutschen Armee keinen Soldaten gebe, der zu solch einer gigantischen Leistung fähig sei, sei solch eine Sauerei im ganzen siebziger Krieg nicht vorgekommen, da hatte es schon einen Mordskrach gegeben, wenn es mal einer gewagt hatte, in den Schlössern Lothringens oder der Champagne in die Vasen zu pinkeln.

Obwohl Lyck nun von der Russenherrschaft befreit war, dauerte es doch noch lange, bis die Züge wieder liefen und bis ich zu den Eltern nach Königsberg zurückfahren konnte. Als mich die Großeltern sichtlich erleichtert in den Zug setzten, war es September geworden. Am Reisegepäck hatte ich schwer zu schleppen, denn neben einem Dutzend großer Granatsplitter, die ich als Kriegsandenken in den Straßen aufgelesen hatte, brachte ich einen siebenschüssigen russischen Nagan-Revolver, ein langes russisches Bajonett, einen Haufen Patronenhülsen, kupferne Führungsringe von Granaten und eine Handvoll russischer Kokarden mit, lauter Dinge, mit denen ich einen schwungvollen Handel zu betreiben gedachte. Ich war richtig froh, wieder nach Hause zu kommen, denn in Lyck war es mir unter lauter alten Leuten doch sterbenslangweilig geworden. Daß sie sich daheim freuen würden, mich nach so langer Zeit wiederzusehen, hatte ich mir schon gedacht, aber daß sie

mich begrüßten und abküßten, als ob ich von den Toten auferstanden sei, hatte ich doch nicht erwartet. Sogar Vater, sonst eher zurückhaltend mit seinen Gefühlen, wischte sich dauernd die Augen und beklopfte und betätschelte mich von allen Seiten, als könne er es nicht glauben, daß ich wieder heil und gesund bei ihm sei. Auch Else war zu meinem Empfang auf die Bahn gekommen, doch sie fuhr nicht wie wir mit der Elektrischen heim, sondern in einer Droschke, weil ihr auf der Straßenbahn in letzter Zeit manchmal schlecht geworden war, aber Mutter sagte, es sei keine Krankheit, sondern wenn nichts Unvorhergesehenes dazwischen käme, würde ich im nächsten Jahr Onkel werden.
Von Ernst erfuhr ich, daß er gleich nach Kriegsausbruch zum Feldartillerieregiment Nr. 37 nach Insterburg einberufen worden war und auf dem Weg nach seinem Gestellungsort um ein Haar den Russen in die Hände gelaufen wäre, die Insterburg schon besetzt hatten. Seinem Regiment war es gerade noch gelungen, sich mit allen Geschützen nach Königsberg abzusetzen, und dort diene er jetzt als Rekrut in der Kaserne am Steindammer Tor. Und Mutter sagte, sie habe schwere Wochen hinter sich, denn Tante Grete habe mit Onkel Karl und ihren drei Kindern im letzten Augenblick aus Stallupönen fliehen können, und sie hätten über drei Wochen lang zu fünft bei uns gelebt. Aber jetzt hätten sie in unserer Nähe ein Zimmer in der Mozartstraße bezogen, den kleinen Walter habe Tante Elma zu sich genommen, und nur Hans und Trudchen seien noch bei uns und ich müsse mein Zimmer mit ihnen teilen. Das empfand ich keineswegs als eine unangenehme Nachricht.
Leider hielt die weiche Stimmung, mit der Vater mich

vom Bahnhof abgeholt hatte, gar nicht lange vor, denn als ich daheim in der Wohnung angekommen, die Pappschachtel mit meinen Kriegsandenken auspackte und das Bajonett und den Trommelrevolver herausholte, da war es schon mit der Gemütlichkeit vorbei. Vater knurrte, auf den Einfall, mich solche Mordinstrumente mitnehmen zu lassen, könnten auch nur die Alten in Lyck kommen, und er nahm mir die beiden besten Stücke meiner Andenkensammlung an die Besetzung und Befreiung von Lyck einfach weg und verschloß sie im Kleiderschrank. Das dämpfte meine Freude, wieder zu Hause zu sein, erheblich. Aber der richtige Dämpfer kam erst am nächsten Tag, als er sich eine Stunde dienstfrei nahm, um mich in die Schule zu begleiten. An die hatte ich überhaupt nicht mehr gedacht. Es waren die letzten Tage vor den Herbstferien und vor der Verteilung der Versetzungszeugnisse meines Michaelis-Cötus nach Quinta. Ich hatte die Schule fast eineinhalb Monate lang versäumt und Vater befürchtete, daß man mich sitzen lassen werde. Aber unser Klassenleiter, der Herr Dr. Latte, beruhigte ihn und sagte, meine Leistungen seien so zufriedenstellend gewesen, daß er keine Bedenken habe, meine Versetzung nach Quinta zu befürworten. Allerdings hätte ich die vierte und fünfte lateinische Konjugation und manches andere versäumt, und er halte es für das beste, wenn Vater mir zum Einholen dieser Versäumnisse in den Herbstferien Nachhilfeunterricht erteilen lassen würde. Er empfahl Vater sehr warm ein Fräulein Schwendowius in der Magisterstraße, die dieses Geschäft bei mäßigen Honoraren mit großem Erfolg betreibe. Vater bedankte sich bei Herrn Dr. Latte mit ausgesuchter Höflichkeit, obwohl ihm Schulmeister doch ein Greuel waren, und setzte sich noch am gleichen Nachmittag mit Fräulein Schwendowius in Verbindung, die ihm versprach, mich in den Herbstferien jeden Nachmittag zwei Stunden lang gehörig dranzunehmen, so daß ich den Anschluß an die Klasse ohne Schwierigkeiten finden würde. Das wurden bittere Herbstferien, soweit man überhaupt von Ferien sprechen konnte, denn Fräulein Schwendowius, eine pensionierte Lehrerin, die einen Zwicker trug und fürchterlich schielte, entdeckte in meinem Wissen mehr Lücken, als sie vermutet hatte, und nahm mich Nachmittag für Nachmittag nicht zwei, sondern meistens drei und vier Stunden tüchtig dran. Die Stunde kostete zwei Mark, und Mutter jammerte, daß ich ihr den ganzen Haushalt durcheinander brächte. Aber Vater sagte, sie solle nicht jammern, denn ein verlorenes Jahr sei bedeutend teurer. Und das sah sie auch ein.

In diesen Herbstferien grassierte eine Diphteritis-Epidemie, die für Tante Grete und den gelähmten Onkel Karl einen neuen Schicksalsschlag brachte. Mein Cousin Hans und meine Cousine Trudchen, die mit mir zusammen auf einem großen Matratzenlager in der Glasveranda kampierten, bekamen am gleichen Tag Halsschmerzen und Fieber und starben bald darauf am gleichen Tag und fast zur gleichen Stunde. Die Eltern machten sich um mich die größten Sorgen, aber Oma Gutbrod beruhigte sie und sagte, sie kenne ein unfehlbares Mittel gegen alle Ansteckungskrankheiten, und mir werde genauso wenig passieren wie ihren Enkeln Rudi und Helmut, wenn ich wie die beiden in jeder Backe hinter den Zähnen eine Gewürznelke im Mund trüge, möglichst auch in der Nacht. Drei Wochen lang lief ich mit zwei scharfbitter schmeckenden Kreidenelken im Mund herum, und Mutter war

fest davon überzeugt, daß ich schließlich nur durch Oma Gutbrods Wundernelken von der Diphteritis verschont blieb. Und was später auch an Krankheiten über die Welt hereinbrach, selbst die Grippe des Jahres 1918, die in ganz Europa Millionen Todesopfer forderte, überstanden wir alle mit zwei Gewürznelken im Mund ohne den geringsten Schaden zu nehmen.
Obwohl ich den Krieg mit allem, was er an Tod und Zerstörung mitbrachte, doch erlebt und gesehen hatte, scheinen mich die Ereignisse und Erlebnisse in Lyck wenig beeindruckt zu haben. Statt Indianer und Trapper oder Räuber und Gendarm spielten wir jetzt mit der gleichen Hingabe und Begeisterung Krieg; und wie in Ostpreußen alles, sogar die Worte Ja und Nein als Jachen und Neinchen eine liebenswürdige Diminutivform bekamen, spielten wir auch nicht Krieg, sondern eben Kriegchen, und kamen uns höchstens darüber ernsthaft in die Wolle, wer die Rolle der deutschen oder der russischen Soldaten übernehmen sollte. Natürlich wollte niemand Russki sein. Auch unsere Lehrer spielten begeistert mit und vollbrachten bei Schulausflügen auf den Galtgarben mit dem Angriff auf den Bismarckturm und seine heldenhafte Verteidigung wahre strategische Meisterleistungen. Es waren fast nur alte Herren und Reserveoffiziere, die uns – durch blaue und rote Armbinden in zwei Heeresgruppen aufgeteilt – in den Kampf und zum Sieg führten, und ihnen standen für ihre militärischen und sorgfältig vorbereiteten Operationen auf jeder Seite rund vierhundert Mann zur Verfügung. Nur Herr Dr. Latte und unser neuer Klassenlehrer, Herr Dr. Hurtig, waren jüngere Herren. Sie waren vom Militärdienst zurückgestellt worden, denn der eine hatte es an der Lunge, und der andere war so kurz-

sichtig, daß er schon fast blind zu nennen war. Es gab auf dem Galtgarben viele Kreuzottern, und unserem Dr. Hurtig passierte das Mißgeschick, daß er in seiner Kurzsichtigkeit beim Sammeln von Tannenzapfen, die wir bei unsern Kämpfen als Munition verwendeten, statt eines Tannenzapfens eine Kreuzotter erwischte. Sie biß ihn in den rechten Daumenballen, und der Professor Kornfeld, der in den oberen Klassen Zoologie und Botanik unterrichtete und zwei Semester Medizin studiert hatte, brachte ihm mit der ausgeglühten Klinge seines Federmessers einen tiefen Kreuzschnitt im Ballen bei und saugte ihm das vergiftete Blut aus der Wunde. Und dann gaben sie ihm in einem Dorfwirtshaus eine halbe Flasche Kornschnaps zur Anregung des Herzens zu trinken, und ein Bauer brachte ihn auf einer Kartoffelfuhre in die Stadt zurück. Sein Arm war noch lange schwärzlich angeschwollen, aber er überstand den Kreuzotterbiß, und dann kam der Winter, und mit den Kriegsspielen war es ohnehin vorbei.

Aber es blieb eine glorreiche Zeit, denn im Osten und im Westen rückten die deutschen Heere siegreich vor, und für jeden Sieg und für jede Gefangennahme von mehr als fünfzigtausend Feinden gab es einen schulfreien Tag. Selbst Vater, der sich beim Ausbruch des Krieges um die Zukunft große Sorgen gemacht hatte, begann sich zu begeistern und schnitt die Siegesnachrichten aus der Königsberger Allgemeinen Zeitung aus und sammelte die Extrablätter in einer Mappe. Und immer wieder bedauerte er sein persönliches Pech, für den siebziger Krieg zu jung gewesen und für diesen zu alt geworden zu sein. Der einzige, der an den Siegen keine rechte Freude zu haben schien, war mein Bruder Ernst. Dabei war er inzwischen schon zum Gefreiten befördert und als Artillerist in der Winterschlacht in Masuren durch einen Granatsplitter am linken Bein verwundet worden. Er hatte nach der Entlassung aus dem Lazarett vierzehn Tage Genesungsurlaub bekommen, den er zu Hause verbrachte. Die ganze Zeit über vergrub er sich in seinem Turmzimmer, trug nur seine alte grüne Cimbern-Kneipjacke und rauchte die lange Pfeife, die ihm sein Leibfuchs zum Referendarexamen dediziert hatte. Wenn ich ihn nach seinen Kriegserlebnissen ausquetschen wollte, dann konnte er richtig grob werden und schmiß mich kurzerhand aus seinem Zimmer hinaus. Bald darauf mußte er wieder zu seinem Regiment zurück an die Ostfront, aber nicht mehr nach Masuren, denn von dort waren die Russen zum zweitenmal über die Grenze zurückgeschlagen worden. Jetzt lag sein Regiment schon vor Minsk, und ich bekam von ihm eine Feldpostkarte mit der von wenig Takt und Zartgefühl zeugenden Anfrage, wie ich mit den unregelmäßigen Verben zurecht käme, denn was diese betraf, hatte Herr Dr. Hurtig einiges an mir auszusetzen.

Die Großeltern hatten auch die zweite Eroberung und Befreiung von Lyck heil überstanden, allerdings ein wenig versengt und angekokelt, denn das Haus war mit allen ihren Möbeln und Sachen über ihnen bis auf die Grundmauern abgebrannt. Sie kamen mit dem, was sie auf dem Leibe trugen, bei uns an und fanden einige Zeit später in der Hohenzollernstraße in einem Parterrezimmer eine Notunterkunft. Dort saß Großvater in einem Lehnstuhl den ganzen Tag am Fenster und schaute auf die Straße hinaus. Er rasierte sich nicht mehr und ließ sich einen struppigen Schnurrbart und einen langen Bart wachsen, der durch den Pfeifenrauch immer gelber wurde. Alle vier Wochen wusch Großmutter ihm Bart und Schnurrbart in einer Schüssel mit Boraxwasser, dann sah er für eine Weile wieder weiß aus. Im Gegensatz zu Großmutter, die agil wie eh und je blieb, war er sehr alt und unbeweglich geworden. Wenn ich ihn in dem kleinen, muffig riechenden Zimmer besuchte, dröselte er vor sich hin und sagte nur: »Ja, Jungchen, der Krieg, der Krieg ...« Und eines Tages schlief er in seinem Lehnstuhl am Fenster für immer ein.

Im ersten Kriegswinter gab es noch keine Not, und durch den zweiten kamen wir mit unseren Vorräten an Kartoffeln, Äpfeln, Gemüse und einem Faß voll Sauerkohl auch noch ganz gut durch. Aber als dann der dritte Kriegswinter kam, da wurde es schlimm. Da gab es keine Milch und kein Fett, das Brot wurde mit Kartoffeln gestreckt und war naß und schwer wie Blei, und Mutter briet Kartoffeln und Rübenschnitten auf Malzkaffee, damit die Bratkartoffeln und Rübenschnitzel ein wenig Farbe bekamen. Morgens kochte sie für Vater und mich eine Suppe aus gebranntem Gerstenmehl, das es markenfrei in blauen Paketen mit dem Aufdruck »Morgentrank« zu kaufen gab. Vater nannte es nur Morgendrank und behauptete, im Frieden hätten so was nicht einmal die Schweine gefressen, aber er löffelte vier Teller davon in sich hinein. Innerhalb der letzten zwei Jahre hatte er hundertunddreißig Pfund abgenommen und brachte mit hundertfünfundzwanzig Pfund nicht einmal mehr die Hälfte seines ursprünglichen Gewichtes auf die Waage. Den dünnen Hals im viel zu weit gewordenen Kragen entzog sein wallender Bart gnädig dem Blick, aber seine Anzüge schlotterten um seinen Körper herum, als hingen sie auf dem Gestell einer Vogelscheuche. Bis Mutter einen Schneider fand, der ihm einen seiner Anzüge änderte, vermied ich es, mich neben ihm sehen zu lassen, denn die Straßenjungen vom Sackheim schrien ihm ›Knokejerüst‹ und ‹Dood von Warschau‹ nach ...

Lotte hatte vor kurzem am Städtischen Oberlyzeum ihr Abschlußexamen bestanden. Da sie keine Neigung verspürte, Hungers zu sterben, hatte sie sich um eine Stellung als Volksschullehrerin beworben und war nach wenigen Probewochen in eine der nahrhaftesten Gegenden der Provinz, ins Oberland, versetzt worden. Dort in dem Mohrunger Bezirk hießen die Dörfer nicht ohne Grund Himmelspforten und Güldenboden, Paradies und Sonnenborn, und in eben diesem Dörfchen Sonnenborn unterrichtete Lotte die Schulkinder im Lesen und Schreiben und erteilte den Kindern der Großbauern und Gutsbesitzer in der Sonnenborner Umgebung zur Aufbesserung ihrer Bezüge Klavierstunden und Gitarren-Unterricht. Dabei legte sie auf Bargeld weniger Wert als auf Naturalien, und sie hamsterte dabei so viel zusammen, daß sie uns hin und wieder ein Freßpaket mit etwas Räucherspeck, Schweineschmalz, einem Huhn oder anderen milden Gaben, die Mutter bis zu Tränen rührten, zukommen lassen konnte. Aber sie mußte vorsichtig sein, denn auf den Postämtern fanden Paketkontrollen statt, und da nur kleine Päckchen nicht kontrolliert wurden, kam das für uns bestimmte Suppenhuhn sozusagen schon in Portionen zerlegt bei uns an.

Schon zu Anfang des Herbstes, als ich mir noch mit den Freunden Rudi und Helmut in Opa Gutbrods Garten den knurrenden Bauch mit Äpfeln, Birnen und Pflaumen füllte und gelegentlich mit ein paar Eiern, die wir aus Oma Gutbrods Hühnerstall klauten, ging es in der Wohnung von Onkel Fritz und Tante Emilie recht geheimnisvoll zu. Sie ließen niemand zu sich ein und fertigten nicht nur den Briefträger, sondern auch den Kassierer von den Stadtwerken und jeden anderen Besucher vor der Wohnungstür ab. Während Vater statt seiner schweren goldenen Uhrkette längst eine schwarze Eisenkette mit kleinen ovalen Zwischenplättchen trug, auf denen ›Gold gab ich für Eisen‹ zu lesen war, und Mutter ihren breiten goldenen Ehering gegen einen Ring aus Nickelstahl mit der Inschrift ›Vaterlandsdank 1914‹ eingetauscht hatte, trug Onkel Fritz seine Uhr noch immer an einer Goldkette in der Westentasche, und er hatte sich auch mir gegenüber völlig zugeknöpft gezeigt, als ich ihn bei den Goldsammlungen, für die es schulfreie Tage gab, höflich gebeten hatte, mir sein Goldgeld auszuhändigen und es gegegen Papiergeld umzutauschen. Obwohl er doch den Chinafeldzug als Major mitgemacht hatte, zeigte er so wenig vaterländische Gesinnung, daß er nicht einmal Kriegsanleihe zeichnete. Als ich dann einige Zeit später anläßlich einer Kupfersammlung wieder bei ihnen klingelte, da wollte Tante Emilie mit ihrem schiefen Mund mich gleich an der Tür abwimmeln, aber da kam Onkel Fritz aus dem Wohnzimmer und sagte zu seiner Schwester, sie solle mich nur eintreten lassen. Es roch im Flur gar nicht gut. Und dann fragte er mich, ob ich wisse, was ein Ehrenwort sei, und als ich sagte, das wisse ich sehr wohl, da fragte er mich, ob ich mir jede Woche eine Mark verdienen wolle. Ich müsse ihm aber mein Ehrenwort geben, keinem Menschen, nicht einmal meinen Eltern, etwas davon zu sagen. Das versprach ich ihm feierlich. Und dann sagte er, ich könne mir die Mark jede Woche von ihm abholen, wenn ich täglich unsere Küchenabfälle, vor allem Kartoffelschalen und Fallobst aus Gutbrods Garten, aber auch Eicheln und Rübenabfall, ohne viel Aufsehen zu erregen, bei Tante Emilie abliefern würde. Und dann lüftete er mir sein Geheimnis. Er hatte nämlich von einem seiner Jagdfreunde, einem Gutsbesitzer aus der Mehlauker Gegend, ein Läuferschweinchen von etwa zwanzig Pfund Gewicht geschenkt bekommen, es im Rucksack heimgetragen und sich nach langer Beratung mit Tante Emilie entschlossen, das Ferkel in der Wanne des Badezimmers auf achtzig bis hundert Pfund hochzupäppeln, so daß es zu Weihnachten gerade schlachtreif sei. Im Anfang war das auch recht gut gegangen, aber mit der zunehmenden Größe und dem wachsenden Appetit des Schweinchens langten die Abfälle ihres Zweipersonenhaushaltes zur Fütterung einfach nicht mehr aus. Deshalb also sollte ich helfen, und Onkel Fritz war großzügig genug, mir neben der wöchentlichen Zahlung von einer Mark auch noch ein ehrliches Stück von seinem Schwein zu versprechen, wenn ich das Futter heranschaffte und mich auch sonst an seine Bedingungen hielt.

Ich war mit richtigem Feuereifer bei der Sache, ich sammelte nicht nur Eicheln, sondern auch Bucheckern, die für das Schwein eigentlich viel zu schade waren, denn Mutter preßte aus Bucheckern Öl; ich suchte sogar die Mülltonnen der Nachbarhäuser nach Abfällen durch, mit soviel Hingabe und Erfolg, daß ich mir einbilden konnte, das meiste zur Aufzucht des Schweinchens getan und mir durch meine Bemühungen das Anrecht auf einen ganzen Schinken erworben zu haben. Und der sollte mein Weihnachtsgeschenk für die Eltern werden. Das Schwein gedieh in der Badewanne auf einem Holzrost, den Onkel Fritz aus

Kistenbrettern zusammengenagelt hatte, ganz prächtig. Aber kurz vor Weihnachten, als Tante Emilie den verzinnten Waschkessel schon aufs Feuer stellte, um das Schwein abzubrühen, geschah das Unglück. Onkel Fritz war ganz gewiß ein guter und erfahrener Weidmann, von der Schweinemetzgerei aber hatte er leider nicht die geringste Ahnung. Als er die Sau, die einen guten Zentner wiegen mochte, acht Tage vor dem Fest abzustechen versuchte, mißlang ihm der an Rehen und Hirschen in Jahrzehnten geübte Fangstoß so gründlich, daß die Sau mit einem gewaltigen Satz aus der Badewanne sprang und blutend und irr schreiend durch die Wohnung raste. Zwei kostbare, hohe Chinavasen gingen dabei in Trümmer, ein Tisch mit Nippes stürzte um, und eine Glasvitrine voller Elfenbeinschnitzereien, Jadefigürchen und feinem Porzellan bildete nur noch einen wüsten Scherbenhaufen. Onkel Fritz blieb nichts anderes übrig, als sich auf seine Fertigkeiten als Jäger zu besinnen, hinter seinem Schreibtisch auf Anstand zu gehen und das Schwein nach einem Schuß, der daneben ging, durch einen zweiten zur Strecke zu bringen. Die Schüsse alarmierten leider nicht nur das Haus und die Nachbarschaft, sondern auch einen Schutzmann, der gerade durch die Tiergartenstraße patrouillierte. Der alte Musikprofessor und seine Damen glaubten allen Ernstes, Onkel Fritz sei irrsinnig geworden und habe seine alte Schwester in einem Wahnsinnsanfall umgebracht. Der Schutzmann drang in die Wohnung ein, erklärte das tote Schwein für beschlagnahmt und nahm Onkel Fritz auf die Polizeiwache mit. Zwar wurde er dort nach wenigen Stunden entlassen, aber das Schwein blieb beschlagnahmt, und eine hohe Geldstrafe war ihm auch sicher. Und damit waren auch meine Hoff-

nungen, die Eltern mit einem saftigen Bratenstück zu überraschen, dahin.
In diese traurige Stimmung fuhr wie ein Lichtstrahl des Leuchtturmes von Brüsterort ein Telegramm von Lotte hinein, daß sie am Nachmittag des 24. Dezember mit schwerem Gepäck auf dem Hauptbahnhof eintreffen werde, und daß man sie abholen solle. Mit schwerem Gepäck! Lieber Gott, das konnte nur gutes Bauernbrot, Butter, Würste und vielleicht sogar eine Gans bedeuten. Wir waren ohne Mädchen, denn unsere Anna hatte im Herbst ihren Maurermeister geheiratet, mit dem sie schon ging, als er noch Polier gewesen war. Er hatte gleich zu Anfang des Krieges in der Schlacht von Tannenberg den linken Fuß verloren. Anna hatte um diesen Fuß viele Tränen geweint, aber zum Schluß war sie der russischen Granate, die ihrem Gottfried den Fuß aberissen hatte, richtig dankbar, denn für ihn war der Krieg zu Ende.
So machte ich mich denn mit meinem Rodelschlitten kurz nach dem Mittagessen, einer dicken Kartoffelsuppe, allein auf den Weg zum Bahnhof. Zwei mit Kunsthonig bestrichene Brote hatte Mutter mir für alle Fälle mitgegeben, denn wir wußten ja nicht, wann Lotte eintreffen würde. Es war ein richtiges Stiemwetter. Der Ostwind fegte eisig durch die Straßen und ich machte mich auf ein langes Warten gefaßt, denn bei diesem Wetter konnte es leicht geschehen, daß der Zug in einer Schneewehe steckenblieb. Vor dem Bahnhofsgebäude und in der kalten, zugigen Bahnhofshalle lungerten ausgemergelte Menschen herum, auf Angehörige wartend, die zum Hamstern aufs Land gefahren waren. Sie schlichen unruhig und sorgenvoll an den streng bewachten Sperren vorüber, in der Hoffnung, irgendwo eine Lücke zu erspähen, wo

man der Kontrolle entgehen konnte. Aber da gab es nirgendwo eine Lücke, an jeder Sperre standen zwei Mann von der Bahnpolizei, deren Laune bei der eisigen Kälte von Stunde zu Stunde schlechter wurde, und andere patrouillierten an den Bahnsteigen entlang.

Es wurde drei und es wurde vier Uhr, die Dunkelheit brach herein, und ich erstarrte in der bitteren Kälte bis ins Mark. Gegen sechs Uhr abends lief der Zug aus Mohrungen endlich ein. Er war kurz hinter Wormditt tatsächlich zwei Stunden lang im Schnee stecken geblieben. Ich trabte mit meinem Schlitten an den Abteilen entlang und entdeckte meine Schwester Lotte mit zwei Koffern, deren Gewicht ihr fast die Arme ausriß. Ihr erstes Wort war, ob es eine Kontrolle gäbe, und als ich ihr sagte, daß sie heute ganz besonders streng sei, da seufzte sie nur: »Lieber Gott, dann war alles umsonst ...«

»Was hast du denn mitgebracht?« fragte ich.

Sie antwortete mir, im großen Koffer seien Kartoffeln, und im kleineren Äpfel und Zuckerrüben, um Sirup zu kochen. »Und was sonst?« fragte ich ziemlich enttäuscht. Ein bißchen was, murmelte sie.

Kartoffeln, Rüben und Äpfel, na, da brauchte sie sich wirklich keine Sorgen zu machen, denn darauf waren die Kontrolleure bestimmt nicht scharf. Und so lud ich die schweren Koffer auf den Schlitten und zog damit zur Sperre ab. Dort gab es Tumult und Geschrei. Zwei von den Bahnpolizisten waren gerade dabei, einen alten Mann abzuführen, der für seine Familie ein Stück Speck oder etwas Fleisch gehamstert hatte und sich nun schimpfend und um sich schlagend gegen die Beschlagnahme und gegen seine Verhaftung wehrte. Wahrscheinlich hatte keiner von den Leuten, zwischen denen ich mich zum Ausgang schob, ein gutes Gewissen. Manche drückten sich mit ihren Koffern und Rucksäcken in die Dunkelheit zurück. Ich schob mich zur Sperre vor. Was hatte ich schon zu befürchten? Einer von den beiden Polizisten an der Sperre winkte mich zu sich heran.

»Was hast du in den Koffern?« fragte er und stieß mit der Stiefelspitze gegen den großen Koffer, der zuunterst auf dem Schlitten lag.

»Was werd' ich wohl drin haben«, antwortete ich dreist grinsend, »ein halbes Schwein, eine Gans, Weizenmehl, drei Würste und einen Klumpen Butter.«

Er schien das gar nicht lustig zu finden. »Aufmachen!« befahl er und blies mir den Tropfen, der an seiner Nase hing, mitten ins Gesicht. Ich kriegte eine furchtbare Wut und war nahe daran, ihm mitten in seine grobe Fresse zu spucken.

»Wird's bald!« pfiff er mich an.

Da ließ ich die Schlösser von dem kleineren Koffer aufspringen. Es war der Koffer mit den Äpfeln und Zuckerrüben, und die Äpfel sahen jämmerlich verschrumpelt und erfroren aus. Der andere Polizist hob den Stiefel an, es sah ganz danach aus, als hätte er große Lust, mir einen Tritt in den Hintern zu geben. Aber weil noch eine Menge Leute herumstanden, beherrschte er sich.

»Hau schon ab, du freche Wanze!« sagte er und gab mir den Weg frei. Lotte war plötzlich verschwunden. Und während ich noch in der Halle stand und mir überlegte, ob ihr vielleicht etwas zugestoßen sei, brachte der gleiche Kerl, der mir den Nasentropfen ins Gesicht gespritzt hatte, sie angeschleppt. Sie war an der Sperre vor Hunger oder vor Kälte glatt umgekippt.

»Scheißzeiten, Fräuleinchen«, sagte der Polizist und wollte sie in den Wartesaal bringen, wo es zwar nicht geheizt, aber doch nicht so eisig kalt wie in der Halle war. Ich lief zu ihm hin und sagte ihm, es sei meine Schwester, und ich würde sie auf den Schlitten setzen und heimfahren.

»Dann bind sie man an, daß du sie nicht unterwegs verlierst«, sagte er und ging zur Sperre zurück.

»He«, sagte ich zu Lotte, »was war bloß mit dir los? Du siehst ja ganz käsig aus ...«

»Ach, du kleiner Oberidiot«, stammelte sie, »in den Koffern ist unter den Kartoffeln und Äpfeln fast ein halbes Schwein drin, und Mehl, und eine Speckseite, und Butter, und noch einiges mehr ...«

Als ich das hörte, da spürte ich, wie auch mir die Knie weich wurden und wie es mir kalt durch die Därme lief.

Und dann machten wir, daß wir wegkamen. Der Weg vom Hauptbahnhof bis zu den Hufen hinaus war endlos. Gegen neun Uhr kamen wir keuchend und frosterstarrt zu Hause an. Es gab weder Gas noch Strom. Die Eltern saßen mit Else und ›Onkel Richard‹, der als leitender Ingenieur von seiner Maschinen- und Waggonfabrik für unabkömmlich erklärt worden war und nicht einzurücken brauchte, beim trübseligen Schein eines Hindenburglichtes in der Küche, dem einzigen Raum, der geheizt war. Auf der Anrichte stand ein winziges Tannenbäumchen ohne Lichter, mit ein wenig Lametta und ein paar bunten Glaskugeln dürftig aufgeputzt. Vater rauchte aus der Stummelpfeife den Steinklee, den er im Herbst gesammelt hatte, und Mutter hatte aus Holundersaft einen Punsch gebraut, der mit Sacharin gesüßt war. Ein Schuß Alkohol war auch darin, denn Tante

Elma hatte ihr ein Fläschchen Apothekensprit geschenkt.

Lotte und ich konnten nur noch zähneklappernd herausbringen, daß unten im Hausflur ein halbes Schwein liege. Ich will es nicht beschwören, aber ich glaube mich daran zu erinnern, daß Mutter den großen Waschkessel schon aufs Herdfeuer setzte, ehe Vater und Onkel Richard die Treppe hinunterliefen. Und als sie die Koffer heraufschleppten, da hatte Else den Fleischwolf bereits an den Küchentisch geschraubt, und dann wuschen die Frauen die Därme aus und schabten sie sauber. Und Vater drehte abwechselnd mit Onkel Richard Innereien und Teile vom Kopffleisch durch die Messer. Und das Schweineblut, das Lotte in einer Bierflasche mitgebracht hatte, wurde angewärmt und durchgerührt. Und Mutter kehrte den Gewürzschrank aus, nach Senfkörnern und Pfeffer und Majoran. Um Mitternacht summte das Wasser im Kessel, und darin schwammen, kunstgerecht abgebunden, Blut- und Leber- und Grützwürste. Und als die Glocken von der Luisenkirche den ersten Weihnachtstag einläuteten, da ging Vater ins Wohnzimmer hinüber, um von der Spiegelkonsole die große Bilderbibel zu holen. Er legte sie auf den Tisch und schlug das zweite Kapitel des Lukas-Evangeliums auf und begann zu lesen: »Es begab sich aber zu der Zeit, daß ein Gebot von dem Kaiser Augustus ausging, daß alle Welt geschätzet würde. Und diese Schätzung war die allererste und geschah zu der Zeit, da Cyrenus Landpfleger in Syrien war ...« Weiter kam er nicht. Der Duft aus dem Wurstkessel nach so vielen Hungerjahren überwältigte ihn und beraubte ihn der Stimme. Er mußte sich die Augen wischen, und Mutter nahm ihm die Bibel weg und stellte die schönen Teller von Onkel

Benjamins Hochzeitsgeschenk auf den gedeckten Tisch und teilte Würste und Kesselfleisch aus.
»Aber vorsichtig, Kinder!« warnte sie, »seid um Gotteswillen vorsichtig! Laßt euch Zeit! Eßt langsam und kaut gut, damit es euch nicht so geht wie dem alten Kommerzienrat Lüttjohann...« Denn der alte Kommerzienrat aus dem Nachbarhaus, zum Skelett abgemagert, war erst vor vier Tagen gestorben, weil er ein Stück fetten Schweinebauchs allzu gierig in sich hineingeschlungen hatte. Wahrscheinlich haben wir uns an Mutters Warnungen gehalten, denn wir kamen alle gesund über die Feiertage.
Von Ernst war Anfang Dezember ein Feldpostbrief gekommen, in dem er uns schrieb, daß er zu Weihnachten Urlaub zu bekommen hoffe, daß es aber nicht sicher sei, weil er hinter den verheirateten Männern seiner Batterie zurückstehen müsse. Er lag mit seinem Regiment jetzt irgendwo im Westen zwischen Verdun und Cambrai, wo die Fronten seit langer Zeit im Stellungskrieg erstarrt waren. Ich war sehr stolz auf ihn, denn er war inzwischen zum Oberleutnant und Batteriechef befördert worden. Ich konnte es gar nicht verstehen, daß ihn weder die Beförderung noch das Eiserne Kreuz besonders stolz oder glücklich zu machen schienen. Aber ob er nun Urlaub bekommen würde oder nicht, für jeden Fall bat er Mutter in seinem Brief, ihm, wenn sie es irgendwie schaffen könne, wollene Socken und Pulswärmer zu schicken, denn leider sei es auch in Frankreich saukalt. Mutter war es gelungen, zwei Paar Socken aus guter, dicker Schafwolle aufzutreiben, und die erwünschten Pulswärmer hatte sie ihm aus einer aufgerebbelten Wolljacke selber gestrickt. Als Weihnachtsgeschenke legten wir einen Beutel Tabak, zwei Zigarren und einige

Stücke von dem harten Pfefferkuchen, den Mutter aus dunklem Mehl gebacken hatte, in das Feldpostpäckchen. Kurz vor den Feiertagen kam eine Karte, daß es mit dem Urlaub nun doch Essig sei, denn die Franzosen seien wieder einmal recht munter, und die Urlaube seien auch für die verheirateten Leute gestrichen worden. Es klang ganz leicht und heiter ...

Zwischen Weihnachten und Neujahr kam das Feldpostpäckchen, das wir abgeschickt hatten, mit dem Aufdruck ›UNBESTELLBAR‹ zurück. Mutter ahnte Schlimmes, aber um Vater nicht zu beunruhigen, verschwieg sie es ihm. Der Brief des Kommandeurs, daß Ernst zusammen mit fünf Männern seiner Batterie am 18. Dezember in tapferer und treuer Erfüllung seiner Pflichten für Kaiser und Reich durch einen Volltreffer einen schnellen und leichten Soldatentod gestorben sei, erreichte uns in den ersten Tagen des neuen Jahres.

In kurzem Zeitabstand hatte ich den geliebten Großvater und den als Helden bewunderten Bruder verloren. Aber daß der Tod eine endgültige Trennung bedeutete, ging wohl über mein Vorstellungsvermögen hinaus. Im Herzen war ich fest davon überzeugt, daß der gütige alte Mann mich eines Tages wieder von seinem Fensterplatz zu sich heranwinken werde, und daß ich den Bruder über seinen Büchern im Turmzimmer, von Rauchwolken aus der langen Pfeife eingenebelt, wiederfinden würde. Ich weiß es nicht und ich glaube es auch nicht, daß mich mit meinen zwölf Jahren damals schon Zweifel zu bedrängen begannen, ob diese Welt, in die ich gewollt oder zufällig hineingestellt worden war, wirklich die beste aller denkbaren Welten sei. Ich meine, daß ich noch lange Jahre in den gegenwärtigen Tag und in die gegenwärtige

Stunde hineinlebte, ohne mir viele Gedanken zu machen und ohne mir dessen bewußt zu werden, welche Wandlungen und Veränderungen sich auf dem Planeten vollzogen hatten, auf dessen sausender Fahrt durch den Weltraum ich erst ein kleines Stück meines Lebens mitgereist war.

Weshalb hätte ich mir auch Gedanken machen sollen? In dem Garten von Opa Gutbrod kümmerte es die Obstbäume auch nicht, ob Krieg oder Frieden war. Sie blühten im Frühling, und an ihren Zweigen reiften die Butterbirnen und Goldparmänen dem Herbst und der saftigen Süße ihres Fruchtfleisches entgegen. In den Wäldern von Groß-Raum und Metgethen drängten sich Steinpilze und Reizker aus dem weichen Moos ans Licht. Und in Cranz und Rauschen hingen die Flundern an langen Schnüren aufgereiht golden und fett über den Rauchfeuern aus Torf und Wacholder. Der Prozeß der Veränderung brach ja auch nicht so plötzlich herein, daß man seiner eines Tages, wie von einer Flutkatastrophe oder von einem Vulkanausbruch jäh aufgeschreckt, gewahr wurde. Das Gefühl, von der rollenden Erdkugel, die mich in den Kinderjahren trug, herabgeschleudert und auf einen fremden Planeten geworfen zu sein, stellte sich erst später ein, und mit voller Deutlichkeit eigentlich erst in diesen Tagen und Monaten, in denen aus dem Gedächtnis, erst zögernd und dann williger, als hätte ich sie am Eingang der Unterwelt durch ein Blutopfer beschworen, aus den Nebeln der Vergangenheit – wie Inseln aus einer grauen, chaotischen Dämmerung – Bilder und Gestalten auftauchten, von denen ich viele längst entschwunden und verloren geglaubt hatte. Aber nun, da sie in meinen Gedanken fröhliche Urständ und eine fröhliche Wiederkehr feiern, wird mir bewußt, wie heiter und freundlich das Antlitz dieser unserer Erde einmal war. Sie war ganz gewiß kein Paradies und auch kein Garten Eden. Aber wir lebten auf einem Planeten, dessen Luft man atmen konnte, dessen Flüsse und Gewässer keine stinkenden Kloaken waren, dessen Städte noch nicht unter Dunstglocken erstickten, und auf dem kein Kind durch den höllischen Lärm der Flugzeuge aus dem Schlaf gerissen wurde. Und mich bedrückt der Gedanke an die Zukunft von Kindern und Enkeln, wenn ich auf die vergangenen Jahre zurückblickend zu rechnen beginne, wie wenig Zeit der Mensch in seiner Hybris – und vielleicht mit den besten Vorsätzen, das Dasein besser und menschenwürdiger zu gestalten – dazu gebraucht hat, unsere Erde zu zerstören.

Teil II
Abschied und Wiedersehen

Den vielen gefallenen, vermißten und verschollenen und den wenigen lebenden Gefährten der fernen Kindheit und Jugend gewidmet.

Auf dem Kalenderblatt stand heute ein Wort von Wilhelm von Humboldt: ›Nur, was die Vergangenheit gewährt, ist ewig und unveränderlich – wie der Tod, und zugleich wie das Leben, warm und beglückend.‹

Ja, warm und beglückend selbst dann, wenn die durchlebte Vergangenheit durchaus nicht immer warm und beglückend war. Unser Gedächtnis hat eben die merkwürdige, aber liebenswerte Eigenschaft, auch über die Erinnerungen an dunkle Tage und schlimme Erlebnisse einen zärtlichen Schleier zu breiten. Auch über die bösen Hungerjahre, in die wir – obwohl wir durch Herrn Hoffmann bereits in der Vorschule darüber unterrichtet worden waren, daß Ostpreußen des Deutschen Reiches Kornkammer sei –, in eben dieser Kornkammer lebend, schon nach dem zweiten Kriegswinter hineingerieten.

Noch im Sommer und Herbst 1915 zogen die fliegenden Fischhändler, solange die Männer noch nicht eingezogen waren, paarweise durch die Straßen, der Mann den Handkarren schiebend, die Frau die Ware aussingend: Eiiii Botterfisch – eiii Broatfisch – eiiii Botterfisch! Oder: Strömlinge wie Maräne Ströhömling! Oder: Eiii Speckflundre – eiii Broatflundre – eiii Speckflundre! Die langgezogenen Rufe drangen wie die getragenen Töne eines Pistons bis in die entferntesten Winkel der Häuser. Aber dann blieben die fliegenden Händler aus, und Mutter mußte sich zum Fischmarkt in die Altstadt zwischen Krämer- und Schmiedebrücke bemühen, wenn sie etwas auf den Tisch setzen wollte. Daß sie nicht gerade fein waren, diese Fischweiber, die dort im Winter mit Kohleöfchen unter den weiten Röcken vor den Kurenkähnen saßen, war be-

kannt. Darüber kursierten die dreistesten Geschichten. Die Damen von Mutters Kaffeekränzchen erzählten sie sich hinter der vorgehaltenen Hand mit innigem Vergnügen. Trotzdem war Mutter zutiefst empört, als sie eines Tages beim Einkauf eines großen Dorsches naserümpfend feststellte, daß dieser bereits ungut röche, und die Fischfrau ihr zunächst einen braunen Priemstrahl von die Füße setzte und danach seelenruhig erklärte: »Fräuleinchen, wenn Sie dem Dorsch am Arsch riechen, da stinken Sie auch.« – Dabei bin ich nicht ganz sicher, daß es die verbale Grobheit war, die Mutter so sehr empörte, sondern daß sie in ihren Jahren mit dem breit blitzenden Ehering am Finger von dem Fischweib als ›Fräuleinchen‹ angeredet worden war.
Mutter war eine fabelhafte Fischköchin, und solange es Fische gab, zauberte sie, obwohl Butter und Schmalz bald Raritäten wurden, drei- oder viermal in der Woche Fischklopse, Dorsch in holländischer Soße, Flundern in Dill, eine köstliche Suppe aus Kaulbarschen und dann und wann auch gebratene Strömlinge auf den Tisch. Ich hatte einen Klassenkameraden namens Werner David, den die Natur wunderbarerweise mit einem blauen und mit einem braunen Auge ausgestattet hatte. Dessen Vater nun besaß in der Bülowstraße in der Nähe vom Sackheimer Tor eine Molkerei, und in der Stadt gehörte ihm ein halbes Dutzend Milch- und Käseläden. Und weil ich so blaß und mickerig aussah, steckte mir Frau David häufig aus Mitleid ein Stück Butter oder einen Keil Tilsiter Käse heimlich in den Ausschnitt der Kieler Bluse. Vater David war nicht so spendierfreudig. – Mutter sah diese Freundschaft mit dem Molkereibesitzerssohn nicht ungern. Damals begann ihre kleine Industrie zu blühen, die uns in den schlimmsten Hungerjahren, die allzubald folgten, über manche Not

hinweghelfen sollte. Sie strickte aus weißem Zwirn mit der Rundnadel ziemlich zwecklose, aber zauberhaft anzuschauende Gebilde, winzige Deckchen, als Tassen-, Vasen- oder Kannenuntersätze verwendbar. Später, als die Not größer und größer und die guten Beziehungen immer wichtiger wurden, wuchsen diese Handarbeiten zu Riesenformaten. Und obwohl alles knapp wurde, scheint Mutter niemals Schwierigkeiten gehabt zu haben, sich das weiße Garn, das sie kiloweise verbrauchte, zu besorgen. Frau David jedenfalls war von Mutters Strickdeckchen höchst angetan und revanchierte sich mit Fettigkeiten. Nur mußte Mutter sich hüten, Vater gegenüber von solchen Geschäften auch nur ein Wort zu verlieren, denn sein strenges Rechtsbewußtsein hätte sich gegen solche Tauschgeschäfte aufgelehnt. Nachdem er für den aktiven Dienst mit der Waffe im Siebziger-Krieg leider noch zu jung gewesen und für diesen zu alt geworden war, gebot es ihm die vaterländische Pflicht, zum Sieg über die Feinde von Kaiser und Reich wenigstens dadurch beizutragen, daß er sich eisern an die vorgeschriebenen Rationen hielt. Und die gab es auf Marken. Bis tief ins zweite Kriegsjahr hinein zehrte er vom eigenen Speck und sah immer noch recht stattlich aus. Aber als dann der Rübenwinter begann, war es mit dem Eigenverzehr aus. Er verbrauchte von seinen zweieinhalb Zentnern die gute Hälfte und rutschte jämmerlich zusammen.

Anna, unsere Perle, hatte uns verlassen und ihren einbeinigen Maurermeister geheiratet; das andere Bein hatte er gleich zu Anfang des Krieges in der Masurenschlacht verloren. Nun war auch mein Bruder Ernst bei Cambrai gefallen, meine Schwester Else hatte ihren uk-gestellten Richard geheiratet, und Lotte saß als Lehrerin in Sonnenborn auf dem Lande. Wir waren nur noch zu dritt, ein verlorenes Häufchen in der viel zu groß gewordenen Wohnung. Der Gedanke, die Freunde Rudi und Helmut Gutbrod durch einen Umzug in einen weit entfernten Stadtteil zu verlieren, war schmerzlich genug, weit schmerzlicher aber wäre der Verlust von Opa Gutbrods Obstgarten und von Omas Hühnern gewesen, denen wir die Eier noch warm unterm Hintern wegstibitzten und heimlich austranken. Sie konnte es einfach nicht verstehen, daß ihre Hühner bei dem guten Futter so miserabel legten. Aber mir stand das Glück zur Seite. Vater fand am Ende der Tiergartenstraße, genau zehn Hausnummern weiter, eine Dreizimmerwohnung mit Loggia und einer winzigen Mädchenkammer neben der Küche, die ich beziehen durfte. Mehr als ein schmales Bett und ein Nachttischchen gingen allerdings nicht hinein, aber ich war selig, zum erstenmal ein eigenes Nest zu besitzen, in dem ich nachts ungestört schmökern konnte. Ein Lichtanschluß war zwar nicht vorhanden, aber mir genügte der schwache Schimmer eines jener ›Hindenburglichter‹, die damals gerade aufkamen und an Sparsamkeit nicht zu übertreffen waren, völlig zu meinem Glück.

Das Haus an der Ecke Tiergarten-/Simpsonstraße gehörte der Witwe Kallweit, die mit ihrer einzigen Tochter im Parterre wohnte. Sie war eine walkürenhafte Frau von üppigsten Formen, die sie während der ganzen Hungerjahre behielt, denn sie stammte aus dem Ermland, sprach dessen unverfälschten Dialekt und schien gute Verbindungen zu einer reichen Bauernverwandtschaft zu besitzen. Sie rauschte stets in schwarzen Taftgewändern daher, während ihre weit zierlichere Tochter, ein ältliches Mädchen, das Frau Kallweit seit Jahren und Jahren vergeblich unter die Haube zu bringen versuchte, in ihrer Taftkleidung lila Farbtöne bevorzugte. Beide Damen puderten sich so stark, daß man meinen konnte, sie tunkten die Gesichter mehrmals am Tag in eine Schüssel voll rosa Reispuder.

Sparsam wie Vater nun einmal war, ließ er den Umzug nicht durch eine Spedition besorgen, sondern mietete ein zweispänniges Fuhrwerk. Der Besitzer war eigentlich Droschkenkutscher und betrieb das Fuhrgeschäft nur nebenbei. Seine guten Pferde hatte das Militär beschlagnahmt, und die verbliebenen waren zwei alte, müde Kraggen, die sich nur mühsam auf den Beinen hielten. Leute hatte er natürlich auch nicht mehr. So stellte Vater denn bei der Gefängnisverwaltung den Antrag, ihm für den Umzug einige Strafgefangene zur Verfügung zu stellen. Am Tage des Umzugs, einem sonnigen Septembermorgen, rückten vier Mann in braunem Drillich, von einem kleinen alten Aufseher begleitet, dem ein martialischer Säbel an der Hüfte baumelte, zugleich mit dem Fuhrwerk vor unserm Hause an. Mutter stieß bei ihrem Anblick einen tiefen Seufzer aus, teils aus Mitleid und teils aus Sorge, ob der Umzug mit diesen ausgemergelten Figuren und mit diesen dürren Kleppern vor dem Wagen ein gutes Ende nehmen werde.

»Ich weiß nicht, Julchen, ob das gutgehen wird ...« murmelte sie verzagt. Aber Vater meinte, es werde schon gehen, sie solle nur jedem von den Kerlen eine dicke Schmalzstulle und eine Flasche Braunbier vorsetzen. Er schien der Meinung zu sein, daß Schmalzbrot und Braunbier genügen würden, um die Männer wieder zu Kräften kommen zu lassen. Sie sahen wirklich erbarmungswürdig aus, denn wenn es draußen schon knapp genug herging, so konnte man sich denken, wie es innerhalb der Gefängnismauern mit dem Fraß bestellt war. Jedenfalls stürzten sie sich über die Schmalzstullen her, als ob es das Köstlich-

ste wäre, was sie seit Monaten genossen hatten. Und dann – gingen sie ran.
Tische, Betten, Sessel und Stühle, sogar die Kommoden und Sofas bewältigten sie, wenn auch mit einiger Mühe und langen Verschnaufpausen, ganz gut. Für das Büfett brauchten sie eine volle Stunde. Und dann konnte die erste Fuhre losgehen und wurde vor dem Haus an der Simpsonstraße abgestellt. Aber dann kamen die Kisten mit Porzellan und mit Ernsts juristischen Büchern an die Reihe, da mußte Mutter schon umpacken, weil sie nicht imstande waren, die schweren Kisten auch nur anzulupfen. Und dann kam das Klavier! Der alte Klimperkasten aus der Trautweinschen Manufaktur wog gut und gern vier Zentner oder sogar noch einiges darüber, und natürlich besaß unser Fuhrunternehmer weder Traggurte noch Spediteurshaken, mit denen gelernte Möbelpacker ausgerüstet sind.
»Julius!« rief Mutter beschwörend, als die Männer das Klavier bis zur Treppe gezerrt hatten, »wenn es den Leuten aus den Händen rutscht, dann gibt es hier einige Leichen!«
Vater rann der Schweiß in hellen Bächen in den Zelluloidkragen. Er holte auch noch den Fuhrmann heran. Die Ader auf seiner Stirn war rot und dick angeschwollen, wie sie mir sonst nur Zornesausbrüche ankündigte, die sehr peinlich und schmerzhaft für mich zu enden pflegten.
»Gib den Kerlen noch ein Schmalzbrot und noch ein Bier, Lina!« befahl er und ordnete eine längere Pause an. Und irgendwie bewirkten Brot und Bier das Wunder, daß der Trautwein ohne Bruch und ohne Schaden auf die Straße und auf den ächzenden Wagen kam und vor der neuen Wohnung auch ohne Bruch und ohne Tote und Verletzte

ausgeladen wurde. Natürlich wäre es auch mir sehr unangenehm gewesen, wenn es bei diesem schwierigen Transport mehrere Leichen gegeben hätte, aber sonst hätte ich gegen eine Bruchlandung des verdammten Pianos nichts einzuwenden gehabt. Meine Geschwister, besonders Ernst, hatten bravourös geklimpert, und auch Mutter entlockte dem Trautwein den Frühlingsstimmenwalzer und leichte Bearbeitungen der Salonstücke von Mendelssohn-Bartholdy. Was lag näher, als auch mich am Klavier ausbilden zu lassen, vor allem, weil ich schon als Zehnjähriger mit meinen breiten Händen mühelos vom C bis zum D in der nächsten Oktave griff. Aber es lag wohl am Unterricht, an dem großen Wert, den Fräulein Stahl auf Geläufigkeitsübungen legte, daß mir ihre Klavierstunden zur Qual wurden. Kurz, bevor Fräulein Stahl zum zweiten Teil der Dammschen Klavierschule übergehen wollte, sah Vater ein, daß mein musikalisches Talent gerade noch für die Mundharmonika, nicht aber für das Klavier ausreiche, und erließ mir die Fortsetzung des Studiums. Später, als man vernahm, daß, wer Klavier spiele, Glück bei den Frauen habe, kam mein Bedauern, das Klavierspielen wie so manches andere versäumt zu haben, leider zu spät.
Klavier und Möbel standen also auf der Straße. Inzwischen war es Nachmittag geworden, und der Himmel bewölkte sich. Die neue Wohnung aber lag im zweiten Stock des Hauses, und das Treppenhaus war auch nicht halb so geräumig wie jenes in dem hochherrschaftlichen Hause, in dem wir bis dahin gewohnt hatten. Mit den letzten Kräften schleppten unsere Gefangenen die Kleinmöbel zur zweiten Etage empor, aber als es an die schweren Stücke ging, da war der Ofen aus. Der Himmel bezog sich immer mehr und wurde immer dunkler. Mutter war der Verzweiflung

nah, und wie immer, wenn ihr der Gaul durchzugehen drohte, biß sie sich in den Knöchel des Mittelfingers, um Vater nicht mit Vorwürfen zu überhäufen, daß er mit seiner Sparsamkeit am falschen Platz einmal wieder einen furchtbaren Blödsinn angerichtet habe.

Die Rettung kam in der letzten Minute, kurz vor dem Wolkenbruch. Auch im gegenüberliegenden Hause fand ein Umzug statt. Dort bezog der Regierungsbaumeister Ploke, dessen Sohn mit mir in die Quinta M des Fridericianums ging, eine neue Wohnung. Aber nicht wie wir mit einem Droschkenkutscher und mit Gefangenen, sondern mit einem richtigen Möbelwagen und mit vier richtigen, blaubeschürzten Packern mit strotzenden Muskelpaketen auf den Armen und Schultern, die zudem mit allem Gerät ausgerüstet waren, das man zum Transport schwerer Stücke braucht. Vater zückte sein Portemonnaie und fand, was sonst gar nicht in seiner Art lag, Töne von bestrickender Liebenswürdigkeit: Ob die Herren wohl die Freundlichkeit haben würden... Er machte zwei Zehnmarkscheine locker, wedelte damit vor ihren Nasen, und siehe da, zwei der Herren waren so liebenswürdig, spuckten in die Hände und trugen, was vier Gefangene plus Vater plus Aufseher plus Fuhrmann kaum beim Herabtragen der Stücke geschafft hatten, das Büfett und den Trautwein zu zweit ohne sonderliche Anstrengung durch das enge Stiegenhaus in unsere neue Wohnung. Es war geschafft, und mit zwanzig Mark war Vater immer noch billig weggekommen. Und das hob seine Stimmung.

In diesem Herbst wurde ich in die dritte Gymnasialklasse, nach Quarta versetzt. Vater war mit dem Zeugnis recht zufrieden, nur bei der Note für Rechnen, einer schwachen Drei, runzelte er unwillig die Brauen, und dazu sollte er in Zukunft noch oftmals Gelegenheit bekommen. Aber sonst brachte ich einen Haufen Einser heim, und das versöhnte ihn auch mit der Note für Aufmerksamkeit und der Bemerkung: »Der Schüler ist zumeist anderweitig beschäftigt.« – Vater schenkte mir zur Belohnung drei Mark, mit dem Geld rannte ich spornstreichs zum Spielwarengeschäft Weiß in der Junkerstraße und kaufte mir den ersten eschenen und von Hand gedrechselten Schlagballstock. Denn was heute Fußball ist, war damals das Schlagballspiel. Die Gymnasien trugen untereinander ehrgeizige Wettkämpfe aus, und wie in unseren Tagen auf amerikanischen Universitäten ein guter Leichtathlet oder Baseballspieler mancherlei Vergünstigungen erfährt, so hatte damals ein hervorragender Schlagballspieler das Einjährige oder sogar das Abitur so gut wie in der Tasche – vor allem in der neugegründeten und auf Prestige bedachten Hindenburg-Oberrealschule, der die Brüder ›Wutti‹ und Walter Mäser zu Siegen und zu Ansehen verhalfen. Beide waren Modellathleten, denen Wettkämpfe und Training wenig Zeit für die Schulaufgaben ließen und die das Lehrerkollegium nur deshalb gelegentlich dazu zwang, eine Klasse zu wiederholen, um sie der stets siegreichen Schulmannschaft zu erhalten. Bei uns wurde auf sportliche Erfolge nicht so viel Wert gelegt. Im Gegenteil, als mich unser Dr. Wirth zum Vorturner ernannte, was meine Brust mächtig schwellen ließ, da zog unser Lateinprofessor Schöndörfer – Ottchen genannt – die Luft durch die Nase, als röche er ein übles Düftchen, und murmelte, daß ihm ein guter Lateiner allemal lieber sei als ein Zirkusakrobat. Bei Gott, der Mann tat gerade so, als ob er von der doch in sein eigenes Fachgebiet schlagenden Weisheit des ›Mens sana in corpore sano‹ noch nie etwas gehört hätte. Das konnte einen schon recht verdrießen.

Ottchen Schöndörfer war zu jener Zeit bereits ein älterer

Herr. Aber das Alter hatte sein Temperament nicht gemildert. Er trug vorzugweise blaue Anzüge und schwarze Schuhe. Erschien er einmal mit gelben Schuhen, dann war der Sturmball aufgezogen, und er ließ seine Tertianer und Sekundaner schikanöse Sätze ins Lateinische übersetzen: ›Oh wie verdrießt mich das entartete Haselhuhn (bonasia silvestris degenerata), welches kein Bedenken trägt, sich zu bücken, um sich der gelben Kohlrübe (napobrassica), welche am Boden liegt, zu bemächtigen.‹ – Da war nun alles drin, was des Lateiners Herz entzückte. Die Herzen der Sekundaner entzückte diese wahrhaft sadistische Aufgabe weniger, aber Ottchen Schöndörfers Augen funkelten, und er verspritzte vor Wonne Speicheltröpfchen, wenn er sogar dem Primus der Klasse ein halbes Dutzend Fehler ankreiden konnte. Diejenigen, deren Übersetzung er wegen völliger Ignoranz rot durchstrichen hatte, sah er mit düster flammenden Blicken an. »Wenn die Zensuren im allgemeinen auch nur zwischen Eins und Fünf liegen, so sehe ich mich gezwungen, diese Schluderarbeiten mit einer Fünfzehn zu benoten – und daran werdet ihr ein Weilchen zu knacken haben!« Aber wenn er dann wieder in seine schwarzen Schuhe schlüpfte, war der Zorn verraucht, und er strich die Noten in seinem Notizbuch.

Der Nachlaß meines Bruders Ernst bestand aus dem Frack, den er sich zum Referendarexamen hatte bauen lassen, aus zwei Straßenanzügen, einem halben Dutzend langer Tabakspfeifen, zwei Tablettenröhrchen, auf deren Etiketten ein gefesselter Storch zu sehen war und die Mutter rasch in ihrer Schürzentasche verschwinden ließ, als wir in Ernsts Turmzimmer stöberten, und aus einer Kiste voller zumeist dickleibiger juristischer Bücher. Sie wären ein Fraß der Würmer geworden, wenn ich die Wälzer nicht nach und nach im Raabeschen Antiquariat in der Französischen Straße verkauft oder gegen Bücher nach meinem Geschmack umgetauscht hätte. Natürlich rangierten die Bände von Karl May an erster Stelle, aber mit der gleichen Leidenschaft verschlang ich Gerstäcker, Jules Verne, die Schatzinsel, Robinson Crusoe, Onkel Toms Hütte, die um Lyck herum spielenden Kriegsromane von Richard Skowronnek und den Grafen von Monte Christo samt allen Fortsetzungen des jüngeren Dumas. Für einen guten Teil des Barerlöses aber erstand ich ganze Stapel von jenen Zehn-Pfennig-Serien, die damals im Schwang waren. Die Wildwest-Abenteuer von Old Wawerley, die Kriminalgeschichten um Nat Pinkerton, den König der Detektive, und vor allem jene Schmökerserie, deren Held der junge, immens reiche und elegante Sportsmann Lord Percy Stuart vom Excentric-Club war. Ja, derselbe Lord Percy Stuart, der in jüngster Vergangenheit im Fernsehen eine gänzlich unerwartete, aber fröhliche Auferstehung gefeiert hat. Da der Club, in den der junge Lord aufgenommen zu werden wünschte, nur zweiundfünfzig Mitglieder haben durfte und vollzählig war, sollte Lord Stuart dennoch unter der Bedingung im Club Aufnahme finden, wenn es ihm gelang, statt der üblichen drei Aufgaben volle zweiundfünfzig zu lösen, der Zahl der Clubmitglieder entsprechend. Da galt es, den Spanier Don Hernandez, den besten Florettkämpfer der Welt, zu besiegen, den Ärmelkanal erstmals zu durchschwimmen, den geraubten Krondiamanten des Maharadschas von Gwalior zu finden, Lady Milford aus dem Harem des Sultans von Makkala zu entführen oder im Ballonflug den Gordon-Bennet-Preis zu gewinnen. Wir fieberten jedem neuen Abenteuer entgegen, das der junge Lord zu bestehen hatte, bangten um den glücklichen Ausgang und haßten Mac Hollister, ein schurkisches Clubmitglied, glühend, der sich geschworen hatte, Percy Stuart am Gelingen seiner Aufgaben scheitern zu lassen. Zweiundfünfzig Aufgaben, das war bei wöchentlichem Erscheinen der Hefte ein volles Jahresprogramm. Was ahnten wir von der Tücke eines deutschen Verlegers, daß der junge Lord einundfünfzig Aufgaben glänzend löste und daß es dem Schurken Mac Hollister erst bei der zweiundfünfzigsten gelang, Percy Stuart scheitern zu lassen. Was nun: hatte der Unglückliche die ersehnte Aufnahme in den exklusiven Club endgültig verspielt? Oh nein! Großmütig, wie es englische Gentlemen nun einmal sind, gestattete man dem jungen Lord, es noch einmal mit zweiundfünfzig neuen Aufgaben zu versuchen. Wenn ich mich nicht irre, scheiterte Lord Percy Stuart fünfmal an der letzten Aufgabe, und die Serie lief Jahr um Jahr munter weiter und zog uns die Dittchen aus der Tasche.

Von den fünfzig Nonanern, die Herr Hoffmann fürs Gymnasium vorbereitet hatte, waren nur wenige hängengeblieben. Die kleine sechsköpfige Clique, der ich von Anfang an zugehörte, war noch vollzählig beieinander. Der schlitzäugige Japs Hilmar Neumann –, Kurt Gronwald, der mit zugewachsenen Augenlidern zur Welt gekommen war und dem die Hebamme die Lider nicht ganz glücklich und fachgerecht aufgeschnitten hatte, so daß er links aus einem riesigen und rechts aus einem schmalgeratenen Auge in die Welt blickte –, die Zwillinge Walter und Paul Wallowitz, Söhne eines Uhrmachers aus der Königstraße, einander verblüffend ähnlich, mit langen Blondschädeln, die eine tiefgefurchte Fontanelle in zwei deutlich voneinander abgesetzte Hälften teilte –, Hermann Fink, Sohn eines Gutsbesitzers, der sein Gut verkauft und ein

Haus mit einem großen Obstgarten am Anfang der Tiergartenstraße erworben hatte und dort als Rentier lebte, was wir mit Verwunderung lasen, denn wie ein Ren-Tier sah der Vater Fink wirklich nicht aus. Und dann gehörte ich noch dazu, ein munterer Knabe und, wie im Zeugnis zu lesen stand, in der Schule zumeist anderweitig beschäftigt. Und das hing nun wiederum eng mit dem Excentric-Club und Lord Percy Stuart zusammen. Denn was lag näher, als eine Filiale dieses Clubs in Königsberg zu gründen. Der Initiator war Kurt Gronwald, fraglos der Exzentriker von uns sechsen. Sicherlich nicht zur Freude seines Vaters, der als Schuhmachermeister in der Königstraße ein großes und recht lukratives Schuhgeschäft besaß, den Titel ›Kaiserlicher Hoflieferant‹ führte und in seinen Werkstätten den ›Königsstiefel‹ herstellte, mit dem er die Offiziere der berittenen Regimenter in der ganzen Provinz genauso belieferte wie den begüterten Adel. Kurt nämlich fühlte sich zum Künstler berufen. Schon als Quartaner schrieb er abenteuerliche Geschichten und ließ sich Visitenkarten drucken:

Kurt Gronwald – Schriftsteller. Später wandte er sich der Malerei zu. Zwar richtete ihm sein Vater in der Nähe des Tiergartens ein Schuhgeschäft ein, das ihn jedoch wenig zu interessieren schien. Tag für Tag stand er mit seinem wild wuchernden Lockenkopf vor der Ladentür hinter seiner Staffelei und malte mit kühnem Pinselschwung rote Kühe und blaue Pferde in bizarr aufgebauten Landschaften.

Wir sechs also machten unseren Excentric-Club auf, dessen strenge Statuten die endgültige Aufnahme aber von der Lösung einer verwegenen Aufgabe abhängig machten. Lieber Gott, was waren wir für Kindsköpfe! Vielleicht zogen wir in Betracht, von unseren Vätern den Hintern versohlt zu bekommen, daß wir aber dabei riskierten, in hohem Bogen aus der Schule gefeuert zu werden, kam uns auch nicht einen Augenblick lang in den Sinn. So erhielt Walter die Aufgabe, während einer montäglichen Morgenandacht in unserm Klassenzimmer die Hähne der Gasbeleuchtung anzudrehen, wobei wir natürlich hofften, daß der Unterricht ausfallen werde. Daß bei diesem Scherz ein Teil des Fridericianums hätte in die Luft fliegen können, daran dachten wir nicht. Jedenfalls gab es eine hochnotpeinliche Untersuchung der Geschichte, es wurden Trittspuren auf den Schulbänken gefunden, aber der Übeltäter blieb unentdeckt, und damit war Walter das erste ordentliche Mitglied unseres Excentric-Clubs. Kurt, für alles Künstlerische empfänglich und schon als Quartaner ständiger Besucher der Sonntags-Nachmittagsvorstellungen im Luisentheater, erhielt den Auftrag, eine Vorstellung zu sprengen; mit einer Handvoll Stinkbomben, die er auf die Bühne und ins Parkett warf, wurde es ein voller Erfolg, der sogar in die Zeitung kam. Unentdeckt blieb auch der Luntrus, der drei Feuermelder einschlug und die Feuerwehr in höchste Alarmbereitschaft versetzte, genauso unentdeckt wie jener Lorbaß, der auf dem Paradeplatz das Denkmal des größten Sohnes Königsbergs, Immanuel Kant, von oben bis unten mit Sirup beschmierte, so daß das Denkmal, da die ruchlose Tat gerade zur Lindenblüte begangen wurde, einen riesigen Klumpen von summenden Bienen bildete.

Allzu lange existierte der Excentric-Club nicht, denn selbst einem so phantasiebegabten Knaben wie Kurt Gronwald gingen die Ideen aus, und außerdem lockten uns neue, größere und dazu noch vaterländische Aufgaben, welche, was sie nicht nur ehrenvoll, sondern dazu noch süß machte, uns schulfreie Tage einbrachten. Denn trotz der Heldentaten unserer U-Boote, die die englische Blockade brachen und Gummi und Kupfer aus Amerika nach Deutschland brachten, wurden nicht nur die Lebensmittel, sondern auch die zur Weiterführung des Krieges benötigten Rohstoffe knapp. Wenn Vater ein vermögender Mann gewesen wäre, so hätte er sein Vermögen freudig als Kriegsanleihe gezeichnet. Leider besaß er keinen überflüssigen Pfennig, und so begnügten sich die Eltern damit, Vaters goldene Uhrkette und die breiten Eheringe – wie es die Altvorderen so beispielhaft anno 1813 zum Abschütteln des Franzosenjochs getan hatten – auf dem Altar des Vaterlandes zu opfern. Sie bekamen dafür Ringe aus Kruppschem Nickelstahl mit der erhabenen Prägung ›Vaterlandsdank 1914‹ und eine Uhrkette aus schwarzem Eisen, auf deren ovalen Gliedern die ehernen Worte aus der ehernen Zeit der Befreiungskriege zu lesen waren: ›Gold gab ich für Eisen‹. Bei solcher Opferbereitschaft konnten der Sieg und das glorreiche Ende des Krieges nicht mehr fern sein. Davon war Vater jedenfalls fest überzeugt, und er verachtete Onkel Fritz, der auch nicht im Traum daran dachte, sich von seinem Gold und von seinem Geld zu trennen, aus tiefster Seele. Und so was war einmal Major...

Von Onkel Walter traf, weiß der Himmel über welche Umwege, eine Postkarte aus Ägypten ein. Er war, mit Lettow-Vorbeck und seinen Askaris in Deutsch-Ostafrika kämpfend, nach zwei ruhmvollen Kriegsjahren in englische Gefangenschaft geraten und in der Nähe von Kairo interniert worden. Auch Tante Miekchen und die Kinder hatten die Engländer in ein anglo-ägyptisches Camp gebracht. Er schrieb, daß es ihnen allen gut ginge und daß sie von den Engländern sehr anständig behandelt würden.

»Das schreibt dein Bruder auf einer offenen Postkarte, Lina!« sagte Vater und schnaubte höhnisch durch die Nase. »Von den Engländern anständig behandelt, von diesen perfiden Schweinen!«

»Vielleicht mußte er so schreiben«, meinte Mutter.

»Nicht als deutscher Mann!« sagte Vater unerbittlich.

Für uns von der Sexta bis zur Prima begann die große Zeit der Sammlungen. Unser Klassenleiter Dr. Raabe, der in Frankreich die rechte Hand verloren hatte und sich mühsam umstellen mußte, Ohrfeigen mit der Linken auszuteilen, nannte es ›die verdammte Pflicht und Schuldigkeit jedes deutschen Jungen, sich mit allen Kräften für Kaiser, Reich und Vaterland einzusetzen . Und wie wir uns einsetzten! Zum Teil auch wohl deshalb, weil nach den großen Anfangserfolgen die Siegesmeldungen und die damit verbundenen schulfreien Tage immer seltener wurden. Mit Berechtigungsausweisen ausgestattet, die der »Kriegsausschuß für Sammel- und Helferdienste« ausgab und die den Stempel der Schule trugen, zogen wir los und sammelten straßauf und straßab Lumpen und Altpapier, Kastanien und Eicheln, Altmetalle, Kupfer- und Zinngeschirr, Gold und Silber, und im edlen Wettstreit der Klassen untereinander zogen wir mit Listen von Haus zu Haus, in welche sich die Leute zur Kriegsanleihe eintragen durften. Von den vierzehn Milliarden, die gezeichnet wurden, brachten wir den stolzen Betrag von 78 000 Mark zusammen, eine Summe, die der Geheimrat mit jener Ergriffenheit vom Katheder der Aula herab verkündete, mit der er sonst versenkte Tonnagen und Zahlen von Kriegsgefangenen hinausposaunte. Wenn ich an die Kupfer- und Zinnsammlungen denke, dann spüre ich, wie mein Sammlerherz zu bluten beginnt. Was waren das für prachtvolle

Kannen, Kessel, Tiegel und Mörser, die wir zur Schmelze brachten. In der Reihe der eigenen Vorfahren waren Männer mit dem merkwürdigen Namen Kastenbein, die als Kapitäne zur See fuhren und im Alter in den Häfen von Danzig, Pillau und Memel als Lotsen dienten. Von ihren Englandfahrten hatten sie wunderschönes Zinngeschirr, bauchige Teekannen mit schwarzen Ebenholzgriffen, wunderhübsche Becher, Deckelkrüge und Teller mitgebracht, die Mutter geerbt hatte. Ich habe ihr das ganze Zinn abgeschwatzt und zur Sammelstelle geschleppt, da man gerade Zinn angeblich zum Verzinnen der im Felde benötigten Konserven dringend brauchte.

Unsere Sammelstelle lag in der Nähe der Fleischerei Molles in der Königstraße. Sie wurde von einem Sekundaner verwaltet, dessen Dienstraum wir immer mit einem gewissen Unbehagen betraten. Nicht weil er verkrüppelt war und an zwei Stöcken daherwatschelte, da seine kurzen Beine den gewaltigen, unappetitlich fetten Rumpf und Kopf kaum zu tragen vermochten, sondern weil er eine widerliche Art hatte, uns mit Schokolade zu füttern, uns Papyrossi anzubieten und zu süßen Likören einzuladen. Die vier Jungen, die ihm als Adjutanten zugeteilt waren, nannte er seine Lieblinge und erzählte uns mit weicher Schmeichelstimme, was für ein herrliches Leben wir täglich führen könnten, wenn wir uns dazu entschlössen, das Sammeln aufzugeben und bei ihm zu arbeiten, da er die Arbeit mit seinen Lieblingen nicht mehr bewältigen könne. Der Kerl war richtig zum Kotzen. Aber warum er zum Kotzen war, ahnten wir nur dunkel. Eines Tages stellte sich dann heraus, daß er unsere Listen gefälscht, einen großen Teil des Bruchgoldes und der Silbersachen, die wir bei ihm abgeliefert hatten, beiseite geschafft und mit den besten Stücken der Kupfersammlung und der Zinngeräte einen schwunghaften Handel betrieben hatte. Er flog mit Schimpf und Schande aus der Schule, es wurden sehr peinliche Untersuchungen angestellt, in deren Folge auch seine Lieblinge in der Versenkung verschwanden. Als ich diese aufregende Geschichte zu Hause erzählte und auf den ekelhaften Burschen mit seinen schweißigen Händen zu sprechen kam, bekam Vater einen roten Kopf, und Mutter kriegte Flecken ins Gesicht. Daß da jemand eventuell auch unser Zinn unterschlagen hatte, schien ihnen furchtbar an die Nerven zu gehen...

Der Tod von Ernst vermochte Vaters Kriegsbegeisterung nur für kurze Zeit zu dämpfen. Er hatte sich eine große Europa-Karte angeschafft und im Wohnzimmer an die Wand geheftet, auf der er den Frontverlauf nach dem Studium der Frontnachrichten in der ›Allgemeinen‹ mit bunten Fähnchen wie ein alter Generalstäbler absteckte. Daß es im Westen überhaupt nicht voranging und daß die Österreicher an der Karpatenfront und im Balkan eine Schlappe nach der anderen einsteckten, wurmte ihn maßlos. Mit den frischfröhlichen Renommiersprüchen, die zu Anfang des Krieges im Schwang waren, schien es vorbei zu sein. Auch aus den Kiosken verschwanden die bunt illustrierten Darstellungen, auf denen es richtig erhebend war, anzuschauen, wie unsere tapferen Feldgrauen ihre Gegner auf allen Fronten mit spielerischer Leichtigkeit zur Strecke brachten. Jeder Schuß – ein Ruß, jeder Stoß – ein Franzos, jeder Tritt – ein Brit, jeder Klaps – ein Japs...

Um diese Zeit erregte eine Anzeige unsere Aufmerksamkeit, die in den Königsberger Blättern, wohl aber auch in der Provinz erschien:

> Durch den Verkauf von 100 prächtigen Ansichtskarten, die Sie in Ihrem Bekanntenkreis spielend unterbringen werden, da der Preis pro Stück nur 10 Pfg beträgt, gelangen Sie in den Besitz einer echten Berliner Renommier- oder Prahluhr, um die Sie jedermann glühend beneiden wird. Außerdem aber wird ein patentierter Mechanismus im Zifferblatt dieser echt vergoldeten und hochwertigen Uhr Sie zeitlebens an die glorreiche Zeit erinnern, in der wir leben. Schreiben Sie sofort an Uhren-Kloos in Berlin!

Es ist klar, daß ich diese Renommier- oder Prahluhr besitzen wollte. Hundert Postkarten zu verkaufen schien mir ein wahres Kinderspiel zu sein, denn ein Dutzend Leute aus der Verwandtschaft, die mir Postkarten abnehmen würden, zählte ich im Handumdrehen auf. Selbstverständlich würden auch die Klassenkameraden gern bereit sein, die prächtigen Karten zu erwerben. Leider hatte ich nicht damit gerechnet, daß diese Anzeige auch von eben meinen Klassenkameraden gelesen worden war. Und so kam es, daß vierzehn Tage später jeder zweite Junge nicht nur aus meiner Klasse, sondern daß die halbe Schule mit einem dicken Paket Ansichtskarten anrückte, auf denen in scheußlicher Kolorierung unser Kaiser, Auguste Viktoria, Hindenburg, das Berliner Schloß und die Siegesallee abgebildet waren. Dem Päckchen, das ich stolz in Empfang nahm, war wie allen anderen eine Zahlkarte und ein Schreiben beigefügt, in dem der ›sehr geehrte Empfänger‹ aufgefordert wurde, zehn Mark innerhalb eines Monats an Uhren-Kloos zu überweisen, wenn er in den Besitz der Renommieruhr gelangen wollte.
Nun, im Anfang ging der Verkauf der Karten ja auch recht flott voran. Vater griff tief ins Portemonnaie und nahm mir fünf Karten ab. Onkel Fritz konnte ich zwei davon andrehen, und Tante Elma drückte mir ein Fünfzigpfen-

nigstück in die Hand und verzichtete sogar großzügig auf die Karten. Nach zehn Tagen hatte ich die Schuhsohlen durchgelaufen und vier Mark und einige Groschen darüber eingenommen. Dann aber kleckerten die Dittchen so spärlich herein, daß an einen fristgerechten Verkauf der letzten fünfzig Karten nicht mehr zu denken war. Der einzige Trost blieb, daß ich nicht der einzige war, der auf einem dicken Posten der verdammten Karten sitzenblieb und Uhren-Kloos in Berlin zehn Mark schuldete. Ein Taschengeld bekam ich nicht. Aber für Kohlenschleppen, Holzhacken, Küchenhilfe aller Art vom Abwaschen bis zum Kartoffelschälen steckte mir Mutter hie und da fünfzig Pfennige oder sogar eine Mark zu. Ein schüchterner Versuch, Mutter zu einem Vorschuß zu bewegen, scheiterte kläglich, denn bei ihr galt der Grundsatz: Erst die Arbeit, dann das Vergnügen. Meinen Freunden Rudi und Helmut Gutbrod ging es nicht anders als mir, im Gegenteil, sie steckten bei Uhren-Kloos noch tiefer in der Kreide. Da aber kam Rudi auf einen ebenso genialen wie einfachen Gedanken, den Verkauf der blöden Karten aufzugeben und uns das fehlende Geld anderweitig zu beschaffen.

Damals stand jenseits der Luisenallee, einer Gegend, die bald zu den bevorzugten Wohnvierteln gehörte, noch kein einziges Haus. Die Schienen der Linie 3 liefen neben einer gerade im Unterbau befestigten Straße zur Endstation bei den Zwillingsteichen und zum Hammerteich, in dem wir sommerüber badeten und schwimmen lernten. Dort also waren Getreide- und Kartoffeläcker, und dort baute auch der Gärtner Adler in großen Arealen Weißkohl, Blumenkohl und allerlei Gemüse an. Gärtner Adler hatte vor langen Jahren die Gärtnerei von Opa Gutbrod übernommen. Gestohlen war hier draußen schon immer worden, aber mit der Dauer des Krieges nahmen die Felddiebstähle in einem Ausmaß zu, daß sich der Anbau nicht mehr gelohnt hätte, wenn Gärtner Adler nicht Freunde gefunden hätte, die sich im nächtlichen Wachdienst ablösten. Einer von ihnen war Opa Gutbrod, der solche Wachen gern übernahm, da er nachts ohnehin nicht schlafen konnte. Mit einem uralten Vorderlader, dessen Lauf er mit Pfefferkörnern füllte, stapfte Opa Gutbrod nachts durch das Gelände und hatte schon manchem Dieb eine Pfefferladung auf den Hintern gebrannt. Seine Augen waren noch gut, die Brille brauchte er nur zum Lesen, aber wie schwerhörig er mit zunehmendem Alter geworden war, das wußten seine Enkel am besten. In einer mondlosen Nacht, in der Opa Gutbrod seine Wache schob, zogen Rudi, Helmut und ich mit dem großen zweirädrigen Handkarren aus Opas Geräteschuppen los, stellten den Wagen hinter einem Gebüsch in sicherer Entfernung ab und begannen, während Helmut auf den Alten aufpaßte und uns durch Pfiffe verständigte, wenn er nahte, mit der Blumenkohlernte. Es waren mehr als hundert üppige Köpfe, die wir aufluden. Tags zuvor hatte der Rudi mit der Witwe Baltruschat, die in der Beethovenstraße in einem Keller – genau wie die Donnerbuchs in der Ziegelstraße – einen Handel mit Obst, Gemüse und Flaschenbier betrieb, ein kurzes Gespräch geführt. Da es mangels Masse mit ihrem Betrieb steil bergab ging, erwartete sie uns bereits mit Ungeduld, spendierte jedem von uns eine Flasche Malzbier und entließ uns, nachdem wir den Blumenkohl in ihrem Keller verstaut hatten, mit dem Versprechen, sie auch künftig zu beliefern. Zwei Blumenkohlköpfe nahm ich Mutter mit, die über die unerwartete Gabe hoch erfreut war. Auf die Frage, wie ich zu dem Blumenkohl gekommen sei, antwortete ich fast wahrheitsgetreu, daß ich ein bißchen bei Gärtner Adler auf dem Feld gearbeitet und den Arbeitslohn in Naturalien bekommen hätte. Mutter war richtig gerührt und schenkte mir für meinen Fleiß eine Mark. Frau Baltruschat aber wurde die ganze Ladung gleich am nächsten Vormittag im Handumdrehen los, erzielte pro Kopf einsfünfzig, steckte vom Erlös ein Drittel wie verabredet ein und händigte uns, ehrlich wie sie war, die ungeheure Summe von einhundertundvier Mark aus, die wir wiederum redlich teilten.

Die Berliner Renommier- oder Prahluhr war uns also sicher. Ich füllte die Postanweisung nach Berlin noch am gleichen Tage aus, und Rudi und Helmut hatten es genauso eilig, ihre Anweisungen auszufüllen und abzuschikken. Vierzehn Tage vergingen in fieberhafter Spannung. Und dann war das ersehnte Päckchen endlich da. »Von Uhren-Kloos«, sagte Mutter, als sie es mir mittags in die Hand drückte, »ich wußte gar nicht, daß du alle Karten verkaufen konntest...« Ich gab zu, daß das auch nicht ganz einfach gewesen sei, aber daß ich es zum Schluß dann doch geschafft hätte. Und es war wirklich ein Prachtstück, das ich aus der Verpackung schälte. Eine echte Renommier-Uhr! Die mächtige Zwiebel glänzte wie pures Gold und hatte fast das Format von Vaters glücklich zu Bruch gegangenem Passometer. Das Aufregendste aber war fraglos das Zifferblatt. Denn darauf stand ein Feldgrauer in voller Kriegsmontur, links neben ihm ein fliehender Russe, und das Erhebende daran – was das Herz jedes Patrioten höher schlagen ließ – war, daß der Sekundenzeiger in der Form eines bestiefelten Unterschenkels um das Kniegelenk des feldgrauen deutschen Helden kreiste und den Russen in jeder Minute einmal so kräftig in den Hintern trat, daß der ganze Kerl vornüber kippte. Merkwürdig, daß weder Vater noch Mutter dieses sich minütlich wiederholende Schauspiel so umwerfend witzig und patriotisch fanden, wie es der Konstrukteur beabsichtigt hatte. Vater brummte sogar, man müßte den Kerl an die Front schicken, damit er am eigenen Leibe erfahre, daß es dort gar nicht so lustig zugehe. Und ich mußte nach einiger Zeit selber zugeben, daß das Schauspiel eines Arschtritts pro Minute ermüdend wirkte. Ich hatte allerdings auch nur drei Tage Zeit, den kreisenden Stiefel zu bewundern, denn dann gab es im Inneren der Renommieruhr einen Knacks – und sie stand still. Der Vater der Zwillinge Wallowitz, dem ich sie am nächsten Tag zur Reparatur brachte, sagte, solch einen Schund hätte er seiner Lebtag nicht gesehen und ich solle das Ding so schnell wie möglich auf den Misthaufen werfen, wo es schon hingehört hätte, als es noch funktionierte. Ich gewann dabei den Eindruck, daß es mit seiner Vaterlandsliebe nicht zum besten bestellt war...

Wir wohnten noch gar nicht lange in der neuen Wohnung bei der Witwe Kallweit, als es eines Nachmittags – ich machte gerade Schularbeiten und übte nach der Methode, die uns Herr Dr. Buttersack empfohlen hatte, mit zugehaltenen Nasenlöchern französische Nasallaute – als es einen fürchterlichen Schlag tat, dem ein lang anhaltendes Donnergrollen folgte. Im Wohnzimmer, in dem ich saß, flogen die Fensterscheiben heraus, und in der Küche, in der Mutter gerade das Mittagsgeschirr spülte, neigte sich der Aufsatz vom Küchenschrank bedrohlich vornüber, entleerte auf den Fußboden, was an Tellern und Tassen darin aufgestapelt stand, und schwankte dann wieder in seine alte Lage zurück. Zum Glück, denn die Küche war schmal, und Mutter vor Schreck zu gelähmt, um beiseite zu springen. Aus allen Häusern stürzten die Leute auf die Straße, überall in der Nachbarschaft hatte es zerbrochene

Fensterscheiben und Scherben gegeben, bei Plokes war der Regulator von der Wand gefallen, und die Witwe Kallweit, die mit ihrer Tochter gerade von einem Spaziergang durch den Tiergarten zurückkam, wurde von einem niederprasselnden Dachziegel so unglücklich am Kopf getroffen, daß sie wie tot vor dem Nebenhaus auf der Straße lag. Der breitrandige Hut mit der Garnierung schwarzer Straußenfedern lag arg demoliert neben ihr, und auf dem Pflaster lag auch eine schwarze Perücke; abgesehen von der stark blutenden Kopfwunde sah die Witwe Kallweit mit ihrem echten, grauen Haar, das nur noch in einzelnen Strähnen wuchs und viel gelbe Schädelhaut sehen ließ, gar nicht vorteilhaft aus. Die blondgelockte Tochter in ihrem lila Taftkleid schrie gellend um Hilfe, und pudergetränkte Tränen rannen rosa auf das lila Kleid herab. Die Nachbarn schafften Frau Kallweit und die Tochter in ihre Wohnung. – Hatte man zuerst geglaubt, ein Erdbeben habe die Mauern erschüttert und die Zerstörungen angerichtet, so ließen nachfolgende schwere Detonationen, deren Schallwellen dumpf heranrollten, keinen Zweifel daran, daß es in der Nähe der Stadt ein Explosionsunglück gegeben habe. Bald erfuhr man, daß die Munitionsfabrik in Rothenstein mit allen Dynamitlagern in die Luft geflogen war und daß es dabei Hunderte von Toten gegeben habe. Es war eine schreckliche Geschichte am Rande des Krieges, der sich von uns auch an der Ostfront so weit entfernt hatte, daß wir seine Bedrohung nicht mehr wie im ersten Kriegsjahr am eigenen Leibe zu spüren bekamen. Einige Tage später besuchte uns Tanta Magda, die Frau eines Schullehrers aus Lauth, deren Verwandtschaft mit Mutter über drei oder vier Ecken ging. Sie war noch völlig verstört, denn sie hatte das Unglück aus nächster Nähe miterlebt. Wie durch ein Wunder waren Schulhaus und Dorf unversehrt geblieben, da die Druckwellen der Explosionen über Lauth hinweggegangen waren. Bis zur Unkenntlichkeit verstümmelte menschliche Körperteile waren in ihren Garten geregnet, als sie gerade dabei gewesen war, ihre Hühner und Karnickel zu füttern. Ein an jenem Tag frisch geschlachtetes Kaninchen brachte sie Mutter mit, da ihnen der Appetit auf Fleisch für einige Zeit gänzlich vergangen war.

Mir brachte das Rothensteiner Unglück recht ansehnliche Nebeneinnahmen. Da der alte Glasermeister Korbjuhn mit seinem einzigen Lehrling alle Hände voll zu tun hatte, ersetzte ich mit der vom Schuhmacher-Großvater ererbten handwerklichen Geschicklichkeit bei uns, in unserm Haus und auch in der Nachbarschaft die zerbrochenen Fensterscheiben. Auch bei Frau Kallweit, die sich inzwischen von ihrem Unfall erholt hatte und mich nicht nur mit Geld, sondern auch noch mit einem großen Marzipanei belohnte, das allerdings noch aus den fernen Kindertagen der Tochter zu stammen schien, denn es war steinhart und arg zusammengeschrumpft. Aber was tat's, Süßigkeiten waren Mangelware geworden, ich hatte feste Zähne, und die Härte des Marzipans verlängerte nur den Genuß. In der Folgezeit aber avancierte ich bei Frau Kallweit zu einer Art Hausmeister, legte Klingelleitungen, reparierte Wasserhähne, flickte verrostete Ofenrohre und bekam neben dem Barlohn – aber dafür konnte man sich außer Groschenheften kaum noch etwas kaufen – jedesmal ein Stück Streuselkuchen, selbstgefertigte Rumkugeln oder eine Handvoll Sahnebonbons, die Fräulein Kallweit auf dem großen Fladenblech im Gasherd kochte. Ja, Kallweits ging es gut, die Verwandtschaft auf dem Land versorgte die beiden Frauen im Überfluß.

Während Mutter die holländische Soße zum Kabeljau mit

Eiersatzpulver gelb färbte, aus Zuckerrüben Sirup für den Brotaufstrich kochte, Bucheckern zur Ölpressung sammelte und schließlich in dem schlimmen Hungerwinter von 1917/18 Rübenschnitten auf Ersatzkaffee briet, damit die Rübenscheiben wenigstens bräunlich wie richtige Koteletts aussahen, delektierten sich die Damen Kallweit an knusprigen Tauben und Hähnchen und hatten genug Eier, um daraus einen köstlichen Eierlikör zu brauen, von dem ich hin und wieder auch einen Fingerhut voll vorgesetzt bekam. Wenn ich Mutter berichtete, was ich alles an Vorräten in der Kallweitschen Speisekammer gesehen hatte, ganze Speckseiten, armlange geräucherte Würste, Gläser voll Schmalz und eingesülztem Schweinefleisch, dann wurde ihr richtig schwach, und einmal fiel sie richtig in Ohnmacht. Vielleicht aber hingen diese Schwächeanfälle auch gar nicht mit der Erwähnung der Kallweitschen Vorräte zusammen, denn solche Anfälle von fliegender Hitze, Atemnot und Herzbeschwerden wiederholten sich einige Jahre hindurch immer wieder, auch dann noch, als es uns schon wieder besser und endlich so gut ging, daß Mutter die eigene Speisekammer mit Speck, fetten Würsten, Eiern und allerlei Eingemachtem füllen konnte. – Wie gesagt, mit dem Geld für die Handwerker- und Hausmeisterdienste war nicht mehr viel anzufangen. Dann aber wurde es doch wieder interessant, denn ich entflammte in einer neuen Leidenschaft. Der Excentric-Club war an Ideenmangel eingegangen. Das Schlagballspiel auf dem Walter-Simon-Platz füllte auch nicht die ganze Woche aus. So tobten wir uns in Prügeleien untereinander oder mit den Jungen vom Schlorrengymnasium Hufen aus. Dort waren die Anführer die Brüder Geier, Söhne des Friedhofsinspektors vom Luisenkirchhof, von denen wir leider trotz unserem Latein und Französisch zumeist fürchterliche Abreibungen bezogen. Der einzige, der diesen Raufereien keinen Geschmack abgewinnen konnte, war der ›Schriftsteller‹ Kurt Gronwald. Von daheim bekam er ein recht großzügig bemessenes Taschengeld, von dem er jeden Pfennig für die Sonntagnachmittags-Vorstellungen des Luisentheaters und für eine neue Art von Kunstgenuß, den Kintopp, aufsparte. Eines Tages beschwatzte er mich, dem er Aufnahmebereitschaft für höhere Dinge zuzutrauen schien, im Luisentheater eine Aufführung der ›Rose von Stambul‹ zu besuchen. Abgesehen davon, daß es ein grauer, verregneter Sonntag war, herrschte bei uns zu Hause an Sonn- und Feiertagen gähnende Langeweile. Die Gewaltmärsche hatte Vater aus körperlicher Schwäche längst aufgegeben. Er war froh, wenn er sich zum Dienst schleppen konnte. Manchmal gingen wir noch ein Stück am Landgraben entlang nach Juditten, aber die sechs Kilometer schaffte Vater nicht mehr. Um den Spaziergang mit etwas Nützlichem zu verbinden, sammelten wir je nach Jahreszeit Hagebutten, Lindenblüten, Holunderbeeren oder Pilze, von denen am Landgraben Reizker, Kremplinge und Birkenpilze in Mengen wuchsen. Besonders die Reizker gaben, mit Schalotten und Senfkörnern in Essig eingelegt, zu Bratkartoffeln ein richtiges Festessen her.

Kurt Gronwald also überredete mich nicht nur zum Theaterbesuch, er spendierte mir sogar eine Karte für eine der hinteren Parkettreihen. Und das Unerwartete geschah, kaum, daß die Ouvertüre verklungen und der Vorhang aufgegangen war, versank die Welt um mich, und ich war der Gefangene eines Zauberbanns, dem ich nie mehr entrinnen sollte. Das Luisentheater war eine reine Operettenbühne, und wenn ich der Operette auch bald untreu wurde, so hatte sie doch eine Flamme in meinem Herzen entzündet, die in mir bis zum letzten Atemzug brennen wird. Fortan sparte ich jeden Groschen für diese Nachmittagsvorstellungen, und für die andere Leidenschaft, die Kurt Gronwald vor mir entdeckt hatte – das Kino. Lieber Gott, was waren das für Kriegsschnulzen, die da über die Leinwand flimmerten und das Publikum zu Tränen rührten: »Es braust ein Ruf wie Donnerhall« – da folgte ein Primaner seinem Lehrer voll Begeisterung ins Feld und fiel, während der Klavierspieler den guten Kameraden intonierte, an seiner Seite für Kaiser und Reich. »Auf dem Felde der Ehre« – wo ein Offizier des Kaisers Rock wegen Spielschulden ausziehen muß und dann im grauen Ehrenkleid als gemeiner Soldat seiner Schuld und seiner Schulden durch den Heldentod ledig wird. Wir heulten wie die Schloßhunde und schämten uns unserer Tränen nicht. Allerdings ließen wir die Tränen hinter der Leinwand fließen, und das kam so: die Plätze im Parkett kosteten zwischen fünfzig Pfennigen und einsfünfzig. Wir aber entdeckten zwei Kinematographentheater, in denen es hinter der Leinwand einen winzigen Raum mit einer an die Rückwand gequetschten Bank gab. Ein Rasiersitz, aber dort zahlte man für den Platz nur zwanzig Pfennige – und die kassierte der Billetteur in die eigene Tasche. Natürlich sah man die Vorgänge auf der Leinwand seitenverkehrt. Das war nicht weiter schlimm. Schlimmer war, daß man auch die Begleittexte – soweit Dialoge und Erklärungen zur Handlung nicht von einem Sprecher mit Zuhilfenahme eines Zeigestocks gegeben wurden – ebenfalls seitenverkehrt lesen mußte. Kurt Gronwald hatte darin durch lange Übung eine erstaunliche Fertigkeit erworben, aber es dauerte gar nicht lange, bis auch ich den seitenverkehrten Text ohne Schwierigkeiten las. Es waren ja zumeist auch nur kurze Dialoge, die eingeblendet wurden:

»Denken Sie an meine Ehre, Herr Leutnant!« – »Oh Komtess, kosten Sie vom Becher des Glücks, solange er sich Ihnen darbietet!« Dann nahm er sie in seine starken Arme und trug sie zum Sofa im Hintergrund. Kurt Gronwald kniff mich vor Spannung in den Arm, und auch ich hielt den Atem an. Aber im spannendsten Moment wurde, wie es später Tucholsky bedauernd feststellte, leider ›abjeblendt‹ . . .
Der ergreifendste dieser patriotischen Rührschinken aber war zweifellos ein Film mit dem Titel »Das Vaterland ruft«. Darin war ein fescher Leutnant in heißer Liebe zu einer Schauspielerin entflammt. Wehen Herzens mußte sie den Geliebten ins Feld ziehen lassen, entsagte in hehrem Pflichtgefühl Bühnenruhm und Karriere, zog das schlichte Schwesternkleid an und traf gerade rechtzeitig im Frontlazarett ein, um den schwerverwundeten Geliebten bei einem überraschenden Angriff auf das Lazarett aus dem Feuer zu schleppen und in aufopfernder Pflege für das Vaterland und für neue Heldentaten auf die Beine zu bringen. – Im Kino wurden die Taschentücher ausgewrungen, und auch wir, die wir hinter der Leinwand saßen, ließen die Tränen tropfen.

An diese Heldenschnulzen der ersten Kriegsjahre sollte ich fast dreißig Jahre später auf recht seltsame Weise erinnert werden. Ein Trottel von Sanitäter hatte mir durch stundenlange Bestrahlungen mit einem Kurzwellengerät den Ischiasnerv im rechten Oberschenkel angeschmort. So lag ich im Frühjahr 1944 gänzlich unheroisch, aber von höllischen Schmerzen geplagt, in Sparz, einer zum Lazarett umgewandelten Schule der Englischen Fräulein in Traunstein, als mich ein Brief erreichte, dessen Absender

Herr Duday war, einer der Topmanager der UFA. Ich war Obergefreiter, er Oberstleutnant und in dieser Eigenschaft Chef eines Kriegsgefangenenlagers, was ihn aber nicht hinderte, weiter für die UFA zu wirken. Wir kannten uns aus zivilen Zeiten. In liebenswürdigster Form schrieb er mir, er habe davon gehört, daß ich im Lazarett läge. Zwar sei er davon überzeugt, daß die ärztliche Betreuung in Sparz ausgezeichnet sei, dennoch könne er sich vorstellen, daß es in den Badeorten Deutschlands, der ›Ostmark‹ oder des besetzten Böhmen Lazarette oder Privatkliniken gäbe, in denen man bei meinem spezifischen Fall über bessere Behandlungsmöglichkeiten verfüge. Er könne sofort eine zeitlich unbegrenzte Uk-Stellung für mich erwirken, ferner sei er ermächtigt, mir ein Honorar von 30000 Mark vorzuschlagen, eine Summe, auf die er sich aber durchaus nicht festlegen wolle. Meine Aufgabe, mit der ich Führer und Volk dienen könne, bestände darin, zunächst das beigefügte kurze Exposé zu einem Film-Treatment zu verarbeiten und nach diesem Treatment, falls es Zustimmung finde, das Drehbuch für einen Film zu schreiben, dessen Titel noch nicht festliege. Das Exposé selber stamme aus der nächsten Umgebung des Herrn Reichsministers für Volksaufklärung und Propaganda, sei ihm vorgetragen worden und habe seine volle Zustimmung gefunden.

Das Exposé hatte den Umfang von eineinhalb weitzeilig geschriebenen Maschinenseiten und erinnerte mich in vertrackter Weise an die soeben erwähnte Kriegsschnulze von 1916 oder 17 »Das Vaterland ruft«. Hier war ein Hauptmann, Träger des EK I, der mit seinem Infanterie-Bataillon an der Ostfront lag. Sein treuer Bursche war mit ihm von Anfang an dabei. In der Heimat zurückgelassen hatte er die geliebte Verlobte, eine berühmte Sängerin

(oder Schauspielerin), an deren Zofe wiederum der Bursche sein Herz verloren hatte. (Randbemerkung: Lustige Figuren! Just und Franziska in ›Minna von Barnhelm‹) Um Führer und Vaterland zu dienen, hat die Braut des Hauptmanns ihr Engagement aufgegeben, um sich mit ihrer Kunst der Truppenbetreuung zu widmen. Und so gibt es eines Tages ein heimlich erhofftes, aber nie erwartetes Wiedersehen der Liebenden an der vordersten Front, wo die Künstlerin in einer provisorisch zu einem Vortragssaal umfunktionierten Scheune den armen Frontschweinen einen lang entbehrten Kunstgenuß verschaffen will. Gerade für diese Stunde aber hat der Feind auf breiter Front einen Großangriff angesetzt. Absicht des Feindes ist es, an jenem Abschnitt, den unser Hauptmann mit seinem Bataillon hält, tief in die deutschen Stellungen einzubrechen, um die deutsche Front nach gelungenem Durchbruch von hinten aufzurollen. Aber die Vortragskunst und die Schönheit der Braut ihres Hauptmanns haben die Männer zu solcher Begeisterung entflammt, daß sie den feindlichen Angriff nicht nur zurückschlagen, sondern ihrerseits tief in den Feind hineinstoßen, seine Stellungen überrennen und einen fluchtartigen Rückzug erzwingen. Den schwerverwundeten Hauptmann hat sein treuer Bursche aus dem Feuer geholt. Seine tapfere Braut und ihre Zofe aber haben sich inzwischen dem Feldlazarett als Schwestern zur Verfügung gestellt, in dem der Hauptmann, notdürftig zurechtgeflickt, noch vor dem Abtransport in die Heimat von seinem General im Auftrag des Führers mit dem Ritterkreuz dekoriert wird.
Mir wurden die Hände feucht. Was tun? Ich schrieb Herrn Duday, daß ich das Exposé mit tiefer Erschütterung gelesen hätte, im Augenblick und für die nächste Zeit aber von solchen Schmerzen geplagt sei, daß ich den ehrenvollen

und gewiß auch lukrativen Auftrag leider nicht übernehmen könne. Vielleicht hatte ich mich zu vorsichtig ausgedrückt, vielleicht aber hatte er auch meine ›tiefe Erschütterung‹ für bare Münze genommen, obwohl ich mir nicht vorstellen konnte, daß ein Mann wie Duday plötzlich den Verstand verloren haben könnte. Drei oder vier Tage vergingen, und ich hoffte schon, daß dieser bittere Kelch glücklich an mir vorübergegangen sei, als Mater Venantia, unser Englisches und wirklich engelsgleiches Fräulein, in dem Schlafsaal erschien, den ich mit einem Dutzend Landser teilte, an mein Bett trat und mich aufforderte, beim Herrn Oberstabsarzt, dem Chef des Lazaretts, anzutreten. Sie erschien mir ein wenig verstört, und ich fürchtete schon, der Chef habe erfahren, daß ich die dreißig Aspirin, die mir von ihm als Tablettenstoß verordnet worden waren, in den Lokus geschüttet hatte. Nichts davon. Es wäre Besuch für mich da, ein hoher Offizier, der mich zu sprechen wünsche. Etwa Duday höchstpersönlich? Nein, es war ein Major vom Stab der Propagandaabteilung, der mich in Gegenwart des Chefs empfing und leutselig abwinkte, als ich – unrasiert und schmerzverkrümmt – Haltung annehmen wollte. Die Erkundigung, die er beim Chef über meinen Gesundheitszustand eingeholt hatte, schien miserabel gewesen zu sein, denn er sagte gleich, Herr Duday sei sehr erfreut gewesen, daß ich im Prinzip damit einverstanden gewesen sei, Treatment und Drehbuch zu schreiben, aber die Sache eile, allzuviel Zeit könne man nicht verlieren, und er werde in zwei oder drei Wochen wieder vorsprechen oder einen seiner Herren beauftragen, mit mir in Verbindung zu bleiben. Er wünschte mir baldige Genesung, verabschiedete sich vom Chef und winkte mir einen leutseligen Gruß zu. Der Chef aber sah mich äußerst sauer an. Zumindest schien er mich für einen wilden Nazi zu halten. Er war ganz gewiß keiner, denn die Englischen Fräulein schätzten ihn sehr.

»Sagen Sie mal, was sind Sie eigentlich für einer?« knurrte er mich an. »Sollen sich solche Besuche von jetzt an etwa alle paar Tage wiederholen?«

Ich versuchte ihm zu erklären, was ich für einer wäre. Darauf knurrte er etwas liebenswürdiger. Dann holte ich das Exposé und gab es ihm zu lesen. Als er fertig war, ging er an den Schrank und trank, um seine Übelkeit zu bekämpfen, einen Schnaps. Ich hoffte, er würde mir auch einen anbieten, aber das war wohl unter seiner Würde.

»Was mache ich nun mit Ihnen?« fragte er angewidert.

Ich erlaubte mir den Vorschlag, falls er sich durch weitere Besuche gestört fühle, mich noch einige Tage in Sparz zu behalten, dann Herrn Duday ein Attest zu schicken, daß mit meinem baldigen Ableben zu rechnen sei, und mich in ein anderes Lazarett zu überweisen.

»Wollen Sie etwa auf die Uk-Stellung und auf das Honorar verzichten?« fragte er mit schiefem Mund.

»Ich denke zuweilen an die Zukunft, Herr Oberstabsarzt...«

Darauf wollte er etwas erwidern, was er dann aber doch lieber ungesagt sein ließ: »Hauen Sie ab, Mann!« sagte er barsch, »ich will sehen, was ich für Sie tun kann.«

Zehn Tage später wurde ich nach Bad Aibling in Marsch gesetzt, wo ich in dem zum Lazarett umgewandelten Kurhaus Johannisbad Aufnahme fand und durch Moorbäder und Massagen wieder halbwegs auf die Beine gestellt wurde. Von dem Filmprojekt habe ich nie wieder gehört, und Herr Duday scheint auch niemand gefunden zu haben, den Uk-Stellung und Honorar verlocken konnten, sich an die Arbeit zu machen.

Zum zwölften Geburtstag überraschte mich Vater durch eine Spendierlaune, die ich ihm nie zugetraut hatte und die auch gar nicht in seiner sonstigen Art lag. Er schenkte mir nämlich einen ›photographischen Apparat‹, Marke Ernemann, Format 9 mal 12, Extra Rapid Aplanat, mit sechs Kassetten und einem gewaltigen Holzstativ. Und damit nicht genug, überreichte er mir auch noch ein Fernglas, bei dem allerdings der Augenwulst um die linke Okularlinse fehlte. Nun, sooo spendabel, wie es den Anschein hatte, war Vater gar nicht gewesen. Beide Geschenke hatte er auf einer Asservaten-Versteigerung im Amtsgericht erworben, das Fernglas für eine und den Fotoapparat samt Stativ für drei Mark. Das Fernglas stammte aus dem Besitz eines Mannes, der wegen Spionage verhaftet worden war, und den Fotoapparat hatte ein Polizist in Kranz einem Sittenstrolch abgenommen, der dort durch ein Astloch des Bretterzaunes das muntere Treiben im Damenbad auf die Platte bannen wollte. So ein Schwein! Was er dort zu finden hoffte, bleibt aus heutiger Sicht ziemlich unklar, denn auch im Damenbad stieg man bis zum Halse geschlossen und weit übers Knie bedeckt in die Fluten der Ostsee.
Einer unserer Professoren, der in den höheren Klassen Mathematik- und Physik-Unterricht erteilte, war ein leidenschaftlicher Amateur-Astronom. Auf Schulausflügen versäumte er es nie, mit feinem Humor nicht nur auf das moralische Gesetz in uns, sondern auch auf den gestirnten Himmel über uns hinzuweisen. Er führte interessierte Schüler auch auf die Sternwarte am Volksgarten, in der Bessel die erste exakte Entfernungsmessung eines Fixsterns gelungen war, des Sterns 61 im Schwan, was der Professor für eine sehr wichtige Tat zu halten schien. Weil sich Sterne bekanntlich nur in der Nacht beobachten las-

sen, machte diese Exkursionen zur Sternwarte ein Haufen von Pennälern aller Altersstufen mit, wobei das Interesse vermutlich aber weniger der Astronomie als einem nächtlichen Bummel durch die Straßen galt, von denen die in der Nachbarschaft der Sternwarte liegenden Lavendel-, Wagner-, Rosen- und Stritzelstraße nicht gerade den besten Ruf genossen. Was hier passierte, versuchte mir mein Klassenkamerad Reuter anhand eines Fotos zu erklären, das er seinem Vater aus der Brieftasche geklaut hatte. Auf diesem unzüchtigen Bild knöpfte eine junge Dame ihr Stiefelchen zu und ließ dabei ihr Bein bis über den Strumpfhalter, ein Gummiband mit Rosette, und sogar darüber noch ein winziges Stückchen unbekleidetes Fleisch sehen. »Siehste«, sagte Reuter und kniff ein Auge zu, »und so'ne Schweinereien machen die da!«
Mit dem Refraktor der Sternwarte konnte mein Glas natürlich nicht mithalten, aber es bedeutete doch eine gewisse Verpflichtung, die Astronomie mit einigem Eifer zu betreiben, was mir Wohlwollen des Professors eintrug. Nach kurzer Zeit kannte ich ein Dutzend Sternbilder und konnte zwei Dutzend Stern-Namen wie Antares, Aldebaran, Beteigeuze und Rigel geläufig herunterschnurren, aber da mir in vielen Nächten weder die Entdeckung einer Supernova noch die Fixierung des dunklen Siriusbegleiters gelang, erlahmte mein Interesse an der Astronomie bald. Um so eifriger wandte ich mich der Fotografie zu, vor allem, weil ich bald entdeckte, daß sich mir damit eine höchst willkommene Einnahmequelle erschloß. Vater wird den Einfall, mir eine Kamera zu schenken, wohl bald verwünscht haben. Denn ich lag ihm ständig auf der Tasche. Da brauchte man zunächst Platten, dann Glasschalen zum Entwickeln, Fixieren und Wässern, Metholhydrochinon und Fixiersalz, einen Kopierrahmen und Tages-

lichtpapiere, bei denen es durch Überbelichtung viel schwarzen Ausschuß gab. Und wenn Vater sich total zugeknöpft zeigte, dann blieb mir leider nichts anderes übrig, als mit Rudi und Helmut dem Gärtner Adler wieder einmal einen nächtlichen Besuch abzustatten und die Beute mit Mütterchen Baltruschat zu teilen.

Noch hatten die Kriegsspiele auf Schulausflügen in den Aschmannpark hinter Maraunenhof oder auf den Galtgarben ihren Reiz nicht ganz verloren, wenn auch bei unseren Professoren eine gewisse Kriegsmüdigkeit zu bemerken war, denn manche von ihnen hatten inzwischen ihre Söhne auf dem Felde der Ehre verloren, andere waren zu unterernährt, um mitzumachen, und einige begannen, sich über den Krieg ihre eigenen Gedanken zu machen. Von der frischfröhlichen Begeisterung der ersten beiden Kriegsjahre war bei keinem von ihnen mehr viel zu spüren. Bei uns war das anders, vor allem bei den Schülern der oberen Klassen, die mit dem EK I oder gar wie unser Fliegerleutnant im Glanz des Pour le mérite den Mädchen imponieren wollten und zudem irgend etwas von einem Kriegsabitur läuten gehört hatten, das einem auf eigens dafür eingerichteten Schnellkursen in Lille oder Namur sozusagen nachgeworfen wurde. Es gab tatsächlich einen Fridericianer, der nach dem Verlust einer Hand mit solch einem Kriegsabitur aus dem Feld zurückgekehrt war und inzwischen an der Albertina Jus studierte. Das mag neben echter Begeisterung manchen Primaner verlockt haben, sich freiwillig zu melden.

Wir Jüngeren aber stürmten weiterhin auf den Schulausflügen munter den Bismarckturm, und ich war mit meiner Ernemann sozusagen als Fotoreporter dabei, um nach gewonnener oder verlorener Schlacht die Helden zu Gruppenaufnahmen zu postieren. Je mehr Jungen ich auf die

Platte bekam, um so lukrativer war das Geschäft. Die Fotos fanden reißenden Absatz, auch wenn die Köpfe nicht viel größer als Schrotkugeln waren. Erstaunlich dabei war, daß ich zu einer Zeit, in der es kaum noch einen Hosenknopf zu kaufen gab, niemals Mühe hatte, mir Platten und Chemikalien zu besorgen. In der Weißgerberstraße gab es ein kleines Spezialgeschäft, das über unerschöpfliche Vorräte zu verfügen schien. In meiner winzigen Kammer entwickelte ich hinter dem verhängten Fenster im Schein einer kleinen Petroleumfunzel mit einem Zylinder aus Rubinglas die Aufnahmen und war dann noch tagelang voll beschäftigt, Blatt für Blatt in den Kopierrahmen zu legen, zwei Minuten lang ins Sonnenlicht zu halten, zu fixieren, zu wässern und zu trocknen. Mit dem Preis von zwanzig Pfennig pro Bild machte ich ein Geschäft, das mir hundert Prozent Gewinn brachte. Da es sonst nichts zu kaufen gab, legte ich das gewonnene Kapital in Foto-Artikeln an, einer Vorsatzlinse, die den Bildwinkel erweiterte, und einem leichten Metallstativ, denn das hölzerne hatte das Gewicht eines mittleren Baumstamms.

Die neue Leidenschaft für Theater und Kintopp, die Entdeckungsfahrten mit dem Fernglas über den Himmel und schließlich die Fotografie nahmen mich so in Anspruch, daß die Leistungen in der Schule einen bedrohlichen Tiefstand erreichten. Ein ›Mangelhaft‹ in Latein und ein ›Ungenügend‹ in Mathematik führten im vorletzten Quartalszeugnis zu der peinlichen Fußnote: »Wenn sich seine Leistungen in diesen Fächern nicht bessern, ist die Versetzung gefährdet.« – Nun, Latein war eine Sache, die sich durch strammes Büffeln leicht bewältigen ließ. Anders war es mit der Mathematik, für die mein Kopf vernagelt war und vernagelt blieb. Daß ich es dieses Mal zum ersten und einzigen ›Gut‹ in einem Versetzungszeugnis brachte, hatte einen besonderen Grund. Unser Mathematiklehrer, der vor Verdun schwer verwundet worden war, mußte sich einer neuerlichen Operation unterziehen. An seiner Stelle übernahm ein junger Studienrat, Dr. Egon Metzger, den Unterricht, ein blonder, gutaussehender Schwabe, der nach Ostpreußen verschlagen worden war und irgendein Leiden gehabt haben muß, das ihn vor dem Einrücken zur Truppe bewahrte. Nicht nur, daß er in sportlich eleganten Anzügen stets wie aus dem Ei gepellt vor der Klasse erschien und am linken Handgelenk ein goldenes Armband trug, er war auch ein ausgezeichneter Sportler und der erste Mensch, den wir auf Skiern – damals sagte man Schneeschuhe dazu – die Hänge des Galtgarben in unnachahmlich eleganten Telemarkschwüngen herabgleiten sahen. Klar, daß diese neue Sportart auch einige von uns begeistert hätte, wenn es eine Möglichkeit gegeben hätte, sich Schneeschuhe zu beschaffen. Die Skier, die ich mir in der Werkstatt von Tischlermeister Piontek aus zollstarken Buchenbrettern selber zurechtzuschnitzeln versuchte, erwiesen sich als völlig untauglich, genauso wie die Bindung aus Tapeziergurten, da Lederriemen nirgends aufzutreiben waren. Wenn also auch das richtige Material fehlte, so fiel mein sportlicher Eifer und Ehrgeiz Herrn Dr. Metzger doch angenehm auf, ebenso wie der Eifer meines Banknachbarn und Freundes Alfred Kleiber, dessen Begabung für Mathematik genauso gering entwickelt war wie die meine. Als wir ihm eines Tages eine völlig verbogene Klassenarbeit ablieferten, stand, als er uns die Hefte anderntags zurückgab, unter der Arbeit nicht die erwartete Fünf – er gab uns die Hefte unzensiert zurück. Aber nach dem Pausenläuten winkte er uns beide zu sich heran: »Was ihr zwei Buben da geliefert habt«, sagte er in seinem in unseren Ohren sehr komisch klingenden Schwäbisch, »ischt

einfach indischkutabel. Darüber werde mer privat miteinander dischkutiere. Sage mer um fünf in meiner Wohnung. Die Hefte bringt ihr mit.«
Pünktlich um fünf rückten wir mit unseren Heften bei ihm an. Er hauste auf dem Vorderen Roßgarten in zwei Zimmern mit separatem Eingang, öffnete uns auf unser Klopfen und führte uns durch einen endlosen Flur in sein Arbeitszimmer. Was uns den Atem verschlug, waren mindestens fünfzig Paar Schuhe, die tadellos geputzt und sauber ausgerichtet zu beiden Seiten des langen Korridors auf dem blanken, grünen Linoleumboden standen. Erstklassige, teure Lederschuhe, nagelneu oder so gut wie neu, wie es sie bei Gronwald oder bei Tack in der Kneiphöfschen Langgasse schon längst nicht mehr gab. Wir liefen auf Holzsandalen mit einer Fersenkappe, die aus ›Leder mit Pappe verstärkt‹ bestand. So las man es auf der Preistafel im Schaufenster. Das Preisschild war von den Farben Schwarz-Weiß-Rot umrahmt, und über den Worten ›Leder mit Pappe verstärkt‹ stand in fetten Druckbuchstaben der innige Wunsch von Herrn Tack: GOTT SCHÜTZE DEUTSCHLAND! – Die Schuhparade, die wir hier sahen, machte auf uns einen überwältigenden Eindruck. Und wenn wir bis dahin befürchtet hatten, im Arbeitszimmer von Herrn Dr. Metzger für unsere miserablen Leistungen gerüffelt zu werden, so erlebten wir eine sehr angenehme Überraschung. In einer Ecke des Zimmers stand eine Liege mit vielen bunten Kissen, und davor ein niedriger Tisch, und auf dessen ziselierter Messingplatte eine weiße Porzellanplatte mit appetitlich angerichteten Broten.
»Nun wolle mer erscht mal futtere«, sagte Herr Dr. Metzger und lud uns ein, auf der Liege Platz zu nehmen. Er selber setzte sich uns gegenüber in einen kleinen Sessel. »Es

ischt mein Abendbrot, aber ich meine, es langt für uns drei – und nun laßt es euch schmecken, Buwe.« Es war wie im Schlaraffenland, und nach so freundlicher Aufforderung genierten wir uns auch nicht lange, sondern griffen tüchtig zu. Sein Appetit schien nicht besonders groß zu sein, er plauderte, während wir futterten, über alle möglichen Dinge, kam bald auf unsere Leistungen im Sport zu sprechen, zeigte großes Interesse für unsere Arm- und Bein-Muskulatur und meinte, nachdem er unsere Muskeln abgedrückt hatte, er sei mit unserer ›Muschkulatur‹ recht zufrieden – und ob wir uns wohl getrauten, zu zweit gegen ihn im Ringkampf anzutreten. Und ob wir uns getrauten! Sein burschikoser Umgangston, durch den er sich von unseren andern Lehrern aufs vorteilhafteste unterschied, nahm uns alle Scheu, und wir machten es ihm gar nicht leicht, uns auf den Rücken zu legen und mit seinem Gewicht durch Schultersiege zu bezwingen. Er mußte richtig keuchen, bis er uns aufs Kreuz legen konnte.

Und hinterher war er ganz erschöpft, aber doch nicht so sehr, daß er uns nicht empfehlen konnte, die Seite mit der unzensierten Klassenarbeit aus dem Heft zu reißen. Dann ließ er uns die Aufgaben noch einmal schreiben, diktierte uns die richtigen Lösungen, griff nach der roten Tinte und zensierte die Arbeiten mit einer glatten Zwei. Wir schieden als gute Sportfreunde von ihm, blieben gute Sportfreunde und brauchten uns um das Versetzungszeugnis nach Tertia keine Sorgen mehr zu machen.

»Mönsch, die Schuhe ...!« sagte Alfred auf dem Heimweg. »Einen Schuhfimmel hat er auf jeden Fall, aber schwül ist er, glaub ich, nicht ...«

»Der und schwül, nie im Leben!« meinte ich sachverständig, »die wo so sind, ziehen den Jungen die Hosen runter und knutschen sie ab. Nee nee, das ist ein Sportler!«

Daß es ›Schwüle‹ gab, darüber waren wir in einer Naturkundestunde von Herrn Reuter aufgeklärt worden, dem das Thema sehr peinlich zu sein schien. Er nannte diese Herren allerdings Urninge und hatte uns vor diesen Unholden eindringlich gewarnt. Das war im Zusammenhang mit jener unangenehmen Affäre mit dem schweißfingrigen Sekundaner in der Sammelstelle geschehen, der nun wirklich ein übler Bursche gewesen war.
Es dauerte merkwürdigerweise lange Jahre, bis man dahinterkam, daß die Spiele, die Herr Dr. Metzger mit seinen Schülern trieb, doch nicht so harmlos waren – vielleicht aber waren sie inzwischen auch weniger harmlos und weniger sportlich geworden –, und ihn aus seinem Lehramt entfernte.
Von seinen 260 Pfund, die Vater 1914 auf die Waage gebracht hatte, waren ihm im letzten Kriegsjahr weniger als die Hälfte geblieben. Aus dem zweiundsechziger Kragen ragte ein dünnes Kinderhälschen, und die Haut schlotterte genauso um seinen Körper wie die viel zu weit gewordenen Anzüge. Wenn er im Hammerteich zum Baden erschien, verdrückte ich mich aus seiner Nähe, weil ich mich fürchterlich genierte, solch eine Jammergestalt zum Vater zu haben. Alfred Kleiber ging es nicht anders; sein Vater, den wir in den voraufgegangenen Jahren nie anders als ›Kugelmann‹ genannt hatten, weil er ebenso breit wie hoch gewesen war, sah wie ein alter Elefantenbulle kurz vor dem Hungertod aus. Die Haut hing ihm in schlaffen Wülsten am Leibe und über die Badehose wie eine scheußliche Schürze herab. Von dem Globus war nichts als die Achse übrig geblieben.
Wir hatten für den Winter 17/18 im Keller zwölf Zentner Kartoffeln, mehrere Zentner Rüben und Karotten und ein großes Faß voll Sauerkohl eingelagert, den ich gehobelt

und mit den Füßen eingestampft hatte. Wir wurden mit diesen Vorräten zu dritt spielend fertig. Aber die ungeheuren Kartoffelportionen, die Vater täglich in sich hineinschlang, um wenigstens ein Gefühl der Sättigung zu verspüren, vermochten seinen körperlichen Verfall nicht aufzuhalten. Und Mutter seufzte oft genug, was für herrliche Bratkartoffeln sie auf den Tisch stellen könnte, wenn sie nur das Fett hätte, das Vater früher, wenn er sich zu den Thüringer Klößen das Fett von dem ausgelassenen Räucherspeck mit dem Suppenlöffel in den Teller geschöpft hatte, aus dem Schnurrbart getropft war. Im Frühjahr 1918 klappte er auf dem Heimweg vom Landgericht vor Schwäche in der Brahms-Straße zusammen und wurde von zwei hilfsbereiten Passanten in unsere Wohnung hinaufgeschleppt. Mutter bekam bei Vaters Anblick das große Zittern und glaubte, nun ginge es mit ihm zu Ende. Ich rannte zu unserm Hausarzt Dr. Landmann, einem ehemaligen Militärarzt, der eigentlich nicht mehr praktizierte, aber kam, wenn er gerufen wurde, und nie ein Honorar verlangte. Ein Gläschen Schnaps schlug er nicht ab, und das konnte Mutter ihm anbieten, denn Tante Elma zwackte ihrem Aurelius Piepus hin und wieder ein Fläschchen Apothekersprit ab, den sie einfach mit Wasser verdünnte. Dr. Landmann nahm einen zur Brust, fühlte Vaters Puls, horchte sein Herz ab und erklärte schließlich, Vater sei gesund wie ein junges Pferd und brauche nichts weiter als vier Wochen Urlaub bei gutem fettreichem Essen. Denn der Mensch sei leider keine Sau, die von Kartoffeln allein fett würde.

»Sie haben leicht reden, Herr Doktor«, sagte Mutter verzagt, »gutes Essen! Woher soll ich es nehmen?«

»Ich habe im letzten Winter meine goldene Uhrkette verfressen«, sagte Dr. Landmann, »Glied für Glied. Aber die

hat Ihr Mann, wie ich sehe« – und er klimperte auf Vaters flachem Bauch mit dessen eiserner ›Gold zur Wehr – Eisen zur Ehr‹ Kette – »fürs Vaterland geopfert. Das war zwar patriotisch gehandelt, aber dumm. Vielleicht aber haben Sie noch ein paar silberne Löffel im Schrank ...«
Mutter hatte nicht nur silberne Löffel, sie besaß ein ganzes vierundzwanzigteiliges Silberbesteck, das sie lange vor dem Krieg von einer vermögenden Tante geerbt hatte. Dazu gehörten ein Tranchierbesteck und ein schwerer Schöpflöffel; alles lag wohlverwahrt, aber kaum benutzt, in Seidenpapier gehüllt im Büfett. Leichten Herzens trennte sich Mutter von diesen Schätzen nicht, aber es ging um Vaters Gesundheit. Er merkte wohl selber, daß mit ihm etwas geschehen mußte, was ihn wieder zu Kräften brachte, und so ließ er sich von Mutter ohne große Widerstände dazu überreden, den Sommerurlaub an der Ostsee in Kranz zu verbringen. Ihn lockten nicht so sehr Strand und Badeleben als vielmehr die Aussicht, dort von Mutter mit Fischgerichten traktiert zu werden, frischen und geräucherten Flundern, grünen Heringen und delikaten Haffzandern, die es in der Stadt schon lange nicht mehr gab. So fuhr er also an einem freien Nachmittag mit Mutter nach Kranz, mietete am Ortsende, wo es durch die parkähnlichen, aber ziemlich mückenverseuchten Anlagen nach Sarkau ging, eine von jenen Sommerwohnungen, die es in fast jedem Kranzer Hause gab. Zwei Zimmer mit einer winzigen Küche und einer geräumigen Glasveranda, in der man sich tagsüber aufhielt. Natürlich mußten das Bettzeug und das Geschirr mitgebracht werden. Mutter packte, was wir zu dritt benötigten, in den großen, aus Weidenruten geflochtenen Reisekorb, der als Frachtgut auf dem Kranzer Bahnhof aufgegeben wurde. Das ererbte Silberbesteck nahm sie in ihrer Handtasche mit.

Natürlich kannte ich die Ostseeküste zwischen Rossitten und Brüsterort recht gut, aber sie war mir durch Vaters Gewaltmärsche mit dem verdammten Passometer verleidet worden. Nun war zu hoffen, daß Gewichtsverlust und Kräfteschwund bewirken würden, was in früheren Jahren nur der inbrünstig herbeigesehnte, aber nie erfolgte Beinbruch geschafft hätte, daß auch wir tun würden, was andere weniger bewegungsfreudige Väter seit je getan hatten, nämlich nichts zu tun, zu baden, zu faulenzen und sich im Strandkorb von der Sonne braten zu lassen. Ich hätte mir denken können, daß Vater keinen Strandkorb mietete. Er warf doch sein Geld nicht für etwas hinaus, wenn man es anders billiger und besser haben konnte. Er ließ mich eine Riesenburg schaufeln, in der er windgeschützt vom frühen Morgen bis zum Abend schmorte. Außerdem aber verzichtete er auch auf den Strandkorb, weil Mutter sehr wenig Gelegenheit fand, das Strandleben zu genießen. Die arme Mutter, im letzten Jahr schon zum Schatten ihrer selbst abgemagert, war am Ende des Urlaubs auch am Ende ihrer körperlichen und seelischen Kräfte. Daheim hatte sie die praktisch eingerichtete Küche mit Herd, Gaskocher, Bratrohr, Spüle und einem reichen Bestand an Töpfen und Geschirr. Hier mußte sie in einer winzigen Küche, in der der Wasserhahn bisweilen nur spärlich tröpfelte, auf einem Spirituskocher die Riesenportionen zubereiten, die Vater und ich in uns hineinschlangen, denn auch ich war inzwischen ins Freßalter geraten und konnte zum Frühstück ein halbes klitschiges Dreipfundbrot mit Kunsthonig oder Marmelade spielend verdrücken. Dr. Landmann aber hatte Mutter keinen schlechten Rat gegeben, es war das reine Löffelwunder, das uns widerfuhr. In der Gegend zwischen Laptau und Dudau nämlich heiratete die Tochter eines Bauern den in Schaaksvitte stationierten Gendarmen. Sie brachte eine hübsche Aussteuer an Möbeln und Wäsche mit, nur das Besteck fehlte noch. Da kam Mutter mit dem vierundzwanzigteiligen Erbstück von Tante Rhode gerade recht. Die Brautmutter erkundigte sich bei einem Königsberger Juwelier genau, was solch ein Besteck in gutem Geld gekostet habe, und belieferte Mutter fast ein Jahr lang mit dem genauen Gegenwert in Naturalien, Eiern, Butter, Mehl, Milch, Schweinefleisch und Räucherspeck. Von dem kostbaren Erbe behielt Mutter nur den schweren Schöpflöffel und das Tranchierbesteck zurück – für kommende Notzeiten. Und diese Notzeiten kamen, wenn auch erst dreißig Jahre später. Auf dem Schiff, das sie und den dreiundachtzigjährigen Vater nach der strapaziösen Flucht über die Frische Nehrung endlich von Danzig, durch Minen und russische U-Boote bedroht, nach langer Fahrt nach Lübeck brachte, herrschte solche Hungersnot, daß der alte Mann zu delirieren begann. Und Mutter versuchte den silbernen Suppenlöffel wenigstens für ein Stück Brot einzutauschen. Ein Heizer erbarmte sich ihrer schließlich und drückte ihr einen Knust Schwarzbrot in die Hand, den Suppenlöffel aber gestattete er ihr großzügig irgendwohin zu stecken. Er sagte es überdeutlich, aber Mutter hatte das Damenhafte in Königsberg zurückgelassen oder auf der Flucht verloren, stammelte einen tränenfeuchten Dank und tunkte das steinharte Brot in Wasser, um es Vater in den Mund zu stopfen.

In Kranz lebten wir dank des Löffelwunders herrlich und in Freuden. Fische aus der See und aus dem Haff gab es in den Kranzer Läden auch ohne Marken zu kaufen oder direkt von den Fischern in Saarkau und Kranzbeek, von wo Mutter zuweilen sogar noch warme, fetttriefende Räucherflundern heimbrachte. Vater erholte sich zuse-

hends, für meinen Geschmack fast allzu schnell. Die Bäder und die gute Meeresluft steigerten seinen Appetit ungemein. Als guter Futterverwerter nahm er rasch an Gewicht zu, und mit der Gewichtszunahme stellte sich auch sein Bewegungsdrang wieder ein. Aber als er Mutter zu Märschen nach Rossitten und Neukuhren ermuntern wollte, biß er bei ihr auf Granit. Nein, wenn sie hier schon unter primitiven Bedingungen wirtschaften und für drei Mahlzeiten am Tag sorgen mußte, dann wollte sie wenigstens am Nachmittag für ein paar Stunden Ruhe haben, baden und sich am Strand sonnen. Denn seit wir in Kranz lebten und zur Nacht in die von der Seeluft klammfeuchten Betten krochen, spürte sie es im Kreuz und in den Gliedern. Ich selber vermied es tagsüber nach Möglichkeit, mich in Vaters Nähe aufzuhalten. Ich hatte einen Haufen neue Freunde gefunden, die hier mit ihren Eltern in ähnlichen Sommerquartieren wie wir lebten und mit denen ich mich am Strand und in den Dünen mit viel Geschrei zu Wasser und zu Lande herumbalgte.
Kranz war eigentlich ein ziemlich langweiliges Nest mit flachem Strand, einer langen Seepromenade und flachem Hinterland, durch dessen sumpfige Gründe man schon bei der Bahnfahrt zuweilen mächtige Elche ziehen sah. Als Motiv für die Landschaftsmaler von der Kunstakademie hochwillkommene Objekte. Aber selbst wenn Vater für den ersten Urlaub an der See Rauschen, Warnicken oder Neukuhren an der bezaubernden, traumhaft schönen Bernsteinküste mit ihrem glitzernden Strand, der hochaufragenden, schluchtenzerschnittenen und von Lupinen blau und gelb überschäumten Steilküste gewählt hätte, ich weiß nicht, ob diese verlorene und unvergessene Traumlandschaft auf einen Jungen meines Alters einen sonderlichen Eindruck gemacht hätte. Was Kranz bot, genügte mir

vollauf, es war die Erfüllung eines Ferientraums, der seine höchste Vollendung fand, als ich mich mit einem von den Kranzer Fischern anbiederte und von ihm zum Auslegen der Köderleinen für Aale und Lachse mitfahren durfte. Es war ein wortkarger alter Mann, klein und stämmig, mit langen Armen, an denen zwei verhornte Fäuste hingen, einer dicken Nase, hellen, ständig verkniffenen Augen und einem kurzen Bart von der Farbe einer Torfasche, in der noch ein paar Funken glühten. Ich durfte Köder schneiden und die Haken bestecken. Groß war die Beute, mit der wir heimfuhren, nie, und er trauerte den alten Zeiten nach, in denen die Fänge das Boot jedesmal fast zum Kentern gebracht hätten.

»Na und denn, Heinrich?« fragte ich und war mit dem mageren Fang, der das Boot nicht zum Kentern brachte, ganz zufrieden, »denn wärst abjesoffen...« Er konnte nämlich nicht schwimmen. Es war fast unglaublich, aber von den Fischern, sogar von den jungen, hatte kaum einer schwimmen gelernt.

»Schwimmen?« sagte er und schob den Priem in die andere Backe, »wozu soll ich mir lange abzappeln. Nei, nei, da machst noch einen Schnapper und bist wech. Seemannsdot, das darfst mir glauben, Jung, dat is der scheenste Dot, wo jefft.« Es war eine der längsten Reden, die Heinrich je von Stapel gelassen hatte. Zu überzeugen vermochte er mich trotzdem nicht. Zu der Überzeugung, daß er wie immer recht gehabt hatte, kam ich knapp vier Wochen später. Wir schwammen daheim im Hammerteich auf das Floß zu, das in der Mitte des Teiches verankert lag. Eine Gruppe von etwa einem Dutzend Jungen hielt es besetzt, und recht viele mehr konnte es auch nicht tragen. Wie immer kam es zu einer Balgerei, wir wollten hinauf, die andern stießen uns zurück, mit den Füßen, mit den Fäusten und mit dem Wriggruder, das immer auf dem Floß parat lag. Und dabei bekam ich zunächst einen Hieb über den Schädel und wurde von einem Jungen, der über meine Schultern aufs Floß klettern wollte, unter dessen Rundstämme gedrückt. Ich machte, wie Heinrich sich ausgedrückt hatte, noch einen Schnapper und ›war wech‹. Das heißt, in den wenigen Sekunden, in denen ich noch halb bei Bewußtsein war, zog lebhaft und gestochen scharf eine Filmszene an mir vorüber, in der ich mit den Eltern und Großeltern daheim am Kaffeetisch saß, dick mit Zucker bestreute Waffeln aß und dazu Kakao trank, bis der Film sich verdunkelte und in einen purpurnen Nebel auflöste. Ich glitt ganz schnell und ohne die geringste Spur von Angst hinüber. Zum Glück fiel einem Jungen von meiner Bande mein Verschwinden auf, sie tauchten, holten mich unter dem Floß hervor, hievten mich herauf und schrien, als ich wie eine ersoffene Katze auf den Bohlen lag, nach dem Bademeister. Der verstand etwas von der Sache und pumpte mich nach einiger Zeit ins Leben zurück. –

Als die Ferien zu Ende gingen, war Vater braun wie ein Neger und hatte einige Kilo heraufgepackt. Auch mir stachen die Rippen nicht mehr so jämmerlich durch die Haut. Nur Mutter schwor grimmig, daß sie sich so etwas nie wieder im Leben antun werde, und wenn wieder normale Zeiten kämen, dann wolle sie noch fürs Frühstück und fürs Abendbrot sorgen, aber zu Mittag werde im Lokal gegessen. Dabei zitterten ihr die Lippen, und sie machte ein Gesicht, als würden ihr im nächsten Augenblick die Pferde durchgehen. Sie war mit den Nerven wirklich fertig. Es passierte höchst selten, daß sie mit Vater in die Wolle geriet, aber wenn es geschah, hatte Vater nichts zu lachen und bewegte sich auf leisen Sohlen durch die Wohnung. So murmelte er denn leicht betreten, er sähe ja ein,

daß sie es nicht gerade leicht gehabt habe, und das nächstemal – wenn es für ihn überhaupt noch ein Nächstesmal und einen nächsten Urlaub gäbe – nun ja, man werde schon sehen... Das machte er sehr effektvoll, sozusagen mit einem Trauerflor um die Stimme, und er erreichte damit genau, was er wollte, denn jetzt begann Mutter zu schnuffeln und seufzte: »Julchen, das wirst du mir doch nicht antun!« – Nein, er tat es ihr nicht an, und als er es ihr antat, da war er immerhin dreiundneunzig Jahre alt, und sie überlebte ihn um mehr als zehn Jahre. –
Unsere Rudauer Bauersfrau stotterte die Bezahlung des Silberbestecks in Naturalien bis ins nächste Frühjahr hinein ab. Es war nicht ganz ungefährlich, die guten Sachen abzuholen und per Bahn heimzubringen, denn die Kontrollen wurden immer strenger, auch auf der Kranzer Bahn. Wenn wir unsere Bäuerin besuchten, stiegen wir immer auf der letzten Station vor Königsberg aus, wo es keine Sperren und keine Kontrollen gab, und marschierten die letzten vier Kilometer zu Fuß nach Hause.

Die Versetzung nach Untertertia hatte für mich und auch für Alfred Kleiber mit der Hilfe unseres Sportsfreundes Dr. Metzger großartig geklappt. Ich war mit der einzigen guten Note meines Schülerlebens in den Rechenkünsten in die nächste Klasse gerutscht. Aber Vaters Mienen erhellten sich nicht, als ich ihm das gute Versetzungszeugnis stolz vorzeigte. Seine Stimmung verdüsterte sich von Tag zu Tag, denn von der Westfront kamen schlimme Nachrichten. Als Hindenburg und Ludendorff im Westen das Oberkommando übernahmen, da hatte er fest daran geglaubt, daß es nun vorangehen werde. Aber der Einsatz des Siegers von Tannenberg hatte nichts genützt. Und dann überstürzten sich die bösen Nachrichten. Matrosen-Meuterei in Kiel. Meutereien in den Garnisonen der großen Städte. Aufstand in Berlin. Und schließlich das Extrablatt der ›Allgemeinen Zeitung‹, daß der Kaiser abgedankt habe und nach Holland geflohen sei. Diese Nachrichten, besonders die letzte von der Flucht des Kaisers, die meine Klassenkameraden und mich nicht sonderlich erschütterte, machten Vater so krank, daß er sich ins Bett legte und tagelang nicht ansprechbar war. Dem Vater von Kurt Gronwald, der kaiserlicher Hoflieferant gewesen war, ging die Abdankung des Kaisers auch furchtbar an die Nieren. Aber der Vater von den Zwillingen Wallowitz sagte, er habe den Wilhelm immer für ein Großmaul und für einen Feigling gehalten und habe von Anfang an gewußt, daß dieser Krieg ein schlimmes Ende nehmen werde. Als ich ihn dann fragte, ob er mir deshalb meine Berliner Renommier-Uhr nicht repariert hätte, blinzelte er mich an und sagte: »Du bist ein Aff, und deine Scheißuhr gehörte genauso auf den Misthaufen wie der Wilhelm mit seinem Säbelgerassel. Und wer das Schwert zieht, der wird durch das Schwert umkommen, jawoll!« – Er war nämlich, genau wie die Eltern vom Alfred Kleiber, Blaukreuzler oder so etwas Ähnliches und verfügte über einen reichen Vorrat an Bibelsprüchen. Vater hätte ich das nicht erzählen dürfen, der hätte mir den Umgang mit den Zwillingen sofort verboten, von denen mir besonders Walter imponierte, der eine halbe Stunde vor Paul auf die Welt gekommen war. Wenn es damals schon Quiz-Spiele gegeben hätte, wäre er als Karl-May-Experte zu Ansehen und Vermögen gekommen. Außerdem war er ein leidenschaftlicher Sammler, kein öder Spezialist für Briefmarken oder Stollwerkbildchen, er sammelte einfach alles, Stanniolpapier, Zinnsoldaten, Bücher, Mineralien, Ansichtskarten,

Stempelmarken, Notgeld, ausländische Münzen, kurzum, er war ein vielseitig interessierter Knabe. In meinem ersten Tagebuch, dessen erste Eintragung vom 10. 4. 1917 stammt, sind mit dem Datum des 9. August unter der Überschrift ›Deutsche Giftpflanzen‹ vom Adonisröschen bis zum Zwergholunder 42 Giftkräuter aufgeführt. Und darunter steht: »Walter W. und ich sammeln Fläschchen. Werden Gift bereiten!« – Einige Tage später scheinen wir die Giftbereitung bereits aufgegeben zu haben, denn darüber findet sich keine weitere Notiz, dafür aber ist am 20. August vermerkt: »Mit W. W. gekuppelt, gab ihm den Blauen Methusalem von Karl May, er mir Unter Pampasindianern von Gerstäcker und ein Kamerad-Buch Der Buschläufer. Ziemlicher Mist. W. hat mich begaunert.« Wenn ich heute in diesem rührend komischen Bubentagebuch blättere, so erscheint es mir höchst merkwürdig, daß da von Tauschgeschäften, Prügeleien, Feindschaften und Versöhnungen, nie aber vom Krieg die Rede ist, der uns doch bewegt haben muß. Spielte er sich zu weit entfernt ab? Oder war er zu einem Zustand geworden, an den wir uns so sehr gewöhnt hatten, daß wir ihn gar nicht mehr bemerkten? Was dachten wir uns, wenn ein Klassenkamerad einige Tage fehlte und dann mit einer schwarzen Armbinde in die Schule kam, weil der Vater gefallen war? Etwa Armin Bender; er hatte seinen Vater vier Jahre lang kaum gesehen, und wenn er dann einmal auf Urlaub kam, dann hatte er am Sohn so viel auszusetzen gehabt und ihm wahrscheinlich auch dann und wann das Fell gegerbt, daß der Armin froh war, wenn der Alte wieder verschwand. Und dann gab es diesen merkwürdig harmlosen Ausdruck für den Tod vor dem Feind: gefallen ... Lieber Gott, wie oft fielen wir, schlugen uns die Knie blutig und standen jedesmal wieder munter auf. Aber das sind wohl sehr abwegige Gedanken... Der Armin jedenfalls keilte sich gleich am ersten Tag mit der Schwarzen Binde am Arm mit dem Helmut Chrysant in der Zehn-Uhr-Pause auf dem Schulhof, wie er sich vordem mit anderen Jungens geprügelt hatte. Die Lehrer behandelten ihn vierzehn Tage lang wie ein rohes Ei, und der sonst recht strenge Dr. Buttersack gab ihm eine total verbogene Französisch-Arbeit unzensiert mit den Worten zurück: »Nun, du hast jetzt wohl andere Gedanken im Kopf als die verbes irréguliers, mein Junge...« Es war fast beneidenswert, was solch eine schwarze Armbinde alles zuwege brachte. –

Kurz vor Beendigung unseres Herbst-Schuljahres erneuerten wir die Bekanntschaft mit unserem alten Vorschullehrer Hoffmann, den ich so sehr geliebt hatte. Er brachte uns mit seiner schönen Handschrift die griechischen Buchstaben bei, die wir beim Eintritt in die Tertia beherrschen mußten. Obwohl wir mit ihm drei Jahre lang nichts zu tun gehabt hatten, kannte er uns alle noch beim Namen. Als er mich entdeckte, grinste er in der Erinnerung an den Heiratsantrag, den ich ihm für meine Schwester Else gemacht hatte, freundlich und sagte: »Na, und was macht dein großer Bruder, der Cimber?« – Als ich ihm sagte, daß Ernst bei Cambrai gefallen sei, verschwand das Lächeln aus seinem Gesicht, er legte mir die Hand auf die Schulter und murmelte: »Entschuldige, Jungchen, das habe ich nicht gewußt.« – Bald kam der letzte Schultag mit der Aushändigung der Versetzungszeugnisse, es kamen die Kartoffelferien, und dann gab es gleich nach Schulbeginn eine hochnotpeinliche Untersuchung, mit der der Geheimrat Herrn Hoffmann betraute, wahrscheinlich, weil der uns am längsten und am besten kannte.

Am letzten Tag der Kartoffelferien war nämlich unser Klassenkamerad Herbert Harder gestorben, vielleicht an

der gerade herrschenden Grippe, vielleicht aber auch an einer Meningitis. Was er in den Fieberdelirien seines Todeskampfes erzählt hat, scheint seine Eltern, wohlhabende Leute, denen eine Villa in Maraunenhof gehörte, tief verstört zu haben. Jedenfalls bestand der Vater Harder darauf, daß der oder die Verführer seines Sohnes von der Schule entfernt würden. Zum Glück gehörte ich nicht zum engeren Freundeskreis des Toten, an dessen Grab auf dem Neurossgärter Kirchhof wir das bereits eingeübte ›Integer vitae‹ singen sollten, was dann aber der Vater sich verbat. Nun ja, inzwischen trieben wir alle – oder fast alle – mit mehr oder weniger Hingabe jenes Spielchen, zu dem mich Rudi Gutbrod schon vor langer Zeit zu animieren versucht hatte und von dem er behauptete, daß man dabei ganz wunderbare Gefühle verspüre. Damals hatte ich mich vergeblich bemüht, was den Rudi zu der Bemerkung veranlaßt hatte, daß ich dafür wohl noch zu blöd sei.
Jetzt also machte man diese heimlichen Spiele für den Tod von Herbert Harder verantwortlich und versuchte in Verhören, die sich über Tage erstreckten, die Verführer und Schuldigen an diesem Todesfall zu überführen. Und weil es bei diesen Untersuchungen keine offene und natürliche oder auch nur halbwegs offene Sprache gab, wanden sich die Inquisitoren wie die Schlangen um das heikle Thema herum oder bohrten die zu den Verhören beorderten Jungen mit Fragen an, als gelte es, einen verbogenen Korkenzieher durch einen allzu engen Flaschenhals zu treiben. Unser neuer Klassenleiter, Dr. Conradi, ein jovialer Mann mit einem zerhackten Corpsstudentengesicht, sah in seinen Stunden mit steinernen Augen über uns hinweg, als stände er vor einer Horde von Schwerverbrechern. Herr Hoffmann aber, von den Ergebnissen seiner Untersuchung völlig entmutigt, da die Verhörten sich taub und

stumm stellten, beschwor uns in den vielen Leerstunden, die es durch den Ausfall einiger Lehrer infolge der Grippe gab, inständig und mit echten Tränen in den Augen, dieses entsetzliche Laster aufzugeben. Er empfahl uns kalte Waschungen, mäßiges Essen – als ob einer von uns gevöllert hätte! – Turnen, Hanteln, Sport und – in der Anfechtung das Gebet. Er brachte ein Buch mit, sein Verfasser war ein Medizinalrat namens Damm, und der Titel des Werkes, das zu lesen und zu beherzigen uns Herr Hoffmann eindringlich empfahl, hieß: ›Die Krankheit der Welt‹. Darin wies der gelehrte Verfasser mit seinem fundierten medizinischen Wissen nach, daß alle Krankheiten und Übel, von denen die Menschheit geplagt würde – vom Haarausfall bis zur Rückenmarksschwindsucht –, auf nichts anderes als auf Masturbation zurückzuführen seien. Nachdem wir von den bösen Urningen auch schon vernommen hatten, wurde unser Wortschatz in dieser außerplanmäßigen Sexualkunde um ein neues Wort bereichert. »Von jetzt an«, sagte der Alfred Teschenmacher, der zu uns gestoßen war, weil er das Klassenziel wieder einmal nicht erreicht hatte, »wird also nicht mehr gewichst, sondern masturbiert. Also, munter, Leute!« Dieser Teschenmacher war, als er zu uns kam, fünfzehn oder sogar schon sechzehn Jahre alt und wurde von uns sofort als eine bedeutende Führerpersönlichkeit anerkannt. Er stammte vom Lande und nahm es an Kräften mit jedem Primaner auf. Von ihm hörten wir die ersten Frau-Wirtin-Verse, und er vermittelte uns auch erste Kontakte mit der Bonifatius-Kiesewetter-Poesie, deren moralische Zweizeiler uns hell entzückten. Das Einjährige schaffte er nicht, aber dann ging er doch zum Hunderttausend-Mann-Heer, brachte es bis zum Feldwebel und muß das Masturbieren wohl aufgegeben haben, denn er brachte es im deutschen

Heer zu dem Soldaten mit den höchsten und meisten Alimentenzahlungen. Vielmehr zahlte Väterchen Staat für ihn. Es waren achtzehn oder noch mehr Kinder, die von ihm in Allenstein und Umgebung herumliefen. Aber dann ereilte ihn ein furchtbares Schicksal. Eines der Mädchen, dem er wie auch allen anderen die Ehe versprochen hatte, bat ihn zu einem letzten Rendezvous, trug aber im Handtäschchen ein Rasiermesser bei sich, mit dem sie ihn beim letzten Liebesdienst aus Rache oder Eifersucht jenes männlichen Details beraubte, das ihm so viel Vergnügen und dem Staat so hohe Kosten gemacht hatte.
Wie gesagt, die lange und gründliche Untersuchung des Falles Harder brachte kein Ergebnis, niemand mußte die Schule mit Schimpf und Schande verlassen, und schließlich wuchs, wie immer im Leben, Gras über die leidige Geschichte. Die wissenschaftlichen Erkenntnisse des Medizinalrates Damm aber bewirkten, daß ich meinen Vater, dessen Scheitel im Verlauf der Jahre einem spärlichen Haarkranz rund ums Hinterhauptsloch Platz gemacht hatte, mit neuen Augen ansah, denn auf den Haarverlust hatte der Medizinalrat besonders ausdrücklich hingewiesen. Erheiternd dabei war auch, daß Herr Hoffmann, der noch immer einen vollen braunen Scheitel trug, auf den Haarausfall als Folgeerscheinung der Krankheit der Welt immer wieder zurückkam: »Zum Donnerwetter, wollt ihr denn später mit Glatzen herumlaufen?« – während Dr. Winter mit seinem blank polierten Schädel den Haarausfall nie erwähnte, sondern Erkankungen des Rückenmarks, Lähmung, Erblindung und Einweisung ins Irrenhaus als schreckliche Folgen heraufbeschwor.
Vielleicht aber bewirkten auch die während dieser Verhöre eintretenden politischen Veränderungen, daß Herr Medizinalrat Damm mitsamt seinen idiotischen Grusel-

geschichten endlich unter den Teppich gekehrt wurde. Wenige Tage vor dem Ausbruch der Revolution schickte Mutter mich zu der kleinen Holzbude am unteren Ende der Tiergartenstraße, in der ein Pferdemetzger markenfreie Leberwurst verkaufte. Sie war sehr dunkel und sah nicht besonders appetitlich aus, und Mutter deklarierte sie vor Vater als Leber-Ersatz-Wurst, denn er wäre eher Hungers gestorben, als daß er bewußt Pferdefleisch gegessen hätte. Dabei hatte es bei uns schon manchen Schmorbraten gegeben, an dem Vater sich delektiert hatte, obwohl der Braten noch kurz zuvor auf eisenbeschlagenen Hufen gelaufen war. Mutter machte Vater einfach weis, daß das Fleisch aus Rudau stammte, und Vater glaubte fest daran, wieder einmal ein silbernes Kaffeelöffelchen zu verzehren. Als ich an jenem Nachmittag mit Mutters Markttasche in der Hand vor der Verkaufsbude erschien, drängte sich dort schon eine Stunde vor der üblichen Öffnung des Ladens eine Traube von mehr als hundert Menschen, zumeist Frauen und einigen alten Männern, gegen die Eingangstür. Die Leute waren wütend, denn der Roßschlächter hatte den Laden schon eine Stunde vorher aufgemacht und bereits so viele von seinen Würsten verkauft, daß die noch Wartenden befürchten mußten, leer auszugehen. So drängten und drückten die stärkeren die alten und schwachen Leute von der Tür weg, um doch noch zu ihrem Teil zu kommen. Es gab einen richtigen Tumult, den ein gerade des Weges kommender ›Blitzkopp‹ in der üblichen barschen Art der Schutzleute zu beheben versuchte, indem er die Leute von der Tür wegdrängte und ihnen befahl, sich in Schlange anzustellen. Aber die Zeiten, in denen allein das Auftauchen eines Blauen genügte, um der Staatsgewalt Respekt zu verschaffen, waren vorbei. Plötzlich war er von einer Meute wütender Weiber umringt, die mit Schirmen und Handtaschen auf ihn einschlugen, ihm den Helm vom Kopf rissen und ihn, als er blank zu ziehen versuchte, kurzerhand entwaffneten. Helm und Säbel flogen in die Büsche der noch zum Tiergarten gehörenden Schlucht, der Schutzmann wurde niedergerissen und niedergetrampelt und sah, als die wütende Menge sich plötzlich verflüchtigte und er von dem Roßschlächter in den Laden gezerrt wurde, blutverschmiert und mit zerfetzter Uniform gar nicht mehr würdig und respekteinflößend aus. Ich lief mit leeren Händen ziemlich aufgeregt nach Hause, um Mutter zu berichten, was ich erlebt hatte. Daheim lag die Abendausgabe der ›Allgemeinen‹ auf dem Tisch mit der dicken Überschrift: »Kaiser Karl geflohen! Revolution in Wien und Budapest!« – Mutter war völlig niedergeschlagen und weinte, hauptsächlich aber wohl deshalb, weil sie nicht wußte, was sie Vater zum Abendbrot vorsetzen sollte. Sie seufzte, das sei der Anfang vom Ende...

Und damit behielt sie recht. Mit einem entwaffneten Schutzmann auf den Hufen und ähnlichen kleinen Revolten in den anderen Stadtteilen, vor allem auf dem Sackheim, ging die Wilhelminische Aera zu Ende. Seltsam, daß in der Schule niemand von dem Zusammenbruch all dessen, was man uns gelehrt hatte und wofür wir erzogen worden waren, sonderlich Notiz zu nehmen schien. Anders kann ich es mir nicht erklären, daß mein Tagebucheintrag vom 9. 11. 1918 lautet: »Bin Obergeograph geworden!!! Freue mich sehr! In den Stunden von Dr. Hüttermann (Geschichte, Erdkunde, Latein) sitze ich ganz vorn und habe jede Stadt und jedes Land, von dem gerade die Rede ist, auf der Karte aufzuzeigen. Als Obergeograph kriegt man meistens eine Eins. (Natürlich nicht in Latein.)«

Es war der Tag, an dem Extrablätter mit der Nachricht von der Abdankung des Kaisers und seiner Flucht nach Holland erschienen. Es war der Tag, an dem überall in den Straßen Aufrufe verteilt wurden, der sozialdemokratischen Partei beizutreten. Es war der schwarze Tag, an dem Vater mit einer roten Rosette im Knopfloch vom Dienst heimkehrte, weil er ohne dieses Abzeichen vom Straßenpöbel verprügelt worden wäre. Er riß das rote Ding aus dem Knopfloch und feuerte es in den Abfalleimer, und dann setzte er sich ins Wohnzimmer und starrte mit blinden Augen gegen die Decke und murmelte, jetzt wäre alles aus und jetzt werde er sich wohl um eine Stellung als Nachtwächter umsehen müssen. Am Nachmittag waren Soldaten mit roten Armbinden ins Landgericht eingedrungen, hatten den Präsidenten verhaftet und einen Gerichtsschreiber zum Präsidenten ernannt. Andere Soldaten hatten kurz zuvor das Hauptpostamt am Gesekusplatz gestürmt, den Postdirektor seines Amtes enthoben und einen Schalterbeamten namens Steinkopf auf den Direktorensessel gesetzt. Es war der schwarze Tag, an dem ein Soldatenrat von vier Infanteristen und einem Matrosen den Kommandierenden General verhaftet, sich in seinem Palais auf dem Vorderen Roßgarten etabliert und die oberste Gewalt übernommen hatte. Es war der schwarze Tag, an dem Offizieren, die sich auf die Straße wagten, die Kokarden von den Mützen gerissen und die Waffen abgenommen wurden. Es war der Tag, an dem es zu wilden Schießereien zwischen Kaisertreuen und roten Soldaten kam, Schießereien, die sich über eine Woche fortsetzten. Ich sah, wie ein Matrose, der auf dem Turm der Schloßkirche eine rote Fahne hissen wollte, abgeschossen wurde und, sich in der Luft mehrmals überschlagend, schließlich mit zerschmetterten Gliedern auf dem Dach des Schlosses liegenblieb. Tagelang zogen schwer bewaffnete Streifen durch die Straßen, um Plünderungen der Geschäfte zu verhindern. Sie erschossen auf der Stelle, wen sie beim Plündern erwischten. Lange gab es weder Brot noch Mehl noch Milch noch irgendwelche anderen Lebensmittel. Wovon Mutter uns satt zu kriegen versuchte und wohl auch halbwegs satt machte, vermag ich nicht mehr zu sagen.

Wegen der Schießereien, wegen der Lebensmittelknappheit und wegen der allgemeinen Unsicherheit gab es ein paar schulfreie Tage. Vielleicht schwänzten wir den Unterricht auch ohne viel zu fragen, denn um eine Entschuldigung wäre, wenn man sie verlangt hätte, keiner verlegen gewesen. Natürlich trieben wir uns auf den Straßen herum, die Gutbrodjungen und ich zusammen mit ganzen Horden von Bengeln unseres Alters. Wo es was Eßbares zu klauen gab, klauten wir, und wenn es knallte, verzogen wir uns in Haustore oder fanden einen anderen Unterschlupf, einmal in der alten Steindammer Kirche und einmal im ausgeplünderten Hollando-Laden am Rollberg, aber solche Schießereien waren recht selten, für unseren Geschmack fast zu selten. An vielen Häusern wehten rote Fahnen. Manche waren so schmal, daß man ihnen ansah, die schwarzen und weißen Streifen waren gerade erst abgetrennt worden. Aber das Rot, selbst wenn es schon ein wenig verwaschen und durch die vielen Siege ausgebleicht war, gab der grauen Stadt unter dem grauen Novemberhimmel in meinen Augen eine festliche Note.

Auch am Himmel über der Stadt war etwas los. Dort kreisten unentwegt Flugzeuge, die große Mengen von Flugblättern mit den unterschiedlichsten Parolen abwarfen. Da wurde zum Festhalten an den Errungenschaften der Revolution aufgerufen, und zum Widerstand gegen die roten

Banditen, die den Kaiser und die Front schmählich verraten hatten. Wir sammelten die Flugblätter in Massen ein, denn Papier war knapp. Einseitig bedruckt waren sie Vater als Lokuspapier hochwillkommen, besonders die von der roten Partei. Der Walter Wallowitz, Sammler aus Leidenschaft, raffte zusammen, was er nur erwischen konnte, aber nicht zu hygienischen Zwecken, sondern für ein Revolutionsarchiv. –

Auf den Straßen schien mit Ausnahme von Königsbergs High Society das ganze Volk zu sein. Die Leute waren in einer freudig erregten Stimmung, fast wie zu Kriegsbeginn, als man die ins Feld rückenden Truppen mit Blumen, Hurrageschrei und ›Es braust ein Ruf wie Donnerhall‹ zum Bahnhof begleitet hatte. Wo ein freier Platz war, auf dem Altstädtischen Markt, auf dem Roßgarten oder auf dem Münzplatz, hielt jemand von einer Brunnenschale oder von einem Denkmalssockel herab flammende Reden ans Volk, daß der Krieg nun zu Ende sei, daß es bald wieder Brot geben werde und daß die Zeit von Gleichheit, Freiheit und Brüderlichkeit angebrochen sei. Es gab Tränen und Umarmungen und viel Begeisterung. Dann hieß es wieder: Auf zum Paradeplatz, wo um drei der Kochran reden wird! – Die Massen setzten sich in Bewegung, wir Jungen rannten mit und grölten mit:

Wem haben sie die Krone geklaut?
Dem Wilhelm dem Doofen
dem Oberganoven
dem hamse die Krone geklaut!
Wer hat ihm die Krone geklaut?
Der Ebert der helle
der Sattlergeselle
der hat ihm die Krone geklaut!

Lieber Gott, wenn Vater mich gehört hätte, der Knüppel wäre aus dem Sack gefahren und hätte mir den Hintern verbläut. Die Flucht des Kaisers brachte Vaters Treue zum Hause Hohenzollern nicht ins Wanken. Das Kaiserbild mit der eigenhändigen Unterschrift, das mir der Adjutant nach dem Vortrag des Gedichts und der Überreichung des künstlichen Kornblumenstraußes aus Mutters Hut unter den blitzenden Augen Sr. Majestät überreicht hatte, hatte Mutter allerdings vorsichtshalber von der Wand genommen, denn Hausdurchsuchungen nach versteckten Vorräten und Revolutionsfeinden waren an der Tagesordnung. Das Kaiserbild, um dessen obere linke Ecke der Vater einen Trauerflor geschlungen hatte, hätte für ihn üble Folgen haben können. Er war schließlich kein Selbstmörder...

Die feinen Leute rührten sich in diesen Tagen nicht aus ihren Wohnungen. Frau Kallweit und ihre Tochter, die sonst von ihrem Fensterplatz im ›Spion‹ das Kommen und Gehen auf der Straße vom Morgen bis zum Abend beobachtet hatten, zogen tagelang nicht einmal die Vorhänge auf. Auch Onkel Fritz, der den Chinafeldzug als Major mitgemacht hatte, getraute sich nicht auf die Straße. Er schickte die alte Tante Elma mit ihrem schiefen Mund hinaus, wenn es etwas zu besorgen gab. Und der Aurelius Piepus hatte sich in seiner Wohnung über der Apotheke richtig verbarrikadiert und erwartete stündlich, daß der Pöbel von Ratshof die Storchen-Apotheke stürmen werde. Aber es wurde niemandem ein Haar gekrümmt. Uns Jungen, die wir von der Französischen Revolution, von der Guillotine und vom blutigen Sturm auf die Bastille gehört hatten, kam diese Revolution fast zu friedlich und harmlos vor. Nicht einmal das Denkmal von Wilhelm I. wurde vom Sockel gerissen. Vielleicht hätte man den zweiten Wilhelm nicht ungeschoren gelassen, aber den hatte die Stadt noch nicht mit einem Denkmal geehrt. Es wurde nicht einmal jener Denkstein in der Nähe von Rominten zerstört, auf dem die Worte eingemeißelt waren: »An dieser Stelle erlegte Se. Majestät höchstdero 50 000ste Kreatur.« –

Die Stadt stand nicht lange unter der Herrschaft der Arbeiter- und Soldatenräte. Aber es muß noch zu ihrer Zeit gewesen sein, als die Dritten Kürassiere, aus dem Felde heimkehrend, in geschlossener Formation mit den Kesselpauken und dem Spielmannszug voran, vom Bahnhof zu ihrer Kaserne in der Wallstraße am Tragheimer Tor ritten. Am Münzplatz kam es zu einem großen Auflauf. Zusammengeströmtes Volk versuchte, die Kürassiere, die starr geradeaus blickten und sicherlich ungeduldig auf den Befehl warteten, blank ziehen und dreinhauen zu dürfen, von den Pferden zu zerren, besonders den Mann an den Kesselpauken, der zu ›Preußens Gloria‹ die Schlägel rührte und, ohne sich aus dem Takt bringen zu lassen, seine Schlägel auf die Köpfe wirbeln ließ, wenn es ihm zu dumm wurde. Ich habe das leider nicht miterlebt, aber der Alfred Kleiber, der in der Nähe wohnte und neben der Regimentsmusik herrannte, hat es mir erzählt und auch erzählt, daß sich die Revolte in diesem Augenblick in einem Riesengelächter auflöste. Und so war es wieder einmal ein preußischer Trommler, der wie sein durch Kleist zu Ruhm gelangter Tambour-Kollege eine unerschütterliche Gelassenheit bewies.

Für unseren Geschmack jedenfalls kehrten Ruhe und Ordnung viel zu früh ein. Vaters Befürchtung, durch die Revolution Amt und Einkommen zu verlieren, bestätigte sich nicht. Auch der Landgerichtspräsident hatte seinen Posten wieder bezogen, und der Schreiber, den die Roten auf seinen Sessel gehoben hatten, kopierte wieder Akten. In der Schule ging der Unterricht weiter, als ob nichts geschehen sei, im Gegenteil, wir wurden ziemlich scharf herangenommen, denn die Herren Oberlehrer, denen die Revolution den Titel ›Studienrat‹ beschert hatte, heil von der Front zurückgekommen und den überalterten Lehrkörper auffüllend, stellten zu ihrem Entsetzen fest, daß wir eine völlig verlotterte Bande geworden waren, und zeigten sich fest entschlossen, uns wieder Purschundek zu lehren. Zu den Sanften gehörte unser Deutschlehrer Kowalewski, ein Romantiker, der Kipling schätzte und ein besonders inniges Verhältnis zur deutschen Balladendichtung hatte. Wenn er besonders gut gelaunt war, gelang es uns leicht, ihn zur Rezitation des »Tauchers« oder des »Gang zum Eisenhammer« zu bewegen. Wenn er uns freie Wahl gab, verlangte die ganze Klasse stürmisch nach Bürgers »Lenore«. Herr Kowalewski konnte nämlich das R nicht sprechen, und so wurde aus der Lenore eine Lenowe von Gottfwied August Büwger, und die höchste Spannung galt den Versen, in die er sich besonders hineinlegte:

Und huwwe, huwwe hopp hopp hopp
Fowt gings im sausenden Galopp
Daß Kies und Funken stoben
Und Wwoss und Wweiter schnoben ...

Das waren aber auch wirklich die einzigen Lichtpunkte. Was außerhalb der Schule geschah, schien sich auf einem fernen Planeten abzuspielen. Vielleicht war es in den höheren Klassen anders, wir Tertianer waren wohl für Fragen der Tagespolitik und der Ereignisse, die sich um uns herum abspielten, noch nicht reif genug. Wir waren es tatsächlich nicht, denn was uns vom Morgen bis zum Abend bewegte und plagte, war der Hunger und die Frage, womit unsere Mütter uns den Bauch füllen würden. Als Mutter mich eines Tages mit einem mit Kunsthonig bestrichenen Brot in der Küche erwischte, brach sie in Tränen aus, weil sie glaubte, ich hätte ihr den kleinen Margarinerest weggefressen, den sie für die Bratkartoffeln zum Abendbrot aufgehoben hatte. Und dann machte sie sich tagelang bittere Vorwürfe, daß sie mir das bißchen Margarine nicht gegönnt hatte, denn bei mir bildeten sich seit einiger Zeit merkwürdige Knorpelauswüchse unterhalb der Knie an beiden Schienbeinen und auch auf den Schlüsselbeinen. Als sie mich ins Stadtkrankenhaus am oberen Schloßteich führte, erklärte ihr der Professor achselzuckend, damit kämen nun täglich Dutzende von Kindern zu ihm, und es handle sich fraglos um eine rachitische Erscheinung, und dagegen gäbe es nur ein Mittel, aber das könne er ihr nur verschreiben und nicht geben, nämlich gutes Brot, frische Butter, Eier und Milch von der Kuh und nicht das blaue Wasser, das jetzt als Milch verkauft würde.

In diesem ersten Nachkriegswinter begann die große Grippeepidemie, die bis zu ihrem Abklingen im Jahre 1922 in Europa zwanzig Millionen Menschen das Leben kostete. In unserem Haus raffte sie die Witwe Kallweit und ihre Tochter hinweg. In der ersten Etage starb der Amtsrichter Simoneit. Dann starb meine Großtante Emilie, jene mit dem schiefen Mund, und wenige Tage später folgte ihr Onkel Fritz, der alte Chinakämpfer, von dem es hieß, er hätte ein kleines Vermögen an Goldstücken über den Krieg hinweggerettet. Aber so emsig wir auch den Nachlaß der alten Leute durchwühlten, wir fanden nichts, was einer Goldmünze auch nur ähnlich sah. Und das ganze Chinazeug, das er mitgebracht hatte? In unserer

Wohnung war für die kostbaren alten Vasen aus Porzellan und für die Vitrinen mit den Figürchen aus Jade und Elfenbein kein Platz. Mutter behielt zum Andenken zwei Wandbehänge aus gelber Seide, in feinster Arbeit mit bunten Blumen, exotischen Vögeln und Affen bestickt, die sie mir später schenkte, als ich am Stadtrand von München mein erstes kleines Haus bezog. Ein Händler in der Türkenstraße, auf chinesische und japanische Kunst spezialisiert, bekam bei ihrem Anblick runde Augen und einen geilen Zug um den Mund und fragte mich, wie ich zu diesen Kostbarkeiten käme, die fraglos aus dem Kaiserpalast in Peking stammten. Sollte ich ihm sagen, daß ein alter Onkel von mir sie dort höchstwahrscheinlich gestohlen hatte? – Der Nachlaß von Onkel Fritz kam unter den Hammer, und der Auktionator, Herr Tarray, hatte Mühe, den alten Kram loszuwerden. Es waren einige hundert Mark, die er Mutter schließlich auf den Tisch legte.

Uns verschonte die Grippe. Wir hatten aber auch das Rezept von Oma Gutbrod, stets eine oder zwei Kreidenelken im Mund zu tragen, nicht vergessen. Das bißchen Sommerspeck aus den Kranzer Tagen war inzwischen wie Märzenschnee an der Frühlingssonne von Vaters Rippen geschmolzen. Als meine Schwester Lotte, Lehrerin in Sonnenborn, einem Dorf in der fetten Mohrunger Gegend, zum Weihnachtsfest nach Hause kam, dieses Mal allerdings ohne das halbe Schwein, das wir vor zwei Jahren glücklich durch die streng bewachte Bahnhofssperre geschmuggelt hatten, aber immerhin doch mit einem Stück Fleisch, einem faustgroßen Klumpen Butter, einem Glas voll Gänseschmalz und einem Säckchen voll weißem Mehl, da starrte Vater am ersten Feiertag düster auf den Kartoffelberg, den er sich, von einer fast friedensmäßig fetten Bratensoße umspült, auf den Teller gehäuft hatte. Dann lehnte er sich in seinen Stuhl zurück, ließ den Blick um den Tisch wandern und verkündete, daß er die Nase von Königsberg voll habe, gestrichen voll, übervoll! Und, zum Teufel, er habe nicht die Absicht, hier zu verhungern! Und er habe schon mit dem Präsidenten gesprochen, der ihn nicht gern gehen lasse, aber sein Gesuch um Versetzung schließlich doch befürwortet habe...

»Wohin?« schrien wir, denn von solchen Absichten hatte er bis zu jenem Tag kein Wort laut werden lassen, und wenn er Mutter gegenüber davon auch gesprochen haben mochte, so hatte sie es nicht ernst genommen.

»Nach Bartenstein«, sagte er schlicht, »das ist eine solide kleine Stadt mit gutem Hinterland, Weizenboden und Weidewirtschaft...« Er sah uns an und schien begeisterte Zustimmung zu erwarten.

»Wie kommst du gerade auf Bartenstein?« fragte Lotte, »kennst du das Nest überhaupt?«

»Wozu soll ich es kennen?« fragte Vater ungnädig, daß der erwartete Applaus ausblieb, »aber ob Osterode, Tilsit, Rössel oder Bartenstein, das ist Jacke wie Hose. Aber eins kann ich euch sagen, die Kollegen aus diesen Nestern, die mich hin und wieder dienstlich besuchen, die sehen nicht so verhungert aus wie ich!«

»Schon wieder ein Umzug!« seufzte Mutter, »wo wir in dieser Wohnung gerade warm geworden sind. Wann soll es denn überhaupt losgehen?«

»Je früher, desto besser!« sagte Vater und lud sich den Teller zum zweiten Mal bis zum Rande voll. »Gleich zu Anfang des neuen Jahres fahren wir hin und suchen uns eine hübsche Wohnung. Ein bißchen außerhalb der Stadt, mit einem Garten! Jawohl, mit einem großen Garten, in dem wir unseren eigenen Kohl anbauen!«

»Wer soll den Kohl anbauen?« fragte Mutter mit flatternden Augenlidern, »ich vielleicht?«
»Davon habe ich kein Wort gesagt, Linchen«, sagte Vater leicht geduckt, »im Gegenteil, wir nehmen uns wieder eine Marjell, damit du ein bißchen ausspannen kannst.«
Und der Gedanke, wieder ein Mädchen für den Haushalt zu bekommen, schien Mutter mit dem Wohnort- und Tapetenwechsel so auszusöhnen, daß sie nichts mehr gegen Vaters Vorschlag einzuwenden hatte.
»Vielleicht könnten wir sogar Mama zu uns nehmen, wenn die Wohnung geräumig genug ist«, meinte sie, »die alte Frau lebt in Lyck seit dem Tod vom Alten doch sehr einsam.«
»Warum eigentlich nicht?« sagte Vater, »sie ist ja noch ganz rüstig ...« Es klang, als ob er sich dabei überlege, daß man die ›Marjell‹ unter diesen Umständen einsparen könne.
»Und was soll mit mir werden?« fragte ich.
»Was soll mit dir schon werden? Du wechselst eben die Schule, und damit basta.«
»Du vergißt bloß dabei, daß ich Michaelis nach Tertia gekommen bin und daß die in Bartenstein bestimmt nur Klassen mit Osterversetzung haben. In ganz Königsberg hat ja auch nur das Friedrichskolleg Michaelis-Klassen.«
Vater starrte mich leicht betroffen an. »Daran habe ich nicht gedacht«, gab er schließlich ungnädig zu.
»Soll ich vielleicht auf die Quarta zurückgehen? Oder bildest du dir ein, daß die mir ein halbes Jahr Tertia schenken werden und mich zu Ostern gleich in die Obertertia übernehmen?«
»Sag einmal, Lina, wie redet der Lümmel eigentlich mit mir?« knurrte Vater. »Als ob ich mit dem im gleichen Pisskaulchen gespielt hätte!«

»Ich habe ja nur gefragt, und fragen wird man doch wohl noch dürfen!«
»In dem Ton hätte ich mit meinem Vater reden sollen!« sagte Vater verkniffen, »der hätte den Riemen schon vom Bauch geschnallt, bevor ich das Maul aufgemacht hätte!«
»Er hat ja wirklich nur gefragt...«, meinte Mutter begütigend. »Und wie ist das nun mit ihm?«
»Ich glaube nicht, daß ich hier vor Ostern wegkomme«, sagte Vater. »Und dann melde ich ihn in Bartenstein für die Untertertia an. Ein halbes Jahr hin, ein halbes Jahr her, davon wird die Welt nicht untergehen. Punktum!«
Das war alles, was er dazu zu sagen hatte. Tatsächlich fuhren die Eltern an Vaters nächstem dienstfreien Nachmittag gleich in den ersten Tagen des neuen Jahres nach Bartenstein, um sich dort nach einer passenden Wohnung umzusehen. Sie kamen am späten Abend von ihrer Exkursion müde und auch ein wenig niedergeschlagen zurück. Die Stadt selber hatte ihnen recht gut gefallen, wenn sie auch nach Mutters Meinung keinen Vergleich mit Lyck aushielt. So etwas wie die gemütlichen Konditoreien von Strauss und Cabalzar hatte sie nirgends entdecken können. Viel unangenehmer aber war, daß sie in der ganzen Stadt keine Wohnung hatten finden können, die Mutters Wünschen auch nur annähernd entsprach. In einem Neubau am Bahnhof war noch eine Wohnung frei gewesen, aber die war so neu, daß das Wasser von den Wänden lief, und von Wohnzimmer und Balkon genoß man den öden Anblick eines Güterschuppens, von Abstellgeleisen und jenseits des Schienenstrangs der Gasanstalt. Mit einem Wort – eine Zumutung!
»Und dann wurde uns noch eine Wohnung angeboten«, erzählte Mutter mit einem Ausdruck, als liefe ihr noch nachträglich ein Frösteln über den Rücken, »in einer

Straße, wo es zum Friedhof rausging, ich kenne mich da nicht so aus. Eine Fünfzimmerwohnung in einem älteren, aber recht hübschen Haus. Im Vorgarten Fliedersträucher und Jasmin, und hinten Obstbäume... Und wie Vater und ich mit den Leuten, die zum ersten März ausziehen wollen, noch verhandeln und gerade einig werden, daß wir die Wohnung nehmen, da läuft doch auf dem Sofa, auf dem ich sitze, so ein kleines, flaches, braunes Käferchen auf mich zu. Nanu, denke ich, das wird doch nicht etwa... Und schwupp, greife ich zu und hab das Tierchen zwischen Daumen und Zeigefinger. Ich brauchte gar nicht daran zu riechen. Eine Wanze so groß wie eine Flunder! Und weißt du, Jungchen, was die Frau mir in aller Seelenruhe sagt? – ›Also meinem Mann und mir tun sie nichts, nur die Kinder kriegen von den Stichen so'ne Quaddeln – aber dafür ist die Miete sehr billig, nur fünfundvierzig Mark!‹ Hast du Worte?«

Mit Tapetenflundern hatte Mutter ihre Erfahrungen. Als ich nämlich für die Wiege zu groß geworden war, hatte Mutter sich auf den Weg gemacht, um mir ein Kinderbett zu kaufen. Dabei war sie meiner Patentante Giersberg begegnet, jener, die mir alljährlich zum Geburtstag und zu Weihnachten drei Paar schrecklich kratzende braune oder schwarze Wollstrümpfe schenkte. Diese nun hatte noch ein Kinderbett auf dem Dachboden stehen, war froh, es loszuwerden, genauso froh wie Mutter, die für einen Taler zu einem tadellosen Kinderbett samt Matratze kam. Ich wurde noch am gleichen Tag umquartiert, muß aber am nächsten Morgen einen so erschreckenden Anblick geboten haben, daß Mutter in der Furcht, ich könnte die Masern bekommen haben oder von einer scheußlichen Hautkrankheit befallen sein, den alten Sanitätsrat Wollschläger ins Haus rief; dem genügte ein kurzer Blick, um die

Krankheit zu diagnostizieren. »Seit wann hat der Junge denn das?« fragte er. – »Seit heute früh, Herr Sanitätsrat.« – »Und seit wann hat er das Bett?« – »Seit gestern!« »Und wo haben Sie das Bett gekauft?« – »Das hat mir Frau Giersberg überlassen.« – »Was haben Sie dafür bezahlt?« – »Drei Mark«, antwortete Mutter verunsichert, denn die Fragen kamen ihr merkwürdig vor. – »Da haben Sie aber entschieden zu teuer eingekauft«, sagte der alte Wollschläger, »denn jetzt brauchen Sie noch einen oder zwei Liter Petroleum, und wenn die besorgt sind, dann stellen Sie das Bett mitten auf den Hof, schütten das Petroleum rüber und zünden es an. Das ist der beste Rat, den ich Ihnen geben kann – und den gebe ich Ihnen ausnahmsweise umsonst. Und bestellen Sie vorsichtshalber den Kammerjäger, denn so wie ich die lieben Tierchen kenne, wird ein Bataillon Wanzen schon auf Erkundung unterwegs sein, an wem es hier sonst noch was zu schnabulieren gibt.« – Mutter war es schrecklich peinlich, aber was blieb ihr anderes übrig, als den Rat zu befolgen. Das Autodafé auf dem Hof unterblieb der Nachbarschaft wegen. Ernst zog bei Nacht und Nebel mit einem Handkarren los und überantwortete Bett und Wanzen irgendwo draußen auf freiem Feld der reinigenden Kraft des Feuers. Und bei Nacht und Nebel hielt der Kammerjäger Einzug und räucherte das Schlafzimmer der Eltern mit bestem Erfolg aus.

Die erste Wohnungssuche in Bartenstein war also danebengegangen, und genauso erfolglos blieben die Fahrten, die die Eltern in den kommenden Wochen unternahmen. Auch eine Anzeige, die sie in der Bartensteiner Zeitung aufgaben, brachte nichts ein. Vater wurde ziemlich nervös, denn der Termin seiner Versetzung rückte immer näher. Schließlich, nach langem Hin und Her, kam er eines Tages mit der Nachricht zurück, man habe ihm angeboten, uns im Amtsgericht selber eine Flucht von drei oder vier zusammenhängenden Räumen als Wohnung herzurichten, ohne Badezimmer allerdings, aber mit Gasanschluß in der Küche. Und vielleicht könne später, wenn das Leben wieder normal liefe, sogar im Keller ein Bad eingerichtet werden. Er machte dazu ein Gesicht, als ob die Wohnungsfrage nunmehr eine ideale Lösung gefunden habe, aber ganz wohl fühlte er sich dabei unter Mutters verkniffenem Blick nicht.

»Das sehe ich mir erst einmal an!« sagte sie hüstelnd. »Eine Wohnung im Amtsgerichtsgebäude ... Na, ich weiß nicht recht ... Also ich würde die Leute, die da wohnen, für das Hausmeister-Ehepaar halten ...«

»Entschuldige schon, Lina«, konterte Vater empört und legte den Akzent deutlich auf die zweite Silbe von Mutters Namen, was er nur tat, wenn zwischen ihnen der Sturmball hochgezogen war, »es handelt sich um eine Wohnung im Hochparterre! Der Hausmeister wohnt im Landgericht, und zwar im Souterrain! Und niemand wird mich für den Hausmeister und dich für die Hausmeistersfrau halten!«

»Noch habe ich die Wohnung nicht gesehen«, sagte Mutter kühl, »und noch haben wir sie nicht bezogen!«

»Auf jeden Fall sehen wir uns die Sache an«, entschied Vater, »und wenn wir im Augenblick nichts Besseres finden, dann nehmen wir die Wohnung eben als Provisorium.«

Die Besichtigung fand am nächsten Sonntag statt, und es gelang mir, die Eltern zu beschwatzen, mich auf die Reise nach Bartenstein mitzunehmen. Es war ein sonniger, aber bitterkalter Februartag, als der Zug nach einstündiger Fahrt über Tharau, Preußisch Eylau und Glommen in Bartenstein einlief. Trotz der Kälte ging es auf dem Bahnhof vor dem roten Stationsgebäude, in dessen linkem Flügel ein Restaurant untergebracht war, recht lebhaft zu. Da promenierten eine Menge Volk, hauptsächlich junge Leute, viele von ihnen mit verschiedenfarbigen Mützen auf den Köpfen, die Mädchen zu dritt oder zu viert untergehakt und eng aneinander gedrängt. Ankunft, Aufenthalt und Abfahrt des Zuges schien für die jungen Leute ein spektakuläres Ereignis zu sein. – Mutter war trotz Muff und Skunkboa in dem ungeheizten Zug durchgefroren und wünschte etwas Warmes zu trinken. Vater spendierte uns in der Bahnhofswirtschaft einen mit Sacharin gesüßten Pfefferminztee, dazu verzehrten wir die Schmalzbrote, die Mutter mitgebracht hatte. Erwärmt und gestärkt machten wir uns bald auf den Weg durch die Stadt, die wir in einer knappen Viertelstunde von einem Ende bis zum andern durchquerten, denn beim Bahnhof begann die Stadt, und nicht sehr weit hinter den Gerichtsgebäuden lief die Heilsberger Straße auch schon ins freie Feld hinaus. Ich trabte neben den Eltern her und konnte rechts und links vom Wege nichts entdecken, was mich gereizt hätte, Königsberg mit Bartenstein zu vertauschen. Es war um die Mittagszeit, und die kleine Stadt schien ausgestorben oder von ihren Bewohnern verlassen worden zu sein. Der Wind fegte über den großen Marktplatz, wirbelte uns pulverigen Schnee entgegen und riß Vater in der engen Durchfahrt eines hohen, gotischen Backsteintores den breitrandigen schwarzen Bismarckhut vom Kopf. Ich mußte ihm über den halben Markt hinterherrennen, bis ich ihn endlich erwischte. Ich konnte nur hoffen, daß mich dabei keiner meiner zukünftigen Mitschüler beobachtete, denn die letzte, sehr erheiternde Vorstellung dieser Art hatte ein Clown im Zirkus Sarrasani vorgeführt. Was mußte der Alte bei diesem Stiemwetter auch den Hut aufsetzen!

Sonst trug er die Mütze aus Biberfell bis in den Frühling hinein.
Bald hinter dem hohen Tor mit den spitzbogigen Blindfenstern lief die Straße in einem scharfen Bogen nach links, dann wieder nach rechts und stieg so kräftig hügelan, daß sie von einem Dutzend rotznäsiger und blaugefrorener Kinder als Rodelbahn benutzt wurde. Und am höchsten Punkt, wo die Kinder ihre Schlitten zur Talfahrt anschoben, standen wir endlich vor unserm Ziel, einem großen, U-förmig angelegten und aus roten Ziegeln aufgeführten Gebäudekomplex. Im linken Flügel befand sich das Amtsgericht, im rechten das Landgericht, und dazwischen hinter einem hohen Zaun aus roten Ziegelsäulen und schweren gußeisernen Lanzen erblickte man hinter kahlem, schneebestäubtem Gesträuch und kahlen Bäumen ein schamhaft verstecktes, langgestrecktes Rückgebäude, das die beiden Gerichtsflügel miteinander verband. Die vergitterten Fenster dieses Hauses ließen keine Zweifel darüber aufkommen, worum es sich handelte. Nur Mutter schien, was sonst gar nicht ihre Art war, ein wenig begriffsstutzig zu sein.
»Was ist denn das, da hinten?« fragte sie.
»Was wird es schon sein?« brummte Vater, »das Landgerichtsgefängnis natürlich! Was auch sonst? Das gehört nun einmal dazu.«
Mutters Zähne klapperten hörbar aufeinander, doch das kam nicht von der Kälte, und sie brachte das, was sie zu bemerken hatte, auch nicht gleich heraus. Aber es dauerte nur Sekunden, bis sie ihre Sprache wiederfand: »Nein, Julius!« sagte sie und schlug mit den Knöcheln auf einen nicht vorhandenen Tisch, »da bringst du mich nicht hinein! Das wirst du mir nicht antun! Mit Dieben und Mördern unter einem Dach? Da mache ich nicht mit! In dieses

Haus bringen mich keine zehn Pferde rein, keine zehn Pferde, hast du mich verstanden!!«
»Ich habe verstanden!« schnaubte Vater erbittert. »Die Versetzung aber kann ich nicht rückgängig machen. Ich werde mir also in Bartenstein ein möbliertes Zimmer nehmen, und ihr bleibt in Königsberg. Schluß! Aus! Kein Wort mehr darüber!« Er stürmte davon und ließ uns einfach auf der Straße stehen. Wir sahen ihn im Landgerichtsgebäude verschwinden.
»Wenigstens ansehen hättest du dir die Wohnung ja können«, maulte ich und stampfte die Füße aufs Pflaster, denn die Kälte begann mir bis zum Hintern hochzukriechen.
»Ich bin ein friedfertiger Mensch«, sagte Mutter mit bebender Stimme und wickelte sich die lange Skunkboa zweimal um den Hals, so daß nur noch die blau gefrorene Nasenspitze zu sehen war, »aber das kann mir kein Mensch zumuten, mit Dieben und Mördern unter einem Dach zu leben. Ich hätte keine ruhige Minute ...«
Wir standen noch nicht lange auf der Straße, da kam aus der Tür des Landgerichts, in ein großes gestricktes Umschlagtuch gehüllt, eine weißhaarige alte Dame auf uns zu. Sie sah so würdig und vornehm aus, daß ich sie für die Frau vom Landgerichtspräsidenten hielt.
»Ach, bitte«, sagte sie zu Mutter, »Sie frieren sich hier ja zu Tode, und Ihr Jungchen sieht schon ganz blaß aus. Mein Name ist Ewert, und mein Mann verwaltet hier die Gebäude. Ihrem Herrn Gemahl habe ich schon ein Glas heißen Tee vorgesetzt, mit einem kleinen Schuß Schnaps ... Ein Vetter von mir hat in der Nähe einen Hof – und das Brennrecht dazu. Es ist zwar nur ein Rübenschnaps, aber er wärmt, und ein bißchen Wärme werden auch Sie brauchen können ...«
Mutter zögerte, aber nicht lange, und dann folgten wir

Frau Ewert über eine überdachte Halbtreppe und durch eine hohe Doppeltür in einen langen, hallenden Gang, bis wir zu einer Treppe kamen, auf der man über wenige breite Stufen ins Erdgeschoß gelangte. Es war keine richtige Kellerwohnung, in die uns die alte Dame führte, denn die Fenster lagen einen guten halben Meter über dem Erdboden, gerade, daß die Dielen sich ein wenig unter dem Straßenniveau befanden. Es war eine gemütliche Wohnung, und der weiße Kachelofen strahlte behagliche Wärme aus. Neben dem Ofen lag der Tagesbedarf an Torf sauber aufgeschichtet in einer flachen Kiste. Vater saß mit offenem Mantel auf einem Sofa mit geschwungener Lehne, vor sich einen runden Tisch, auf dem über einer blauen Spiritusflamme ein blankgeputzter Samowar aus Messing summte, aus dessen Hähnchen Herr Ewert Vaters Teeglas zum zweiten Mal füllte. Herr Ewert trug, wahrscheinlich noch vom sonntäglichen Kirchenbesuch her, einen schwarzen Gehrock und sah mit seinem vollen, schneeweißen Scheitel und der fülligen, großen Figur noch würdevoller und respekteinflößender aus als unser Hausmeister vom Friedrichskolleg, Herr Seyfried, dem wir fast mit der gleichen Ehrfurcht begegneten wie unserm Geheimrat. (Merkwürdig – oder gar nicht merkwürdig –, daß ich in späteren Jahren vielen Hausmeistern begegnet bin, die ihren Vorgesetzten von der Würde des Gebarens bis zur sprachlichen Ausdrucksform nicht nur nacheiferten, sondern sie in ihren Manieren zuweilen sogar übertrafen.)
Der von Frau Ewert erwähnte Vetter vom Lande schien die beiden jedenfalls gut über die Hungerjahre gebracht zu haben. Wir wurden genötigt, auf Polsterstühlen Platz zu nehmen, Frau Ewert eilte mit zwei Teegläsern herbei, schenkte uns dampfend heißen Tee aus dem Samowar ein, würzte Mutters Tee mit einem Eßlöffel voll Schnaps, süßte

mein Glas mit einem Schuß Kirschsaft und stellte einen Teller mit Streuselkuchen auf den Tisch, den sie kurz zuvor aus dem Rohr genommen hatte, denn er war noch warm. Mutter zierte sich ein bißchen, ehe sie zugriff. Mich brauchte niemand zu nötigen. Solch einen guten Streuselkuchen hatte es nicht einmal bei Frau Kallweit gegeben; die knusprige Streuselschicht war aus echter Butter zubereitet! Vater warf mir scharfe Blicke zu, mich zu mäßigen und den Teller nicht ratzekahl leer zu fressen, doch bei diesem Kuchen konnten mich Blicke allein nicht ducken. Und als dann Frau Ewert einen Teller mit kalten Bratklopsen auf den Tisch stellte, da wäre es an mir gewesen, Vater mit drohenden Blicken zur Mäßigkeit zu mahnen, aber Frau Ewert verstand es, wie es bei der breiten ostpreußischen Lebensart Gästen gegenüber üblich war, ihn so herzlich zu nötigen, daß er zwar murmelte, nun sei es aber wirklich genug – bis er den letzten von den fünf Klopsen intus hatte.

Wenn Vaters Blick zu Mutter hinüberirrte, dann schien dieser Blick jedesmal zu sagen: Sieh dir nur an, wie die Leute leben! – Ob auch Mutter durch die freundliche Bewirtung zur Einsicht gelangt war, daß das Bartensteiner Pflaster recht nahrhaft zu sein schien, ist nicht auszuschließen, denn nachdem wir uns bei Philemon und Baucis Ewert eine halbe Stunde lang erwärmt hatten, meinte Mutter plötzlich zu Vaters und auch zu meiner nicht geringen Überraschung, sie möchte nun doch nicht heimfahren, ohne sich die Räume im Amtsgericht angesehen zu haben. Man hätte es über einen langen Flur durch den Gefängnistrakt erreichen können, aber Herr Ewert unterließ es taktvoll, uns auf diesem Wege zu führen. Er begleitete uns über die Straße zum anderen Flügel und sperrte dort die schwere Doppeltür aus Eichenholz auf. Die Luft, die uns aus dem endlosen, breiten und halbdunklen Flur entgegenschlug, der sein Licht nur von einem schmalen Glasschlitz über der Haustür und von einem weit entfernten Fenster am Ende des Korridors empfing, war nicht die beste. Es roch miefig nach kaltem Rauch, Aktenstaub, feuchten Klamotten und Katzendreck, und kaum erschnüffelt, kam uns auch schon ein riesiger schwarzer Kater entgegen und schnurrte um die Beine von Herrn Ewert herum. Uns schenkte er keine Beachtung.

»Es ist unser Katerchen, der Moritz«, stellte Herr Ewert vor, »wir haben ihn bald zehn Jahre...«

»Gibt es hier etwa Mäuse?« fragte Mutter ängstlich.

Da könnte sie ganz beruhigt sein, meinte Herr Ewert, seit niemand mehr sein Frühstück liegenlasse, gäbe es auch keine Mäuse mehr; die einzigen Mäuse wären Fledermäuse, aber die hielten jetzt oben auf dem Boden ihren Winterschlaf. Und während er das sagte, sperrte er die Tür links hinter dem Windfang der Eingangstür auf. Wir traten in einen großen, hallenden Raum, durch dessen hohe Bogenfenster man auf die Straße blickte. Eine Verbindungstür führte in ein etwas kleineres, aber immer noch riesiges Zimmer mit normalen, rechteckigen Fenstern, dann gings durch eine schmale Kammer – »Hier könnte das Dienstmädchen schlafen, wenn Sie eins kriegen«, meinte Herr Ewert – und dann standen wir in einem Zimmer, an dessen Längswand einsam und überraschend ein schwarzer eiserner Küchenherd mit einer blanken Nickeleinfassung stand.

»Die Küche«, sagte Herr Ewert schlicht und deutete auf zwei Eisenstopfen an der Wand, »Wasser- und Gasanschluß sind auch vorhanden.«

Mutter war zwischen Vater und Herrn Ewert stumm durch die saalartigen Zimmer mit den riesigen weißen Kachelöfen gewandert. Nun stand sie stumm und mit schmalen Lippen vor dem erbärmlichen Herd.

»Das ist aber noch nicht alles«, sagte Herr Ewert, der Mutters Schweigen für innere Ergriffenheit vor der Größe dieser Räume zu halten schien, »ja, gnädige Frau, da hat man Luft zum Atmen! Es gehören nämlich noch zwei Zimmer zu Ihrer Wohnung, kleinere Zimmer allerdings, und sie liegen auf der anderen Seite des Korridors.«

Mutter stieß die Luft mit kurzen, harten Stößen durch die Nase: »Was Sie nicht sagen, Herr Ewert – auf der anderen Seite des Korridors! Und nun erzählen Sie mir, bitte, noch, wo das Klo ist.«

»Tcha«, antwortete Herr Ewert in einiger Verlegenheit, »mit dieser Frage berühren Sie sozusagen einen wunden Punkt, die beiden Aborte liegen nämlich am andern Ende des Korridors, aber man könnte einen davon absperren und für Ihren Privatgebrauch reservieren. Einer muß für die Herren, die hier arbeiten, und auch für's Publikum offen bleiben.«

Mutter reichte Herrn Ewert die Hand: »Danke, Herr Ewert, es war sehr freundlich von Ihnen, uns herumzuführen. Und grüßen Sie Ihre liebe Frau von mir und sagen Sie ihr, daß wir uns für den Tee und für die reizende Bewirtung ganz herzlich bedanken. – Und nun wird es wohl Zeit für uns, zu gehen.« Und damit raffte sie den Rock, mit dem sie dicke Staubwolken aufgewirbelt hatte, und rauschte davon. Vater sah ihr mit einem verzagten Blick nach, lüftete den Hut und verabschiedete sich seinerseits von dem netten Herrn Ewert.

»Nu ja, eine Stadtwohnung, wie Ihre Frau Gemahlin sie gewöhnt ist, ist das hier natürlich nicht«, sagte der bedauernd, »aber Sie werden sich schwer tun, Herr Rat, hier was Passendes zu finden.«

»Das habe ich schon gemerkt«, murmelte Vater bedrückt.
Das Schweigen, mit dem die Eltern den Rückweg zum Bahnhof antraten, war so eisig wie der Wind, der uns in den Rücken blies. In den Straßen und auf dem Markt war nicht viel mehr Leben als in der Mittagszeit. Kälte und Wind hielten die Leute am warmen Ofen. Und dann saßen wir bei einem Gesöff, das sich Kaffee nannte und mit Kaffee nichts gemein hatte als die braune Farbe, wieder in der Bahnhofswirtschaft und hatten mehr als zwei Stunden bis zur Abfahrt des Zuges vor uns.
Mit dem Versprechen, pünktlich eine halbe Stunde vor Zugabfahrt auf dem Bahnhof zu sein, konnte ich mich von den Eltern losmachen und trabte auf dem gleichen Weg, den wir nun schon zweimal zurückgelegt hatten, zum Marktplatz zurück. Am Ausgang der Bahnhofstraße, in der Nähe des Kriegerdenkmals, einem Obelisk, der an die Gefallenen von 1870/71 erinnerte, sah ich einen Jungen meines Alters mit ausgeprägten O-Beinen daherkommen, dem zwei Schlittschuhe an einem Riemen über die Schulter baumelten. Eine Weile lief ich in drei Schritt Abstand hinter ihm her.
»He, du«, redete ich ihn schließlich an, »kann man hier Schlittschuh laufen?«
Er sah mich an und zog ein schiefes Maul: »Denkst du vielleicht, daß ich die Dinger zum Auslüften herumschleppe, du Knallkopp?« Er trug eine Pelzmütze mit heruntergeschlagenen Ohrenklappen, deshalb war ich nicht sicher, ob er das Gymnasium besuchte.
»Ich gehe in Königsberg aufs Friedrichskolleg, du Pomuchelskopp«, sagte ich nicht unfreundlich. »Wir tragen grüne Mützen. Von der Nona bis zur Prima. Habt ihr hier etwa noch Klassenmützen?«
»Das ist ja die Scheiße«, sagte er und warf die Schlittschuhe

auf die andere Schulter, »da weiß es gleich die ganze Stadt, wenn man klebengeblieben ist.«
»Was für 'ne Klasse bist du?«
»Und du?« fragte er zurück. Sehr gesprächig fand ich ihn nicht.
»Untertertia, aber das nützt mir nichts, wenn ich herkomme. Mein Vater will sich nämlich hierher versetzen lassen. Ich bin auf einer Michaelis-Klasse und müßte hier noch mal von vorn anfangen.«
»Dann kämen wir zusammen«, sagte er, »wenn das Scheiß-Latein nicht wäre. Und dann noch Griechisch! Das wird mir das Genick ganz bestimmt brechen. Da nützt mir die ganze Mathe nichts. Aber wie kommst du überhaupt her? Bist du allein?«
»Nee, ich bin mit meinen Eltern mitgekommen. Sie suchen eine Wohnung, aber damit sieht es ziemlich beschissen aus.« Das schien ihn nicht sonderlich zu interessieren. Ich deutete mit dem Kinn auf seine Schlittschuhe: »Das ist ja wenigstens etwas, daß man im Winter schlittschuhlaufen kann. Und was ist im Sommer?«
»Fußball«, sagte er und bekam einen richtig verklärten Zug ins Gesicht, »ich stürme rechts außen.« Dabei tippte er mit dem Handschuhfinger auf ein kleines, blau-weiß geteiltes Emailwappen, das er am Revers seiner Jacke trug. »Die Nadel von Bartolonia, unserm Pennal-Club.« Er schien mächtig stolz darauf zu sein, diesem Club anzugehören.
»Ich bin Schlagballer«, sagte ich und fügte, um ihm zu imponieren, hinzu: »Vorne-Mitte oder Mitte-Mitte!« Aber das machte auf ihn nicht den geringsten Eindruck.
»Schlagball«, sagte er verächtlich und zog wieder sein schiefes Maul, womit er den Diphthong in seinem Lieblingswort ganz lang gezogen herausbrachte, »das ist doch

Oberscheiße, davon redet doch kein Mensch mehr!« Aber dann musterte er mich mit einem Viehhändlerblick von oben bis unten und fügte gönnerhaft hinzu: »Na, wenn du wirklich herkommst, dann werden wir mal sehen, was man aus dir machen kann. Wir könnten einen guten Läufer brauchen – auch einen Verteidiger – aber dafür bist du zu mickrig . . .«

»Zu mickrig!« giftete ich ihn an und hob die Fäuste, »wir können ja gleich ausprobieren, wer hier mickrig ist!«

»Na, na«, sagte er und schniefte ein bißchen, »man immer langsam mit die jungen Pferde! Wer wird denn gleich? Zu mickrig als Verteidiger, habe ich gesagt. Aber wenn du durchaus willst, daß ich dir die Fresse poliere – von mir aus kann's losgehen.« – Sekundenlang standen wir uns wie Kampfhähne gegenüber, dann ließ ich die Fäuste sinken und meinte, das könnten wir uns für später aufheben, aber er möge mir seinen Namen sagen, damit ich ihn mir für unsere nächste Begegnung notieren könne. Darauf meinte er, ich solle ihm zuerst einmal meinen Namen nennen, damit er wüßte, auf wen der Totenschein auszustellen sei – und mit seiner großen Schnauze brachte er mich zum Lachen. Wir schüttelten uns die Hände, ich nannte meinen Namen und er seinen: Kurt Reske. Und damit begann eine lebenslange Freundschaft, die vor zehn Jahren endete, als er nach einem Besuch bei mir bald darauf mit seiner Frau mit dem Auto tödlich verunglückte. –

Im Bahnhofsrestaurant saßen die Eltern vor einem Kartoffelgulasch. In der Soße schwammen ein paar winzige Fleischbröckchen. Vater bestellte auch mir eine Portion davon. Dann löffelte er schweigend weiter. Auch Mutter sagte kein Wort, aber ab und zu salzte sie das Gulasch mit einer kleinen Träne. Um etwas zur Unterhaltung beizutragen, erzählte ich, daß ich einen Jungen getroffen hätte, mit dem ich, falls er wegen Latein nicht klebenbliebe, nach Ostern in die gleiche Klasse kommen würde. Vater blies in den Löffel, denn das Gulasch war glühend heiß: »Falls du kommst!« sagte er düster.

Mutter schnuffelte ein bißchen. Sie blickte dabei starr in ihren Teller: »Er kommt!« sagte sie mit einem kleinen Schluchzen in der Stimme.

Vater hob den Kopf, als hätte er nicht recht gehört: »Was hast du da gesagt, Linchen?«

»Daß er hier in die Schule gehen wird.«

»Nein!« sagte Vater entschieden, »ihr beide bleibt in Königsberg! Ihr bleibt dort so lange, bis ich eine Wohnung für uns gefunden habe. Und wenn das ein Jahr oder noch länger dauert! Ich sehe es selber ein, die Wohnung im Amtsgericht ist keine Wohnung, sondern eine Zumutung. Das sind keine Zimmer, das sind Verhandlungssäle. Wir könnten sie gar nicht möblieren. Und was die Öfen an Torf fressen, da müßten zwei Mann von früh bis spät unterwegs sein, um den Torf aus dem Keller raufzuschleppen.«

»Das wäre nicht das Schlimmste, wenn ich ein Mädchen bekäme«, sagte Mutter; »aber der Gedanke, da vielleicht in der Nacht mit einer Kerze in der Hand durch den stockdunklen Korridor aufs Klo zu müssen, wo hinter jeder Tür ein Mörder lauern könnte ...!« sie griff sich an den Hals und schloß die Augen, als spüre sie die Mörderklauen bereits an ihrer Kehle.

»Aber Linchen«, sagte Vater mit einer Baß-Stimme wie der Weihnachtsmann, »da sitzen doch nur ein paar kleine Halunken ihre Strafe ab, die man wegen Diebstahl oder wegen irgendwelcher Betrügereien hinter Gitter gesperrt hat, aber doch keine Mörder und sonstigen Schwerverbrecher. Die kommen nach Insterburg ins Zuchthaus. Aber

was machst du dir darüber überhaupt Gedanken? Was ich gesagt habe, habe ich gesagt: ihr beide bleibt in Königsberg!« Es klang unwiderruflich, aber die Schwermut in Vaters Stimme war auch nicht zu überhören. Ich weiß nicht, ob Vater sonst viel diplomatisches Geschick besaß, ich möchte es eher bezweifeln, aber Mutter gegenüber zeigte er sich als ein Meister diplomatischer Künste.
»Du als möblierter Herr ...«, sagte sie und schneuzte den letzten Rest von Tränen und anderer Feuchtigkeit in ihr Taschentuch, »in einem fremden Bett und auf den Gasthausfraß angewiesen, der einem heute vorgesetzt wird«, sie schob den kleinen Gulaschrest, der noch auf ihrem Teller lag, angewidert von sich fort, »nein, das kommt überhaupt nicht in Frage! Hier würdest du mir eingehen, und ich habe keine Lust, den Rest meiner Tage als Witwe zu verleben! Also sorge dafür, daß die Dielen und Wände gestrichen werden, und wenn es soweit ist, kannst du den Möbelwagen bestellen.«
Vater zog die Pfeife aus der Tasche und füllte den Kopf mit dem Steinklee, den wir im Sommer geerntet hatten, eine Spur von Tabak war auch dabei: »Also, Linchen, wenn du durchaus willst«, sagte er aus einer blauen, aromatischen Rauchwolke heraus, »dann in Gottes Namen. Aber mach mir später keine Vorwürfe, wenn du in der Suppe Haare findest.«
Nun, die Haare waren schon in der Suppe, bevor sie auf dem Feuer stand. Auf Mutter kamen eine Menge Probleme zu. Womit sollte man die Riesenzimmer möblieren? Woher die Gardinen für die breiten und überhohen Fenster nehmen? Ans Tapezieren der Wände war überhaupt nicht zu denken. Und wo war der Maler, der noch gute Ölfarben für den Anstrich der seit undenklichen Zeiten nicht mehr gestrichenen Dielen besaß? Mutter pendelte in

den folgenden Wochen ständig zwischen Königsberg und Bartenstein hin und her. Den Eintopf kochte sie in Töpfen vor, die Hotel-Küchen-Format besaßen; ich brauchte das Essen nur anzuwärmen und für Vater und mich auf den Tisch zu stellen. Einmal fuhr Mutter auch nach Lyck, und sie hatte keine große Mühe, Großmutter zu überreden, ihre kleine Wohnung in Lyck aufzugeben und mit den wenigen Möbeln, die sie noch besaß, zu uns zu ziehen. Großmutter war damals vierundsechzig, in meinen Augen eine uralte Frau, aber sie war mobil wie eh und je. Hunger und Grippe hatten viele ihrer alten Freunde und Bekannten hinweggerafft, nicht aber Herrn Cabalzar, den Fleischer Turek und den Kaufmann Wrobel. In dem Reisekorb, mit dem sie bald nach unserer Übersiedlung nach Bartenstein zu uns stieß, befanden sich ein kleiner Sack mit Zucker, ein größerer mit gutem Weizenmehl und – wir bestaunten ihn wie das Wunder zu Kana – ein mächtiger geräucherter Schweineschinken. Vater aber überreichte sie mit einem Gruß von Herrn Cabalzar mit dessen besten Wünschen zum Einstand als altem, hochgeschätztem Stammkunden eine Flasche Jamaica-Rum. Da wurden Vaters Augen feucht...

Am letzten Schultag vor den Osterferien nahm ich von den Freunden und von den Brüdern vom Excentric-Club Abschied. Er fiel mir nicht leicht. Wir erneuerten die Blutsbrüderschaft, rauchten das letzte Calumet miteinander und schworen feierlich, treu über die Trennung hinweg zusammenzuhalten. Kurz vor Ostern fand der Umzug statt. Dieses Mal nicht mit Gefangenen, sondern mit einem richtigen Möbelwagen und mit richtigen Packern, die unsere Möbel und den Trautwein in der Tiergartenstraße einluden und am nächsten Tag in Bartenstein vor dem Amtsgericht ausluden und nach Mutters Anweisungen in die Zimmer verteilten. Jetzt, da die Wände gestrichen waren und die Dielenbretter im Glanz der hellbraunen Lackfarbe schimmerten, sahen die Räume gar nicht mehr so düster und behördlich aus wie bei der ersten Besichtigung. Auch der Mief hatte sich daraus verflüchtigt. Nur kleiner geworden waren sie inzwischen leider nicht. Das große Büfett und die rote Plüschgarnitur mit dem runden Mahagonitisch wirkten darin wie Puppenmöbel. Aber die Wohnung war warm. Der gute Herr Ewert hatte die Kachelöfen schon seit Tagen heizen lassen, und zwar von einem Kalfaktor, den ihm die Gefängnisverwaltung zum Heizen der zahllosen Öfen in beiden Gerichtsgebäuden und zur Reinigung der Räume zur Verfügung stellte. Er hieß Gustav Bradzio und war ein freundlicher und ruhiger älterer Mann, der wegen Brandstiftung und versuchtem Versicherungsbetrug vier Jahre abzubrummen hatte. Mir schwor er hoch und heilig, was er auch in der Verhandlung beschworen hatte, daß ihm beim Futterholen vom Heuboden für seine zwei Kühe eine Leitersprosse durchgebrochen sei, daß er beim Sturz die Stallaterne verloren hätte und daß der Brand so schnell um sich gegriffen habe, daß er gerade noch Zeit gefunden hätte, die Kühe aus dem Stall zu zerren. Das Gericht hatte ihm das nicht abgenommen, aber ich glaubte ihm aufs Wort. – Geld durften wir ihm nicht geben. Für seine Dienste entrichtete Vater monatlich einen kleinen Betrag an die Gefängnisverwaltung. Mutter, die ihm anfänglich mit größter Zurückhaltung und Skepsis begegnete, wurde er bald unentbehrlich, denn er verstand sich auf alles; ob es da etwas zu streichen, zu leimen, zu nageln oder zu kitten gab, unser Bradzio brachte die Sache in Ordnung. Und Großmutter las er jeden Wunsch von den Augen ab. Für sie wäre er durchs Feuer gegangen. Sie steckte ihm allerdings auch immer etwas zu, ein Stück Brot, einen Wurstzipfel, einen Kuchenrest oder eine Zigarre, die sie weiß Gott wo aufgetrieben hatte. Denn nicht Mutter, sondern Großmutter war es, die die ersten Fäden und Verbindungen zu den Bartensteiner Kaufleuten und zu den Bauernhöfen in der engeren Umgebung der Stadt spann.

Von den beiden Zimmern auf der anderen Korridorseite richtete Großmutter sich in einem ein. Meine Hoffnung, die Eltern würden mir erlauben, das andere zu beziehen und nach meinem Geschmack einzurichten, erfüllte sich leider nicht. Sie befürchteten wohl, daß ich ihrer Aufsicht dort allzu weit entzogen sei. Mir stellten sie ein eisernes Bett und den alten Schreibtisch von meinem Bruder Ernst in das schmale, einfenstrige Durchgangszimmerchen, das zwischen der Küche und dem Wohnzimmer lag, in dem wir unsere Mahlzeiten einnahmen. Heizbar war die kleine Bude nicht, und um sie im Winter ein wenig zu erwärmen, blieb die Tür zum Wohnraum tagsüber offen. Sie hatte nicht einmal einen Anschluß für Gasbeleuchtung. Ich bekam eine kleine Petroleumlampe mit einem Schirm aus grünem Glas und zugleich die Ermahnung, mit dem Petroleum äußerst sparsam umzugehen. Das brachte mich bald auf den Gedanken, mir eine Karbidlampe zu besorgen, denn Karbid gab es in jeder Menge zu kaufen; die Schwierigkeit war dabei nur, die Karbidmenge für die Dauer einer Lesestunde abzumessen, denn man konnte die Flamme ja nicht einfach ausblasen. Das Gas zischte weiter aus der Düse und stank zum Gotterbarmen. Es roch auch sonst nicht gut. Ja, die schönen Königsberger Zeiten, wo man das Licht an- und ausknipsen konnte, waren vorbei. Wir waren zur Gasbeleuchtung zurückgekehrt. In der Küche schloß der Bradzio Mutters Bratröhre und den zweiflammigen Gaskocher mit Gummischläuchen an das

Leitungsrohr an, und Mutter konnte uns als erste Mahlzeit in der neuen Wohnung Griesbrei mit Himbeersoße vorsetzen. Es waren wahrhaftig zwei Gummischläuche mit Gummimuffen, die Mutters Kochgeräte mit der Rohrleitung verbanden. Ein wenig nach Gas roch es immer in der Küche, und daß ich diese Zeilen überhaupt schreiben kann, verdanke ich fraglos einem besonders tüchtigen Schutzengel.

Am Oster-Sonnabend steckte der Bradzio die Gardinen auf, und am Ostersonntag war die Wohnung komplett eingerichtet. Um den Schinken, den Großmutter aus Lyck vom Fleischer Turek mitbrachte, hatte es ein langes Palaver gegeben. Mutter rechnete uns vor, wie lange sie uns davon nahrhafte und leckere Gerichte vorsetzen könnte, wenn wir nur sparsam wären, aber sie wurde von uns überstimmt; der Schinken sollte am ersten Feiertag als Schmandschinken mit geschmortem Sauerkohl auf den Tisch kommen. Aus dem guten Weizenmehl backte Mutter zwei Napfkuchen und einen Rosinenfladen, und der kam am Ostermorgen auf den mit dem guten Berliner Porzellan gedeckten Kaffeetisch.

Ach, wie lange hatte ich mich auf diese Feiertage und auf das gute Essen gefreut, auf den Schinken, auf den Berg mehliger Kartoffeln, von der fetten Sahnesoße lieblich umspült... Wahrscheinlich konnte auch Vater die Genüsse, die auf uns zukamen, kaum erwarten, denn er trieb mich nach den alten Osterbräuchen schon am frühen Morgen mit dem Ruf ›Schmack Oster – schmack Oster!‹ und mit Rutenstreichen auf den nackten Hintern aus dem Bett. Es war noch kalt, die Birkenzweige ließen ihr grünes Laub nicht einmal ahnen und brannten wie Feuer auf der Haut. Aber das gehörte nun einmal zum Fest. Ich hätte ja nur früher aufstehen und Vater zu schmackostern brauchen ... Ich zog den guten blauen Anzug an, den mir ›Onkel Richard‹ gütig überlassen hatte, als seine Knie durch die Hosenbeine schimmerten. Auf meine Größe umgearbeitet sah er wie neu aus. In der Küche summte das Kaffeewasser im Kessel. Großmutter erschien feierlich in ihrem schwarzen Taftkleid mit der Gemme auf der Brust und überreichte jedem von uns als Ostergeschenk ein hartgekochtes, bunt eingefärbtes Ei, auf dem in feiner Kratzzeichnung und von Blumengirlanden umrahmt ›Frohe Ostern!‹ zu lesen war.

Bevor Mutter die Kaffeekanne auf den Tisch stellte, kam mir der Einfall, diese festliche Tafel und ihre Teilnehmer zu fotografieren.

»Ja, Jungchen«, sagte Vater, »das erste Osterfest seit 1916, an dem es uns wieder gut geht. Das muß im Bilde für alle Zeiten festgehalten werden!«

Für Aufnahmen, auf denen ich dabei sein wollte, hatte ich mein eigenes Patent. Wenn der Apparat fest auf dem Stativ stand, steckte ich eine große Stecknadel, in die ich eine Schlaufe gebogen hatte, unterhalb des Apparates fest in den Fußboden, knüpfte einen Zwirnsfaden um den kleinen Auslöserhebel, zog den Faden unten durch die Schlaufe der Stecknadel und konnte dann, wo ich auch stand, den Auslöser durch einen leichten Zug zur Öffnung der Blende bringen. Das hatte ich schon oft mit Erfolg ausprobiert. Als Mutter die Kaffeekanne auf den Tisch stellen wollte, fiel es ihr plötzlich ein, daß sie den Filzuntersatz für die Kanne mitzubringen vergessen hatte. Ich war gerade dabei, die Nadel für die Gruppenaufnahme in den Boden zu drücken, als sie mir zurief, ich möge doch rasch in die Küche laufen und den Untersatz aus dem obersten Fach des Küchenschranks holen.

»Oben linkerhand!« rief sie mir noch nach.

Ich hatte die krumme Nadel zwischen die Lippen geklemmt, lief in die Küche, griff ins Schrankfach und rief – oder wollte rufen – daß ich den Untersatz nicht finden könne, als es passierte. Wie es geschah, ob ich Luft holte, ob ich die Nadel zwischen den Lippen vergessen hatte, oder ob ich plötzlich husten mußte, ich weiß nicht, wie es geschah, jedenfalls hatte ich die Nadel plötzlich verschluckt. Ich spürte sie in der Kehle, ziemlich schmerzhaft, versuchte sie herauszuwürgen, steckte mir den Finger in den Hals, um mich zu übergeben und die Nadel vielleicht auf diese Weise loszuwerden... Alles Würgen war umsonst, und ich schlich, blaß im Gesicht, zu der festlichen Tafel zurück.

»Ich habe die Nadel verschluckt...« stammelte ich abgewürgt.

»Was für eine Nadel?« fragte Vater und legte das Stück Rosinenfladen, das er in der Hand hielt, auf den Teller zurück.

»Mein Gott«, ächzte Mutter, »die große Nadel, die er immer nimmt, wenn er mit aufs Bild kommen will!«

»Sowas Idiotisches!« zürnte Vater, »eine Nadel in den Mund zu nehmen!« Er schien nicht abgeneigt, mir eine zu kleben. Auf diese Weise hatte er seine Besorgnisse um mich schon öfters abreagiert. Ich spürte die Nadel noch immer im Hals. Sie schien sich im Schlund verfangen zu haben, aber zu tief, als daß ich sie mit den Fingern hätte erreichen können.

Großmutter war die einzige, die die Ruhe bewahrte.

»Kannst du atmen, Jungchen?« fragte sie.

Ich atmete ihr etwas vor...

»Dann steckt die Nadel wenigstens nicht in der Luftröhre«, sagte sie. »Wo wohnt hier der nächste Arzt?«

Das vermochte ihr niemand zu sagen.

»Los, Lina, schnell! Hol mir meinen Mantel!« befahl sie resolut, und Mutter war auch schon unterwegs, um den Mantel zu bringen. Das Kopftuch aus schwarzer Chenille brachte sie auch mit, denn das Osterwetter war alles andere als freundlich, und Großmutter hatte es immer ein bißchen mit den Ohren. Und während sie in den Mantel schlüpfte und das Kopftuch umband, sagte sie, wir würden schon unterwegs erfahren, wo der nächste Arzt zu finden sei. Und dann liefen wir los, und ich bemerkte, daß Großmutter noch erstaunlich gut auf den Beinen war.

Der Arzt wohnte gleich hinter dem Heilsberger Tor am Markt und hieß Dr. Höfer. Die Nadel schien unterwegs tiefer gerutscht zu sein, denn ich konnte sie nicht mehr spüren. Wir störten den Doktor gerade beim Frühstück, und er war von unserm Osterbesuch sichtlich nicht beglückt, aber die Unmutsfalten glätteten sich rasch, als er erfuhr, worum es ging.

»Eine große Stecknadel mit einer Schlaufe, sagst du«, murmelte er und schob die goldgefaßte Brille auf die Stirn, »hm, das klingt nicht besonders gut. Mit Stecknadeln ist das so eine Sache, des Kopfes wegen. Eine Nähnadel wäre mir lieber gewesen. Die gehen gewöhnlich glatt durch. Aber nun laß den Kopf nicht hängen, Bürschchen. Vielleicht kriegen wir die Geschichte hin.« Er ließ die Brille wieder auf die Nase fallen und drehte sich zu Großmutter um: »Was hätte es denn heute zu Mittag gegeben, Oma?«

»Schmandschinken, Herr Doktor«, antwortete Großmutter leicht verwirrt, da sie mit dieser Frage nun wirklich nichts anzufangen wußte.

»Das nenn ich Pech, mein Junge«, sagte Dr. Höfer mit dem Anflug eines kleinen Grinsens, »du wirst jetzt schön nach Hause gehen, und deine Oma wird dir einen großen Topf voll Kartoffelbrei kochen, und zwar sofort! Und mit dem Kartoffelbrei – aber ohne Milch und ohne Fett! – wirst du dir den Bauch vollstopfen, unaufhörlich, Tag und Nacht! In der Nacht mindestens alle zwei Stunden, verstanden? Und das wirst du drei oder vier Tage lang tun, so lange, bis die Nadel am anderen Ende wieder herauskommt. Und alles, was da rauskommt, das rührst du ab übermorgen durch ein Sieb. Das ist wichtig. Damit wir nämlich wissen, ob die Nadel dabei ist oder nicht. Und wenn du sie gefunden hast, dann kommst du zu mir und zeigst mir deine Patentnadel. Ich fotografiere nämlich auch ein bißchen, und ich habe immer Mühe, bevor der Blitz hochgeht, ins Bild zu springen ...«

»Und wenn sie nicht rauskommt, Herr Doktor?« fragte Oma.

»Dann sehen wir weiter«, antwortete er; »aber machen Sie sich zu früh keine Sorgen. Mit dem Kartoffelbrei habe ich die besten Erfahrungen gemacht.«

Mein Gott, das war ein Osterfest! Mir wird noch heute übel, wenn ich in der Fernsehreklame auf dem Bildschirm den Herrn sehe, der mit verzückten Blicken Kartoffelbrei in sich hineinstopft und entsetzt erleben muß, wie andere Löffel in den Brei fahren, um ihm die Köstlichkeit wegzufressen. Drei Nächte und dreieinhalb Tage habe ich, während die andern in Schinkenorgien schwelgten und zum Kaffee Mutters goldgelben Napfkuchen vertilgten, dikken, kaum mit Wasser angerührten Kartoffelbrei in mich hineingewürgt. In den Nächten weckte mich Großmutter alle zwei Stunden und stopfte mich wie eine Mastgans. »Ess, Jungchen, ess!« flehte sie mich an, wenn ich den Löffel in die Ecke feuern wollte. Und ich schluckte, schluckte, schluckte ... Das Rührgeschäft mit dem Sieb besorgte Großmutter, Gott sei Dank, denn Kartoffelbrei, in welcher Form auch immer, hätte ich nicht mehr sehen können. Sie hätte sich der Mühe nicht zu unterziehen brauchen. Denn um die Mittagszeit des vierten Tages schrie ich plötzlich: »Oma, es spickt!« und da hatte ich die verfluchte Nadel auch schon zwischen Daumen und Zeigefinger...

Noch am gleichen Nachmittag rannte ich zu Dr. Höfer, um ihm die Nadel zu zeigen und ihm von dem Erfolg seiner Kur zu berichten. Er sah sich die Nadel lange an. »Daß die so glatt durchgegangen ist!« sagte er respektvoll, »da hast du Glück gehabt, Bürschchen. Ehrlich gesagt, habe ich mir um dich schon Sorgen gemacht und gefürchtet, daß wir dir den Bauch aufschneiden müssen. – Na, hat man dir vom Osterschinken wenigstens etwas zurückgelassen?«

Ich nickte sparsam. Ja, sie hatten mir zwei Portionen zurückgelegt, aber mir war die rechte Freude am Essen für einige Zeit vergangen. Die Nadel behielt der Doktor, um sie zu der Sammlung von Dingen zu legen, die er schon aus menschlichen Leibern herausoperiert hatte. Und als Großmutter nach einigen Tagen bei ihm vorsprach, um zu fragen, was wir ihm schuldeten, da sagte er, für den Rat, Kartoffelbrei zu kochen, könne er nichts aufrechnen, denn das Rezept stände schließlich in jedem Kochbuch. So war Dr. Höfer. Wir hätten ihn in den folgenden Jahren gern konsultiert, um uns zu revanchieren, aber für die Krankheiten, die sich bei uns einstellten, genügte die Hausapotheke.

Ein guter Einstand in Bartenstein war das nun wirklich nicht gewesen. Ich konnte nur hoffen, daß es besser weitergehen würde. Von der Nadel erlöst, begann ich mich wieder für das Leben zu interessieren. Das Wetter blieb kalt, regnerisch und unfreundlich. Das Fest war auf einen frühen Termin gefallen und der Frühling noch fern.

Trotzdem zog es mich auf die Straße, schon, um die neue Umgebung kennenzulernen und vielleicht Kurt Reske wieder zu begegnen. Ich stromerte eine Weile durch die Stadt, entdeckte hinter einem Vorplatz mit kahlen Kastanienbäumen das Gymnasium und sah mir den Eingang und die Fensterfront mißtrauisch an, denn weiß der Himmel, was es mir bringen mochte. Einen Dr. Metzger, der für schlechte Arbeiten gute Noten verteilte, gab es hier bestimmt nicht...

Das Wasser des kleinen Sees hinter der Molkerei trug noch eine Eisschicht, aber das Eis war grau, brüchig und trug nicht mehr. Auf dem Weg über den Anger entdeckte ich in einem Rondell mit Bänken einen merkwürdigen Steintisch und zwei seltsame, kegelförmige Steinfiguren. Sie trugen spitze Mützen, und darunter konnte man, flach gemeißelt, Augen, Nase und Mund erkennen. In der Nähe stand ein einsames Haus, niedrig, geduckt, mit einem roten Walmdach. Und über den Zaun des Hauses hinweg beobachtete mich ein Junge, der eine nagelneue grüne Mütze trug. Er stieß zwischen den Zähnen einen gellenden Pfiff aus, der mir zu gelten schien.

»He..?« machte ich.

Da setzte er mit einer Hocke aus dem Stand über den Vorgartenzaun und kam langsam auf mich zu: »Bist du vielleicht der Neue, von dem der Reske erzählt hat?«

»Der Reske... ist er versetzt worden?«

»Mit Hängen und Würgen«, sagte er, »und wenn du den Reske kennst, dann bist du also der Neue. Ein Dünner, Blasser hat er gesagt, na, und direkt ausgefressen siehst du ja wirklich nicht aus.«

»Kunststück«, sagte ich, »nach drei Tagen Kartoffelbrei...« Und erzählte ihm meine Leidensgeschichte. Er wollte sich halbtot lachen: »Ach du liebe Scheiße!« schrie

er, »drei Tage nuscht als Kartoffelbrei? Da hast du ja allerhand nachzuholen. Wir haben vor Ostern ein Schwein geschlachtet. Wenn du Hunger hast, komm zu ùns rein, die Wurschtsuppe steht immer auf dem Feuer ...«
Ich ließ mich nicht lange nötigen, aber zuerst wollte ich von ihm wissen, was das drüben für komische Steinfiguren waren.
»Das kriegst du hier in der ersten Stunde Heimatunterricht eingetrichtert. Um Bartenstein herum, das war doch früher, als hier noch die alten Pruzzen Kohl bauten, der Bartengau. Und die ollen Steinfiguren sollen zwei Götzenbilder sein, der Barto und seine Frau Guste Balde. Und vor den Götzen haben sie auf dem steinernen Tisch Gefangene als Opfer geschlachtet. Ob sie die hinterher gefressen haben, weiß ich nicht ...«
»Wurstsuppe ist mir lieber ...«
»Mir auch. Also komm schon.« Er hieß Alfred Klahr und ging mir durch eine breite Einfahrt auf einen großen Hofplatz voran, auf dem einige Schuppen und ein halbes Dutzend Kastenwagen und Handkarren standen.
»Habt ihr Landwirtschaft?« fragte ich. Die Frage lag nahe an dem geschlachteten Schwein. Aber sie betrieben keine Landwirtschaft. Der Vater hatte die Straßenmeisterei vom Landkreis unter sich, und die Wagen wären für das Streugut da. Aber es wäre früher einmal ein kleiner Bauernhof gewesen, bevor der Staat Haus und Anwesen für das Bauamt übernahm.
»Du wirst es im Hause merken«, sagte er, »es stinkt noch immer ein bißchen nach Kuhstall ...«
Ich roch davon nichts. Was ich in die Nase bekam, war der dumpfe Geruch nach Kesselfleisch und Wurstsuppe, von der mir Alfreds Mutter einen randvoll geschöpften Teller vorsetzte. Sie war eine kleine, rundliche Frau, trug den

braunen Zopf als Kränzchen um den Kopf und sprach in dem breiten Tonfall der Zintener Gegend, wo man ein kleines i vor die Vokale und Konsonanten setzt: »Na, djenn laßt es euch man gut schmiecken ...« Eine herzensgute Frau, die mir jedesmal, wenn ich den Alfred besuchte – und das geschah nicht gerade selten –, irgend etwas Nahrhaftes aus der Speisekammer in den Mund steckte.
»Kannst du eigentlich Skat spielen?« fragte Alfred, während wir die Suppe mit dem dicken Inhalt von geplatzten Leber- und Grützwürsten löffelten.
»Ob ich Skat spielen kann? Mann, Skat habe ich von meinem Großvater gelernt, als ich noch kaum übern Tisch kieken konnte!«
Er schien von meinen Skatkünsten weniger überzeugt zu sein als ich: »Wenn du willst, können wir ja nachher zum Reske gehen, und dann wird sich zeigen, ob du die Schnauze nicht allzu voll genommen hast. Der Kurt Reske hat schon, als einmal der dritte Mann fehlte, mit dem Rektor Schmittat Skat gespielt und ihm einen Grand mit zweien abgenommen!«
Rektor Schmittat schien der Bartensteiner Skat-Matador zu sein. Er war wirklich ein Skat-Genie. Und daß Kurt Reske mit dem Meister spielen durfte, geschah nur einmal und war eine einmalige Ausnahme, weil ein dritter Mann nicht aufzutreiben war. Denn mit Schnoddernasen spielte der Rektor nicht. Nun, Kurt Reske war zum mindesten ein Skat-Talent, und er zeigte mir bald, daß ich ein blutiger Anfänger war, vom Ausreizen eines Blattes keine Ahnung und überhaupt noch viel zu lernen hatte. Hier wurde mit Schikanen gespielt, die ich nicht einmal vom Hörensagen kannte. Da gab es nicht nur Contra und Re, sondern Hirsch, Hund, Kaiser, Papst und Oberpostsekretär und Schieberramsch und das Auslegen von Patrouillen. Solide

Spieler meinten allerdings, damit würde der Skat zum Hazardspiel entwürdigt...

Die Eltern von Kurt Reske besaßen in der Königsberger Straße ein Hutgeschäft. Das kleine Schaufenster war bis auf ein handgeschriebenes Schild, daß Hüte zum Reinigen und Fassonieren angenommen würden, leer, und leer war auch das hohe Regal im Laden. Seit dem Kriege war ein knappes halbes Jahr vergangen, und die Hutfabriken besaßen noch kein Material, um die Betriebe wieder anlaufen zu lassen. Es ist anzunehmen, daß die Eltern von Kurt einige magere Jahre zu überstehen hatten, bis das Geschäft wieder in Schwung kam. Aber das ließen sie sich nicht anmerken. Besonders der Vater Reske besaß einen unverwüstlichen Humor, den ich bei meinem Vater so sehr vermißte. Und wieder einmal mußte ich feststellen, wie jung doch die Eltern meiner Mitschüler im Vergleich zu meinen Eltern, vor allem zu Vater, waren, der mit seinem schneeweißen Vollbart noch älter wirkte, als er mit seinen knapp sechzig Jahren in Wirklichkeit war. So alt wie er waren sonst die Großväter meiner Freunde; aber das hatte auch einige Vorteile, denn er war mit den Jahren doch bedeutend ruhiger geworden, seine Zornesausbrüche kamen seltener und klangen, als hätte er auf die Stimmbänder eine Sordine gesetzt. Auch imponierten mir die Väter der Freunde mehr als der eigene Vater, weil die meisten von ihnen den Krieg an der Front mitgemacht hatten, Narben und Orden vorweisen konnten, von den Grabenkämpfen in Frankreich erzählten und es, wie der Vater von Walter Tichauer, obwohl er ›mosaischen Glaubens‹ war, in der Rangordnung bis zum Hauptmann gebracht hatten. Weniger imponierte mir allerdings, daß diese Väter, die ihre Söhne vier oder fünf Jahre lang der mütterlichen Erziehung hatten überlassen müssen, sich nun vor die Aufgabe gestellt sahen, die in den meisten Fällen reichlich verwilderten und der Autorität entwöhnten Knaben wieder zur Raison zu bringen. Bei meinem Vater hatte sich im Lauf der Zeit ein kleiner Wandel vollzogen, er appellierte an mein Verantwortungsbewußtsein oder versuchte wenigstens, es zu wecken, indem er mehr als einmal sagte: »Tu, was du nicht lassen kannst, aber friß das, was du dir in der Schule oder außerhalb der Schule einbrockst, gefälligst selber aus und verschon mich mit solchen Querelen.« – Das tat ich denn auch in Zukunft nach bestem Vermögen, unterschrieb blaue Briefe, die gelegentlich eintrafen, mit seiner ganz ausgezeichnet nachgeahmten Unterschrift selber und ersparte mir und ihm dadurch viel Ärger.

Vater hatte mich bereits in den letzten Tagen des alten Schuljahres im Bartensteiner Gymnasium angemeldet und dabei den Direktor der Schule, Professor Dr. Kröhnert, kennengelernt, einen Mann, von dessen weltläufig jovialer Art er sehr angetan schien. Mir kam das wenig geheuer vor, denn es geschah zum ersten Mal, daß Vater einen ›Schulmeister‹ sympathisch fand. Vielleicht hatten die Herren deshalb aneinander Gefallen gefunden, weil beide Bismarckverehrer waren und ihre Verehrung durch das Tragen breitkrempiger Hüte nach außen hin dokumentierten. Nun, noch waren Ferien, und ich nutzte sie aus, um in der kleinen Stadt herumzustrolchen und mich mit den zukünftigen Klassenkameraden gegenseitig zu beriechen. Aus der Großstadt mit ihren vielfältigen Unterhaltungsmöglichkeiten kommend, konnte mir das kleine Nest nicht sonderlich imponieren. Für Sehenswürdigkeiten war ich noch nicht aufgeschlossen, an den alten Pruzzensteinen ging man bald achtlos vorüber, und ob das Heilsberger Tor nun Backsteingotik oder sonst was war, bewegte mich nicht im mindesten. Die Stadt war eine

Gründung des Ritterordens und hatte einst unter dem Schutz einer Burg gestanden, aber sie war längst geschleift worden. Auf ihren Grundmauern erhob sich, im romantisierenden Schauerstil des neunzehnten Jahrhunderts erbaut, mit gotischen Fenstern, romanischen Portalen und vielen Erkern und Türmchen das Landratsamt, in dem ein Herr v. Gottberg residierte. Die Alle schlug um die Stadt einen weiten Bogen, ein klarer, sanft dahinströmender Fluß, der heimliche Anglerfreuden versprach. Am meisten versöhnte mich noch mit dem Ortswechsel der idyllisch gelegene Sportplatz im Schützenpark. Wenn man die eiserne Allebrücke überquert und bald darauf die hohen Bögen des Eisenbahnviaduktes passiert hatte, erblickte man in dem Flußtal, rechterhand von der Alle und links von der begrünten, ziemlich steil ansteigenden Moräne umschlossen, die Tennisplätze und den Spielrasen mit den beiden Fußballtoren. Linden und Kastanien säumten und überschatteten einen breiten Spazierweg, der am Fluß entlanglief und sich in parkähnlichen Anlagen verlor.

»Mann!« sagte ich ehrlich begeistert zu Kurt Reske, der neben mir hertrabte, und dachte dabei an den staubigen, sonnendurchglühten Walter-Simon-Platz auf den Hufen. »So was haben wir in ganz Königsberg nicht gehabt, daß man nach dem Spiel gleich ins Wasser springen kann ...«

»Und während des Spiels!« grinste er. »Denn was glaubst du wohl, wie oft man hier, wenn ein Paß danebengeht, dem Ball nachschwimmen muß.«

Ich tippte auf die blauweiße Anstecknadel an seiner Jacke: »Daß ich bis jetzt nicht Fußball gespielt habe, weißt du ja, aber könnte ich trotzdem in euren Verein eintreten?«

»Ich werde mal mit unserem Präsidenten reden. Er heißt Nietzki. Sein Alter ist unser Superintendent ...« Ich sah ihn fragend an, denn dieser Titel begegnete mir zum ersten Mal.

»Stell dich doch nicht so dämlich an«, sagte er, »das ist der öberste Pfarrer im Landkreis. Er wohnt in dem großen Pfarrhaus neben der Kirche. Du bist doch evangelisch, oder?«

»Klar, daß ich evangelisch bin, aber mit der Kirche haben wir eigentlich nicht viel zu tun...«

»Wir auch nicht, mein Alter überhaupt nicht, nur die Mutter schleppt uns manchmal hin. Mann, wenn der Super nicht zu predigen aufhört, und draußen scheint die Sonne, nee, das is nuscht für meinem Papa sein' Sohn!«

Die wenigen verbleibenden Ferientage genügten vollauf, die kleine Stadt gründlich und einen Teil meiner zukünftigen Klassenkameraden wenigstens dem Namen nach und oberflächlich kennenzulernen. Walter Tichauer, dessen Vater das Eisengeschäft am Markt gehörte, Bruno Terzenbach und Gerd Grawert, beide begeisterte ›Wandervögel‹, die Brüder Bachler, Zwillinge wie meine Freunde Wallowitz, aber ohne deren Unternehmungslust, Benno Stärker, der im Fußballclub Bartolonia Mittelstürmer spielte, und Johannes Thiergart, der die Schule früh verließ, Banklehrling wurde und in der Inflation das Glück hatte, in die Devisenabteilung seiner Bank zu kommen. Dort spekulierte er so geschickt, daß er, während wir uns mit der Anabasis plagten, mit ein paar Dollar in der Tasche Häuser und Grundbesitz erwarb. Natürlich kniete ich Vater auf der Brust, auch mich in die Banklehre zu schikken, biß aber bei ihm auf Granit und mußte, als der Traum des Banklehrlings Thiergart, ein reicher Mann zu sein, über Nacht wie eine Seifenblase zerplatzte, kleinlaut eingestehen, daß Vater wieder einmal recht gehabt hatte.

Ein großer Teil der Klasse trudelte erst am letzten Ferien-

tag ein. Es waren Gutsbesitzerssöhne, die ihre Ferien daheim verbracht hatten. Unter ihnen der lange Heinz v. Messling und Graf Mortimer zu Eulenburg-Prassen, ein mädchenhaft zarter Junge, der mit wahrer Leidenschaft an seinen Fingernägeln knabberte und es fertigbrachte, sie bis zu den Möndchen abzukauen. Seinem Vater, dessen weißer Mercedes mit Außenkupplung zuweilen vor dem Hotel ›Bartensteiner Hof‹ stand, gehörten zwischen Bartenstein und Rastenburg nicht weniger als sechzigtausend Morgen Land. Den Grund zum Bau der Eisenbahnstrecke hatte der Graf seinerzeit abgetreten, ohne eine Entschädigung zu beanspruchen. Dafür aber mußte jeder Zug im Bereich Eulenburgschen Bodens halten, sobald ein Diener an der Strecke mit einer Fahne das Signal gab, daß der Graf den Zug zu benutzen wünsche. Das imponierte mir mächtig und ließ in mir – wohl zum ersten Mal im Leben – ein Gefühl aufsteigen, in der Wahl meiner Eltern ein wenig danebengegriffen zu haben. Später verflüchtigte sich dieses Gefühl allerdings rasch, als ich erfuhr, daß mein Klassenkamerad Mortimer im Schloß zu Prassen von frühester Kindheit an ziemlich scharf herangenommen worden war und auch an den Ferien keine ungetrübte Freude hatte, denn daheim warteten ein Hauslehrer und eine Gouvernante auf ihn, um sein Englisch und Französisch auf Hochglanz zu bringen. Die Revolution hatte nichts daran geändert, daß die Zukunft eines Eulenburg nur die militärische oder diplomatische Karriere sein konnte.
Als unsere Klasse einmal bei einem Schulausflug in die Nähe des Schlosses kam, wurden wir zu einem Imbiß eingeladen. Das gräfliche Schloß hatte ich mir, von den Dimensionen des Königsberger Schlosses verwöhnt, etwas größer vorgestellt, aber es war nur eine kurze Enttäuschung, denn der ›kleine Imbiß‹ übertraf die kühnsten Er-

wartungen. Im Freien unter schattigen Bäumen war eine lange Tafel aufgestellt, und zwei livrierte Diener trugen mächtige Platten mit delikat belegten Broten, einen Berg in handliche Portionen zerlegten Geflügels und große Kannen mit Limonade herbei. Es war ein heißer Sommertag, und wir fielen nach der kurzen, freundlichen Begrüßung durch Mortimers junge und schöne Mutter, die das Haar wie die Kronprinzessin Cäcilie trug, mit ungeheurem Hunger über die Platten her. Es muß unserem Ausflugsleiter, Studienrat Kuhn, einem sehr gepflegten Mann mit vorbildlichen Manieren und einer selbst in der Erregung gewählten Ausdrucksweise, scheußlich peinlich gewesen sein, uns zu beobachten; denn während wir die Schüsseln leerfegten, lustwandelte er an der Seite der Gräfin in einiger Entfernung in artiger Unterhaltung begriffen auf und ab. Und dann war es der Dettki, der das Ansehen und die Ehre der Klasse rettete. Denn als der dicke Bronsert nach dem allerletzten Käsebrot griff, schnappte Dettki sich eine Gabel und nagelte mit ihr Bronserts Hand, die sich schon gierig um das Käsebrot krallte, mitsamt dem Brot auf der Platte fest. »Du kannibalisches Schwein!« zischte er, »hast du denn überhaupt keinen Benimm?! Das letzte Brot bleibt liegen, verstanden! Das gehört sich so!« – Und so blieb durch Dettkis Eingreifen das Anstandsbrot auf der Platte liegen. Es sah nicht gerade appetitlich aus, denn Bronsert hatte ziemlich viel Blut verloren.

Mortimer zu Eulenburg war übrigens nicht bei uns. Studienrat Kuhn hatte ihm gestattet, derweil ›dem Herrn Papa seine Aufwartung zu machen‹. Bei diesem war er nämlich in höchste Ungnade gefallen. Da war am Ende der letzten Sommerferien etwas Schreckliches passiert. Mortimer hatte zum Geburtstag seine erste Jagdflinte bekommen und damit, allen waidmännischen Ehrbegriffen Hohn sprechend, einen Storch geschossen. Dazu hatte er noch behauptet, er sei des Glaubens gewesen, auf einen Reiher angelegt zu haben. Nun, wenn das schon dem Sohn eines stinknormalen bürgerlichen Jägers ein paar saftige Ohrfeigen eingetragen hätte, wie mußte da erst ein blaublütiger Graf auf solch eine Todsünde reagieren! Eben wie ein Graf. Ohne körperliche Züchtigung, aber durch Einschließen der Flinte auf die Dauer von zwei Jahren, Verkürzung des Taschengeldes auf die Hälfte und Anweisung an das Forstpersonal, den Übeltäter wie einen Aussätzigen zu behandeln. Das war natürlich hart, viel härter als ein Tritt in den Hintern, und es führte dazu, daß das nervöse Nägelkauen des jungen Grafen Ausmaße annahm, die Studienrat Westphal veranlaßten, Eulenburg während seiner Französisch-Stunde eindringlich zu bitten, das Frühstück zu beenden, wenn er die Finger bis zu den Knöcheln abgenagt habe...

Auch Studienrat Westphal war ein Mann von feinsten Manieren. Wir nannten ihn ›Dittchengent‹, weil er stets helle Hundedeckchen über den Schuhen trug und immer eine Spur zu elegant daherkam. Er galt als Lebemann, vielleicht, weil er sich oft ein Monokel ins linke Auge klemmte, dessen Pupille ein wenig zur Seite abirrte. Seine Frau, einen guten halben Kopf größer als er, war mit ihrem kupferroten Haar eine ausgesprochene Schönheit und der heimliche Schwarm aller jungen Männer, auch vieler Primaner. Jedenfalls paßte er nicht in das kleine Nest, und wahrscheinlich empfand er seinen Beruf und sein Studienratsgehalt als allzu eng und drückend. Und ihr – die der Fama nach aus einem erstklassigen Berliner Stall kam – muß Bartenstein schrecklich aufs Gemüt gegangen sein. Er verließ den Schuldienst bald, beide wandten Bartenstein den Rücken, und wenige Jahre später erlebte ich ihn im Hotel Monopol in Kranz mit einer roten Nelke im Knopfloch in einer äußerst heiteren Gesellschaft, deren Mittelpunkt er mit seiner schönen Frau war. Er entdeckte mich und kam mit einem: »Hallo, was machen Sie hier?« auf mich zu. Ich erlaubte mir, ihm die gleiche Frage zu stellen. Daß ich ihn dabei mit ›Herr Studienrat‹ ansprach, schien ihm einen Schock zu versetzen.

»Um Himmels willen!« zischte er mir ins Ohr, »lassen Sie keinen Menschen wissen, daß ich mal Steißtrommler war! Aber man würde es Ihnen sowieso nicht abnehmen.« Und dann erzählte er mir, daß er Generalvertreter einer großen und sehr renommierten Sektkellerei sei und damit für sich und seine Frau den Rahmen gefunden habe, in dem es sich leben lasse. Aber das ist sehr weit vorgegriffen. Vorläufig ließ Herr Westphal seinen hübschen Tenor, mit dem ich ihn in Kranz im Monopol seine kleine Gesellschaft mit dem Schlager der Saison »Was eine Frau im Frühling träumt« unterhalten hörte, noch für eine Weile bei Schulfeiern erklingen. Bei solchen Anlässen waren seine Paradestücke das seriöse »Herr, deine Güte reicht so weit« – und das weniger seriöse, bei Kommersen vorgetragene Lied »Wenn ich einmal der Herrgott wär« ...

Die Osterferien gingen bald zu Ende, und der Ernst des Lebens begann wieder einmal. Das Gymnasium hinter dem Kiesplatz mit den kahlen Kastanien hielt natürlich keinen Vergleich mit dem Riesenkomplex des Friedrichskollegs aus. Dort waren die Abortanlagen fast so groß wie hier der ganze Bau. Die Klassenzimmer wurden wahrhaftig noch durch mächtige Kachelöfen beheizt. Dieses mühselige Geschäft besorgte der Hausmeister Folgmann, dessen Säbelbeine darauf schließen ließen, daß er aktiv bei der Kavallerie gedient hatte. Er wohnte mit seiner Familie im Parterre der Schule, und sein Sohn, ein großer, kräftiger

Junge mit einem kühnen Adlerprofil, saß in meiner Klasse. Sein Tag begann im Winter um vier Uhr morgens, und wenn wir aus den Federn krochen, dann hatte er bereits einige Zentner Torf und Briketts aus dem Keller zu den Öfen geschleppt. Zwei Brüder Brusdeilins, im Memelland zu Hause und glühende litauische Nationalisten, wohnten bei der Familie Folgmann in Pension. Der ältere, ein weizenblonder, ungeschlachter Bursche, saß drei Bänke hinter mir. Wenn er von Professor Krieger, dessen Sohn ebenfalls die Bänke der Untertertia drückte, zur Rezitation des ›Tauchers‹ oder der ›Glocke‹ aufgerufen wurde, bekamen wir jedesmal, da er mit der deutschen Sprache erhebliche Schwierigkeiten hatte, eine fast kabarettistische Vorstellung: »Hochch im Boggen spriezen Gwällen Wosserwoggen und als wohlte sie im Wächen mietzich furt derr Ärrde Wuucht...« – Der Professor Krieger machte dabei ein Gesicht, als quäle ihn ein Furunkel im Ohr, und murmelte: »Armer Schiller, armer, gemarterter Schiller ... Nun, Brusdeilins, fürs brave Lernen muß ich dir wohl oder übel eine zwei geben...« – Der jüngere der Brüder Brusdeilins war klein, aber so breit wie hoch und wurde ›Propeller‹ genannt; in der Fußballmannschaft von Bartolonia spielte er als rechter Verteidiger, quirlig niedersäbelnd, was gegen das Tor anstürmte.

Meinen Klassenkameraden Brusdeilins hatte ich fast fünfundzwanzig Jahre aus den Augen verloren, nicht aber aus dem Sinn, weil er immer bereit gewesen war, meine litauischen Sprachbrocken aufzubürsten, die mir unsere verflossene Anna beigebracht hatte. Wenn er litauisch sprechen durfte, leuchtete sein Gesicht auf, und es war nichts Tölpelhaftes an ihm.

Im Frühsommer 1945 stand ich ihm vor dem Traunsteiner Rathaus, das die amerikanische Militärpolizei gleich nach dem Einzug der Amerikaner beschlagnahmt hatte, plötzlich gegenüber. Ich trug die schäbige, von der Frau eines Bekannten auf Zivil zurechtgeschneiderte Uniform, die ich mir, während die Amerikaner sich Traunstein näherten, noch rasch in der Kleiderkammer der Badenweiler-Kaserne organisiert hatte. Die prächtige Uniform, die Herr Brusdeilins trug, kannte ich nicht; amerikanisch war sie auf keinen Fall. Wahrscheinlich war es die Uniform irgendeiner jener zahlreichen Militär-Missionen, die die Stadt nach flüchtigen polnischen, serbischen oder rumänischen Landsleuten durchkämmten, die keine Lust verspürten, in die von den Russen besetzten Länder zurückzukehren.

»Hallo, Menschenskind, Brusdeilins! Mann, wie kommst du nach Traunstein?«

Er blickte, einsneunzig hoch, über mich hinweg. Sein Begleiter, nicht ganz so prächtig uniformiert wie er, trat zwischen uns, ein Brocken von einem Kerl und sichtbar bereit, mir die Faust ins Gesicht zu pflanzen. Herr Brusdeilins, starr über mich hinwegblickend, sagte zwei kurze Sätze auf litauisch, die sein Begleiter wortgetreu ins Deutsche übersetzte: »Der Herr Major kennt Sie nicht und wünscht von deutschen Schweinen nicht belästigt zu werden!« – Hoch im Boggen spriezen Gwällen Wosserwoggen ... Armer, gemarterter Schiller ... Da bekam ich nun die Quittung für unser Gelächter.

Da ich mich nun schon einmal so weit von Bartenstein und ins Futurum verirrt habe, will ich noch eine andere Geschichte erzählen, die mir bald nach der Begegnung mit Herrn Brusdeilins einen echten und viel schlimmeren Schock versetzte. Wie soeben erwähnt, befanden sich in

Traunstein eine Menge Ausländer. Viele von ihnen waren den Konzentrationslagern entronnen, andere kamen aus Kriegsgefangenenlagern, vor allem Polen und Jugoslawen, denen es nicht schlecht ging, da sie den Schwarzen Markt beherrschten. Es hielten sich aber auch viele Ungarn in Traunstein auf, die auf unserer Seite gekämpft hatten; unter ihnen eine große Zahl Akademiker, Ärzte, Juristen, Volkswirte und Lehrer, die zu den Amerikanern gute Beziehungen angeknüpft hatten und mit Hilfe der amerikanischen Freunde Visa für die Staaten zu bekommen hofften. Einer von ihnen, ein blonder Hüne, hatte für Ungarn bei den Olympischen Spielen in Berlin im Speerwerfen einen beachtlichen Platz erkämpft. Nun saß ich eines Tages beim Härtl in der ›Traube‹ mit einigen Bekannten beim Mittagstisch über meinem Stammgericht, einem Kartoffelpampf mit einem Löffel Bratensoße darüber, als ich bemerkte oder von einem meiner Tischnachbarn darauf aufmerksam gemacht wurde, daß mich jemand von der Theke her unaufhörlich und intensiv anstarre. Ein gutangezogener und gutaussehender Mann von südländischem Typ. Unsere Blicke trafen sich, er schien mich zu kennen, aber ich konnte ihn nicht unterbringen und war sicher, ihn noch nie gesehen zu haben. Er nippte an einem kleinen Bier und fixierte mich beim Trinken und Niedersetzen des Glases unentwegt. Die Sache wurde mir allmählich lästig, aber in dem Augenblick, in dem ich aufstehen wollte, um ihn zu fragen, was sein merkwürdiges Verhalten zu bedeuten habe, kam er langsam auf mich zu und sagte, den Blick starr in meine Augen gerichtet: »Guten Tag, Herr Obersturmbannführer Berger! Welche Freude, Sie gesund wiederzusehen! Ich darf doch hoffen, daß es Ihnen gut geht?« Er sprach ein ausgezeichnetes Deutsch mit einem kaum wahrnehmbaren Akzent. Ich sagte ihm, daß er sich irren müsse, denn ich sei nie im Leben Obersturmbannführer gewesen, trage auch nicht den von ihm genannten Namen und hätte es in meiner militärischen Laufbahn genau bis zum Obergefreiten gebracht. Er blieb stur.

»Natürlich kennen Sie mich nicht. Und selbstverständlich haben Sie auch meinen Namen vergessen – Nikolaus Jokay ...«

»Entschuldigen Sie, Herr Jokay, zwischen mir und dem von Ihnen erwähnten Obersturmbannführer scheint eine Ähnlichkeit zu bestehen, aber ich versichere Ihnen, daß ich der Mann, den Sie vor sich zu haben glauben, wirklich nicht bin!«

»Dann will ich Ihrem Gedächtnis nachhelfen, Herr Obersturmbannführer: Budapest, 25. November 1944! Sagt Ihnen dieses Datum wirklich nichts? Gar nichts?«

»Es sagt mir wirklich nichts!« antwortete ich und verlor allmählich die Geduld. »Und wenn Sie es ganz genau wissen wollen, so habe ich Budapest im Jahre 1926 zum ersten Mal besucht und seitdem nie wiedergesehen. Genügt Ihnen das?«

Er verzog das Gesicht zu einem kleinen, aber sehr bösen Lächeln: »Nun, Herr Obersturmbannführer Berger, ich beobachte Sie jetzt seit einer halben Stunde, und nun stehen Sie mir sogar Auge in Auge gegenüber und sprechen mit mir, wie Sie mir am 25. November des vergangenen Jahres gegenüberstanden, um mir mein Todesurteil zu verkünden! Glauben Sie, daß man den Mann, von dem man tagelang verhört, von dessen Kreaturen man geprügelt und gefoltert wurde und der einem schließlich das Todesurteil verlas, mit irgend jemand verwechseln kann?«

Die Sache wurde ungemütlich. Ich hatte das unglaubliche Glück gehabt, die beiden letzten Kriegsjahre auf einem

angenehmen Druckposten unter den angenehmsten Vorgesetzten als Oberschnapser im Wehrmeldeamt zu überleben, mit der Erlaubnis, privat zu wohnen und im Gasthaus zu essen. Die ›Traube‹ war mein Stammlokal geworden. Sollte ich mir jetzt wegen einer blöden Verwechslung eine Kugel in den Schädel jagen lassen? Es kam in den ersten Nachkriegswochen nicht gerade selten vor, daß jemand mit eingeschlagenem Schädel oder erschossen aufgefunden wurde. Die Militärpolizei kümmerte sich wenig darum, da sie wichtigere Dinge zu tun hatte, zum Beispiel Leute einzusperren, die die ›curfew‹ um einige Minuten überschritten.
Meine Tischgenossen, die mein Gespräch mit Herrn Jokay zuerst amüsiert verfolgt hatten, mischten sich ein und versuchten, Herrn Jokay davon zu überzeugen, daß er sich irre, daß mein Name nicht Berger sei, daß ich nie Obersturmbannführer sondern Obergefreiter gewesen sei und daß ich seit gut zwei Jahren täglich mittags und abends an dem runden Stammtisch gesessen habe. Herr Jokay lächelte böse und meinte, das hätten wir gut einstudiert, aber auf dieses Alibi sei er vorbereitet gewesen. Es nützte nichts, daß der Traubenwirt, Herr Härtl, ihm hoch und heilig beteuerte, daß ich bei ihm seit zwei Jahren Stammgast sei, und es nützte nichts, daß Fräulein Emma, unsere nette Bedienung, die uns manchmal ein paar Fleischmarken heimlich zuschob, alles, was ihr Chef sagte, Wort für Wort bestätigte. Herr Jokay blieb stur dabei, daß wir eine verschworene Bande alter Nazis wären, denn je länger er mir gegenüberstände, je länger er meine Gestik beobachte, sich mein Mienenspiel anschaue, und je länger er mich sprechen höre, um so mehr wachse seine Überzeugung, daß ich jener Obersturmbannführer Berger sei, der ihn wenige Stunden vor der Befreiung Budapests zum

Tode verurteilt habe. Sein Leben aber habe er nur der deutschen Gründlichkeit zu verdanken, daß die Erschießungen im Hof der Burg in alphabetischer Reihenfolge vorgenommen wurden und bei dem Buchstaben F aufhörten, als die Spitzen der Roten Armee bereits in die Burg eindrangen.

Um es kurz zu machen: Ich ließ mein Stammgericht stehen und ging mit Herrn Jokay ins Rathaus zur MP. Dort saßen als Hilfspolizisten zwei ehemalige Oberfeldwebel, die mich beide gut kannten. Sie führten Herrn Jokay und mich zu ihrem Vorgesetzten, einem unfreundlichen, aber gut deutsch sprechenden Captain, der sich die Geschichte zunächst gelangweilt, dann aber in der Hoffnung, mit mir einen üblen Kriegsverbrecher geschnappt zu haben, interessiert anhörte. Die strammen Aussagen meiner beiden ehemaligen Oberfeldwebel, daß ich ihnen seit langer Zeit bekannt sei und im Traunsteiner Wehrmeldeamt Dienst gemacht habe, wischte er knurrend vom Tisch. Auch er schien allem, was deutsch war, zutiefst zu mißtrauen. Aber schließlich, nach stundenlangem Verhör, und nachdem ich mein Soldbuch und meinen Wehrpaß herbeigeschafft hatte, schien er doch davon überzeugt zu sein, daß ich nicht jener Obersturmbannführer Berger sein könne. Herrn Jokay sah ich deutlich an, daß er davon nicht überzeugt war – aber er war doch unsicher geworden. »Und trotzdem möchte ich schwören...«, murmelte er kopfschüttelnd. Und mit diesem Kopfschütteln verfolgte er mich noch einige Tage, bis ich meine ungarischen Bekannten, unter ihnen den Olympioniken von 1936, bat, ihrem Landsmann auf ungarisch klar zu machen, was er in deutscher Sprache nicht zu begreifen schien. Was sie ihrem Landsmann gesagt haben, weiß ich nicht, aber es muß sehr deutlich gewesen sein, denn kurz darauf war Herr Jokay aus Traunstein und aus meinem Leben verschwunden. Aber den Alpdruck dieser Begegnung bin ich lange nicht losgeworden. –

Aber wohin habe ich mich da, durch die Erinnerung an den Namen meines ehemaligen Klassenkameraden Brusdeilins verführt, verirrt? Also zurück nach Bartenstein und zurück zum ersten Schultag nach den Osterferien, an dem ich mich eine Viertelstunde vor Beginn der Morgenandacht bei dem neuen Chef, Dr. Kröhnert, zu melden gedachte. Ich klopfte ziemlich schüchtern an die Tür des Direktoratszimmers, hörte ein barsches ›Herein‹ und dachte mir, ganz so liebenswürdig, wie Vater ihn mir geschildert hatte, schien der Chef nicht zu sein. Aber die Aufforderung zum Eintreten kam auch gar nicht von ihm, sondern von Herrn Folgmann, dem Hausmeister, der gerade dabei war, auf die ersterbende Glut im Kachelofen neue Torfstücke zu schichten. Ich erfuhr, daß der Herr Direktor noch in seinem Hause beim Frühstück sei und erst zur Morgenandacht erscheinen werde. Von einem hohen Regal an der hinteren Längswand des Zimmers blickten links aus blinden Augen Homer und rechts Sokrates auf mich herab. Eine dicke Schicht von rötlichem Torfstaub auf dem kahlen Schädel des Philosophen täuschte einen wolligen Haarwuchs vor. Herr Folgmann gab mir den Rat, zunächst in meine Klasse am anderen Ende des Korridors zu gehen, die Andacht mitzumachen und mich später wieder im Direktorat zu melden. So trottete ich denn an vier oder fünf lärmerfüllten Klassenzimmern vorüber, kam vor die Tür mit der Aufschrift U III und hängte Mantel und Mütze zu den Mänteln, die dort schon an den Knaggen hingen. Ich drückte die Türklinke mit einem bangen Gefühl im Herzen herunter. Das Klassenzimmer war über dem mannshohen Sockel aus grauer Ölfarbe weiß getüncht. Dem Katheder gegenüber hing schwarzgerahmt ein Öldruck, ›Siegfrieds Tod‹ von Schnorr von Carolsfeld. Im Friedrichskolleg hatte das gleiche Bild an der Wand des Klassenzimmers der Quinta gehangen. Es schien sich um ein Standardwerk für die Unterstufen der preußischen Gymnasien zu handeln, das vom Provinzial-Schulkollegium in größerer Stückzahl eingekauft worden war. Vor den hohen Rundbogenfenstern, die einen Ausblick auf den Vorplatz mit den kahlen Kastanien gewährten, standen in kleinen Gruppen ein Dutzend Jungen herum, unter denen ich Alfred Klahr entdeckte. Er kam auf mich zu, schlug mir auf die Schulter und schrie viel zu laut, denn der Lärm war plötzlich verstummt und ein Dutzend Augenpaare musterten mich kühl, daß ich der Neue aus Königsberg sei, von dem er schon erzählt habe. Und während ich mich zu seiner Gruppe gesellte und mir neue Namen einzuprägen versuchte, tröpfelte nach und nach der Rest der Klasse herein, unter ihnen Reske, Tichauer und Stärker, die ich schon kannte. Der Lärm schwoll wieder an, die Gespräche drehten sich um Namen, die ich nicht kannte, und es sagte mir auch nichts, als ich erfuhr, daß wir als Klassenleiter den ›Eigens‹ bekämen, eine Nachricht, die mit freudigem Geheul begrüßt wurde. Herr Eigens schien demnach ein recht patenter Mann zu sein.

»Was ist das für einer, der Eigens?« fragte ich Reske. Zunächst drehte er vor seiner Stirn an einer imaginären Kurbel, und dann sagte er: »Er heißt in Wirklichkeit Heinrichs. Alle Schrauben sind bei dem nicht fest angezogen...«

»Und weshalb nennt ihr ihn Eigens?«

Der Reske wuchs in die Höhe, bekam nervöse Gesichtszuckungen und sagte mit einer sanften, aber merkwürdig hohen Stimme: »Gebt acht, Buben, für die heutige Stunde habe ich eigens eine Zeichnung angefertigt...«

So war das also. – Während die Strategen noch an den letzten Finessen der Sitzordnung feilten, um die Asse in den einzelnen Fächern auf die günstigsten Positionen zu verteilen, läutete draußen Herr Folgmann mit einer schweren Stielglocke zur Andacht. Die Klassen ordneten sich zwanglos, und ich schob mich zwischen den neuen Freunden Reske und Klahr über die breite Treppe zur Aula empor, in der die vorderen Bankreihen bereits von den unteren Klassen besetzt waren. Wir zwängten uns hinter ihnen auf die langen Bänke, nach uns kamen die Obertertianer, die Sekundaner und schließlich auch die Primaner, sieben an der Zahl, zum Teil ältere Herren, von denen der eine, ein v. Saint-Paul, noch in den letzten Kriegsmonaten zum Leutnant befördert worden war. Er trug Reitstiefel und seine alten Leutnantsbreeches und sah ziemlich angewidert aus, als ob er den Pennalbetrieb nicht freiwillig mitmache; seinem Vater gehörte ein Rittergut in der näheren Umgebung, und der alte Herr hatte es mit einigem Energieaufwand durchgesetzt, daß der Sohn das Abitur mit einiger Verspätung nachholte.

Die Aula war ungeheizt. Draußen trieb der April seine Scherze und wirbelte einen späten Schneeschauer gegen die Fensterscheiben. Es zog beträchtlich, und einer der Herren vom Lehrkörper, der sich auf einer niedrigen Empore auf zwei Stuhlreihen um das Katheder gruppiert hatte, drückte seinen Stuhl ans Gesäß und wanderte mit eingeknickten Knien vom Fenster weg zum Katheder hin. Es sah ziemlich komisch aus, und zweihundert Jungen trompeteten in ihre Taschentücher, bis Direktor Kröhnert

zürnend den Kopf reckte, den Kneifer auf die Nase hieb und einen scharfen Blick in die Runde warf. Sein Bart reichte bis zum untersten Westenknopf, ein dünner, blonder Bart, den er häufig mit einer sanften Bewegung durch die Hand zog. Die Andacht hielt Professor Hundsdörfer. Er ließ den Harmoniumspieler den ersten Vers von »Befiehl du deine Wege« intonieren und gab das Zeichen zum Einsatz. Hinten bewegten die Herren Primaner die Lippen und brummten ein bißchen mit, die Kleinen auf den vorderen Bänken sangen laut und eifrig, denn Herr Schott, der Gesangslehrer, beobachtete sie argwöhnisch. Er war vor dem Kriege Hauptlehrer an der Dorfschule von Groß-Golupken im Landkreis Lyck gewesen, durch den Krieg nach Bartenstein verschlagen worden, hatte am Gymnasium einen neuen Wirkungskreis als Vorschullehrer gefunden und gab, da er von der Präparandenanstalt her ein wenig die Violine zu kratzen verstand, auch in den unteren Klassen des Gymnasiums Gesangsunterricht. Niemand nahm ihn ernst, wenn er notorischen Nichtsängern oder Ruhestörern ›Steine in die Schülerlaufbahn zu schmeißen‹ versprach. Und das wurmte ihn.
Auf meine Frage nach dem Eigens flüsterte mir jemand zu, daß es der Lange, Dünne mit dem schwarzen Bart sei, der in der ersten Reihe als vierter von links säße. Er überragte seine Kollegen um einen halben Kopf im Sitzen, und um einen ganzen, als er sich beim Schlußgebet erhob. Ein unendlich langer, dürrer Mann mit überlangen Armen, nervös zuckenden Händen, einem bleichen Asketengesicht und düster glühenden Augen unter buschigen, pechschwarzen Brauen. Eine Gestalt, die sich aus einem Gemälde El Grecos in diese kalte Aula verirrt hatte.–
Nach der Andacht durften wir wieder in unsere Klassenzimmer marschieren. Dort nahmen wir unsere für das All-

gemeinwohl raffiniert ausgetüftelten Plätze ein. Die Frage war jetzt nur, ob der Eigens unsere eigenmächtige Sitzverteilung über die drei Bankreihen dulden oder ob er sie umschmeißen würde. Der lange Messling, der es in Latein und Mathematik bitter nötig hatte, zwischen guten Neben- und Vordermännern zu sitzen, gab die Parole aus, dem Eigens durch anständiges Benehmen – wenigstens in den ersten Tagen – den Wind aus den Segeln zu nehmen und ihm auch nicht den geringsten Anlaß zu geben, etwas an der Sitzordnung zu ändern. – »Also, Schnauze halten, Jungs!« schloß er seine kurze Ansprache, »Schnauze halten, auch wenn es noch so schwerfällt!« – Paul Krause, ein kleines, aber blitzgescheites Bürschchen, mit einem straff an den Schädel gebürsteten weißblonden Scheitel, überwachte durch einen Türspalt den Korridor, gab uns das Zeichen, daß der Eigens im Anmarsch sei, und flitzte auf seinen Platz zurück. Wir saßen so brav und mucksmäuschenstill auf unseren Bänken, daß der Eigens wahrhaftig zögerte, die Türklinke niederzudrücken, und uns, als er dann schwarz und lang in die Klasse trat, aus seiner Höhe von einem Meter neunzig herab fast ein wenig ängstlich musterte, so als erwarte er eine besondere Teufelei. Wir sprangen auf, die Klappsitze knallten wie ein gut geübter Präsentiergriff in ihre Halterungen, und schmetterten dem Eigens einen ehrerbietigen ›Guten Morgen, Herr Professor!‹ entgegen. Er ließ den düsteren Blick mißtrauisch über unsere Gesichter wandern. So viel Wohlerzogenheit und Disziplin hatte er nicht erwartet. Er nickte uns mit eingezogenem Hals einen Gruß zu, stakte zum Katheder und drückte uns mit einer Handbewegung auf die Sitze zurück.

»Guten Morgen, Buben ... Ich kenne euch noch nicht ... bis auf zwei ...« Sein Blick richtete sich auf Wermke und

Dettki, die kleben geblieben waren und die Klasse wiederholen mußten. Die Unmutsfalten auf seiner Stirn ließen darauf schließen, daß ihn mit den beiden keine angenehmen Erinnerungen verbanden. »Wer ist hier der Primus?« Der bebrillte Röder, das Gesicht voller Pickel und im Nacken ein bepflastertes Schmalz-Stullen-Furunkel, sprang auf und krähte seinen Namen. Der Eigens beauftragte ihn, bis zur nächsten Stunde unsere Namen aufzuschreiben, von vorn rechts beginnend – nach der Sitzordnung. Ein leises Aufatmen ging durch die Klasse. Dann diktierte er noch den Stundenplan für das neue Schuljahr, und damit waren wir für heute entlassen. Der Eigens erhob sich hinter dem Katheder und stelzte mit einem Ausdruck zur Tür, als könne er es noch immer nicht fassen, daß es vierundzwanzig ›Buben‹ von unserer milden Sorte auf Erden geben könne.

»Was habt ihr eigentlich gegen den Eigens?« fragte ich, »der Mann ist doch ganz vernünftig...«

»Na, dann frage einmal den Dettki oder den Wermke, wie vernünftig der ist. Aber laß man, das kriegst du bald von selber spitz.«

Es gab Leute, die vom ostpreußischen Jahresablauf zu behaupten wagten, es gebe hier neun Monate Winter und drei Monate keinen Sommer. Eine böswillige Verleumdung! Aber dieser erste Winter in Bartenstein zog sich bis in den Mai hinein, zeigte sich von der grimmigsten Seite, und unser Kalfaktor Bradzio hatte von früh bis spät zu tun, um die Öfen mit Torf zu füttern. Die Kacheln strahlten nicht genug Wärme aus, um die großen Räume erträglich aufzuheizen. Nur in Großmutters kleinem Zimmer auf der anderen Seite des Korridors wurde es gemütlich warm; dort machte ich meine Schularbeiten, und dort hielt sich auch Mutter zumeist auf und ließ ihre Strickdecken auf der Rundnadel zu langen Schläuchen wachsen. Großmutter, seit dem Tod ihres Heinrich in ihrer kleinen Lycker Wohnung vereinsamt und vergrämt, blühte bei uns sichtlich auf. Sie entdeckte Bekannte, die der Krieg aus Lyck und aus der Lycker Umgebung nach Bartenstein verschlagen hatte, sie machte sich im Hause nützlich und war glücklich, nicht mehr vor lauter Langeweile vom Morgen bis zum Abend Patiencen legen zu müssen. Ganz anders Mutter. Zwar jammerte sie nicht und machte Vater auch keine Vorwürfe, sie in ein Nest verschleppt zu haben, in dem sie sich wie in der Verbannung fühlte; von jeher ein bißchen zu Theatralik neigend, trug sie den Kopf besonders hoch, schluckte ihr Leid tapfer herunter und spielte in Miene und Haltung die vornehme Schicksalsergebenheit Maria Stuarts kurz vor der Hinrichtung – besonders, wenn sie während des Publikumsverkehrs aufs Klo gehen mußte. Das war nun wirklich keine angenehme Sache. Zwar war eines der beiden Klos für uns reserviert worden, ein kleines Schild verkündete, daß es »privat« sei, und wir besaßen den Schlüssel dazu, der immer an der Küchentür hing. Aber es war, besonders für Mutter, doch recht peinlich, alles mitanhören und zum Teil auch mitriechen zu müssen, was sich, nur durch eine dünne Bretterwand getrennt, jenseits dieser Bretterwand abspielte. Und in der Nacht war es wirklich zum Fürchten, wenn man sich mit einer flackernden Kerze in der Hand durch den endlosen, hallenden Flur mit seinen tiefen finsteren Türnischen auf den Weg zum Örtchen machen mußte. Gegen Nachttöpfe war Vater allergisch, so was gab es bei uns nicht. Ich will gestehen, daß ich mehr als einmal aus dem Fenster meiner Bude in den Vorgarten gepinkelt habe, denn auch mir schlotterten die Knie, wenn ich nachts den unheimlichen Gang antreten mußte. Ja, Mutter fühlte sich in Bartenstein todunglücklich. Sie vermißte ihre Freundinnen und ihre Kaffeekränzchen, sie vermißte die Opernaufführungen im Stadttheater, die Konditorei von Plouda am Altstädtischen Markt, den Tiergarten, wo im Gesellschaftshaus zur Winterzeit ›Tiroler‹ mit Schwänken und Schuhplattlern gastierten, und sie vermißte auch die Kinos, die sich aus primitiven Anfängen inzwischen zu richtigen Theatern mit Parkett und Logen und komfortabler Aufmachung gemausert hatten. Zwar gab es in Bartenstein auch ein Kino, sogar in unserer nächsten Nähe in der Heilsberger Straße, aber es ähnelte noch jenen Flimmerschuppen, in denen ich mit Kurt Gronwald die Filme von hinten genossen hatte. – Aber auch Vater sah nicht gerade glücklich und zufrieden aus. Seine Erwartungen, aus dem leergefressenen Königsberg hier ins Schlaraffenland zu kommen, wurden bitter enttäuscht. Wenn auch der fette Boden der Umgebung Weizen und Korn üppig gedeihen ließ, wenn auch die Kühe bis zum Bauch im Futter standen und die Schweine in den Mästereien dicken Speck ansetzten – wir bekamen von diesem Segen nichts zu spüren. Nicht einmal in dem kleinen Laden des Landwirtschaftlichen Hausfrauen-Vereins an der Ecke Rastenburger Straße und Anger, den die Güter der Umgebung mit markenfreien Erzeugnissen belieferten, gab es außer Kartoffeln, Mohrrüben, verschrumpelten Lageräpfeln und Saatkrähen etwas wirklich Nahrhaftes zu kaufen. Die Saatkrähen brachte Mutter gelegentlich im Dutzend heim und setzte sie uns gebraten oder geschmort in pikanten Soßen als Wachteln oder als Rebhühner vor. So was Lekkeres hatten wir schon lange nicht mehr gegessen, nur Vater wunderte sich immer, wo um diese Jahreszeit Wachteln und Rebhühner geschossen würden. – Wie nahrhaft die Gegend war, sah ich an den Wurstbroten, die die Jun-

gen vom Land zum Frühstück in die Schule mitbrachten, der Brockmann, der Wermke, der Bronsert und der Dettki – nur der Graf zu Eulenburg nicht, der kam mit einem bescheidenen Schmalzbrot in die Schule, denn er hatte schon daheim gut gefrühstückt. Sein jüngerer Bruder und er waren nämlich Pensionäre unseres Superintendenten Nietzki, und der verstand etwas von Psychologie und ließ keinen Neid aufkommen.
Es dauerte lange, bis in den nächsten Winter und bis ins nächste Frühjahr hinein, bis sich ein kleiner Teil von dem großen Segen des Landes auch in Mutters Speisekammer verirrte. Durch meine Freunde, Bartensteiner Bürgersöhne, lernte Mutter nach und nach deren Mütter kennen; die nahmen sich ihrer an und forderten sie schließlich auf, sich mit ihren hochkünstlerischen Begabungen an den Veranstaltungen des Vaterländischen Frauenvereins zu beteiligen. Bei diesen Veranstaltungen gab es immer eine Tombola, deren Erlös einem wohltätigen Zweck zufloß. Mutter half nicht nur bei der Ausschmückung des Rathaussaales, in dem die festlichen Veranstaltungen stattfanden, sie stiftete großzügig drei oder vier von ihren Strickdecken. Die Damen, und vor allem die Damen vom Lande, auf die es Mutter abgesehen hatte, waren von diesen zarten Gebilden so begeistert, daß sie Mutter fragten, wo es denn diese entzückenden Strickereien zu kaufen gebe. Mutter erbot sich in schöner Hilfsbereitschaft, die Damen in die Geheimnisse der Rundnadel einzuweihen, aber die waren mit ihrer Landwirtschaft und mit ihrem Personal viel zu beschäftigt, um für Handarbeiten Zeit zu finden. Und damit begann Mutters kleine Industrie wieder zu blühen, die uns über die mageren Jahre und über die Inflation hinwegtrug. Nein, Mutter hatte es fortan nicht mehr nötig, Saatkrähen in Rebhühner zu verwandeln. Sie bewegte sich

bald auch nicht mehr wie unsere Kaiserin Auguste Viktoria im Exil, sie legte die tragische Maske ab und begann, ihren Schmerz um Königsberg zu überwinden und Bartensteins Sonnenseiten zu entdecken.
Mich hatte die kleine Stadt längst, eigentlich von Anfang an, eingefangen. Ich fühlte mich in ihr so wohl wie früher in Lyck, wenn ich dort die Ferien bei den Großeltern verbringen durfte. In der großen Stadt hatte man kaum die Namen der Leute gekannt, mit denen man in einem Haus zusammen wohnte. Hier kannte man bald die halbe Stadt, man fühlte sich dazugehörig, wie zu einer großen Familie. Wenn es in Königsberg einen großen Brand oder ein Unglück gegeben hatte, las man es anderntags in der Zeitung, und es berührte einen so wenig wie ein Erdbeben in der Türkei. Aber wenn es hier brannte, dann lief der Fleischer Schink mit dem schaurig tönenden Tutehorn durch die nächtlichen Straßen, der Spritzenwagen polterte über das Kopfsteinpflaster des Marktes, was Beine hatte, rannte zur Brandstelle, um zu helfen und zu retten, und wir Jungen hängten uns, wenn der Befehl ›Wasser – marsch!‹ erscholl, mit aller Kraft in die Pumpenschwengel.
Wenn von Zeit zu Zeit ein Brief von den alten Freunden eintraf, wenn Kurt Gronwald schrieb, daß er mit der Schriftstellerei aufgehört und zu malen angefangen habe, oder wenn Alfred Kleiber mir vermeldete, seine Alten wären total verrückt geworden und dem Orden der Guoten beigetreten, dann waren das für mich bald Nachrichten vom Mond. Ich schämte mich ein bißchen, denn wir hatten uns doch als Blutsbrüder ewige Treue geschworen, und ich hatte die alten Freunde auch nicht völlig vergessen, aber ich hatte mich von ihnen gelöst, um in neue Freundschaften hineinzuwachsen. Wenn ich mich auch nach dem Verlust eines Backenzahns und dem Bruch des linken

Knöchels für den Fußball nicht besonders erwärmen konnte, so war ich doch in den Fußball-Club ›Bartolonia‹ eingetreten und trug die blauweiße Nadel mit dem komplizierten Zirkel stolz auf der Brust. Mein Idol wurde Ernst Römer, ein geschmeidiger, schwarzlockiger Obersekundaner, der das Bartolonia-Tor hütete, die hohen Schüsse des Gegners mit wahren Panthersprüngen aus der Luft holte und die flachen Bälle in tollkühnen Robinsonaden aus den Ecken fischte. Während die Mannschaft ein blauweiß-gestreiftes Jersey trug, stand er mit einem knallroten Pullover und knallroten Stutzen im Tor, und tatsächlich schien das Rot den Ball mit magnetischer Anziehungskraft in seine Hände zu ziehen. Aber er wurde von uns nicht nur als Goalkeeper bewundert, noch höheres Ansehen genoß er, weil er zu jenem illustren Kreis von einem halben Dutzend Pennälern gehörte, die wir respektvoll ›Gymnasialreisende‹ nannten. Sie waren wegen irgendwelcher üblen Streiche in Rössel, Rastenburg oder Osterode geschaßt worden und waren von unserem milden Chef, der solche Streiche wohl nicht allzu ernst nahm, in Gnade zur letzten Bewährungsprobe aufgenommen worden. Von Römer ging die Legende, er hätte in Rössel nächtlicherweile den Direktor des dortigen Gymnasiums durch das Fenster seines Amtszimmers zu erschießen versucht. Nun, das wäre denn doch wohl auch unserm sanften Chef ein wenig über die Hutschnur gegangen. Aber eineinhalb Jahre später war es dann so weit, daß auch unser großzügiger Direx den Römer von der Schule relegieren mußte, wegen einer Geschichte, die viel Staub aufwirbelte und die Damen in den Kaffeekränzchen sehr erregte. Der großartige Goalkeeper Römer imponierte nämlich nicht nur der männlichen, sondern auch der weiblichen Jugend. Zu seinem Unheil gehörte er zu jenen Menschen, die Erinnerungen an schöne Stunden im Bilde festzuhalten lieben. Einem Klassenkameraden, der sich im Keller seines Elternhauses eine Dunkelkammer eingerichtet hatte, vertraute er die mit einem Selbstauslöser gemachten Aufnahmen seiner Liebesstunde mit Paula Reutter, einer Lycealschülerin, zum Entwickeln und Kopieren an. Leider hatte dieser Klassenkamerad eine Schwester, die aus Bosheit oder Eifersucht nichts Eiligeres zu tun hatte, als ein Dutzend dieser intimen Fotos in Umschläge zu stecken und an die Eltern der jungen Dame, an die Direktoren des Gymnasiums und Lyceums, an Bürgermeister Hofmann und einige andere Honoratioren der Stadt zu verschicken. Damit nun mußte Ernst Römer seine Gymnasialreise um eine weitere Station bereichern. Wenn wir fortan auf Ausflügen das schöne Lied von Johann Gottfried Seidelbast und seiner am Ende der tragischen Geschichte neben ihm an einem Ast baumelnden Elisabeth sangen, schwebte mir immer Römers Bild vor Augen. Den schwersten, unersetzbaren Verlust aber erlitt durch seinen Rausschmiß unsere Bartolonia. Wer sollte Römer im Tor ersetzen?

Man stellte den und jenen zwischen die Pfosten, aber einen Ersatz für Römer gab es einfach nicht, man konnte das Tor höchstens einem Lückenbüßer anvertrauen, und da ich weder als Stürmer noch als Läufer viel taugte, fiel die Wahl schließlich auf mich. Aber da hatten wir schon einige Klassen übersprungen, waren Sekundaner und trugen hellblaue Mützen mit silberner Paspelierung. Und da endete auch meine Torhüterkarriere, in der ich es ohnehin nur zu mittelmäßigen Leistungen gebracht hatte, mit einer Katastrophe, die mich um ein Haar auch den Verlust der Clubnadel gekostet hätte. Es geschah in Rastenburg. Das Rastenburger Gymnasium feierte irgendein Jubiläum, und unsere Bartolonia war zum Austrag eines Wettspiels eingeladen worden. Die Rastenburger waren uns überlegen, das wußten wir, aber wir hofften auf eine ehrenvolle Niederlage. Dann aber gab es ein Fest mit Damen. Unser Präses Nietzki hatte uns zwar verpflichtet, spätestens um zehn das Fest zu verlassen und schlafen zu gehen. Der Geist war willig, aber das Fleisch wieder einmal schrecklich schwach. Ich tanzte mit den hübschen Rastenburger Mädchen bis tief in die Nacht hinein, die Rastenburger Pennäler verwöhnten mich, die Primaner – aber nicht jene, die sich im Rastenburger Fußballclub aktiv beteiligten – prosteten mir fleißig zu, und leider nicht nur mit kühlen Bierchen, sondern auch mit härteren Getränken – mit dem Erfolg, daß ich am Morgen in meinem Privatquartier mit einem fürchterlichen Brummschädel erwachte. Ach was, von Erwachen war keine Rede, ich wurde wachgerüttelt und erfuhr, daß es für mich höchste Zeit sei, zum Spiel anzutreten. Der Rastenburger Sekundaner Holzmann, dessen Eltern mich aufgenommen hatten, ein ausgesprochener Windhund, den ich später als Leiter einer Tanzkapelle wiedertraf, tröstete mich liebreich und meinte, gegen mein Leiden gäbe es nur ein einziges probates und unfehlbares Mittel, nämlich zwei oder drei große Kognaks auf den nüchternen Magen zu kippen. Er war auch gleich mit der Flasche da, schenkte ein und behauptete kühn, nun würde ich mich gleich wie neugeboren fühlen. – Es muß eine wahre Kabarettvorstellung gewesen sein, die ich in den ersten zwanzig Minuten des Spiels zwischen den Pfosten geboten habe. Die Zuschauer quittierten meine Leistungen mit Lachsalven. Ich sah zwar den Ball aufs Tor zufliegen, leider nicht nur einen, sondern zwei oder drei, und sprang nach dem falschen. Und dann wurde mir auch noch speiübel, und ich ließ den Kognak neben dem Torpfosten aus

den Zähnen fallen. Bis sie mich rausschmissen und einen Ersatzmann ins Tor stellten, hatte ich ein rundes Dutzend Bälle im Kasten, mein Nachfolger ließ auch noch vier passieren, so daß Bartolonia mit der schmählichen Packung von 16 : 0 den Rückweg antrat. Ich hörte, was die Weiber und den Suff anbetraf, nicht nur von meinen Clubkameraden, sondern auch von den Herren des Lehrkörpers zu jeder passenden und unpassenden Gelegenheit noch wochenlang anzügliche Bemerkungen. Ich schwor Abstinenz und wechselte zur Leichtathletik über ...
Doch das war wieder einmal wie schon so oft ein Vorgriff auf zukünftige Ereignisse. Vorläufig saßen wir noch auf der Untertertia, hatten den Eigens als Klassenleiter und bekamen bald die erste Vorstellung von dem, was uns von Dettki und Wermke prophezeit worden war. Wir erwarteten den Eigens zur dritten oder vierten Mathematikstunde im neuen Schuljahr. Gleich bei seinem Eintritt fiel uns sein sozusagen von innen erleuchtetes, feierliches Gesicht auf. Unser lauter Gruß zu seinem Empfang schien sein Ohr zu verletzen, und er drückte uns mit der Handbewegung eines Dirigenten, der Posaunen und Trompeten zum Pianissimo auffordert, auf die Sitze zurück.
»Still, Buben, ganz still nun!« flüsterte er mit der beschwörenden Stimme eines Magiers, »ihr werdet in dieser Stunde zum ersten Mal in euerm jungen Leben den Namen eines Mannes vernehmen, den ich nur mit größter Ehrfurcht zu nennen wage. Es gibt in der Geschichte der erlauchtesten aller Wissenschaften, der Mathematik, nicht viele Namen von solcher Größe und Bedeutung ...« Und nun wehte seine Stimme nur noch wie ein Hauch über unsere Köpfe hinweg: »Ich nenne euch die hehren Namen von Euklid – Erathostenes – Ptolemäus – Galilei – Kepler – Newton – gut, gut, Namen, die eure Herzen einst in

Ehrfurcht höher schlagen lassen werden. Nun aber will ich euch den Namen jenes Großen nennen, den ihr fortan nur mit jenem heiligen Schauer im Herzen aussprechen sollt, den auch ich empfinde, jedes Mal empfinde, wenn ich ihn über die Lippen bringe...« Große Pause, verzückte Augen im bleichen, zur Decke gerichteten Asketengesicht, dünne, lange Arme wie zum Segen erhoben, und dann, kaum noch vernehmbar: *»Pythagoras* --- Ganz still, ihr Buben! – Still, wenn der Atem des Geistes weht! – *Pythagoras*...«

In diesem Moment, in dem uns der große Pythagoras auch nicht die Spur eines heiligen Schauers über den Rücken laufen ließ, wohl aber die Haltung unseres Eigens, die mich fast so unheimlich berührte, wie wenn früher in der Vorschule der Otto Eich in einem epileptischen Anfall plötzlich seitlich aus der Bank gekippt und in schreckliche Zuckungen verfallen war und wir andern von Herrn Hoffmann aus der Klasse gescheucht wurden – in diesem Moment sprang in der letzten Bank, wo er neben Eulenburg saß, der Kuno Brockmann auf, der Klappsitz knallte wie ein Gewehrschuß, und mit seiner sich im Stimmbruch überschlagenden Stimme brüllte er dem Eigens den hehren Namen dreimal entgegen: »Pythagoras! Pythagoras!! Pythagoras!!!«

Der Eigens prallte wie von einem Kolbenstoß voll getroffen zurück, er duckte sich, sein Kinn begann zu zittern, seine Augen glühten aus schmalen Schlitzen, und sein Atem kam stoßweise und röchelnd: »Bube! Nichtswürdiger, niederträchtiger Bube! Du wagst es, diesen heiligen Namen...«

»Ich kann nicht anders, Herr Professor!« schrie der Brockmann, »es hat mich übermannt! Nein, Herr Professor, es ist mir gänzlich unmöglich, diesen heiligen Namen

zu flüstern! Er ist ja sooo groß – sooo groß – so unendlich groß! Pythagoras!!!«
Und plötzlich sank der Reske an meine Brust und schluchzte: »Pythagoras! Das ist zuviel! Das geht über meine Kraft!« Und dann wurde die Klasse zum Tollhaus. Wir sprangen empor, faßten uns an den Händen, brüllten den heiligen Namen und tanzten im Reigen um den Eigens herum, einige lagen platt auf den Bänken und trommelten wie die Irren auf die Tischplatten, daß die Tinte aus den Fässern hochspritzte, andere drehten sich wie tanzende Derwische im Kreise und jauchzten, als wäre ihnen eine Art von Pfingstwunder widerfahren: »Pythagoras – Pythagoras – Pythagoras!«
Dem Eigens war es irgendwie gelungen, sich auf das Katheder zu flüchten. Da saß er nun, völlig gebrochen, die langen Arme hingen ihm wie zerschossene Flügel herab. Er hielt die Augen geschlossen. Das Kinn berührte seine magere Brust. Ein erbarmungswürdiger Anblick, der uns langsam verstummen ließ. Die allmählich eintretende Stille erweckte den Eigens wieder zum Leben. Er atmete flach, aber er atmete, und sein Blick glitt über unsere Gesichter: »Ihr habt mich erschreckt, Buben«, sagte er leise und fuhr sich mit der Hand über die Augen, als müsse er ein Spinngewebe fortwischen, »ich war Zeuge eines dionysischen Rausches, den der Name des großen Pythagoras in euch ausgelöst hat. Aber die Mathematik hat mit Dionysos nichts zu schaffen! Mathematik ist licht und klar, eine heilige Flamme auf dem Altar Apolls – ja, sie ist apollinisch, absolut apollinisch und nur apollinisch! Denkt stets daran und beschwört Apoll, wenn ihr den Namen des großen Pythagoras aussprecht.«
Wir glotzten ihn an und verstanden kein Wort, nur der Reske neben mir seufzte tief auf, stieß mir den Ellenbogen

in die Rippen und sagte, während er den Eigens mit einem verklärten Blick ansah: »Apollinisch, du Rindvieh, was ich immer schon gesagt habe! Apollinisch!«

Wir hatten zwei Lehrersöhne in der Klasse, den Herbert Schott und den Gotthold Krieger. Mit Schotts Vater hatten wir so gut wie nichts zu tun, das kam erst später, um so mehr aber mit Kriegers Vater, denn er gab bei uns Griechisch. Wie alt er damals wohl gewesen sein mag? Vermutlich zwischen vierzig und fünfundvierzig; in unseren Augen war er ein uralter Mann, der die Sprache Homers mit märkwürdigen astpreißischen Lautgebilden würzte und ein strenges Regiment führte. Schlechtes Betragen ahndete er durch Einträge ins Klassenbuch, schludrige Arbeiten bestrafte er durch ein- bis dreistündiges Nachsitzen, und bei fehlerhaften Antworten teilte er freigebig Ohrfeigen aus. Nie habe ich ein glücklicheres Gesicht gesehen als das von Gotthold Krieger, als sein Vater dem baumlangen Brusdeilins wegen einer falschen Antwort eine Ohrfeige verpaßte und im nächsten Augenblick von Brusdeilins eine mit dem Handrücken geschlagene Backpfeife bezog, die seine Brille in weitem Bogen durch das Zimmer fliegen und ihn selber zum Katheder zurücktaumeln ließ. Wir saßen geduckt in unseren Bänken...
»Sie werrden miech fier eine falsche Antwurt niecht zum zweiten Mal schlaggen, Härr Professor!« sagte der Brusdeilins ganz ruhig und gelassen in die atemlose Stille hinein. Einer von den Brüdern Bachler hob die Brille auf und legte sie aufs Katheder. Hinten rieb sich der Gotthold noch immer mit verklärtem Gesicht die Hände, während sein Vater wortlos aus dem Zimmer stelzte und uns allein ließ.

»Scheise«, sagte der Brusdeilins mit ganz weichem, stimmhaftem S, »jetzt werrde ich meine Klamotten wohl packen miessen...«
Aber das Unerwartete geschah. Er mußte nicht. Es passierte überhaupt nichts. Der alte Krieger trat am nächsten Tag, als ob nichts geschehen sei, vor die Klasse und setzte den Unterricht an der Stelle, an der er gestern durch den Knall von zwei Ohrfeigen unterbrochen worden war, ohne eine Bemerkung zu den Ereignissen des voraufgegangenen Tages fort. Für uns fast ein Grund, wieder an Wunder und an Märchen zu glauben.
Aber ich muß wieder auf den Eigens zurückkommen. Nicht, um das Kapitel Pennälerstreiche genüßlich zu erweitern, sondern um die Frage zu stellen, welcher Dämon uns trieb, einen hilflosen, anständigen und grundgütigen Mann bis an den Rand des Wahnsinns zu treiben. Wir waren doch allesamt Jungen aus leidlich gutem Stall, und wenn schon nicht christlich, so doch kantianisch im Sinne des kategorischen Imperativs erzogen worden; von meinem Vater hörte ich ihn oft genug. Woher kam nur diese infernalische Grausamkeit, mit der wir beim Eigens in die Glut bliesen, die Flammen hochzüngeln ließen und wie Pyromanen einen Brand entfachten, der von dem Mann zum Schluß nur ein armseliges Aschenhäufchen zurückließ.
Da trat er eines Tages in die Klasse und rief Herbert Schott zur Tafel, um ihn die Formel $(a + b \cdot a - b)^2$ laut rechnen zu lassen, damit es jeder mitbekäme. Schott stellte sich vor die Tafel, nahm die Kreide zur Hand und wiederholte zunächst die Aufgabe: »Also, a plus *b* mal a minus *b* in Klammern zum Quadrat ergibt – a Quadrat plus...«
»Halt, Schott«, unterbrach ihn der Eigens ruhig, »du betonst immer die Größen a und b, aber auf diese kommt es

doch gar nicht so sehr an. Wichtig ist hier das Plus und das Minus... Also, bitte, noch einmal!«

Aber Herbert Schott hatte auf stur geschaltet und wiederholte die Aufgabe wie beim ersten Mal in der gleichen Betonung...

»Aber Schott«, ließ sich der Eigens vernehmen, »hast du denn nicht gehört, was ich gesagt habe? Es kommt auf das Pluuus und auf das Minuuuus an! Also noch einmal: a pluuus b mal a minuuus b...«

Jetzt knisterte schon eine kleine Spannung im Raum. Was würde der Schott wohl machen? Nun, er blieb bei seiner eigenwilligen Betonung. Die Augen vom Eigens begannen zu funkeln, und seine Stimme schwoll merklich an.

»Schott! Stelle dir zwei Hüte vor! Einen *hohen* Hut und einen *niedrigen* Hut. Und nun sprich mir nach: ein *hoher* Hut und ein *niedriger* Hut – denn das entspricht genau dem Plus und dem Minus zwischen den durch Buchstaben bezeichneten Größen. Also, bitte...!«

Schott jedoch legte Wert darauf, die Hüte zu betonen. Der Eigens aber faltete die Hände, hob das Gesicht zur Decke empor, als richte er ein Gebet gen Himmel, und schrie: »Ein *hoher* Hut und ein *niedriger* Hut! Wiederhole das, Schott! Ein *hoher* und ein *niedriger! Hoch* und *niedrig! Groß* und *klein! Schwarz* und *weiß!«*

»Was soll ich nun wiederholen?« fragte der Schott mürrisch. »Die Aufgabe, Schott!« schrie der Eigens, »die Aufgabe!!« Leicht geduckt und sprungbereit, hinter der Tafel Deckung zu suchen, falls es dem Eigens einfallen sollte, ihm das nächstbeste Trumm an den Schädel zu feuern, blieb Schott hartnäckig dabei, die Betonung auf die Hüte zu legen. Und da geschah es. Mit einer Behendigkeit, die wir dem langen, klapperdürren Mann nie zugetraut hätten, sprang er auf den Stuhl und vom Stuhl aufs Katheder, reckte sich empor, trommelte mit der Faust gegen die weißgetünchte Decke, bis sich dort von dem Blut aus seinen Knöcheln ein roter Fleck ausbreitete, brüllte »Hoch! hoch! hoch!«, sprang vom Katheder herab, landete auf dem geölten Fußboden, sank in die Knie, paukte mit beiden Fäusten auf die Dielenbretter, kreischte mit sich überschlagender Stimme »Niedrig! niedrig! niedrig!« und blieb, von einem Weinkrampf geschüttelt, in der Stellung eines betenden Mohammedaners liegen. Es war grausam. In der Klasse herrschte eine beklommene Stille, die das stoßende Schluchzen des Eigens noch zu vertiefen schien. Schließlich traten zwei von uns zu ihm, richteten ihn auf und führten ihn, der gebrochen in ihren Armen hing, über den langen Korridor zum Lehrerzimmer, wo sie ihn irgendeinem seiner Kollegen, der gerade Freistunde hatte, mit der Behauptung ablieferten, dem Herrn Professor wäre plötzlich schlecht geworden. –

Eine üble Geschichte, eine böse Geschichte, die auch keiner von uns lustig fand, die aber dennoch bald vergessen war und uns nicht davon abhielt, den armen Eigens nach kurzer Zeit aufs neue bis zur Weißglut zu reizen. Und wenn wir es nicht waren, dann ließ ihn eine andere Klasse auf die Palme klettern. Dabei war es durchaus nicht üblich, weil nicht ungefährlich, Lehrer, die in Hauptfächern unterrichteten, zu üblen Streichen zu mißbrauchen. Schwerer hatten es Zeichen- und Gesangslehrer, sich Respekt zu verschaffen, denn was konnten sie einem schon mit einer schlechten Note im Singen oder Zeichnen antun? Nicht einmal die Sextaner nahmen die Drohung von Herrn Schott, ›ihnen Steine in die Schülerlaufbahn zu schmeißen‹, ernst. Er kam, wie erwähnt, aus dem masurischen Dorf Groß-Golupken nach Bartenstein und beging leider den Fehler, sich dieser Herkunft häufig zu rühmen und, wenn ihm etwas an den Bartensteiner Schulverhältnissen nicht paßte, zu bemerken, daß das in Groß-Golupken ganz anders und viel besser eingerichtet gewesen wäre. Dort hätte noch Porschundek geherrscht! Seine Vorschüler hielt er auch hier mit dem Rohrstock in der Furcht des Herrn. Aber schon die Sextaner besaßen die Frechheit, am Text von »Ein feste Burg ist unser Gott« kleine Änderungen vorzunehmen, und sangen dreist: »Ein feister Borg ist unser Schott« – wobei zu bemerken ist, daß man jenseits der Weichsel mit dem Wort Borg das männliche Schwein zu bezeichnen pflegte. Ob es eine kleine zynische Bosheit von unserm Chef war oder ob ihn der Lehrermangel dazu zwang, Herrn Schott für den elementaren Physik-Unterricht in der Unterstufe des Gymnasiums einzusetzen, sei dahingestellt, fest steht jedenfalls, daß er einen weniger geeigneten Mann selbst bei angestrengtem Nachdenken nicht hätte finden können. Der Arme schwitzte vor den Unterrichtsstunden Blut und Wasser, irrte mit dem Physikbuch oder mit dem Modell einer Dampfmaschine durch die Korridore, zog Sekundaner oder Primaner während der Pause in ein leeres Klassenzimmer oder in eine Türnische, um sich die Wirkung von Feuer, Wasser und Dampf auf den Kolben noch einmal erklären zu lassen – und erhielt in den meisten Fällen haarsträubende Aufklärungen über die geheimnisvollen physikalischen Vorgänge, so daß er in völliger Verwirrung durcheinanderbrachte, was nur durcheinanderzubringen war. Über seine Versuche, den Schülern die Fliehkraft, den Aggregatzustand des Wassers, das Pendel oder die Gravitation zu erklären, kursierten Geschichten von zwerchfellerschütternder Komik.

Er war ein Mann von mittlerer Statur, kurzhalsig und mit einem mächtigen Speckwulst im Nacken, der seinen Kopf nach unten drückte und seiner Haltung etwas geduckt

Lauerndes gab. Zumeist trug er einen Rock in Cutaway-Form mit Schößen, die bis zu den Kniekehlen reichten. Er hatte tatsächlich etwas Keilerhaftes an sich, besonders wenn er sich beleidigt fühlte. Dann kriegte er dazu noch einen glubschen Blick. Ihn die Geige kratzen zu hören, wenn er mit den Vorschülern ein Lied einübte, tat den Ohren weh. Und ausgerechnet dieser amusische und völlig unmusikalische Mensch fühlte sich zum Orchester-Dirigenten berufen. Nicht als Organist, wohl aber als Organisator groß, gelang es ihm in kurzer Zeit, vom B-Baß bis zur Piccoloflöte ein Instrumentarium zu besorgen, mit dem man ein Vierzig-Mann-Orchester ausrüsten konnte. Eile tat not, denn in zwei Jahren sollte das fünfzigjährige Jubiläum des Gymnasiums in festlicher Weise begangen werden, und bis dahin mußten wenigsten einige Paradestücke des Orchesters sitzen.

Da es wenig zweckmäßig war, Schüler, die demnächst ins Abitur stiegen, in das Orchester aufzuehmen, wandte Herr Schott sich an die jüngeren Jahrgänge. Wir waren inzwischen mit wenigen Ausnahmen nach Obertertia versetzt worden. Zu Beginn des neuen Schuljahres erschien Herr Schott in der großen Pause bei uns in der Klasse und entwickelte eine für ihn ungewöhnliche Beredsamkeit, um diejenigen, die bereits ein Instrument spielten, für sein Orchester zu gewinnen und die anderen, die musikalisch waren oder es zu sein glaubten, zum Erlernen eines Instruments zu beschwatzen. Er versuchte uns davon zu überzeugen, welche Vorteile jedem die Beherrschung eines Instruments später im gesellschaftlichen Leben bringen würde. Wermke mit seiner Violine, Walter Tichauer mit seinem Cello, sein älterer Bruder Ottokar, fast schon ein Geigenvirtuose, machten gleich mit, ebenso wie Ernst Schmittat, der bei den Morgenandachten das Harmonium bediente. Herbert Schott entschied sich für die Baßgeige, um dereinst gesellschaftliche Erfolge zu ernten, Alfred Klahr für die Flöte, und Plaumann, dessen Vater in der Rastenburger Straße einen Friseur-Salon betrieb, wählte die Klarinette. Und da man mit der Klarinette immerhin besser als mit dem Kontrabaß im Gesellschaftsleben als Solist auftreten kann, entschied ich mich ebenfalls für dieses Instrument und erhielt von Herrn Schott einen kompletten Klarinettensatz ausgehändigt, eine in A, eine in B und die dritte in C. – Mit dieser Orchestergründung aber bekam Professor Hundsdörfer neues Wasser auf seine Mühle, wenn er nach Gründen für mangelhafte schulische Leistungen suchte: »Jungchen, du jefällst mir ieberhaupt nich mehr. Was ist mit dir? Spielst du vielleicht Fußball? Oder hältst du dir Kaninchen? Oder fotografierst du am Ende gar? Oder ...« und jetzt plätscherte das neue Wasser aufs Mühlrad, »oder hat dir der – hm, hm, hm – Kolläje Schott eine Fijuchel oder sowas in die Hand jedrückt? Du wirst durchrasseln, Jungchen, wenn du Nebendinge treibst. Aber ob du jetzt Flöte oder zu Ostern Trübsal blasen willst – das ist deine Sache.«

Da hatte ich nun drei Klarinetten und auch eine kleine Anleitung, mit den richtigen Fingern im richtigen Zeitpunkt die richtigen Löcher und Klappen zu öffnen oder zu schließen, aber wie ich auch das stimmgebende Blättchen aus Bambusrohr am Mundstück festschraubte oder lokkerte, einen Ton kriegte ich aus dem Instrument nicht heraus, und wenn einer kam, dann klang er mehr nach dem Krächzen der Trompete von Gravelotte als nach sonst was. Ein Klarinettenlehrer mußte her, und ich fand ihn ganz in der Nähe unserer Wohnung am Anger in einem einstöckigen, gelben Biedermeierhaus, in dem einige Arbeiter vom Bauunternehmer Meier mit ihren Familien wohnten. Mein Lehrer hieß Boddien, war bei Meier Lagerist und nebenbei Klarinettist in der Stadtkapelle. Er sah schwindsüchtig aus und hustete zum Gotterbarmen, aber er behauptete, das käme vom Rauchen. Seine Frau sah gar nicht schwindsüchtig aus, aber das kam daher, daß bei Boddiens ständig etwas Kleines unterwegs war. In der Stube, in der August Boddien mich unterrichtete, hüpften immer ein halbes Dutzend Kinder herum, und mindestens zwei lauschten dem Unterricht auf dem Topf. Vorerst aber ließ August Boddien mich auf sauren Wiesen große Stengel von Schachtelhalmen suchen, die wurden auf dem Herd bei milder Wärme getrocknet, und mit ihnen, deren Rinde mit diamantharten Kristallen in feinster Verteilung gespickt war, wurden die Bambusblättchen geschliffen, so lange, bis sie auf den leichtesten Lufthauch ansprachen. Und siehe da, ich brachte den ersten reinen Ton zustande. Äußerst unappetitlich war nur, daß August Boddien nicht seine Klarinette für den Unterricht benutzte, sondern mir auf meinem Instrument Tonleitern in allen Variationen vorblies, mir dann das Instrument, feucht wie es war, in den Mund schob und mich aufforderte, das Vorgeblasene zu wiederholen. Das war so grausig, daß ich den Unterricht bald abbrach und es auf eigene Faust zum Könner auf der Klarinette zu bringen versuchte. Mit geringem Erfolg, wie ich zugeben muß.

In der Annahme, daß getragene Stücke für den Anfang am besten geeignet wären, begannen wir unter der Stabführung von Herrn Schott zunächst mit dem Largo von Händel, wagten uns dann an den Trauermarsch von Chopin, den Herr Schott hartnäckig ›den Schobbäng‹ nannte, steigerten uns zum Hohenfriedberger und zu Preußens Gloria und stürzten uns schließlich in das tollkühne Abenteuer, mit Chor und Orchester ›Die Himmel rühmen‹ zu proben. Leider wuchs unser Dirigent nicht mit den höheren Aufgaben. Ob es das Largo oder Preußens Gloria war, immer schlug er mit dem Taktstock genau abgezirkelte gleichschenklige Dreiecke in die Luft und brachte uns mit seinen Einsätzen, die stets drei Takte zu früh oder zu spät kamen, in die höchste Verwirrung. Wenn wir das Stück am Ende dann doch glücklich über die Runden brachten, so hatten wir das Ottokar Tichauer zu verdanken, der als Primgeiger den Takt bestimmte und Blech, Holz, Streichern und Schlagzeug mit dem Bogen oder durch einen Blick das Zeichen zum Einsatz gab.

Es war noch kein Jahr vergangen, da hatte ich in Bartenstein so feste Wurzeln geschlagen, als wäre ich hier geboren und aufgewachsen. Und was war schon in Königsberg ein Sekundaner oder Primaner? Ein kleiner Pennäler und keinen Deut mehr. Dort begann man etwas zu gelten, wenn man die bunte Mütze einer Studentenverbindung trug. Hier in dem kleinen Nest an der Alle bedeutete die blaue Sekundaner- und erst recht die rote Primanermütze, daß man wer war und einen Wechsel für die Zukunft in der Tasche trug. Sekundaner und Primaner wurden zu den Festen des Kaufmanns-Vereins, des Vaterländischen Frauenbundes, der Schützengilde und des Kriegervereins eingeladen und waren als Tänzer der Töchter willkommene Gäste. Und nicht nur als Tanzpartner; es wurden von den Müttern im Hinblick auf die zukünftige akademische Laufbahn des jungen Mannes die zarten Fäden zu Netzen verknüpft und so dauerhaft gesponnen, daß manche Pennälerliebe schließlich am Traualtar ihren Segen durch Herrn Superintendenten Nietzki bekam ...

Ach, wie würde ich jedem Jungen und jedem Mädchen jene kurzen Jahre vergönnen, die ich in Bartenstein verleben durfte. Jene Sommer, in denen wir uns im Wasser des

Oberteichs balgten, in denen wir zum Bärenwinkel hinauszogen, uns die Bäuche mit Himbeeren, Erdbeeren und Brombeeren vollschlugen, ins kristallklare Wasser der Alle sprangen und uns in dem glitzernden Ufersand von der Sonne braten ließen. Jene Sommer, in denen Willi Andre mich um drei Uhr morgens durch den Zug an einer Schnur, die von meinem Zeh durch den Vorgarten bis zur Straße lief, weckte, um mich zum Angeln an den kleinen Mekiener See abzuholen. Jene Sommer, in denen wir am Flußufer Treibholzfeuer emporlodern ließen, in der Asche Kartoffeln und in der Glut Würste brieten, die der Sohn vom Fleischer Wittstock aus der Wurstküche klaute und daher bei uns, obwohl er nicht ins Gymnasium ging, ein lieber und gern gesehener Gast war. Und jene Winter, jene klirrenden Winter mit der blankgefegten Eisfläche auf dem Oberteich und auf dem kleinen Weiher hinter dem Landgericht, wo wir zu den Klängen eines krächzenden Grammophons an der Seite von Kätchen Krämer, Suse Fleischer, Hildegard Scekay, Hanna Vonberg, Ellen Jaab oder Karlotta Trautmann Hand in Hand im Bogen rechts und im Bogen links dahinschwebten oder sogar einen Walzer aufs Eis zu legen versuchten. Jene Winter, in denen Tutti Meier ihren Bauunternehmer-Vater so lange bezirzte, bis er uns Pferd und Kutscher stellte, an dessen Schlitten wir fünfzehn oder zwanzig Rodel anhängten und vor Lebenslust juchzten, wenn die Schlitten im scharfen Galopp aus einer Kurve getragen wurden und die ganze Gesellschaft in einer Schneewehe durcheinanderpurzelte. Jene Winter, in denen uns eine Ahnung zu beschleichen begann, daß Mädchen durchaus nicht jene blöden Gänse waren, die wir wegen ihres albernen Getues und Gekikkers grob und handgreiflich weggescheucht hatten, wenn sie an unseren wilden Spielen teilnehmen wollten...

Auch Mutter hatte mit der Zeit mit Bartenstein Frieden geschlossen, nur mit der Wohnung im Amtsgericht versöhnte sie sich nie. Leider war unser Kalfaktor Bradzio inzwischen aus der Haft entlassen worden. Da Mutter sich in den Keller nicht hinunterwagte und Großmutter trotz ihrer Rüstigkeit nicht zumuten konnte, Kohlen, Briketts und Torf heraufzuschleppen, wurde das – mit einer kurzen Unterbrechung – für die nächsten Jahre meine Aufgabe. Durch die Vermittlung einer der Damen vom Lande, die Mutter zuerst mit Strickdecken und später sogar mit Kelim-Kissen und Brücken von beträchtlichem Format belieferte, bekamen wir ein Dienstmädchen, die Frieda. Mein Gott, war das ein Trampel! Zweimal stolperte sie mit der vollen Suppenterrine über die Schwelle und verbrühte dabei Großmutter einmal den Fuß, daß sie ihn wochenlang im Verband tragen mußte. Sie zerschlug Unmengen von Porzellan, und ihr Umgang mit dem Gasherd bedeutete ständige Explosionsgefahr. Aber sie genoß das ungewohnte Stadtleben in vollen Zügen und ersparte es Mutter, sie wegen ihres Lebenswandels an die Luft zu setzen, indem sie eines Tages verschwand und verschwunden blieb. Dem Amtsgericht schräg gegenüber lag der Gasthof Steffens, und hinter diesem Gasthof befand sich ein großer freier Platz, auf dem die Viehmärkte abgehalten wurden. Manchmal aber schlugen dort auch Schausteller ihre Buden und Karussells auf, und wir erfuhren nach kurzer Zeit – denn Vater hatte Friedas Verschwinden der Polizei gemeldet –, daß sie mit einem Burschen, der auf dem Jahrmarkt als Degenschlucker auftrat, durchgebrannt war und, selber künstlerische Ambitionen entwickelnd, mit einem Python auf Schlangentänzerin studierte.

In einem dieser Sommer machte meine Schwester Lotte zu Anfang der Großen Ferien bei uns für einige Tage Station.

Sie war noch immer in Sonnenborn als Lehrerin tätig und fühlte sich in ihrem Dorf wohl, besonders, nachdem es ihr gelungen war, ihrer besten Freundin, Clara Cacharowski, mit der sie das Oberlyceum besucht hatte, in Sonnenborn eine freie Lehrstelle zu besorgen. Dort lebten die beiden jungen Frauen in einer kleinen Wohnung zusammen und hatten beschlossen, die Ferien gemeinsam an der Ostsee in Kranz zu verbringen. Zwei Mädchen allein in Kranz – das paßte Vater gar nicht, aber er schnaufte nur tief auf und schluckte seine Bedenken schließlich hinunter. Schließlich war Lotte volljährig und sehr selbständig geworden. Ich schleppte ihren Koffer zur Bahn und holte sie nach vier Wochen auch wieder ab, aber sie kam nicht allein, sondern in Begleitung eines Herrn, dessen möglichen Besuch sie Mutter in einem nur für Mutter bestimmten Brief angekündigt hatte. Sie stellte mich dem fremden Herrn vor, und dabei bemerkte ich an ihrer Hand einen funkelnagelneuen Verlobungsring...
»Also, Karl, das ist mein Brüderchen...« und zu mir: »und das ist Herr Professor Dr. Karl Völcker, mit dem ich mich verlobt habe. Du kannst ihn mit Herr Professor anreden...«
Nun, ich war es ja gewohnt, zu meinen Schwagern in respektvollem Abstand gehalten zu werden; bei Else war es ›Onkel Richard‹ und hier nun der ›Herr Professor‹; vielleicht wurde aus ihm einmal ein ›Onkel Karl‹. Direkt respekteinflößend sah dieser Professor meinem Gefühl nach nicht aus. Lotte war ein kleines, zierliches Persönchen, das ich bereits um einen guten Kopf überragte. Der Herr, mit dem sie sich verlobt hatte, war keine zwei Finger breit größer als sie, und es haute mich fast um, als er mir die Hand reichte und dazu sagte: »Ja, grüeß di God, mein Liaba, dein Schwesterl hat mir schon vui von dir ver-

zöhlt ...« Herr des Himmels, wen hatte sie da aufgegabelt und mitgebracht? Lotte können meine tellergroßen Augen nicht entgangen sein, denn sie sagte hastig: »Karl ist nämlich Österreicher. Er lebt in Wien und ist Universitätsprofessor und zur Zeit Dekan der theologischen Fakultät ...«

»Weißt«, sagte mein zukünftiger Schwager und blinzelte mir zu, »das sagt sie, damit du nicht denkst, daß ich mit alte Kleider handel. A bisserl wie a Jud schaug i schon aus, net? Aber das muß daran liegen, daß ich in Lemberg unter vierzig Mitschülern der einzige Christ gewesen bin. Und das Komische dabei war, daß ich wie ein kleiner Jidlach aussah – die andern waren alle große und blonde Aschkenasim ...«

»Aber Karl ...!« rief Lotte.

»Weißt«, sagte er und reichte mir die Hand, »den Doktor und den Professor kehren wir untern Tisch, und du nennst mich einfach beim Namen. Damit tust du dir leichter, und mir tut's wohl, gelt?«

»Gern, Herr Völcker ...«

Lotte hatte ihr Gepäck bei ihrer Freundin Clara in Kranz zurückgelassen, und er hatte nur ein kleines Köfferchen dabei, das er mir erst nach längerem Hin und Her zum Tragen überließ. Er hatte für sich bereits telegrafisch ein Zimmer im ›Bartensteiner Hof‹ bestellt, und dort lieferten wir ihn ab.

Die beiden schienen das schon vorher so verabredet zu haben, wahrscheinlich, damit Lotte Zeit fand, Vater schonend darauf vorzubereiten, daß sie in Begleitung eines Herrn nach Bartenstein gekommen war.

»Deiwel, Deiwel, Deiwel«, sagte ich, nachdem wir uns von Herrn Völcker verabschiedet hatten, »ein richtiger Universitätsprofessor! Da wird Else aber Augen machen ...«

»Ja, das wird sie wohl...« meinte sie mit einem unüberhörbaren Triumph in der Stimme, denn sie hatte wohl immer ein wenig im Schatten der schönen älteren Schwester gelebt.
»Wo hast du ihn kennengelernt?«
»In Kranz. Er hat in Uppsala in Schweden an einem Kongreß teilgenommen und machte in Kranz für einige Tage Urlaub, um sich dann noch in Königsberg ein wenig umzusehen. Ihm ist nämlich ein Lehrstuhl an der Albertina angeboten worden.«
»Das wäre ja prima! Dann würdest du also in Königsberg leben...«
»Ich weiß nicht«, sagte sie und krauste die Nase, »ich könnte mir eigentlich etwas Besseres denken.«
Zu Mittag gab es eine Gemüsesuppe quer durch den Garten mit einem ordentlichen Stück Rindfleisch darin. Vater ließ es sich schmecken, und Lotte wartete mit ihrer Überraschung, bis er sich seine Pfeife angezündet hatte. Er stopfte sie nicht mehr mit Steinklee, denn es gab schon wieder richtigen Tabak zu kaufen. Die letzten Jahre in Bartenstein waren Vater gut angeschlagen. Der Bauch füllte wieder die Weste, und der Wind strich ihm nicht mehr zwischen Hals und Kragen über die Brust. Wenn er mit seinem wallenden weißen Bart, den breitrandigen Schlapphut auf dem Kopf, durch die Straßen ging, fiel es dem schlimmsten Laux nicht mehr ein, hinter ihm herzulaufen und ›Knookejerüst‹ oder ›Dot von Warschau‹ zu schreien. Nur einmal hatte es eine kleine Verstimmung gegeben, als jemand Großmutter für seine Frau und Mutter für der beiden Tochter gehalten hatte. Daß Mutter sich dabei recht geschmeichelt gefühlt hatte, ist nicht verwunderlich, aber gerade das hatte Vater sehr gegen den Strich gebürstet. –

Als Lotte schließlich die Partie eröffnete, sehr vorsichtig und gewunden, da fiel Vater durchaus nicht aus den Wolken, im Gegenteil, er meinte, daß der Urlaub in Kranz sich gelohnt habe und daß es für Lotte wohl auch höchste Zeit geworden sei, unter die Haube zu kommen. Das wiederum schien Lotte nicht gern zu hören, sie hüstelte nervös und trommelte mit den Fingerspitzen einen kleinen Wirbel auf die Sessellehne.

»Mutter war immerhin dreißig, als ihr geheiratet habt! Und du warst fünfundvierzig!«

»Na ja, na ja«, brummte Vater, »ich wollte damit ja auch nichts sagen. Und wie alt ist dein Professor?«

»Zehn Jahre älter als ich...«

»Na, dann hat er sich aber auch Zeit gelassen...«

»Gott sei Dank!«

Vater verschlug es denn doch ein wenig den Atem, als sich sein zukünftiger Schwiegersohn am Nachmittag vorstellte. Ich hatte ihm die Nachricht ins Hotel gebracht, daß er zum Kaffee erwartet würde. Wir hatten noch eine halbe Stunde Zeit und bummelten ein wenig durch die Stadt. Er schien von Bartenstein sehr angetan zu sein, besonders vom Heilsberger Tor, über dessen Entstehungsgeschichte er gern genaue Daten erfahren hätte. Leider sah ich es mir, durch ihn darauf aufmerksam gemacht, eigentlich zum ersten Mal richtig an, denn bis dahin hatte mich der gotische Bau bedeutend weniger interessiert als die Landstreicher und Trunkenbolde, die dort zur Feststellung ihrer Personalien oder zum Ausnüchtern für einige Tage eingesperrt saßen und den Passanten durch die Gitter unflätige Bemerkungen zuriefen – besonders den Damen.

»No ja«, sagte er begütigend, weil ich mich für meine Unwissenheit ein wenig schämte, »laß es gut sein, ich habe mir in deinem Alter den Besuch der Lemberger Museen auch für spätere Zeiten aufgehoben.«

Da er an alten Gebäuden und Überbleibseln aus der Vergangenheit Gefallen zu haben schien, führte ich ihn auf einem kleinen Umweg auch noch zu den anderen Sehenswürdigkeiten, zum Barto und der Guste Balde und zu dem alten Opfertisch aus der Heidenzeit. Die steinernen Pruzzengötter und die Steinplatte, auf der man die Vertiefung für den Kopf des Opfers und die Rinnen, in denen das Blut abgeflossen war, noch deutlich sehen konnte, schienen ihn sehr zu beeindrucken...

»Weißt du«, sagte er und wischte sich den Schweiß von der Stirn, denn es war ein glühender Augusttag, »als ich ein Bub war, so in deinem Alter, da wünschte ich mir nichts sehnlicher, als einmal Missionar zu werden und in Samoa und auf den Fidschi-Inseln die Heiden zum Christentum zu bekehren. Aber ich war wohl nie ein großer Held, und bei dem Gedanken, eines Tages vielleicht im Kochtopf oder auf solch einem Steintisch zu landen, bin ich doch lieber daheim geblieben und Professor geworden.«

Ich meinte, daß er sich deswegen nicht zu schämen brauche, denn auf dieses Risiko hätte ich mich auch nicht eingelassen – und das schien ihn sehr zu trösten. Weil er aber von diesen Steinen gern ein Bild nach Wien mitnehmen wollte, um es seinen Freunden und Studenten zu zeigen, führte ich ihn quer über die Straße zum Fotografen Petri, bei dem es nicht nur Ansichtskarten von den Steinen, sondern auch vom Heilsberger Tor und von der evangelischen Kirche zu kaufen gab, von der ich zum ersten Mal hörte, daß es sich bei ihr um eine spätgotische Backstein-Basilika handle, die von Kunsthistorikern für ein bedeutendes Bauwerk gehalten werde. Daraufhin beschloß ich, mir die Kirche auch einmal genauer anzusehen; aber ich besaß wohl noch nicht das richtige Auge für die Backsteingotik, denn ich fand nichts Aufregendes dabei.

Mutter hatte den Kaffeetisch gedeckt, als ob Pfingsten-Erst-Feiertag sei. Auf ihrer schönsten Strickdecke stand das Berliner Porzellan, das Onkel Benjamin den Eltern zur Hochzeit geschenkt hatte, und auf einer Platte häufte sich ein ganzer Berg frisch gebackener knuspriger Waffeln. Die gab es zwar oft, denn das Rezept – auf dem Waffeleisen in erhabenen Buchstaben zu lesen – war sehr einfach, man brauchte dazu nur Mehl, Wasser und ein Ei. Aber frisch vom Eisen schmeckten sie genauso gut wie der beste Sandkuchen.

Wenn es Vater bei der ersten Begegnung mit dem Herrn, den Lotte ins Haus geführt hatte, auch ein wenig die Stimme verschlug, so ließ er sich den kleinen Schreck, seine Tochter an einen Gartenzwerg abgeben zu müssen, nicht anmerken, und es dauerte keine halbe Stunde, bis ihn der gescheite, weltgewandte und humorvolle Mann so für sich eingenommen hatte, daß er Lotte zu ihrer Wahl nur beglückwünschen konnte. Zudem kam, daß der Gast zwar Theologe und Lizentiat, vor allem aber Historiker war und sich aus Neigung und Herkommen mit slawischer und altslawischer Kirchengeschichte beschäftigte. Und Vaters Hochachtung wuchs noch, als er feststellte, daß der Professor das Polnische genauso gut beherrschte wie er selber, und das Russische dreimal besser.

Am gleichen Nachmittag bat Herr Völcker Vater um eine Unterredung unter vier Augen, legte ihm seine Einkommens- und Vermögensverhältnisse dar – die Vater sehr beeindruckten – und bat ihn um Lottes Hand. Die zwanzigtausend Mark, die Lotte von ihrer Mutter geerbt hatte, waren durch Zins und Zinseszins in den verflossenen zwanzig Jahren fast ums Doppelte angewachsen, ein schönes Vermögen, wenn die anschleichende Inflation an

dem Erbe nicht bereits kräftig genagt hätte. Herr Völcker blieb noch drei Tage in Bartenstein und reiste dann nach Wien zurück. Es muß Lotte in diesen Tagen wohl gelungen sein, ihm Königsberg madig zu machen, denn er blieb Wien und seinem Lehrstuhl an der Rudolphina treu. Sie hatten vereinbart, daß Lotte ihm einige Tage später nach Wien nachreisen sollte, um die Stadt kennenzulernen und sich nach einer Wohnung umzusehen.
»Das kommt überhaupt nicht in Frage, daß du allein nach Wien fährst!« sagte Vater mit einer Entschiedenheit, als beabsichtige er, sich notfalls vor die Lokomotive zu legen.
»Aber Julchen!« meinte Mutter, »was du schon wieder denkst! Ein Professor und ein Theologe dazu...!«
Doch Vater erwiderte, das wären auch nur Menschen, und er bestand darauf, daß Lotte in Begleitung fahren müsse. Schließlich erklärte sich Else dazu bereit, als Anstandsdame nach Wien mitzufahren, allerdings unter der Voraussetzung, daß Vater die Reisekosten übernehme. Das war Vater die jungfräuliche Ehre seiner Tochter wert.
Vierzehn Tage später kamen die beiden Damen von ihrer Reise zurück, von Wien höchst angetan, von der Generosität, mit der Herr Völcker sie verwöhnt hatte, hell begeistert und äußerst zufrieden darüber, in Wien eine Wohnung gefunden zu haben, die das Prädikat ›hochherrschaftlich‹ voll verdiente.
»Eine Wohnung in der Nähe des Stadtparks, wo der Johann Strauß vergoldet in einem Marmorbogen geigt«, erzählte Else sichtlich beeindruckt, »im zweiten Stockwerk, mit Lift! Fünf Riesenzimmer! Und hinter der Küche ein richtiger Dienstbotentrakt. Und Karl will eine böhmische Köchin engagieren, weil er die böhmische Küche bevorzugt. Und ein Stubenmädchen! Und ein Kinderfräulein, falls das einmal notwendig werden sollte! Ich sage euch,

Lotte hat wirklich in den Glückstopf gegriffen!«
»Böhmische Küche...« sagte Mutter mit verkniffenen Lippen, »na, ich weiß ja nicht! Aber wenn es durchaus sein muß, bitte, von mir aus... Da ißt man doch Knödel oder so was.«
»Fünf Zimmer«, knurrte Vater, »wer soll die möblieren?«
»Ihr braucht euch um nichts zu kümmern«, beruhigte ihn Lotte. »Es genügt, wenn ich eine Wäscheaussteuer mitbringe.«
Sie hatte inzwischen ihre Entlassung aus dem Schuldienst in die Wege geleitet. Auch ihre Freundin Clara hatte den Schuldienst quittiert. Denn wie Lotte hatte auch sie in Kranz einen Herrn kennengelernt, der in Deutschland Urlaub machte, in Mexiko als Ingenieur tätig war und sie bald nach Mexiko entführte. Die Damen lösten ihre Wohnung in Sonnenborn auf und lebten zumeist bei Else in Königsberg, um dort gemeinsam ihre Aussteuern zu besorgen. Aber die Inflation hatte ihre Gangart inzwischen verschärft. Die Waren verschwanden aus den Schaufenstern und wanderten in die Lager, und als Lotte nach der Hochzeit im Frühjahr 1923 endgültig nach Wien übersiedelte, da konnte sie ihre Aussteuer in zwei Koffern mitnehmen, und deren Inhalt bestand zum größten Teil aus Wäschestücken, die Else und Mutter aus ihren Beständen beigesteuert hatten.
Wir Jungen wurden mit den Zahlen, die bald in astronomische Höhen hinaufkletterten, erstaunlich rasch fertig. Die Eltern taten sich schon schwerer, und Großmutter schließlich wurde von den vielen Nullen auf den Banknoten ganz schwindlig im Kopf. Sie sparte das Papiergeld, füllte damit die Schubladen und Schrankfächer und starb in der festen Überzeugung, uns ein Riesenvermögen hinterlassen zu haben. Wenn Vater sein Gehalt – zum Schluß

der Inflation in prall gefüllten Aktenmappen – heimbrachte, dann stürzten Mutter und Großmutter in die Stadt, um zu kaufen, was es nur zu kaufen gab, denn schon die nächste Stunde, gewiß aber der nächste Tag konnte eine Verdoppelung der Preise bringen. Einmal entdeckte ich im Schaufenster von Nelson, einem Konfektionsgeschäft am Markt, einen rostbraunen Mantel in hochmodernem Raglanschnitt, der mit 360 000 Mark ausgezeichnet war. Ich rannte nach Hause, um Mutter zu überreden, mir das gute, dringend benötigte Stück zu kaufen. Aber da war nichts zu machen.

»360 000 Mark für einen Mantel! Bist du denn von allen guten Geistern verlassen?«

»Aber Muttchen, heute nachmittag kostet er vielleicht schon 380 000 Mark, und morgen 400 000...«

Er kostete nicht 400 000, sondern 440 000 Mark und war am nächsten Tag aus dem Schaufenster verschwunden. Wenige Tage später begannen wir mit Millionen zu rechnen.

Wenn ich heute an jene Zeit zurückdenke, dann erstaunt es mich immer wieder, wie wenig uns interessierte, was auf der Welt geschah. Wir lebten wie auf einer Insel, zu deren Gestaden das Getöse der politischen Ereignisse nur gedämpft herüberdrang. Ein wenig Aufregung brachte das Plebiszit in dem masurischen Teil der Provinz, das mit einem überwältigenden Votum auch der masurisch sprechenden Bevölkerung für die deutsche Staatsangehörigkeit endete. Aufregender aber als die Abstimmung an sich, zu der auch Vater nach Arys fuhr, um dort seine Stimme abzugeben, war der Wirbel, den sie bei uns zu Hause verursachte. Denn von überall her, aus Berlin, aus Breslau, aus Bremen und sogar aus Gelsenkirchen kamen Verwandte angereist, um ihr Stimmrecht auszuüben und im

Anschluß an die Abstimmung alte Familienbande neu zu knüpfen. Mutter mußte viele Handarbeiten opfern, um die ausgehungerte Verwandtschaft satt zu kriegen. Sie fraßen Mutters Speisekammer ratzeputze leer und schieden in der Überzeugung, daß wir in Ostpreußen wie die Maden im Speck lebten.

Als das Abstimmungsergebnis bekanntgegeben wurde, ging eine Welle der Begeisterung durch die Provinz, die auch Bartenstein überspülte. In diesen Tagen gründete der Primaner Wilhelm Grzybowski den ›Bund nationaler Gymnasiasten‹, dem die oberen Klassen geschlossen beitraten. Grzybowski war Pfarrerssohn, ein kleingewachsener Bursche mit einem pechschwarzen Haarschopf und buschigen Brauen, unter denen die dunklen Augen Blitze sprühten, wenn er gegen den Schandvertrag von Versailles, gegen den Verräter Roosevelt, gegen das Sozigesindel in Berlin oder gegen den Dawes-Plan zu Felde zog. Das Material für seine Reden lieferte ihm der deutschnationale Parteisekretär Christofczyk, der zuweilen nach der Rede unseres Vorsitzenden das Wort zu einer flammenden Ansprache ergriff. Zum Schluß sangen wir die Wacht am Rhein oder das Gaudeamus, wobei großer Wert darauf gelegt wurde, bei der Laudatio auf ›res publica et qui illam regit‹ aus dem Präsens regit das Perfekt rexit zu machen und dabei das X überdeutlich zu betonen. Neben den nationalen Aspekten aber verfolgte Grzybowski auch andere, sozusagen schulpolitische Ziele. Er hatte den Bund nationaler Gymnasiasten nach studentischem Comment aufgezogen. Bei den zahlreichen Kommersen, bei denen es zunächst allerdings nur Dünnbier gab, trugen wir schwarz-weiß-blaue Couleurbänder auf der Brust, waren in Burschen und Füchse aufgeteilt, rieben Salamander und mußten auf Befehl des Präsiden in die Kanne steigen, wenn wir uns eines Vergehens gegen den strengen Comment schuldig gemacht hatten. Grzybowskis Antrag, den Bundesbrüdern zu gestatten, innerhalb und außerhalb der Schule Couleur tragen zu dürfen, wurde vom Chef schroff abgelehnt. Erstaunlicherweise gelang es Grzybowski jedoch, Herrn Kröhnert zu bewegen, die je nach Klasse verschiedenfarbigen Mützen abzuschaffen und an ihrer Stelle eine blaue Tellermütze mit schwarz-weiß-blauem Stirnband einzuführen. Wir feierten dieses Ereignis als einen triumphalen Sieg unseres Bundes, denn für jene Pennäler, die kleben blieben, war es natürlich ziemlich peinlich, zum neuen Schuljahr mit der alten Klassenmütze aufkreuzen zu müssen und damit der ganzen Stadt zu zeigen, daß man das Klassenziel leider nicht erreicht hatte. Besonders bei den Kleinen gab es da bittere Tränen, wenn die Klippschüler mit Spottversen hinter ihnen herzogen: ›Kleben jeblieben, Kartoffel jerieben, Honig jeleckt, am Arsch verreckt...‹

Ob Grzybowskis energisches Eintreten für die Einheitsmütze der dunklen Ahnung entsprang, daß er am Abitur scheitern würde, sei dahingestellt, fest steht jedoch, daß er an dieser Klippe Schiffbruch erlitt, aus Bartenstein verschwand und daß der Bund nationaler Gymnasiasten nach seinem Weggang ohne rechten Schwung dahinsiechte und sich bald darauf auflöste.

Wenn auf den festlichen Kommersen auch das stramm nationale und hohenzollerntreue rexit beim Gaudeamus mehr oder weniger aus vaterländischem Pflichtgefühl ertönte, so sangen wir bald jene Strophe, in der das Vivat den mulieres und vor allem den virgines faciles formosae galt, mit richtigem Elan und feuriger Beschwingtheit. Und mein spezielles Vivat galt dabei dem dunkelblonden Kätchen, in das ich mich bei unserer gemeinsamen Konfirmation durch Herrn Superintendenten Nietzki unsterblich verliebt hatte. Der holde Zauberbann der ersten Liebe erfüllte mein Herz mit solcher Glut, daß ich eine Schwäche in den Knien spürte, wenn ich das Kätchen nur von weitem sah, und es verging kein Tag, an dem ich ihr nicht wenigstens ein halbes Dutzend glühender Gedichte widmete. Und als sie mir eine lila Zopfschleife schenkte, trug ich sie fortan als Krawatte vor der Brust und hätte Herrn Westphal kaltblütig ermorden können, als er mich mit seiner näselnden Stimme fragte: »Menschenskind, was haben Sie sich da bloß um Ihren Jünglingshals geschlungen? Einen lila Schlips? Da kommt einem ja der Kaffee hoch ...« Die Klasse grinste – und er schaltete sofort: »Entschuldigen Sie meine Taktlosigkeit, ich habe ja keine Ahnung davon gehabt, daß ich mit meiner Bemerkung zärtliche Gefühle in Ihrem Herzen verletzt habe.« – Natürlich wurden seine Worte mit einem brüllenden Gelächter quittiert, worauf ich dunkle Pläne spann, nicht nur ihn, sondern zuerst ihn und dann die ganze Klasse umzubringen.

Gewiß kannte ich Kätchen schon seit längerer Zeit, vom Eislaufen her und von den Schlittenfahrten, zu denen uns der Vater von Tutti Meier Kutscher und Pferd überlassen hatte. Aber da war kein Funke in mein Herz gefallen. Der sprang auf mich in dem Augenblick über, als Herr Nietzki in unserer Backsteinbasilika die Hände erhob und über uns den Segen sprach, mit dem wir Konfirmanden in die Christengemeinde aufgenommen wurden. Wir hatten kurz zuvor – die Jungen links und die Mädchen rechts vom Altar – unsere Sprüche brav aufgesagt. Kätchen vor lauter Aufregung ein bißchen stotternd; da hatte ich ihr ermutigend zugenickt, sie brachte ihren Spruch glücklich zu Ende und dankte mir mit einem sanften, schüchternen Lächeln, das ihr blasses Gesicht über dem weißen Kleid-

chen wunderbar verschönte. Und da funkte es. Bei mir jedenfalls. Bei ihr dauerte das ein wenig länger. –
Mehr als ein Dutzend Verwandte hatten sich zu meiner Konfirmation bei uns eingefunden. In dem riesigen Eßzimmer hatte Mutter eine große Tafel gedeckt, und zum ersten Mal war Mutter damit zufrieden, daß die Wohnung wenigstens bei solch festlichen Anlässen Raum genug auch für die doppelte Anzahl von Gästen geboten hätte. Sie waren alle gekommen, Tante Elma mit ihrem Aurelius Piepus, der mit einer ganzen Batterie von selbstgebrauten Schnäpsen und Likören anrückte, denn der Sprit stand ihm in seiner Apotheke ja reichlich zur Verfügung. Tante Grete hatte ihren gelähmten Karl in Piktupönen unter guter Obhut zurückgelassen; ihm war dort eine Postagentur übertragen worden. Die große und freudige Überraschung aber war der Besuch von Onkel Walter, Tante Elmas Zwillingsbruder. Das letzte Mal hatte er uns auf seinem letzten Europa-Urlaub im Jahre 1912 zusammen mit Tante Miekchen besucht. Damals war er mit einem Phaeton und Herrn Janson als Chauffeur bei uns in Königsberg in der Ziegelstraße vorgefahren und hatte mir – unvergeßliche Erinnerung – ein goldenes Zwanzigmarkstück geschenkt, für das ich bei Jarzymbowski einen Zentner Bruchschokolade gekauft hatte. Nun, Deutsch-Ostafrika hatten wir durch den Krieg verloren, und damit war Onkel Walter auch sein Schiffsausrüstungs-Geschäft in Daressalam, seine Sisalplantagen und sein Vermögen losgeworden. Bis 1916 hatte er unter Lettow-Vorbeck mit seinen Askaris gegen die Engländer gekämpft, war in eine Falle getappt, gefangen genommen worden und erst im Jahr zuvor aus einem englischen Gefangenenlager in Ägypten entlassen worden. Tante Miekchen hatten die Engländer gleich nach Kriegsausbruch nach Ägypten verfrachtet, wo

sie bis zum Kriegsende in einem Internierungslager mit den Kindern gelebt hatte. Äußerlich hatte Onkel Walter nichts von seiner strotzenden Kraft verloren, er konnte immer noch Hufeisen auseinander- und Geldstücke zwischen Daumen und Zeigefinger zusammenbiegen, und sein Lebensmut und Unternehmungsgeist waren genauso ungebrochen wie seine Körperkraft. Nach einigen fehlgeschlagenen Versuchen, sich im Hamburger Raum oder in Berlin eine neue Existenz zu gründen, hatte er einen französischen Capitaine kennengelernt, der als Offizier der Besatzungsmacht im Memelland stationiert war. Dieser Capitaine Maurice Bertin hatte Onkel Walter, von dessen Trinkfestigkeit tief beeindruckt, den Vorschlag gemacht, es doch einmal im Memelland zu versuchen. Und dort war Onkel Walter tatsächlich gut gelandet und hatte in Pogegen eine Zigarettenfabrik gegründet, in der er die Sorten ›Askari‹ und ›Simba‹ herstellte und sich damit rasch durchsetzen konnte. Mir brachte er als Konfirmationsgeschenk ein außen versilbertes und innen feuervergoldetes Zigarettenetui mit, und zur Füllung des Etuis einen Fünfhunderterkarton der Marke ›Simba‹. Vater machte das gleiche Gesicht wie vor zehn Jahren, als Onkel Walter mir das Goldstück geschenkt hatte. Und leider sollte er mit seinen Befürchtungen recht behalten. Diese fünfhundert Zigaretten waren der Anfang von jenen fünfhundert völlig vergeblichen Versuchen späterer Jahre, mir das Rauchen abzugewöhnen ...

Natürlich wurde Onkel Walter von allen Seiten gefragt, wie es denn Tante Miekchen ginge und wie sie mit den Kindern die lange Internierung in Ägypten überstanden habe. Er erzählte dies und er erzählte jenes, daß sie ein wenig leidend sei und lieber daheim geblieben wäre, aber man merkte ihm an, daß ihm die Fragen lästig waren. Bis Mut-

ter ihn stellte und zu erfahren wünschte, was nun mit Miekchen eigentlich los sei.
»Also los, Walter, red nicht länger herum! Hat es zwischen dir und Miekchen Knatsch gegeben?«
»Also schön, wenn du es ganz genau wissen willst, Karolinchen – sie ist der Kinder wegen zu Hause geblieben.«
»Na hör einmal, erstens hätte sie die beiden Jungen ruhig mitbringen können, und wenn sie das nicht wollte, dann sind die Bengels doch wahrhaftig alt genug, um zwei oder drei Tage allein fertig zu werden. Und eine Marjell werdet ihr wohl auch haben. Oder nicht? Geht es mit deiner Zigarettenfabrik doch nicht so gut voran, wie du erzählt hast?«
»Ach was! Der Laden läuft ausgezeichnet. Aber es sind nicht zwei, sondern drei Jungens. Und der Jüngste ist gerade zwei Jahre alt geworden ...«
»Moment mal, Moment mal!« sagte Mutter verblüfft, als traue sie ihren Ohren nicht, »du hast uns doch gerade erzählt, daß du und Miekchen in verschiedenen Lagern und weit auseinander untergebracht wart. Habt ihr euch denn von Zeit zu Zeit besuchen können?«
»Wir haben uns fünf Jahre lang nicht gesehen«, knurrte Onkel Walter und nahm aus einer der Flaschen, die der Aurelius Piepus mitgebracht hatte, einen kräftigen Schluck.
»Dann ist das Kind also ...« sagte Mutter mit dem letzten Atemrest.
»Vermutlich von einem englischen Lagerkommandanten. Aber so genau will ich das gar nicht wissen.«
»Armer Walter ...!« seufzte Mutter tief erschüttert.
»Na, nu laß man, Lina«, sagte Onkel Walter und roch am Flaschenhals, »im Krieg sind schlimmere Sachen passiert. Da wurde nämlich viel gestorben. Und so'n bißchen neues Leben kam gelegentlich auch auf die Welt. Und wenn ich

im Lager Gelegenheit gefunden hätte, etwas zum Ausgleich für das viele Sterben zu tun, na, ich weiß nicht. Leider hatte ich solch eine Gelegenheit nicht. – So – und nun wollen wir das Gespräch beenden. Was du wissen wolltest, weißt du jetzt. Vielleicht kannst du es für dich behalten, vor allem vor Mama – wenn es dir auch schwerfällt...«

Mutter hob die Schwurfinger, daß sie wie ein Grab schweigen werde. »Ich frage mich nur«, seufzte sie, »wie das zwischen euch beiden weitergehen soll?«

»Irgendwie...« murmelte Onkel Walter und überließ es Mutter, selber nach der Antwort zu suchen.

Nicht lange danach ließen sich Onkel Walter und Tante Mieke scheiden. Er nahm die Alleinschuld an der ehelichen Zerrüttung auf sich – und warnte mich in späteren Jahren eindringlich davor, den Kavalier zu spielen, falls mir je im Leben Ähnliches zustoßen sollte. »Weißt du, mein Junge«, sagte er, »für die eigenen Kinder zu zahlen, die einem entfremdet werden und von denen man nichts mehr hat, ist schon bitter – aber für 'nen Kuckuck blechen zu müssen, goddam, das stößt sauer auf!«

Onkel Walter kam noch zwei- oder dreimal zu uns nach Bartenstein auf Besuch. Aus dem Memelland konnte er Mutter natürlich nicht wie früher, wenn er aus Afrika kam, Straußenfedern und goldgefaßte Löwenkrallen, und Vater elfenbeingeschnitzte Zigarrenspitzen mitbringen. Mir gegenüber blieb er spendabel, schob mir manchen Geldschein in die Tasche und nahm mich einmal zu einem Bummel nach Königsberg mit. Bei C. B. Ehlers tranken wir eine Flasche Mosel und im Blutgericht eine Flasche ›Blutgericht Nr. 7‹, dort aßen wir auch Königsberger Klopse, die im Blutgericht zu den Spezialitäten gehörten, und bummelten schließlich noch auf jenem Gelände, auf das später der Kranzer Bahnhof verlegt wurde, über den Rummelplatz mit seinen Karussells und Schaubuden. Und von einer dieser Schaubuden, zu deren Attraktionen ein Annonceur in Frack und Zylinder das verehrte Publikum durch ein Megaphon heranzulocken versuchte, stürzte plötzlich ein baumlanger Neger, der dort als Feuerfresser auftrat, von der kleinen Vorbühne herunter, fiel vor Onkel Walter auf die Knie, umschlag seine Beine und brüllte beseligt und verzückt: »Bwana Simba! Bwana Simba!« Ein Haufen Leute drängte sich heran, dem Feuerfresser liefen dicke Tränen über die schwarzen Wangen, auch Onkel Walter konnte Tränen der Rührung nicht zurückhalten, denn dieser Neger war einer von den sechs Askaris, mit denen er im ostafrikanischen Busch in englische Gefangenschaft geraten war. Und Bwana Simba hieß auf Kisuaheli ›Herr Löwe‹ und war der Name, den die auf seiner Plantage arbeitenden Mafitis Onkel Walter gegeben hatten, nachdem er eine Löwin zur Strecke gebracht, die zuvor einen alten Mann und ein Kind gerissen und weggeschleppt hatte. Seine Askaris hatten den Ehrennamen übernommen. Onkel Walter hatte uns diese Geschichte und andere Abenteuer mit Schlangen, Büffeln und Elefanten schon vor zehn Jahren erzählt, mit Variationen, die zweifellos für sein Erzählertalent sprachen, die mich aber schon als Kind am absoluten Wahrheitsgehalt dieser Geschichten zweifeln ließen. Den ›Bwana Simba‹ zum Beispiel hatte ich ihm nie ganz abgenommen. Im Angesicht des Feuerfressers und der wahrhaft rührenden Wiedersehensszene mußte ich Onkel Walter innerlich zutiefst beschämt Abbitte leisten, je an seinen Worten gedreht und gedeutelt zu haben.

Vaters Konfirmationsgeschenk war eine große Überraschung, ein Geschenk, durch das ich mich sozusagen in den Kreis der Erwachsenen aufgenommen fühlte. Er überreichte mir ein kleines Lederetui mit einem versilberten Rasierapparat, dazu ein Dutzend Klingen, einen Dachshaarpinsel und eine Stange Rasierseife. Der Aurelius Piepus, der schon wieder einige Schnäpse zuviel hinter die Binde gegossen hatte, flachste zwar, ich müßte nun täglich frischen Taubenmist auf Kinn und Oberlippe schmieren, denn für die Flaumhärchen, die mir unter der Nase sprossen, lohne sich der Apparat noch nicht. Was kümmerten mich die blöden Redensarten von dem alten, versoffenen Ekel! Obwohl es wirklich noch nicht nötig war, denn die Klinge hätte es allein geschafft, seifte ich nicht nur die Partie unterhalb der Nase, sondern auch das Kinn tüchtig ein und begann mit meiner ersten Rasur. Und – was ich später noch so oft erfahren sollte, daß bei der Rasur ein Einfall den Knoten löste, der eine Arbeit zum Stocken gebracht hatte – plötzlich kam mir eine Idee, die meinen Herzschlag für einen Augenblick stocken ließ.

Hamsuns *Victoria* hatte mich so stark beeindruckt, daß ich Mutters Frage, was ich mir von ihr zur Konfirmation wünsche, mit der Bitte um alle Romane, die bisher von Hamsun erschienen wären, beantwortete. Und da lagen die ersehnten Bände auf dem Tisch mit den Geschenken: *Hunger*, *Mysterien*, *Pan*, *Unter Herbststernen*, *Gedämpftes Saitenspiel* und *Segen der Erde*. Es war Herrn Stringe, dem Buchhändler in der Rastenburger Straße, tatsächlich gelungen, Mutters Bestellung zu besorgen. Eine gebundene Ausgabe von *Victoria* war auch dabei, denn ich besaß nur ein broschiertes Exemplar. Die Wahl war nicht schwer, ich zog die bitter-süße Liebesgeschichte zwischen Johannes und Victoria aus dem kleinen Bücherstapel und schrieb eine Widmung auf das Titelblatt:

Zur freundlichen Erinnerung an unsere gemeinsame Konfirmation!

In den Kellerräumen des Amtsgerichts war vor kurzer Zeit eine Wohnung eingerichtet worden, die ein Gefängnisbeamter namens Himmler mit seiner Familie bezogen hatte. Sein Sohn Otto besuchte die Tertia. Ich packte das Buch ein, lief zu Himmlers hinunter und konnte Otto gegen das Versprechen, ihm die nächsten drei Hausaufsätze zu schreiben, dazu bewegen, zum Bahnhof zu laufen und das Buch abzugeben. Kätchens Vater war nämlich Besitzer des Bahnhofsrestaurants. Otto Himmler kam nach einer Stunde zurück, schnaufte leicht, denn er war mit vier Stücken Cremetorte und drei Tassen Schokolade vollgestopft worden, und brachte mir ein Päckchen mit, das schön in Seidenpapier eingeschlagen und mit einem blauen Bändchen verschnürt war. Fraglos auch ein Buchgeschenk. Ich öffnete die Verschnürung in meiner Bude mit zitternden Händen. *Zwei Menschen* von Richard Voss! Und innen stand in einer sauberen Lycealschrift ebenfalls eine Widmung: Zur Erinnerung an unsere Einsegnung! *Victoria* dort, *Zwei Menschen* hier, zwei Liebesgeschichten zwar, die mit Tod und Entsagung kein glückliches Ende nehmen – aber was galt das schon! Die Hauptsache blieb doch, daß es zwei Liebesgeschichten waren, die wir einander zugedacht hatten, und ich hoffte, daß Kätchen meinem Buch die gleiche zärtliche Deutung geben würde, die ich ihrem gab, als ich – frisch rasiert und sehnsuchtsvoll – meine Lippen auf ihre Schriftzüge preßte. –

Damit begann die Zeit der Stadtbummel, der Sonntag Vormittags-Promenaden rund um den Marktplatz, des täglichen Flanierens auf dem Bahnhofsvorplatz zum Vier-Uhr- und zum Acht-Uhrzug, wobei mir Paul Krause und Alfred Klahr Gesellschaft leisteten, denn auch sie hatten Feuer gefangen, aber, weniger glücklich als ich, für das gleiche Mädchen, Elsbeth Kempa, die mit Kätchen zusammen die letzte Lycealklasse besuchte. Da begegneten sie uns, wir schwenkten die Mützen zum Gruß, sie zogen zu dritt oder zu viert an uns vorüber, kicherten verschämt, bekamen rote Köpfe und wagten kaum, uns einen Blick zuzuwerfen. Nein, mehr war nicht drin. Aber schon der Anblick unserer Flammen ließ unsere Herzen höher schlagen. Mich zog es täglich mit magischer Gewalt zum Bahnhof, auch außerhalb der Ankunftszeiten der Züge. Manchmal wurde das letzte Fenster in dem roten Bahnhofsgebäude über dem Restaurant geöffnet, Kätchen blickte verträumt über die Gleise in die Ferne, und über ihrem aufgesteckten kastanienbraunen Haar flatterte eine große weiße oder hellblaue Schleife. Wenn ich heraufgrüßte, nickte sie mir verlegen zu und verschwand rasch vom Fenster, um ihr errötendes Gesicht hinter der Gardine zu verbergen. Nie wieder habe ich ein Mädchen kennengelernt, das so wie Kätchen erröten konnte. Es war, als verteile sich eine Blutwelle blitzschnell vom Gesicht über den Hals zu den Armen und über die ganze Haut, ich glaube, sie errötete bis zu den Knöcheln hinab, aber das will ich nicht beschwören, denn ich habe sie nie strumpflos gesehen.

An das Restaurant schloß sich ein Garten an, der in der warmen Jahreszeit von den Gästen gern besucht wurde. Und wenn die Sonne allzu heiß niederbrannte, fand man in einer Laubenkolonnade am Ende des Gartens Schatten und Kühlung. In diesem ungewöhnlich warmen September fanden wir uns in den Lauben gern zusammen, um ein blondes Bierchen zu trinken oder ein Fruchteis zu löffeln, ungestört, denn unsere Pauker verkehrten hier nicht; sie bevorzugten die Weinstuben von Freinatis oder den ›Bartensteiner Hof‹. Die Konfirmation hatte uns allen reichliche Geldgeschenke eingebracht, und da das Geld von Tag zu Tag an Wert verlor, galt es, die Scheine rasch umzusetzen.

An solch einem warmen Septembertag machte ich mich wieder einmal auf den Weg zum Bahnhof, aber zu meiner schmerzlichen Enttäuschung blieb Kätchens Fenster geschlossen. In der Absicht, mir ein Himbeer-Soda zu leisten, schlenderte ich zum Garten, der menschenleer in der Sonne lag – und dann setzte mein Pulsschlag aus, und die Knie füllten sich mit Blei, denn in der schattigen Kolonnade saß Kätchen, einen Schulatlas vor sich auf dem Tisch und einen Zeichenblock auf den Knien, eifrig darum bemüht, Westeuropa in seinen Umrissen auf das Papier zu bannen. Ich betrachtete das Werk stumm, nicht aus Ergriffenheit, sondern weil mir ein dicker Kloß im Halse steckte.

»Warum paust du nicht einfach durch?« fragte ich schließlich, nur um etwas zu sagen und um von ihr nicht für einen Tölpel gehalten zu werden.

»Das wäre doch nicht ehrlich«, sagte sie, und in ihre roten Wangen kehrte wieder die natürliche Farbe zurück, »und außerdem würde es wenig nützen, wenn wir morgen an der Tafel den Umriß von Europa nach dem Gedächtnis aufzeichnen sollen ...«

»Dann allerdings ...« murmelte ich.

»Aber gut, daß du mich hier angetroffen hast«, sagte sie, »ich wollte mich schon längst bei dir für das Buch bedanken, das du mir geschenkt hast ...«

»Und ich mich bei dir für deins. Ich habe es gleich am nächsten Tag gelesen.«

»Und ich habe mit *Victoria* noch am gleichen Abend angefangen. Da kommt der Voss mit seinen *Zwei Menschen*

aber nicht mit. Fast habe ich mich für mein Geschenk ein bißchen geschämt...«
»Aber nicht doch! Ein Hamsun ist es allerdings nicht...«
»Oh, von dem möchte ich mehr lesen...«
»Das kannst du gern haben, ich habe mir nämlich von meiner Mutter zur Einsegnung ein halbes Dutzend Hamsuns schenken lassen...«
»Du liest gern, nicht wahr?«
»Ja, sehr gern – und viel...«
»Du sollst auch sehr gute Aufsätze schreiben...«
»Nun ja, es geht...« sagte ich bescheiden.
Dann vestummten wir. Kätchen klappte ihren Atlas zu, verwahrte den Bleistift in der Federtasche und schlug auch das Vorsatzblatt über den Zeichenblock...
»Willst du etwa schon gehen?«
»Ich werde wohl müssen – auch wenn mein Vater heute nicht im Geschäft ist. Er mußte nämlich nach Königsberg zum Einkaufen fahren...«
Der Papa, der als recht streng galt, war also in Königsberg. – Das sagte sie doch nicht von ungefähr...
»Kannst du nicht wenigstens noch ein kleines Weilchen bleiben? Ich habe doch so lange gewartet und gehofft, dir einmal zu begegnen...«
Sie zögerte ein wenig: »Wenn meine Mama es erlaubt...« sagte sie schließlich und verschwand im Haus. Ich blieb für eine Weile allein unter dem schattigen Laubdach der Kolonnade zurück. Über mir gurrte ein Taubenpärchen. Der Tauber schien sehr aufgeregt zu sein. Die Sonne warf zitternde Lichtkringel auf den Bretterboden. Im nahen Verladebahnhof wurden schwere Stückgüter zu den Waggons gerollt. Hin und wieder war die Pfeife des Lademeisters zu hören, dem Signal folgte das Anrucken der Lokomotive und das polternde Geräusch aufeinandersto-

ßender Puffer. Nun, wenn die Mama nicht so streng wie der Vater war, durfte ich wohl hoffen...

Und sie kam, mit zwei Gläsern Himbeer-Soda in den Händen, die Gläser tauig beschlagen.

»Heiß heute ...« sagte Kätchen und setzte ein Glas vor mich auf den Tisch.

»Genau mit der Absicht, so etwas zu trinken, bin ich hergekommen...«

»Na, dann freut es mich, das Richtige erwischt zu haben.«

»Und was sagte deine Mama?«

»Sie wollte mir Kaffee und Kuchen mitgeben, aber ich dachte mir gleich, daß dir etwas Frisches lieber sein würde.«

Ich tat einen durstigen Zug. Kätchen nippte an ihrem Glas und setzte es ab. Ihre Hand blieb auf dem Tisch liegen. Am Ringfinger funkelte ein Karneol, so neu, daß ich vermutete, sie habe ihn zur Konfirmation bekommen.

»Ach, Kätchen«, sagte ich mit einer Trockenheit im Hals, die der kühle Trank nicht zu beseitigen vermochte. Über uns gurrten noch immer die Tauben. Meine Hand tastete sich zu ihrer hin. Die Finger krochen ganz vorsichtig wie kleine Beine zu ihren Fingerspitzen hin... hatten sie fast erreicht... und gerade wollte ich stammeln, wie unsagbar verliebt ich in sie sei –

Da fiel etwas von oben durch das Laubdach herunter, zerplatzte warm und grau auf meinem Handrücken, und da hatte mir doch dieser gottverdammte Tauber vor lauter Aufregung, zum Ziel bei seiner Taube zu kommen, glatt auf die Hand gesch...! Einen weniger geeigneten Moment hätte sich das Biest wahrhaftig nicht aussuchen können. Kätchen erstarrte zuerst. Dann begann sie zu kichern. Dann pruschte sie heraus. Und dann dauerte es fünf Minuten, bis sie sich ganz beruhigt hatte. Zeit für mich, um im Waschraum zu verschwinden und die graue Schweinerei zu beseitigen. Also bitte, wenn so etwas auf dem Markus-Platz in Venedig passiert wäre, wo die Tauben zu Tausenden herumflattern, oder vor der Theatinerkirche in München, wo man die Sandsteinfiguren vor den Tauben und ihrem Dreck mit Drahtgittern schützen muß, aber nein, das passierte mir hier, wo genau zwei von diesen Biestern über unseren Köpfen gurrten. Ich fühlte mich gedemütigt und bis auf die Knochen blamiert. Aber Kätchen nahm die Sache ganz gelassen: »Besser auf die Hand als auf den Anzug«, meinte sie tröstend, »das gibt nämlich Flekken, die nicht mehr rausgehen. Das ist neulich dem Herrn Petermann passiert, als er hier stolz mit einem neuen blauen Anzug aufkreuzte. Der hat vor Wut fast geheult. Da lach ich doch lieber, nicht?«

Herr Petermann war Stammgast in der Bahnhofswirtschaft, weil er bei der Eisenbahn zu tun hatte. Ein kleiner, eleganter Mann, Junggeselle und auf den ›Junggesellen‹ abonniert, eine Zeitschrift, die als höchst frivol galt. Das Abonnement stempelte Herrn Petermann als Lustmolch ab, aber das war er sicherlich nicht, wenn er sich auch bemühte, als Ladykiller zu erscheinen. Er war ein ausgekochter Knobler und leidenschaftlicher Wetter und starb als Opfer seiner Wettleidenschaft an der Theke des Bahnhofsrestaurants, nachdem er eine Flasche Kognak bis auf einen winzigen Rest geleert hatte. Den letzten kleinen Schluck schaffte er nicht mehr.

Das Geständnis meiner Liebe hatte mir der Tauber oder die Taubendame gründlich vermasselt. Aber ich besaß ja die sechs Hamsun-Bände, und über die Literatur hielt ich die Verbindung zu Kätchen aufrecht. Und sie fand immer wieder Gelegenheit, meine Bitten um ein Stelldichein im Schützenpark oder am Alle-Ufer zu erhören. Ihre Freun-

dinnen Suschen Fleischer, deren Eltern der ›Königsberger Hof‹ gehörte, Hanna Vonberg oder Hilde Sczekay wären jederzeit bereit gewesen, Stein und Bein zu schwören, daß Kätchen sich bei ihnen zur Erledigung der Schularbeiten aufgehalten hätte, wenn Kätchens Vater auf den Gedanken gekommen wäre, den immer häufiger werdenden Nachmittagsausflügen seiner Tochter zu mißtrauen. Und oben auf der Schwedenschanze, wo es in lauschigen grünen Nischen Bänke gab, die den Wanderer zum Verweilen einluden, erlaubte mir Kätchen den ersten Kuß, einen Kuß mit harten, fest geschlossenen Lippen, die sie sich hinterher mit dem Handrücken gründlich trockenrieb. Ich fürchte fast, daß sie von jenen Vorgängen, die dazu führen, daß auch Mädchen zu einem Kind kommen können, nur sehr verschwommene Vorstellungen hatte und mit dem Trokkenlegen der Lippen auf Sicherheit ging.
»Ich weiß nicht«, sagte sie dabei ein wenig atemlos, »aber du bist mir ein bißchen zu stürmisch...«
Leider war es mit den heimlichen Rendezvous im Freien bald vorbei, denn der Novemberhimmel öffnete seine Schleusen, und die Stürme eines früh einbrechenden Winters entlaubten die herbstlich verfärbten Bäume und auch jene freundlichen Sträucher, die die Bänke und die Liebespaare so lange vor neugierigen Blicken geschützt hatten. Dafür erschien mit Genehmigung des Direktorats auf dem schwarzen Brett ein Anschlag, in dem Frau Wanda Aderjahn sich anzuzeigen beehrte, daß demnächst ein Tanzkurs stattfinde und daß die an einem solchen Kurs interessierten Herren Obersekundaner und Primaner höflichst eingeladen seien, daran teilzunehmen. Neben dem Unterricht im klassischen und im modernen Gesellschaftstanz (Quadrille, Walzer, English Valse, Tango, Foxtrott, One-step und Two-step) werde der Belehrung über gute Umgangs-

formen und gesellschaftlichen Schliff besonderer Wert beigemessen. Und das schien mit ein Grund zu sein, weshalb uns auch von Direktor Kröhnert und den Herren vom Lehrkörper der Besuch der Tanzstunde warm empfohlen wurde. Mit Ausnahme unseres Primus Röder, der wegen seiner nässenden Pickel Hemmungen hatte, meldeten wir uns geschlossen bei Frau Aderjahn an. Und geschlossen meldete sich auch die letzte Lycealklasse zu dem Kurs. Der Unterricht fand im Rathaussaal statt, und er bereitete manchem von uns insofern eine Enttäuschung, als die Mütter unserer Tanzdamen jedesmal geschlossen anrückten und auf einer Stuhlreihe an der Längswand des Saales, dem Drachenfels, eisern ausharrten und mit ihren Töchtern abzogen, wenn Frau Aderjahn die Stunde für beendet erklärte. Sie erschien mit dem Sechs-Uhr-Zug und fuhr um zehn nach Königsberg zurück, wo sie in der Luisenallee in einem großen Haus residierte.

Die Musik zu unseren Tanzversuchen steuerte Kantor Bolutus bei, auf einem uralten, arg verstimmten Piano, in das schon manches Glas Bier hineingeschüttet worden war, wenn bei den Festen des Schützenvereins die Wogen der Fidelitas überschäumten. Den Organistenposten hatte der Kantor der wahrhaft christlichen Toleranz unseres Superintendenten zu verdanken, denn es war kein Geheimnis, daß er soff. Sein Name stand auf den sogenannten Säuferlisten, die vom Landrat v. Gottberg unterschrieben, von den Wirten in allen Lokalen des Landkreises deutlich sichtbar aufgehängt werden mußten. Deshalb lautete die Antwort auf die Scherzfrage, wer die größten Säufer von Bartenstein und Umgebung wären: Der Kantor Bolutus und der Landrat v. Gottberg, da beide Namen ständig auf der Säuferliste zu finden seien. Wahrscheinlich gab es einige Gastwirte, die es mit dem Verbot, an die auf der Li-

ste namentlich aufgeführten Personen Alkohol auszuschenken, nicht sehr ernst nahmen, denn wenn der Kantor wieder einmal sein Quartal hatte, irrten seine Frau und seine Tochter, zwei verschüchterte graue Mäuse, durch die Lokale, um den Trunkenbold heimzuschleppen. Er gehörte zu den stillen Zechern und randalierte auch nicht, wenn Frau und Tochter sozusagen fündig wurden und ihn mit sanfter Gewalt aus der Kneipe zerrten. Ein gereizter Papagei hatte ihm vor langen Jahren in den Mittelfinger der rechten Hand gehackt und den Finger dabei so übel zugerichtet, daß er krumm und steif geblieben war. Das behinderte ihn aber weder an der Orgel noch am Klavier, im Gegenteil, wenn es der Rhythmus eines Two-steps oder Tangos erforderte, schlug er mit diesem eisenhart gewordenen Fingerknöchel die Synkopen unüberhörbar gegen den Klavierdeckel. Im Hotel zur grünen Wiese – tack tack tack – da spielt der Theodor – tack tack tack – seiner Freundin der Luise – tack tack tack – die schönsten Lieder vor – tack tack tack – tack tack tack …
Die erste Tanzstunde fand allerdings ohne Musik statt. Da saßen sich die am Kurs teilnehmenden Damen und Herren, durch die Breite des Saales getrennt, auf zwei Stuhlreihen gegenüber, und Frau Aderjahn lehrte uns, was gutes Benehmen sei. Daß man zum Beispiel nicht wie ein wildgewordener Pavian durch den Saal stürzen dürfe, wenn man eine Dame zum Tanz aufzufordern beabsichtige, sondern daß man sich ihr gemessenen Schrittes zu nähern habe, den rechten Fuß beim letzten Schritt seitlich ausstellen, den linken Fuß heranziehen und sich dabei mit locker herabhängenden Armen so tief verbeugen müsse, daß die aufgeforderte Dame die Kragenknöpfe am Nacken sehen könne. Auf das Sichtbarmachen des hinteren Kragenknopfes schien Frau Aderjahn großen Wert zu legen,

denn immer wieder ertönte ihr Kommando: »Tiefer, meine Herren, tiefer! Denken Sie an die Kragenknöpfe!« – Auch durchquerten wir ihrer Meinung nach den Saal nicht gemessen genug.

»Und was ist, wenn mir einer meine Dame wegschnappt?« fragte Kuno Brockmann, dem die gemessene Gangart gar nicht in den Kram paßte.

»Dann, Herr ... wie war doch gleich der werte Name?«

»Brockmann!«

»Dann, Herr Brockmann, fordern Sie die daneben sitzende Dame auf oder eine andere, die noch frei ist.«

»Ich tanz doch nicht mit jeder Wachtel...« knurrte der Kuno in sich hinein. Jedenfalls war es ziemlich verwirrend, worauf ein Kavalier nicht alles zu achten hatte, wenn er sich eines untadeligen Betragens befleißigen wollte. Merkwürdig übrigens, daß Frau Aderjahn die Rezepte für den feinen Benimm fast ausschließlich an die ›Herren‹ verteilte, als setze sie voraus, daß gutes Benehmen den ›Damen‹ in die Wiege mitgegeben worden sei.

Der Unterricht zog sich, in Abständen von vierzehn Tagen, über ein halbes Jahr hin. Als dann endlich Kantor Bolutus in Aktion trat und einen One-step intonierte, ließ Frau Aderjahn zunächst die Herren und später die Damen in Reihe antreten, um sie, ihnen beispielhaft anmutig voranschreitend, zunächst im Alleingang den rhythmischen Gleitschritt üben zu lassen. Dann erst durften wir es mit den Damen zusammen wagen. Mit der gemessenen Annäherung an die Dame der Wahl hätte es nie geklappt, wenn wir uns vorher nicht auf unsere Mädchen geeinigt hätten. Manche kamen dabei nicht besonders gut weg, wie etwa der kleine Bachler, denn die Tanzdame, die für ihn übrigblieb, überragte ihn um Kopfeslänge. Ich konnte mich, ohne schnelle Konkurrenz befürchten zu müssen, meinem

Kätchen gemessenen Schrittes nähern, um sie mit einer tiefen Verbeugung und locker hängenden Armen zum ersten Tanzversuch aufzufordern. Leider ging Frau Aderjahn sofort dazwischen, wenn einer seine Dame allzu ungestüm und eng ans Herz preßte. Dann hieß es sofort: »Distance, meine Herren, Distance! Die Hand des Herrn geht nicht *um*, sondern bei leicht gebeugtem Arm gerade *an* die Hüfte der Dame! Und nein, Herr Bachler, oh nein! Man umklammert die Dame nicht! Und schon gar nicht dort, wo Sie sie umklammern!« Lieber Gott, wo sollte der kleine Bachler seine Dame auch umklammern, wenn er ihr gerade bis zur Brust reichte...?
Kätchen war eine gute Tänzerin, und wenn ich mich beim Walzer zunächst ein wenig tolpatschig anstellte, so verdankte ich es ihr, daß ich sie bald herumschwenken konnte, ohne ihr ständig auf die Füße zu treten. Mit Alfred Klahr oder Paulchen Krause übten wir den Walzer und Tango zu Hause auch zu zweit oder mit einem Stuhl im Arm unermüdlich. Bei der sogenannten ›Mitteltanzstunde‹, zwei Wochen vor Weihnachten, wagten wir schon den kühnen Versuch, unsere Damen im Walzer links herumzuschwenken. Frau Aderjahn schien mit ihren Erfolgen sehr zufrieden zu sein.
Weniger zufrieden war Vater mit dem Weihnachtszeugnis, das ich heimbrachte. Unter ›Bemerkungen‹ stand der betrübliche Satz: »Wenn sich seine Leistungen, vornehmlich in Mathematik, aber auch in Latein und Griechisch nicht bessern, ist die Versetzung gefährdet.« – Es beeindruckte Vater nicht im geringsten, daß ich ihm erzählen konnte, daß sich der gleiche Satz in den Zeugnissen von einem guten halben Dutzend meiner Klassenkameraden befinde. Er nahm mir das Versprechen ab, eisern zu büffeln, um das Klassenziel doch noch zu erreichen. Aber es

waren einfach zu viele Nebendinge, die meine Zeit in Anspruch nahmen. Abgesehen davon, daß ich die Liebe täglich in neuen Versen besang, hatte ich, von Max Halbes *Jugend* und Wedekinds *Frühlingserwachen* inspiriert, bereits zwei Akte einer Schülertragödie geschrieben, deren Hauptheld fraglos und unverkennbar jener Johann Gottlieb Seidelbast war, der neben seiner Elisabeth so tragisch an einem Baum endete. Kätchen war von meinem Drama nicht so recht begeistert, nicht etwa, weil sie an meiner dramatischen Begabung zweifelte – sie fürchtete, mit Elisabeth identifiziert zu werden, und ich mußte ihr ehrenwörtlich versichern, das Drama keinesfalls dem Königsberger Schauspielhaus zur Uraufführung zu überlassen. Mit diesem ehrenwörtlichen Versprechen ging mir allerdings der Schwung für den vierten und fünften Akt des Dramas verloren. – Das Fotografieren hatte ich auch nicht aufgesteckt, denn es war fast meine einzige Geldquelle; neuerdings arbeitete ich mit Gaslichtpapieren, die eine bedeutend kürzere Belichtungszeit erlaubten. – Da Theaterbesuche ausfielen, packte mich wieder meine alte Leseleidenschaft. Herr Stringe, den zukünftigen Kunden einkalkulierend, gestattete mir, nicht nur Antiquaria, sondern auch Neuerscheinungen stapelweise nach Hause zu schleppen und darin zu schmökern. Auch Herr Schott mit seinem Orchester nahm meine Zeit in Anspruch. Ein harter Winter schließlich, der uns vom November bis tief in den März hinein auf dem Oberteich und auf dem Weiher hinter dem Landgericht spiegelblankes Eis bescherte, war die letzte Ursache dafür, daß es mir unmöglich wurde, die guten Vorsätze, mit denen ich ins letzte Quartal gegangen war, auch zu halten.

Inzwischen aber steuerten wir im Tanzkurs dem Abschlußball entgegen. Frau Aderjahn hatte uns nicht nur gesellschaftlichen Schliff, sondern auch den graziösen Prinzeß-Feodora-Walzer, den Foxtrott, ein zierliches Menuett und die Quadrille à la cour beigebracht, von Kantor Bolutus musikalisch unterstützt, der sich nach dringenden Ermahnungen und Verwarnungen der Kirchenbehörde seit einigen Wochen eines enthaltsamen Lebens befleißigte und stets nüchtern oder fast nüchtern zu den Tanzstunden erschien. Sein Spiel allerdings war lange nicht mehr so feurig beschwingt wie früher, und die mit dem Knöchel an den Klavierdeckel geschlagenen Zwischentakte klangen ausgesprochen lustlos. Zum Abschlußball brachte Frau Aderjahn ihre Hauskapelle mit. Die jungen Damen waren mit der Unterstützung ihrer Mütter tagelang damit beschäftigt, den Rathaussaal festlich zu schmücken. Ein Büfett wurde erstellt, auf dem es eine dünne Bowle und Kuchen in gewaltigen Mengen gab. Und während die Herren beim Gärtner die Bestellung für ein Blumenbukett abgaben, stickten die Damen ihre Namen mit Goldfäden auf wunderhübsche Seidenschleifen, um sie uns bei der Eröffnung des Balles an die Brust zu heften. Ich hatte die Ehre, die Polonaise mit Kätchen zu eröffnen und später die Damenrede zu halten, während Kätchen als Vertreterin der am Kurs teilnehmenden Damen eine witzige Ansprache an die Herren hielt. Sie bekam von den Damen starken Applaus, als sie bemerkte, da Männer von ihren Frauen stets als von den besseren Hälften sprächen, könne logischerweise an der anderen Hälfte nicht allzu viel dran sein. –

Während die wenigen zu dem Ball erschienenen Väter im Nebenraum Skat spielten und in heimlich mitgebrachten Flaschen stärkeren Getränken als dem Dünnbier zusprachen, das an der Theke ausgeschenkt wurde, hielten die Mütter im Saal bei Kaffee und Kuchen eisern die Stellung und beobachteten, was im Saal vorging, mit scharfen Augen. Aber trotz der scharfen Bewachung gelang es manchem von uns, seine Dame für ein paar kurze Minuten aus dem Saal an die frische Luft zu führen. Rathaus und Kirche trennten nur wenige Schritte, und zum ersten Mal bekam ich einen tiefen Eindruck von der Backsteingotik und eine große Hochachtung für die alten Baumeister, die zur Stützung der hohen Gewölbe ihrer Kathedralen und Basiliken so viele Strebepfeiler in die Umfassungsmauern einbauen und an sie herankleben mußten, daß es für uns die herrlichsten Knutschecken gab.

Die Quittung für die erwähnten ›Nebendinge‹ kam zu Ostern, als Direktor Kröhnert, mit der Sexta beginnend, die Namen jener Schüler verlas, die in die nächsthöhere Klasse aufrücken durften, und leider die Namen derjenigen nicht verschwieg, die das Ziel nicht erreicht hatten. Die kalte Dusche traf sechs von uns, und es tröstete mich ein wenig, daß das Geschick Alfred Klahr, Kurt Reske und mich nicht auseinanderriß. – Vielleicht hatte Vater sich auf das Ereignis durch die Bemerkung im Weihnachtszeugnis schon innerlich vorbereitet, er machte zwar ein finsteres Gesicht, aber der erwartete Krach blieb aus. Außerdem trug der österliche Schweineschinken, der Mutter besonders knusprig geraten war, viel zur Hebung seines Gemütszustandes bei. Ich heuchelte tiefe Zerknirschung und benahm mich acht Tage lang so mustergültig, daß er mir schließlich sogar gestattete, eine Einladung von Onkel Walter anzunehmen und den Rest der Ferien in Pogegen zu verbringen.

Ich setzte mich mit hochgeschraubten Erwartungen in die Bahn. Onkel Walter holte mich in Tilsit auf der anderen Seite der Memelbrücke mit einem Auto ab, das ihm sein französischer Freund und Gönner, Capitaine Bertin, mit seinem Chauffeur zur Verfügung gestellt hatte. Das Memelland stand noch immer unter französischem Protektorat, und politisch ging es dort ziemlich unruhig zu, da die Litauer das Memelland ihrem jungen Staat angliedern wollten. Um so entschlossener waren die deutschen Bewohner, diesen Anschluß unter allen Umständen zu verhindern. Aber von diesen Auseinandersetzungen merkte ich wenig. Daß man in der reichen Memelniederung immer aus dem Vollen gelebt hatte, das wußte ich aus Großmutters Erzählungen, die ja aus der Heydekrüger Gegend stammte und von Hochzeiten und Begräbnissen, bei denen halbe Bauerngüter versoffen worden waren, abenteuerliche Geschichten zu berichten wußte. Um die Mitte des vergangenen Jahrhunderts war es die Geistlichkeit leid geworden, ihre Predigten am Sonntag vor einer zum größten Teil betrunkenen Gemeinde zu halten. Es war ein scharfes Verbot ergangen, alkoholische Getränke vor dem Kirchgang zu sich zu nehmen, und ebenso war es allen Gastwirten streng verboten, vor dem Kirchgang Schnaps an Personen beiderlei Geschlechts auszuschenken, denn die Frauen standen im Wirtshaus hinter den Männern nicht zurück. Aber die Damen wußten sich zu helfen. Hoffmannstropfen gab es in jeder Apotheke zu kaufen, und ein halbes Fläschchen davon auf Würfelzucker geträufelt gab Ätherräusche, die fast noch umwerfender als ein solider Schnapsrausch waren. Der Äthergeruch gehörte dort zur Landschaft wie der Knoblauchduft zum Balkan. Auch Großmutter ließ das Fläschchen mit Hoffmannstropfen in ihrer Kommodenschublade nie leer werden. Natürlich nahm sie die Tropfen gegen ihr Magenleiden ...

Ja, es war ein fröhliches Land, es war so fröhlich, daß gegen diesen Frohsinn von seiten der Behörde eingeschritten wurde, da nicht nur bei Hochzeiten, Taufen, Geburts-

tagsfeiern und christlichen Festen, sondern sogar bei Begräbnissen gesoffen und getanzt wurde. Das ging nun entschieden zu weit. So wurden die Landgendarmen beauftragt, zur Anzeige zu bringen, wann immer sie ein Tanzvergnügen in einem Trauerhaus entdeckten. So kam es, daß der Gendarm dem Amtsrichter Jonat in Heydekrug Meldung erstattete, daß beim Kätner Jons Keistuttis getanzt worden sei, während der Sarg der Schwiegermutter noch im Zimmer stand. Der Amtsrichter Jonat kannte nicht nur den Keistuttis, den er einmal wegen Wildfrevel und einmal wegen Felddiebstahl hinter Gitter gehängt hatte, er kannte auch dessen Häuslichkeit genau. Er lud also den Keistuttis vor und sagte: »Aber Mannchen, während der Sarg mit der toten Schwiegermutter noch im Zimmer stand ...? Wie war denn das möglich? Ich kenn deine Kate doch genau, da muß man doch das Fenster aufmachen, wenn man sich die Jacke anziehen will ...«
»Achottchen, Herr Rat«, antwortete der Keistuttis, »erst wollt es ja auch mit dem Tanzen partuh nich jehen, aber wie wir denn den Sarch hochkant gestellt hatten ...«
Auf der Fahrt nach Pogegen machten wir in Piktupönen Rast, wo der gelähmte Onkel Karl die Postagentur bekommen hatte. Tante Grete, Mutters Schwester, war munter und quicklebendig wie eh und je und schien bis zum Bauch im Hafer zu stehen, denn sie hatte seit der letzten Begegnung mindestens fünfzig Pfund raufgepackt. Sie war rund wie eine Kugel. Eigentlich wollten wir nur guten Tag sagen, aber das kam überhaupt nicht in Frage, daß wir ungefrühstückt weiterfuhren. Im Schalterraum, wo Onkel Karl die Postkunden vom Rollstuhl aus abfertigte, wurde der Tisch gedeckt, und dann wurde aufgefahren, Schinken, Blutwurst, Sülze, Gänseklein, Speck, grobe und feine Leberwurst und ein Keil von einem Tilsiter Käse, der gut

und gern drei Kilo wog. Ich hatte das Gefühl, ins Schlaraffenland geraten zu sein. Meinen Wunsch nach einem Stück Brot tat Tante Grete mit der Bemerkung ab, Brot sei aus Mehl gebacken und davon bekäme man nichts als Blähungen. Sie säbelte vom Tilsiter eine daumendicke Scheibe ab, verteilte einen Klumpen Butter darüber und legte mir den Käse statt des Brotes auf den Teller. Und zum Befeuchten der Zunge schenkte sie fleißig Kornschnaps in die Spitzgläser. Onkel Karl rollte auf seinem Stuhl mit den Gummirädern zwischen Schalter und Tisch hin und her, bekam rote Bäckchen und wurde mit jedem Schnaps vergnügter. Nur das Zittern seiner Hände verstärkte sich von Schnaps zu Schnaps. Um keinen Tropfen zu verschütten, hatte er eine Spezialtechnik entwickelt; er legte sich sein Taschentuch um den Hals, faßte mit der rechten Hand zugleich mit einem Zipfel des Tuches sein Glas und zog mit der linken Hand den andern Zipfel nach vorn. Mit diesem einfachen Trick brachte er das Glas zügig an die Lippen. Er wollte uns überreden, zu einem Skat dazubleiben, aber davor bewahrte uns der Chauffeur, der seinem Capitaine um Punkt zwölf Uhr wieder zur Verfügung stehen mußte. Zu meinem Glück, denn die ungewohnten Fettigkeiten und der ungewohnte Schnaps standen mir bis zum Halse, und ich hatte meine liebe Not, das Genossene auf der kurzen Fahrt nach Pogegen in mir zu behalten. Onkel Walter sah mir an, daß es mir nicht besonders gut ging: »Wenn du kotzen mußt, kotz nicht in den Wagen!« sagte er besorgt.
»Lieber Gott«, stöhnte ich, »wird hier immer so entsetzlich gesoffen und gefressen?«
»Nicht immer, aber meistens«, sagte Onkel Walter, »ich habe mich nach der ägyptischen Lagerkost auch erst daran gewöhnen müssen. Aber das war nur ein kleiner Vorgeschmack. Am Donnerstag sind wir zu einer Geburtstags-

feier eingeladen. Bei Pösches. Er wird fünfzig. Ihm gehört hier ein Gut und eine Ziegelei. Reiche Leute. Da wirst du was erleben. Da geht die Sauferei am frühen Morgen los und endet, wenn der Pösche dabei nicht stirbt, so um Pfingsten herum...«

Onkel Walter wohnte ein wenig außerhalb des Ortes an der Straße nach Stonischken in einem ansehnlichen Haus, das dem Viehhändler Isakeit gehörte. Herr Isakeit hatte ihm nicht nur die Wohnung, sondern auch ein Stallgebäude vermietet, in dem Onkel Walter seine Zigarettenfabrik betrieb. Ich hatte mir die Fabrik etwas orientalischer und pompöser vorgestellt. Auf einer uralten Maschine, die ihm sein Freund Bertin in Frankreich besorgt hatte, wurde die mundstücklose Marke ›Askari‹ hergestellt, während die teurere ›Simba‹, eine Zigarette mit Goldmundstück, von zehn Frauen mit der Hand gestopft wurde. Da es Onkel Walter nicht möglich gewesen war, eine Verpackungsmaschine aufzutreiben, verkaufte er seine Zigaretten fast ausschließlich an Gastwirte, die sie in Pappkartons in Posten zu 500 Stück bezogen. Das Geschäft ging nicht schlecht, aber auch nicht so gut, daß er von der Zigarettenfabrik allein hätte leben können. So handelte er nebenbei mit Landmaschinen, Sägegattern und Stahlwaren und betätigte sich mit gutem Gewinn auch noch als Häuser- und Grundstücksmakler.

Die Hauswirtschaft besorgte ihm eine ältere Witwe, Frau Wilhelmine Jendrosch, deren Mann schon einige Jahre vor dem Krieg auf dem Feld von einem Blitz erschlagen worden war. Nach Tante Miekchen wagte ich nicht zu fragen. Aber als Frau Jendrosch, nachdem sie uns einen starken Kaffee vorgesetzt hatte, wieder in der Küche verschwunden war, sagte Onkel Walter, der meinen Blick auf Frau Jendroschs gewaltigen Hintern bemerkt haben mochte:

»Ich hätte mir auch lieber was Jüngeres ins Haus genommen, aber solange die Scheidung läuft, kann ich mir etwas Knuspriges leider nicht leisten. Du verstehst...!« Er zwinkerte mir zu – und ich zwinkerte, langsam in die manchmal doch recht komplizierte und verwirrende Welt der Erwachsenen hineinschmeckend, zurück.
Wir waren in den nächsten Tagen viel unterwegs. Seine Geschäfte führten Onkel Walter bis nach Jugnaten hinauf, und einmal sogar nach Laugszargen und von dort über die litauische Grenze nach Tauroggen, wo wir uns die Kehlen mit Wodka anfeuchteten, der in kleinen Flaschen auf den Tisch kam, von denen jede drei doppelstöckige Wässerchen faßte. Wir benutzten zu den Fahrten einen leichten Einspänner, der Onkel Walter gehörte. Den lammfrommen Wallach ›Pinkas‹ stellte ihm Herr Isakeit gegen Erstattung der Futterkosten und ein geringes Entgelt zur Verfügung. Wohin wir auch kamen, Onkel Walter war bekannt wie ein bunter Hund und hatte allerorts gute Freunde, die bei seinem Erscheinen auffuhren, was Küche und Keller hergaben. Immer ging es nach der Devise: Vor dem Schnaps ein Schnaps und nach dem Schnaps ein Schnaps, na, und ein Schnäpschen werdet ihr doch wohl noch vertragen, und jetzt noch ganz schnell einen zum Abschied. Die kurzen Ferientage im Memelland erlebte ich in einem ständigen Zustand mittelschwerer Vernebelung. Die Schnapssauferei war fürchterlich, aber ich getraute mich nicht, nein zu sagen, um nicht als Schwächling zu erscheinen und mich vor Onkel Walter zu blamieren, der mich für einen gestandenen Mann zu halten schien, zu mir von Mann zu Mann sprach und bei dem als Mann nur galt, wer auch im Vollrausch bolzengerade aufrecht stand.
»Immer Haltung, Jungchen! Wie die alten Germanen! Und wenn du am nächsten Morgen auch meinst, daß du

sterben mußt, glaub einem Mann, der etwas davon versteht: Wenn dann am Abend die liebe Säufersonne aufgeht« – (ich muß ihn wohl etwas dumm angesehen haben, denn er erläuterte: »Der Mond, du Dussel!«) – »dann schmeckt's wieder!« – Es war schön, einen Onkel zu haben, der einem die wertvollen Erfahrungen, die er im Leben gesammelt hatte, nicht vorenthielt. Von Vater hatte ich solch nützliche Unterrichtungen nie erhalten.

Am nächsten Morgen trommelte mich Onkel Walter schon um sechs aus dem Bett, denn es war der Tag gekommen, an dem Herr Pösche seinen fünfzigsten Geburtstag feierte. Frau Jendrosch setzte uns ein kräftiges Frühstück mit Eiern, Käse und Schinken vor, und Onkel Walter redete mir gut zu, tüchtig zu essen, denn das Wichtigste an einem solchen Tag sei eine gute Unterlage. Bevor wir aufbrachen, ging Onkel Walter zu Frau Jendrosch in die Küche, zog eine flache Flasche mit einem Schraubverschluß aus der Brusttasche, reichte sie Frau Jendrosch, und die füllte, ohne daß dabei ein Wort gewechselt wurde, die Flasche aus der Ölkanne mit dem Rapsöl bis zum Halse voll, und Onkel Walter steckte sie wieder in die Tasche zurück. Er sah meinen fragenden Blick und fand eine neue Gelegenheit, mich aus dem Born seiner Lebenserfahrungen mit praktischen Ratschlägen zu bereichern: »Die meisten nehmen rohe Speckwürfel. Aber das ist eine Schweinerei, oder man müßte sich eine Tasche mit Wachstuch füttern lassen, damit der Speck nicht durchfettet. Ich nehme Öl. Schluckzessive. Immer nach Stücker fünf oder sechs Schnäpsen einen Eßlöffel voll. Das ist wie bei der christlichen Seefahrt, wenn die schweren Brecher über Bord schlagen. Öl besänftigt nicht nur die Meereswogen, sondern auch den Magen. Denk daran und komm zu mir auf einen kurzen Schluck, aber nicht erst, wenn du schon zu-

viel intus hast, sondern zwischendurch – immer zwischendurch, verstanden!« Er sah mich ernst an und hob mahnend den Zeigefinger: »Und halte dich an die klaren, reinen Sachen! Laß dich von den Weibern um Himmels willen nicht dazu verführen, Liköre zu kippen! Die drehen dir die Därme um, und da hilft kein Speck und kein Öl...«
Fest entschlossen, größte Zurückhaltung und Enthaltsamkeit zu üben und mich weder von Männern zu harten noch von Damen zu süßen Getränken verführen zu lassen, schwang ich mich neben Onkel Walter auf den Bock des Einspänners. In Piktupönen machten wir vor der Postagentur kurz Rast, um Tante Grete und Onkel Karl zu begrüßen. Tante Grete war leicht beleidigt, als wir ihre Einladung zu einem zweiten Frühstück ausschlugen und auch das Morgenschnäpschen dankend ablehnten, denn auf einem Bein wären wir bei ihr ganz gewiß nicht stehengeblieben. Auch sie war zu der Geburtstagsfeier eingeladen, aber sie wollte erst am Nachmittag zur Kaffeetafel aufkreuzen. Auf der Straße von Piktupönen in Richtung Wischwill ging es schon um diese frühe Morgenstunde so lebhaft zu, als ströme die halbe Bevölkerung des Memelgebietes einem Jahrmarktsfest entgegen. Und es waren zumeist auch nicht Einzelpersonen, sondern ganze Vereine, die zwei- und vierspännig dahinzogen, um den Geburtstag mitzufeiern. Viele von ihnen schon reichlich illuminiert, denn trocken war kaum eins von den Fahrzeugen unterwegs; wo man kein Fäßchen Bier mitführte, da ließ man zum Anfeuchten der Sängerkehlen die Kornflasche rundum gehen. –
Kurz und böse: Ich ließ mich von den Töchtern des Hauses, von denen eine, die hübsche Hermine, in meinem Alter war, trotz Onkel Walters dringenden Warnungen dazu verleiten, mich an ihren Lieblingslikör, ans Danziger

Goldwasser zu halten. Noch heute, nach fünfundfünfzig Jahren, verspüre ich beim bloßen Anblick einer Flasche mit in der klaren Flüssigkeit schwimmenden winzigen Goldplättchen ein beklommenes Gefühl, das vom Magen zur Kehle steigt und die Zunge trocken werden läßt. Ich verbrachte die beiden letzten Ferientage im Bett, aber nicht bei Onkel Walter in Pogegen. Bei ihm hatte ich für lange Zeit ausgespielt und durch mein schandbares Betragen nicht nur seinen Anzug, sondern auch die Familienehre besudelt. Denn bei dem gewiß gut gemeinten Versuch, mich zur Wiedererlangung meiner körperlichen und geistigen Kräfte aus seiner Rapsölflasche zu tränken, waren Rapsöl und Danziger Goldwasser fontänenartig aus mir heraus- und über ihn hinweggesprudelt. Das erfuhr ich allerdings von Tante Grete und Onkel Karl, die mich bis zur Abfahrt liebreich pflegten und auch dafür sorgten, daß mich Paul, einer der Pösche-Söhne, nach Tilsit kutschierte. »Ewig schade, Jungchen«, sagte Tante Grete beim Abschied, »daß du so früh schlapp gemacht hast. Du hättest dich an den Pillkaller halten sollen, da wäre dir das nicht passiert. Denn so eine Geburtstagsfeier wirst du nicht mehr erleben. Die hauen noch mindestens acht Tage auf die Pauke – als ob morgen die Welt untergeht...«
Tante Grete, die ihre Rundlichkeit nicht zuletzt dem Pillkaller verdankte – auf das Glas Aquavit legte man nach Art des Nikolaschka anstatt der Zitronenscheibe eine dicke Scheibe Leberwurst mit einem Klacks Mostrich – nein, Tante Grete war gewiß keine Prophetin, und doch mußte ich an ihre Worte denken, man habe Herrn Pösches Geburtstag gefeiert, als ob am nächsten Tag der Weltuntergang zu befürchten sei, als uns ein halbes Jahr später die Nachricht erreichte, daß die französische Besatzung des Memellandes über Nacht abgezogen war, daß die Litauer

das waffenlose Land im Handstreich besetzt und seine deutschen Bewohner davongejagt hatten. Sie wurden gezwungen, ihre Häuser und Höfe innerhalb von vierundzwanzig Stunden zu verlassen, mit einem Handgepäck pro Person, das zwanzig Kilo nicht übersteigen durfte. So kam Onkel Walter um seine Zigarettenfabrik. So erschienen Tante Grete und Onkel Karl eines Tages mit zwei armseligen Koffern bei uns. Und so verloren die Pösches ihren stattlichen Besitz und ihr Vermögen. Sie fanden in Metgethen Unterschlupf, in der Villa eines Königsberger Kaufmanns, der ihnen drei Zimmer abtrat. Es waren sieben Personen, der Vater Pösche und seine Frau, zwei Töchter und drei erwachsene Söhne, von denen der älteste sein Leben im Rollstuhl verbringen mußte; er war vor einigen Jahren bei einem Jagdspringen mit seinem Pferd so unglücklich gestürzt, daß er eine Querschnittlähmung davontrug. Seither fertigte er kunstvolle Handarbeiten an, stickte Tischdecken in Lochstickerei und Richelieu, die sogar Mutters ungeteilte Bewunderung fanden, verkaufte sie an ein Handarbeitsgeschäft in der Theaterstraße und hielt damit sich und seine Familie fürs erste über Wasser. Vater Pösche aber griff mit seinen beiden Söhnen und mit seinen Töchtern zur Sense, erwirkte die Erlaubnis, die Chausseegräben zwischen Metgethen und Königsberg abmähen zu dürfen, schloß mit dem städtischen Fuhrpark und mit einigen Speditionsfirmen einen Vertrag über die Belieferung mit Heu ab, gründete schließlich mit einem Pferdchen ein eigenes Transportunternehmen und kam in mühseliger Plackerei nach wenigen Jahren zu so viel Vermögen, daß er das Metgether Haus und einen Grund dazu kaufen konnte. Ich bewunderte ihn, und es zog mich immer wieder in das gastfreie Haus, natürlich auch zu der hübschen Hermine, vor allem aber zu dem blassen Mann im Rollstuhl, der völlig frei von Selbstmitleid sein Schicksal mit bewunderungswürdiger Gelassenheit trug. Wenn die Dämmerung hereinbrach und er die Hände vom Stickrahmen sinken ließ, griff er zu einem Buch, zu Hölderlin, den er besonders liebte, oder zum *Faust*, dessen beide Teile er auswendig zitierte.

»Weißt du«, sagte er in seiner breit singenden, fast ein wenig baltisch gefärbten Sprechweise, »ich war immer der Bücherwurm in der Familie. Deshalb wollten sie mich auch studieren lassen. Kurz vor dem Abitur passierte es. Mein Alter und die beiden Jungens hätten mit sich Schluß gemacht. Das ist ihre Art. Und ich verstehe sie. Ich verstehe auch, daß Paul mir den geladenen Revolver neben das Bett legte. Er hätte von mir den gleichen Liebesdienst erwartet. Aber ich hatte gerade im *Hyperion* zu lesen begonnen... Und da wollte ich weiterlesen. Und dann war doch noch so vieles, was mich erwartete. Ich weiß nicht, ob ich noch lange machen werde, aber solange die Augen und die Hände mich nicht im Stich lassen, freu ich mich auf jeden neuen Tag.«

Es muß eine richtige Alkoholvergiftung gewesen sein, mit der man mich damals an Herrn Pösches Geburtstag nach Piktupönen schaffte und in der Postagentur ins Bett steckte. Noch in Bartenstein fragten sie mich, ob ich krank sei oder ob ich nichts zu essen bekommen hätte, und als ich erzählte, was bei Tante Grete auf den Frühstückstisch kam und daß man dort den Tilsiter dick mit Butter bestrich und fürs Brot aß, da schluckte Vater schwer an seinem Speichel und kam zu dem bündigen Schluß, daß ich mich einfach überfressen hätte. Großmutter wollte ganz genau wissen, wie es Onkel Walter, Tante Miekchen und

den Kindern ginge, und um ihr nicht das Herz schwer zu machen, erzählte ich ihr, daß Tante Mieke mit den Jungen über Ostern zu ihren Eltern nach Bremen gefahren sei und daß die Witwe Jendrosch Onkel Walter und mich versorgt habe. Zum Glück nahm sie mich nicht allzu streng ins Verhör, denn sie stand noch genauso wie Mutter unter dem Schock der schrecklichen Dinge, die sich während meiner Abwesenheit sozusagen unter unserem Dach abgespielt hatten, denn schließlich bildeten Land- und Amtsgericht mit dem dazwischenliegenden Gefängnistrakt eine Einheit. Kurz nach Ostern hatten drei Strafgefangene, von denen nur einer noch etwas länger als ein Jahr abzubrummen hatte, den Aufseher unter dem Vorwand, den Kübel leeren zu müssen, in ihre Gemeinschaftszelle gelockt, hatten ihn mit ihren Holzpantinen erschlagen, waren aus dem Gefängnis entwichen und durch die Tür, durch die die Gefangenen zur Verhandlung geführt wurden, ins Amtsgerichtsgebäude gekommen und durch das Fenster neben unserem Klo in die Freiheit entsprungen. Einer von ihnen, der mit dem Mord an dem Aufseher nichts zu tun hatte, stellte sich noch in der gleichen Nacht der Polizei, einer von den Mördern wurde schon am nächsten Tag gefaßt und der dritte drei oder vier Tage später. Die beiden wurden zum Tode verurteilt und bald darauf hingerichtet.
Daß Mutter seit dieser Nacht, sobald die Dämmerung hereinbrach, sich nicht einmal in Vaters Begleitung aufs Klo zu gehen getraute, sah sogar Vater ein. Aber ob das der eigentliche und letzte Grund war, daß er seine Rückversetzung nach Königsberg betrieb, ist zu bezweifeln. Er stand vor dem Eintritt in das siebente Jahrzehnt seines Lebens. Nach den Königsberger Hungerjahren hatte Bartenstein schließlich gehalten, was er sich von der Umsied-

lung in die kleine Stadt für sein leibliches Wohlergehen versprochen hatte. Obwohl er kein Gesellschaftsmensch war, wenig Humor und keine Spur von Unterhaltungstalent besaß und solche Gaben auch nicht von anderen verlangte, vermißte er hier doch seinen Mittwoch-Stammtisch bei Amende gegenüber dem Tiergarten-Haupteingang, wo er in der Gesellschaft von einem halben Dutzend Kollegen im Winter drei Glas Grog und im Sommer fünf Tulpchen Ponarther getrunken und über die Tagesereignisse von Punkt acht Uhr bis Punkt zehn Uhr geklönt hatte. In Bartenstein fand er, wohl altersbedingt, keinen rechten Anschluß, und in der Weinstube von Freinatis gab es vielleicht noch für alteingesessene Geschäftsleute einen Schoppen Rotwein oder einen Schnaps, aber nicht für Zugereiste, die außerdem nichts zu kompensieren hatten – nicht einmal einen Witz oder eine saftige Anekdote. Da ihn der Präsident in Königsberg nur ungern hatte ziehen lassen, war er sicher, daß seiner Rückversetzung keine Hindernisse in den Weg gelegt würden.

Ja, die Zeit des Hungers lag eine Weile hinter uns, sie lag hinter uns, obwohl die Inflation ihrem Höhepunkt entgegentrieb und auch schlechte Rechner zwang, mit Milliarden und bald darauf sogar mit Billionenbeträgen fertig zu werden. Erstaunlicherweise verkauften nicht nur Bäcker, Fleischer und Kolonialwarenhändler ihre Produkte gegen ein Geld, dessen Wert nicht nur von Tag zu Tag, sondern von Stunde zu Stunde sank, auch die Textilgeschäfte wie Nelson, Munter oder Isakowski hielten die Stücke, die sie gelegentlich hereinbekamen, nicht im Lager zurück. Im Schuhgeschäft Feuerabend kaufte Mutter mir meine ersten Halbschuhe, echtes Leder mit echten Ledersohlen, und zahlte dafür zweihundertvierzig Milliarden Mark. Wahrscheinlich wurden die Kaufleute mit der Inflation genausowenig fertig wie die Eltern und wie Großmutter, die es einfach nicht fassen konnte, über Nacht Milliardärin geworden zu sein, und der es, als der ganze Spuk vorüber war, genausowenig in den Kopf gehen wollte, daß die schönen Scheine mit ihren neun oder gar zwölf Nullen hinter der Eins plötzlich Makulatur sein sollten, gerade wert, um damit den Lokus zu tapezieren.

In einem sportlich geschnittenen Noppenanzug mit gefältelten Außentaschen und einem breiten Rückengurt, den neuen gelben Halbschuhen, lila Socken, Hochwasserhosen und einer blauen Zopfschleife von Kätchen als Schlips konnte ich mich beim Sonntagsbummel auf dem Markt als Elegant fühlen. Das einzig Störende dabei war, daß ich die schon leicht verschossen hellblaue Mütze nunmehr ins zweite Obersekundaner-Jahr hineintragen mußte und insgeheim die Furcht nicht los wurde, die gleiche Mütze noch ein drittes Jahr tragen zu müssen – wenn mir das durch einen Gnadenerlaß gewährt wurde. Die anfängliche Hoffnung, bei der Wiederholung des gleichen Pensums das Klassenziel mit Glanz und Gloria zu schaffen, sank bald in Asche zusammen. Was nützten die guten Noten in Fächern, in denen ich schon immer gut abgeschnitten hatte, wenn in meinem Schädel dort, wo sich Zahlen und Formeln speichern sollten, einfach ein Vakuum war, das sich jedem Versuch, es aufzufüllen, hartnäckig widersetzte. Die Sache mit dem Horror vacui stimmte bei mir keinesfalls. Was gaben sich Kurt, Paulchen und Alfred mit mir für Mühe, mir wenigstens die elementarsten Grundbegriffe zur Lösung einer einfachen Gleichung einzutrichtern oder die Benutzung der Logarithmentafel zu erklären – sie gaben es als hoffnungslos auf und sahen ein, daß mein Hirn für Mathematik vernagelt war. Wer es leider nicht einsah, war Herr Studienrat Bluhm, der Mathematiker. Er weigerte sich beharrlich, an das Vakuum in meinem Schädel zu glauben, behauptete stur, ein gewisser Sinn für Mathematik lasse sich selbst bei Vollidioten, die in Kortau in der Gummizelle säßen, nachweisen, und ließ sich die Überzeugung nicht nehmen, daß mein Versagen nur in meiner bodenlosen Faulheit zu suchen sei, die höchstens noch durch die Frechheit meines Betragens ihm gegenüber übertroffen werde. – Nun, um die Stunde, in der wir bei ihm eine Klassenarbeit schrieben, nicht ganz ungenutzt vorübergehen zu lassen, füllte ich mein Heft mit Versen …

Er war ein kleiner Mann mit einem unverhältnismäßig großen Kopf und hatte eine charakteristische Art, seine Hände so in die Jackentaschen zu stecken, daß die Daumen draußen blieben. Befriedigten ihn die Antworten auf seine Fragen, so blieben die Daumen lose nach unten gerichtet, stotterte man, so begannen die Daumen sich aufzurichten und sanken erst wieder herab, wenn man sich der richtigen Lösung näherte, oder hoben sich steil nach oben, wenn die Antwort danebenging. Mich aufzurufen oder an die Tafel zu zitieren, hatte er längst aufgegeben, aber mein bloßer Anblick genügte schon, um seine Daumen steil nach oben schnellen zu lassen. – Er kam in die Klasse, die Hefte mit der letzten schriftlichen Arbeit unterm Arm. Der Primus hatte wieder eine fehlerlose Arbeit abgeliefert und bekam sein Heft mit einer fast zärtlich zu nennenden Geste zurück. Dann wurden Worte und Gesten weniger liebenswürdig, bis er die letzten, mangelhaft oder ungenügend benoteten Arbeiten mit einem Ausdruck unsäglichen Ekels auf die Bänke schleuderte. Ein Heft hatte er zurückbehalten. Er griff danach, als zöge er es aus der Latrine eines in Frankreich kasernierten Zuavenregiments.

»Und nun hören Sie sich an, wie einer von Ihnen die gestellten Aufgaben gelöst hat. Mit Versen ... falls man von Versen sprechen kann ...

> Mit gelben Birnen hänget
> und voll mit wilden Rosen
> das Land in den See ...

Ich wiederhole: Das Land hängt in den See – unglaublich!

> ihr holden Schwäne
> und trunken von Küssen
> tunkt ihr das Haupt
> ins heilignüchterne Wasser ...«

Die Klasse begann zu kichern.
»Hört sich ganz wie Schiller oder Goethe an, nicht?« sagte Herr Bluhm und brach in ein kurzes Gewieher aus. »Da tunken also die Schwäne besoffen von Küssen die schweren Köpfe ins heilignüchterne Wasser ... Also wahrhaftig, blödsinniger geht es wohl nicht ...«
Ich erhob mich langsam und verbeugte mich höflich: »Entschuldigen Sie die Unterbrechung, Herr Studienrat ...«
»Setzen Sie sich, Sie Unflat!« brüllte er mich an.
Ich setzte mich nicht. Ich grinste ihm ins Gesicht und fuhr eisig höflich fort: »Sie tun mir zuviel Ehre an, Herr Studienrat. Das Gedicht, das Sie soeben zur Erheiterung der Klasse vorgetragen haben, stammt leider nicht von mir, sondern von Friedrich Hölderlin – falls Ihnen der Name etwas sagt ...«
Die Klasse verstummte plötzlich, nur einer begann zu kichern wie eine kieksende Klarinette. Er war ziemlich spät

in den Stimmbruch gekommen. Das Gesicht von Herrn Bluhm färbte sich grau, sein Kinn zitterte, er starrte mich aus glitzernden Augen an; ich lächelte verzeihend und hob die Schultern, wie um zu sagen, es sei zwar bedauerlich, aber wiederum auch verständlich, daß er als Mathematiker in den Schriften von Euler und Gauß besser zu Hause sei als im Werk Hölderlins ... Und dann lief er nicht nur rot an, sein Kopf schwoll auf, als würde er im nächsten Moment platzen. Aber er platzte nicht. Mit einer Stimme, die richtig eingefroren klang, zischte er mich an, ich möge mich setzen, wandte mir den Rücken zu und stapfte aufs Katheder. Hinter mir wisperte jemand: »Du blöder Hund, jetzt hast du bei dem endgültig verschissen.« – Das brauchte mir niemand zu sagen, das wußte ich selber, aber ich hatte, als ich die Geschichte inszenierte, auch insofern richtig kalkuliert, daß Herr Bluhm nicht zum Chef laufen und von ihm verlangen würde, mich rauszuschmeißen. Dabei hätte er sich bis auf die Knochen blamiert. Er konnte mir nicht mehr antun, als was er mir bislang angetan hatte, bei meinem Anblick die Mundwinkel angewidert zu verziehen und die Daumen nach oben zu stellen. Aber er tat nicht einmal mehr das, ich war für ihn von Stund an einfach nicht mehr vorhanden, äußerst übel riechende Luft sozusagen. Nie wieder habe ich einen Menschen so gehaßt wie diesen Pauker. In Träumen, die sich durch Jahre hinzogen, habe ich ihn ermordet, vergiftet, gepfählt und unter phantastischen Foltermaschinen lustvoll zu Tode gemartert – und ich habe, als ich ihm – von ihm nicht erkannt – fünfzehn Jahre später auf einer Fahrt von Königsberg nach Allenstein zufällig im gleichen Zugabteil begegnete, fast fluchtartig das Abteil gewechselt, um nicht in Versuchung zu geraten, ihn während der Fahrt an die frische Luft zu befördern ...

Um diese Zeit warf ein Ereignis seine Schatten voraus, das uns länger als ein halbes Jahr in Atem halten sollte. Unser kleines Bauernbubengymnasium bereitete die Feier seines fünfzigjährigen Bestehens vor. Herrn Schott aus Groß-Golupken plagte der Ehrgeiz, nach dem ›Schobbäng‹, der zu Ehren der Toten und Gefallenen des Gymnasiums gespielt werden sollte, auch noch einen Satz aus einer Beethoven-Symphonie zu Gehör zu bringen. Am liebsten hätte er die ganze Neunte mit Chor und Orchester zur Aufführung gebracht, aber Ottokar Tichauer und Ernst Schmittat gelang es, ihn davon zu überzeugen, daß er mit den vorhandenen Kräften kleinere Brötchen backen müsse, und so entschied man sich für das Andante aus der Zweiten. Das gab für die Klarinetten ganz hübsche Aufgaben. Zu Hause dudelte ich meinen Leuten die Ohren bis zum Nervtöten voll, und wenn sie mich rauswarfen, ging ich zu Plaumanns, um dort weiterzuüben. Das nun hatte Vater Plaumann nicht allzu gern, denn er war ein musikalischer Mann, der bei falschen Tönen zusammenzuckte, und das konnte, wenn er einen Kunden gerade unter dem Messer hatte, üble Folgen haben. –

Unser Chef Dr. Kröhnert, glühender Gräcist, hatte die Absicht, zur Krönung des Festes *Die Perser* von Aischylos in griechischer Sprache aufführen zu lassen. Er begann die Rollen bereits zu verteilen, aber da die beiden Primen nur aus sechs oder sieben Männerchen bestanden, von denen zudem noch der dicke Sahlmann und der zwergenhaft kleine Hans Bartlikowski – mit dem Spitznamen Maus – seinen Erwartungen weder als Sprecher noch als Schauspieler genügten, sah er sich gezwungen, auf die Sekunden zurückzugreifen. Dort wiederum haperte es mit den griechischen Sprachkenntnissen so erheblich, daß er sich schweren Herzens dazu entschließen mußte, die Tragödie in einer deutschen Fassung über die Bühne gehen zu lassen. Die schwierige, an das Gedächtnis hohe Anforderungen stellende Rolle des Unglücksboten, der der Königinmutter die Nachricht ihres Sohnes Xerxes bei Salamis und den Bericht der Schlacht zu überbringen hatte, bekam Ernst Schmittat. Atossa, die Mutter des Xerxes, zu spielen, wurde mir übertragen. Die Kostümierung der hohen Frau bereitete keine Schwierigkeiten, dazu genügte eins von Mutters Bettlaken. Die Krone bastelten Quartaner unter Anleitung von Zeichenlehrer Riedel aus Draht und bronzierter Pappe zusammen; die funkelnden Edelsteine stammten aus einem ausrangierten Kristall-Lüster.

Eine Aischylos-Aufführung an einem humanistischen Gymnasium war nur recht und billig. Aber warum nicht auch eine Komödie des Plautus oder Terenz? Dr. Stock, unser Latinist, der als Kriegsandenken ein steifes, krummes Bein mitgebracht hatte, kam mit seinem Vorschlag nicht durch, vielleicht, weil man die Texte erst einer gründlichen chemischen Reinigung hätte unterziehen müssen. Dafür fand der Vorschlag des Germanisten Dr. Hennig die Billigung des Chefs, als freundlichen Farbtupfer und sozusagen als Satyrspiel nach der Tragödie Lessings *Schatz* aufzuführen, ein heiteres Stückchen von bescheidenem Umfang, dessen Szenen wohl mehr als Hobelspäne denn als ernsthafter dramatischer Versuch von Lessings Schreibtisch gefallen waren. Mich bestimmte Dr. Hennig für die Rolle des pfiffig durchtriebenen Dieners Maskarill.

Chopin, Beethoven, Aischylos und Lessing, und überall dabei, das war genug, um ein halbes Jahr lang jede freie Stunde zu füllen. Daß die Schule dabei völlig flachfiel, bereitete mir einige Sorgen, aber als geborener Optimist hielt ich die Hoffnung aufrecht, es im letzten Anlauf doch noch zu schaffen. Schmerzlich war, daß sich auch Kätchen von mir vernachlässigt – und vielleicht auch überfordert fühlte, und mir nach heftigen Auseinandersetzungen den Laufpaß gab. Ich hätte die Trennung sicherlich schneller überwunden, wenn derjenige, mit dem ich sie bald darauf zum Schützenpark und zum Stadtwäldchen promenieren sah, nicht ausgerechnet ein Bursche aus meiner Klasse gewesen wäre, den ich für einen Fatzke hielt und noch nie hatte leiden können. Daß ich ihn verprügelte und zum nächsten Rendezvous mit verschwollenen Lippen schickte, gewann mir Kätchens Neigung nicht zurück. Im Gegenteil. Sie schickte mir Hamsuns *Victoria* ohne ein Wort und ohne eine Zeile durch die Post zurück. Darauf packte ich die *Zwei Menschen* ein, strich die Widmung aus und ersetzte sie durch zwei Worte: Blöde Ziege!

Das war das bittere Ende der ersten großen Liebe. Ich fürchte, daß ich ihr ein wenig zu stürmisch gewesen bin. Vielleicht hatte ich auch von Kätchen etwas gewünscht, was sie mir zu geben hartnäckig verweigerte, so daß hinter den bitterbösen Abschiedsworten Caliban hervorlugte, der über seine enttäuschten Erwartungen Gift und Galle spie ...

Die Wochen, die uns von dem Schuljubiläum trennten, vergingen wie im Fluge. Alfred Klahr wirkte in den *Persern* im Chor der Greise mit. Als ich ihn zu einer der letzten Proben abholen wollte, kam er mir über den Hof mit einer dick verbundenen linken Hand entgegen. Er hatte sich eine Viertelstunde zuvor beim Holzspalten mit dem Beil in den Daumen gehauen. Das Blut suppte durch den Verband. »Warst du damit beim Doktor?«

»Ach wo, so schlimm ist es nicht. Meine Mutter hat die Wunde mit essigsaurer Tonerde ausgewaschen und verpflastert.«

»Kommst du zur Probe mit?«
»Was denn sonst!« sagte er und trabte auch schon neben mir her. Er wollte die erste Bühnenprobe nicht versäumen, denn die Bühne war in dem großen Raum, der sich an den rückwärtigen Teil der Aula anschloß, am Tag zuvor endlich fertig geworden. An den Kulissen und am Vorhang wurde noch gearbeitet. Der tüchtige Herr Schott, der schon bei der Beschaffung der Instrumente für das Orchester sein großes Organisationstalent bewiesen hatte, war auch für die Errichtung der Bühne, des Vorhangs, der Kulissen und für die benötigten Kostüme mit Spendenlisten unterwegs gewesen. Wichtiger als die Spendierfreude der Bürgerschaft mit Geldzuwendungen war, daß sich auch einige Handwerker bereit erklärt hatten, anfallende Arbeiten unentgeltlich auszuführen.
Dr. Stock, ein beliebter Mann, dem man sich gern anvertraute, wenn man innerhalb oder auch außerhalb der Schule in einer Klemme steckte, vertrat den vielbeschäftigten Chef häufig bei den Proben. Zuweilen kam auch Herr Bohlmann, Feuilletonredakteur bei der ›Königsberger Allgemeinen Zeitung‹ und mit Dr. Stock seit gemeinsamen Studienjahren befreundet, auf einen Sprung nach Bartenstein herüber, um die Herren bei der Regie zu unterstützen. Dr. Stock war ganz gewiß ein ausgezeichneter Altphilologe, aber mit seinem Regietalent war nicht allzu viel los; es war ein Glück, daß er sich seines Freundes Bohlmann entsonnen hatte. Der brachte uns auf Schwung, vor allem auf dem Höhepunkt der Tragödie, der Botenszene: »Nein, Mann, nein!« flehte er Ernst Schmittat an, »Sie kommen ja auf die Bühne, als ob Sie 'ne Kneipe suchen. Aber Sie haben tausend Kilometer zu Pferde hinter sich. Ihnen wackeln die Knie, verstanden? Und Sie wakkeln Ihnen außerdem, weil Unglücksboten am persischen

Königshof befürchten müssen, daß man ihnen die Rübe abhackt. Also – nach dem Hufgeklapper hinter der Bühne schwanken Sie zwei oder drei Schritte auf die Königin zu, ringen nach Luft, heben die Hand, als blende Sie der Glanz der Krone, sinken dann in die Knie und kriechen ihr die letzten Schritte entgegen, mit eingezogenem Genick, als spürten Sie das Henkersschwert schon im Nacken. Also los! Noch einmal von vorn: ›Oh, der gesamten Erde Asiens Städte ihr! Oh persisches Gebiet ...‹«

Schmittat taumelte zum zehnten oder zwölften Mal auf die Bühne, kroch mir entgegen und begann seinen Bericht zu stammeln, die Schilderung der Vernichtung der persischen Armada vor Salamis und des Großkönigs schmähliche Flucht. Ich, Königin Atossa, des Großkönigs Mutter, vernahm die Unglücksbotschaft wie gelähmt, in starrem Entsetzen, preßte die linke Hand auf das Sockenpaar, das meinen Busen füllte, hob den Blick gen Himmel, öffnete den Mund wie eine tragische Maske, stöhnte auf ...

»Nein, nein, nein!« stöhnte Herr Bohlmann, »Menschenskind, Sie sind doch nicht Frau Kakschies aus der Tragheimer Pulverstraße, der ein Schutzmann die Nachricht bringt, daß ihr Mann vom Gerüst gefallen ist! Sie sind Atossa, die Mutter des Königs! Die mächtigste Frau im Perserreich! Und Sie sind eine große Dame! Und große Damen greifen nicht nach ihrer Brust – so was haben die gar nicht – und sie machen keine Augen wie ein abgestochenes Kalb, und am allerwenigsten stöhnen sie! Eine Königin bewahrt vor allem Haltung! Lassen Sie Ihre Umgebung spüren, daß der Verlust der Flotte Sie genausowenig zu erschüttern vermag wie der Tod von hunderttausend Seeleuten und Soldaten. Was Sie interessiert, ist das Befinden des Königs! Denken Sie an das Bulletin Napoleons nach dem Verlust seiner Armee in Rußland: Das Befinden

Sr. Majestät war nie besser. – So denkt und handelt man als König – und deshalb kriegen Völker ihre Kaiser und Könige zuweilen satt und schicken sie aufs Schafott oder in die Verbannung.«

Dr. Stock räusperte sich scharf; sein zerschossenes Bein war für ihn kein Grund, Republikaner zu werden, und auch der Präses vom ›Bund nationaler Gymnasiasten‹ maß Herrn Bohlmann mit düsteren Blicken. Einzig der Chef, als Platon-Verehrer mit einem vollen Becher demokratischen Öles gesalbt, ließ seinen schütteren Bart bei solchen Bemerkungen durch die Hand gleiten und konnte sein Entzücken nicht verbergen. Ich aber bemühte mich, königlich, damenhaft und hoheitsvoll zu versteinern, zu schreiten und auch im Unglück königliche Würde zu wahren.

Alfred Klahr hielt die lange Probe eisern durch. Der schwierige Text des Chors mit den zahllosen Namen der persischen Satrapen und Heerführer wollte nicht klappen und erforderte immer neue Wiederholungen ...

»Bitte noch einmal!

Derart, Amistres, Arthaphrenes auch
Megabates und Astaspes im Feld ...«

Spät erst bemerkte Dr. Stock den blutigen Verband um Alfreds Hand, aus dem es rot auf die Bretter tropfte.

»He, Klahr, was ist mit Ihnen los? Kommen Sie direkt aus Salamis oder aus Plataiai?«

»Weder – noch, Herr Doktor, mir ist beim Holzmachen das Beil ein bißchen danebengerutscht.«

»Waren Sie beim Arzt?«

»Der Daumen ist noch dran ...«

»Haben Sie Schmerzen?«

»Sind auszuhalten ...«

»Na, Sie müssen es ja wissen.«

Als ich ihn drei Tage später abholen wollte, sagte mir seine Mutter, er fühle sich nicht so richtig wohl und hätte sich gleich nach der Schule zu Bett gelegt. Und von den Rindsrouladen zu Mittag hätte er auch nur eine Gabel voll gegessen. Mir war an ihm am Vormittag nichts Besonderes aufgefallen, außer, daß er mir sein Pausebrot überlassen hatte, hausgemachte Leberwurst zwischen zwei Scheiben Schwarzbrot. Ich hatte sie ihm mit Vergnügen abgenommen, ohne lange zu fragen, was ihn zu diesem großzügigen Angebot veranlaßte.
»Er hat wohl ein bißchen Fieber«, sagte Frau Klahr, »und Halsschmerzen hat er auch. Was wird es schon sein? Eine kleine Verkühlung. Der Doktor Höfer hat schon vor Jahren gesagt, wir sollen ihm die Mandeln rausnehmen lassen.«
Ich lief auf einen Sprung zu ihm hinauf. Er hatte sich unter dem Dachboden eine kleine Bude eingerichtet; sie war recht sparsam möbliert, ein Bett, ein Schrank, ein Regal mit Büchern, und an der Wand über seinem Bett hingen um zwei gekreuzte Säbel seine alten Pennälermützen von der Sexta bis zur Sekunda herum. Er sah ein bißchen fiebrig aus, auch das Sprechen schien ihm Schwierigkeiten zu bereiten. Er bekam die Zähne nicht richtig auseinander ...
»Na, Dicker, was ist los mit dir? Das wird doch nicht von der Wunde kommen?«
»Ach Quatsch! Morgen bin ich wieder auf dem Damm. Ich habe beim Holzmachen wie ein Pavian geschwitzt, und der Wind zog ziemlich kalt um die Ecke. Du weißt ja, ich hab's immer gleich mit den Mandeln ...«
»Und was macht die Hand?«
Er streckte sie mir entgegen: »Das sah im ersten Moment schlimmer aus, als es war. Die Wunde suppt überhaupt nicht mehr und heilt schon zu.«

Ja, der kleine Verband war sauber, und am Arm deutete nichts darauf hin, daß da etwa eine Blutvergiftung im Anzug sein könnte.

»Also, edler Greis, dann mach es gut.«

Er grinste mir zu, und ich hörte seine Zähne klappern: »Im Chor mache ich auf jeden Fall mit! Aber bestell dem Schott, daß die Flöte ausfällt.«

Ich ging. Unten fragte mich Frau Klahr, wie es dem Alfred ginge. Ich sagte, daß eine Blutvergiftung wohl nicht zu befürchten sei...

»Ich wollte ihn ja zum Doktor schicken, aber mein Mann hat was gegen die Doktors. Die Kosten... Na ja, wer rennt schon gleich zum Arzt, wenn er sich beim Kartoffelschälen in den Finger schneidet...«

Ja, unsere Väter waren sparsame Leute. In dieser Hinsicht gab meiner dem Vater von Alfred nichts nach. Es war noch keine vier Wochen her, daß Mutter sich eine ziemlich grobe Häkelnadel in den Daumenballen gejagt hatte. Ihre Versuche, die Nadel mit dem Widerhaken herauszuziehen, gab sie bald auf, denn da hätte sie wohl einige Muskelfasern und Sehnen mitgezogen. Aber deswegen zum Arzt? Vater sah sich die Sache an, kaute ein bißchen an seinem Schnurrbart und sagte: »Nun beiß mal für 'nen Moment die Zähne zusammen, Linchen«, und bevor Mutter dazu kam, einen Schrei auszustoßen, hatte er ihr bereits die Nadel vollends durch das dicke Fleisch getrieben und mit einem kurzen Ruck herausgezogen. »Na also«, sagte er befriedigt, »das hätte der Doktor auch nicht anders gemacht, aber dafür hättest du mindestens zehn Mark blechen müssen.«

Am nächsten Tag wurde Alfred Klahr ins Krankenhaus eingeliefert, und fünf Tage später war er tot. Tetanus. Ein qualvolles Ende. Am Donnerstag wurde er auf dem Friedhof an der Rastenburger Chaussee beerdigt. Die ganze Schule folgte dem Sarg. Superintendent Nietzki hielt die Trauerandacht. Herr Schott schlug die Stimmgabel gegen einen Grabstein, hielt sie ans Ohr, gab den Ton, und der Chor stimmte das ›Integer vitae‹ an. Dann sprach der Chef mit bewegter Stimme, daß die Götter früh zu sich nähmen, wen sie liebten, flocht einige Verse aus Schillers Nänie in seine kurze Rede, und dann senkten sie den Sarg in die Grube.

Ich kann mich nicht daran erinnern, daß der Konfirmationsunterricht und die Konfirmation selber bei einem von uns einen nachhaltigen Eindruck hinterlassen haben. Den Unterricht, der hauptsächlich aus dem Auswendiglernen von Katechismus, Bibelstellen und Kirchenliedern bestand, empfand man wie jeden Unterricht als lästige Pflicht und die Konfirmation als ein Ereignis, das man über sich ergehen lassen mußte, weil es nun einmal so Brauch war. Wir befanden uns in dem Alter, in dem wir nicht nur unsere Väter mit kritischen Augen betrachteten und ihre Autorität in Frage stellten, wir waren gerade dabei, alle Götter von ihren Postamenten zu stürzen. Wir lasen *Zarathustra* und Haeckels *Welträtsel*, und sie bestätigten uns, was wir längst geahnt hatten, daß Gott eine Pfaffenerfindung und die Erschaffung der Welt als ein Akt göttlichen Willens reine Ammenmärchen waren. Und da redete nun der eine von den beiden alten Schwachköpfen bei diesem sinnlosen Tod von Gottes Güte, an der man nicht zweifeln dürfe, wenn auch seine Absichten dem menschlichen Verstand verborgen blieben, und der andere beschwor die Götter Homers herauf und tat gerade so, als ob Alfred so jung in den Olymp abberufen worden sei, um Ganymed als Mundschenk abzulösen. Himmelarschundwolkenbruch, eine Spritze Tetanus-Serum zur rechten

Zeit, und der Chef hätte sich keine Sorgen zu machen brauchen, drei Tage vor dem Jubiläum einen Ersatz für den Chorführer zu finden, genausowenig Sorgen wie der alte Schott, wer nun beim Chopin und beim Beethoven die zweite Flöte blasen sollte.

Mehr noch als Alfreds qualvolles Ende erschütterte mich der Gedanke, wie leicht er zu retten gewesen wäre. Ich wurde das Bild nicht los, wie ich ihn bei unserer letzten Begegnung fiebernd in seiner kleinen Bude angetroffen hatte, und mich quälten Schuldgefühle, aus Leichtsinn und Gedankenlosigkeit für seinen Tod mitverantwortlich zu sein. Ich hätte Alfreds Mutter wenigstens zureden sollen, den Arzt zu holen, auch hinter dem Rücken des Alten, wenn es dem um die drei oder fünf Mark ging, die der Dr. Höfer für seinen Besuch liquidiert hätte. Mich machte der Kummer richtig krank, ich bekam Fieber und Durchfall, der Magen streikte, ich verkroch mich ins Bett und heulte mich aus – und es geschah das kleine Wunder, daß sie mich in Ruhe ließen. Es muß Vater ungeheuer schwergefallen sein, mich nicht aus dem Bett zu scheuchen und notfalls am Kragen in die Schule zu schleifen. Gefühle zu zeigen war ihm ein Greuel, bei sich genauso wie bei andern. Zum Glück ahnte er nicht, daß ich fest entschlossen war, die ganze Festveranstaltung platzen zu lassen.

Vielleicht ahnte es unser Dr. Stock, als er mein Fehlen in seiner Lateinstunde bemerkte. Er beauftragte Kurt Reske, sich auf den Weg zu machen und zu erkunden, weshalb ich zu Hause geblieben sei. Was Kurt von seinem Besuch zu berichten wußte, muß ihn sehr beunruhigt haben, denn am frühen Nachmittag stapfte er mit seinem krummen und steifen Bein in meine Bude, setzte sich zu mir aufs Bett und hörte sich ruhig an, was ich ihm zu sagen hatte.

»Ihnen haben also die Reden am Grabe Ihres Freundes

Klahr nicht gefallen«, stellte er schließlich fest und massierte sich das schmerzende Kniegelenk, »um ehrlich zu sein, mir auch nicht. Aber das ist wohl nicht allzu wichtig. Was dich wirklich bedrückt, mein Junge, ist das Gefühl, etwas versäumt zu haben, was deinen Freund hätte retten können. Das verstehe ich nur zu gut. Denn auch mich quält seit dem Tage, an dem er ins Krankenhaus eingeliefert wurde, der Gedanke, mich nicht genug um ihn gekümmert zu haben. Damals auf der ersten Bühnenprobe wechselte ich mit ihm wegen seiner Verletzung ein paar Worte. Vielleicht hast du sie mitbekommen. Er nahm die Sache auf die leichte Schulter – und ich auch. Dabei hätte ich es besser wissen müssen, denn am Starrkrampf sind im Feld und in den Lazaretten mehr Männer draufgegangen als an ihren Verwundungen. Nun, damals rissen Granatsplitter Stoffetzen und Dreck in die Wunden. Und hier – ein blankes Beil... Trotzdem, ich hätte darauf dringen müssen, daß er einen Arzt aufsuchte.« Er erhob sich mühsam, hüstelte scharf und fuhr mir mit der Hand durch den Scheitel: »Man versagt immer wieder – aus Trägheit, aus Gedankenlosigkeit, das ist bedrückend. Aber vielleicht lernt man daraus für die Zukunft, die Verantwortung seinen Mitmenschen gegenüber ernster zu nehmen...« Er sah mich aus seinen klugen braunen Augen sekundenlang schweigend an, nickte mir zum Abschied zu und stapfte, das Bein schwerer als sonst nachziehend, zur Tür: »Was ich noch sagen wollte, ach ja – mach dir um die Feier keine Sorgen. Sie kann natürlich nicht abgesetzt werden. Viele Gäste sind schon hier und viele unterwegs. Irgend jemand wird die Rolle der Atossa lesen – und den Maskarill im Schatz werden wir auch irgendwie über die Bühne bringen.«

Eine knappe Stunde später saß ich neben Plaumann, der

die erste Klarinette blies, im Orchester. Der alte Schott schlug wieder einmal mit dem Taktstock gleichschenklige Dreiecke in die Luft, als teile er mit einem schweren Säbel furchtbare Hiebe aus, und brüllte, während ihm der Schweiß in hellen Bächen in den Kragen lief, über das Orchester hinweg den beiden Tuba-Bläsern mit ihren riesigen Instrumenten zu: »Furzt rein, Leute, furzt rein, daß die Wände wackeln!«
Es war die Generalprobe. Sie klappte so gut, daß Herr Bohlmann mit dem Knöchel des Mittelfingers dreimal gegen die Bühnenbretter klopfte und das Genick einzog, als mache er sich nun aufs Schlimmste gefaßt. Der nächste Tag war schulfrei, denn im Festprogramm war etwas vorgesehen, was man heute einen ›Tag der offenen Tür‹ nennt. Die Schule stand den Vormittag über den Gästen und vornehmlich natürlich jenen offen, die ihre Bänke gedrückt hatten. Und sie waren in Scharen gekommen. Die Hotels waren überfüllt, die meisten Gäste hatten in Privatquartieren Unterkunft gefunden. Mutter hätte auch gern jemand bei uns aufgenommen, aber den Weg zum Klo konnte man nun wirklich keinem Gast zumuten. Das Festprogramm begann am Sonnabendnachmittag mit einer Ehrung der für das Vaterland gefallenen Lehrer und Schüler des Gymnasiums. Die Aula war gerammelt voll. Ganz vorn unter den Ehrengästen saßen drei würdige Herren, die vor fünfzig Jahren in die Sexta des neugegründeten Gymnasiums eingetreten waren, hier ihr Abitur gemacht hatten und Zeugnis dafür ablegen konnten, daß das Rüstzeug, das ihnen unsere Schule für den Lebensweg mitgegeben hatte, von bester Qualität war; der eine hatte es zum Obermedizinalrat, der zweite zum Reichsbankdirektor und der dritte gar zum Landgerichtspräsidenten gebracht. Na bitte!

Mit dem Glockenschlag drei zog Herr Folgmann, unser Hausmeister, den Vorhang hoch, der die Bühne vom Zuschauerraum trennte. Das Orchester, zweiundvierzig Mann stark, das Blech auf Hochglanz poliert, wartete in strammer Haltung auf den Dirigenten. Den Hintergrund bildete die Kulisse zu den *Persern*, das quadergefügte Grabmal des Darius, das Zeichenlehrer Riedel kunstvoll aus Pappe aufgetürmt hatte. Der alte Schott, der seit Stunden Blut und Wasser schwitzte, trat in einem neuen Cutaway, aber mit völlig durchgeweichtem Eckenkragen an das Dirigentenpult, hob den Taktstock und gab mit einem Hieb, als zöge er auf der Mensur seinem Gegner eine fürchterliche Quart über den Schädel, den Einsatz zum Schobbäng. Die Augen und Ohren der großen Festversammlung im Rücken spürend, schwoll ihm der Kopf furchterregend an, und seine Augen rollten wild, als stände er kurz vor einen Schlaganfall. Aber er war eine zähe Natur und entschwand, als nach dem letzten Ton des Trauermarsches herzlicher Beifall aufbrandete, als gäbe ihm der dicke Kopf wie ein Ballon Auftrieb, wie auf Wolken wandelnd von der Bühne.
Diese betrat nun im feierlichen Gehrock mit schwarzen Seidenaufschlägen, nachdem das Orchester abgetreten war, gemessenen Schrittes unser Chef, Direktor Dr. Kröhnert. Nach der Begrüßung der Ehrengäste, unter denen sich Landrat v. Gottberg und Bürgermeister Hoffmann befanden, nach der Begrüßung der ehemaligen Schüler, Bürger und Freunde des Gymnasiums forderte er die Versammelten auf, sich zu einer Schweigeminute zum Gedenken der Toten und Gefallenen von den Plätzen zu erheben. Danach stand er sekundenlang stumm sinnend und den Blick durch den goldgefaßten Kneifer in weite Fernen gerichtet, als käme ihm die Eingebung direkt von

der Akropolis oder vom Olymp herab, und setzte aus dem Gedächtnis in der Sprache des Perikles mit der berühmten Rede an, die jener vor den Bürgern Athens zu Ehren der Gefallenen des Peloponnesischen Krieges gehalten hatte. Diese Rede aus dem Jahre 448 scheint zum Repertoire von Gymnasialdirektoren gehört zu haben, denn bei der Trauerfeier für die Gefallenen des Fridericianums hatte ich sie schon aus dem Mund unseres Geheimrates vernommen. Man erzählt von Joseph Kainz, seine Stimme sei so modulationsfähig gewesen, daß er seine Zuhörer selbst beim Verlesen eines Adreßbuches zu Tränen rühren konnte. Unser Chef muß diese Gabe in hohem Grade besessen haben, denn nicht nur die Altphilologen unter seinen Zuhörern, nein, auch der Viehhändler Grudde und Drogist Ollhoff lauschten der Rede in tiefer Ergriffenheit und wischten sich die Augen, als der Chef nach Beendigung seiner Deklamation den Kneifer von der Nase nahm und sich mit dem blütenzarten Tuch, das er aus dem Gehrockärmel zog, tiefbewegt die Augen betupfte. – Das Largo von Händel, von Walter Tichauer auf dem Cello vorgetragen, setzte den weihevollen Schlußpunkt unter die Totenehrung.

Inzwischen herrschte in dem Physiksaal hinter der Aula Hochbetrieb, denn hier warteten, zum größten Teil bereits kostümiert und geschminkt, die Akteure der *Perser* auf ihren Auftritt. Herr Plaumann, der sich auch bei den Theateraufführungen des Kaufmannsvereins als Maskenbildner betätigte, war gerade damit fertig geworden, den Darstellern des Greisenchores weiß wallende Bärte anzukleben. Sie drängten sich wie eine Versammlung von Weihnachtsmännern in eine Ecke des Raums. Diejenigen Darsteller, die im Orchester mitgewirkt hatten, schlüpften eiligst in ihre persischen Gewänder, und mir verpaßte

Herr Plaumann eine eisgraue Perücke, auf der er die schwere Krone mit Nadel und Faden festzurrte. Dr. Stock versuchte Ruhe zu verbreiten, aber auch ihn hatte das Premierenfieber gepackt, er hüpfte mit seinem kurzen Bein von Gruppe zu Gruppe und gab, während auf der Bühne Studienrat Westphal mit ›Herr, deine Güte reicht so weit‹ brillierte, letzte Regieanweisungen.
Nun, wenn die Aufführung nur halb so gut wie der Beifall war, den man uns spendete, dann war es die beste Aufführung eines griechischen Tragikers, die je über eine deutsche Bühne gegangen war. Es gab so viele Vorhänge, daß Herr Folgmann ins Schwitzen geriet. Der Chef strahlte vor Stolz und Wohlwollen, kam hinter die Bühne und schüttelte jedem Darsteller persönlich die Hand: »Das habt ihr großartig gemacht, Kinder, – das werde ich euch nicht vergessen!« – Aber durfte man ihn, wenn es darauf ankam, wirklich beim Wort nehmen? Leider lag zwischen seinen Worten und der Versetzung in die Prima noch ein langes, langes halbes Jahr.

Es machte mich nicht wenig stolz, in den Berichten über das Jubiläum des Gymnasiums bei der Würdigung der ›überdurchschnittlichen Leistungen der jungen Darsteller‹ meinen Namen nicht nur in dem Bartensteiner Blättchen, sondern in einem Artikel von Herrn Bohlmann auch in den Königsberger Zeitungen zu entdecken. Kein Wunder, daß ich den Entschluß faßte, Schauspieler zu werden. Wochenlang trug ich eine Miniaturausgabe des *Faust* in der Größe jener winzigen Wörterbücher, deren Benutzung bei Klassenarbeiten streng verboten war, ständig mit mir herum und lernte ihn vom Vorspiel bis zum letzten Wort – Stimme, von innen verhallend: Heinrich – Heinrich … – auswendig, um für alle Rollen, und wenn es sein mußte,

auch für das Gretchen, gerüstet zu sein. Einem Bewerbungsschreiben an das Königsberger Schauspielhaus, das damals noch in der Passage an der Königstraße spielte, legte ich neben einem kurzen Lebenslauf die Zeitungsausschnitte bei, gestand freimütig, daß mir die Penne bis zum Halse stände und daß ich keinen größeren Wunsch hätte, als meine schauspielerische Laufbahn im Ensemble des Schauspielhauses beginnen zu dürfen. – Es muß dem Sekretär des Intendanten ein diebisches Vergnügen gemacht haben, meinen Brief zu beantworten. Mir zitterten die Hände, als ich sein Schreiben vierzehn Tage später öffnete. Er teilte mir mit höflichem Bedauern mit, daß die Rolle des Charakterdarstellers mit Herrn von Beneckendorff leider gerade besetzt worden sei und daß auch der jugendliche Held sowie die Chargen langfristige Verträge hätten, so daß sich die Intendanz zu ihrem Bedauern gezwungen sähe, meine Bewerbung vorerst abzulehnen, zumal der Etat des Theaters eine Doppelbesetzung nicht erlaube. Die Zeitungsausschnitte lege er für eventuelle weitere Bewerbungen an Berliner oder Hamburger Bühnen zu seiner Entlastung bei. – In meiner Arglosigkeit zeigte ich den Brief stolz herum und erntete, da die Freunde und Kameraden Ironie den Paukern, nie aber dem Sekretär eines Theaterintendanten zutrauten, nicht Spott und Gelächter, sondern eine fast respektvolle Bewunderung. Dabei beeindruckte sie wohl am meisten die Tatsache, daß ich entschlossen gewesen war, den Schulkrempel hinzuschmeißen und notfalls von daheim durchzubrennen.
In diesen Tagen begegnete ich bei dem Sonntagsbummel auf dem Markt Hermann Schmiedeke. Wir kannten uns nur flüchtig, denn er war zwei Jahre älter als ich und hatte die Schule vor zwei Jahren mit dem Einjährigenzeugnis verlassen. Eine Lehre als Dentist hatte er nach kurzer Zeit

abgebrochen, weil ihn anderer Leute Zähne anekelten. Seit einem Jahr besuchte er die Kunstgewerbeschule in Königsberg, um Grafiker zu werden. Sein Vater war in Bartenstein Volksschullehrer. Wir waren schon einige Male ins Gespräch gekommen und uns dabei fast jedesmal in die Wolle geraten. Ich hielt ihn für einen Angeber. Namen wie Kandinsky, Macke, Nolde und van Gogh, von denen ich noch nie etwas gehört, geschweige denn gesehen hatte, gingen ihm geläufig über die Zunge. Mutter besaß eine Spitzweg-Mappe und war längere Zeit auf die schmalen Monografien eines Kunstverlages abonniert gewesen, der in Abständen von zwei Monaten ziemlich scheußliche Reproduktionen von Böcklin, Franz von Stuck, Lenbach, Leibl, Makart und Slevogt herausbrachte, Namen, die Schmiedeke mit einer verächtlichen Handbewegung vom Tisch fegte. Nun, von der Malerei verstand ich zuwenig, um ihm widersprechen zu können. Aber daß er den Namen von Storm mit Veilchen auf Vanillensoße verband und Löns einen Feld-Wald-und-Wiesenheini nannte, empörte mich zutiefst. Gerhart Hauptmann, den ich verehrte, ließ er unter Vorbehalten gerade noch gelten. Wenn schon Hauptmann, dann war Carl sein Mann. Und ins Schwärmen geriet er, wenn er auf die Lyriker Heym, Trakl und Benn oder auf die Dramen von Hasenclever, Sternheim, Wedekind und Kaiser zu sprechen kam, von denen ich keine blasse Ahnung hatte, denn Herr Stringe von der Buchhandlung war mehr für die solide Literatur, und die hörte bei ihm bald nach Fontane auf, gerade, daß er noch Dehmel, Liliencron und die Buddenbrooks gelten ließ. In der Schule hörten wir nicht einmal von denen etwas, denn genauso, wie wir im Geschichtsunterricht bei den Befreiungskriegen stehengeblieben waren, waren wir im Deutschen über Kleist nicht hinausgekommen, und daß uns

Herr Hennig ausgerechnet die *Hermannsschlacht* zur Lektüre empfahl, konnte uns für Kleist nicht begeistern. Daß Hermann seine Thusnelda immer Thuschen nannte, fanden wir zum Schreien komisch.

Aber vielleicht hätte Hermann Schmiedeke mich nicht davon zu überzeugen vermocht, daß ich weit hinter dem Mond lebe, wenn im Bartensteiner Wochenblatt nicht von Zeit zu Zeit Gedichte eines Hermann Fabricius erschienen wären, Verse und freie Rhythmen mit schwerer Gedankenfracht, der ich nur mit Mühe zu folgen vermochte, aber von einem Wohllaut der Sprache, der mich entzückte und um den ich diesen Herrn Fabricius glühend beneidete.

»Du hast einen Brief von der Intendanz des Schauspielhauses bekommen, habe ich gehört«, sagte Schmiedeke, nachdem er sich mir beim Heimweg angeschlossen hatte. Ich trug das Schreiben – durchaus nicht zufällig – in der Tasche.

»Ich habe den Brief zufällig dabei..«

»Kann ich ihn mal sehen?«

»Warum nicht...?«

»Sage einmal«, fragte er, nachdem er den Brief gelesen hatte, »bist du so naiv oder so blöd, daß du nicht merkst, daß der Kerl dich furchtbar auf den Arm genommen hat? Oder glaubst du im Ernst, die warten auf einen Burschen, der nicht einmal richtig sprechen gelernt hat?«

»Erlaube mal...!«

»Pluster dich bloß nicht auf! Ich habe mir die *Perser* und auch den *Schatz* angesehen, und ich hätte am liebsten Scheiße geschrien. Es war grausiger Dilettantismus. Und dazu euer Astpreißisch! Mensch, in Mannheim oder in Köln hätten sie geglaubt, ihr führt den Aischylos griechisch auf.«

»Redest du vielleicht anders?« schrie ich ihn an.
»Natürlich nicht, aber ich habe ja auch nicht die Absicht, zur Bühne zu gehen. Mir fällt es schon schwer genug, die Rolle durchzustehen, die ich im alltäglichen Theater spiele.«
»Fabricius ...« grinste ich und zog mein Notizbuch mit den Versen aus der Tasche, die ich aus der letzten Nummer unseres Wochenblättchens ausgeschnitten hatte.

»so spiel ich meine Rolle, steh sie durch
und lausch den eignen Worten als ein Fremder,
und lote ihre Wirkung, oft genug bestürzt,
was in der Dunkelheit ...«

»Sowas schneidest du aus?« unterbrach er mich kopfschüttelnd.
»Warum sollte ich nicht? Die Verse dieses Fabricius sprechen mich an. Hast du schon etwas von ihm gelesen?«
»Kannst du die Schnauze halten?« fragte er.
»Natürlich kann ich. Aber warum soll ich?«
»Hermann Fabricius«, sagte er, »und nun denk einmal nach. Faber heißt der Schmied. Unter Fabricius stelle ich mir so was wie ein Schmiedchen vor, einen Schmiedeke vielleicht ...«
»Mensch«, sagte ich atemlos, »du willst doch nicht etwa behaupten, daß dieser Hermann Fabricius ...«
»Deine Intelligenz ist umwerfend. Du kommst einfach auf alles.« Wir hatten das Heilsberger Tor passiert und näherten uns einer Seitenstraße, an deren Ende seine Eltern ein Haus in einem großen Obstgarten besaßen. – »Nun mach den Mund endlich zu«, sagte er und klopfte mir auf die Schulter, »ich biege hier ab. Hinein ins traute Familienle-

ben. Ins pünktliche Sonntagmittag-Schweinebraten-Abenteuer. Es kotzt mich an. Zum Glück nur alle vierzehn Tage. Kennst du meinen Alten?«

»Ich glaube nicht...«

»Sei froh. Hoffentlich unterscheidet sich deiner von ihm.«

»Ich glaube kaum, wenigstens nicht, wenn es um die Sonntagmittag-Schweinebraten-Pünktlichkeit geht.«

»Ich muß morgen früh wieder weg. Aber wir könnten uns heute nachmittag treffen, wenn es dir recht ist...«

Fabricius – ich konnte es noch immer nicht fassen: »Gern, aber wo?«

»In der Weinstube vom ›Bartensteiner Hof‹. Sie haben dort einen recht anständigen Mosel...«

»Ich kann es mir nicht leisten, dort einem Pauker zu begegnen.«

»Mach dir doch nicht in die Hosen. Da ist am Nachmittag kein Schwanz. Und schließlich bist du in Gesellschaft eines Erwachsenen.«

»Da ist noch etwas«, sagte ich zögernd; »ich habe gerade noch vierzig oder fünfzig Mille in der Tasche. Das langt nicht einmal für einen Bleistift...«

»Ihr habt doch sicherlich ein paar silberne Löffel in der Schublade, wie?« fragte er und blinzelte mich an.

»Gehabt! Wir haben sie längst verfressen.«

»Dann werde ich sehen, was sich machen läßt. Also – um drei Uhr auf dem Markt.« Er tippte mit dem Zeigefinger einen Gruß an die Stirn und ließ mich stehen. Hermann Fabricius...! Wie er auf die Frage nach den silbernen Löffeln gekommen war, machte mir kein Kopfzerbrechen. Mich bewegte nur der Gedanke, daß er vor mir sein Geheimnis gelüftet hatte und mich für einen Menschen zu halten schien, den wiederzusehen es sich lohnte. Er war mir in jeder Beziehung turmhoch überlegen. Neben ihm

kam ich mir unreif und tölpelhaft vor. Für meine Gedichte konnte ich mich nur schämen. Das war schlechter Aufguß von Heines Liebesfrühling. – Seine Ausdrucksweise und seine schleppende Stimme, die ich zuerst als arrogant und abstoßend empfunden hatte, erschienen mir plötzlich genauso reizvoll und nachahmenswert wie seine Art, das Haar zu tragen. Unter Verzicht auf den Scheitel kämmte er es glatt nach hinten und ließ es über dem Nacken in einem sorgfältig ausrasierten Henkerschnitt enden.
Zehn Minuten vor der verabredeten Zeit zog ich die erste Runde um den Markt. Meine Geduld wurde auf eine harte Probe gestellt, denn es war zwanzig nach drei, als er mir endlich entgegenkam; aber nicht aus der Richtung, aus der ich ihn erwartet hatte, er schlenderte aus der Rastenburger Straße kommend auf mich zu.
»Entschuldige die Verspätung«, sagte er leichthin, »ich hatte noch etwas zu erledigen.« Er langte in die Hosentasche und zog ein ziemlich dickes Bündel mit großen Scheinen hervor: »Das reicht für mehrere Pullen ...« Er schob das Geld wieder ein und griff nach meinem Arm: »Also komm, das Fest kann beginnen.«
Die Weinstube im Keller des Hotels war um diese Stunde tatsächlich leer. Wir waren die einzigen Gäste und nahmen am Ende des Lokals in einer Nische Platz, in der ich mich sicher fühlen konnte, selbst wenn es einem Herrn vom Lehrkörper einfallen sollte, hier zu einem Dämmerschoppen aufzukreuzen. Als der Ober kam, sagte der große Fabricius nichts als: »Dasselbe wie gestern gehabt.« Der Ober verschwand, Hermann Schmiedeke bot mir eine Zigarette an, und ich bewunderte sein Auftreten und die Lässigkeit, mit der er seine Wünsche äußerte. »Du scheinst hier Stammgast zu sein ...?«
»Seit einiger Zeit«, sagte er und gab mir Feuer.

»Dir scheint es nicht schlechtzugehen. Verdienst du mit der Grafik schon so viel?«
»Ach was«, sagte er mit einem kleinen Grinsen, »ich lebe à la Grabbe...«
»Das mußt du mir schon erklären.«
»Kennst du Heines Memoiren nicht? Ich meine das Fragment seiner Memoiren...«
»Ich habe seine Gedichte und das Wintermärchen gelesen.«
»Immerhin – das ist mehr, als ich erwartet habe.«
Ich begann mich zu ärgern: »Du scheinst mich für ziemlich zurückgeblieben zu halten, wie?«
»Aber nein, aber nein«, sagte er, »ich weiß, daß du lesen kannst. Das bringt man ja jedem von uns bei. Die Frage dabei ist nur, ob dich jemals ein Steißtrommler bei der Auswahl deiner Lektüre richtig beraten hat. Es kommt nämlich dabei auf die Qualität und nicht auf die Quantität an...«
»Also spucks schon aus!« knurrte ich ihn an, denn er hatte mit seiner Bemerkung einen wunden Punkt getroffen, und allmählich brachte mich die Art, wie er mir seine Überlegenheit zeigte, in Rage.
Der Ober kam mit der Flasche, er schenkte in das Glas des großen Fabricius einen Probeschluck, der kostete den Wein, schien zufrieden und nickte dem Ober zu. Der füllte unsere Gläser und zog sich zurück.
»Ach ja, die Geschichte mit Grabbe. – Nun, Heine erzählt in seinen Memoiren – zur Ehrenrettung von Grabbes Mutter, von der es hieß, sie sei eine Säuferin gewesen und habe den Sohn mit Branntwein großgezogen –, daß Grabbes Mutter dem Sohn ihr kostbar gehütetes Silberzeug auf den Lebensweg mitgegeben habe. Als Heine ihm begegnete, hatte Grabbe bereits den Goliath, den großen

Schöpflöffel, versoffen und sah düster in die Zukunft, da ihm nur noch einige wenige Kaffeelöffelchen geblieben waren. Und dann eine Bemerkung, wie sie eben nur Heine machen konnte: Der gute Grabbe konnte viel vertragen und er wäre nicht gestorben, weil er trank – er trank, weil er sterben wollte. Er starb durch Selbsttrunk.«
»Hübsch, das ist wirklich hübsch, aber was hat das mit dir zu tun? Möchtest du mir das erklären?«
»Ich habe eine kleine Erbschaft gemacht. Ein Goliath ist leider nicht dabei. Und leider bin ich mit den Eßlöffeln auch schon am Ende. Wir vertrinken gerade das letzte Stück. Mit den wenigen verbliebenen Kaffeelöffelchen werde ich bedeutend kürzertreten müssen. – Bist du nun zufrieden?« Er hob das Glas und trank mir blinzelnd zu, die Zigarette hing ihm im Mundwinkel, und der Rauch stieg vor seinem linken Auge in einem dünnen Faden empor.
»Du bist wirklich ein Hund!« sagte ich hingerissen.
»Ich nehm's als Kompliment.«
Dann tranken wir die Flasche leer, und noch eine, und noch eine dritte. Dazwischen unterhielten wir uns, der große Fabricius zitierte eigene Gedichte und entwarf auf der Rückseite einer Speisekarte einen Leseplan für mich. Ich fand ihn am nächsten Tag in meiner Tasche. In dem umfangreichen Register waren einige Namen mehrfach unterstrichen, Novalis, Mörike (Maler Nolten!), E. T. A. Hoffmann, Kleist (Novellen!), Hölderlin, Grabbe, Büchner. Büchner dreifach unterstrichen und mit drei Ausrufezeichen versehen. Es war ein volles Jahresprogramm ...
Aber nach dieser feuchten Begegnung sah ich den großen Fabricius monatelang nicht mehr. Einmal flüchtig am Bahnhof, aber da hatte er es eilig. Und dann entdeckte Hausmeister Folgmann den Einbruch im Gymnasium. Im

Dachgeschoß gab es einen Raum, an dessen Tür ein Schild mit der Aufschrift ›Heimatmuseum‹ hing. Der gleich zu Anfang des Krieges gefallene Vorgänger unseres Chefs hatte dieses Museum gegründet und darin gesammelt, was der alte Bartengau an Bodenfunden hergab, vom Steinbeil bis zu den Flinten und Säbeln napoleonischer Soldaten, die in der Schlacht bei Preußisch Eylau gefallen waren. Dazu Münzen aus der Ordenszeit, mittelalterliche Urkunden mit großen Wachs- und Bleisiegeln, bäuerlichen Hausrat und bürgerliche Möbel aus vergangenen Epochen. Unser Chef hatte die Sammlung fortgesetzt, mit seinem aufs Universelle gerichteten Geist aber erweitert, so daß man dort nun auch Knickerschirme aus dem Biedermeier neben einem Zylinderhut des Bismarcksohnes Wilhelm, der eine Zeitlang als Regierungspräsident in Königsberg gewirkt hatte, besichtigen konnte. Den Schlüssel zu dem Raum besaß der Chef. Er verwahrte ihn in einer Schublade seines Schreibtisches und holte ihn gelegentlich hervor, wenn die Bitte um Besichtigung der musealen Schätze an ihn herangetragen wurde. Das geschah selten, denn der alte verstaubte Kram interessierte uns wenig; wenn uns die Besichtigung reizte, dann deshalb, weil der Raum in früheren Zeiten als Karzer gedient hatte, für unbotmäßige Pennäler, die sich dort mit Zeichnungen und Sprüchen an den Wänden verewigt hatten.

> Hier hab vier Stunden ich gesessen
> hab dein gedacht, du holdes Kind
> und hab im Träumen ganz vergessen
> daß ich im Karzer mich befind.

Dazu fehlte natürlich das von Pfeilen durchbohrte Herz ebensowenig wie die Initialen des Delinquenten und seiner Angebeteten.

Die Diebe hatten das einfache Schloß mit einem Dietrich geöffnet und mitgenommen, was ohne Mühe zu transportieren und bei Sammlern und Antiquaren leicht abzusetzen war. Beile aus der älteren und jüngeren Steinzeit, zwei frühe Bibeln, die alten Urkunden mit den seltenen Siegeln und die wertvolle Münzsammlung. Da auch die Königsberger Zeitungen über den Diebstahl berichteten, meldete ein Antiquariat, daß zwei junge Männer die Bibeln zum Verkauf angeboten hätten. Es dauerte dann kaum zwei Wochen, daß die Diebe gefaßt wurden. Es waren zwei Schüler der Kunstgewerbeschule – und der eine von den beiden war der große Fabricius. Natürlich war die Geschichte tagelang das Stadtgespräch. Da ich im Freundeskreis von dem Zechgelage im ›Bartensteiner Hof‹ erzählt hatte, getraute ich mich kaum noch auf die Straße, denn es war auch herausgekommen, womit Hermann Schmiedeke dieses und andere Gelage finanziert hatte – mit dem Silberbesteck seiner Mutter, das er nach und nach verkauft hatte. Ob man meinen Beteuerungen, daß ich von der Herkunft der Löffel keine Ahnung gehabt habe, Glauben schenkte, möchte ich bezweifeln. Kurt Reske meinte jedenfalls, er wäre nicht so dämlich gewesen, auf die Geschichte von der Erbschaft hereinzufallen.
Tagelang lief ich mit dem Gefühl herum, einen schweren Schlag auf den Schädel abbekommen zu haben. Ich konnte es einfach nicht begreifen, wie ein Mensch von seiner Intelligenz solch eine völlig idiotische Tat begehen konnte. Ein Kerl, der die englischen Kronjuwelen aus dem Tower gestohlen oder einen Banktresor um eine Million beraubt hätte, hätte mir noch einen gewissen Respekt abgenötigt. Es war der dumme und schäbige Diebstahl, der mich für den großen Fabricius Scham empfinden ließ, und noch elender fühlte ich mich, als ich erfuhr, daß er mit seinem

Komplizen nach Bartenstein überstellt worden war, um hier in der Untersuchungshaft auf seinen Prozeß zu warten. Wir lebten also unter einem Dach, und es war durchaus möglich, daß ich ihn vom rückwärtigen Korridorfenster hinter einem der Gitter des Gefängnistraktes entdecken konnte.
Der Prozeß fand drei Monate nach seiner Festnahme statt. Er lockte mehr Publikum an als die beiden Mörder, die den Aufseher umgebracht hatten und hier zum Tode verurteilt worden waren. Die Verhandlung war kurz, das Urteil lautete auf ein Jahr Gefängnis. Ein ehemaliger Bartensteiner Pennäler, der als Referendar am Prozeß teilgenommen hatte, erzählte, daß Hermann Schmiedeke außer zu Angaben zu seiner Person in der Untersuchungshaft genauso wie vor Gericht zur Sache selbst hartnäckig geschwiegen und das Urteil starr und völlig unbewegt entgegengenommen habe. Ich nahm an, daß ihn die Scham über seine Dummheit zum Verstummen gebracht hat.
Wochen und Monate vergingen, in der Stadt sprach längst schon kein Mensch mehr über diese Geschichte und über den Fall Schmiedeke, nur ich konnte ihn nicht vergessen, denn mich quälte der Gedanke, daß er sozusagen auf Rufweite in meiner Nähe lebte. Ein Jahr hinter Gittern ... Wie konnte er das mit seinem beweglichen Geist durchhalten? Ich will nicht sagen, daß ich darauf hoffte, daß ich aber darauf gefaßt war, eines Tages zu erfahren, daß er sich in seiner Zelle erhängt oder auf irgendeine andere Art ums Leben gebracht hatte. Nichts dergleichen geschah. Und genau ein halbes Jahr nach seiner Verurteilung erhielt ich in einem grauen Umschlag mit dem Stempel der Gefängnisverwaltung und auf grauem Papier einen Brief, in dem er mir munter und mit ungebrochenem Lebensmut mit-

teilte, daß es ihm den Umständen entsprechend gutgehe und daß er die soeben erhaltene Schreiberlaubnis ausnutze, sich zuerst mit mir in Verbindung zu setzen. Da er nun auch Leseerlaubnis bekommen habe, bat er mich, ihm drei Bücher zu besorgen und bei der Gefängnisverwaltung für ihn abzugeben: Kant *Kritik der reinen Vernunft*, Nietzsche *Jenseits von Gut und Böse* und Schopenhauer *Die Welt als Wille und Vorstellung*. – Er habe das Gefühl, sich bislang mit der falschen Lektüre beschäftigt zu haben, und halte es für dringend notwendig, denken zu lernen. Sein kurzes Schreiben schloß ›mit den besten Grüßen von Haus zu Haus!‹ Und eigentlich war es diese Frechheit, die mich entwaffnete. Ich besorgte ihm die Bücher aus der Stringeschen Antiquaria-Abteilung und lieferte für ihn im Verlauf der nächsten Monate noch einige andere in der Verwaltung ab, lauter schwere Kost, bei der ich schon an den ersten drei Seiten scheiterte.

Er scheint sich als Gefangener vorbildlich geführt zu haben, denn ihm wurden zwei Monate der Strafe zur Bewährung erlassen. Ein wenig enttäuscht, zugleich aber auch erleichtert, denn ich hätte meine Befangenheit bei der ersten Begegnung wohl kaum verbergen können, erfuhr ich, daß er die Stadt verlassen und es sogar vermieden hatte, seinen Eltern noch einmal zu begegnen. Er meldete sich auch in Zukunft bei mir nicht mehr. Zwei Jahre lang verlor ich ihn aus den Augen und fast auch aus dem Gedächtnis. Aber die erste schmerzliche Liebeserfahrung, der sinnlose Tod von Alfred Klahr und die sinnlose Tat von Hermann Schmiedeke hatten nicht nur die ersten Zweifel daran in mir aufkommen lassen, daß diese Welt die denkbar beste sei, auch das heitere Bild der kleinen Stadt, in der ich aus den Kinderschuhen herausgewachsen war und – bis auf die Schulsorgen – fünf glückliche Jahre verbracht hatte, begann sich zu trüben. Es war schon ein verdammt enges und kleines Nest. Die Stunden, die man im Sommer auf dem Fußballplatz am Schützenpark, beim Baden im Oberteich oder in der Alle verbrachte, füllten die Tage sowenig aus wie im Winter das Schlittschuhlaufen oder der tägliche Bummel zwischen Markt und Bahnhof.

Zugegeben, das Schützenfest, bei dem der Viehhändler Paul Grudde Schützenkönig wurde, war schon ein Ereignis, das Leben und Betrieb in die Stadt brachte. Unter den Schützenbrüdern, die aus der ganzen Provinz herbeiströmten, befand sich auch der Gastwirt Grigoleit aus Schippenbeil, ein Vierzentnermann. Das heißt, wenn sie ihn in Schippenbeil ins Zugabteil schoben, wog er ein paar Kilo darunter, und drei schiebenden und zwei ziehenden kräftigen Männern gelang es stets, ihn durch die enge Tür ins Abteil zu zerren. Aber wenn er dann vollgesoffen und vollgestopft in der Nacht die Heimfahrt antrat, mußte ein Viehwaggon angehängt werden, und sechs Männer hatten ihre liebe Not, den Dicken über eine Laderampe in den Waggon zu verfrachten. Ich hatte Vater überredet, sich den Festzug und den Dicken, der an der Spitze schnaufend mitmarschierte, anzusehen. Aber Vater schniefte nur verächtlich durch die Nase: »Und wegen dieser halben Portion läßt du mich hier herumstehen und Maulaffen feilhalten! Da hättest du einmal den Gastwirt Fromm aus Hohenstein erleben müssen. Das war ein Mann! Der wog sechs Zentner zwanzig und mußte den Bauch in Riemen über den Hals tragen, weil er ihm sonst über die Knie gerutscht wäre. Der saß an einem speziell für ihn angefertigten Tisch mit einem kreisrunden Ausschnitt und verputzte zum ersten Frühstück ein ganzes Spanferkel oder eine zwölfpfündige Gans. Und was der in einem Tag in sich hineinschlang, davon hätte eine sechsköpfige Familie einen Monat lang leben können. – Und als dann die Weltausstellung in Chikago stattfand, da hatten sie dort für den schwersten Mann der Welt einen Preis von 10 000 Dollar ausgesetzt. Wir alle haben dem Fromm wie einem kranken Pferd zugeredet, nach Chikago zu fahren und sich die zehntausend Dollar zu holen. Aber er meinte, um da konkurrieren zu können, müßte er noch mindestens einen halben Zentner raufpacken. Er gab sich auch alle Mühe, aber er brachte es nur auf sechs Zentner vierzig. Und dann kam die Nachricht, daß sich die 10 000 Dollar ein Männchen von Fünfzentnerachtzig geholt hatte. Das hat den Fromm so gewurmt, daß er sich erschießen wollte. So ein Filigranbürschchen – murmelte er immer wieder. Wahrhaftig, wir mußten sein Jagdgewehr wegschließen. Aber es nützte nichts, er grämte sich über die entgangenen 10 000 Dollar so, daß er ein halbes Jahr später starb. Es war furchtbar, den Mann zusammenrutschen zu sehen. Gerade, daß er noch fünf Zentner in den Sarg brachte.«

Wie gesagt, das Schützenfest war ein Lichtblick. Aber sonst? Da gab der Männergesangverein im Jahr einen Liederabend und als Höhepunkt im achtstimmigen Chor Eichendorffs ›Auszug der Prager Studenten‹. Nun weht schon durch die Felder der kalte Boreas …

Der Verein der Kaufmannsgehilfen brachte sogar den ›Vetter aus Dingsda‹ auf die Bühne. Den Vetter spielte der junge Mann von Kaufmann Thiel, bei dem ich bis zu einer Mark – in gutem Geld natürlich – Zigarettenkredit hatte. Und einmal kam sogar eine richtige Theatertruppe, bei der ein Dutzend Pennäler als Statisten mitmachen und Rhabarber murmeln durften. Sie spielten *Kolberg*, und der deutschnationale Parteisekretär Christofczyk klatschte begeistert Beifall, denn wenn anno achtzehn alle so durchgehalten hätten wie der alte Nettelbeck! Aber das rote Gesindel in Kiel und Berlin ...

Nein, allzuviel Abwechslung und Anregung gab es wahrhaftig nicht. Nicht einmal die Tatsache, daß der Dachstuhl unserer Penne eines Tages in Flammen aufging und daß Direktor Mollenhauer dem Kollegen Kröhnert sein Mädchenlyceum zum Unterricht zur Verfügung stellte, vermochte mich sonderlich zu trösten. Die Klassenzimmer im Lycealbau rochen ein bißchen anders als unsere, aber wer sich da durch Zettelbotschaften in den Tintenfässern und unter den Klappsitzen Abenteuer erhofft hatte, erlebte nur herbe Enttäuschungen.

Nachdem sich der Feuerkopf Grzybowski auf Gymnasialwanderschaft begeben hatte, da er bei der Zulassung zum Abitur über die alten Sprachen gestolpert war, schlief der von ihm gegründete Bund nationaler Gymnasiasten allmählich ein; er behielt noch eine Weile seine alte Firmierung, entfernte sich aber stark von seinen ursprünglichen Zielen. Schon von seinem Gründer nach streng studentischem Komment geführt, entwickelte er sich unter den wechselnden Nachfolgern zu einem kleinen Saufverein mit dem hehren Ziel, deutsche Jünglinge zu jener Trinkfestigkeit zu erziehen, die nächst dem Bekenntnis zu Ehre, Treue und Vaterland im Katalog der Mannestugenden durchaus nicht an letzter Stelle stand. Da der Besuch von Lokalen ganz allgemein verboten war, zogen wir die Kommerse in der Hinterstube der Buchholzschen Kneipe am Markt ab und überließen Hänschen Buchholz, dem Sohn und Erben, mitunter das Präsidium. Er hatte im Gymnasium ›bis auf Quarta studiert‹, fühlte sich hochgeehrt, wenn er den Schläger auf den Tisch hauen und Silentium gebieten konnte, und spendierte dann Korn und Kümmel und gelegentlich eine Büchse Würstchen, die er dem Alten aus dem Keller klaute. Oder wir zogen hinter dem Heilsberger Tor in die Kneipe von Steffens, der zwei bildhübsche, aber recht spröde Töchter hatte, die auf die Winterschüler und auf die in der ehemaligen Unteroffiziers-Vorschule einquartierten Polizei-Anwärter eine magnetische Anziehung ausübten. Im besten Ruf stand diese Kneipe nicht, denn in einem mit Plüschmöbeln ausgestatteten Hinterzimmer wirkten zwei hübsche und zumeist mollige Kellnerinnen, die aber nur Gäste mit erheblichen Barmitteln bedienten. Solch eine Kellnerin, ein üppiges Riesenweib, gab es auch bei Kaufmann Thiel in einem Nebenraum seiner Kneipe, der von der allgemein zugänglichen Lokalität streng abgesondert war. Als unser Studienrat Müllner, ein Zwerg wie Perkeo, aber an Durste riesengroß, der wegen Trunkulenz von Königsberg nach Bartenstein strafversetzt worden war, eines Tages mit bandagierten Handgelenken in der Schule erschien, ging das Gerücht um, das Riesenweib bei Thiel habe ihn bei einem allzu stürmischen Annäherungsversuch an den Handgelenken gepackt und ihm dabei die zarten Knöchelchen gebrochen.

Die Verbindungen zu den alten Königsberger Freunden waren im Verlauf der Zeit abgerissen. Nur Alfred Kleiber schrieb mir hin und wieder ein paar Zeilen, und er war auch der einzige, den ich bei den sehr seltenen Fahrten nach Königsberg besuchte. Von ihm erfuhr ich, daß nur noch wenige aus dem engeren Kreis die Schulbank drückten, die meisten hatten die Penne mit dem Einjährigen verlassen und waren als Lehrlinge bei Banken oder wie er selber im Getreidegroßhandel untergekommen. Alfred lernte bei der Firma Larski, deren Junior mit uns auf der

Tertia gesessen hatte. Der war als Schüler ein fürchterlicher Versager gewesen und mit sechzehn oder sogar siebzehn Jahren fraglos der älteste Tertianer, den es je auf dem Fridericianum gegeben hatte. Während wir noch mit kurzen Hosen herumliefen, trug er bereits Anzüge und Hüte nach der neuesten Mode, spielte Tennis und führte seine Tennis- und sonstigen Damen ins feudale Weinhaus Jedwill an der Steindammer Kirche aus. Einmal begegneten wir ihm auf der Brahms-Brücke, als ich mit Mutter vom Markt kam und ihr half, die schweren Taschen mit Kartoffeln und Gemüse zu schleppen. Larski kam uns an der Seite einer hübschen jungen Dame entgegen und zog vor Mutter höflich den Hut.

»Wirklich«, keuchte Mutter und setzte ihre Markttaschen ab und schaute den beiden nach, »ein netter junger Lehrer, den du da hast.«

»Nee«, sagte ich, »der sitzt mit mir auf Quarta.«

»Du immer mit deinen Albernheiten...« sagte Mutter.

In der Gesellschaft von Alfred Kleiber begegnete ich Larski wieder, als ich zwischen Weihnachten und Neujahr eine Woche bei Else verbringen durfte. Alfred hatte auf einem litauischen Frachter während eines Hafenarbeiterstreiks gestaut und ein paar Lat in der Tasche, die so gut wie Dollar waren, während wir an die Billionen heranmarschierten. Er lud mich großzügig ins Café Plouda ein und spendierte mir ein kleines Bier. In einer Ecke der Konditorei saßen um einen runden Tisch ein halbes Dutzend junger Kerle, übertrieben elegant ausstaffiert, mit knöchelengen Jimmyhosen, die zum Hintern übermäßig breit anstiegen, damit man die dicken Banknotenbündel in den Gesäßtaschen unterbringen konnte. Der Ober servierte ihnen in winzigen, hochstieligen Silberbecherchen lilafarbenen Likör. Einer von den Kerlen, der unentwegt

Petit fours in sich hineinstopfte und wie das Bildnis des Dorian Gray einige Jahre nach dem Mord an Basil Hallward aussah, erinnerte mich an jemand, ohne daß ich ihn unterzubringen wußte. Am kleinen Finger seiner fetten Hand blitzte ein erbsengroßer Brillant, und zwei kleinere Brillanten versprühten ihr Feuer in seinen Manschettenknöpfen. An dem Tisch ging es um ein Papier wie an einem besonders turbulenten Tag an der Börse zu, sie rissen es sich aus den Händen, brüllten Zahlen in die Gegend, die selbst dem an Milliardenbeträge gewöhnten Ohr astronomisch klangen – und dann war es der Brillantenheini, der sie alle überbot, das Papier an sich riß und in seiner Brusttasche verschwinden ließ.

»Was haben die bloß?« fragte ich, »was soll das ganze?«

»Es geht um einen Waggon Lokuspapier, der irgendwo auf dem Güterbahnhof steht...«

»Und das Papier?«

»War der Frachtbrief. Aber sag einmal, kennst du das fette Schwein nicht, das das Rennen gemacht hat?«

»Das Gesicht kommt mir irgendwie bekannt vor...«

»Mensch, es ist unser Larski.«

»Das gibt's doch nicht...«

»Das gibt's!«

Unser Larski... Mit seinem aufgeschwemmten Gesicht und mit den fetten Hüften sah er wie ein Bierabschmecker von der Ponarther Brauerei aus und gerade so, als ob er seinen dreißigsten Geburtstag schon vor längerer Zeit gefeiert hätte.

»Aber wart nur ab«, zischte Alfred Kleiber mir zu, »mit diesen Schiebern und mit diesem verdammten Judenpack räumen wir bald auf! Wir sind jetzt nämlich völkisch, meine Alten und ich. Deutsch völkisch!«

»Und ich dachte, ihr wäret Guttempler oder Blaukreuzler

– das hast du mir doch neulich geschrieben...«
»Da haben sie uns rausgeschmissen – das heißt, sie haben meinen Alten rausgeschmissen. Er hatte nämlich die Grippe erwischt. Und da hat meine Mutter ihm, bevor sie zur Erbauungsstunde gingen, einen Grog eingegeben – rein als Medizin, ich schwör es dir! Aber einer von den Brüdern hat seine Fahne gerochen, und da haben sie ihn ziemlich unchristlich an die frische Luft gesetzt.«
»Und was seid ihr jetzt?«
»Deutsch völkisch und nationalsozialistisch! Oder willst du etwa sagen, daß du noch nie etwas von Hitler gehört hast?«
Ich mußte gestehen, diesen Namen noch nie gehört zu haben.
»Mann, wo lebst du eigentlich? Auf dem Mond? Hitler, Mensch, Hitler! Merk dir den Namen, denn von dem wirst du noch allerhand zu hören bekommen!«
Oder war der Name Hitler und etwas von dem Programm der Nationalsozialisten doch schon nach Bartenstein gedrungen? Komisch, da hatte sich ein Bursche von der Landwirtschafts-Winterschule bei uns anzuwanzen versucht, der den Namen Kohn trug, ein Junkertyp mit Breecheshosen und einem grünen aufgeschlagenen Jägerhut, der mir durch die blöde Art aufgefallen war, in der er sich hackenklappend vorstellte: »Jestatten, Kohn – kein Jude! Nationalsozialist!«
Weder auf dem Friedrichskolleg noch auf der Bartensteiner Penne hatte es uns jemals bekümmert, was einer als Glaubensbekenntnis angab. Die Angabe ›mosaisch‹ hörten wir bedeutend öfter als ›katholisch‹ oder gar, daß sich einmal einer als ›Dissident‹ bezeichnete, womit wir überhaupt nichts anzufangen wußten, aber auch nicht im geringsten neugierig waren, zu erfahren, worum es sich da-

bei handle. Unser Benno Schereschewski gehörte einer streng orthodoxen jüdischen Familie an. Am Sabbat konnte er nur deshalb zur Schule kommen, weil Hin- und Rückweg weniger als fünfhundert Schritt betrugen. Auch war er an diesem Tage von allen Schreibarbeiten befreit, und weil schon das Mitnehmen eines Bleistiftes in der Brusttasche gegen das mosaische Gesetz verstoßen hätte, trug ihm das christliche Dienstmädchen die Bücher in die Schule. Keinem von uns fiel es ein, sich darüber zu mokieren, und als ich den Benno eines Tages in den Schwitzkasten nahm, so geschah es nicht aus Empörung über das arme Dienstmädchen, und schon gar nicht deshalb, weil er Jude war, sondern weil er, rechts vor mir sitzend, bei einer lateinischen Klassenarbeit sein Heft so blöd mit dem Rücken abgedeckt hatte, daß ich nicht spicken konnte.

Nein, es gab keinen Grund für mich, mir den Namen Hitler einprägen zu müssen, vor allem nicht, weil die Empfehlung von Alfred Kleiber kam. Bei ihm und auch bei seinen Alten saßen einige Schrauben locker, die begeisterten sich alle vier Wochen für eine neue Heilslehre. Mich störten weder die Schieber noch die Juden. Ich genoß die kurze Ferienwoche, die ich bei meiner Schwester Else und bei ›Onkel‹ Richard verbringen durfte, in vollen Zügen. Als Weihnachtsgeschenk hatte Else mir drei Theaterkarten zugesteckt, eine für die Oper und zwei fürs Schauspielhaus. Mit der *Salome* konnte ich nicht allzuviel anfangen, mein Opernverständnis war unterentwickelt und ist es – mit der Ausnahme von Mozart – auch leider geblieben. Dafür erfüllten mich die beiden Aufführungen im Schauspielhaus mit wahrem Enthusiasmus. Jessner hatte die Bühne vor kurzer Zeit übernommen und verblüffte das Publikum durch eine Hamlet-Inszenierung, in der die Darsteller in ihrer alltäglichen Straßenkleidung auftraten, und durch einen Wilhelm Tell, dessen Handlung sich ohne Kulissen nur auf verschiedenen Bühnenebenen abspielte, die durch Treppen miteinander in Verbindung standen. Das Publikum schwankte zwischen frenetischem Beifall und wütendem Protest. Ich klatschte, daß mir die Hände noch in Bartenstein weh taten, das mir noch nie so klein und provinziell erschienen war wie nach diesem Erlebnis. Immerhin empfingen die Eltern mich mit einer erfreulichen Nachricht. Vaters Versetzungsgesuch nach Königsberg war positiv beschieden worden, er sollte seine Dienstgeschäfte dort zu Ostern wiederaufnehmen. Weniger erfreulich war, daß ich ihm einmal wieder Sorgen bereitete. Denn zu Weihnachten war ein ›blauer Brief‹ ins Haus geflattert – den abzufangen und mit Vaters Unterschrift zurückzusenden mir leider nicht gelungen war –, daß meine Versetzung durch die ungenügenden Leistungen in Mathematik auch zum zweiten Mal gefährdet sei. Vaters Stirnader war bedrohlich angeschwollen, als er seine Unterschrift unter den ›Blauen‹ setzte.

»Dein Bruder Ernst hat mir wahrhaftig Sorgen genug gemacht«, knurrte er mich an, »andere Sorgen, – aber eins kann ich ihm nicht nachsagen, daß er ein Idiot war. Mathematik fünf! Damit kannst du nicht einmal eine Lehre als Maurer oder als Tischler antreten!«

Das Fatale dabei war, daß er recht hatte. Beim Bummel durch die Langgasse hatte ich zu meiner Verblüffung im Schaufenster der Tack-Filiale einen Zettel entdeckt, auf dem zu lesen stand, daß man einen jungen Mann mit Abitur als kaufmännischen Lehrling suche. Ich sah düsteren Zeiten entgegen. Studienrat Bluhm um die Ecke zu bringen, hatte wohl nicht viel Zweck ...

»Würde es etwas nützen, wenn dir jemand Nachhilfestunden geben würde?« fragte Vater mit finsterem Gesicht.

Mutter seufzte auf; die Erinnerung an das Loch in ihrer Haushaltskasse, das der Nachhilfeunterricht bei Fräulein Schwendowius gerissen hatte, als ich, durch den Russeneinfall in Lyck überrollt und festgehalten, auf Quinta eine Menge Latein nachzuholen hatte, schien sie sehr zu bedrücken. Da kam mir ein Einfall, von dem ich mir Rettung versprach. Beim Abschied von Königsberg hatte mir Onkel Richard aufgetragen, seinem Freund und Bundesbruder Mollenhauer, falls ich ihn zufällig träfe, Grüße auszurichten. Beide waren Alte Herren der Verbindung ›Cimbria‹, der auch mein Bruder Ernst angehört hatte. Richard und Herr Mollenhauer waren Consemester und hatten an der Albertina Mathematik studiert. Wenn nun Mollenhauer, Direktor des Lyceums, mir Nachhilfestunden gab, dann konnte doch der verdammte Bluhm, ohne ihn zu blamieren, mir kein Ungenügend ins Osterzeugnis schreiben. Zumindest war das eine Kalkulation, die man nicht von der Hand weisen konnte. Ich hütete mich, diesen Gedanken vor Vater laut werden zu lassen; er hätte ihn glatt in die Nähe einer erpresserischen Handlung gerückt. Gerade beglückt war Vater von meinem Vorschlag nicht, aber er schrieb noch am selben Abend einen Brief an seinen Schwiegersohn Richard, bei Dr. Mollenhauer für mich ein gutes Wort einzulegen. – »Koste es, was es wolle!« sagte er grimmig. Wenige Tage danach konnte ich mich Herrn Dr. Mollenhauer vorstellen. Er war ein Zweizentnermann und mit einer Walküre verheiratet, die ihm zwei Töchter geschenkt hatte, wahre Riesenkinder, denen man schon jetzt ansah, daß sie ihre Eltern an Größe und Gewicht bald eingeholt haben und in Zukunft womöglich noch übertreffen würden. Er empfing mich in seinem Arbeitszimmer und schien von der Aufgabe, zu der er sich aus Freundschaft zu Richard hatte breitschla-

gen lassen, nicht besonders beglückt zu sein. Aber meine Befürchtung, er könne sich inzwischen bei Herrn Bluhm über mich und meine Möglichkeiten erkundigt haben, war unbegründet. Er nahm mich für zwei Stunden pro Woche an, und ich beeilte mich, die Nachricht von den Nachhilfestunden bei Herrn Mollenhauer in der Klasse zu verbreiten, in der sicheren Annahme, daß auch Herr Bluhm in Kürze erfahren würde, wer sich jetzt um mich bemühte.
Um es gleich vorwegzunehmen, nach der vierten Stunde gab Herr Mollenhauer den Versuch, mir etwas beizubringen, als völlig hoffnungslos auf. So etwas von vernageltem Gehirn war ihm in seinem ganzen Leben noch nicht begegnet. Er war ehrlich erschüttert.
»Ich hätte Ihnen wirklich gern geholfen«, sagte er kopfschüttelnd, »aber ein Faß ohne Boden kann man nicht auffüllen. Das müssen Sie einsehen.«
Ich sah es ein, und ich sah leider auch, daß damit die letzte Hoffnung, das Klassenziel im zweiten Anlauf zu erreichen, in Rauch aufging.
»Tcha«, meinte er, »damit hätten wir es denn wohl ...«
Er muß mir angesehen haben, daß mir die Flügel gebrochen waren: »Oder kann ich sonst noch etwas für Sie tun?«
»Ach, Herr Direktor«, stammelte ich verzweifelt, »wenn Sie niemand etwas sagen würden, daß Sie es mit mir aufgegeben haben ...«
»Und was soll das bezwecken?« fragte er mit gerunzelten Brauen.
»Vielleicht, daß Herr Studienrat Bluhm mir nur eine Vier gibt, wenn er meint, daß Sie mir weiter Nachhilfestunden geben ..«
Einen Augenblick lang sah es ganz danach aus, als ob er mich beim Kragen packen und an die frische Luft beför-

dern würde. Dann kaute er eine Weile stumm und mit rotem Kopf an dem Mundstück seiner Pfeife herum, brachte die halb erloschene Glut wieder in Brand und nebelte mich in eine gewaltige Rauchwolke ein: »Hauen Sie ab, Mensch!« knurrte er, »machen Sie, daß Sie verschwinden! Aber wenn Sie meinen, daß Ihnen diese Gaunerei beim Kollegen Bluhm etwas nützt... Na schön, von mir aus! Aber jetzt nichts wie raus! Raus!!!«

Wenn nun der verdammte Bluhm auch annehmen mochte, daß die Nachhilfestunden fortgesetzt würden, anmerken ließ er sich nichts. Er behandelte mich nach wie vor, als ob ich Luft und nicht vorhanden sei. Die Wochen, die vor dem Ostertermin lagen, zogen sich endlos dahin. Schwere Tage, sorgenvolle Tage, dunkle Tage, in denen ich mit dem schweren russischen Naganrevolver, den ich als Kriegsandenken aus Lyck mitgebracht hatte, zwischen den bizarren, oftmals vom Blitz zerspellten und angekohlten Weiden durch tiefen Schneematsch zum Bärenwinkel hinausstapfte, um in der Schlucht, die dort zur Alle hinabstürzte, die Waffe auszuprobieren. Der Knall war ohrenbetäubend, und der Rückstoß so heftig, daß ich mir das Gesicht blutig schlug. Aber es beruhigte mich, zu wissen, daß ich mich auf die Waffe verlassen konnte. Und kein Ort schien mir geeigneter, meinem verpfuschten Leben ein Ende zu machen, als der Grabhügel, unter dem Alfred Klahr vermoderte. Ich besuchte ihn oft, die *Leiden des jungen Werthers* in der Tasche, daraus ich ihm diesen und jenen Abschnitt vorlas. Aufs Vorsatzblatt schrieb ich, daß man mich an seiner Seite bestatten möge. Ich meinte es furchtbar ernst...

In der frühen Dämmerung eines naßkalten Februartages sprach mich bei solch einem Friedhofsbesuch eine Dame an, der ich auf dem Friedhof schon einige Male begegnet

war. Sie besuchte ein Grab auf der anderen Seite des Hauptweges, auf dessen verschneite Steinplatte sie einen kleinen Kranz von Strohblumen gelegt hatte. Ich hätte gern erfahren, um wen sie Trauer trug, aber ich wagte es nicht, den Schnee von dem Stein zu fegen. In der Stadt hatte ich sie noch nie gesehen, aber die wenigen Begegnungen auf dem Friedhof oder auf dem Wege zum Friedhof, bei denen mich ihre dunklen, unter einem schwarzen Halbschleier geheimnisvoll verborgenen Augen flüchtig gemustert hatten, genügten, um mich um die schöne Unbekannte einen kleinen Roman spinnen zu lassen. Sie trug einen schwarzen, seidigen Sealpelz und eine kleine Kappe vom gleichen Fell, die ihre Ohrmuscheln frei ließ. Sie schimmerten unter dem Schleier matt wie Elfenbein. Die Haarlocken im Nacken und an den Schläfen waren schwarz wie Rabenfedern. An diesem Tage trafen wir auf dem Hauptweg kurz vor dem Friedhofstor zusammen, ich öffnete die Pforte und gab ihr höflich den Vortritt. Sie nickte mir dankend zu und blieb, als ich die schmiedeeiserne Gittertür ins Schloß gedrückt hatte, vor mir stehen und drehte sich halb zu mir um.
»Wen besuchen Sie hier?« fragte sie, »der Hügel ist frisch aufgeschüttet und noch ohne Stein. Haben Sie Ihren Vater oder Ihre Mutter verloren?«
»Nein, gnädige Frau, einen Freund. Alfred Klahr...«
»Ach Gott«, sagte sie, »ich habe von der schrecklichen Geschichte gehört. Es war Starrkrampf, nicht wahr?«
»Ja, eine Verletzung an der Hand, keine besonders schlimme Wunde, aber dann kam der Tetanus dazu...«
»Er war Ihr Freund...«
»Ja, gnädige Frau, eigentlich von der Minute an, in der wir uns zum ersten Mal begegneten. Wir waren noch Jungens...«

Sie sah mich durch den Schleier von der Seite an: »Darf ich fragen, wie alt oder wie jung Sie jetzt sind?«
»Siebzehneinhalb, gnädige Frau...«
»Besuchen Sie das Gymnasium?«
»Ja, die Obersekunda – und leider zum zweiten und vielleicht zum letzten Mal. Ich bin nämlich ein mathematischer Idiot. Nicht faul oder nur schlicht unbegabt, sondern hoffnungslos vernagelt.«
»Ist das so schlimm? Ich meine, es wäre schlimm, wenn Sie den Ehrgeiz hätten, Ingenieur oder Mathematikprofessor zu werden, aber diesen Ehrgeiz haben Sie doch nicht?«
»Nein, ganz gewiß nicht! Aber ich habe eine Fünf im letzten Zeugnis gehabt.«
»Ach, du lieber Gott«, sagte sie mit einem kleinen Kichern, »das kenne ich. Das hatte mein Bruder in Latein...«
»Was Sie nicht sagen! Und hat er es trotzdem geschafft?«
»Ich weiß nicht, ob er es geschafft hätte. Er ist im letzten Kriegsjahr gefallen.«
»Oh«, murmelte ich bedauernd, »ist es sein Grab, das Sie hier besuchen?«
»Nein, er liegt, wenn er überhaupt bestattet wurde, irgendwo bei Verdun.«
»Dort ist auch mein Bruder gefallen.« Die Frage, wem sie die Immortellen aufs Grab gelegt hatte, wagte ich nicht zum zweiten Mal zu stellen.
»Es ist mein Mann«, sagte sie. »Er starb vor zwei Jahren an den Folgen einer Kriegsverletzung.«
»Oh...« murmelte ich zum zweiten Mal.
»Es war eine Erlösung«, sagte sie und vergrub die Hände in dem Muff, den sie bis dahin auf den Ärmel hinaufgeschoben hatte.

Für ihn, für sie oder für beide? Aber das wäre wohl eine sehr unpassende Frage gewesen. Es war inzwischen dunkel geworden. Der Wind trieb uns nasse Schneeflocken entgegen. Sie schlug den Pelzkragen hoch und ging schweigend neben mir stadteinwärts. Am Anger hätte ich abbiegen müssen, aber ich zögerte – und sie bemerkte es.
»Wo wohnen sie?«
»Im Amtsgericht, gnädige Frau. Meine Eltern fanden keine passende Wohnung, als Vater sich nach Bartenstein versetzen ließ, weil er in Königsberg verhungert wäre. Die Wohnung ist nicht gerade gemütlich, vor allem für meine Mutter nicht, die sich seit dem Mord an dem Gefängnisaufseher zu Tode fürchtet. Aber sie hat es bald überstanden. Zu Ostern gehen wir nach Königsberg zurück.«
»Darum sind Sie zu beneiden. Ich wünschte, ich könnte meine Zelte hier auch abbrechen.«
»Und warum tun Sie es nicht?«
»Ach, das hat verschiedene Gründe ...«
Sie wandte sich nach rechts, überquerte die Straße und schien nichts dagegen einzuwenden zu haben, daß ich sie durch das immer heftiger werdende Schneegestöber am Mühlenfließ entlang begleitete. Das letzte Gebäude, das ich kannte, war die Loge. So klein die Stadt auch war, in der ich nun fast fünf Jahre lebte, in diese Gegend hatte ich mich noch nie verirrt. Hier lag irgendwo eine Spinnerei und ein Lokal der Schützen, das nur im Sommer geöffnet war. Und bald nach der Loge gab es auch keine Laternen mehr. Nach einem Weg von etwa zehn Minuten blieb sie vor einer Gartenpforte stehen, die einen schmalen Eingang durch eine mannshohe, mauerartig gestutzte Thujahecke freigab.
»Hier bin ich zu Hause«, sagte sie. »Es war nett, daß Sie mich begleitet haben. Nicht, daß ich mich fürchte, aber ein

wenig unheimlich ist der dunkle Weg schon ...«
Im Flockenfall und in der Dunkelheit erkannte ich die Umrisse eines einstöckigen Hauses, in dessen oberem Geschoß ich hinter zwei Fenstern einen schwachen Lichtschimmer wahrzunehmen glaubte.
»Wohnen Sie hier allein, gnädige Frau?«
»Nein, ich lebe hier bei meinen Eltern. Das Haus gehört ihnen. Sie nahmen uns auf, als mein Mann aus dem Lazarett entlassen wurde. Er war Arzt, genauer: Chirurg, und hatte die Absicht gehabt, sich in Elbing niederzulassen, wo sein Vater eine Eisengießerei besitzt.«
»Auf Wiedersehen, gnädige Frau«, sagte ich und zog meine graue Krimmermütze; und fügte in einem Anflug von Kühnheit hinzu: »Ich sage das nicht bloß so hin ... Ich würde mich wirklich freuen, Ihnen wieder zu begegnen ...« Die Dunkelheit, die mich nur einen Schimmer ihres Gesichtes wahrnehmen ließ, machte es mir leichter, die Hoffnung auf eine Wiederbegegnung auszusprechen.
»Wann müssen Sie zu Hause sein?« fragte sie.
»Da gibt es keinen strengen Stundenplan, gnädige Frau ...«
»Dann kommen Sie doch auf ein Glas Tee ins Haus. Das Wetter ist scheußlich. Wenn Sie so durchgefroren sind wie ich, wird Ihnen etwas Warmes guttun ...«
Sie öffnete die Gartenpforte und ging mir über einen kurzen Kiesweg voraus. Ich folgte ihr stumm und spürte, daß mir das Herz bis zum Halse hinauf schlug. Sie warnte mich vor zwei Stufen und zog ein Schlüsselbund aus dem Muff ...
»Ich heiße übrigens Gertrud Fleming – und mein Mädchenname ist Gerlach. Es ist keine Neugier, aber meine Eltern wären wohl ein wenig erstaunt, wenn ich ihnen meinen Kavalier als Lohengrin vorstellen müßte ...«

Ich stammelte in tödlicher Verlegenheit meinen Namen.
»Den habe ich doch irgendwo gelesen ...«
»Ich habe beim Schuljubiläum in den *Persern* von Aischylos die Atossa gespielt – und in Lessings *Schatz* den Diener Maskarill ...«
»Mein Gottchen!« rief sie mit einem kleinen Lachen, »ein berühmter Schauspieler! Wer hätte das gedacht?«
Das fand ich nun weniger nett von ihr, daß sie mich durch den Kakao zog, aber ich schluckte den Kakao tapfer hinunter.
»Davon müssen Sie mir erzählen! Theater und Theaterspielen war meine Leidenschaft von Kindheit an. Das begann bei den Kindervorstellungen mit Rotkäppchen und Dornröschen ...«
»Und Sie waren das Rotkäppchen ...?«
»Und das Dornröschen und Schneewittchen! Und später, als wir ein kleines Orchester gegründet hatten und uns sogar an Operetten wagten – ein wenig gekürzt natürlich –, da war ich – ob Sie es glauben oder nicht – sogar Frau Luna und die Rose von Stambul!«
Wie alt sie sein mochte? Dreißig – oder sogar darüber? Im Augenblick kam sie mir so jung vor wie das verflossene Kätchen. – Sie sperrte die Haustür auf, ließ mich eintreten, schloß die Tür hinter mir und bat mich, einen Augenblick lang zu warten. Ich stand in einem stockdunklen Vorraum, in dem es schwach nach Kampfer roch, und hörte, daß sie eine Schachtel mit Zündhölzern schüttelte. Dann flammte ein Hölzchen auf, und im selben Augenblick, in dem sie eine Kerze anbrannte, die in einem Zinnleuchter auf der Konsole des Garderobenspiegels stand, ertönte von oben eine Stimme ...
»Gertrud?«
»Ja, Mama, ich bin es, und ich bin nicht allein. Ich habe

einen jungen Kavalier mitgebracht, der so nett war, mich heimzubegleiten.«

»Gut, dann bringe ich die Teekanne herunter. Für die Gläser mußt du selber sorgen.«

»Nun legen Sie schon ab«, sagte sie und schlüpfte aus ihrem Pelzmantel. Neben dem Spiegel stand ein Kleiderständer aus braunem Nußbaumholz. Ich hängte meinen Mantel an einen der Haken und stülpte die Mütze darüber. Sie ergriff den Leuchter und ging mir voran. Die Kerze war zu schwach, um den ganzen Raum zu erfüllen, in den sie mich einzutreten aufforderte. Das Licht spiegelte sich in dem schräg angehobenen Deckel eines Stutzflügels, und vor einem offenen Klinkerkamin stand ein niedriger ovaler Mahagonitisch, um den drei Plüschsessel gruppiert waren. Auf dem Kaminsims blitzte ein blankpolierter dreiarmiger Messingleuchter, dessen Kerzen sie mit dem Licht, das sie in der Hand trug, anzündete.

»Es ist nicht sehr warm hier«, stellte sie fest, »aber der Tee und ein kleines Feuer im Kamin werden uns bald erwärmen.«

Auf dem Kaminrost waren Späne und kleine Holzscheite aufgerichtet. Ein Strohkorb neben dem Kamin war bis zum Rande mit Tannenzapfen gefüllt. Zeitungspapier, zu Fidibussen gefaltet, lag griffbereit darüber. Sie ließ einen der Fidibusse an der Kerze Feuer fangen und schob die Flamme zwischen die Späne. Sie loderten augenblicklich auf und füllten den Raum mit rötlich zuckenden Lichtern. Die flackernden Kerzen, das Kaminfeuer, die Gegenwart der Frau, ihre fremdartige Schönheit, der zarte Duft eines Parfüms – ich war wie in einen Zauberkreis geraten, der meinen Atem stocken ließ und meine Knie lähmte.

»So setzen Sie sich doch«, sagte sie und deutete auf einen Sessel. Mir versagten die Füße den Dienst. Es waren zwei

oder drei kurze Schritte bis zu dem resedafarbenen Sesselchen, aber ich mußte mich zwingen, die bleischweren Beine in Bewegung zu setzen.
»Daß ich Ihnen noch nie in der Stadt begegnet bin...« sagte ich schließlich stockend.
»Ich rühre mich nicht viel aus dem Haus. Die Einkäufe besorgt meine Mutter und sonst – ab und zu hole ich mir ein Buch bei Stringe.«
»Dort bin ich doch fast jeden zweiten Tag...«
»Aber am Nachmittag, nicht wahr? Ich mache meine Besorgungen am Vormittag, wenn Sie in der Schule sind.«
Die Tür zum Flur ging auf. Eine weißhaarige alte Dame brachte den Tee. Ich erhob mich, und Frau Fleming stellte mich ihrer Mutter vor. Die alte Dame bedankte sich bei mir, daß ich ihre Tochter durch die Dunkelheit heimbegleitet hätte, und antwortete auf Frau Flemings Frage, warum der Vater nicht mitgekommen sei, daß er sich mit seinem Schnupfen nicht unter Menschen zu gehen traue. Während sie die Kanne abstellte und mit einer Wärmehaube bedeckte, öffnete Frau Fleming eine Glasvitrine und stellte zwei Gläser mit kupfernen Henkeleinsätzen, ein Schälchen mit Würfelzucker und eine halbgefüllte gläserne Keksdose auf den Tisch. Die alte Dame wünschte uns gute Unterhaltung und ließ uns allein. Der Zauberbann hielt an. Ich konnte mich aus ihm nicht lösen. Was geschah, empfand ich wie einen Traum.
»Vergessen Sie nicht, den Kamin zu füttern«, sagte sie; »die Tannenzapfen haben wir im Herbst gesammelt. Körbeweise. Ein halber Keller ist voll davon. Sie brauchen also nicht zu sparen.«
Ich zog den Korb in meine Nähe und warf ein Dutzend Zapfen auf die Glut. Sie gingen knisternd in Flammen auf. Ich fühlte mich, von einem fliegenden Teppich aus Tau-

sendundeiner Nacht davongetragen, wie auf einem fremden Erdteil, in einem fernen, exotischen Land, Bali, Sumatra, unter den Palmen eines Südseeatolls. Es war die Gegenwart dieser Frau, die mich verzauberte. Das rabenschwarze Haar, vom Mittelscheitel auf die Stirn fallend und im Nacken zu einem Knoten aufgesteckt, umrahmte ein Gesicht mit großen, schwarzen Augen, über denen die dunklen Brauen wie Schwalbenflügel zu den Schläfen ausschwangen. Unter den rosig getönten Jochbögen sanken die Wangen leicht ein und füllten sich mit Schatten, wenn sie sich zum Feuer vorbeugte. Beim Lächeln entblößte sie zwei schimmernde Zahnreihen, und die goldene Tönung ihrer Haut schien noch die Bräune des Sommers zu bewahren. Ich war nicht sicher, ob sie im landläufigen Sinne schön sei. Es war etwas Fremdartiges, Dunkles, geheimnisvoll Exotisches an ihr, was meinen Atem flach machte. Sie schenkte den Tee in die Gläser und fragte, wie viele Zuckerstücke ich wünsche.

»Zwei Stücke, gnädige Frau, wenn ich bitten darf ...«

Der Tee war stark und heiß. Ich spürte erst jetzt, wie durchgefroren ich war. Vom Magen strömte eine angenehme Wärme durch den Körper. Das naßkalte Wetter war unangenehmer als der scharfe, trockene Frost, den die Winde aus Rußland sonst um diese Jahreszeit heranfegten. Ich warf neue Tannenzapfen auf die Glut. Frau Fleming setzte das Teeglas ab und streckte die Hände gegen das aufsprühende Feuer. Zwischen den Fingern glühte die Haut rötlich auf, und ich glaubte, das zarte Gerüst ihrer Handknochen weiß durchschimmern zu sehen.

»Ich habe einige Untugenden«, sagte sie, in den Anblick ihrer feuerumspielten Hände versunken, »eine davon ist meine Neugier. Früher war ich eigentlich nicht so neugierig. Vielleicht liegt es daran, daß ich nur noch selten unter

Menschen komme, die meine Phantasie anregen ...« Sie griff nach dem Schüreisen und schob die Glut zusammen.
»Sind Sie eigentlich fromm?« fragte sie plötzlich.
»Wie kommen Sie darauf, gnädige Frau?« fragte ich ein wenig verblüfft, denn auf diese Frage war ich wahrhaftig nicht gefaßt gewesen.
»Damit haben Sie meine Frage eigentlich schon beantwortet«, sagte sie. »Mich hat das Buch ein wenig irritiert, in dem ich Sie am Grab Ihres Freundes blättern sah. Ich hielt es zunächst für eine Bibel. Aber dafür war es zu klein ...«
»Nein, nein, damit hat es wirklich nichts zu tun.«
»Sondern womit?« fragte sie, ohne mich anzusehen. Sie wandte mir, als ich mit der Antwort zögerte, das Gesicht zu: »Womit also? Oder wollen Sie es mir nicht verraten?«
»Die Leiden des jungen Werther ...« sagte ich stockend.
»Holen Sie das Buch aus Ihrer Manteltasche und werfen Sie es ins Feuer!« rief sie heftig.
»Ich verstehe Sie nicht ...«
»Sie verstehen mich sehr gut!« sagte sie fast streng. »Sie sind siebzehn, nicht wahr? Siebzehneinhalb, gut, gut ... Aber in diesem Alter ist das eine gefährliche Lektüre – eine lebensgefährliche Lektüre! Besonders, wenn man gewisse Schwierigkeiten hat. Und die haben Sie doch, nicht wahr? In der Schule klappt es nicht mit der Mathematik – das haben Sie mir erzählt. Und vielleicht haben Sie auch in anderen Zusammenhängen gemerkt, daß das Leben mit einem durchaus nicht so liebenswürdig umspringt, wie man es sich gern wünschen möchte ...« Sie setzte das Teeglas an die Lippen und blinzelte mich über seinen Rand hinweg an, »oder haben Sie etwa mit Ihrem Mädchen Kummer?«
»Ich habe kein Mädchen! Und ich werde nie mehr eins haben.«
»Da scheinen Sie aber eine furchtbare Enttäuschung erlebt

zu haben«, sagte sie ganz ernsthaft und ohne eine Spur von Ironie. »An wem lag es denn, daß die Sache auseinanderging? An ihr – oder an Ihnen?«
»Wohl mehr an mir ...« murmelte ich verlegen und spürte, wie mir das Blut in den Kopf stieg.
»Und was haben Sie falsch gemacht?«
»Darüber möchte ich lieber nicht reden ...«
»Ich will es auch gar nicht so genau wissen. So neugierig bin ich nun auch wieder nicht.«
Jemand klopfte an die Tür.
»Komm nur herein, Mama!« rief Frau Fleming.
Die alte Dame war gekommen, um Frau Fleming daran zu erinnern, daß es sechs Uhr sei und daß das Abendessen auf dem Tisch stände.
»Ich komme sofort, Mama, ich bringe nur noch unsern Gast zur Tür.«
»Lassen Sie sich doch wieder einmal sehen«, sagte die alte Dame, als ich mich von ihr verabschiedete. Es klang freundlich, aber recht unverbindlich, und ich unterließ es lieber, mich für die Einladung zu bedanken. Frau Fleming begleitete mich mit dem Flurleuchter in der Hand in den kleinen Vorraum hinaus, wo ich in meinen Mantel schlüpfte. Sie stellte den Leuchter auf seinen Konsolenplatz vor den Spiegel: »Bevor Sie gehen«, sagte sie, »werden Sie mir den schrecklichen Werther geben – bitte!«
»Wenn Sie darauf bestehen, gnädige Frau ...« Ich zog das Buch aus der Manteltasche. Erst als sie es in der Hand hielt, fielen mir die Zeilen ein, die ich auf das Vorsatzblatt geschrieben hatte.
»Sie müssen es mir noch einmal geben, gnädige Frau!«
»Warum denn?«
»Ich habe da etwas hineingeschrieben«, stammelte ich in tödlicher Verlegenheit, »was niemand etwas angeht.«

»Auch mich nicht?« fragte sie sanft.
»Sie werden mich auslachen, wenn Sie es lesen.«
»Ich verspreche Ihnen, daß ich nicht lachen werde.«
Sie reichte mir die Hand, als ob sie ihr Versprechen bekräftigen wolle: »Besuchen Sie mich gelegentlich, wenn Sie nichts Besseres vorhaben ...« Es klang nicht so, als ob sie nur eine unverbindliche Redensart ausgesprochen habe.
»Darf ich Sie wirklich wiedersehen?«
»Warum denn nicht? Und es ist auch nicht nötig, daß Sie auf mich auf dem Friedhof warten. Wenn Sie also mit mir zwischen vier und fünf Uhr ein Glas Tee trinken wollen ... Ich bin um diese Zeit immer zu Hause.«

Ich lief wie in einem Rauschzustand über den dunklen Anger nach Hause. Noch Tage und Wochen nach dieser ersten Begegnung mit Frau Fleming hatte ich das Gefühl, mir wären an den Schulterblättern Flügel gewachsen, aber ich trug sie als ängstlich gehütetes Geheimnis zusammengefaltet unter der Jacke, nie ganz sicher, daß sie nicht doch jemand entdecken würde. Merkwürdigerweise war es Vater, dem man Sensibilität nun weiß Gott nicht nachsagen konnte, der mich immer häufiger mit einem verkniffenen Zug um den Mund musterte: »Ich weiß nicht, Lina, aber der Bengel hat doch was ... Der ist so anders als sonst ...«
»Was soll er schon haben?« sagte Mutter, »der Jung ist jetzt siebzehn, – da wissen die nicht, ob sie Haare oder Federn kriegen ...«
»Bei dem ist doch eine Schraube locker ... Wenn ich in die Küche komme, steht er am Ausguß und putzt sich die Zähne! Dreimal am Tag ...«
Ich dachte auch nicht im Traum daran, mir einzubilden,

eine Eroberung gemacht zu haben, und ich glaubte auch nicht, daß das Gefühl, das ich für Frau Fleming empfand, etwas mit Liebe zu tun hatte. Es entflammte mich, daß eine so schöne, kluge und faszinierende Frau an meiner Unterhaltung und Gesellschaft Gefallen zu finden schien. Andernfalls hätte sie ihre Einladung, sie wieder einmal zu besuchen, doch ganz gewiß nicht ausgesprochen. Die Pauker hatten, von wenigen Ausnahmen abgesehen, eine vertrackte Art, einen spüren zu lassen, daß man in ihren Augen ein grasgrüner Bengel war. Äußerte man einen eigenen oder gar einen kritischen Gedanken, so bekam man – vor allem im deutschen Aufsatz – unweigerlich zu hören, daß man sich ans Thema zu halten habe. Das ärgerte mich einmal so sehr, daß ich es fast mit dem liebenswürdigen Dr. Hennig verdorben hätte, bei dem ich einen Stein im Brett hatte. Als er uns einen Klassenaufsatz über Schillers Distichon »In den Ozean schifft mit tausend Masten der Jüngling – still auf gerettetem Boot treibt in den Hafen der Greis« schreiben ließ, befaßte ich mich ausführlich mit dem schiffenden Jüngling und ließ den Greis mit der Bemerkung unter den Tisch fallen, daß ich kein Greis sei, kein Greis zu werden wünsche und infolgedessen über greisenhafte Zustände und Gefühle auch keine verbindlichen Aussagen machen könne. »Wenn Sie auf Quarta säßen, würde ich Ihnen das Heft um die Ohren schlagen!« sagte er zornbebend – aber er trug mir die Frechheit nicht allzu lange nach.
Daß ich es fertigbrachte, eine ganze Woche vergehen zu lassen, ehe ich mich in der Dämmerung des späten Nachmittags auf den Weg zu meiner schönen und geheimnisvollen neuen Bekannten machte, war pure Unsicherheit, die mich noch an der Haustür zögern ließ, die Zugglocke in Bewegung zu setzen. Als sie mir dann öffnete und sagte,

ich hätte sie aber recht lange auf meinen Besuch warten lassen, da verschlug es mir fast die Stimme, und ich gestand ihr stammelnd, daß es vieler Anläufe bedurft hätte, ehe ich den Mut fand, daran zu glauben, daß sie es mit der Einladung ernst gemeint habe. Vor dem Besuch hatte ich in einem günstigen Moment an Mutters rundem Blumentisch gerupft. Sie hatte mit ihren Blumen eine glückliche Hand; ob sie Azaleen, Parmaveilchen, Fuchsien, Primeln oder Alpenveilchen eintopfte, sie gediehen prächtig und wurden von den Damen, die zum Kaffeekränzchen kamen, rückhaltlos bewundert. Bei Frau Fleming rückte ich mit einem Strauß roter Alpenveilchen an.

»Wie reizend!« sagte sie, »aber wissen Sie, die Blümchen geben Sie am besten meiner Mutter...« Es war eine liebenswürdige und für spätere Zeiten verwertbare Belehrung, bei Besuchen in Familien an alle Damen des Hauses zu denken. Sie führte mich zu ihren Eltern hinauf, ich lieferte die Alpenveilchen bei Frau Gerlach ab, die über diese Aufmerksamkeit ganz gerührt schien, und lernte auch Frau Flemings Vater, Herrn Gerlach, kennen. Er saß in einem großväterlichen Ohrenbackensessel, rauchte eine schwarze Zigarre und trug das volle, eisengraue Haar wie unser Feldmarschall Hindenburg en brosse hochgebürstet. Er lebte als ehemaliger Reichsbankdirektor im Ruhestand und schien sein Vermögen gut angelegt zu haben, denn der Rotwein und die Zigarren gingen ihm nie aus. Er war humorvoll und unterhaltsam, bedankte sich nachträglich bei mir, daß ich seine Tochter sicher durch Nacht und Nebel heimgebracht hätte, und nannte mich, so oft ich ihn auch sah, nie anders als ›Ritter Horst von Uhlenforst‹; und das klang so freundlich und fern von allem Spott, daß ich mich fast geehrt fühlte, als hätte er mich wie ein Fürst in alten Zeiten zum Ritter geschlagen. Nun, und etwas an-

deres, als Frau Fleming ritterlich zu dienen, hatte ich auch nicht im Sinn – oder nur von ganz, ganz fern...
Wenn wir die alten Herrschaften dann verließen und in das Kaminzimmer mit dem Stutzflügel hinuntergingen, wenn auf dem Rost des Kamins die Tannenzapfen knisterten und Funken sprühten, wenn wir uns bei Tee unterhielten, wenn Frau Fleming Gedichte von Rilke, Baudelaire, Stefan George oder Hofmannsthal vorlas – Rilkes *Cornet* konnte ich nicht oft genug hören – oder wenn sie sich an den Flügel setzte und Schumann oder Chopin spielte, dann umfing mich wieder der süße Zauberbann ihrer Gegenwart mit einem Gefühl von Lähmung und Schwerelosigkeit; es war, als streichle ihre Stimme oder das Chopinsche Nocturno meine Rückenhaut wie sanft kraulende Fingerspitzen. Ihr Spiel ging weit über das hinaus, was man damals von ›höheren Töchtern‹ am Klavier erwarten durfte. Was ich von ihr über sie selbst und ihre Vergangenheit erfuhr, war mehr als spärlich. Über ihre Ehe sprach sie nie. Aus gelegentlichen Andeutungen, mehr aus dem Munde ihrer Eltern als von ihr selbst, setzte ich Mosaiksteine zu einem undeutlichen Bild zusammen. Daß sie nach dem Lyceum das Konservatorium besucht, mit zwanzig Jahren das Musikstudium abgebrochen und als Hilfsschwester in einem Kriegslazarett, in dem er als Chirurg tätig war, ihren Mann kennengelernt und geheiratet hatte. Kurz vor Beendigung des Krieges hatte er durch eine im Feldlazarett krepierende Granate das Augenlicht und den linken Arm verloren. Vor zwei Jahren hatte sich ein winziger Splitter, den man operativ nicht entfernen konnte, gelöst und eine Hirnblutung verursacht, an der er gestorben war. Das waren nicht viele Einzelheiten, aber ich konnte mir ausrechnen, daß sie achtundzwanzig Jahre alt war und an der Seite des blinden

Mannes drei Jahre lang kein leichtes Schicksal getragen hatte.
Daß sie mir bei unserer ersten Begegnung den *Werther* abgenommen hatte, schien sie vergessen zu haben, und noch dankbarer war ich ihr dafür, daß sie die Zeilen auf der Vorsatzseite des Buches nie erwähnte. Über meine Schulsorgen ging sie mit Bemerkungen hinweg, wie etwa, daß es im Leben wichtigere Dinge als das Abitur gebe, oder, daß nur Narren ihr Leben wegen einer unglücklichen Liebesgeschichte oder wegen verbogener Klassenarbeiten wegwürfen, Narren oder Labile, die am Leben so oder so scheitern würden. Und sie zählte mir ein halbes Dutzend berühmter Leute auf, die es auch ohne Abitur und mit miserablen Schulzeugnissen zu Ehre und Ruhm gebracht hätten, Liebig, Fraunhofer ... Aber leider lag der Trost mehr in ihrer angenehmen Stimme als in ihrer Argumentation. Wenn ich überhaupt eine Zukunft vor mir sah, dann lag sie weitab von Düngemitteln und Fleischextrakt oder von der Berechnung von Okularen und Kristallgittern ...
»Wo dann?« fragte sie.
Ich träumte noch immer davon, Schauspieler oder – eine Etage tiefer – Journalist zu werden; ich hatte mich beim Bartensteiner Blatt erkundigt, dort hätten sie mich auch ohne Abitur als Volontär genommen. Aber das kam denn doch nur im Fall eines sehr tiefen Falles in Frage. – Im Augenblick lief in dem kleinen Kino in der Heilsberger Straße der Film ›Fridericus rex‹ mit Otto Gebühr in der Hauptrolle. Unser Kantor Bolutus begleitete den Streifen auf dem Klavier, einem verstimmten Klimperkasten, dessen klirrende Saiten aber den Schlachtenlärm sehr wirkungsvoll wie Trommelwirbel untermalten. Eine Woge patriotischer Begeisterung ging durch die Stadt, die ihren Höhe-

punkt bei einem Besuch Hindenburgs auf dem Gut des Herrn von Kunheim fand. Die Bartensteiner Schulen rückten geschlossen an und jubelten dem greisen Helden von Tannenberg zu. Der alte Herr schritt mit seinen schwarzen Ledergamaschen die Front aus Kriegern, Schützen und Schulen steifbeinig ab, groß, massig und mit schwerem Gang, als trügen die Beine sein Gewicht nur mit Mühe. Mit drei Veteranen aus dem siebziger Krieg, den er als junger Leutnant mitgemacht hatte, wechselte er ein paar markige Worte. Ansprachen gab es nicht, denn er hatte sie sich verbeten.

In Darkehmen war kürzlich eine komische Geschichte passiert. Sein Besuch war dem Bürgermeister kurzfristig angemeldet worden. In aller Eile hatte er die Krieger-, Schützen- und Sängervereine, Innungen und Ehrenjungfrauen mobilisiert und auf dem Marktplatz versammelt, allen voran die Stadtväter und der Bürgermeister selber in feierlichem Gehrock und mit spiegelblankem Zylinder. Von brausenden Hurras begrüßt, hielt das Auto, der alte Herr stieg aus, und der Bürgermeister, den Zylinder in der Hand, trat vor und begann mit seiner Rede: »Hochverehrter Herr Generalfeldmarschall! Im Namen der Stadt, die Anno vierzehn als eine der ersten ostpreußischen Städte den Russeneinfall und die Schrecken des Krieges ...« Es war Herbst. Ein kalter Windstoß fegte heran, und plötzlich fuhr Hindenburgs tiefe Stimme in die Rede: »Setzen Sie doch den Zylinder auf, Herr Bürgermeister!« – Der Bürgermeister, sichtlich verwirrt, hielt den hohen Hut mit beiden Händen krampfhaft fest, verbeugte sich zum zweiten Mal und begann auch zum zweiten Mal mit dem gleichen Text: »Im Namen der Stadt, die Anno vierzehn als eine der ersten ...« Weiter kam er nicht, denn wieder unterbrach ihn die tiefe Stimme: »Nu setzen Sie schon den Zylinder auf, Herr Bürgermeister – bei dem Wind werden Sie sich 'nen Schnupfen holen.« – Der Bürgermeister erblaßte, aber was blieb ihm anderes übrig, als der Aufforderung des hohen Gastes nachzukommen. Er stülpte den Zylinder auf den Schädel, sprach noch einige Worte, kam bald ins Stottern und war nach wenigen Sätzen bereits bei einem etwas voreiligen Hoch angelangt, in das alle kräftig einfielen. Beim Verlassen der Stadt konnte es sich der Adjutant nicht verkneifen, den alten Herrn zu fragen, weshalb er den Bürgermeister in solche Verlegenheit gebracht habe. – »Sie wissen doch, wie schwer mir das Stehen fällt«, knurrte der Alte. Der Adjutant nickte höflich, ließ es sich aber anmerken, daß ihn die Antwort nicht ganz befriedigte. – »Na, haben Sie es denn nicht gemerkt?« sagte der alte Herr, »der Bürgermeister hatte doch seine Rede im Zylinder, und die reichte quer durch den Hut vom vorderen bis zum hinteren Schweißleder. Und das hätte ich nicht durchgestanden.«

Nun ja, es war gewiß erhebend, einen so großen Mann auf zehn Schritt Entfernung zu sehen, aber vielleicht war es gerade die Nähe, die eine ernüchternde Wirkung ausübte. Da stapfte ein alter, hölzerner Mann vorüber, von dem nichts Strahlendes ausging und von dem es hieß, daß er in seinem ganzen Leben außer Bibel und Exerzierreglement kein anderes Buch angefaßt habe. Und das sah man ihm auch ein bißchen an... Das führte nun wieder zu der Frage, ob man als Zeitgenosse des Großen Friedrich oder des Marschall Blücher bei einer nahen Begegnung von den Schnupftabakkrümeln in der Nase des einen und vom Rumgeruch aus dem Mund des anderen nicht auch herb enttäuscht gewesen wäre. – Aber wenn einem von der Leinwand das große Auge von Otto Gebühr entgegenblitzte, oder wenn Paul Wegener als Blücher die Tabakspfeife in die Luft warf und den Säbel schwang, das ging durch und durch. – Ein Schauspieler von solchem Format zu werden, war wohl ein allzu kühner Traum. Aber man mußte ja nicht gleich nach den Sternen greifen. Es gab Dutzende von Darstellern mit kleinerem Namen, an deren Schauspielkunst ich mich in unserem kleinen Kino berauschte. Harry Liedtke, Bruno Kastner, Bernhard Goetzke, Alfred Abel und – Emil Jannings. Seinen ›Stier von Olivera‹ sah ich mir dreimal hintereinander an! Wenn schon nicht Otto Gebühr, so konnte man doch Emil Jannings werden ...

Frau Fleming war nicht nur eine ungewöhnlich kluge Frau, sondern auch eine geduldige Zuhörerin. Es fiel ihr nie ein, den Enthusiasmus zu belächeln, mit dem ich ihr von der Handlung des Films berichtete, den ich gerade gesehen hatte, oder wenn ich sogar Szenen nachspielte, in Alfred Abels elegante Rollen schlüpfte oder als Fridericus gebeugt, aber ungebrochen, die Nachricht von der Niederlage bei Kunersdorf entgegennahm. Daß ihr meine häufiger werdenden Besuche nicht lästig wurden und daß sie mich immer wieder ermutigte, den alten Herrschaften und ihr Gesellschaft zu leisten, lag wohl daran, daß sie nach der langen, mehr oder weniger erzwungenen Zurückgezogenheit eine Ansprache und etwas Leben um sich herum brauchte. Die alte Dame ließ einmal eine Bemerkung fallen, daß der blinde Mann ihrer Tochter Gertrud das Leben mit Eifersuchtsszenen nicht leicht gemacht habe. Es hörte sich an, als wolle sie sagen, er werde auch posthum gegen die Gesellschaft eines siebzehnjährigen Pennälers keine eifersüchtigen Einwände erheben. – Vielleicht aber zog sie mich auch deshalb zu sich heran, weil sie in meinen Zukunftsträumen Visionen wiederfand, denen sie in meinem Alter nachgehangen hatte, ihr musikalisches Talent auszubilden und sich in der Welt einen Platz als Konzertpianistin zu erobern.

Wenn ich auch innerlich längst eingesehen haben mochte, daß ich den Kopf voller Rosinen hatte und daß an eine Verwirklichung solcher Pläne vorläufig überhaupt nicht zu denken war, so hätte ich auf Vaters zornigen Widerstand fraglos mit Sturheit reagiert und es auf einen Bruch ankommen lassen. Der sanften Tonart, mit der Frau Fleming argumentierte, konnte ich mich nicht verschließen. Daß ich die Schule aus tiefster Seele haßte, fand sie ganz natürlich; sie hatte sie auch nicht geliebt und verabscheute Zwang, woher er auch kommen mochte. Meine Theaterbesessenheit teilte sie in einem gewissen Grade. Um Post- oder Bahnbeamter zu werden, meinte sie, brauche man keine Begeisterung. Aber sie warnte mich auch davor, zu glauben, daß Begeisterung allein zu meinen Zielen führe. Sie meinte, daß alles, was auf der Bühne vor sich gehe, nicht von ungefähr zur Wirkung käme, sondern daß harte Arbeit dahinterstecke...

Daran hatte ich nie gezweifelt.

...und daß der Erfolgszwang, unter dem ein Schauspieler Abend für Abend auf der Bühne stehe, wohl härter als alle Zwänge sei, unter denen ich zu leiden hatte...

Ich ging ja nicht freiwillig zur Schule!

»Natürlich nicht«, sagte sie und schenkte mir zum zweiten Mal Tee ein, »Sie sind ja auch nicht freiwillig auf die Welt gekommen. Aber da Sie nun einmal leben, bleibt Ihnen nichts anderes übrig, als aus Ihrem Leben das Beste zu machen. Und vor allem mit den Hindernissen fertigzuwerden, die sich Ihnen in den Weg stellen. Und bis jetzt ist doch alles ziemlich glatt gegangen, oder etwa nicht?«

»Nun ja, einigermaßen...«

»Die Mathematik...« sagte sie mit einem kleinen, eher

heiteren Seufzer, »das ist natürlich eine schwere Hürde. Aber Sie müssen sie nehmen! Wenn Sie ihr ausweichen, verlieren Sie Ihr Selbstvertrauen und werden unweigerlich scheitern, wenn sich Ihnen neue Hindernisse in den Weg stellen. Bo Yin Ra sagt: Wirf dein Herz über die Hürde, dein Körper wird ihm nachfliegen.«

Sie besaß ein Dutzend kleiner Broschüren, deren Verfasser sich Bo Yin Ra nannte, mit fernöstlicher Weisheit hausierte, aus Chemnitz oder Zwickau stammte und in Wirklichkeit Schneider oder Franke hieß. Aber das hätte nicht so gut wie Bo Yin Ra geklungen. Er war sehr in Mode und hatte eine große, meist weibliche Anhängerschaft. Wenn man jemand verkünden hörte, auch die längste Reise beginne mit dem ersten Schritt, dann stammte diese Weisheit mit großer Wahrscheinlichkeit von ihm. Auch Gertrud Fleming war eine Adeptin des großen Meisters, wenn auch eine von der milderen Observanz, denn die ernsten waren, wie es nun einmal die Art von Konvertiten ist, ziemlich unerträglich. Am Erfolg gesehen aber kann ich nicht ganz ausschließen, daß es letzten Endes doch die fernöstlichen Weisheiten von Herrn Bo Yin Ra waren, denen ich das Überspringen der riesigen Osterhürde verdankte. Vielleicht nämlich stand in seinen Werken auch irgendwo zu lesen, daß ein starker Arm im Hintergrund auch den Schwächsten über ein Hindernis zu heben vermag. – Denn wenn Herr Bluhm mich auch als hoffnungslosen Fall aufgegeben hatte, so genügte doch der Glaube daran, daß Direktor Mollenhauer mir Nachhilfestunden gegeben habe, mir – schon um den Kollegen Mollenhauer nicht zu blamieren – statt der Fünf eine Vier ins Zeugnis zu schreiben. Da ich in den anderen Fächern schwer gebüffelt hatte, brachte ich mit dem recht ordentlichen Zeugnis auch die Versetzung nach Prima ins froh gestimmte Elternhaus.

Im Rückblick auf jene Jahre frage ich mich manchmal, ob die Sorgen und Ängste um Gegenwart und Zukunft wirklich so groß waren, daß man am Leben zu verzweifeln drohte. Aber wenn ich an die Jugendfreunde denke, die sich eine Kugel in den Schädel jagten, weil sie an der Osterhürde hängenblieben oder das Abitur nicht schafften, dann wird mir die ausweglos erscheinende Dunkelheit, durch die man irrte, sehr gegenwärtig. Noch heute steht zwischen meinen Büchern die Literaturgeschichte von Scherer mit der makabren Widmung: Meinem lieben Freunde H. B. an meinem Geburts- und Todestag zum Andenken an Heinrich Jamrowski. –
Als ich ihn kennenlernte, war er zum zweiten Mal an der Versetzung nach Unterprima gescheitert. Es gab in Königsberg eine bekannte Presse eines Herrn Dr. Mensch. Das Abitur als Externer zu schaffen, war keine Kleinigkeit. Als nun Heinrich Jamrowski, wie es vorauszusehen war, das Abitur auch beim zweiten Anlauf nicht schaffte, stand sein Entschluß fest, seinem Leben ein Ende zu machen. Wochen- und monatelang, in Kneipen, in Cafés, auf endlosen Wanderungen zwischen seiner Bude in der Tuchmachergasse und unserer Wohnung in der Bachstraße versuchte ich ihn in stundenlangen Auseinandersetzungen von seinem Entschluß abzubringen. Zweimal wollte ich ihm die Mauserpistole, die er ständig bei sich trug, mit Gewalt abnehmen. Wir haben uns um sie regelrecht geprügelt und die Nasen blutig geschlagen. Er war nicht umzustimmen und er war nicht aufzuhalten. An einem Novembertag, seinem Geburtstag, hatten wir ein Treffen im Messehauptrestaurant verabredet. Wir tranken bei solchen Lokalbesuchen für gewöhnlich zwei oder drei kleine Biere, bei gutem Kassenstand auch etwas mehr. Bei diesem Treffen bestellte er sich eine Tasse Kaffee. Natür-

lich fragte ich ihn, ob er etwa krank sei. Aber er antwortete, daß ihm nicht das fehle, was ich wohl meine, nein, er habe seinem alten Herrn die Monatsabrechnung zu schikken...

»Außerdem habe ich mich in der ›Hartung'schen Zeitung‹ vorgestellt. Ich könnte dort auch ohne Abitur und Studium als Volontär eintreten. Aber ich muß eine offizielle Bewerbung mit Lebenslauf und allem Drum und Dran einreichen.«

»Was sagt dein alter Herr dazu?«

»Das interessiert mich nicht.«

Das Verhältnis zwischen Vater und Sohn war gespannt. Der Vater war Pfarrer in einem Kirchspiel bei Angerburg, und sein Gehalt war sicherlich nicht so üppig, daß er es sich ohne eigene Entbehrungen leisten konnte, den älteren Sohn studieren zu lassen und den jüngeren, meinen Freund Heinrich, auf die kostspielige Presse des Dr. Mensch zu schicken. Aber da gab es auch noch andere Dinge, die das Vater-Sohn-Verhältnis trübten. Es war vor allem die Diskrepanz zwischen dem Mann, den der Sohn auf der Kanzel bei der Sonntagspredigt beobachtete, und jenem andern, den er als Ehemann und Vater daheim menschlich und oft genug allzu menschlich erlebte.

An jenem Abend im Messehauptrestaurant erschien er mir ruhiger und gelöster als sonst. Er poussierte – anders kann ich es nicht nennen – auch nicht mit der Pistole in seiner Tasche, für die er, oft mitten im Gespräch, zärtliche Worte wie für ein geliebtes Mädchen fand, so daß ich mit einem kleinen Frösteln im Rücken oft genug das Empfinden hatte, er sei nicht ganz bei Verstand. Um neun brachen wir auf. Er begleitete mich noch ein kurzes Stück meines Heimweges. Vor den kämpfenden Auerochsen, einer Bronzeplastik in den Grünanlagen des neuen Justizpala-

stes, verabschiedete er sich von mir.
»Da ist noch der Scherer«, sagte er und drückte mir das Buch in die Hand, »für mich unnötiger Ballast. Vielleicht kannst du ihn brauchen...«
Ich klopfte ihm auf die Schulter: »Schönen Dank, Heinrich, und mach's gut. Dann also – bis zum nächsten Mal.«
Zu Hause angekommen schlug ich das Buch auf und las die Widmung. Die Eltern und Großmutter spielten im Wohnzimmer die letzte Skatrunde. Mutter rief mir zu, daß mein Abendbrot in der Küche stände. Heringssalat... Ich stürzte aus dem Haus und rannte den Weg zurück. Aber ich kam zu spät. Von den Leuten, die noch aufgeregt um die Bank herumstanden, auf der man ihn gefunden hatte, erfuhr ich, daß Passanten den Schuß gehört und die Polizei alarmiert hatten. Er hätte noch gelebt und schrecklich gestöhnt, als man ihn abtransportierte. Er hatte sich blind geschossen und lebte noch zwei Tage, aber die Ärzte versicherten mir, daß er nicht gelitten und ohne Bewußtsein in den Tod hinübergeglitten sei.
Nun, ich hatte es mit einer gehörigen Portion Glück gerade noch einmal geschafft und faßte die besten Vorsätze, in den beiden Jahren, die mich noch vom Abitur trennten, nicht nur immens tüchtig zu arbeiten, sondern mich auch eines Lebenswandels zu befleißigen, der Gott und den Menschen wohlgefällig war – vor allem aber, meine freche Schnauze zu bremsen, mit der ich mir schon manche böse Suppe eingebrockt hatte. Nach gründlicher Überlegung erschien es mir nicht ratsam, in Königsberg wieder aufs Friedrichskolleg zurückzukehren. Da saßen gewiß noch einige Herren im Lehrkörper, die mich nicht in der besten Erinnerung hatten. So schlug ich Vater vor, mich im Stadtgymnasium Altstadt-Kneiphof anzumelden. Er hatte nichts dagegen einzuwenden. Inzwischen übernahm

Mutter die Wohnungssuche. Sie pendelte vierzehn Tage lang häufig zwischen Bartenstein und Königsberg hin und her und kam eines Tages überglücklich zurück, denn sie hatte auf den Hufen in der Bachstraße mit einer Gärtnerei als Gegenüber ihre Traumwohnung gefunden. Eine Wohnung mit vier großen Zimmern, von denen Großmutter eins beziehen sollte, und mit einer geräumigen Mädchenkammer mit Lichtanschluß, die ich mir einrichten durfte. Und ein großer Balkon mit Blick auf die Gärtnerei war auch dabei. Mutter sah schon die Petunien in den Balkonkästen vor sich, und auch den Kaffeetisch, den sie den Damen ihres Kränzchens decken würde. – Die Spediteure waren für den Donnerstag nach dem Osterfest bestellt. Mir blieben zehn Tage, um mich von Bartenstein zu verabschieden. Von der Penne schied ich leichten Herzens. Von den Freunden, die ich hier gewonnen hatte, und von der kleinen Stadt, die mir so vertraut geworden war, als wäre sie ein Stück von mir, fiel mir der Abschied schwer. Am bittersten aber war der Gedanke, daß der Umzug nach Königsberg auch die Trennung von Gertrud Fleming bedeutete.

Ich hatte sie seit vierzehn Tagen nicht gesehen, da eine Schwester ihres Mannes sich für zwei Wochen zu Besuch angemeldet hatte. Frau Fleming hatte mich nicht ausdrücklich gebeten, meine Besuche im Gerlachschen Haus während der Anwesenheit ihrer Schwägerin einzustellen, aber ich spürte, daß es ihr lieber war, wenn ich während des Besuchs fernblieb. Aber auch mir lag nichts daran, der Dame zu begegnen. Denn mein Verhältnis zu Gertrud Fleming hatte im Verlaufe der Wochen und Monate eine Wandlung durchgemacht, nicht von ihrer, wohl aber von meiner Seite. Ich hatte mich in die schöne junge Frau glühend verliebt. Es kann ihr nicht verborgen geblieben sein, wie es um mich und meine Gefühle für sie bestellt war, aber sie tat unbefangen, hielt mich mit leichter Hand auf Distanz, spielte mit mir ein Spiel, das sie amüsant und vielleicht auch ein wenig schmeichelhaft fand, und verstand es stets, das Feuer auf Sparflamme herunterzuschrauben, wenn es emporzulodern drohte. Dabei spürte sie wohl auch, daß ich nicht einmal daran zu denken wagte, sie als Frau zu begehren. Ich brannte sozusagen sauber...

Am Gründonnerstag setzte uns Mutter wie alljährlich zum Kaffee den über das ganze Kuchenblech ausgezogenen, mit Mandelsplittern überstreuten Gründonnerstag-Kringel vor. Vater vertilgte die Hälfte davon und ließ sich seine einen halben Liter fassende Barttasse dreimal füllen. Ich würgte an dem kleinen Stück, das ich mir auf den Teller gelegt hatte. Die verdammte Schwägerin raubte mir seit acht Tagen den Appetit und die Ruhe. Großmutter sah mich über die Brille hinweg besorgt an: »Fieber hat er nicht, aber es steckt was im Jungen drin, was mir gar nicht gefällt...«

Lieber Gott, wenn sie gewußt hätten, was in mir drinsteckte! Als es endlich Abend wurde, hielt ich es nicht länger in meiner kleinen Bude aus. Ich mußte Gertrud Fleming sehen, wenn auch nur für einen Augenblick und für ein Wort zwischen Tür und Angel. Ich lief über den Anger in die Stadt. Vom Kirchturm hallten acht Schläge über die Angerwiesen herüber. Es war eine verhangene, milde Aprilnacht. Der See war schon seit Mitte März eisfrei, und der Schnee längst von den Dächern getaut. Ein grünes Osterfest war zu erwarten. Die Fenster im Erdgeschoß und im oberen Stockwerk waren dunkel. Es schien niemand im Hause zu sein. Ich läutete zaghaft, innen schepperte die Glocke, aber nichts rührte sich im Haus. Sollte ich es noch einmal versuchen? Ich lauschte in die Nacht.

Auf der Straße näherten sich Schritte, jemand drückte die Klinke der Gartenpforte nieder und kam auf mich zu. Ich räusperte mich laut.

»Mein Gott, haben Sie mich erschreckt!« stieß sie mit kurzem Atem hervor.

»Entschuldigen Sie, ich habe zweimal geläutet, aber es hat sich niemand gemeldet...«

Sie kam mir entgegen. Ich erkannte die Umrisse ihrer Gestalt. In ihrer Hand klirrte das Schlüsselbund: »Kein Wunder, es ist niemand im Hause. Ich habe meine Eltern gestern zur Bahn gebracht. Sie wollen die Osterfeiertage bei einem Bruder meines Vaters in Osterode verbringen...«

»Und Ihre Schwägerin?«

»Die ist schon vor acht Tagen abgedampft. Es war ihr hier wohl nicht abwechslungsreich genug...«

»Mein Gott, wenn ich das geahnt hätte!«

»Ich wollte Ihnen eine Nachricht zukommen lassen, aber ich habe mich nicht recht getraut. Oder wissen Ihre Eltern von unserer Bekanntschaft?«

Ich zögerte mit der Antwort...

»Das habe ich mir gedacht«, sagte sie mit einem kleinen, kehligen Lachen, »und deshalb ließ ich den Brief lieber in meiner Handtasche.«

Sie sperrte die Haustür auf und forderte mich auf, einzutreten. Die Tür fiel ins Schloß. Wir standen in völliger Finsternis so nah beieinander, daß ich ihre Wärme spürte und den Duft ihrer Haut atmete. Sie suchte in ihrer Handtasche nach den Zündhölzern, um die Kerze anzubrennen.

»Sie wollten mir wirklich schreiben?« fragte ich atemlos.

»Ja – und ich wollte Ihnen auch gratulieren, denn ich hörte, daß Sie die Versetzung geschafft haben...«

»Wenn Sie wüßten, wie ich mich nach Ihnen gesehnt

habe«, flüsterte ich mit trockener Kehle.
Ihre Hände suchten meinen Kopf: »Ach, mein Kleiner«, hauchte sie mir ins Ohr, »du hast mir auch gefehlt...«
Ihre Lippen suchten meinen Mund zu einem Kuß, wie ich noch nie geküßt worden war. Das waren nicht die harten, trockenen und fest geschlossenen Lippen, die mir das spröde Kätchen zum Kuß geboten hatte. Und es war kein flacher Mädchenkörper, den ich in den Armen hielt, sondern der weiche, üppige Leib einer reifen Frau. Einer Frau mit einem Hunger nach Zärtlichkeiten, der jahrelang nicht gestillt worden war. Und ich hatte das Gefühl, in einen Wirbel geraten zu sein, der mich schwindlig machte und mich gleichzeitig lähmte, ich empfand dabei keine Angst, obwohl ich das Empfinden hatte, den Boden unter den Füßen verloren zu haben und zu stürzen, in einen saugenden Abgrund, in die Leere, ins Nichts.
»Nicht doch...« flüsterte sie und schlüpfte aus meinen Händen, »wir haben doch Zeit. Du hast doch Zeit, nicht wahr? Oder muß mein kleiner Junge pünktlich um zehn zu Hause sein?«
»Natürlich nicht! Ich bleibe bei dir, solange du mir zu bleiben erlaubst.«
»Dann laß mich die Kerze anzünden. Und leg deinen Mantel ab, die Knöpfe tun mir weh...«
Ein Zündhölzchen flammte auf, und sie entzündete die Kerze vor dem Garderobenspiegel. Wie schön sie war! Eine Flechte ihres schwarzen Haares hatte sich gelöst und fiel über ihre Wange. Das flackernde Kerzenlicht zauberte geheimnisvolle Schatten in ihr Antlitz. Die kleine, gelbe Flamme spiegelte sich in ihren großen dunklen Augen. Ich starrte sie an, als könne ich nicht glauben, was vor Sekunden zwischen uns geschehen war. Meine Kehle war wie ausgedörrt.

»Geh voraus«, sagte sie sanft, »zieh die Vorhänge zu und zünde das Feuer im Kamin an. Ich bin gleich bei dir.«
Sie ließ mich ziemlich lange warten, aber ich wartete geduldig. Das Kaminfeuer begann den Raum zu wärmen. Ich zündete auch die Kerzen in dem dreiarmigen Messingleuchter über dem Kamin an.
»Lösch die Kerzen«, sagte sie, als sie endlich die Tür öffnete. Ich blies die Flammen mit drei kurzen Atemstößen aus. Die knisternde Glut der Tannenzapfen im Kamin tauchte nur den nahen Umkreis in einen schwachen, rötlichen Lichtschimmer, den der schwarze Lack des Flügels aufzusaugen schien. – Wenn es in ihrer Absicht gelegen hatte, mich vollends in Verwirrung zu bringen, dann war ihr das gelungen. Sie hatte das Haar gelöst und mit einer roten Seidenschleife im Nacken zusammengebunden. Die bloßen Füße steckten in zierlichen Pantöffelchen mit einem Saum schneeweißen Schwanenflaums. Und sie war unter dem schwarzen Morgenmantel mit bunten Stickereien aus Gold- und Seidenfäden nackt. Mit ihren schräg geschnittenen Augen, den hohen Jochbögen und dem rabenschwarzen glatten Haar, das ihr weich über die Schulter fiel, kam sie mir wie eine Erscheinung aus einem orientalischen Märchen entgegen – Scheherazade, Turandot, Madame Butterfly, eine Prinzessin aus Tausendundeiner Nacht...
»Gefalle ich dir so?« fragte sie mit einer Stimme, die wie der Lockruf einer Taube aus ihrer Kehle kam.
Ich schluckte und brachte keinen Laut heraus.
»Komm«, sagte sie und streckte mir die Hand entgegen. Der Mantel öffnete sich vor ihren vollen, weißen Brüsten mit großen, dunklen Warzenhöfen. Ich nahm ihre Hand und ließ mich wie blind durch das dunkle Haus in ihr Schlafzimmer führen. Eine winzige Petroleumlampe mit

einem Schirm aus gelblich getöntem Glas brannte mit einer winzigen Flamme, so daß ich noch die Umrisse der Möbel, eines breiten Bettes, eines hohen dunklen Schrankes und einer hellen Wäschekommode erkennen konnte. Sie ließ den Mantel fallen und schlüpfte ins Bett und zog die Decke über sich. Das Zimmer war ungeheizt.

»Laß mich nicht frieren...« flüsterte sie mir zu und streckte die Arme nach mir aus. Ich riß mir die Kleider herunter und stürzte in ihre Wärme, von einem Glücksgefühl erfüllt, das mir die Brust sprengen wollte und fast schmerzhaft war. Ihre Lippen glitten über mein Gesicht, ihre Zähne gruben sich in meine Schulter, sie stöhnte unter mir...

Und dann traf mich die Ohrfeige, die eisige Dusche, der trockene Leberhaken...

»Oh Alex, Liebling, daß du wieder bei mir bist...!«

Es war ein Grabstein, der mich erschlug. Grauer Granit, blank poliert, und eine Inschrift in goldenen Lettern

DR. MED. ALEXANDER FLEMING
Stabsarzt
* 1884 † 1920

Ich weiß nicht, wie ich aus dem Hause gekommen bin. Vielleicht ließ auch Joseph auf der Flucht vor Frau Potiphar ein Halstuch oder eine Sandale in ihrem Schlafzimmer zurück. Ich jedenfalls kam nach langem Umherirren durch die menschenleere nächtliche Stadt irgendwann ohne Schlips und mit nur einem Strumpf zu Hause an, schlich in meine Bude, warf mich ins Bett und weinte meine Wut und meine Enttäuschung, nichts als Ersatz für einen Toten gewesen zu sein, in die Hühnerfedern meines Kopfkissens. Ich war mit der Schule fertig, mit Bartenstein fertig – und für alle Zeiten von der Liebe geheilt. – Das Osterfest kam und ging vorüber. Ich verkroch mich in mein Zimmer, fühlte mich sterbenselend, wünschte mir nichts sehnlicher als eine Krankheit herbei, um Vaters österlichen Freßorgien und dem trauten Familienleben zu entkommen, bekam durch ein Wunder tatsächlich 39.4 Fieber, Großmutter flößte mir Kamillentee ein und stopfte mich mit Aspirintabletten voll, und als die Spediteure kamen, stand ich fieberfrei und gesund auf und marschierte zum letzten Mal über das Bartensteiner Pflaster zum Bahnhof.

Wie sehr sich doch Königsberg in den fünf kurzen Jahren meiner Abwesenheit verändert hatte! Nicht im Kern. Da standen die alten Speicher mit ihren spitzen Giebeln an der Lastadie wie eh und je, und immer noch stauten sich die Straßenbahnen und Autos, wenn die Krämerbrücke hochgezogen wurde, um die Schlepper und Schiffe passieren zu lassen. Da stand in der Königstraße und auf dem Steindamm noch jedes Haus genauso, wie ich es in der Erinnerung hatte. Aber außerhalb der alten Stadtmauer, außerhalb der längst geschleiften Tore, die ausgesehen hatten, als wären sie aus einem Anker-Steinbaukasten aufgeführt worden, platzte die Stadt aus den Nähten. Hinter dem Steindammer Tor, das wir in den ersten Königsberger Jahren noch passiert hatten, wenn wir zum Tiergarten gingen, oder wenn die Eltern in den Etablissements von Sabrowski oder Ragutzki ihren Kaffee tranken und dazu mitgebrachten Streuselkuchen aßen, waren die alten Friedhöfe eingeebnet worden. Da türmte sich jetzt, acht Stockwerke hoch, der ›Handelshof‹ empor, und Dr. Goldstein, mein späterer Gönner von der ›Hartung'schen

Zeitung‹, hatte einen Zweizeiler gedichtet, der in Goldbuchstaben über der Eingangshalle stand:
»So wie ich wuchtig und fest erstand auf dem Staub eines Friedhofs,
so auch erblühe mein Land aus den Ruinen der Zeit.«
Und im Treppengeländer zum letzten Stockwerk war in schmiedeeisernen Buchstaben die Warnung angebracht: »Hool di am Tuhn – de Himmel es hooch ...« Der alte gemütliche Kranzer Bahnhof war einem pompösen Neubau gewichen. Zum Tragheimer Tor hin zog sich mit Ausstellungshallen und einem Riesenrestaurant das Messegelände hin, und die namenlose Straße zu den Hufen und nach Amalienau hieß jetzt recht eindrucksvoll Hansaring. Und der Oberbürgermeister hatte die Gunst der Stunde genutzt und einen supermodernen Hafen bauen lassen, mit Inflationsgeld, denn inzwischen taumelten wir in die zwölfstelligen Zahlen hinein. Eine Batschari kostete am Bahnhofskiosk fünfzig Milliarden, und die Zehnerpakkung eine halbe Billion. Mit den Milliarden und Billionen hatte ich allerdings wenig zu tun, die bündelten sich in den Taschen anderer Leute. Nur manchmal, wenn die Stauer im Hafen streikten, stellte es uns Primanern der Chef des Stadtgymnasiums, Dr. Mentz, anheim, vaterländischer Pflicht zu genügen und verderbliche oder lebenswichtige Ladungen im Hafen zu löschen. Ich war einmal dabei. Polizei geleitete uns Streikbrecher am frühen Morgen durch enge Nebengassen zum Packhof, wo der Frachter lag. Nicht früh genug, denn die streikenden Stauer bildeten bereits ein wütendes Spalier und schmissen uns außer unflätigen Flüchen auch Knüppel und Steine nach. Und für den Heimweg sorgte leider keine Polizeieskorte.
Es war ein schwedischer Frachter. Wir löschten Rundhölzer für die Zellulosefabrik und schufteten bis zum Umfal-

len. Der Steuermann war mit uns zufrieden, er meinte, soviel wie wir hätten die Stauer nicht geschafft. Kunststück, die schufteten ja auch nicht einmal im Jahr, sondern Tag für Tag und teilten ihre Kräfte ein. Gegen Mittag war den meisten von uns das Kreuz gebrochen. Nur Pulinna und Handtke hielten durch, zwei Jungen vom Land, die in den ganzen voraufgegangenen mageren Jahren von daheim reichlich mit Freßpaketen versorgt worden waren. Beide waren mit mir neu zu der Klasse gestoßen, aber sie waren klebengeblieben und mußten die Unterprima wiederholen. Handtke übrigens bestand mit uns zusammen das Abtitur, studierte Jura, wurde Rechtsanwalt und, bald nachdem die Nazis an die Macht gekommen waren, durch das Fallbeil hingerichtet. Er war in irgendwelche Devisengeschichten verwickelt gewesen. Vater, von Hitler zunächst recht angetan, weil da einer gekommen war, der für Recht und Ordnung sorgte, muß dieses Todesurteil einen schweren Stoß versetzt haben. Er schrieb mir, für sein Vergehen hätte Handtke in normalen Zeiten nicht einmal eine Verwarnung von der Anwaltskammer bekommen, und er setzte hinzu, er fürchte, daß wir unter dem Hitler noch allerlei erleben würden.
Damals rollte er neben mir die Rundhölzer aus Schweden, die die Dampfwinde aus der Ladeluke hievte und auf den Kai warf, zum Stapelplatz, wo andere sie in Empfang nahmen und zur Verladung aufschichteten, denn es streikten nicht nur die Stauer, sondern auch die Arbeiter von der Zellulosefabrik. Wer nicht mehr konnte, machte mit halber oder viertel Kraft weiter, denn es kam darauf an, das Hafengelände geschlossen zu verlassen. Ich kam mit drei Dollar in der Tasche heim. Es war ein Vermögen. Trotzdem war mir das Streikbrechen für die Zukunft verleidet, denn mein linker Arm war durch einen Knüppelhieb übers

Schlüsselbein tagelang unbrauchbar, und ein Steinwurf hatte mir das Nasenbein deutlich nach links verschoben. Als ich es merkte, war es zu spät, um den Knochen noch zu richten. – »Vielleicht haben Sie Glück und kriegen mal eins von der anderen Seite über den Zinken gebraten«, sagte der Dr. Schmidtke, den ich aufsuchte, weil er den ASCO als Sportarzt betreute und aus mir ein Sprinter-As machen wollte. Ich hatte Glück. Zu viel Glück. Und es ›briet‹ mir auch keiner eins über die Nase, sondern es passierte beim Holzspalten, daß mir ein Keil gegen den Zinken flog. Leider allzu kräftig, denn von da ab zeigte der Knick nach rechts.

Das Stadtgymnasium lag hinter dem Dom. Ein gelb verputzter Bau mit großen Rundbogenfenstern. Vom Domplatz her kam man auf den schmalen Schulhof, der sich zwischen der roten Backsteinmauer der gotischen Kirche und der Front des Gymnasiums bis zur alten Universität hinstreckte, unterbrochen von dem an die Dommauer geklebten überdachten Säulenbau, der die Gebeine von Immanuel Kant unter einer Granitplatte barg. Ein guter Einfall des Architekten, denn von den Säulen abgeschirmt, konnten wir, der Sicht des aufsichtführenden Paukers entzogen, in aller Ruhe eine Pausenzigarette stauben. Zwischen Dom und Universität führte eine schmale Pforte zum Pauperhausplatz und zur Dombrücke. Dort gab es eine kleine Pinte, in der unser Musiklehrer Bastian, ein liebenswürdiger, hochbegabter und beliebter Mann in der Zwölfuhrpause gern einen Klaren kippte und uns einen auslegte, wenn wir den Dittchen für den Schnaps nicht zur Hand hatten.

Natürlich betrat ich die neue Schule und das Klassenzimmer im ersten Stockwerk, aus dessen hohen Fenstern man Kant als hohe sittliche Verpflichtung unter sich liegen sah, mit dem gleichen hohlen Gefühl im Magen, das ich schon beim ersten Schulwechsel empfunden hatte. Was für Leute würde man antreffen, und wie würde man von ihnen aufgenommen werden? Es ging besser als gedacht, denn einen von den Jungen kannte ich vom Sport her. Er war beim ASCO – dem Akademischen Sportclub Ostpreußen – und war im letzten Sommer auf der Aschenbahn im Bartensteiner Schützenpark gegen mich gelaufen. Weil er mich kurz vor dem Ziel noch abgefangen hatte, entsann ich mich sogar seines Namens. Er hieß Helmut Dietrich, und seinem Vater gehörte eine Goldgrube, nämlich eine mit einem Stehausschank verbundene Schnapsdestille gleich neben der Schmiedebrücke. Gegenüber am Kai lagen dicht bei dicht die Kurenkähne, die die gute Butter und den fetten Tilsiter Käse aus der Memelniederung heranbrachten. Da hatte Vater Dietrich wegen mangelnder Kundschaft keine Klagen zu führen. Helmut haute mir gleich freundschaftlich auf die Schulter, keilte mich mit dem ersten Satz für seinen ASCO, der mir wegen des dekorativen Brustringes mit dem Adler auf dem Trikot schon lange imponierte, und übernahm dann die Vorstellung. Achtzehn neue Namen, zu viele, um sie schon am ersten Tag dem Gedächtnis einprägen zu können. Fitti Konopka, Helmut Monska, Arthur Pukall, Konrad Rudowski, Benno Schereschewski, Kaminski, Freier, Wiersbitzky, Krehwald ... Nun, ich lernte sie rasch. Eine Woche lang beschnupperten wir uns wie junge Hunde. Pukall, der hatte es mit dem Bibelkränzchen und verlor den frommen Augenaufschlag erst nach dem Abitur – dann aber gründlich. Lischewski wollte die höhere Postkarriere einschlagen. Der Vater von Konrad Rudowski besaß in der Mehlauker Gegend ein Sägewerk und traktierte uns, wenn er seinen Filius besuchte, im Börsenkeller mit doppelstöckigen ›Kurfürstlichen Magen‹, die nach dem sechsten verheerende Wirkungen zeigten. Fitti Konopka, der an einem diskreten Körperteil so überdimensioniert gebaut war, daß er die Empfehlung eines Frauenarztes in Anspruch nehmen mußte, um die Dame zu finden, die zu seiner Dimension paßte. Er ging zum Polizeidienst. Einmal traf ich ihn nach langen Jahren in der Nähe des Anhalter Bahnhofs. Wir tranken in einer Pinte einige Mollen und die Kurzen dazu, er wurde von Molle zu Molle immer schwermütiger und wollte sich aufhängen. Er tat es auch, aber es glückte nicht, er riß im Abtritt mit der Kette, die er sich um den Hals geschlungen hatte, nur den Wasserkasten der Spülung herunter. Wenig später traf ich ihn als den glücklichsten Menschen der Welt wieder. Da hatte er, wie gesagt, mit Hilfe eines Frauenarztes ...

Nach kurzer Zeit fanden wir Wohlgefallen aneinander, und sie nahmen mich sogar in den ›Comment Olymp‹ auf. Das war ein liebenswürdiger kleiner Saufverein mit einer uralten Tradition, seit Generationen verboten, aber immer wieder wie ein Phönix aus der Asche steigend. In den alten Statuten fanden wir die Namen von zwei unserer Professoren, die dem Comment vor vierzig und mehr Jahren angehört hatten. Das war ein Grund zum Feiern. Wir zogen die Kommerse einmal im Monat in den Hinterzimmern Kneiphöfischer Bumskneipen ab, die oftmals abenteuerliche Namen hatten – ›Zum Abgehackten‹ oder ›Zur eisernen Sau‹ ... In den Vorzimmern süffelten die Damen des horizontalen Gewerbes, die ihre Standquartiere zwischen Magisterstraße und Kohlmarkt hatten, mit ihren Beschützern. Ihren hingeschluchzten Erzählungen nach waren es lauter russische Gräfinnen und Fürstinnen, die, von den Bolschewiken ihrer Güter und Juwelen beraubt, hier ihre Körper, nie aber ihre ›Säälen‹ verkauften.

Als Schulgeld wurde vierteljährlich ein Betrag von RM 32.50 erhoben. Kassiert wurde es von Zeichenlehrer Jordan. Der leichtsinnigste Hund von uns allen war fraglos Fitti Konopka. Wenn Herr Jordan am Quartalsersten zum Kassieren kam, konnte ihm der Fitti nur eine Abschlagzahlung von 22.50 oder günstigsten Falles von 28 Mark anbieten. »Wo hast du verdammter Kerl das Geld wieder versoffen?« grollte dann der alte Jordan. »Im Kulmbacher, Herr Professor«, schnuffelte der Fitti und hoffte, Herrn Jordan durch die Verleihung des Professorentitels gnädiger zu stimmen. »Im Kulmbacher...« brummte der, »weshalb sauft ihr nicht Schönbuscher wie ich? Da kostet das Tulpchen drei Pfennig weniger. Also – wenn das Geld nicht spätestens übermorgen zur Stelle ist...!« Dann rannte der arme Fitti zwei Tage lang von Pontius zu Pilatus, ergatterte hier fünfzig Pfennig und dort eine Mark, und dann fehlten ihm oft genug doch noch zwei oder drei Mark zur vollen Summe. Und jedesmal streckte Herr Jordan die Differenz unter fürchterlichen Drohungen aus der eigenen Tasche vor.

Inzwischen war nämlich der Billionenschwindel im Herbst 1923 von einem Tag auf den andern geplatzt. Mit den Nullen war es vorbei. Unser Geld hieß jetzt Rentenmark, und es war so knapp, daß wir uns an die kleinen Brötchen, die man daraus backen konnte, erst gewöhnen mußten. Eine Mark war ein Haufen Geld. Die Zigarette kostete zwei Pfennig pro Stück, für den kleinen Korn nahm Vater Dietrich über die Theke fünf und für den doppelstöckigen zehn Pfennig. Und auch die Tulpe Bier gab es für einen Dittchen – sofern man ihn besaß. Wenn einer von uns drei Mark in der Tasche hatte, galt er als Krösus. Das war es eben, was dem Fitti das Pumpen so schwer machte. –

Wie war die Zeit? Spürten wir die dunklen Wolken, die heraufzogen? Ach was, wir lebten an der Zeit und an den Tagesereignissen vorbei und hielten den Carlos Jaecker, dessen Vater sozialdemokratischer Reichstagsabgeordneter war, für einen Spinner, wenn er für seines Vaters Partei nachts auszog, um Plakate zu kleben und sich mit den Stahlhelm-Leuten herumzuprügeln. Unser Chef war Stadtverordneter und gehörte der Fraktion der Deutschen Volkspartei an, einer liberalen Gruppe, die zuerst großen Zulauf hatte und später, wie es Liberalen so zu gehen pflegt, mit Existenzsorgen kämpfte. Der Chef war ein echter Liberaler, nicht nur als Parteimann, sondern auch als Mensch. Einmal geriet Jaecker mit ihm während des Geschichtsunterrichts in einer politischen Tagesfrage zusammen. Weiß der Himmel, worum es ging, jedenfalls endete es damit, daß Jaecker ihm blitzend zurief: »Ach, hören Sie doch auf! Sie mit Ihrer Fraktion Drehscheibe!« – Er sagte nur: »Aber, aber, Jaecker! Wir sind doch hier nicht auf einer sozialdemokratischen Wahlversammlung ...!« – Das war seine ganze Reaktion auf die Unverschämtheit, und Carlos Jaecker hatte die ›Fraktion Drehscheibe‹ auch in Zukunft nicht zu büßen. Mentz war ein Mann, bei dem man nicht nur denken durfte, sondern der Mitarbeit und Mitdenken verlangte. Als ich einmal eine Bemerkung über die auffällige Nähe von Cluny zu der sich in Südfrankreich ausbreitenden Kreuzzugsbewegung machte, war er davon so angetan, daß er mir, die starke Brille drei Zentimeter vom Notizbuch entfernt, eine Eins hinmalte. Von da an hatte ich bei ihm einen Stein im Brett, der leider kurz vor dem Abitur herunterpurzelte; aber diese Geschichte habe ich schon früher erzählt.

Überhaupt hatte ich mit der Wahl des Kneiphof einen Volltreffer gelandet. Mit wenigen Ausnahmen waren un-

sere Professoren alte Herren, die uns mit fast großväterlicher Güte behandelten. Da gab der alte Professor Krieger Latein. Weshalb er den Spitznamen Luchs trug, konnten vielleicht verflossene Generationen erklären. Die scharfen Augen waren trüb geworden, und wenn er jemals Krallen und Zähne besessen hatte, so waren sie jetzt stumpf. Griechisch lehrte Professor Lehnerdt mit dem Spitznamen Mops. Ein liebenswürdiger alter Herr, der nur noch erglühte, wenn er uns in die Welt Platons einführte. Es gab einen wunderbaren, unfehlbar wirkenden Trick, um eine Übersetzung herumzukommen, ohne sich eine schlechte Note einzuhandeln. Man brauchte bei der bei Platon so häufigen Anrede des Sokrates an seine Athener Mitbürger anstatt »Oh, ihr Männer von Athen« nur »Oh, ihr atheniensischen Männer« zu sagen, und schon wand er sich ob solcher Sprachverhunzung wie die ganze Laokoongruppe und seufzte gequält: »Setzen Sie sich! Den Fleiß will ich Ihnen nicht absprechen. Und Sprachgefühl ist wohl eine Begabung. Man hat es oder man hat es nicht. Ihnen fehlt es gänzlich. – Bitte, Wiersbitzky, fahren Sie fort.«
Der Mathematiker war Professor Stieren. Was außerhalb der Mathematik an der Schule gelehrt wurde, hielt er für Firlefanz, für nutzlosen Gedächtnisballast, jeder Bemühung für unwert. Die Arme an die Brust gepreßt und die Hände so tief in den Jackenärmeln vergraben, daß er handlos zu sein schien, brachte er mich durch ein kurzes Anheben des Kinns zum Stehen: »Sie, der Neue da – Mathematik? Note?«
»Vier, Herr Professor...«
Er sah mich durch seine runden, nickelgefaßten Brillengläser an, als suche er in meinem Gesicht nach Spuren von Aussatz. Nach der Stunde gelang es mir, ihn im Korridor zu stellen.

»Was will er?« Tatsächlich, er bediente sich des Er aus friderizianischen Zeiten.
»Ich wollte es Ihnen gleich sagen, Herr Professor, daß Sie es bei mir mit einem mathematisch Schwachsinnigen zu tun haben.«
»Sowas gibts nicht!« bellte er mich an.
Nach drei Minuten einer flüchtigen Prüfung wußte er, daß es so was doch gab. »Wenn er sich in meinen Stunden gesittet benimmt, kann er von mir aus machen, was er will. Hat er sonst noch was vorzubringen?«
»Das Abitur, Herr Professor ...«
Er blinzelte mich trüb an: »Ich möchte wissen, wie er mit seinen Unkenntnissen zu einer Vier gekommen ist.«
Ich hätte es ihm erklären können, aber ich unterließ es lieber. »Ich habe einige Ausgleichsfächer, Herr Professor ... Trotzdem würde mir eine Fünf das Genick brechen.«
»Will er etwa mit mir handeln?«
»Nein, Herr Professor, ganz gewiß nicht ...«
»Was soll's dann? Troll er sich jetzt. Er wird bekommen, was ihm zusteht.«
Da kamen also wieder die alten Sorgen auf mich zu. Aber der grimmige ›Bull‹ war gnädiger, als er sich nach außen hin gab. Unter den vier Aufgaben der schriftlichen Prüfung war eine, in der es hieß, wenn man das und das mit x multipliziere, dabei y herausbekomme und davon z abziehe, dann erhalte man als Resultat das Gründungsjahr einer bedeutenden Stadt. Es konnte sich nur um Rom und um die Zahl 753 handeln. Aber was nützte mir das schon? Die Aufgabe, für die anderen ein Kinderspiel, konnte ich nie im Leben lösen. Die schriftliche Prüfung fand im Zeichensaal statt. Jeder saß für sich an einem Tisch, und die einzelnen Tische waren nach allen Seiten meterweit voneinander entfernt. Man hätte schon ein Teleskop benützen

müssen, um vom Nachbarn spicken zu können. Es war eine strenge Klausur. Sogar der natürlichen Bedürfnisse hatte man sich vor der Arbeit zu entledigen.
»Aber weil einmal einem jungen Menschen die Blase geplatzt ist«, verkündete Stieren und deutete auf einen grünen Wandschirm im Hintergrund des Zeichensaals, »steht hinter dem Paravent ein Eimer – falls einer durchaus muß ...«
Als erster ließ es Konrad Rudowski hinter dem Paravent plätschern. Das winzige Papierröllchen mit der Lösung fand ich, wie verabredet, zwischen Rahmen und Stoffverspannung in die linke untere Ecke geklemmt. Und ich riskierte es, die Lösung der Aufgabe abzuschreiben. Vier Stunden lang verglich ich jede Ziffer und jedes Plus- und Minuszeichen des Spickzettels mit meiner Abschrift. Und dann paukte ich das Ganze auswendig, nebst Erläuterungen, die mir Konrad lieferte und stundenlang abhörte, falls es Stieren einfallen sollte, mich die Aufgabe an einem der kommenden Tage vor der Klasse an der Tafel wiederholen zu lassen. Ich bin davon überzeugt, daß er den Braten gerochen hat, denn so kinderleicht war die Aufgabe wiederum auch nicht, aber er ließ mich laufen. Er nörgelte nur, daß das Provinzialschulkollegium eine der Aufgaben so leicht gemacht habe, daß sie sogar ein Schwachsinniger hätte lösen können und – er sah mich über die Brille hinweg an – »gelöst hat!« Fürs Abgangszeugnis gab er mir die Note ›Mangelhaft mit schwächeren mündlichen Leistungen‹. Aber damit war ich gerettet. – Doch vor diesem glücklichen Ausgang lagen zwei lange Jahre. Zwei Jahre, von denen ich keines, nicht einmal die Ferien, zurückholen möchte, wenn mir eine gütige Fee den Wunsch, noch einmal achtzehn zu sein, gewährte.
Das Fleming-Erlebnis hing mir lange nach. Aber es war

nicht das verletzte Selbstgefühl, das mich nie wünschen ließ, jene schönen Tage, jene Tag' der ersten Liebe, ja nur eine Stunde jener holden Zeit wieder zu erleben. Es war die Schule, und es war die verdammte Mathematik, die mich bis ins Alter hinein mit Angstträumen verfolgte. Es versetzt mich immer wieder in Erstaunen, wenn ich in den Pennal-Mitteilungen, die mich erreichen, lese, mit welcher liebevollen Verehrung man sich dort an die alte Schule und an die Herren vom Lehrkörper erinnert. Damals, als man drin saß, hörte man andere Laute. Aber ich zolle dieser Liebe und Verehrung meinen aufrichtigen Respekt. Dennoch weiß ich nicht recht, ob es damit nicht etwas Ähnliches auf sich hat wie mit einer überstandenen Appendizitis oder Magenresektion. Es scheint nichts Schöneres und nichts Unterhaltsameres zu geben als die Erinnerung an vergangene Leiden. –

Vielleicht war es die Nähe der Magisterstraße mit ihren schrägen russischen Fürstinnen, die unsern Chef veranlaßte, uns durch Professor Vogel im letzten Schuljahr in einer Sonderstunde Aufklärungsunterricht geben zu lassen. Vogel war Naturwissenschaftler und erteilte Biologie-Unterricht. Der alte Herr war ein Original. Klein, rund, rosig und humorbegabt, mit einem Kranz schneeweißer Haare um die gewaltige Glatze, sprach er nur breitestes Ostpreußisch, auch wenn er vor großem Publikum populärwissenschaftliche Vorträge hielt. Sie waren stets bis auf den letzten Platz ausverkauft. – Zur Aufklärungsstunde brachte er zwei Rollbilder mit, die er an die Wand hängte. Auf dem einen Schaubild schlängelte sich riesenhaft vergrößert eine bleiche Spirochäta pallida über die Leinwand, und das andere zeigte eine blaue Gonokokkentraube.

»Na, Jungens«, fragte er und deutete mit dem Daumen hinter sich, »was habe ich euch da wohl Schönes mitjebracht?«
»Vielleicht Pantoffeltierchen, Herr Professor?« riet Konrad Rudowski mit dem einfältigsten Gesicht, das er aufsetzen konnte.
»Nu ja – aber mit Pantoffeln haben die Tierchen eijentlich nur sehr indirekt zu tun. Denn wenn man mit denen in Beriehrung kommt, hat man die Pantoffeln in den meisten Fällen ausjezogen. Also – was da wie Trauben an der Wand hängt, sind Gonokokken, nach denen die Koggenstraße am Gesekusplatz im Volksmund alljemein Gonokokkenstraße jenannt wird. Und wißt ihr, weshalb?«
»Nein, Herr Professor, weshalb denn?«
»Dann will ich es euch verraten. Weil nämlich die Damen dort lustwandeln, von denen man diese Dingerchen für drei Mark zum verbillichten Engros-Preis beziehen kann. Das sind nämlich die Erreger der Gonorrhöe, auch Tripper genannt.«
Wir sahen uns die Dingerchen mit ehrfürchtigem Staunen an.
»Das sind vielleicht gewaltige Tierchen!« sagte der Monska.
»Und du bist mir vielleicht ein jewaltijer Dämlack!« sagte der alte Vogel. »Denn was ihr hier seht, seht ihr in zehntausendfacher Verjrößerung. Ebenso wie die Spirochäta pallida, die Erregerin der Lues oder Syphilis. Daher die alte Studentenfrage: Ist es Kummer, was dich bleicht, oder ist es Syvielleicht? Aber nun sagt mir doch, woran der Anblick euch erinnert, na? na? na?«
»An einen Korkenzieher, Herr Professor!«
»Bravo, Jungchen! Jenau an einen Korkenzieher. Und da sind wir denn auch schon beim richtijen Stichwort anje-

langt. – Ihr sauft doch alle jern, nicht?«
Der Lischewski schüttelte entschieden den Kopf.
»Also schön, mit einijen Ausnahmen. Aber wie steht es mit den Herren vom Comment Olymp?«
»Was ist denn das, Herr Professor?« fragte der Grieseler, der die Statuten verwahrte und die Kneipzimmer für unsere Gelage bestellte.
»Ihr haltet mich wohl für mächtich dämlich, was?« fragte der alte Herr, »aber das ist mir auch völlig wurscht. Jedenfalls, als ich dabei war, haben wir wie die Bürstenbinder jesoffen. Und wenn jetzt einer von euch denkt, aha, daher hat der Alte die rote Neese, dann irrt sich dieser! Das ist ein Frostschaden. – Womit aber keineswegs jesagt sein soll, daß ich mir keinen mehr zur Brust nehme. Aber – und jetzt kommt das große Aber – ich hör auf, wenn's zu schmecken anfängt. Und das ist jenau das, was ich auch euch dringend anempfehlen möchte. – Ihr kennt doch das Dichterwort: Jlücklich leben die Zikaden, denn sie haben stumme Weiber. – Wenn es bei den Menschen auch so wäre, hätte der Odysseus seinen Jefährten die Ohren nicht mit Wachs zu verstopfen brauchen, als er mit ihnen an den Sirenen vorüberfuhr. Was das für Sirenen waren, und ob sie die vorüberschiffenden Männer nur mit ihrem Jesang und mit sonst nuscht anlockten, möchte ich dahinjestellt sein lassen. Eins steht fest, daß es solche Sirenen, oder wie man sie auch nennen will, immer jejeben hat, jibt und jeben wird. Nur, daß sie heutzutage nicht mehr auf Meeresklippen liejen, sondern ihr Jewerbe auf die Straßen verlegt haben. Nüchtern würde man so was nicht mit der Feuerzange anfassen, aber mit einem Trank im Leibe sieht man Helena in jedem Weibe. Das stammt nicht von mir, sondern von Joethe – und der scheint es jewußt zu haben.«

»Nun«, fuhr er nach einer kleinen Weile fast begütigend fort, als wolle er uns nicht alle Lust rauben und auch nicht zu sehr erschrecken, »so, wie nicht jedes Schwein Trichinen und wie nicht jeder Hund Würmer hat, so muß auch nicht jleich jede von diesen Damen mit Spirochäten oder Gonokokken behaftet sein. Aber wenn es doch mal passieren sollte und ihr beim Wasserlassen ein Brennen spürt oder auf der Haut einen merkwürdijen Ausschlag entdeckt, dann keine falsche Scham, Jungens! Sondern zum Arzt! Sofort zum Arzt! Wollt ihr mir das versprechen?«
»Jawoll, Herr Professor!« schrie die Klasse im Chor.
So erhielten wir also neben drei auswendig gelernten Oden des Horaz, Geschichtskenntnissen bis zum Ausbruch der Französischen Revolution, dem Gebrauch des Aorist und anderem nützlichem Wissen vom alten Vogel auch noch eine gründliche sexuelle Aufklärung und die Ermahnung zur Mäßigkeit als Rüstzeug für unseren späteren Lebensweg mit. Wir konnten auch die Grabrede des Antonius auf englisch deklamieren, aber die nützte mir in London recht wenig, als mir der Kellner im Hotel Imperial die Speisekarte reichte. Immerhin blieb der Trost, in dreizehn Schuljahren durch die lateinische Syntax denken gelernt zu haben. –
Was ich von dem Wiedersehen mit Königsberg am ungeduldigsten erwartet hatte, war das Schauspielhaus unter der Leitung von Leopold Jessner. Leider teilte keiner von den neu gewonnenen Freunden meine Theaterleidenschaft. Helmut Dietrich schwärmte für die Oper, hauptsächlich für Wagner, und Arthur Krehwald für Bach. Er hatte seine Liebe zur Musik ziemlich spät entdeckt, obwohl er aus einer musikalischen Familie stammte, denn sein Vater war Dom-Organist. Was er in frühen Jahren versäumt hatte, holte er spät nach und holte es auch auf.

Seine Banknachbarn rechts und links, Kurt Wiersbitzky und Benno Schereschewski, brachte er durch seine unausgesetzten stundenlangen Fingerübungen – er nannte das Trockenklavier – ebenso zu Tobsuchtsanfällen wie unsere Professoren. Wenn er die brillanten Läufe über die imaginäre Klaviatur gezwungenermaßen für eine Weile unterbrach, dann drückte er die Finger gegen die Tischplatte, daß sie senkrecht zur Handwurzel standen, oder zog, um sie geschmeidig zu halten, die Finger unter scheußlichen Knackgeräuschen lang. Konrad Rudowski konnte sich allenfalls für die Operette erwärmen. Aber selbst ihm gegenüber, mit dem mich bald eine enge Freundschaft verband, hielt ich mit Äußerungen über meine abwegigen Zukunftspläne zurück, als ich merkte, daß seine Vorstellungen über Theaterleute durchaus den Auffassungen entsprachen, mit denen man darüber in Mehlauken dachte, wo die Wäsche von der Leine genommen wurde, wenn dort eine Wanderbühne ein Gastspiel gab.

Von Vater bezog ich als Taschengeld in der neuen Währung zwei Mark pro Woche. Großmutter erpreßte ich, zuweilen mit dem alten Trommelrevolver an der Schläfe, schamlos.

»Aber Jungchen, fünf Mark ist zuviel, zwei will ich dir geben . . .«

»Oma, du spielst mit dem Leben deines Enkels! Fünf Mark oder ich drücke ab!«

Zum Schluß einigten wir uns dann gewöhnlich auf drei. Und dann gab ich noch einem kleinen Hornochsen vom Hufengymnasium Nachhilfestunden in Latein, dreimal in der Woche, die Stunde für eine Mark – bar bezahlt. So kam ich zu Theaterkarten, so zu den Moneten für die Bierchen bei Julius Naser im Börsenkeller, und so bestritt ich auch die Ausgaben für den Comment Olymp. Aber woher sollte ich die fünf Mark nehmen, die mir Herr Franken allwöchentlich für eine Stunde Sprech- und Schauspielunterricht abknöpfte. Nach einer Sonntagnachmittag-Aufführung von *Flachsmann als Erzieher,* in der er als zweite Besetzung den Flachsmann spielte, faßte ich mir ein Herz, ihn in seiner Garderobe aufzusuchen. Ich hatte sie mir etwas pompöser vorgestellt, aber das Kabuff roch hinreißend nach Theater. Er schminkte sich ab und war nicht in allerbester Laune.

»Ich soll Ihnen also Sprechunterricht geben?« dröhnte er mit dem Timbre der Adele Sandrock und sah mich aus fettverschmierten Wimpern an. Die rote Flachsmann-Perücke hing über einem hölzernen Haubenstock auf dem Schminktisch. Er grinste mich an und setzte das Gespräch, leicht berlinernd, im normalen Umgangston fort: »Warum eigentlich nicht? Wat wollense denn zahlen?«

»Das wollte ich Ihnen überlassen, Herr Franken...«

»Na, denn sarenwermal: pro Stunde zehn Eierchen, wie?«

Mir wurde der Hals eng, und ich schluckte schwer.

»Zuviel, wat? Was sindse iebahaupt und woran hamse jedacht, junga Mann?«

»Ich bin noch Primaner. Und gedacht habe ich an fünf...«

»Jut, denn also fünf. Jebense her und kommense morjen um drei in meine Burg. Sie wissen, wo ich wohne?«

»Weißgerberstraße 14...«

Ich hatte nur drei Mark und fünfzig Pfennig dabei. Er nahm sie als Anzahlung: »Den Rest morgen. – Aber damit Sie für Ihr sauer Erspartes gleich etwas haben: werrrfen Sie Ihrrr Zäpfchen-R in den Prrrregel und benutzen Sie fürs R die Zunge. Wiederholen Sie unaufhörlich voddedom – voddedom – voddedom –, bis ein klares und deutliches ›Vor Rom‹ daraus wird. Damit werden Sie vier Wochen

lang zu tun haben. Und dann werden wir gemeinsam an Ihren weiiichen Eiiiern arbeiten. Sie wollen doch mal den Hamlet spielen? Oder etwa nicht?«
Ich nickte zaghaft ...
Er erhob sich und griff als Ersatz für den Schädel nach dem Haubenstock mit der lodernden Flachsmann-Perücke: »Sein oder nicht sein .. Lieber Freund, wenn Sie das auf ostpreußisch bringen, dann können Sie sich Ihr Abendessen in Gestalt von faulen Äpfeln und Tomaten von der Birne schaben. – Aber keine Sorge, das kriegen wir schon hin.«
Er gab sich wirklich mit mir Mühe, so wie ich mir Mühe gab, allwöchentlich sein Honorar zusammenzukratzen. Aber wir kriegten es nicht hin, wie er leichtfertig gemeint hatte. Länger als ein Jahr plagte er sich mit mir ab und traktierte mich aus seinem reichen Erfahrungsschatz mit Vokalübungen wie ›Anna saß im Garten und aß Salat‹ und ›Weiß gekleidete Waisenkinder feiern Weihnacht‹, aber abgesehen davon, daß mir trotz unabläßigen Übens mit dem Voddedom das Zungen-R nicht von der Zunge rollen wollte, schlich sich das weiche ostpreußische Ei sogar in die Weiiisenkinder hinein.
Zu dieser Zeit gastierten gerade Paul Wegener und Fritz Kortner mit Neumanns *Patriot* in den Rollen des Grafen Panin und des Zaren Peter im Schauspielhaus. Unvergeßlich die Szene, in der Kortner, angstvoll auf Wegeners Schoß geflüchtet, dem Marschtritt eines vorüberziehenden Regiments lauschte und mit einem Sektglas im schlaffen Arm den Marschrhythmus am Boden mitklingen ließ, mit zirpenden Kristalltönen, die dennoch bis in die letzten Parkettreihen eines atemlosen Publikums drangen. Franken spielte in dem Stück eine winzige Nebenrolle.
»Ja, gewiß, Herr Franken, Sie haben ja recht, aber Paul

Wegener merkt man doch auch den Ostpreußen an.«
»Tcha«, gab er zu, »aber der ist auch der einzige, der sich das leisten kann. Aber laß den Kopf nicht gleich hängen, mein Junge. Du hast eine komödiantische Ader, das steht fest. Damit könntest du es, wenn es für die Bühne auch nicht ganz langt, und wenn du durchaus Theaterluft atmen willst, bis zum Intendanten bringen – und das ist nicht der schlechteste Posten...«
Ich ließ den Kopf trotz seiner ermutigenden Worte hängen und schlich mit dem Gefühl, einen Traum begraben zu müssen, auf die Straße. Mit Mittelmaß war auf den Brettern, die auch mir die Welt bedeuteten, nicht viel zu erreichen. Das Beispiel hatte ich bei Franken vor Augen. Er wohnte bei der Witwe eines Postsekretärs, die ihm für die äußerst bescheiden möblierte Bude zwanzig Mark abnahm, Frühstück inklusive. Mein Zuschuß von fünf Mark pro Woche zu seiner Gage schien ihm hochwillkommen zu sein. Ich hatte mir das Künstlerleben etwas lukrativer vorgestellt..
Es war ein warmer Septembertag mit einem golden getönten Himmel, der sich im Westen, wo die Sonne schon hinter die hohen Bäume des Börsengartens gesunken war, apfelgrün verfärbte. Die Boote auf dem Schloßteich kehrten zu den Anlegeplätzen neben der Holzbrücke zurück, und den grünen Spiegel des Teiches zerschnitten nur noch die Schwäne. Ich hatte mitten auf der Brücke haltgemacht, eine Zigarette angezündet und starrte, in ziemlich trübe Gedanken versunken, zu den Logengärten hinüber. Und dann knuffte mich jemand ins Kreuz: »Mensch, was machst du in Königsberg?«
Die Stimme riß mich herum.
Der große Fabricius! Tadellos in Schale. Dunkler Anzug mit feinen weißen Nadelstreifen. Halbschuhe aus schwar-

zem Wildleder. Und ein breitrandiger schwarzer Künstlerhut mit flach gedrücktem Kopfstumpen. Was war ich gegen ihn schäbig angezogen...

»Mein alter Herr hat sich schon vor eineinhalb Jahren nach Königsberg versetzen lassen. Seitdem wohnen wir hier...«

»Prächtig, prächtig«, sagte er in dem alten, schleppenden Tonfall, der mir zuerst auf die Nerven gegangen war und später imponiert hatte, »und was machst du?«

»Ich versuche es zu machen, nach einem halben Jahr, das Abitur nämlich, aber ob ich's machen werde, ist äußerst fraglich. Und was treibst du?«

Er wedelte etwas unbestimmt mit der Hand durch die Luft. »In Kunst...« sagte er schließlich. »Ich habe mich mit zwei Kumpels von der Kunstgewerbeschule zusammengetan. Wir ziehen durch die Provinz. Sie schämt sich ihrer Provinzialität und läßt sich von uns aufmöbeln. Buchstäblich. Wir machen aus alten, vergammelten Konditoreien lauschige Likördielen und aus den Freßschuppen alter Hotels appetitanregende Speiseräume. Man nennt so etwas Innendekoration...«

»Es scheint ein gutes Geschäft zu sein.«

»Ist es«, sagte er schlicht. »Aber erzähl etwas von dir. Wie lange ist es her, daß wir uns nicht gesehen haben? Drei Jahre oder vier?«

»Dreieinhalb, wenn du es genau wissen willst.«

»Eine verrückte Zeit, damals...«

»Nicht nur die Zeit – auch du...« Ich konnte es mir nicht verkneifen, ihn an seinen Idiotenstreich zu erinnern.

»Wahrhaftig«, sagte er, »außer, daß ich total besoffen war, muß ich Kuhscheiße im Schädel gehabt haben. Vorbei, vorbei, verjährt, vergessen. Vergiß auch du es.«

»Du hättest dich bei mir einmal melden können...«

»Ich weiß, ich weiß, du hast damals zu mir gehalten. Soll ich mich bedanken?«
»Nicht nötig, ich hab's gern getan.«
»Und sonst? Abitur ist ein hehres Ziel. Aber dann? Willst du deine Brötchen dereinst als Steißtrommler verdienen? Du hattest doch mal andere Ambitionen, wenn ich mich recht erinnere...«
»Du erinnerst dich recht...«
»Was stehen wir hier herum«, sagte er, »hast du Zeit für ein kleines Helles oder für eine Tasse Kaffee? Wozu ich dich selbstverständlich einlade!«
Ich klopfte gegen meine leeren Taschen: »Wenn es so ist, dann gern. Ich bin nämlich völlig blank.«
Wir verließen die Brücke, schwenkten links zur Münzstraße ein und fanden bei Schwermer einen Fensterplatz. Auf den Schloßteichpromenaden flammten die Laternen auf und spiegelten sich mit langen Lichtbahnen im dunklen Wasser. Wir nahmen beide einen Kaffee.
»Ich habe nämlich heute abend noch etwas vor«, sagte er, als müsse er sich für den Kaffee entschuldigen, »und ich fürchte, daß es recht feucht werden wird.«
Und dann holte er nach und nach aus mir heraus, was ich tat und was ich trieb, den Unterricht bei Herrn Franken und die ewigen Geldnöte...
»Peinlich, peinlich?« sagte er und fügte mit einem kleinen Grinsen hinzu, »und mit silbernen Löffeln ist auch nicht mehr viel zu machen.« Dabei zog er die Brieftasche, eine beneidenswert gut gespickte Brieftasche, und schob mir zwei Zwanzigmarkscheine über den Tisch hinüber: »Du kannst sie ruhig nehmen, das sind für mich kleine Fische. Denn der Weizen blüht. Und du bist damit für zwei Monate die Sorgen um das Wochenhonorar für deinen Herrn Franken los. Kommst du wenigstens voran?«

»Ich weiß nicht recht, ich fürchte, meine Gurgel ist doch zu ostpreußisch eingeschliffen.«

»Dann versuch es doch beim Film«, grinste er, »aber ich fürchte, da wirst du mit deinem schiefen Zinken Schwierigkeiten haben.« – Er rief den Ober heran, um zu zahlen, und hatte es plötzlich sehr eilig. Die beiden Geldscheine lagen noch zwischen uns auf dem Tisch. »Los, mach schon und steck sie ein! Und wenn du mal die Gagen vom Harry Liedtke verdienst, kannst du sie mir zurückgeben.« – Da schob ich das Geld in die Tasche. Er zahlte die kleine Rechnung, und wir verließen das Café.

»Wie steht's«, fragte ich, bevor wir uns trennten, »sehen wir uns einmal wieder? Lebst du überhaupt in Königsberg?«

»Nein, nein, immer in der Provinz, mal hier, mal dort. Im Augenblick logiere ich im Continental, seit zwei Tagen. Morgen geht es nach Allenstein zurück.« Im Continental! Er warf das so lässig hin, als ob es für ihn nichts anderes gäbe, als in den besten Hotels der Stadt abzusteigen, in denen früher mein Millionärs-Onkel Walter gewohnt hatte, wenn er aus Afrika zu Besuch kam.

»Dann also, schönen Dank und alles Gute!«

»Halt mal!« sagte er plötzlich, »hättest du heute abend Zeit? Wir wollen im Miramar eine kleine Brause aufdrehen. An der Bar sind ein paar nette Käfer, und der ganze Saftladen ist nicht übel. Natürlich kannst du da nicht wie Friedrich Schiller aufkreuzen...« er warf dabei einen schrägen Blick auf mein offenes Hemd mit dem zurückgeschlagenen Kragen. – Ich erkundigte mich, ob im Miramar etwa Frackzwang sei...

»Idiot!« sagte er und gab mir einen freundschaftlichen Rippenstoß, »ich meinte nur, deine Wandervogel-Kluft paßt da nicht ganz hin. Also wasch dir den Hals –

und dann um neun im Miramar.«
Miramar ... Der riesige Kasten mit seinen Türmchen und Erkern, in den Gründerjahren und im Geschmack der Gründerjahre hochgezogen, lag vor der Brücke am Schloßteich. Dort trat Otto Reuter auf, dort trug Paul O'Montis seine frechen Couplets vor, dort verkehrte die Große Welt oder das, was man sich als Pennäler unter der Grande Monde und rauschendem Nachtleben vorstellte. Und mit solchen Erwartungen war ich denn auch um Punkt neun Uhr zur Stelle, im blauen Anzug und mit einer verwegenen Fliege vor dem Hals. Aber Pünktlichkeit war, das hatte ich schon einmal erfahren, nicht die Sache des großen Fabricius, denn er erschien mit seinen Kumpanen erst, als ich mich gerade auf den Heimweg machen wollte. Die Uhr von der Schloßkirche schlug zehn. Er hielt es auch nicht für nötig, sich für die Verspätung zu entschuldigen und mir die beiden Kerle vorzustellen, die ihn begleiteten. Der eine war groß und schlank, der andere klein und dick, aber beide trugen die gleichen breitkrempigen schwarzen Künstlerhüte wie er, nur daß der kleine Dicke den Kopfstumpen nicht flach eingedrückt, sondern vorn und hinten eingeknufft hatte, wie es die kanadischen Polizisten mit ihren Hüten machen. Alle drei waren schon reichlich angeschickert.
Als sie ihre Hüte bei der Garderobiere abgaben, schob mir der große Fabricius in einem unbeobachteten Augenblick einen kleinen Packen Zehnmarkscheine in die Tasche, zehn oder zwölf Scheine, die er, ohne zu blättern, von einem Banknotenbündel abhob, das mindestens so dick war wie ein Kartenspiel mit zweiundfünfzig Blatt. – »Damit du nachher nicht in Verlegenheit kommst, wenn die Brüder Runden ausknobeln«, sagte er und schob mich in den halbdunklen Barraum hinein. Es war mein erster Besuch

in einer Bar, ich verband damit die Vorstellung von einem Sündenpfuhl, bemühte mich aber um eine lässige Haltung und tat so, als ob ich in Lokalen mit Damenbedienung zu Hause sei. In den Nischen brannten auf runden Tischen kleine Lämpchen mit roten Schirmen, und auf dem langen Tresen standen die gleichen Lampen, nur in etwas größerer Ausführung. Im Hintergrund war vor einer Spiegelwand ein imponierendes Flaschenarsenal aufgebaut. Die vier Damen hinter der Bar schienen sich zu langweilen. Aber das wurde rasch anders, als wir uns auf die Hocker schwangen, die anderen mit großer Übung, während ich zum ersten Mal auf solch einem hohen Stühlchen Platz nahm. Besonders bequem fand ich den Sitz nicht, aber das war wohl eine Sache, die sich durch längere Übung und Gewöhnung ändern würde.
Ein bißchen stark angemalt kamen mir die Damen ja vor, und ob die Farbe ihrer feuerroten Haare Natur war, wagte ich auch zu bezweifeln, aber was man in den tiefen Ausschnitten ihrer in vier verschiedenen Grüntönen changierenden eleganten Abendkleider sah, war nicht übel und ließ mich den Schwur bald vergessen, mich von solchen Reizen nie wieder im Leben betören zu lassen. Zuerst tranken wir – und die vom großen Fabricius eingeladenen Damen tranken mit uns – aus flachen Kelchen ein aus mancherlei Flaschen und zuletzt mit einem Schuß Sekt übersprudeltes Gebräu, das mild säuerlich wie ein Erfrischungsgetränk durch die Kehle rann, in dem aber doch ein Paukenschlag steckte, denn es machte uns und die Damen sehr rasch munter. Und bald ging es auch mit dem Knobeln los. Die Damen machten dabei nicht mit, aber der Verlierer mußte selbstverständlich auch für sie zahlen. Was war das doch mit den drei Hölzchen für ein hübsches Spiel, besonders, solange man zwischen Null und Zwölf

die richtige Zahl erriet. Aber nach einer Stunde war ich die Scheine, die mir der große Fabricius zugesteckt hatte, dann doch los, und von seinem dicken Bündel war auch nicht viel übrig geblieben. Mit Erstaunen beobachtete ich, wieviel die Damen vertragen konnten, und noch erstaunlicher war, wie sicher sie dabei im Kopfrechnen und Kassieren blieben. Der große Fabricius hielt sich an meiner Seite. Er schien eine Menge zu vertragen, während ich deutlich spürte, daß die Zacken in meiner Krone schon ganz hübsch in die Höhe geschossen waren. Dennoch sah ich aus dem Augenwinkel, daß er etwas aus seiner Gesäßtasche zog. Teufel, Teufel! Ein Bündel Scheine, womöglich noch dicker als jenes, aus dem er mich vorher so großzügig versorgt hatte.

Er schob es mir unauffällig in die Jackettasche: »Geh mal auf den Lokus«, flüsterte er mir zu, »und verreib die Dinger ein bißchen...«

»Bist du nicht ganz dicht?« fragte ich verblüfft, »wozu sollte ich...?«

»Los!« knurrte er mich an, »mach schon! Ohne Geld geht das Fest nicht weiter. Und die Hasen sind doch ganz zuckrig, oder etwa nicht?«

Ich ging. Nicht mehr ganz sicher auf den Beinen. Aber ich ging. Und ich ahnte Fürchterliches. Der Toilettenmann schloß mir eine Tür auf. Ich sperrte mich ein. Das Geldbündel, das ich aus der Tasche zog, mochte vierzig bis fünfzig Scheine enthalten, also etwa vier- bis fünfhundert Mark, alle taufrisch, als wären sie gerade aus der Notenpresse gekommen. Das Licht war miserabel, eine Lampe für den ganzen Raum, sie hing schräg über mir, aber so viel erkannte ich auch bei der schlechten Beleuchtung, daß keiner der Scheine ein Wasserzeichen besaß. Es waren Blüten. Zweifellos gute Arbeit. Die drei Herren, die an der

Bar saßen, waren ja auch Grafiker und verstanden sich auf ihr Fach.

Ja, ich hatte in dem Moment, in dem er mir das Geld in die Tasche schob, geahnt, welche Entdeckung mir bevorstand. Ich war plötzlich so nüchtern, als hätte ich den ganzen Abend über nichts anderes als Brunnenwasser getrunken. Ich zerriß die Scheine, so gut es in der Eile ging, in kleine Fetzen – und spülte lange und gründlich. Dem Toilettenmann gab ich den letzten, angeknitterten Zehner, den ich von der großzügigen Geste des großen Fabricius beim Eintritt ins Miramar übrig behalten hatte.

»Alles für mich, junger Herr?« fragte der alte Mann mit einem Gesicht, als könne er an so viel Glück nicht glauben.

»Alles für Sie. Aber Sie müssen mir dafür einen kleinen Gefallen tun ...«

»Aber gern, junger Herr!«

»An der Bar sitzen drei Herren. Einer von ihnen heißt Fabricius. Bestellen Sie ihm, daß ich gegangen bin und den Brief zerrissen habe. Haben Sie verstanden?«

»Ganz genau, ich soll nach Herrn Fabricius fragen und ihm sagen, daß Sie weg sind und den Brief zerrissen haben ...«

Das war unsere letzte Begegnung. Bald darauf meldeten die Zeitungen, daß die Provinz mit falschen Zehnmarkscheinen überschwemmt würde. Zeichnung und Druck der Blüten lasse darauf schließen, daß es sich bei den Falschmünzern um Fachleute handle. Man erkenne das Falschgeld jedoch leicht am fehlenden Wasserzeichen. Es dauerte aber noch zwei Monate, bis man den großen Fabricius und seine beiden Genossen verhaftete. Und wieder beging er eine sagenhafte Dummheit, noch dümmer als jene, die er sich bei dem Einbruch in die Bartensteiner Raritätensammlung geleistet hatte. Ein Polizist beobachtete

in Marienwerder drei junge Leute, die in den Bäckerläden Brote kauften und die Brote bald nach dem Verlassen des Ladens wegwarfen oder auf die Speerspitzen eines Eisenzaunes spießten. Als er sie anrief und stellen wollte – eigentlich nur wegen groben Unfugs –, rannten sie davon und verloren bei der Flucht eine Ledermappe. Sie war mit Zehnmarkscheinen bis zum Rand vollgestopft. Da erst wußte er Bescheid, mit wem er es zu tun hatte. Auf dem Bahnhof wurden die drei verhaftet. Das Urteil des Schwurgerichtes lautete für jeden der drei auf zehn Jahre Zuchthaus.
Hatte ich mich schuldig gemacht, daß ich meine Entdekkung nicht sofort gemeldet hatte? Vater hätte mir die Frage leicht beantworten können, aber er war der letzte, dem ich mich anzuvertrauen gewagt hätte. Die Zeitungen brachten lange Berichte über die Verhandlung vor dem Landgericht. Sie begann kurz vor den schriftlichen Arbeiten. Das Urteil wurde an dem Tage verkündet, an dem wir uns im Zeichensaal an die lateinische Übersetzung machten, eine ziemliche Gemeinheit, denn der Text, den wir zu übertragen hatten, war ein Brief von Herrn von Goethe an Herrn Eckermann. Aber ich konnte beruhigt herangehen, denn was ich insgeheim befürchtet hatte, war nicht geschehen, mein Name war weder in der Voruntersuchung des Falles noch in der Verhandlung erwähnt worden. Ich hatte eine rachsüchtige Bemerkung des großen Fabricius fast erwartet, da nicht auszuschließen war, daß mein Vater an der Verhandlung gegen ihn teilnehmen konnte; aber er schien mir die fünfzig in den Lokus gespülten Schcine vergeben zu haben, oder er hatte sie vergessen.
Er wurde übrigens nach acht Jahren Haft, die er im Insterburger Zuchthaus absaß, begnadigt. Die Familie schob ihn nach Südamerika ab. Vierzig Jahre später fand ich un-

ter meiner Post einen Brief mit einer brasilianischen Marke und dem Namen eines unbekannten Absenders – nur die Schrift kam mir merkwürdig bekannt vor. Er hatte in einer Buchhandlung in Porto Alegre zwei Bücher von mir entdeckt, für ihn eine freudige Überraschung, wenn er sich auch denken könne, daß mir an einer Erneuerung unserer Beziehungen wenig gelegen sein werde. Über sich und seine Lebensumstände kein Wort. Ein Brief, den ich am nächsten Tage an die auf dem Umschlag angegebene Anschrift sandte, kam nach Monaten mit dem Vermerk, daß ein Adressat dieses Namens nicht auffindbar sei, an mich zurück.

Darüber sind nun mehr als fünfzig Jahre vergangen. Und wieder einmal steht die Frage im Raum, die man Freunden, mit denen man zusammen alt geworden ist, und die man sich auch selber wohl zuweilen stellt, ob man noch einmal jung sein und das Leben noch einmal von vorn beginnen möchte. Eine törichte Frage, gewiß, denn keine Fee und kein Gott könnte diesen Wunsch erfüllen. Natürlich, wer hätte schon etwas dagegen einzuwenden, noch einmal siebzehnjährig im Hinterzimmer vom ›Abgehackten‹ mit den Freunden vom Comment Olymp die Becher zu heben und ›Herr Bruder zur Rechten und Herr Schwager zur Linken‹ zu singen. Wer möchte sein Kätchen, oder wie die erste Flamme auch immer geheißen haben mag, nicht noch einmal im Walzer über das helle Parkett und in der Tanzpause heimlich in eine jener dunklen Nischen führen, mit denen die alten Dombaumeister allerdings andere Zwecke verfolgt hatten.

»Ach, weißt du, mein Lieber«, meinte mein alter Freund und Conabiturient Arthur Pukall bei seinem letzten Besuch, die Nase in der Blume eines Randersackerer Pfülben vom guten Jahrgang 1971, »ja, wenn es so ginge wie etwa in der ›Feuerzangenbowle‹ auf einen kurzen Besuch und mit einem reellen Einkommen im Hintergrund, dann schon. Aber sonst? Nein, lieber nicht...«

Nein, lieber nicht! Denn was in der Erinnerung als besonnte Vergangenheit liegt, war doch ein schmerzhafter Prozeß, und weit schmerzhafter als die Wachstumsbeschwerden waren die dunklen Ängste und Ahnungen, daß die Welt, in die man höchst unfreiwillig hineingesetzt worden war, alles andere als vollkommen, und daß das Leben, dem man entgegenwuchs, über Abgründe führte, von denen man einige schon in jungen Jahren entdeckt hatte – und an ihnen gerade noch mit einer gehörigen Portion Glück vorbeigestolpert war.